W0400553

John Galsworthy
Die Forsyte Saga

Erstes Buch: Der reiche Mann

John Galsworthy

FORSYTE SAGA

Erstes Buch

Der reiche Mann

NAUMANN & GÖBEL

Sonderausgabe der Naumann & Göbel
Verlagsgesellschaft, Köln
© Paul Zsolnay Verlag GmbH, Wien/Darmstadt 1972
Schutzumschlag: Wiebke Vormstein, Köln
Gesamtherstellung: Freiburger Graphische Betriebe, Freiburg
Printed in West Germany
Alle Rechte vorbehalten
ISBN 3-625-20165-8

Erster Teil

1

Empfang beim alten Jolyon

Wer je das Privileg hatte, einem Familienfest der Forsytes beizuwohnen, hat den bezaubernden und lehrreichen Anblick einer Familie des gehobenen Mittelstandes in vollem Glanz genossen. Und wenn einer dieser Glücklichen die Gabe psychologischer Analyse besitzt (ein Talent ohne finanziellen Wert und daher etwas, was alle Forsytes entsprechend ignorieren), so hat er ein Schauspiel gesehen, das nicht nur an sich köstlich ist, sondern auch ein unergründliches menschliches Problem illustriert. In einfacheren Worten, er hat in einem Zusammentreffen dieser Familie – in der kein Zweig den andern mochte, in der nicht einmal unter dreien ihrer Mitglieder ein Gefühl, das der Bezeichnung Sympathie wert war, bestand – Beweise dieser unverständlichen, greifbaren Zusammengehörigkeit gefunden, die eine Familie zu einer so bedeutenden Einheit in der Gesellschaft, zu einem so getreuen Abbild der Gesellschaft im kleinen werden läßt. Es wurde ihm ein kurzer Anblick auf die dunklen Wege gesellschaftlichen Fortschritts gewährt, er hat etwas über das patriarchalische Leben gelernt, über das Ausschwärmen wilder Horden, über Aufstieg und Untergang der Nationen. Er ist wie einer, der das Wachsen eines Baumes vom Anfang an beobachtet hat – ein Musterbeispiel für Zähigkeit, Einsamkeit und Erfolg mitten im Sterben von Hunderten anderer Pflanzen, die weniger kräftig, markig und ausdauernd waren – und diesen Baum eines Tages im vollen, satten Laub stehen sieht, in fast abstoßender Üppigkeit, auf dem Höhepunkt seiner Blüte.

Am 15. Juni 1886 um vier Uhr nachmittags hätte ein

zufälliger Beobachter im Haus des alten Jolyon Forsyte in Stanhope Gate die Forsytes in ihrer höchsten Blüte sehen können.

Der Anlaß dieses Empfangs war die Verlobung von Miss June Forsyte, der Enkelin des alten Jolyon, mit Mr. Philip Bosinney. Die ganze Familie war in der Pracht ihrer hellen Handschuhe, lohfarbenen Westen, ihrer Federn und Abendkleider angetreten – sogar Tante Ann, die jetzt nur mehr selten ihre Ecke im grünen Salon ihres Bruders Timothy verließ, wo sie, unter dem Schutz eines gefärbten Stammes Pampasgras in einer hellblauen Vase, saß und den ganzen Tag las und strickte, umgeben von den Bildern dreier Generationen von Forsytes – sogar Tante Ann war da; mit ihrem ungebeugten Rücken und der Würde ihres ruhigen alten Gesichts ein Bild des starren Festhaltens am Zusammengehörigkeitsgefühl der Familie.

Wenn ein Forsyte sich verlobte, heiratete oder geboren wurde, waren die Forsytes anwesend; wenn ein Forsyte starb – aber noch war kein Forsyte gestorben; sie starben nicht; der Tod lief ihren Prinzipien zuwider, sie trafen Vorkehrungen dagegen, die instinktiven Vorkehrungen höchst lebensvoller Menschen, die keine Eingriffe in ihr Eigentum dulden.

Die Forsytes, die sich an diesem Tag unter die Menge der anderen Gäste mischten, sahen noch gepflegter als gewöhnlich aus, bewegten sich mit einer aufmerksamen, forschenden Sicherheit, ein leuchtendes Bild der Achtbarkeit, als ob sie sich gegen etwas zur Wehr setzen wollten. Das gewohnheitsmäßige Nasenrümpfen von Soames Forsyte hatte sich in ihren Reihen verbreitet; sie waren auf der Hut.

Das unbewußt Beleidigende ihrer Haltung ließ den Empfang beim alten Jolyon zum psychologischen Moment der Familiengeschichte, zum Vorspiel ihres Dramas werden.

Die Forsytes waren aus irgendeinem Grund verstimmt, nicht als Einzelpersonen, sondern als Familie; diese Verstimmung drückte sich in einer besonderen Perfektion ihrer Kleidung, in der überschwenglichen Herzlichkeit, in einer Überbetonung der Wichtigkeit der Familie und – im Nasenrümpfen aus. Gefahr – die wie nichts anderes geeignet ist, die Grundeigenschaften jeder Gesellschaft, Gruppe oder jedes einzelnen zutage treten zu lassen –, das war es, was die Forsytes spürten; die Vorahnung einer Gefahr ließ ihren Harnisch schimmern. Zum erstenmal schienen sie als Familie instinktiv zu fühlen, daß sie etwas Seltsamem begegneten, dem man nicht trauen konnte.

Am Klavier stand ein massiger Mann, der über seiner breiten Brust zwei Westen trug, zwei Westen und eine Rubinnadel anstelle der einzigen Atlasweste mit Brillantnadel, die bei gewöhnlicheren Anlässen getragen wurde; sein glattrasiertes, breites altes Gesicht von der Farbe hellen Leders, mit hellen Augen, zeigte über der Atlasbinde seinen würdevollsten Ausdruck. Das war Swithin Forsyte. Nahe am Fenster, wo er genügend frische Luft bekam, stand der andere Zwillingsbruder, James – der alte Jolyon hatte die beiden einmal »den Dicken und den Dünnen« genannt –, wie der massige Swithin war er mehr als sechs Fuß groß, aber sehr mager, als ob er von Geburt an dazu bestimmt worden wäre, ausgleichend zu wirken und das Normalmaß wiederherzustellen. In seiner üblichen Haltung – leicht vornübergeneigt – betrachtete er düster die Szene; seine grauen Augen schienen starr auf eine geheime Sorge gerichtet zu sein; nur manchmal warf er einen raschen, unsteten, forschenden Blick um sich; seine Wangen, die durch zwei parallellaufende Falten noch dünner erschienen, und die lange, glattrasierte Oberlippe wurden von langen Koteletten umrahmt. In den Händen drehte er mechanisch eine Porzellanschale. Nicht weit von ihm entfernt hörte sein einziger Sohn Soames einer Dame in Braun zu; er war bleich und gutrasiert, sein dunkles Haar schon ziemlich schütter; er hatte das Kinn seitlich vorgeschoben und zeigte das schon erwähnte Nasenrümpfen, als ob er an einem Ei röche, von dem er wußte, daß es ihm nicht bekommen würde. Hinter ihm überlegte der hochgewachsene George, der Sohn des fünften Forsyte, Roger, mit einem durchtriebenen Ausdruck auf seinem fleischigen Gesicht einen seiner sardonischen Späße.

Etwas, das mit dem festlichen Anlaß zusammenhing, bewegte sie alle. In einer Reihe, nahe beieinander, saßen drei Damen – die Tanten Ann und Hester (die beiden unverheirateten Forsytes) sowie Juley (die Kurzform von Julia), die sich, und das keineswegs in ihrer ersten Jugend, so weit vergessen hatte, Septimus Small, einen kränklichen Mann, zu heiraten. Sie hatte ihn um viele Jahre überlebt. Mit ihrer älteren und ihrer jüngeren Schwester lebte sie jetzt im Hause Timothys, des sechsten und jüngsten Bruders, in der Bayswater Road. Jede der Damen hielt einen Fächer in der Hand, und jede trug durch eine Farbnuance, eine auffallende Feder oder Brosche, der besonderen Feierlichkeit dieses Anlasses Rechnung.

In der Mitte des Raums, unter dem Kronleuchter, wie es sich für den Gastgeber gehörte, stand das Familienoberhaupt, der alte Jolyon selbst. Mit seinen achtzig Jahren, seinem schönen weißen Haar, seiner gewölbten Stirn, den kleinen, dunkelgrauen Augen und dem riesigen weißen Schnurrbart, der bis unter sein markantes Kinn hing, sah er sehr patriarchalisch aus, und trotz seiner hageren Wangen und eingefallenen Schläfen schien er über ewige Jugend zu verfügen. Er hielt sich bolzengerade, und seine klugen, ruhigen Augen hatten nichts von ihrem hellen Glanz verloren. So vermittelte er den Eindruck, daß er über den Zweifeln und Abneigungen geringerer Menschen stand. Er hatte unzählige Jahre hindurch seinen Willen durchgesetzt und dadurch ein verbrieftes Recht erworben, das auch weiterhin zu tun. Es wäre dem alten Jolyon niemals der Gedanke gekommen, daß es notwendig sein könnte, einen zweifelnden oder verachtungsvollen Ausdruck zu zeigen. Er und die andern vier Brüder, die anwesend waren, James, Swithin, Nicholas und Roger, hatten viele unterschiedliche, aber auch viele gemeinsame Züge. Und jeder dieser vier Brüder unterschied sich wiederum von den andern, und war doch auch wieder gleich.

Diese fünf Gesichter hatten – trotz aller Verschiedenheit der Züge und des Ausdrucks – eine gewisse Festigkeit des Kinns gemeinsam, die unter allen oberflächlichen Unterschieden zutage trat und gleichsam als Rassenmerkmal gelten konnte, dessen Ursprung in ferner Vorzeit lag und sich daher einer genaueren Untersuchung entzog – ein echtes Symbol und ein Garant des Familienwohlstandes.

Dasselbe Merkmal – weniger bedeutsam vielleicht, doch ebenso unverkennbar – fand sich auch in der jüngeren Generation, ein unauslöschlicher Stempel des Familiencharakters, den sie alle trugen: der große, stiernackige George, der farblose, rastlose Archibald, der junge Nicholas mit seinem liebenswerten, fast schüchternen Eigensinn, und der ernste Eustace, der seine Entschlossenheit selbstgefällig zur Schau stellte. Und irgendwann an diesem Nachmittag hatten alle diese Gesichter, so unähnlich und doch so gleich, einen Ausdruck des Mißtrauens angenommen, dessen Grund zweifellos der Mann war, dessen Bekanntschaft sie hier machen sollten.

Man wußte von Philip Bosinney, daß er ein junger Mann ohne Vermögen war, aber Mädchen der Forsyte-Familie hatten sich schon früher mit ähnlichen jungen Männern verlobt und sie sogar geheiratet. Es war daher nicht ausschließlich dieser Grund, der die Forsytes beunruhigte. Sie hätten die Ursache ihrer Befürchtungen, die durch den Nebel des Familienklatsches verdunkelt waren, nicht erklären können. Es war eine Geschichte im Umlauf, daß er seinen Pflichtbesuch bei den Tanten Ann, Juley und Hester in einem weichen grauen Hut – man denke nur, einem weichen grauen Hut, und nicht einmal einem neuen, sondern einem staubigen, formlosen Ding – abgestattet hatte. »So außergewöhnlich – meine Liebe – so sonderbar!« Tante Hester (sie war recht kurzsichtig) hatte versucht, als sie durch die dunkle kleine Halle ging, das Ding vom Sessel zu verjagen, das sie für eine fremde, schäbige Katze hielt – Tommy hatte ja so abscheuliche Freunde! Sie war verwirrt, als es sich nicht bewegte.

Wie ein Künstler, der immerwährend jenes wichtige Detail sucht, das den ganzen Charakter einer Szene, eines Ortes oder eines Menschen ausmacht, so hatten sich die Forsytes mit intuitiver Sicherheit auf den Hut gestürzt; er war ihr wichtiges Detail, in dem die Bedeutung der ganzen Sache lag; denn jeder hatte sich gefragt: »Hätte ich mit diesem Hut einen Besuch gemacht?« und jeder hatte mit »Nein!« geantwortet, und einige von ihnen, die mehr Phantasie hatten, hätten noch hinzugefügt: »Das wäre mir niemals eingefallen!«

Als George die Geschichte hörte, grinste er. Natürlich war die Sache mit dem Hut ein Jux gewesen! In diesen Dingen war er Connaisseur. »Sehr selbstbewußt«, sagte er, »dieser wilde Freibeuter!«

Und diese Bezeichnung, »der Freibeuter«, war von Mund zu Mund gegangen, bis sie schließlich der Lieblingsname der Forsytes für Bosinney war.

Später hatten die Tanten June Vorwürfe wegen des Hutes gemacht. »Wir finden, daß du ihn so nicht gehen lassen sollst, Liebes!« hatten sie gesagt.

June hatte in ihrer herrischen, direkten Art, in der sich ihre ganze Willenskraft offenbarte, geantwortet:

»Ah, was macht das schon aus? Phil weiß nie, was er anhat!«

Niemand wollte diese unerhörte Antwort ernst nehmen. Ein Mann, der nicht wußte, was er anhatte? Nein doch, nein!

Wer aber war nun wirklich dieser junge Mann, der es so gut getroffen hatte, als er sich mit June, der anerkannten Erbin des alten Jolyon, verlobte? Er war Architekt, was an sich kein ausreichender Grund war, einen derartigen Hut zu tragen. Keiner der Forsytes war Architekt, aber einer von ihnen kannte zwei Architekten, die niemals bei einem offiziellen Besuch während der Saison in London einen solchen Hut getragen hätten. Gefährlich – sehr gefährlich!

June hatte das natürlich nicht eingesehen, aber sie stand auch, obwohl sie noch nicht neunzehn war, in einem besonderen Ruf. Hatte sie nicht zu Soames' Frau – die immer so geschmackvoll angezogen war – gesagt, daß Federn ordinär wären? Mrs. Soames hatte tatsächlich nie wieder Federn getragen, so schrecklich direkt war die liebe June!

Diese Befürchtungen, diese Mißbilligung und das durchaus echte Mißtrauen hatten die Forsytes aber nicht davon abgehalten, der Einladung des alten Jolyon zu folgen. Ein Empfang in Stanhope Gate war eine große Seltenheit; zwölf Jahre lang, seit dem Tod von Jolyons Frau, hatte keiner mehr stattgefunden.

Niemals noch war die Versammlung so vollzählig gewesen, denn trotz all ihrer Verschiedenheit waren sie in geheimnisvoller Einigkeit gegen eine gemeinsame Gefahr angetreten. Wie Rinder, in deren Weidegrund ein Hund einbricht, standen sie Kopf an Kopf und Schulter an Schulter bereit, den Eindringling anzugreifen und zu Tode zu trampeln. Sie waren selbstverständlich auch gekommen, um sich ein Bild davon zu machen, welche Geschenke letzten Endes von ihnen erwartet würden; denn obwohl die Frage der Hochzeitsgeschenke normalerweise folgendermaßen bereinigt wurde: »Was schenkst du? Nicholas schenkt Löffel!« – so hing doch sehr viel vom Bräutigam ab. War er ein gewandter, eleganter, wohlhabend aussehender Mann, so mußte man ihm eher schöne Dinge schenken; er würde sie erwarten. Letzten Endes schenkte jeder, was recht und billig war, bestimmt durch eine Art von Familienübereinkommen, das in ähnlicher Weise erzielt wurde, wie die Preise an der Börse geregelt werden – die genauen Einzelheiten wurden in Timothys geräumigem Rohziegelhaus in Bayswater, das auf den Hyde Park schaute, und wo die Tanten Ann, Juley und Hester wohnten, geregelt.

Das Unbehagen, das die Forsytes verspürten, ist wohl durch die bloße Erwähnung des Hutes voll gerechtfertigt. Für jede Familie, die Äußerlichkeiten jene Beachtung schenkt, welche ihnen die obere Mittelschicht üblicherweise angedeihen läßt, wäre es unpassend, ja unmöglich gewesen, hätte man sich durch so etwas nicht beunruhigt gefühlt. Der Urheber dieses Unbehagens stand bei der andern Tür und sprach mit June; sein gekraustes Haar wirkte zerzaust, als ob er das, was um ihn vorging, ungewöhnlich fände. Er machte auch den Eindruck, als ob er sich über irgend etwas blendend unterhielte.

George sagte leise zu seinem Bruder Eustace:

»Sieht aus, als ob er sich aus dem Staub machen möchte – der kühne Freibeuter!«

Dieser »äußerst ungewöhnlich aussehende Mann« wie ihn Mrs. Small nachher nannte, war mittelgroß und kräftig, hatte ein braunes Gesicht, einen sandfarbenen Schnurrbart, hervorstehende Backenknochen und eingefallene Wangen. Seine leicht fliehende Stirn wölbte sich über den Augen – solche Köpfe sah man im Löwenhaus im Zoo. Er hatte sherryfarbene Augen, die manchmal beunruhigend unaufmerksam wirkten. Der Kutscher des alten Jolyon, der June und Bosinney einmal ins Theater gefahren hatte, sagte nachher zum Butler:

»Weiß nicht, was ich von ihm halten soll. Der sieht mir wie ein halbwilder Leopard aus.«

Und immer wieder kam ein Forsyte heimlich näher und betrachtete ihn. June stand vor ihm und wehrte diese müßige Neugier ab – ein kleines Ding, nur »Haar und Temperament«, wie jemand einmal von ihr gesagt hatte, mit furchtlosen blauen Augen, einem festen Kinn und frischer Farbe; ihr Gesicht und ihre Gestalt schienen zu schlank für ihr reiches rotgoldenes Haar.

Eine hochgewachsene Frau mit einer herrlichen Figur, die irgendein Familienmitglied einmal mit einer heidnischen Göttin verglichen hatte, sah die beiden mit dem Schatten eines Lächelns an.

Ihre Hände in den perlgrauen Handschuhen waren verschränkt, das ernste, bezaubernde Gesicht zur Seite gewendet; die Augen aller Männer, die in der Nähe standen, waren auf sie gerichtet. Ihre Gestalt wiegte sich, als ob sie ein Lufthauch in Bewegung versetzte. In ihren Wangen war Wärme, aber wenig Farbe; ihre großen dunklen Augen waren weich. Worauf die Männer aber sahen, waren ihre Lippen – Lippen, von dem schattenhaften Lächeln umspielt, fragend, antwortend –, empfindsame Lippen, sinnlich süß; von ihnen gingen Wärme und Duft aus wie von einer Blume.

Das verlobte Paar, das so gemustert wurde, bemerkte diese passive Göttin nicht. Bosinney entdeckte sie zuerst und fragte nach ihrem Namen. June führte ihren Verlobten zu der Frau mit der herrlichen Figur.

»Irene ist meine beste Freundin«, sagte sie. »Werdet bitte gute Freunde, ihr beide!«

Auf diese Aufforderung der kleinen Dame lächelten alle drei; und während sie lächelten, erschien Soames Forsyte leise hinter der Frau mit der herrlichen Figur, die seine Gattin war, und sagte:

»Ah! Stell mich bitte auch vor!«

Bei öffentlichen Anlässen wich er selten von Irenes Seite, und selbst wenn sie durch gesellschaftliche Pflichten voneinander getrennt wurden, sah man, wie er sie mit seinen Augen verfolgte, in denen sich Wachsamkeit und Sehnsucht zu einem seltsamen Ausdruck vereinten. Beim Fenster studierte sein Vater James noch immer das Zeichen auf der Porzellanschale.

»Ich verstehe nicht, daß Jolyon diese Verlobung zuläßt«, sagte er zu Tante Ann. »Wie ich höre, besteht überhaupt keine Chance, daß sie in den nächsten Jahren heiraten. Dieser junge Bosinney« (er betonte den Namen nicht auf der zweiten Silbe, wie es üblich war, sondern auf der ersten) »besitzt ja nichts. Als Winifred Dartie heiratete, sorgte ich dafür, daß er jeden Penny sicher anlegte, und das war auch gut so – sonst hätten sie heute nichts mehr!«

Tante Ann sah aus ihrem Samtsessel auf. Graue Locken umrahmten ihre Stirn, Locken, die sich seit Jahrzehnten nicht verändert und in der Familie jedes Zeitgefühl ausgelöscht hatten. Sie antwortete nicht, denn sie sprach selten; sie schonte ihre alte Stimme; aber für James, der ein schlechtes Gewissen hatte, kam ihr Blick einer Antwort gleich.

»Ich konnte ja nichts dafür«, sagte er, »daß Irene kein Geld hatte. Soames war ja so in Eile; er wurde ganz dünn, als er ihr so nachlief.«

Er stellte die Schale verdrießlich aufs Klavier und ließ seine Augen zu der Gruppe an der Tür wandern.

»Meiner Meinung nach«, sagte er unvermutet, »ist es ganz gut so, wie es ist.«

Tante Ann verlangte nicht, daß er ihr diese sonderbare Äußerung erkläre. Sie wußte, was er dachte. Wenn Irene kein Geld hätte, so würde sie nicht so verrückt sein, auf dumme Gedanken zu kommen; denn man sagte – man tuschelte –, daß sie um ein eigenes Zimmer gebeten hatte; aber natürlich hatte Soames nicht –

James unterbrach ihre Gedanken.

Wo, fragte er, war eigentlich Timothy? War er denn nicht mit ihnen gekommen?

Durch Tante Anns zusammengepreßte Lippen brach ein sanftes Lächeln.

Nein, er hatte es nicht für klug gehalten, da es doch so viele Fälle von Diphterie gab; und er war doch so anfällig für Krankheiten.

James antwortete:

»Ich muß sagen, er paßt gut auf sich auf. Ich kann es mir nicht leisten, mich so um mich zu sorgen, wie er das tut.«

Und es war nicht leicht festzustellen, ob seine Bemerkung Bewunderung, Neid oder Verachtung ausdrückte.

Man sah Timothy allerdings wirklich selten. Er war das Baby der Familie, von Beruf Verleger, und hatte vor einigen Jahren, als das Geschäft in voller Blüte stand, die Stagnation kommen sehen, die zwar noch nicht gekommen war, aber letzten Endes, wie alle übereinstimmend annahmen, kommen mußte; er hatte seinen Anteil an der Firma, die sich hauptsächlich mit der Herausgabe von religiösen Werken befaßte, verkauft, und den nicht unbeträchtlichen Erlös in dreiprozentigen Staatsanleihen angelegt. Dadurch hatte er sich von der Familie isoliert, da kein anderer Forsyte mit weniger als vier Prozent für sein Geld zufrieden war; und diese Isolierung hatte ihn, der vielleicht schon über Gebühr vorsichtig war, langsam seine letzte Tatkraft verlieren lassen. Er war fast zu einem Mythos geworden – eine Art von Verkörperung des Strebens nach Sicherheit, die in den Tiefen des Forsyteschen Universums herumgeisterte. Er war niemals so unvorsichtig gewesen, zu heiraten, oder sich in irgendeiner Weise mit Kindern zu belasten.

James klopfte auf das Porzellan und fuhr fort:

»Das ist kein echtes altes Worcester. Wahrscheinlich hat dir Jolyon etwas über den jungen Mann erzählt. Aus allem, was ich höre, entnehme ich, daß er keine Kunden, kein Einkommen und keine nennenswerten Beziehungen hat; aber ich weiß ja nichts – mir erzählt man ja nichts.« Tante Ann schüttelte den Kopf. Über ihr altes, kantiges Raubvogelgesicht ging ein Zittern; ihre dürren Finger preßten sich aneinander und verflochten sich, als wolle sie Willenskraft auftanken.

Um einige Jahre älter als die andern Forsytes, genoß sie in ihrem Kreis eine ganz besondere Stellung. Opportunisten und Egoisten, die sie alle waren – obwohl nicht mehr als ihre Nachbarn –, zitterten sie vor ihrer unbestechlichen Persönlichkeit, und wenn die Versuchung zu groß war, was konnten sie dann anderes tun, als ihr aus dem Weg gehen? James schlug seine langen dünnen Beine übereinander und fuhrt fort: »Jolyon setzt immer seinen Willen durch. Er hat keine Kinder« – er hielt inne, als er sich daran erinnerte, daß ja der junge Jolyon, der Sohn des alten, durchaus noch lebte; Junes Vater, der sein Leben so verpfuscht und sich dadurch ruiniert hatte, daß er Frau und Kind verlassen hatte und mit dieser ausländischen Gouvernante durchgebrannt war. »Nun ja«, fuhr er hastig fort, »wenn es ihm Spaß macht, diese Dinge zu tun, dann kann er sie sich wahrscheinlich leisten. Was gibt er ihr? Wahrscheinlich tausend Pfund im Jahr; er hat ja sonst niemanden, dem er sein Geld hinterlassen kann.«

Er streckte die Hand einem lebhaften, glattrasierten,

fast kahlköpfigen Mann entgegen, der eine lange, gebrochene Nase, volle Lippen und kalte graue Augen unter eckigen Brauen hatte.

»Ah, Nick«, murmelte er, »wie geht es dir?«

Nicholas Forsyte mit seinen vogelartig schnellen Bewegungen und dem Aussehen eines Musterschülers (er hatte ganz legitim aus den Unternehmen, deren Direktor er war, ein großes Vermögen erworben) berührte die kalte Hand mit noch kälteren Fingerspitzen und zog sie hastig wieder zurück.

»Mir geht es schlecht«, schmollte er – »schon die ganze Woche; ich kann in der Nacht nicht schlafen. Der Arzt weiß nicht, warum. Er ist zwar tüchtig, denn sonst würde ich ihn nicht rufen, aber das einzige, was ich von ihm habe, sind Rechnungen.«

»Ärzte!« fiel James ein. »Ich habe schon jeden Arzt in London für einen oder den anderen in der Familie konsultiert. Aber zufrieden war ich nie; sie erzählen einem ja den größten Unsinn! Nehmt zum Beispiel Swithin. Was haben sie ihm geholfen? Seht ihn an; er ist dicker als je zuvor; er ist entsetzlich dick; sie kriegen einfach sein Gewicht nicht herunter; seht ihn doch an!«

Swithin Forsyte, groß, massig, breit, mit einer Brust wie ein aufgeplusterter Täuberich, stolzierte im Schmuck seiner hellen Westen auf sie zu.

»Nun, wie geht es euch?« fragte er in seiner geckenhaften Art.

Jeder der Brüder sah verärgert auf die beiden andern, denn alle drei wußten, daß sie nun versuchen würden, sich gegenseitig in der Schilderung ihrer Krankheiten zu übertreffen.

»Wir sprachen gerade davon«, sagte James, »daß du auch nicht dünner wirst!«

Das Zuhören strengte Swithin so an, daß seine Augen förmlich hervorquollen.

»Dünner? Ich bin in blendender Verfassung!« sagte er und beugte sich etwas vor. »Kein solcher Stecken wie ihr!« Er richtete sich aber sofort wieder auf, um nichts von seiner Stattlichkeit einzubüßen, und verfiel in einen Zustand der Unbeweglichkeit, denn es ging ihm nichts über ein würdiges Aussehen.

Tante Ann blickte von einem zum andern. Ihr Blick war nachgiebig und doch streng. Die drei Brüder wieder sahen Ann an. Langsam wurde sie zittrig. Eine wunderbare Frau! Sicher schon sechsundachtzig; konnte durchaus noch zehn Jahre leben, und war doch niemals kräftig gewesen. Swithin und James, die Zwillinge, waren erst fünfundsiebzig, und Nicholas mit seinen siebzig Jahren fast ein Baby. Alle waren sie kräftig, und das war sehr beruhigend. Vor allen Arten des Besitzes lag ihnen natürlich ihre Gesundheit besonders am Herzen.

»An und für sich bin ich ganz gesund«, fuhr James fort, »aber meine Nerven sind nicht in Ordnung. Die geringste Kleinigkeit regt mich schrecklich auf. Wahrscheinlich muß ich nach Bath fahren.«

»Bath!« sagte Nicholas. »Ich habe Harrogate ausprobiert. Das ist auch nichts wert. Ich brauche die Meeresluft. Es geht doch nichts über Yarmouth. Wenn ich dort bin, dann schlafe ich –«

»Meine Leber ist gar nicht in Ordnung«, unterbrach ihn Swithin langsam. »Hier habe ich schreckliche Schmerzen«, und er legte seine Hand an die rechte Seite.

»Zuwenig Bewegung«, murmelte James, und richtete seine Augen wieder auf das Porzellan. Dann setzte er schnell fort: »Ich habe auch an dieser Stelle Schmerzen.«

Swithin wurde rot; er sah einem Truthahn nicht unähnlich.

»Bewegung«, sagte er, »ich mache viel Bewegung; ich nehme nie den Lift im Klub.«

»Das wußte ich nicht«, stieß James hervor. »Ich weiß nichts von euch; niemand erzählt mir was.«

Swithin starrte ihn an und fragte:

»Was tust du gegen die Schmerzen?«

James lebte auf. »Ich«, begann er, »habe da ein Mittel –«

»Wie geht es dir, Onkel?«

June stand vor ihm, das Gesicht zu ihm emporgerichtet, und streckte ihm die Hand entgegen.

Die freudige Erregung wich aus James' Gesicht.

»Wie geht es dir?« fragte er düster. »Du fährst also morgen nach Wales und besuchst die Tanten des jungen Mannes? Dort regnet es ja viel. Das ist kein echtes altes Worcester.« Er klopfte auf die Schale. »Das Service, das ich deiner Mutter bei ihrer Hochzeit geschenkt habe, das war wirklich echt.«

June schüttelte ihren drei Onkeln die Hände und wendete sich dann zu Tante Ann. Die alte Dame sah sie liebevoll an; sie küßte das Mädchen ein wenig zittrig, aber inbrünstig auf die Wange.

»Mein Liebes«, sagte sie, »du fährst also wirklich einen ganzen Monat fort!«

Das Mädchen ging weiter, und Tante Ann sah der schlanken kleinen Gestalt nach. Die runden, stahlgrauen Augen der alten Dame, die sich langsam mit einem Schleier überzogen, wie man ihn oft bei Vögeln findet, blickten June sehnsüchtig in der wogenden Menge nach; die Gäste hatten begonnen, sich zu verabschieden; Anns Finger preßten sich wieder gegeneinander, als ob sie Kräfte sammeln wollten, um sich gegen ihren unvermeidbaren letzten Abschied zu wehren.

»Ja«, dachte sie, »alle sind sehr nett gewesen; so viele Menschen sind gekommen und haben ihr gratuliert. Sie sollte eigentlich sehr glücklich sein.«

In der Menschenmenge an der Tür – dieser gutgekleideten Menge von Rechtsanwälten und Ärzten, von Börsenmaklern und Vertretern all der zahllosen Berufe, die der gehobene Mittelstand ausübt – in dieser Menge waren vielleicht nur zwanzig Prozent Forsytes; Tante Ann aber erschienen sie alle wie Forsytes – und es war auch sicher wenig Unterschied –, sie sah nur ihr eigenes Fleisch und Blut. Sie war ihre Welt, diese Familie, und sie kannte keine andere, hatte wahrscheinlich nie eine andere Welt gekannt. Alle ihre kleinen Geheimnisse, Krankheiten, Verlobungen, Heiraten, wie sie lebten, und ob sie gut verdienten – das alles war ihr Besitz, ihre Freude, ihr Leben; darüber hinaus tauchten Geschehnisse und Personen nur vage, wie aus einem Nebel, auf und hatten keine wirkliche Bedeutung. Und das war es auch, was sie würde aufgeben müssen, wenn sie starb; das gab ihr ihre Wichtigkeit, das geheime Selbstbewußtsein, ohne das keiner von uns das Leben ertragen kann; und daran klammerte sie sich mit ganzem Herzen, mit einer Gier, die von Tag zu Tag wuchs. Wenn ihr auch das Leben langsam aus den Händen glitt, das würde sie bis zum letzten Augenblick behalten. Sie dachte an Junes Vater, den jungen Jolyon, der mit diesem ausländischen Mädchen davongelaufen war. Ah! Was für ein Schlag für seinen Vater und sie alle! So ein vielversprechender junger Mann! Was für ein Schlag, obwohl es keinen offenkundigen Skandal gegeben hatte, Gott sei Dank; Jos Frau hatte ja keine Scheidung gewollt. Und so lange war das her! Als Junes Mutter vor sechs Jahren gestorben war, hatte Jo diese Frau geheiratet, und sie hatte gehört, daß sie jetzt zwei Kinder hatten.

Aber er hatte das Recht verwirkt, hier zu sein, er hatte sie um die völlige Erfüllung ihres Familienstolzes betrogen, er hatte sie um die rechtmäßige Freude gebracht, ihn zu sehen und zu küssen, ihn, auf den sie so stolz gewesen war, auf diesen vielversprechenden Jungen! Mit der Bitterkeit lang erlittenen Unrechts zehrte dieser Gedanke an ihrem zähen alten Herzen. Tränen standen ihr in den Augen, und sie trocknete sie heimlich mit einem Taschentuch aus feinstem Batist.

»Nun, Tante Ann«, sagte eine Stimme hinter ihr.

Soames Forsyte, glattrasiert, mit flachen Schultern, flachen Wangen, flachen Hüften, glatt und undurchschaubar in seinem Auftreten, stand hinter Tante Ann und sah seitwärts auf sie herab, als ob er durch seine eigene Nase durchsehen wollte.

»Und was hältst du von dieser Verlobung?« fragte er.

Tante Ann blickte ihn mit Stolz an; seit der junge Jolyon den Schoß der Familie verlassen hatte, war er der älteste ihrer Neffen und jetzt ihr Liebling, denn in ihm erkannte sie einen sicheren Bewahrer des Familiengeistes, der ihrer Obhut bald entgleiten würde.

»Sehr angenehm für den jungen Mann«, sagte sie; »er sieht auch gut aus; aber ich bezweifle, ob er wirklich der richtige Mann für die liebe June ist.«

Soames ließ seine Finger über den Rand eines goldlakkierten Leuchters gleiten.

»Sie wird ihn schon zähmen«, sagte er, benetzte heimlich seine Finger und rieb sie an den Zierbuckeln. »Das ist gute alte Lackarbeit; heutzutage bekommt man so etwas nicht mehr. Würde sich bei Jobson gut verkaufen.« Er sagte das mit Genuß, als ob er spürte, daß er seine alte Tante aufheiterte. Er war selten so vertraulich. »Ich hätte ihn ganz gern selber«, fuhr er fort; »für alte Lackarbeiten bekommt man immer einen guten Preis.«

»Du kennst dich in diesen Dingen immer so gut aus«, sagte Tante Ann. »Und wie geht es der lieben Irene?«

Soames' Lächeln erstarb.

»Recht gut«, sagte er. »Sie klagt darüber, daß sie nicht schlafen kann, dabei schläft sie viel besser als ich.« Er sah seine Frau an, die bei der Tür mit Bosinney sprach.

Tante Ann seufzte.

»Vielleicht wird es ihr guttun«, sagte sie, »wenn sie nicht mehr so viel mit June zusammen ist. June hat so eine ausgeprägte Persönlichkeit.« Soames errötete; die Röte glitt über seine Wangen und blieb auf der Stirn haften, ein sicheres Zeichen, daß er unangenehmen Gedanken nachhing.

»Ich weiß ja nicht, was sie an dieser kleinen Schwätzerin findet«, stieß er hervor; doch dann bemerkte er, daß sie nicht mehr allein waren, drehte sich um und begann wieder, den Leuchter zu untersuchen.

»Man sagt, daß Jolyon noch ein Haus gekauft hat«, hörte er seinen Vater ganz in der Nähe bemerken; »er muß sehr viel Geld haben – mehr, als er damit anzufangen weiß! Am Montpelier Square, sagt man, in der Nähe von Soames! Sie haben es mir nie erzählt – Irene erzählt mir ja nie etwas!«

»Eine großartige Lage, keine zwei Minuten von mir«, hörte man Swithins Stimme, »und von meiner Wohnung kann ich in acht Minuten im Klub sein.«

Die Lage ihrer Häuser war für die Forsytes von lebenswichtigem Interesse; das war auch nicht ungewöhnlich, da sie darin ein Symbol ihres Erfolgs sahen.

Ihr Vater, der aus einer alten Bauernfamilie stammte, war zu Beginn des Jahrhunderts aus Dorsetshire gekommen.

»Der große Dosset Forsyte«, wie er von seinen Freunden genannt wurde, war von Beruf Steinmetz gewesen und hatte sich bis zum Baumeister hinaufgearbeitet. Gegen Ende seines Lebens war er nach London übergesiedelt; dort hatte er bis zu seinem Tod weitergearbeitet und war dann in Highgate begraben worden. Seinen zehn Kindern hinterließ er mehr als dreißigtausend Pfund. Der alte Jolyon meinte, wenn er überhaupt von ihm sprach, daß er »ein harter, derber Mensch« gewesen war; »von Bildung war nicht sehr viel zu bemerken«. Die zweite Generation der Forsytes fand überhaupt, daß mit ihm nicht viel Staat zu machen war. Der einzige aristokratische Zug, den sie in seinem Wesen entdecken konnten, war die Gewohnheit, Madeira zu trinken. Tante Hester, eine Autorität, was die Familiengeschichte anlangte, beschrieb ihn so:

»Ich erinnere mich nicht daran, daß er je etwas tat; zumindest nicht zu meiner Zeit. Er war – einfach Hausbesitzer, meine Liebe. Sein Haar hatte ungefähr dieselbe Farbe wie das Swithins; er war recht kräftig gebaut. Groß? Nicht sehr« (er war fünfeinhalb Fuß groß gewesen und hatte ein fleckiges Gesicht gehabt), »sein Gesicht hatte eine frische Farbe. Ich erinnere mich daran, daß er gern Madeira trank; aber frag doch deine Tante Ann. Was sein Vater war? Er – er hatte in Dorsetshire Grund besessen, unten am Meer.«

James war einmal selbst hingefahren, um festzustellen, was das eigentlich für ein Ort sei, aus dem sie kamen. Er fand zwei alte Bauernhäuser und einen Karrenweg, der tief in die rötliche Erde eingeschnitten war und zu einer Mühle an der Küste führte; eine kleine, graue Kirche mit Strebepfeilern an den Außenwänden und eine noch kleinere und dunklere Kapelle. Der Bach, der die Mühle antrieb, wurde von vielen kleinen Armen gespeist, und in der Mündung suchten Schweine ihr Futter. Schwerer Dunst lag über dem Ganzen. Hier, durch diese Senke, waren also die Vorfahren der Forsytes Hunderte Jahre lang Sonntag für Sonntag gegangen, die Füße tief im Schlamm, die Gesichter aufs Meer hinaus gerichtet, und waren's zufrieden gewesen.

Ob James auf seine Erbschaft gehofft hatte oder nicht, oder ob er Spuren einer vornehmen Ahnenreihe hatte finden wollen, er kam in sehr schlechter Verfassung in die Stadt zurück und versuchte heldenhaft gute Miene zum bösen Spiel zu machen.

»Es gibt einem nur sehr wenig«, sagte er, »ein richtiges Nest, und uralt.«

Das Alter des Platzes war wenigstens ein Trost. Der alte Jolyon sprach manchmal in einem Anflug von äußerster Offenheit von seinen Vorfahren als »wahrscheinlich ganz kleinen Freibauern«. Und doch wiederholte auch er das Wort »Freibauern« so, als ob es ihm Trost brächte. Sie waren alle so erfolgreich gewesen, diese Forsytes, daß man von ihnen sagen konnte, sie hätten »eine gewisse Stellung errungen«. Sie besaßen Aktien von allen möglichen Gesellschaften, allerdings noch keine Staatsanleihen – mit Ausnahme von Timothy –, denn sie fürchteten nichts so sehr in ihrem Leben wie nur drei Prozent Zinsen für ihr Geld. Sie sammelten auch Bilder und unterstützten die karitativen Vereinigungen, die eventuell ihren kranken Bediensteten zugute kommen konnten. Von ihrem Vater, dem Baumeister, hatten sie ein Talent für alles, was mit Ziegeln und Mörtel zusammenhing, geerbt. Waren sie ursprünglich vielleicht Mitglieder irgendeiner primitiven Sekte gewesen, so waren sie jetzt natürlich Mitglieder der Church of England, und veranlaßten ihre Frauen und Kinder, relativ regelmäßig die fashionablen Kirchen Londons zu besuchen. Hätte man ihr Christentum je in Frage gestellt, so wären sie überrascht und schmerzlich berührt gewesen. Einige von ihnen zahlten sogar für ihre Kirchenstühle und drückten so in der praktischen Form ihre Sympathie für die christliche Lehre aus.

Ihre Häuser, die in bestimmten Abständen rings um den Hyde Park lagen, standen wie Wachtposten, damit das Herz Londons, in dem alle ihre Interessen lagen, ihnen nicht entgleiten könne und sie nicht in der eigenen Achtung sänken.

Der alte Jolyon lebte in Stanhope Place; die Jameses in Park Lane; Swithin in der einsamen Pracht seiner blau-orangen Wohnung in den Hyde Park Mansions – er hatte ja niemals geheiratet, er nicht! –, Soames und seine Frau in ihrem kleinen Haus in Knightsbridge; Roger und seine Familie in Prince's Gardens (Roger war der bemerkenswerte Forsyte, der den Einfall gehabt hatte, seine vier Söhne einen neuen Beruf erlernen zu lassen, und diesen Einfall auch ausgeführt hatte. »Kauft Häuser – es geht nichts darüber!« sagte er gern. »Ich habe nie etwas anderes getan!«)

Und dann die Haymans – Mrs. Hayman war die einzige verheiratete Forsyte-Schwester – in einem Haus hoch oben auf Campden Hill, das wie eine Giraffe aussah und so hoch war, daß es dem Betrachter Genickstarre einbrachte; Nicholas wohnte in Ladbroke Grove in einem geräumigen und noch dazu billigen Haus; und schließlich Timothy in der Bayswater Road, wo Ann, Juley und Hester unter seinem Schutz lebten.

James hatte die ganze Zeit nachgedacht und fragte nun seinen Bruder und Gastgeber, was er für das Haus am Montpelier Square gezahlt hatte. Er selbst hatte dieses Haus in den letzten zwei Jahren im Auge gehabt, aber der Preis war ja so hoch gewesen.

Der alte Jolyon schilderte die Einzelheiten des Kaufes.

»Auf zweiundzwanzig Jahre?« wiederholte James. »Genau das Haus, das ich wollte – du hast zu viel dafür bezahlt!«

Der alte Jolyon runzelte die Stirn.

»Nicht, daß ich es will«, sagte James hastig. »Zu dem Preis paßt es nicht für meine Absichten. Soames kennt das Haus – er wird dir sagen, daß es zu teuer ist – auf sein Urteil kann man etwas geben.«

»Mir«, sagte der alte Jolyon, »ist seine Meinung völlig egal.«

»Ganz wie du willst«, murmelte James, »aber er hat doch recht. Auf Wiedersehen! Wir werden nach Hurlingham fahren. Man sagt, daß June nach Wales fährt. Du wirst morgen einsam sein. Was wirst du mit dir anfangen? Komm doch und iß mit uns!«

Der alte Jolyon lehnte ab. Er ging bis zur Eingangstür mit und begleitete sie dann zum Wagen; er zwinkerte ihnen zu und hatte seinen Ärger schon vergessen – James' Frau saß in Fahrtrichtung, hoch und majestätisch mit ihrem rotbraunen Haar; links von ihr Irene – die beiden Ehemänner, Vater und Sohn, saßen ihren Frauen gegenüber, leicht vorgelehnt, als ob sie etwas erwarteten. Der alte Jolyon sah ihnen nach, wie sie im hellen Sonnenlicht abfuhren, schweigend, von den Erschütterungen des Wagens auf den gefederten Kissen der Sitze hin- und hergeworfen.

Während der Fahrt brach James' Frau das Schweigen.

»Habt ihr je eine solche Ansammlung von komischen Leuten gesehen?«

Soames sah sie unter gesenkten Augenlidern an und nickte, und er bemerkte, daß Irene ihm einen ihrer unergründlichen Blicke zuwarf. Wahrscheinlich machte jeder Zweig der Familie Forsyte auf der Rückfahrt vom Empfang beim alten Jolyon die gleiche Bemerkung.

Nicholas, der vierte, und Roger, der fünfte der Brüder, waren unter den letzten Gästen, die das Haus verließen; sie gingen zu Fuß, den Hyde Park entlang zur Station Praed Street der Untergrundbahn. Wie alle Forsytes in einem gewissen Alter hatten sie ihren eigenen Wagen und nahmen niemals Mietwagen, wenn sie es nur irgendwie vermeiden konnten.

Es war ein sonniger Tag, und die Bäume im Park standen in der vollen Schönheit sommerlichen Laubes; die beiden Brüder bemerkten solche Dinge allerdings nicht, die gleichwohl zur angeregten Konversation und dem angenehmen Spaziergang beitrugen.

»Ja«, sagte Roger, »Soames' Frau sieht gut aus. Man sagt, daß sie sich nicht vertragen.«

Dieser Bruder hatte eine hohe Stirn und von allen Forsytes die gesündeste Farbe; seine hellgrauen Augen musterten die Straßenfronten der Häuser, an denen sie vorbeikamen, und hie und da hob er den Schirm und visierte die verschiedenen Höhen an – »ein bißchen Trigonometrie«, wie er es nannte.

»Sie hatte kein Vermögen«, antwortete Nicholas.

Er selbst hatte viel Geld geheiratet, das er, da er noch im goldenen Zeitalter vor der gesetzlichen Neuregelung der Vermögensverhältnisse von Eheleuten geheiratet hatte, mit viel Erfolg nutzbringend verwenden konnte.

»Was war ihr Vater?«

»Sein Name war Heron, soviel ich weiß ein Professor.«

Roger schüttelte den Kopf.

»Ein brotloser Beruf«, sagte er.

»Es heißt auch, daß der Vater ihrer Mutter Zement erzeugt hat.«

Rogers Züge erhellten sich.

»Aber er ging bankrott«, fuhr Nicholas fort.

»Ah!« rief Roger. »Soames wird mit ihr noch Schwierigkeiten haben; denk an meine Worte, er wird Schwierigkeiten haben – sie sieht so ausländisch aus.«

Nicholas leckte sich die Lippen.

»Sie ist eine hübsche Frau.« Er winkte einen Straßenfeger zur Seite. »Wie hat er sie denn kennengelernt?« fragte Roger nach einiger Zeit. »Ihre Kleider müssen ihn eine schöne Stange Geld kosten!«

»Ann erzählt mir«, antwortete Nicholas, »daß er ganz verrückt nach ihr war. Sie hat ihn fünfmal abgewiesen. James hat ein ungutes Gefühl, das kann man ja sehen.«

»Ach«, sagte Roger wieder, »James tut mir leid; er hatte schon genug Schwierigkeiten mit Dartie.« Seine gesunde Gesichtsfarbe war durch die Bewegung noch dunkler geworden, und häufiger als sonst hob er den Schirm in Augenhöhe. Auch Nicholas sah heiter drein.

»Mir ist sie zu blaß«, sagte er, »aber ihre Figur ist großartig!«

Roger antwortete nicht.

»Ich finde, sie sieht vornehm aus«, sagte er schließlich – es war das höchste Lob im Wortschatz der Forsytes. »Aus diesem jungen Bosinney wird nie etwas. Man sagt, daß er künstlerische Ambitionen haben soll – er will die englische Architektur verbessern; damit kann man doch kein Geld verdienen. Ich würde gern hören, was Timothy dazu sagt.«

Sie betraten die Station.

»Welche Klasse nimmst du? Ich fahre zweite.«

»Keine zweite Klasse für mich«, sagte Nicholas, »man weiß nie, was man da alles erwischen kann.«

Er nahm eine Fahrkarte erster Klasse nach Notting Hill Gate; Roger eine zweiter Klasse nach South Kensington. Als der Zug eine Minute später kam, trennten sich die beiden Brüder und bestiegen ihre Abteile. Jeder war gekränkt, daß der andere auf seine Gewohnheiten nicht soweit verzichtet hatte, daß er noch länger mit dem anderen zusammensein konnte.

Aber – wie es Roger in Gedanken ausdrückte:

»Immer ein sturer Kerl, dieser Nicholas!«

Und wie Nicholas bei sich dachte:

»Roger war immer schon ein streitsüchtiger Mensch!«

Sentimentalität wurde bei den Forsytes klein geschrieben. Wo sollten sie auch in diesem großen London, das sie erobert hatten und mit dem sie verwachsen waren, die Zeit hernehmen, sentimental zu sein?

2

Der alte Jolyon geht in die Oper

Am nächsten Tag um fünf Uhr saß der alte Jolyon allein, eine Zigarre zwischen den Lippen, eine Tasse Tee auf dem Tisch zu seiner Seite. Er war müde, und bevor er die Zigarre noch fertiggeraucht hatte, schlief er ein. Eine Fliege setzte sich auf sein Haar, sein Atem klang schwer in der schläfrigen Stille, und seine Oberlippe unter dem weißen Schnurrbart schob sich im Atmen vor und zurück. Die Zigarre fiel aus seiner geäderten und faltigen Hand in den leeren Kamin und brannte dort zu Ende.

Das düstere kleine Arbeitszimmer mit seinen bunten Glasfenstern, die jede Aussicht versperrten, war voll von dunkelgrünem Samt und reichgeschnitzten Mahagonimöbeln – eine Einrichtung, von der der alte Jolyon gern sagte: »Sollte mich nicht wundern, wenn das eines Tages einen hohen Preis erzielt!«

Es war ein angenehmer Gedanke, daß er im nächsten Leben für etwas mehr bekommen konnte, als er bezahlt hatte.

Der sattbraune Ton, in den der Raum, wie alle Hinterzimmer der Forsytes, getaucht war, und der große, gegen das Kissen des hochlehnigen Sessels gedrückte weißhaarige Kopf gaben dem Bild etwas Rembrandteskes – doch wurde der Eindruck durch den Schnurrbart gestört, der dem Gesicht einen recht militärischen Ausdruck verlieh. Eine alte Uhr, die er schon vor seiner Heirat vor fünfzig Jahren besessen hatte, führte mit ihrem Ticken ein eifersüchtig gehütetes Verzeichnis der Sekunden, die für immer ihrem alten Herrn entglitten.

Er hatte dieses Zimmer nie gemocht und es das ganze Jahr über kaum betreten, höchstens um Zigarren aus dem japanischen Schränkchen in der Ecke zu holen – jetzt nahm das Zimmer seine Rache.

Seine Schläfen, die sich über die darunterliegenden

Höhlen wie ein Strohdach wölbten, seine Backenknochen und sein Kinn, alles trat im Schlaf schärfer hervor, und in seinem Gesicht konnte man lesen, daß er ein alter Mann sei.

Er erwachte. June war fort! James hatte gesagt, daß er einsam sein würde. Mit James war nie viel los gewesen. Er erinnerte sich mit Genugtuung daran, daß er James das Haus vor der Nase weggekauft hatte; geschah ihm recht, wenn er so auf dem Preis beharrte; das einzige, woran der Bursche je dachte, war Geld. Hatte er nicht doch zuviel ausgegeben? Man würde sehr viel reparieren müssen. Er würde wahrscheinlich sein ganzes Geld brauchen, bevor er Junes Angelegenheiten geregelt hatte. Er hätte diese Verlobung niemals erlauben sollen. Sie hatte diesen Bosinney im Hause von Baynes getroffen – Baynes und Bildeboy, den Architekten. Er glaubte, daß Baynes, den er kannte – ein richtiges altes Weib –, der angeheiratete Onkel des jungen Mannes war. Nach dieser Begegnung war sie ihm immer nachgelaufen; und wenn sie sich einmal was in den Kopf gesetzt hatte, konnte man sie nicht mehr aufhalten. Sie ließ sich dauernd mit »verkrachten Existenzen« von einer oder der anderen Sorte ein. Der Bursche hatte kein Geld, aber sie mußte sich ausgerechnet mit ihm verloben – einem konfusen, unpraktischen Menschen, der ständig in Schwierigkeiten geraten würde.

Eines Tages war sie in ihrer ungestümen Art zu ihm gekommen und hatte es ihm erzählt; und als ob es ein Trost wäre, hatte sie noch dazu gesagt:

»Er ist so großartig, er lebt oft wochenlang von Kakao!«

»Und er will, daß auch du von Kakao lebst?«

»Aber nein; er ist drauf und dran, Karriere zu machen.«

Der alte Jolyon hatte die Zigarre unter seinem weißen Schnurrbart, der am Rand vom Kaffee gefärbt war, hervorgenommen, und June angesehen, dieses kleine, schlanke Ding, das sein Herz so fest in Besitz der Hand genommen hatte. Er wußte mehr über diese »Karrieren« als seine Enkelin. Sie aber hatte ihre Hände um sein Knie geschlungen und ihr Kinn an ihm gerieben, mit Lauten, die dem Schnurren einer Katze glichen. Und er klopfte die Asche von der Zigarre und fuhr sie gereizt und bekümmert an:

»Ihr seid alle gleich; ihr gebt euch nicht zufrieden, bis ihr das erreicht, was ihr wollt. Gut; ich wasche meine Hände in Unschuld!«

Und so hatte er also jede Verantwortung abgelehnt, aber die Bedingung gestellt, daß sie erst heiraten sollten, wenn Bosinney zumindest vierhundert Pfund im Jahr verdiente.

»Ich werde euch nicht viel geben können«, hatte er gesagt, ein Ausspruch, der June nicht unbekannt war. »Vielleicht wird dieser Dingsda den Kakao beisteuern.«

Seit die Sache begonnen hatte, bekam er sie kaum mehr zu Gesicht. Eine böse Geschichte! Er hatte nicht die Absicht, ihr viel Geld zu geben, damit dieser Mensch, von dem er nichts wußte, faul davon leben konnte. Er hatte Derartiges schon erlebt; es entstand nie was Gutes daraus. Was das Schlimmste war, er konnte nicht hoffen, ihren Entschluß zu erschüttern; sie war so starrköpfig wie ein Maultier, war es schon von Kindheit an gewesen. Er wußte nicht, wo das enden sollte. Sie würden sich den Verhältnissen anpassen müssen. Er würde nicht nachgeben, bis er wußte, daß der junge Bosinney ein eigenes Einkommen hatte. Daß June mit diesem Burschen Schwierigkeiten haben würde, war sonnenklar; er verstand nicht mehr vom Geld als eine Kuh. Und was diese überhastete Reise nach Wales anlangte, um die Tanten des jungen Mannes zu besuchen – er war völlig davon überzeugt, daß sie alte Drachen waren.

Bewegungslos starrte der alte Jolyon auf die Wand; wären nicht seine offenen Augen gewesen, hätte man glauben können, daß er schlafe... Die Idee, daß dieser Grünschnabel Soames ihm einen Rat geben könnte! Er war immer ein Grünschnabel gewesen, und noch dazu hochnäsig. Nächstens würde er sich noch als reicher Mann aufspielen, mit einem eigenen Landsitz! Ein reicher Mann! Ha! Wie sein Vater, so war auch er immer auf der Suche nach Gelegenheitskäufen, der kaltschnäuzige Kerl!

Er erhob sich, ging zum Schrank und begann, methodisch sein Zigarrenetui mit Zigarren aus einer neu angekommenen Packung zu füllen. Für den Preis, den er gezahlt hatte, waren sie nicht schlecht, aber heutzutage konnte man keine wirklich gute Zigarre bekommen, nichts, was den alten Superfinos von Hanson und Bridger das Wasser reichen konnte. Das waren Zigarren!

Wie ein Duft, der sich heimlich im Raum verbreitet, durchdrang ihn dieser Gedanke und führte ihn zu den wunderbaren Abenden in Richmond zurück, an denen er nach dem Essen auf der Terrasse des »Crown and Sceptre« gesessen war und geraucht hatte, zusammen mit Nicholas Treffry und Traquair, Jack Herring und Anthony Thornworthy. Wie gut die Zigarren damals geschmeckt hatten! Armer alter Nick – tot, und Jack Herring – tot, und Traquair – tot, seine Frau hatte ihn ins Grab gebracht, und Thornworthy – der war schrecklich zittrig geworden (kein Wunder, bei seinem Appetit).

Von der ganzen Runde von damals war nur er allein übriggeblieben, außer natürlich Swithin; aber der war ja so entsetzlich dick, daß man mit ihm nichts anfangen konnte.

Schwer zu glauben, daß das schon so lange her war; er fühlte sich noch jung! Als er so dastand und seine Zigarren wählte, war dieser Gedanke der schmerzlichste, der bitterste. Trotz seines weißen Kopfes und seiner Einsamkeit war er im Herzen jung geblieben. Und diese Sonntagnachmittage auf Hampstead Heath, an denen er und der junge Jolyon ein Stück die Spaniards Road entlang nach Highgate, nach Child's Hill, und zurück über die Heide zu Jack Straw's Castle zum Essen gegangen waren – wie köstlich waren seine Zigarren damals gewesen! Und was für ein Wetter! Kein Vergleich mit heute!

Als June ein kleiner Tolpatsch von fünf Jahren gewesen und er mit ihr jeden zweiten Sonntag in den Zoo gegangen war, fort aus der Gesellschaft der beiden guten Frauen, ihrer Mutter und ihrer Großmutter, und als er am Rand der Bärengrube auf seinen Schirm Kuchen für ihre Lieblingsbären gespießt hatte, wie süß schmeckten seine Zigarren damals!

Zigarren! Er hatte nicht einmal mehr Gelegenheit, von seiner feinen Zunge Gebrauch zu machen – seinem bekannt guten Geschmack, auf den in den fünfziger Jahren viele geschworen hatten. Oft hatte es damals geheißen – »Forsyte, der Mann mit dem besten Geschmack in ganz London!« Dieser Geschmack, der in gewissem Sinn die Grundlage seines Reichtums geworden war – des Reichtums der berühmten Teeimporteure Forsyte und Treffry, deren Tee wie kein anderer ein romantisches Aroma hatte, den Charme einer ganz besonderen Originalität. Der Name des Hauses Forsyte und Treffry in der City hatte immer einen ganz besonderen Klang gehabt – es umschwebte ihn ein Hauch von Abenteuer und Geheimnis, von ungewöhnlichen Geschäften, auf ungewöhnlichen Schiffen, in ungewöhnlichen Häfen, mit ungewöhnlichen Orientalen.

Wie hatte er in diesem Geschäft gearbeitet! Damals hatte man noch gewußt, was Arbeit war! Diese jungen Knaben von heute kannten kaum die Bedeutung dieses Wortes. Er hatte jedes Detail nachgeprüft, alles gewußt, was vorging, war manchmal ganze Nächte über den Problemen gesessen. Und er hatte seine Vertreter immer selbst ausgewählt, er war stolz darauf gewesen. Er sagte immer, das Geheimnis seines Erfolges sei sein Auge für den richtigen Mann gewesen, und diese Fähigkeit in die Tat umzusetzen, war eigentlich das einzige gewesen, was er wirklich gern getan hatte. Keine Karriere für einen Mann mit seinen Fähigkeiten. Sogar jetzt, nachdem das Unternehmen in eine Gesellschaft mit beschränkter Haftung umgewandelt und im Abstieg begriffen war (er hatte seine Aktien schon vor langer Zeit abgestoßen), dachte er nur mit einem bitteren Gefühl an diese Zeit. Was hätte nicht alles aus ihm werden können! Er hätte als Rechtsanwalt wohl großen Erfolg gehabt! Er hatte sogar daran gedacht, für das Parlament zu kandidieren. Wie oft hatte doch Nicholas Treffry zu ihm gesagt: »Du könntest alles machen, Jo, wenn du nicht so verdammt auf dich aufpassen würdest!« Der gute alte Nick! So ein netter Kerl, aber etwas anstrengend! Der berüchtigte Treffry! Er hatte nie auf sich acht gegeben. So war er also gestorben. Der alte Jolyon zählte seine Zigarren mit ruhiger Hand, und plötzlich fragte er sich, ob er nicht zu sehr auf sich acht gegeben hatte.

Er steckte das Zigarrenetui in die Brusttasche, knöpfte sie zu und ging die lange Stiege in sein Schlafzimmer hinauf, wobei er sich schwer auf das Stiegengeländer stützte. Das Haus war zu groß. Sobald June geheiratet hatte – wenn sie diesen Burschen je heiratete, was er aber doch annahm –, würde er es vermieten und sich eine Wohnung nehmen. Was für einen Sinn hatte es, sich ein halbes Dutzend Diener zu halten, die ihn arm fraßen?

Auf sein Läuten kam der Butler, ein großer, bärtiger Mann mit lautlosem Gang und der besonderen Fähigkeit, wenig Lärm zu machen. Der alte Jolyon befahl ihm, seinen Frack herzurichten; er würde im Klub essen.

Wie lange sei der Wagen, der Miss June zum Bahnhof gebracht hatte, schon zurück? Seit zwei? Dann sollte er um halb sieben bereit sein. Der Klub, den der alte Jolyon Punkt sieben betrat, war einer jener politischen Institutionen des oberen Mittelstandes, die schon bessere Tage gesehen hatten. Obwohl man über ihn tuschelte, oder vielleicht gerade weil das der Fall war, legte er eine enttäuschende Lebendigkeit an den Tag. Die Leute waren es müde geworden, festzustellen, daß der Disunion-Klub in den letzten Zügen lag. Auch der alte Jolyon sagte es, und ignorierte die Tatsache gleichzeitig in einer Weise, die manches überzeugte Klubmitglied als wirklich aufreizend empfand.

»Warum bleibst du Mitglied?« fragte ihn Swithin oft mit echter Sorge. »Warum trittst du nicht dem Polyglot bei? Einen Wein wie unseren Heidsieck kannst du unter zwanzig Shilling pro Flasche in ganz London nicht bekommen«, und er fügte mit gesenkter Stimme hinzu: »Es sind nur mehr fünftausend Dutzend übrig. Ich trinke ihn jeden Abend.«

»Ich werde es mir überlegen«, antwortete der alte Jolyon; aber wenn er daran dachte, dann auch an die fünfzig Guineas Eintrittsgebühr, und daß er vier bis fünf Jahre brauchen würde, um aufgenommen zu werden. Und so überlegte er sich die Sache weiter.

Er war zu alt, um ein Liberaler zu sein, und hatte schon seit langem aufgehört, an die politischen Doktrinen seines Klubs zu glauben; ja man erinnerte sich sogar, daß er von ihnen als »armseligem Unsinn« gesprochen hatte, und es bereitete ihm Vergnügen, diesen Prinzipien, die seinen eigenen so völlig entgegengesetzt waren, zum Trotz Mitglied zu bleiben. Er hatte den Klub immer verachtet, nachdem er vor vielen Jahren beigetreten war, als man ihn im Hotch Potch abgewiesen hatte, da er nur Geschäftsmann war. Als ob er nicht genauso gut wäre wie alle andern! Natürlich verachtete er den Klub, der ihn dann aufnahm. Die Mitglieder waren ein recht armseliges Pack, viele von ihnen waren in der City tätig – Börsenmakler, Rechtsanwälte, Auktionatoren, weiß Gott was! Wie die meisten Menschen mit starkem Charakter und wenig Originalität hielt der alte Jolyon wenig von der Klasse, der er angehörte. Er folgte getreulich ihren Gebräuchen, sowohl in gesellschaftlicher Hinsicht als auch sonst, und doch hielt er sie insgeheim für gewöhnlich. Die Jahre und die Abgeklärtheit, die mit dem Alter gekommen war, hatten die Erinnerung an seine Niederlage im Hotch Potch abgeschwächt; und in seiner Erinnerung schwebte er ihm jetzt als König der Klubs vor. Er wäre all diese Jahre Mitglied gewesen, hätte sich Jack Herring, der ihn im Klub einführen sollte, nicht falsch verhalten, so daß sie nicht wußten, was sie taten, als sie ihn ablehnten.

Schließlich hatten sie seinen Sohn Jo sofort aufgenommen, und er glaubte, daß der Junge noch Mitglied war; vor acht Jahren hatte er einen von dort abgesendeten Brief erhalten.

Er war etliche Monate lang nicht im Disunion gewesen; in der Zwischenzeit hatte man das Haus in der recht bunten Art renoviert, die man alten Häusern und alten Schiffen angedeihen läßt, wenn man sie verkaufen will.

»Scheußliche Farbe, dieses Rauchzimmer!« dachte er. »Der Speisesaal ist gut geworden.«

Das dunkle Schokoladenbraun, das mit hellem Grün kontrastierte, gefiel ihm.

Er bestellte das Essen und setzte sich in derselben Ecke nieder, vielleicht sogar an demselben Tisch (im Disunion, einem Klub mit fast radikalen Prinzipien, veränderten sich die Dinge nicht sehr), an dem er und der junge Jolyon vor fünfundzwanzig Jahren gesessen hatten, als er seinen Sohn während der Ferien ins Drury Lane Theater geführt hatte.

Der Junge war gern ins Theater gegangen, und der alte Jolyon erinnerte sich daran, wie er ihm gegenübersaß und seine Aufregung nur mühsam hinter einer sorgfältig einstudierten, aber doch sehr durchsichtigen Nonchalance verbarg.

Er bestellte für sich genau dasselbe Essen, das der Junge immer gewählt hatte – Suppe, Fisch, Koteletts und einen Kuchen. Ah, wenn er ihm nur jetzt gegenübersäße!

Sie hatten sich vierzehn Jahre nicht mehr gesehen. Und nicht zum ersten Mal in diesen vierzehn Jahren fragte sich der alte Jolyon, ob ihn in dieser Angelegenheit nicht auch etwas Schuld träfe. Eine unglückliche Liebesaffäre mit der koketten Danae Thornworthy, die jetzt Danae Pellew hieß, der Tochter Anthony Thornworthys, hatte ihn als Reaktion in die Arme von Junes Mutter getrieben. Vielleicht hätte er diese Heirat verhindern sollen; sie waren zu jung gewesen; aber nachdem er gesehen hatte, wie empfänglich Jo für solche Dinge war, war er nur zu froh gewesen, ihn verheiratet zu sehen. Und nach vier Jahren war die Katastrophe gekommen! Die Haltung seines Sohnes zu billigen, war ihm natürlich unmöglich gewesen; Verstand und Erziehung – diese Kombination von wichtigen Faktoren, die für seine Prinzipien standen – sagten ihm, daß das unmöglich wäre, aber sein Herz litt darunter. Die

Unerbittlichkeit, mit der sich diese Geschichte abgewikkelt hatte, ließ für Gefühle keinen Platz. Da war June gewesen, dieses winzige Ding mit dem flammenden Haar, die an ihm herumgeklettert war, ihn umarmt – und sein Herz gefangengenommen hatte, das zum Spielzeug und zur geliebten Zufluchtsstätte winziger, hilfloser Wesen wie geschaffen war. Mit dem für ihn charakteristischen klaren Blick sah er, daß er sich vom einen oder vom andern trennen mußte; in einer solchen Lage taugten Halbheiten nicht. Darin lag die Tragödie. Und das winzige, hilflose Ding behielt die Oberhand; er konnte nicht zwei Herren gleichzeitig dienen und sagte sich daher von seinem Sohn los.

Diese Trennung hatte bis zum heutigen Tag gedauert.

Er hatte vorgeschlagen, dem jungen Jolyon auch weiterhin eine – wenn auch gekürzte – Rente zu geben, aber dieser hatte es abgeschlagen, und vielleicht hatte ihn jene Ablehnung mehr als alles andere gekränkt; damit war die letzte Möglichkeit verschwunden, seinen innersten Gefühlen Ausdruck zu geben; es war ein derart realer und gewichtiger Beweis für den Bruch gewesen, wie ihn nur eine Vermögenstransaktion liefern konnte.

Sein Essen schmeckte schal; der Champagner war ein trockenes, bitteres Zeug, nicht wie der Veuve Clicqot früherer Tage.

Beim Kaffee entschloß er sich, in die Oper zu gehen. Daher suchte er in der *Times* – anderen Zeitungen mißtraute er – die Ankündigungen für diesen Abend. Man spielte »Fidelio«.

Glücklicherweise nicht eine dieser neumodischen Pantomimen von diesem Wagner.

Er setzte seinen großen, alten Zylinder auf, dessen weite Krempe durch den vielen Gebrauch flach geworden war – eine Erinnerung an vergangene große Tage; er holte ein Paar alter, sehr dünner violetter Glacéhandschuhe hervor, die stark nach Russisch Leder rochen – steckten sie doch gewöhnlich neben dem Zigarrenetui in der Tasche seines Rockes. Dann nahm er einen Wagen.

Die Droschke ratterte munter durch die Straßen, und der alte Jolyon war über das ungewohnte Leben und Treiben erstaunt.

»Die Hotels müssen ein unwahrscheinliches Geschäft machen«, dachte er. Vor wenigen Jahren hatte es noch kein einziges dieser großen Hotels gegeben. Mit Genugtuung dachte er daran, daß er in der näheren Umgebung Grund besaß. Der mußte ja im Wert sprunghaft steigen! Was für ein Verkehr!

Aber von dieser Idee ausgehend begann er, einem dieser seltsamen, unpersönlichen Gedankengänge nachzuhängen, die so uncharakteristisch für einen Forsyte waren und die teilweise das Geheimnis seiner Vorrangstellung in der Familie ausmachten. Was für Atome waren doch die Menschen, und wie viele von ihnen gab es! Und was würde aus ihnen allen werden?

Er stolperte, als er aus der Droschke stieg, gab dem Fahrer den genau abgezählten Fahrpreis, ging zur Kasse, um eine Karte zu kaufen, und stand mit der Geldbörse in der Hand da – er trug sein Geld immer in einer Börse, da er die Gewohnheit, das Geld lose in den Taschen zu tragen, wie es so viele junge Männer heutzutage taten, nie hatte leiden können. Der Kassierer lehnte sich wie ein Hund aus seiner Hütte.

»Mr. Jolyon Forsyte!« sagte er mit überraschter Stimme. »Tatsächlich! Ich hab' Sie schon jahrelang nicht gesehen, Sir. Nein, so etwas! Die Zeiten sind auch nicht mehr, was sie waren. Sie und Ihr Bruder, und der Auktionator – Mr. Traquair, und Mr. Nicholas Treffry – Sie hatten doch jede Saison immer sechs bis sieben Sperrsitze. Und wie geht es Ihnen, Sir? Wir werden auch nicht jünger!«

Die Augen des alten Jolyon zeigten Bewegung; er zahlte seine Guinea. Hier hatten sie ihn nicht vergessen. Zu den Klängen der Ouverture marschierte er hinein – wie ein altes Streitroß in den Kampf.

Er klappte seinen Zylinder zusammen und setzte sich nieder, zog in der altgewohnten Weise seine violetten Handschuhe aus und musterte das Haus lange durch das

Opernglas. Schließlich ließ er das Glas auf den zusammengeklappten Zylinder sinken und starrte den Vorhang an. Deutlicher als je zuvor fühlte er, daß für ihn alles aus und vorüber war. Wo waren all die Frauen, die hübschen Frauen, die früher das Haus gefüllt hatten? Wo war das alte, vertraute Gefühl in seinem Inneren, wenn er auf einen der großen Sänger wartete? Wo das Gefühl, vom Leben berauscht und gleichzeitig fähig zu sein, alles zu genießen?

Der eifrigste Opernbesucher seiner Zeit! Heute gab es ja keine Oper mehr. Dieser Wagner hatte alles verdorben; es gab keine Melodien mehr und keine Stimmen, die sie singen konnten. Ah, die wunderbaren Sänger! Vorbei! Er saß und beobachtete, wie die vertrauten Szenen gespielt wurden; und in seinem Herzen war ein dumpfes Unbehagen.

Von den silbernen Locken an seinen Schläfen bis zur eleganten Haltung des Fußes im Lackschuh war nichts am alten Jolyon, das ungeschickt oder schwach wirkte. Er hielt sich gerade – fast so wie in alten Zeiten, in denen er jeden Abend gekommen war; seine Augen waren gut – fast so gut. Aber welch ein Gefühl von Müdigkeit und Enttäuschung!

Sein ganzes Leben lang war es seine Gewohnheit gewesen, die Dinge zu genießen, sogar Unvollkommenes – und es hatte viel Unvollkommenes gegeben –, er hatte alles mit Mäßigung genossen, um sich jung zu erhalten. Aber nun hatte er diese Fähigkeit verloren, konnte auch nicht mehr philosophieren, und übrig blieb das schreckliche Gefühl, daß alles vorüber war. Nicht einmal der Gefangenenchor oder die Arie des Florestan konnten dieses düstere Gefühl der Einsamkeit verdrängen.

Wenn nur Jo bei ihm wäre! Der Junge mußte jetzt vierzig sein. Er hatte vierzehn Jahre aus dem Leben seines einzigen Sohnes vergeudet. Und Jo war nicht länger ein Paria der Gesellschaft. Er war verheiratet. Es war dem alten Jolyon unmöglich gewesen, seine Genugtuung darüber zu verbergen, und er hatte seinem Sohn einen Scheck über fünfhundert Pfund geschickt. Der Scheck war mit einem Brief aus dem Hotch Potch zurückgekommen:

Mein liebster Vater!
Dein großzügiges Geschenk war mir als Zeichen dafür willkommen, daß Du von mir auch schlechter denken könntest. Ich sende ihn zurück; solltest du es aber wert finden, ihn zugunsten unseres Jungen (wir nennen ihn Jolly) anzulegen, der unsern Vornamen trägt – und dem ich auch unsern Familiennamen gegeben habe –, dann würde es mich sehr freuen.
Ich hoffe von ganzem Herzen, daß Deine Gesundheit so gut wie immer ist. Dein Dich liebender Sohn
Jo

Der Brief war wie der Junge. Er war immer ein liebenswerter Bursche gewesen. Der alte Jolyon hatte die folgende Antwort gesandt:

Mein lieber Jo!
Der Betrag von fünfhundert Pfund ist in meinen Büchern zugunsten Deines Jungen unter dem Namen Jolyon Forsyte verzeichnet, und wird entsprechend mit fünf Prozent verzinst. Ich hoffe, daß es Dir gut geht. Meine Gesundheit ist im Moment zufriedenstellend.
Mit allen guten Wünschen in Liebe
Dein Vater
Jolyon Forsyte

Und jedes Jahr am ersten Januar hatte er hundert Pfund und die Zinsen dazugelegt. Die Summe wurde größer – am nächsten Neujahrstag würden es rund fünfzehnhundert Pfund sein! Und es war schwer zu sagen, wieviel Vergnügen ihm diese jährliche Transaktion bereitete. Aber die Korrespondenz hatte aufgehört.

Trotz der Liebe zu seinem Sohn und trotz seines – teils angeborenen, teils durch die ständige Beschäftigung mit kommerziellen Dingen ihm, wie Tausender seiner Klasse, anerzogenen – Instinkts, der ihn das Verhalten eines Menschen nicht so sehr nach seinen Grundsätzen als nach dem Erfolg beurteilen ließ, fühlte er ein gewisses Unbehagen in der Tiefe seines Herzens. Unter diesen Umständen hätte sein Sohn doch vor die Hunde gehen müssen; das war in allen Romanen, Predigten und Stücken, die er je gelesen, gehört oder gesehen hatte, unumstößliches Gesetz gewesen.

Nachdem er den Scheck zurückerhalten hatte, schien es ihm, daß irgendwo etwas nicht ganz stimmte. Warum war sein Sohn nicht vor die Hunde gegangen? Aber wer konnte das schon sagen?

Er hatte natürlich gehört – in Wahrheit hatte er sich selbst bemüht, es herauszufinden –, daß Jo in St. John's Wood lebte, daß er in der Wistaria Avenue ein kleines Haus mit Garten hatte, und mit seiner Frau ausging – zwar sicher in einer sonderbaren Gesellschaftsschicht –, daß sie zwei Kinder hatten – den kleinen Jungen, den sie Jolly nannten (unter den gegebenen Umständen empfand er diesen Namen als zynisch, und der alte Jolyon fürchtete und verabscheute Zynismus), und ein Mädchen namens Holly, das nach der Eheschließung geboren worden war. Wer wußte, in welchen Verhältnissen sein Sohn wirklich lebte? Er hatte sein Erbteil aus dem Vermögen seines Großvaters mütterlicherseits als Kapital verwendet und war Versicherungsmakler bei Lloyds geworden; er malte auch Bilder – Aquarelle. Der alte Jolyon wußte das, denn er hatte sie heimlich von Zeit zu Zeit gekauft, nachdem er einmal den Namen seines Sohnes auf einer Themseansicht, die im Schaufenster eines Händlers ausgestellt war, gesehen hatte. Es waren übrigens seiner Meinung nach schlechte Bilder; er hängte sie wegen der Signatur nicht auf, sondern hielt sie in einer Lade verschlossen.

In dem großen Opernhaus überkam ihn eine gewaltige Sehnsucht, seinen Sohn zu sehen. Er erinnerte sich an die Tage, an denen er den Jungen in einem braunen Leinenanzug zwischen den Beinen hin- und hergeschwenkt hatte, an denen er neben dem Pony gelaufen war und ihn reiten gelehrt hatte; an den Tag, an dem er ihn zum ersten Mal zur Schule geführt hatte. Er war ein so liebevoller, liebenswerter Junge gewesen! Als er nach Eton gekommen war, hatte er sich vielleicht ein wenig zu viel von dem in guten Kreisen erwünschten Benehmen zugelegt, das – wie der alte Jolyon wußte – nur an solchen Orten und unter hohen Kosten erlernt werden konnte; aber er war immer umgänglich geblieben. Immer ein Kamerad, sogar nach Cambridge – vielleicht ein wenig distanziert, auf Grund der Erziehung, die er dort genossen hatte. Die Gefühle des alten Jolyon für unsere Public Schools und Universitäten blieben immer die gleichen, und in rührender Weise blieb er bei der Mischung von Bewunderung und Mißtrauen für ein System, das für die Ersten des Landes gut genug und ihm unzugänglich geblieben war. Jetzt, da June fortgefahren war und ihn verlassen oder so gut wie verlassen hatte, wäre es ihm ein Trost gewesen, seinen Sohn wiederzusehen.

Der alte Jolyon fühlte sich des Verrates an seiner Familie, seinen Prinzipien, seiner Klasse schuldig und versuchte, sich auf die Sängerin zu konzentrieren. Ein armseliges – ein ganz armseliges Wesen. Und dieser Florestan – was für ein hölzerner, langweiliger Kerl!

Es war vorbei. Wie leicht heutzutage das Publikum zufriedenzustellen war!

In der belebten Straße schnappte er einem dicken und viel jüngeren Mann eine Droschke, die dieser schon als seine betrachtet hatte, unter der Nase weg. Sein Weg führte durch die Pall Mall, und an der Ecke fuhr der Kutscher, statt seinen Weg durch den Green Park zu nehmen, die St. James's Street hinauf. Der alte Jolyon steckte seine Hand durch das Vorderfenster (er duldete Umwege nicht); als er sich aber umdrehte, sah er, daß er gerade gegenüber dem Hotch Potch war, und die Sehnsucht, die ihn den ganzen Abend heimlich verfolgt hatte, behielt die Oberhand. Er rief dem Kutscher zu, stehen zu bleiben. Er wollte hineingehen und fragen, ob Jo noch immer Mitglied war.

Er betrat den Klub. Der Vorraum sah noch genauso aus wie damals, als er hier des öfteren mit Jack Herring aß und sie den besten Koch von ganz London hatten; er sah mit dem festen, direkten Blick umher, der ihm sein ganzes Leben lang zu einer besseren Bedienung als den meisten anderen verholfen hatte.

»Ist Mr. Jolyon Forsyte noch immer Mitglied?«

»Ja, Sir; er ist gerade im Klub, Sir. Welchen Namen?«

Darauf war der alte Jolyon nicht vorbereitet gewesen.

»Sein Vater«, sagte er.

Und nachdem er das gesagt hatte, stellte er sich mit dem Rücken zum Kamin hin und wartete.

Der junge Jolyon, der eben den Klub verlassen wollte, hatte seinen Hut aufgesetzt und ging durch den Vorraum, als der Portier ihn aufhielt. Er war nicht mehr jung, sein Haar wurde schon grau, und sein Gesicht – ein schmaleres Abbild seines Vaters, mit dem gleichen hängenden Schnurrbart – war sichtlich abgekämpft. Er wurde bleich. Diese Begegnung nach all diesen Jahren war schrecklich, denn nichts in der Welt war so schlimm wie ein Auftritt. Sie traten aufeinander zu und gaben einander wortlos die Hand. Dann fragte der Vater mit unsicherer Stimme:

»Wie geht es dir, mein Junge?«

Der Sohn antwortete:

»Und dir Vater?«

Die Hand des alten Jolyon in dem dünnen violetten Handschuh zitterte. »Wenn du denselben Weg hast«, sagte er, »kann ich dich mitnehmen.« Und als ob es ihre Gewohnheit wäre, einander jeden Abend nach Hause zu begleiten, gingen sie hinaus und stiegen in die Droschke.

Dem alten Jolyon schien es, daß sein Sohn gewachsen wäre. »Er ist ein reiferer Mann geworden,« dachte er bei sich. Über die natürliche Freundlichkeit im Gesicht seines Sohnes hatte sich eine recht sardonische Maske gelegt, als ob er es für notwendig gefunden hatte, sich gegen die Umstände seines Lebens zu wappnen. Seine Züge waren unzweifelhaft die eines Forsyte, aber der Ausdruck war eher der eines in sich gekehrten Gelehrten oder Philosophen. Zweifellos hatte er im Lauf dieser fünfzehn Jahre sehr oft in sich gehen müssen.

Für den jungen Jolyon war der erste Anblick seines Vaters zweifellos ein Schock – er sah so alt und verbraucht aus. Aber in der Droschke schien es, als ob er sich kaum verändert hatte, derselbe ruhige Blick, an den er sich so gut erinnerte, die aufrechte, wache Haltung waren geblieben.

»Du siehst gut aus, Vater.«

»Mittelmäßig«, antwortete der alte Jolyon.

Er hatte Angst, und es drängte ihn, sie in Worte zu kleiden. Da er seinen Sohn auf diese Weise zurückbekommen hatte, mußte er unbedingt wissen, wie seine finanzielle Lage war.

»Jo«, sagte er, »ich möchte gern wissen, wie es dir finanziell geht. Ich nehme an, du hast Schulden?«

Er sagte es so, damit es seinem Sohn leichter fallen würde, die Wahrheit zu sagen.

Der junge Jolyon antwortete in seinem ironischen Tonfall:

»Nein! Ich habe keine Schulden!«

Der alte Jolyon sah, daß er zornig war, und berührte seine Hand. Er war ein Risiko eingegangen. Aber es war es wert gewesen, und der junge Jo war ihm gegenüber niemals trotzig gewesen. Sie fuhren weiter, wieder ohne zu sprechen, bis zum Haus am Stanhope Gate. Der alte Jolyon lud ihn ein, hineinzukommen, aber der junge Jolyon schüttelte den Kopf.

»June ist nicht hier«, sagte sein Vater hastig. »Sie fuhr heute zu einem Besuch fort. Ich nehme an, du weißt, daß sie sich verlobt hat?«

»Schon?« murmelte der junge Jolyon.

Der alte Jolyon stieg aus, und als er den Fahrpreis bezahlte, gab er dem Kutscher zum ersten Mal in seinem Leben irrtümlich einen Sovereign an Stelle eines Shillings.

Der Kutscher biß auf die Münze, trieb dann sein Pferd heimlich mit der Peitsche an und fuhr rasch fort.

Der alte Jolyon drehte den Schlüssel um, stieß die Tür

auf und ließ seinen Sohn eintreten. Dieser sah, wie er feierlich seinen Mantel aufhängte, mit dem Gesichtsausdruck eines Jungen, der Kirschen stehlen will.

Die Tür zum Eßzimmer war offen, das Gaslicht heruntergedreht; ein Spiritusbrenner zischte auf einem Teetablett, und daneben schlief eine zynisch dreinsehende Katze auf dem Eßtisch. Der alte Jolyon trieb sie weg. Der Zwischenfall war für ihn eine Erleichterung; er scheuchte das Tier mit seinem Zylinder hinaus.

»Sie hat Flöhe«, sagte er und folgte ihr aus dem Zimmer. Durch die Kellertür in der Halle rief er etliche Male: »Hsst!«, wie um den Abgang der Katze zu unterstützen, bis durch einen seltsamen Zufall der Butler von unten erschien.

»Sie können zu Bett gehen, Parfitt«, sagte er alte Jolyon. »Ich werde abschließen und das Licht löschen.«

Als er wieder ins Eßzimmer trat, ging die Katze allerdings vor ihm hinein, den Schwanz in die Höhe gestreckt, und gab deutlich zu erkennen, daß sie das Manöver, den Butler auszuschalten, vom ersten Moment an durchschaut hatte.

Die häuslichen Kriegslisten des alten Jolyon waren sein ganzes Leben vom Verhängnis verfolgt gewesen.

Der junge Jolyon konnte sich eines Lächelns nicht erwehren. Er hatte viel Sinn für Ironie, und an diesem Abend erschien ihm alles ironisch. Die Episode mit der Katze; die Ankündigung von der Verlobung seiner Tochter! So hatte er also an ihr nicht mehr Anteil als an der Katze! Und die poetische Gerechtigkeit dieser Sache gefiel ihm.

»Wie ist June denn jetzt?« fragte er.

»Sie ist ein zartes Ding«, antwortete der alte Jolyon. »Man sagt, daß sie wie ich sei, aber das ist Unsinn. Sie ist mehr wie deine Mutter – dieselben Augen und Haare.«

»Ah! Und ist sie hübsch?«

Der alte Jolyon war viel zu sehr ein Forsyte, um irgend etwas offen zu loben; vor allem etwas, für das er echte Bewunderung fühlte.

»Sie sieht nicht schlecht aus – ein richtiges Forsyte-Kinn. Es wird hier einsam sein, wenn sie weg ist.«

Der Ausdruck auf seinem Gesicht war für den jungen Jolyon erneut so ein Schock, wie er ihn beim ersten Anblick seines Vaters gefühlt hatte. »Was wirst du dann mit dir anfangen, Vater? Sie ist wahrscheinlich ganz vernarrt in ihn?«

»Mit mir anfangen?« wiederholte der alte Jolyon ärgerlich. »Es wird grauenhaft sein, hier allein zu wohnen. Ich weiß nicht, wie es enden soll. Ich wünschte –« Er hielt inne und setzte dann fort: »Die Frage ist, was soll ich mit dem Haus tun?«

Der junge Jolyon sah sich im Raum um. Er war besonders groß und düster und mit den riesigen Stilleben geschmückt, an die er sich noch aus seiner Kinderzeit erinnerte – schlafende Hunde, die mit der Nase auf einem Bündel Karotten lagen, zusammen mit Zwiebeln und Weintrauben, die sich aus unerfindlichen Gründen zusammengefunden hatten. Das Haus war viel zu groß und unpraktisch für einen alleinstehenden alten Herrn, aber er konnte sich seinen Vater in keinem kleineren Haus vorstellen; und um so größer schien ihm die Ironie der Lage.

Der alte Jolyon saß in dem großen Stuhl mit dem Lesepult, der Vertreter seiner Familie, seiner Klasse und seiner Ansichten, mit seinem weißen Kopf und der wuchtig gewölbten Stirn ein Sinnbild der Mäßigung, Ordnung und der Liebe zum Besitz. Einsam wie kaum ein anderer alter Mann in London.

Da saß er nun in der düsteren Bequemlichkeit des Zimmers, eine Marionette in der Gewalt der großen Mächte, die sich nicht um Familie, Klasse und Ansichten kümmerten, sondern unerbittlich auf nicht erkennbare Ziele hinarbeiteten. So sah es der junge Jolyon, der die Fähigkeit hatte, die Dinge objektiv zu betrachten.

Der arme alte Vater! Das war also das Ende, der Zweck, für den er in so großartiger Mäßigung gelebt hatte. Einsam zu sein, älter und älter zu werden, sich nach einem Menschen sehnen, mit dem man sprechen konnte!

Der alte Jolyon wieder sah seinerseits seinen Sohn an. Er wollte über viele Dinge sprechen, über die er all diese Jahre nicht hatte sprechen können. Es war ganz unmöglich gewesen, zu June ernsthaft von seiner Überzeugung zu sprechen, daß die Grundstücke in Soho im Wert steigen würden; oder sein Unbehagen über das lange Stillschweigen von Pippin, dem Leiter der New Colliery Company, deren Vorsitzender er so lange gewesen war, auszudrücken; oder seinen Ärger über den ständigen Fall der American-Golgotha-Aktien, oder auch nur, wie er durch irgendeine Schenkung oder sonstwie am besten die Erbschaftsteuer umgehen könnte, die nach seinem Ableben unweigerlich zu zahlen sein würde. Unter dem Einfluß einer Tasse Tee, die er unendlich lang umrührte, begann er schließlich zu sprechen. Neue Perspektiven des Lebens eröffneten sich ihm, ein Land der Verheißung, in dem er sprechen, wo er Schutz gegen die Wogen von Befürchtung und Reue finden konnte; in dem er seine Seele durch die Überlegung beruhigen konnte, wie er seinen Besitz abzurunden und den einzigen Teil seiner selbst, der lebendig bleiben sollte, auf Dauer zu erhalten vermochte.

Der junge Jolyon war ein guter Zuhörer; das war eine seiner besten Eigenschaften. Er blickte seinen Vater aufmerksam an und stellte hie und da Fragen.

Die Uhr schlug eins, bevor der alte Jolyon noch geendet hatte, und mit dem Schlagen der Uhr kehrten auch seine Prinzipien wieder. Mit einem Blick des Erstaunens zog er seine Uhr heraus:

»Ich muß zu Bett gehen, Jo«, sagte er.

Der junge Jolyon erhob sich und streckte die Hand aus, um seinem Vater aufzuhelfen. Das alte Gesicht sah wieder verbraucht und hohl aus; die Augen waren ständig abgewandt.

»Auf Wiedersehen, mein Junge; gib acht auf dich.«

Ein Augenblick verstrich, und der junge Jolyon drehte sich um und ging zur Tür hinaus. Er konnte kaum etwas sehen; sein Lächeln zitterte auf seinen Lippen. Niemals in den ganzen fünfzehn Jahren, seit er zum ersten Mal erkannt hatte, daß das Leben nicht so einfach war, war es ihm so kompliziert erschienen.

3

Dinner bei Swithin

In Swithins Eßzimmer, das in den Farben Orange und Hellblau gehalten war und auf den Park hinaus ging, war der Tisch für zwölf Personen gedeckt.

Ein Kristallüster hing wie ein riesiger Stalaktit von der Mitte der Decke und sandte sein Licht über die großen, goldgerahmten Spiegel, die Marmorplatten der Seitentische und die schweren goldenen Stühle mit den gestickten Sitzflächen. Alles zeugte von der Liebe zu schönen Dingen, die so tief in allen Familien verwurzelt ist, die sich aus einfachen Anfängen ihren Weg in die gute Gesellschaft bahnen müssen. Swithin hatte für das Einfache nichts übrig, liebte Goldzierat und war daher unter seinen Zeitgenossen als Mann von anspruchsvollem, wenn auch etwas luxuriösem Geschmack bekannt; das Bewußtsein, daß niemand, der seine Zimmer betrat, übersehen konnte, daß er es mit einem reichen Mann zu tun hatte, dieses Bewußtsein hatte ihm so viel beständiges und langes Glück bereitet wie vielleicht nichts anderes in seinem Leben.

Seit er sich aus seinem Beruf als Häusermakler zurückgezogen hatte – einem Beruf, der in seinen Augen erbärmlich war, besonders weil man dabei mit Versteigerungen zu tun bekam, hatte er sich seinen von Natur aus aristokratischen Neigungen gewidmet.

Der vollkommene Luxus seines jetzigen Lebens erweckte in ihm das Gefühl, wie eine Fliege im Zucker zu sitzen; sein Geist, in dem von früh bis spät sehr wenig vor sich ging, war von zwei einander seltsam entgegengesetzten Gefühlen beherrscht, nämlich der bleibenden Genugtuung, daß er seinen Weg und sein Vermögen aus eigenem heraus gemacht hatte, und dem Empfinden, daß ein Mann seiner Qualitäten niemals hätte gezwungen sein sollen, seinen Geist mit Arbeit zu beschmutzen.

Er stand in einer weißen Weste mit großen Knöpfen aus Gold und Onyx an der Anrichte und beobachtete, wie sein Diener die Hälse von drei Flaschen Champagner tiefer in die Eiskübel drückte. Zwischen den Spitzen seines steifen Kragens, auf den er – obwohl er ihm weh tat – unter keinen Umständen verzichtet hätte, blieben die weißen Wülste seines Doppelkinns unbeweglich. Seine Augen wanderten von Flasche zu Flasche. Er überlegte ungefähr in der folgenden Weise: Jolyon trinkt ein Glas, vielleicht auch zwei, er paßt so auf sich auf. James ist ja schon außerstande, Wein zu trinken. Nicholas – Fanny und er würden wahrscheinlich Wasser schlabbern; Soames zählte nicht, diese jungen Neffen – Soames war achtunddreißig – konnten ja nicht trinken! Aber Bosinney? Der Name dieses fremden Mannes berührte etwas, was außerhalb seines Gesichtskreises lag – er hielt inne. Zweifel erfüllten ihn. Man konnte ja nicht wissen! June war nur ein Mädchen, und noch dazu verliebt! Emily (Mrs. James) hatte ein Glas guten Champagners gern. Für Juley war er zu trocken, das arme alte Ding, sie hatte keinen Geschmack. Und dann Hatty Chessman! Beim Gedanken an die alte Freundin verdüsterte sich der Blick seiner glasigen Augen. Es sollte ihn nicht wundern, wenn sie eine halbe Flasche trank!

Als er aber an den letzten Gast dachte, nahm sein Gesicht den Ausdruck einer Katze an, die gerade zu schnurren ansetzte; Mrs. Soames! Sie würde vielleicht nicht viel trinken, aber sie würde das, was sie trank, schätzen. Es war ein Vergnügen, ihr einen guten Wein vorzusetzen! Eine hübsche Frau – und so verständnisvoll!

Der Gedanke an sie war wie Champagner selbst. Ein Vergnügen, einer jungen Frau, die so gut aussah und sich anzuziehen wußte, bezaubernde Manieren hatte und so vornehm wirkte, guten Wein vorzusetzen – ein Vergnügen, sie einzuladen. Zum ersten Mal an diesem Abend gestattete er seinem Kopf zwischen den steifen Kragenspitzen eine kleine Bewegung, die leider schmerzhaft ausfiel.

»Adolf«, sagte er, »noch eine Flasche.«

Er selber würde vielleicht recht viel trinken, denn dank dem Medikament, das ihm Blight verordnet hatte, war er bei bester Gesundheit; er hatte vorsichtshalber auch nicht zu Mittag gegessen. Seit Wochen hatte er sich nicht so wohl gefühlt. Er schob seine Unterlippe vor und gab die letzten Anweisungen:

»Adolf, wenn du den Schinken servierst, gib einen Tropfen westindischen Rum dazu.«

Er ging in den Vorraum und ließ sich dort breitbeinig auf einer Stuhlkante nieder; seine hohe, mächtige Gestalt saß seltsam unbeweglich wie ein Monument aus der Urzeit da, und doch erwartungsvoll und bereit, sich in Sekundenschnelle zu erheben. Er hatte schon lange Monate keine formelle Abendeinladung mehr gegeben. Dieses Abendessen zur Feier von Junes Verlobung war ihm anfänglich lästig erschienen (bei den Forsytes wurde der Brauch, Verlobungen durch Festessen zu feiern, gewissenhaft eingehalten), nachdem aber die Arbeit, die ihm durch das Aussenden der Einladung und das Bestellen der Mahlzeit entstanden war, vorüber war, fühlte er sich angenehm erregt.

Und wie er nun so dasaß, die Uhr in der Hand, dick und glatt und goldfarben wie ein flachgedrückter Laib Butter, dachte er an nichts.

Ein langer Mann mit Backenbart, der einmal in Swithins Diensten gestanden, jetzt aber Grünkramhändler war, kam herein und meldete: »Mrs. Chessman, Mrs. Septimus Small!«

Zwei Damen traten ein. Die vordere, ganz in Rot gekleidet, hatte große, beständige Flecken derselben Farbe auf den Wangen und harte, energische Augen. Sie ging auf Swithin zu und streckte ihm ihre mit einem langen, blaßgelben Handschuh bekleidete Hand entgegen.

»Swithin«, sagte sie, »ich habe dich schon eine Ewigkeit nicht mehr gesehen. Wie geht es dir? Gott, mein Lieber, wie du dick wirst!«

Die Starre in Swithins Augen verriet allein sein Gefühl. Ein stummer, dumpfer Ärger regte sich in ihm. Nur gewöhnliche Leute waren dick; und es war gewöhnlich, davon zu sprechen; er hatte eine breite Brust, und sonst nichts. Er wandte sich seiner Schwester zu, nahm ihre Hand und sagte im Befehlston:

»Ah, Juley.«

Mrs. Septimus Small war die größte der vier Schwestern; ihr gutes, rundes altes Gesicht hatte einen säuerlichen Ausdruck angenommen; man hatte den Eindruck, daß sie es schmollend in zahllose Fältchen verzog; es sah fast aus, als ob ihr Gesicht bis zu diesem Abend in eine Drahtmaske eingeschlossen gewesen war, die nun, nachdem man sie plötzlich entfernt hatte, überall rebellische Fleischwülstchen zurückgelassen hatte. Sogar ihr Blick schmollte. So trug sie ihren ständigen Groll über den Verlust von Septimus Small zur Schau.

Sie war bekannt dafür, immer das Falsche zu sagen, und, zäh wie die ganze Familie, hielt sie an dem, was sie gesagt hatte, fest und fügte noch was Falsches dazu. Beim Tod ihres Gatten war die Zähigkeit, die prosaische Betrachtungsweise, die in der Familie lag, in ihr steril geworden. Sie redete so oft, und so viel man sie ließ, und sie konnte stundenlang ohne die geringste Gemütsbewegung in epischer Breite die zahllosen Gelegenheiten aufzählen, an denen ihr das Schicksal übel mitgespielt hatte; sie bemerkte auch nie, daß ihre Zuhörer auf der Seite des Schicksals standen, denn sie hatte ein gutes Herz.

Nachdem sie, die Arme, lange am Krankenbett ihres Mannes (der immer gekränkelt hatte) gesessen war, behielt sie diese Gewohnheit bei. In der Folge hatte es zahllose Gelegenheiten gegeben, zu welchen sie lange Zeit damit verbracht hatte, Kranke, Kinder oder andere hilflose Personen zu unterhalten, und sie wurde nie das Gefühl los, daß die Welt der undankbarste Ort war, an dem man leben konnte. Sonntag für Sonntag saß sie zu Füßen von Rev. Thomas Scoles, dieses äußerst witzigen Priesters, der einen großen Einfluß auf sie ausübte; aber es gelang ihr auch, alle zu überzeugen, daß sogar das ein Unglück sei. Sie war der Anlaß gewesen, daß sich in der Familie eine neue Redewendung eingebürgert hatte, und wenn jemand besonders lästig war, sagte man, daß er eine »richtige Juley« sei. Ihre Morosität hätte jeden außer einen Forsyte schon mit vierzig ins Grab gebracht; sie war jetzt zweiundsiebzig und hatte nie besser ausgesehen. Und man spürte, daß in ihr die Fähigkeit schlummerte, sich zu unterhalten, und daß diese womöglich noch zutage treten würde. Sie besaß drei Kanarienvögel, einen Kater namens Tommy und einen halben Papagei – die andere Hälfte gehörte ihrer Schwester Hester; und diese armen Kreaturen (die man sorgfältig von Timothy fernhielt, der Tiere nicht leiden konnte), die, anders als die Menschen, erkannten, daß Juley für ihre unselige Veranlagung nichts konnte, hingen leidenschaftlich an ihr.

An diesem Abend erschien sie in der düsteren Pracht einer schwarzen Seidenrobe mit einem schüchtern ausgeschnittenen malvenfarbigen Einsatz und einem schwarzen Samtband, das ihren mageren Hals umschloß. Fast alle Forsytes hielten Schwarz und Malvenfarben sehr passend für ein Abendkleid.

Sie gab Swithin einen schmollenden Blick und sagte:

»Ann hat nach dir gefragt. Du warst schon eine Ewigkeit nicht bei uns.« Swithin steckte die Daumen in die Armlöcher seiner Weste und antwortete:

»Ann wird schon sehr zittrig; sie sollte einen Arzt kommen lassen.«

»Mr. und Mrs. Nicholas Forsyte!«

Nicholas Forsyte hatte seine rechteckigen Augenbrauen in die Höhe gezogen und lächelte. An diesem Tag war es ihm gelungen, einen Plan zur Reife zu bringen, der den Einsatz von Eingeborenen aus Nordindien in den Goldbergwerken auf Ceylon vorsah. Ein Lieblingsplan, der schließlich trotz großer Schwierigkeiten durchgegangen war – er war zu Recht erfreut. Es würde den Ertrag seiner Bergwerke verdoppeln, und, wie er so oft heftig argumentierte, zeigten alle Erfahrungen doch, daß der Mensch sterben mußte; und ob ein Mann nun als bejammernswerter Greis in seiner Heimat oder vorzeitig irgendwo in der Fremde tief unten in einem feuchten Bergwerk starb, hatte doch sicherlich wenig Bedeutung, wenn er durch diesen Wechsel in seiner Lebensweise dem Britischen Weltreich nützlich war.

Seine Fähigkeiten waren unbestritten. Oft setzte er hinzu, indem er seine gebrochene Nase seinem Zuhörer zuwandte:

»Bloß weil uns ein paar hundert dieser Burschen fehlten, haben wir schon seit Jahren keine Dividenden gezahlt, und sehen Sie sich den Wert unserer Aktien an: Keine zehn Shilling bekommt man dafür!« Er war auch in Yarmouth gewesen und mit dem Gefühl zurückgekommen, daß er sein Leben mindestens um zehn Jahre verlängert hatte. Er ergriff Swithins Hand und rief in scherzhaftem Ton:

»Also da wären wir wieder einmal!«

Mrs. Nicholas, ein farbloses Wesen, lächelte hinter ihm ihr freundliches, ein wenig verängstigtes Lächeln.

»Mr. und Mrs. James Forsyte! Mr. und Mrs. Soames Forsyte!«

Swithin schlug die Hacken zusammen, sein Benehmen war wie immer bewundernswert.

»James, Emily! Wie geht's, Soames? Und Irene!«

Seine Hand umschloß die Irenes, und seine Augen weiteten sich. Sie war eine hübsche Frau – ein wenig zu bleich, aber ihre Figur, ihre Augen, ihre Zähne! Zu gut für diesen Soames!

Die Götter hatten Irene dunkelbraune Augen und goldenes Haar gegeben, eine seltsame Zusammenstellung, die die Blicke der Männer auf sich zieht und das Zeichen eines schwachen Charakters sein soll. Die volle, weiche Blässe ihres Halses und der Schultern über dem goldfarbenen Kleid gaben ihrer Gestalt eine lockende Fremdartigkeit.

Soames stand hinter ihr, die Augen auf den Nacken seiner Frau gerichtet. Die Zeiger von Swithins Uhr, die er noch immer offen in der Hand hielt, waren über die Acht hinausgerückt; es war eine halbe Stunde nach der festgesetzten Essenszeit – er hatte nicht zu Mittag gegessen –, und eine sonderbare, primitive Ungeduld stieg in ihm auf.

»Das ist so gar nicht Jolyons Art, zu spät zu kommen!« sagte er mit unverhülltem Ärger zu Irene. »Wahrscheinlich hält ihn June auf!«

»Verliebte kommen immer zu spät!« antwortete sie.

Swithin starrte sie an; ein dunkles Orange färbte seine Wangen.

»Das sollten sie aber nicht! Auch so ein moderner Unsinn!«

Sein Ausbruch ließ etwas von der unartikulierten, primitiven Heftigkeit früherer Generationen ahnen.

»Wie gefällt dir mein neuer Stern, Onkel Swithin?« sagte Irene leise. In den Spitzen am Busen ihres Kleides leuchtete ein fünfzackiger Stern aus elf Diamanten.

Swithin sah den Stern an. Er hatte einen guten Geschmack bei Edelsteinen; keine Frage hätte geschickter gewählt werden können, um ihn abzulenken.

»Wer hat ihn dir geschenkt?« fragte er.

»Soames.«

In ihrem Gesicht veränderte sich nichts, aber Swithins farblose Augen traten hervor, als ob er plötzlich alles verstünde.

»Dir ist zu Hause sicher langweilig«, sagte er. »Wann immer du kommen und mit mir essen willst, werde ich dir den besten Wein in ganz London vorsetzen.«

»Miss June Forsyte – Mr. Jolyon Forsyte!... Mr. Boswainey!...«

Swithin bewegte seinen Arm und sagte mit dröhnender Stimme: »Das Essen, endlich – das Essen!«

Er führte Irene zu Tisch, weil er sie, wie er sagte, nicht mehr eingeladen hatte, seit sie jungverheiratet war. June hatte Bosinney zum Partner, der zwischen Irene und seiner Verlobten saß. Auf der andern Seite Junes folgte James mit Mrs. Nicholas, dann der alte Jolyon mit Mrs. James, Nicholas mit Hatty Chessman und schließlich Soames mit Mrs. Small, die so den Kreis zu Swithin schlossen.

Bei Familienessen der Forsytes hielt man gewisse Traditionen ein. Es gab zum Beispiel keine Horsd'œuvres. Der Grund dafür ist nicht bekannt. Die jüngere Generation hatte die Theorie aufgestellt, daß dies auf den empörenden Preis der Austern zurückzuführen sei; wahrscheinlich lag der Grund dafür in dem Bedürfnis, gleich zum Wesentlichen zu kommen, in dem Sinn für das Praktische, dem Horsd'œuvres als etwas Unnützes erschienen. Nur James und seine Familie sind manchmal nicht imstande, einer in der Park Lane überall gehandhabten Sitte zu widerstehen, und werden so der Tradition hie und da untreu. Sobald sich alle niedergelassen haben, folgt ein stummes, fast mürrisches Nichtbeachten der anderen, das weit ins erste Entree hinein andauert. Dazwischen fallen nur kurze Sätze wie: »Tom geht es wieder schlecht; ich weiß nicht, was mit ihm los ist!« – »Ann kommt am Vormittag wahrscheinlich nicht herunter?« – »Wie ist doch der Name deines Doktors, Fanny? Stubbs? Er ist ein Quacksalber.« – »Winifred? Sie hat zu viele Kinder! Vier, nicht wahr? Sie ist so dünn wie eine Latte!« – »Was zahlst du für diesen Sherry, Swithin? Zu trocken für mich!«

Beim zweiten Glas Champagner vernimmt man dann ein Gemurmel, das, von gelegentlichen Nebengeräuschen und Zwischenbemerkungen abgesehen, im wesentlichen aus einer Geschichte besteht, die James erzählt; das geht nun eine lange Zeit so weiter und beeinträchtigt manchmal sogar den Genuß des allgemein als Höhepunkt eines Forsyteschen Festmahles angesehenen Hammelrückens.

Kein Forsyte hat je ein Essen gegeben, ohne einen Hammelrücken zu servieren. Es liegt etwas in dessen saftiger Gediegenheit, das ihn für Leute »in einer gewissen Position« passend erscheinen läßt. Er ist nahrhaft und – schmackhaft; genau das, woran man sich gern erinnert. Er hat eine Vergangenheit und eine Zukunft, wie eine Einlage in der Bank; und er ist ein herrliches Gesprächsthema.

Jeder Zweig der Familie hielt zäh an einer bestimmten Gegend fest, aus der das Tier stammen mußte: der alte Jolyon schwor auf Dartmoor, James auf Wales, Swithin auf Southdown, und Nicholas sagte, wenn auch die Leute spotteten, so käme doch nichts dem neuseeländischen Hammel gleich. Roger, das »Original« unter den Brüdern, hatte für sich eine ganz spezielle Gegend finden müssen, und mit dem Genie eines Mannes, der für seine Söhne einen neuen Beruf ersonnen, hatte er ein Geschäft entdeckt, in dem man deutschen Hammel verkaufte; als man ihn deshalb tadelte, hatte er sich gerechtfertigt, indem er eine Fleischerrechnung vorwies, aus der hervorging, daß er mehr als alle andern gezahlt hatte. Bei dieser Gelegenheit hatte sich der alte Jolyon zu June gewendet und in einer seiner philosophischen Anwandlungen gesagt:

»Du kannst ganz sicher sein, sie sind eine verrückte Gesellschaft, diese Forsytes – du wirst das auch noch feststellen, wenn du älter wirst!« Timothy allein hielt sich aus der Sache heraus, denn obwohl er vom Hammelrükken herzhaft aß, fürchtete er sich, wie er sagte, davor.

Für jeden, der ein psychologisches Interesse an den Forsytes hat, ist diese Einstellung zum Hammelrücken von äußerster Wichtigkeit; sie illustriert nicht nur ihre Beharrlichkeit, sowohl in der Gesamtheit als auch als Einzelwesen, sondern zeigt auch, daß sie ihrer Veranlagung und ihrem Instinkt nach zu der großen Klasse von Menschen gehören, die an Nährwert und Geschmack glauben, und keinem sentimentalen Verlangen nach Schönheit nachgeben.

Einige jüngere Mitarbeiter der Familie hätten sich recht gut ganz ohne Braten zurechtgefunden und Perlhühner oder Hummersalat vorgezogen – etwas, das die Phantasie anregte und nicht so nahrhaft war –, aber das waren Frauen; oder Männer, die von ihren Frauen oder Müttern verdorben worden waren, die, nachdem man sie ihr ganzes Eheleben lang gezwungen hatte, Hammelrücken zu essen, ihren Söhnen eine geheime Abneigung dagegen mitgegeben hatten.

Nachdem die große Hammelrückenkontroverse zu Ende war, ging man zum Schinken aus Tewkesbury über – mit einem winzigen Schuß westindischen Rums. Swithin brauchte für diesen Gang so lange; daß er den Fortgang des Essens aufhielt. Um sich dem Schinken von ganzem Herzen widmen zu können, hörte er mit der Konversation auf.

Von seinem Platz neben Mrs. Septimus Small aus behielt Soames die Gesellschaft im Auge. Er hatte einen Grund, Bosinney zu beobachten, und zwar im Zusammenhang mit seinem Lieblingsbauprojekt. Der Architekt war vielleicht der richtige Mann für seinen Zweck; er sah talentiert aus, wie er sich da in seinen Stuhl zurücklehnte und mißgelaunt kleine Wälle aus Brotkrumen baute. Soames bemerkte, daß sein Frack gut geschnitten, aber zu eng war, so als ob er ihn vor vielen Jahren hätte machen lassen.

Er sah, wie er sich zu Irene drehte und etwas sagte, und sah ihr Gesicht leuchten, wie es oft der Fall war, wenn sie mit andern sprach – niemals aber, wenn sie ihn ansah. Er versuchte zu verstehen, was sie sprachen, aber Tante Juley verwickelte ihn in ein Gespräch.

War das Soames nicht immer höchst ungewöhnlich erschienen? Erst letzten Sonntag war der liebe Mr. Scoles in seiner Predigt so witzig, so sarkastisch gewesen: »Denn was nützt es dem Menschen«, hatte er gesagt, »wenn er seine Seele gewänne, an seinem Besitz aber Schaden leidet?« Das, hatte er gesagt, wäre das Motto des Mittelstandes; was hatte er nur damit gemeint? Es könnte natürlich das sein, was Angehörige des Mittelstands glaubten – sie wußte das nicht; wie dachte Soames darüber?

Er antwortete gedankenverloren: »Wie soll ich das wissen? Scoles ist doch ein Schwindler, oder nicht?« Denn Bosinney musterte die Gäste, als ob er über ihre Besonderheiten sprechen wollte, und Soames fragte sich, was er sagte. Irenes Lächeln deutete an, daß sie ihm zustimmte. Anderen Menschen schien sie immer zuzustimmen.

Ihre Augen hatten die seinen getroffen; Soames sah sofort weg. Das Lächeln auf ihren Lippen war erstorben.

Ein Schwindler? Aber was meinte Soames denn? Wenn Mr. Scoles ein Schwindler war – ein Geistlicher – dann könnte ja jeder einer sein – das wäre ja entsetzlich!

»Das sind sie auch!« sagte Soames.

Während Tante Juleys plötzlichen entsetzten Schweigens hörte er Irene ein paar Worte sprechen, die wie: »Ihr, die ihr hier eintretet, laßt alle Hoffnung fahren!« klangen.

Aber Swithin war nun mit seinem Schinken fertig. »Wo kaufst du deine Champignons?« sagte er zu Irene, als ob er ihr den Hof machen wollte; »du solltest zu Snileybob gehen – dort bekommt man sie frisch. Die kleinen Geschäfte kümmern sich nicht darum!«

Irene drehte sich zu ihm, um zu antworten, und Soames sah, wie Bosinney sie beobachtete und in sich hineinlächelte. Ein sonderbares Lächeln hatte dieser Bursche. Fast so einfältig wie ein Kind, das lächelt, wenn es sich freut. Und was Georges Spitznamen anlangte – »Der Freibeuter« – so hielt er nicht viel davon. Als er sah, daß sich Bosinney zu June wandte, lächelte auch Soames, aber sardonisch – er mochte June nicht, die im Augenblick nicht allzu erfreut dreinsah.

Das war nicht überraschend, denn sie hatte eben mit James die folgende Unterhaltung geführt:

»Auf der Heimfahrt hielt ich mich ein wenig an der Themse auf, Onkel James, und habe dort ein wunderschönes Grundstück für ein Haus gesehen.«

James, ein langsamer und gründlicher Esser, hielt im Kauen inne.

»Ah«, sagte er, »wo war das?«

»Nahe bei Pangbourne.«

James steckte ein Stück Schinken in den Mund, und June wartete.

»Du weißt wahrscheinlich nicht, ob das Land dort freier Grundbesitz ist?« fragte er schließlich. »Und du hast wahrscheinlich auch keine Ahnung von den Grundstückspreisen in der Gegend?«

»Doch«, sagte June, »ich habe mich erkundigt.« Ihr entschlossenes kleines Gesicht unter der kupfernen Haarkrone glühte vor gespannter Erwartung.

James betrachtete sie mit der Miene eines Inquisitors.

»Was? Du denkst doch nicht daran, Land zu kaufen!« rief er aus und ließ seine Gabel fallen.

June war von seinem Interesse sehr ermutigt. Es war schon lange ihr Plan gewesen, daß ihre Onkel, sich und Bosinney zum Nutzen, Landhäuser bauen sollten.

»Natürlich nicht«, sagte sie. »Ich dachte nur, daß es für dich – oder irgend jemand andern – so ein herrlicher Platz wäre, ein Landhaus zu bauen!«

James sah sie von der Seite an und steckte ein zweites Stück Schinken in den Mund.

»Die Gründe dort müssen sehr teuer sein«, sagte er.

Was June für persönliches Interesse gehalten hatte, war nur die unpersönliche Erregung jedes Forsytes, der von etwas Brauchbarem hört, das in Gefahr ist, in die Hände eines anderen zu geraten. Aber sie weigerte sich, ihre Chance schwinden zu sehen, und fuhr fort, ihre Sache zu vertreten.

»Du solltest aufs Land ziehen, Onkel James. Ich wünschte, daß ich viel Geld hätte – ich würde keinen Tag länger in London leben.«

James war bis ins tiefste Innere seiner langen Gestalt empört; er hatte nicht gewußt, daß seine Nichte so ausgeprägte Ansichten vertrat.

»Warum ziehst du nicht aufs Land?« wiederholte June. »Es würde dir guttun.«

»Warum?« begann James aufgeregt. »Land kaufen – was, glaubst du, kann ich schon tun, wenn ich Land kaufe – Häuser bauen? – Ich würde keine vier Prozent für mein Geld bekommen!«

»Was macht das schon. Dafür hast du frische Luft!«

»Frische Luft!« rief James. »Was fange ich mit frischer Luft an?«

»Ich habe gedacht, daß jeder frische Luft gern hat«, sagte June verächtlich.

James fuhr sich mit der Serviette über das Gesicht.

»Du kennst den Wert des Geldes nicht«, sagte er und vermied es, sie anzusehen.

»Nein! Und ich hoffe, daß ich ihn auch niemals kennen werde!« Die arme June biß sich empört und gedemütigt auf die Lippen.

Warum waren ihre Verwandten so reich, und warum wußte Phil niemals, wo er am nächsten Tag das Geld für den Tabak hernehmen sollte? Warum konnten sie nicht etwas für ihn tun? Aber sie waren so selbstsüchtig. Warum konnten sie keine Landhäuser bauen? Sie besaß noch jenen festen, naiven Glauben, der so rührend ist und manchmal Großes vollbringt. Bosinney, zu dem sie sich in ihrer Enttäuschung wandte, war in ein Gespräch mit Irene vertieft, und ihr wurde kalt ums Herz. Ihre Augen wurden hart vor Zorn, wie die des alten Jolyon, wenn man ihm nicht seinen Willen tat.

Auch James war sehr beunruhigt. Er hatte das Gefühl, als hätte jemand sein Recht bestritten, sein Geld zu fünf Prozent anzulegen. Jolyon hatte sie verdorben. Keine seiner Töchter hätte so etwas gesagt. James hatte seine Kinder immer außerordentlich freizügig erzogen, und eben deshalb berührte ihn die Sache besonders. Er stocherte verdrießlich in seinen Erdbeeren, ertränkte sie dann in Sahne und aß sie rasch; sie sollten ihm jedenfalls nicht entkommen.

Kein Wunder, daß er verärgert war. Seit vierundfünfzig Jahren (er war zum frühestmöglichen Termin, den das Gesetz erlaubte, als Anwalt zugelassen worden) hatte er sich damit beschäftigt, Hypotheken zu vermitteln, Kapitalanlagen mit hohem und sicherem Gewinn ausfindig zu machen, Verhandlungen so zu führen, daß er das Maximum aus den Verhandlungspartnern herausholte, ohne seine eigenen Interessen oder die seiner Klienten zu gefährden, und die finanziellen Möglichkeiten jeder Situation zu berechnen, und so war er schließlich auf einen

Punkt gekommen, an dem er alles nach finanziellen Gesichtspunkten bewertete. Geld war nun für ihn das Licht, das Mittel, durch welches er sehen konnte, ohne das er nichts wahrnahm; und sich ins Gesicht sagen zu lassen: »Ich hoffe, ich werde niemals den Wert des Geldes kennen!«, das betrübte und erregte ihn. Er wußte, daß es Unsinn war, denn sonst hätte es ihn erschreckt. Was war mit der Welt los? Als er aber plötzlich an die Geschichte des jungen Jolyon dachte, fühlte er sich etwas getröstet, denn was konnte man bei so einem Vater schon anderes erwarten! Allerdings zog diese Überlegung noch viel unangenehmere Gedanken nach sich. Was bedeutete all das Gerede um Soames und Irene?

Wie in allen Familien, die etwas auf sich hielten, hatte man einen Umschlagplatz eingerichtet, an dem Familiengeheimnisse ausgetauscht und das Familienvermögen bewertet wurde. An der Forsyte-Börse war es bekannt, daß Irene ihre Heirat bereute. Man nahm ihr dies übel. Sie hätte wissen müssen, was sie tat; keine verläßliche Frau machte solche Fehler.

James dachte verdrießlich daran, daß sie ein hübsches (wenn auch ziemlich kleines) Haus in einer ausgezeichneten Lage, keine Kinder und keine finanziellen Sorgen hatten. Soames sprach kaum über seine Geschäfte, aber er mußte eigentlich langsam sehr wohlhabend werden. Er hatte ein beachtliches Einkommen aus der Firma – denn Soames, wie sein Vater, war Teilhaber der bekannten Kanzlei Forsyte, Bustard und Forsyte – und er war immer sehr vorsichtig gewesen. Er hatte auch mit einigen Hypotheken, die er erworben hatte, ungewöhnliches Glück gehabt – ein paar kleine Pfändungen zur rechten Zeit –, er hatte wirklich unwahrscheinliches Glück gehabt.

Es gab keinen Grund, warum Irene nicht glücklich sein sollte, und doch sagte man, daß sie um ein eigenes Zimmer gebeten habe. Er wußte, worauf so etwas hinauslief. Ja, wenn Soames ein Trinker wäre!

James sah seine Schwiegertochter an. Sein unbemerkter Blick war kalt und zweifelnd. Es lagen Bitte und Angst und ein Ausdruck persönlichen Gekränktseins darin. Warum sollte er sich solche Sorgen machen? Wahrscheinlich war ja alles doch nur Unsinn; Frauen waren so sonderbare Geschöpfe! Sie übertrieben derart, daß man nicht wußte, was man eigentlich glauben sollte; und außerdem sagte ihm ja niemand etwas, er mußte alles ganz allein herausfinden. Wieder sah er verstohlen auf Irene und von ihr zu Soames hinüber. Dieser hörte gerade Tante Juley zu und warf zuweilen einen Blick auf Bosinney.

Er ist vernarrt in sie, das weiß ich, dachte James. Man muß nur daran denken, wie er sie immer beschenkt.

Und die unwahrscheinliche Unvernunft ihrer Abneigung traf ihn um so stärker. Es war schade, denn sie war ein so einnehmendes kleines Ding, und er, James, hätte sie sicher sehr gern, wenn sie ihm dies nur erlaubte. Seit neuestem hatte sie sich an June angeschlossen; das tat ihr nicht gut, ganz sicher nicht. Sie war tatsächlich drauf und dran, sich eine eigene Meinung zu bilden. Er konnte sich nicht vorstellen, was sie damit wollte. Sie hatte ein gutes Zuhause und alles, was sie sich nur wünschen konnte. Er war der Ansicht, daß man ihre Freunde für sie auswählen sollte. So weiterzumachen war gefährlich.

June, die die Gewohnheit hatte, Unglückliche unter ihre Fittiche zu nehmen, hatte Irene ein Geständnis entlockt und ihrerseits betont, daß man diesen schrecklichen Zustand nötigenfalls auch durch eine Trennung bekämpfen müsse. Irene hatte ihr Zureden nur mit einem düsteren Schweigen beantwortet, als ob sie den Gedanken, diesen Kampf mit kaltem Blut durchzuführen, schrecklich fände. Er würde sie niemals aufgeben, hatte sie June gesagt.

»Wen stört das?« rief June. »Laß ihn doch machen, was er will – du mußt nur fest bleiben!« Und sie hatte auch nicht gezögert, Ähnliches bei Timothy anzudeuten; als James davon hörte, war er entrüstet und entsetzt gewesen.

Was würde geschehen, wenn es sich Irene in den Kopf setzte – er konnte den Gedanken kaum in Worte fassen – Soames zu verlassen? Dieser Gedanke erschien ihm so unerträglich, daß er ihn sofort von sich schob; die dunklen

Vorstellungen, die er hervorrief, der Klang des Familienklatsches in seinen Ohren, der Schreck, daß etwas so Skandalöses in seiner Nähe, einem seiner Kinder geschehen sollte! Glücklicherweise hatte sie kein Geld – armselige fünfzig Pfund im Jahr. Und er gedachte des toten Heron, der ihr nichts hinterlassen konnte, voll Verachtung. Über seinem Glas grübelnd, die langen Beine unter dem Tisch verschränkt, vergaß er völlig, aufzustehen, als die Damen das Zimmer verließen. Er würde mit Soames sprechen – ihn zur Vorsicht mahnen müssen; sie konnten so nicht weitermachen, jetzt, da sich die Möglichkeit eines Bruchs abzeichnete. Und er bemerkte ärgerlich, daß June ihr Weinglas voll auf dem Tisch hatte stehenlassen.

Die Kleine steckt hinter allem, überlegte er, von selbst wäre Irene nie darauf gekommen. James hatte Phantasie.

Swithins Stimme weckte ihn aus seinem Grübeln.

»Ich habe vierhundert Pfund dafür bezahlt«, sagte dieser gerade.

»Natürlich ist es ein wirkliches Kunstwerk.«

»Vierhundert! Mhm, das ist viel Geld!« stimmte ihm Nicholas zu. Der Gegenstand, von dem sie sprachen, war eine kunstvolle Figurengruppe aus italienischem Marmor, die von einem hohen Piedestal (ebenfalls Marmor) aus einen Hauch von Kultur im Raum verbreitete. Die Seitenfiguren, sechs an der Zahl, alle weiblich, nackt und sehr sorgfältig ausgeführt, zeigten auf die Figur im Zentrum der Gruppe, ebenfalls nackt und weiblich, die auf sich selbst zeigte; das alles gab dem Betrachter das angenehme Gefühl, sie müsse von großem Wert sein. Tante Juley, die der Gruppe fast gegenübersaß, hatte den ganzen Abend die größten Schwierigkeiten gehabt, nicht dauernd hinzusehen.

Der alte Jolyon sprach, er war es, der die Diskussion begonnen hatte. »Vierhundert – Unsinn! Du willst mir doch nicht sagen, daß du dafür vierhundert gezahlt hast?«

Zum zweiten Mal an diesem Abend setzte sich Swithins Kinn zwischen den Kragenspitzen in schwingende Bewegungen. »Vierhundert Pfund, gutes englisches Geld; keinen Penny weniger. Und ich bedauere es auch nicht. Es ist nichts Gewöhnliches, Englisches – es ist echte, moderne italienische Kunst!«

Soames verzog einen Mundwinkel zu einem Lächeln und sah zu Bosinney hinüber. Der Architekt grinste hinter dem Rauch seiner Zigarette. Jetzt sah er wirklich einem Freibeuter ähnlich.

»Es steckt viel Arbeit drinnen«, bemerkte James, der von der Größe der Gruppe sehr beeindruckt war, hastig. »Es würde sich bei Jobson gut verkaufen.«

»Der arme Teufel – ein Ausländer – der es gemacht hat«, fuhr Swithin fort, »verlangte fünfhundert – ich gab ihm vier. Wert ist es acht. Und er sah halbverhungert aus, der arme Teufel!«

»Ah«, stimmte ihm Nicholas plötzlich zu, »arme, schäbig aussehende Burschen, diese Künstler; ich frage mich immer, wie sie leben. Nehmt zum Beispiel den jungen Flageoletti, den Fanny und die Mädchen immer holen, damit er ihnen was vorgeigt; wenn er hundert Pfund im Jahr verdient, so ist das schon viel!«

James schüttelte den Kopf. »Ah«, sagte er, »ich weiß nicht, wie sie leben.«

Der alte Jolyon war aufgestanden und inspizierte, mit der Zigarre im Mund, die Gruppe aus der Nähe.

»Ich hätte dafür nicht einmal zweihundert gegeben!« stellte er schließlich fest.

Soames sah, wie sein Vater und Nicholas einander ängstlich anblickten; auf Swithins anderer Seite hüllte sich Bosinney noch immer in eine Rauchwolke.

»Ich möchte gern wissen, was er davon hält«, dachte Soames, der nur zu gut wußte, daß diese Gruppe hoffnungslos *vieux jeu* war, hoffnungslos der vergangenen Generation angehörte. Bei Jobson fand man für Werke dieser Art keine Abnehmer mehr.

Schließlich kam Swithins Antwort. »Du hast dich bei Skulpturen nie ausgekannt. Du hast deine Bilder, und das ist auch schon alles!«

Der alte Jolyon ging zu seinem Platz zurück und zog

heftig an der Zigarre. Es war unwahrscheinlich, daß er sich mit Swithin, diesem sturen Kerl, der starrköpfig wie ein Maultier war, in einen Streit einlassen würde – mit Swithin, der eine Statue nicht... von einem Strohhut unterscheiden konnte.

»Stuck!« war alles, was er sagte.

Schon lange war es Swithin physisch unmöglich gewesen, aufzuspringen; aber er schlug mit der Faust auf den Tisch.

»Stuck! Ich möchte gern sehen, ob du in deinem Haus irgend etwas hast, das nur halb so gut ist!«

Und wieder schien hinter seinen Worten die grollende Wut primitiver Vorfahren zu liegen.

James rettete die Situation.

»Was sagen denn Sie, Mr. Bosinney? Sie sind Architekt; Sie sollten doch bei Statuen und dergleichen Bescheid wissen!«

Alle Augen richteten sich auf Bosinney; alle warteten mit einem seltsamen, mißtrauischen Blick auf seine Antwort.

Und Soames, der zum ersten Mal das Wort ergriff, fragte:

»Ja, Bosinney, was sagen Sie dazu?«

Bosinney antwortete kühl:

»Es ist eine bemerkenswerte Arbeit.«

Seine Worte waren an Swithin gerichtet, seine Augen, die ein schalkhaftes Lächeln zeigten, auf Jolyon; nur Soames war nicht zufriedengestellt.

»Weshalb bemerkenswert?«

»Wegen ihrer Naivität.«

Dieser Antwort folgte ein eindrucksvolles Schweigen; Swithin allein war nicht ganz sicher, ob diese Bemerkung als Kompliment gedacht war.

4

Ein Haus wird geplant

Drei Tage nach dem Essen bei Swithin trat Soames Forsyte aus seiner grüngestrichenen Haustür, überquerte den Platz und stellte beim Zurückschauen fest, daß das Haus einen neuen Anstrich brauchte.

Seine Frau war im Salon, als er sie verließ; sie saß auf dem Sofa, hatte die Hände im Schoß verschränkt und wartete offenkundig darauf, daß er fortging. Das wir nicht ungewöhnlich, ja es war jeden Tag dasselbe. Er konnte nicht verstehen, was ihr an ihm nicht paßte. Schließlich war er kein Trinker! Oder machte er Schulden, spielte er, fluchte er; war er gewalttätig, waren seine Freunde ein loses Pack; blieb er abends etwa zu lange fort? Ganz im Gegenteil.

Die tiefe, unter der Oberfläche schwelende Abneigung, die er in seiner Frau spürte, war ihm ein Rätsel und beunruhigte ihn sehr. Daß sie sich geirrt hatte und ihn nicht liebte, versucht hatte, ihn zu lieben, und ihn doch nicht lieben konnte, war offensichtlich kein Grund.

Wer etwas derartig Ausgefallenes als Grund dafür ansehen konnte, daß sich seine Frau nicht mit ihm vertrug, konnte kein Forsyte sein.

Soames war daher gezwungen, die Schuld ausschließlich bei seiner Frau zu suchen. Er war nie einer Frau begegnet, die so leicht in anderen Zuneigung erwecken konnte. Wo er sich mit ihr zeigte, mußte er sehen, welche Anziehungskraft sie auf Männer ausübte; ihre Blicke, ihr Benehmen, die Art, in der sie mit ihr sprachen, verrieten es; ihr eigenes Betragen in diesen Situationen war immer tadellos gewesen. Daß sie eine der – unter den Angelsachsen recht seltenen – Frauen war, die dazu geboren sind, zu lieben und geliebt zu werden, die nicht leben, wenn sie nicht lieben, das war ihm sicher noch nie aufgefallen. Ihre Anziehungskraft stellte für ihn einen Teil ihres Wertes als sein Eigentum dar; aber das ließ ihn auch vermuten, daß sie geben und nicht nur nehmen konnte; und ihm gab sie nichts! »Warum hat sie mich dann geheiratet?« war sein ständiger Gedanke. Er hatte vergessen, wie er um sie geworben hatte, diese eineinhalb Jahre, in denen er sie belagert hatte und auf der Lauer gelegen war, Pläne für ihre Unterhaltung geschmiedet, ihr Geschenke gebracht, ihr regelmäßig Heiratsanträge gemacht und andere Anbeter durch seine ständige Anwesenheit verjagt hatte. Er hatte auch vergessen, wie geschickt er einen Zeitpunkt ausgenützt, in dem sie einen besonderen Widerwillen gegen ihr Zuhause verspürt, und seine Bemühungen mit Erfolg gekrönt hatte. Wenn er sich an etwas erinnerte, dann an die Koketterie, mit der ihn das goldhaarige, dunkeläugige Mädchen behandelt hatte. Ganz sicher erinnerte er sich aber nicht an den Blick – seltsam passiv, bittend –, als sie eines Tages nachgegeben und gesagt hatte, daß sie ihn heiraten würde.

Es war ein hingebungsvolles Werben gewesen – so, wie es die Menschen lieben und wie man es gern in Romanen liest, wo der treue Liebende zu guter Letzt für seine Beharrlichkeit den Lohn empfängt und die Hochzeitsglocken ein holdes Glück auf ewig einläuten.

Soames wandte sich nach Osten und marschierte verdrießlich an der Schattenseite der Straße entlang.

Das Haus mußte renoviert werden, wenn er sich nicht entschloß, aufs Land zu ziehen und zu bauen.

Zum hundertstenmal in diesem Monat überlegte er diese Frage. Es hatte keinen Sinn, die Dinge zu überstürzen! Er war in guten finanziellen Verhältnissen, sein Einkommen wuchs ständig und erreichte fast schon dreitausend Pfund im Jahr; sein angelegtes Kapital war aber nicht so groß, wie sein Vater glaubte – James neigte dazu, den Wohlstand seiner Kinder etwas zu überschätzen. »Achttausend kann ich leicht ausgeben«, dachte er, »ohne die Hypotheken von Robertson oder Nicholl einzufordern.«

Er hatte bei einer Bilderhandlung angehalten, denn Soames war ein Liebhaber von Bildern und hatte im Haus am Montpelier Square 62 ein kleines Zimmer, das voll von Gemälden war, die gegen die Wände gelehnt waren; er hatte nicht genug Platz, sie aufzuhängen. Er brachte sie auf dem Heimweg aus der City, gewöhnlich in der Dunkelheit, nach Hause, und am Sonntag nachmittag kam er oft in das Zimmer und verbrachte viele Stunden damit, die Bilder zum Licht zu drehen, die Zeichen auf der Rückseite zu untersuchen und sich manchmal Notizen zu machen.

Die Bilder stellten fast alle Landschaften mit Personen im Vordergrund dar, ein Symbol seiner geheimen Auflehnung gegen London, gegen die hohen Häuser, die endlosen Straßen, wo sich sein Leben und das Leben seiner Klasse abspielte. Und hin und wieder nahm er dann ein oder zwei Bilder mit sich in einem Mietwagen und hielt bei Jobson auf seinem Weg in die City an.

Er zeigte die Bilder kaum jemandem; Irene, deren Meinung er insgeheim respektierte und vielleicht aus diesem Grund nie hören wollte, war nur ganz selten in diesem Zimmer gewesen, wenn sie die Hausfrauenpflichten dorthin führten. Er bat sie nicht, die Bilder zu besichtigen, und sie tat es auch nicht. Für Soames war das ein weiterer Grund zur Klage. Er haßte Ihren Stolz und fürchtete ihn heimlich.

Sein Spiegelbild sah ihn aus dem Schaufenster des Bilderladens an. Sein glattes Haar unter der Krempe des Zylinders glänzte wie der Hut selbst; seine Wangen, glatt und flach, die Linien seines glattrasierten Kinns mit dem grauen Schatten des Bartes und die Strenge seines hochgeschlossenen schwarzen Cutaways vermittelten einen Eindruck von Reserviertheit und Verschlossenheit, von unerschütterlicher, disziplinierter Haltung; aber seine Augen, kalt, grau, angespannt, mit einer senkrechten Falte zwischen den Brauen, musterten dieses Spiegelbild nachdenklich, als wüßten sie um seine geheime Schwäche.

Er betrachtete die Bilder – die dargestellten Themen, die Namen der Maler, berechnete ihren Wert, ging dann aber weiter, ohne die Genugtuung gewonnen zu haben, die er sonst empfand, wenn er den Wert von Gemälden schätzte.

Nr. 62 würde noch ein weiteres Jahr ausreichen, wenn er sich entschloß zu bauen. Die Zeiten waren günstig zum Bauen, Geld war schon jahrelang nicht so hoch im Wert gewesen; und der Platz, den er auf Robin Hill gesehen hatte, als er im Frühjahr dorthin fuhr, um Nicholls belehnte Liegenschaften zu besichtigen – welches Gelände könnte besser zum Bauen geeignet sein! Zwölf Meilen von Hyde Park Corner gelegen, würde das Grundstück sicher im Wert steigen und immer mehr einbringen, als er dafür bezahlt hatte: ein wirklich stilvolles Haus wäre auf jeden Fall eine erstklassige Investition.

Der Gedanke, das einzige Mitglied der Familie mit einem Landhaus zu sein, berührte ihn wenig; für einen echten Forsyte waren Gefühle, auch wenn es um die gesellschaftliche Stellung ging, ein Luxus, den man sich nur leisten konnte, wenn der Appetit auf materiellere Freuden gestillt war.

Irene aus London wegzubekommen, fort von den Gelegenheiten, auszugehen und Leute zu treffen, fort von ihren Freunden und denen, die ihr Ideen in den Kopf setzten! Das war genau das Richtige! Sie war zu viel mit June zusammen! June konnte ihn nicht leiden, und er erwiderte dieses Gefühl. Sie waren vom selben Blut.

Alles wäre gewonnen, wenn er Irene aus der Stadt herausbekäme. Das Haus würde ihr gefallen, es würde ihr Spaß machen, sich mit der Ausstattung zu befassen, sie war ja künstlerisch veranlagt!

Das Haus müßte auf jeden Fall etwas Besonderes sein, etwas, das immer einen guten Preis erzielen würde, etwas Einmaliges, wie das letzte Haus von Parkes, das einen Turm hatte; aber Parkes hatte selbst gesagt, daß sein Architekt einen enormen Betrag verlangt hatte. Man wußte ja nie, wie man mit diesen Leuten dran war; wenn sie einen Namen hatten, stiegen die Ausgaben ins Unendliche, und sie waren noch dazu eingebildet.

Und ein gewöhnlicher Architekt kam nicht in Frage – die Erinnerung an Parkes Turm schloß von vornherein einen gewöhnlichen Architekten aus.

Das war es, warum er an Bosinney gedacht hatte. Seit dem Essen bei Swithin hatte er Erkundigungen eingezogen, deren Ergebnis mager, aber ermutigend gewesen war: »Einer von der neuen Schule.«

»Tüchtig?«

»Ja, äußerst tüchtig, doch ein wenig – ein wenig in den Wolken!«

Es war ihm nicht gelungen, festzustellen, welche Häuser Bosinney gebaut hatte und was sein Honorar war. Der Eindruck, den er gewonnen hatte, sagte ihm, daß er die Bedingungen stellen konnte. Je mehr er über die Idee nachdachte, desto besser gefiel sie ihm. Die Sache würde auch in der Familie bleiben, was bei den Forsytes fast ein Instinkt war; und es bot ihm die Möglichkeit, besonders günstige Bedingungen zu erzielen, ja vielleicht nur einen nominellen Preis zahlen zu müssen, was nur gerecht war, wenn man daran dachte, daß Bosinney damit die Chance erhielt, sein Talent zu zeigen – dieses Haus durfte ja kein gewöhnliches Gebäude werden.

Soames dachte selbstgefällig an die weiteren Arbeiten, die es dem jungen Mann sicher einbringen würde; denn wie jeder Forsyte konnte er durch und durch Optimist sein, wenn irgend etwas dabei zu gewinnen war.

Bosinneys Büro war in der Sloane Street, also in der Nähe, und so würde er sich dauernd um die Pläne kümmern können.

Und auch Irene würde weniger Schwierigkeiten machen, London zu verlassen, wenn der Verlobte ihrer besten Freundin den Auftrag bekäme. Junes Heirat könnte davon abhängen. Irene konnte anständigerweise Junes Heirat nicht im Weg stehen; das würde sie niemals tun, dazu kannte er sie zu gut. Und June würde sich freuen, darin sah er auch seinen Vorteil.

Bosinney machte den Eindruck, als ob er klug wäre, aber – und das ließ ihn besonders vorteilhaft erscheinen –

er sah auch so aus, als ob er nicht ganz wüßte, wo sein Vorteil lag; in Geldangelegenheiten war er gewiß leicht zu behandeln. Daß Soames diese Überlegungen anstellte, hatte nichts mit betrügerischen Absichten zu tun; es war seine natürliche Geisteshaltung – die Haltung jedes guten Geschäftsmannes – all der Tausende guter Geschäftsleute, an denen vorbei er Ludgate Hill hinaufstieg.

So erfüllte er die unergründlichen Gesetze seiner großen Klasse – der menschlichen Natur selbst –, wenn er zufrieden überlegte, daß er mit Bosinney in finanziellen Angelegenheiten leichtes Spiel haben würde.

Während er sich weiter seinen Weg durch die Menge bahnte, wurde sein Blick, den er sonst immer auf den Boden vor seinen Füßen gerichtet hielt, von der Kuppel von St. Paul's angezogen. Diese alte Kuppel übte auf ihn eine sonderbare Anziehung aus, und nicht nur einmal, sondern zwei- bis dreimal in der Woche unterbrach er seine tägliche Wanderung und trat in die Kathedrale ein, verweilte fünf bis zehn Minuten in den Seitenschiffen und studierte die Namen und Inschriften auf den Grabmälern. Die Anziehungskraft, die diese große Kirche auf ihn ausübte, war unerklärlich, außer vielleicht durch die Tatsache, daß er sich während dieses Aufenthalts auf die Geschäfte des Tages konzentrieren konnte. Wenn ihm irgendeine Sache von besonderer Bedeutung, wenn ihn etwas, das besonderen Scharfsinn verlangte, bedrückte, so ging er auf jeden Fall hinein und wanderte mit gespannter Aufmerksamkeit von Inschrift zu Inschrift. Wenn er sich dann in derselben geräuschlosen Art wieder zurückgezogen hatte, ging er festen Schrittes Cheapside hinauf, und sein Gang schien zielstrebiger, so als hätte er sich entschlossen, etwas zu kaufen.

Auch diesen Morgen ging er hinein, aber statt sich von Inschrift zu Inschrift zu stehlen, richtete er seinen Blick nach oben zu den Säulen und Wandflächen und blieb bewegungslos stehen.

Sein emporgewandtes Gesicht, das den ehrfürchtigen und gesammelten Ausdruck annahm, den Gesichter in der

Kirche zu zeigen pflegen, sah in dem riesigen Gebäude kalkweiß aus. Seine behandschuhten Hände hatte er vor sich über dem Griff des Schirmes verschränkt. Er erhob sie. Vielleicht hatte er eine heilige Eingebung empfangen.

»Ja«, dachte er, »ich muß Platz haben, meine Bilder aufzuhängen.« Am selben Abend sprach er auf dem Heimweg von der City bei Bosinney vor. Er traf den Architekten in Hemdsärmeln, eine Pfeife rauchend, wie er mit dem Lineal an einem Plan arbeitete. Soames lehnte einen Drink ab und kam gleich zur Sache.

»Wenn Sie Sonntag nichts Besseres vorhaben, fahren Sie mit mir nach Robin Hill und sagen Sie mir, was Sie von einem Baugrund dort halten.«

»Wollen Sie bauen?«

»Vielleicht«, sagte Soames, »aber sprechen Sie noch nicht davon. Ich möchte nur Ihre Meinung hören.«

»Gut«, sagte der Architekt.

Soames blickte sich interessiert im Zimmer um.

»Sie wohnen hier ziemlich hoch oben«, bemerkte er.

Jede Information, die er über Art und Umfang von Bosinneys Geschäften erhalten konnte, war ihm willkommen.

»Bis jetzt ist es gut genug für mich«, antwortete der Architekt. »Sie sind an die Arrivierten gewöhnt.«

Er klopfte seine Pfeife aus, steckte sie aber leer zwischen die Zähne zurück; vielleicht half ihm das, das Gespräch zu führen. Soames bemerkte eine Vertiefung in beiden Wangen, so als saugte er an der kalten Pfeife.

»Was zahlen Sie für ein solches Büro?« fragte er.

»Fünfzig zu viel«, antwortete Bosinney.

Diese Antwort machte auf Soames einen günstigen Eindruck.

»Ich glaube gern, daß es teuer ist«, sagte er. »Ich hole Sie Sonntag um elf Uhr ab.«

Am folgenden Sonntag holte er daher Bosinney in seinem Wagen ab und fuhr mit ihm zum Bahnhof. Als sie in Robin Hill ankamen, fanden sie keinen Wagen und begannen, die eineinhalb Meilen zum Bauplatz zu Fuß zu gehen.

Es war der erste August – ein herrlicher Tag, mit strahlendem Sonnenschein und wolkenlosem Himmel –, und ihre Füße wirbelten auf der geraden, engen Straße, die zum Hügel hinaufführte, gelben Staub auf. »Kiesgrund«, bemerkte Soames und blickte von der Seite auf den Rock, den Bosinney trug. In die Seitentaschen dieses Rocks hatte er Bündel von Papier gestopft, und unter einem Arm trug er einen sonderbaren Stock. Soames bemerkte diese und andere Eigenheiten.

Kein anderer als ein kluger Mann oder wirklich ein Freibeuter hätte sich solche Freiheiten mit seiner äußeren Erscheinung erlaubt; und obwohl diese Exzentrizitäten auf Soames abstoßend wirkten, bereiteten sie ihm doch eine gewisse Genugtuung, als Zeugnis für Eigenschaften, die ihm auf jeden Fall zugute kommen würden. Wenn der Mann Häuser bauen konnte, was scherten ihn dann seine Kleider?

»Ich habe schon erwähnt«, sagte er, »daß dieses Haus eine Überraschung werden soll, also sprechen Sie bitte nicht darüber. Ich spreche niemals über meine Geschäfte, bevor sie abgeschlossen sind.«

Bosinney nickte.

»Weihen Sie einmal eine Frau in Ihre Pläne ein«, fuhr Soames fort, »dann wissen Sie nie, wo das enden wird.«

»Ah«, sagte Bosinney, »Frauen sind schrecklich!«

Dieses Gefühl hatte in Soames schon lange geschlummert, er hatte es jedoch nie in Worte gekleidet.

»Oh!« murmelte er. »Sie beginnen also schon –« Er hielt inne, setzte aber dann mit unverhohlener Bosheit fort: »June hat ein eigenes Temperament – hat es schon immer gehabt.«

»Temperament ist bei einem Engel nichts Schlechtes.«

Soames hatte Irene niemals einen Engel genannt. Nie hätte er seine geheimsten Gefühle so entweihen können, daß er andere Menschen um das Geheimnis ihres Wertes wissen ließ und sich verriet. Er antwortete nicht.

Sie waren zu einer halbfertigen Straße, die durch ein Gehege lief, gekommen. Im rechten Winkel dazu führte ein Karrenweg zu einer Schottergrube, hinter der sich die Schornsteine eines Häuschens aus einer Baumgruppe am Rand eines dichten Waldes erhoben. Büschel von Federgras bedeckten den rauhen Boden, und aus ihnen stiegen Lerchen in den Schimmer des Sonnenscheins. Weit am Horizont, hinter zahllosen Feldern und Hecken, erhob sich eine Hügelkette.

Soames ging voran, bis sie das Grundstück überquert hatten, und blieb dann stehen. Es war der Platz, den er ausgewählt hatte; aber jetzt, wo er dabei war, einem anderen sein Geheimnis mitzuteilen, fühlte er sich unbehaglich.

»Der Makler lebt in dem Häuschen dort«, sagte er. »Wir können bei ihm etwas essen – ich glaube, es ist besser, wir essen, bevor wir uns mit der Sache beschäftigen.«

Er ging weiter bis zu dem kleinen Haus, wo der Makler, ein hochgewachsener Mann namens Oliver, mit schwerem Gesicht und grauem Bart, sie begrüßte. Während des Essens, das Soames kaum berührte, sah er Bosinney immer wieder an und wischte sich ein- oder zweimal mit seinem Seidentaschentuch heimlich das Gesicht. Schließlich war die Mahlzeit beendet, und Bosinney erhob sich.

»Ich nehme an, daß Sie Geschäftliches zu besprechen haben«, sagte er.

»Ich werde hinausgehen und mich ein wenig umsehen.« Ohne auf Antwort zu warten, schlenderte er hinaus.

Soames, der Anwalt für diesen Besitz war, verbrachte fast eine Stunde mit dem Makler; sie sahen Grundpläne durch und besprachen die Hypotheken Nicholls und anderer; als ob es ihm erst jetzt eingefallen wäre, begann er über den Bauplatz zu sprechen.

»Ihre Leute«, sagte er, »sollten auf meinen Preis eingehen, wenn man bedenkt, daß ich der erste bin, der bauen will.«

Oliver schüttelte den Kopf.

»Der Platz, den Sie wollen, Sir«, sagte er, »ist der billigste, den wir haben. Die Bauplätze auf der Anhöhe sind viel teurer.«

»Bedenken Sie«, sagte Soames, »ich habe mich noch nicht entschlossen, und es ist recht gut möglich, daß ich gar nicht bauen werde. Die Grundsteuer ist ziemlich hoch.«

»Es würde mir sehr leid tun, Mr. Forsyte, wenn Sie aussteigen, und ich glaube auch, daß Sie damit einen Fehler machen. In der Nähe von London gibt es kein Stück Boden mit einer solchen Aussicht, und keines, das, wenn man alles zusammen nimmt, billiger ist; wir müssen nur annoncieren und haben einen Haufen Leute da, die sich darum reißen werden.«

Sie sahen einander an. Ihre Gesichter sagten ganz deutlich: »Ich achte Sie als Geschäftsmann; und Sie können nicht erwarten, daß ich auch nur ein Wort von dem, was Sie sagen, glaube.«

Soames wiederholte: »Nun, ich habe mich noch nicht entschlossen; sehr wahrscheinlich wird aus der Sache nichts!« Mit diesen Worten nahm er seinen Schirm, gab dem Makler seine kalte Hand, zog sie ohne den geringsten Druck zurück und trat in die Sonne hinaus.

Er ging tief in Gedanken zum Bauplatz zurück. Sein Instinkt sagte ihm, daß der Makler die Wahrheit gesagt hatte. Ein billiger Baugrund. Und das Schöne daran war, daß er wußte, daß der Makler diesen Platz eigentlich nicht für billig hielt, so daß also sein eigenes intuitives Wissen ihm einen Sieg über ihn verschaffte.

»Billig oder nicht, ich will ihn haben,« dachte er.

Die Lerchen flatterten vor seinen Füßen auf, die Luft war voll von Schmetterlingen, ein süßer Duft erhob sich aus dem wilden Gras. Der würzige Duft des Farns strömte aus dem Wald herüber, in dessen Tiefen verborgen Tauben gurrten, und von weither kam auf dem warmen Wind das Läuten von Kirchenglocken zu ihm herüber.

Soames ging dahin, die Augen auf den Boden gerichtet, und seine Lippen öffneten und schlossen sich wie im Vorgeschmack auf einen besonders köstlichen Bissen. Als er aber zum Grundstück kam, war Bosinney nirgends zu sehen. Nachdem er einige Zeit gewartet hatte, durchquerte er das Gehege in Richtung auf den Abhang hin. Er hätte gern gerufen, aber er fürchtete den Klang seiner Stimme.

Das Gehege war so einsam wie eine Prärie, und die Stille wurde nur durch das Rascheln der Kaninchen, die in ihre Löcher schlüpften, und den Gesang der Lerchen unterbrochen.

Soames, der Pionier in der großen Armee der Forsytes, die zur Zivilisierung dieser Wildnis ausrücken würde, fühlte sich eingeschüchtert durch die Einsamkeit, den unsichtbaren Gesang, die heiße, süße Luft. Er hatte sich schon zurückgewandt, als er Bosinney schließlich doch erblickte. Der Architekt lag lang ausgestreckt unter einer großen Eiche, deren alter, zerfurchter Stamm mit den weitausladenden Ästen und Blättern am Rand des Hügels aufragte.

Soames mußte ihn an der Schulter berühren, bevor er aufsah.

»Hallo, Forsyte!« sagte er. »Ich habe genau den richtigen Platz für Ihr Haus gefunden! Sehen Sie doch!«

Soames stand still und sah sich um; dann sagte er kalt:

»Sie mögen diesen Platz gut gewählt haben, aber er würde mich um die Hälfte mehr kosten.«

»Zum Teufel mit dem Preis, Mann. Sehen Sie sich doch die Aussicht an!«

Fast von ihren Füßen an dehnten sich reife Kornfelder aus und senkten sich zu einer dunklen Baumgruppe. Eine Ebene, von Feldern und Hecken bedeckt, erstreckte sich bis zu den weit entfernten graublauen Hügeln. Der Fluß war als silberner Strich zur Rechten zu sehen.

Der Himmel war so blau und die Sonne so hell, daß ein ewiger Sommer an diesem Ort zu herrschen schien. Rundum tanzten die Flocken der Distelblüten durch den Äther. Die heiße Luft zitterte über dem Getreide, und über allem lag ein leises, unmerkliches Summen, wie das Murmeln schöner Minuten zwischen Himmel und Erde.

Soames sah sich um. Ganz gegen seinen Willen regte

sich ein Gefühl in seiner Brust. Im Angesicht von all dem zu leben, es seinen Freunden zeigen zu können, davon zu sprechen, es zu besitzen! Seine Wangen röteten sich. Die Wärme, das Strahlen und Leuchten nahmen seine Sinne gefangen, genauso wie vier Jahre zuvor Irenes Schönheit seine Sinne gefangengenommen und sein Verlangen nach ihr geweckt hatte. Er blickte verstohlen auf Bosinney, dessen Augen – die Augen des halbwilden Leoparden, wie der Kutscher es nannte – über die Landschaft schweiften. Das Sonnenlicht unterstrich die Kanten seines Gesichtes, die kräftigen Backenknochen, das harte Kinn, die senkrechten Erhebungen über den Brauen; und Soames betrachtete dieses energische, begeisterte, unbekümmerte Gesicht mit einem unbehaglichen Gefühl.

Der Wind strich in einer langen Welle über das Getreide und trieb einen warmen Lufthauch an ihre Gesichter.

»Hier könnte ich Ihnen eine Prachtvilla herbauen«, brach Bosinney endlich die Stille.

»Das glaube ich Ihnen gern«, antwortete Soames trokken. »Sie müssen ja auch nicht dafür zahlen.«

»Um ungefähr achttausend könnte ich Ihnen einen Palast bauen.«

Soames war sehr bleich geworden – ein innerer Kampf tobte in ihm. Er senkte die Augen und sagte starrköpfig: »Ich kann es mir nicht leisten.«

Und langsam ging er mit kleinen Schritten zurück zum ersten Baugrund.

Dort verbrachten sie einige Zeit damit, die Einzelheiten des geplanten Hauses zu besprechen, und dann suchte Soames noch einmal das Haus des Maklers auf.

Nach einer halben Stunde kam er wieder und ging mit Bosinney gemeinsam den Weg zum Bahnhof.

Fast ohne die Lippen zu bewegen, sagte er: »Ich habe doch Ihren Grund genommen.«

Und wieder schwieg er und fragte sich verwirrt, wie es kam, daß dieser Mensch, den er doch eigentlich verachtete, ihn dazu hatte bringen können, seinen eigenen Entschluß umzustoßen.

5

Eine Forsytesche Ehe

Wie Tausende anderer aufgeklärter Mitglieder seiner Klasse und Generation in diesem großen London, die nicht mehr auf rote Samtsessel schwören und wissen, daß Gruppen aus modernem italienischem Marmor *vieux jeu* sind, so bewohnte auch Soames Forsyte ein Haus, das sich nach Kräften bemühte, mit der Mode zu gehen. Es besaß einen kupfernen Türklopfer in Sonderanfertigung, Fenster, die man so umgebaut hatte, daß sie sich nun nach außen öffnen ließen, und an der Rückseite (etwas ganz Besonderes) einen kleinen Hof, der mit jadegrünen Kacheln belegt und von rosa Hortensien in pfauenblauen Kübeln umsäumt war. Hier konnten die Besucher unter dem pergamentfarbenen japanischen Sonnendach, das die ganze Rückseite überspannte, vor neugierigen Blicken geschützt Tee trinken und mit Muße die neuesten Silberdosen betrachten, die Soames erworben hatte.

In der Innenausstattung dominierten Empire und William Morris. Für seine Größe war das Haus geräumig; es gab zahllose Nischen, die Vogelnestern ähnelten und in denen kleine Silbergegenstände wie Vogeleier lagen.

Inmitten dieser Vollkommenheit standen zwei verschiedene Arten ästhetischen Empfindens miteinander in Widerstreit. Die Herrin des Hauses hätte es wahrscheinlich auch auf einer wüsten Insel verstanden, sich ansprechend einzurichten. Der Hausherr aber sah in der Eleganz eine Art Kapitalanlage, die er seinem Aufstieg zuliebe vornehmen mußte, und die im Einklang mit den Gesetzen des Wettbewerbs zu betreiben war. Dieser wettbewerbsbewußte Sinn für Eleganz hatte ihn schon in seiner Schulzeit veranlaßt, als erster Schüler im Sommer weiße und im Winter Samtwesten zu tragen, stets darauf zu achten, daß seine Krawatte richtig saß, und im Angesicht der großen Menge, die sich bei der Schulfeier versammelte und vor der er Molière rezitierte, sich erst die Lackschuhe blankzuputzen, bevor er begann.

Makellose Sauberkeit war Soames, wie vielen Londonern, zur zweiten Natur geworden; es war unmöglich, sich vorzustellen, daß bei ihm auch nur ein Haar in Unordnung geraten, seine Krawatte auch nur einen Millimeter von der Senkrechten abweichen, sein Kragen ohne Glanz sein könnte. Um nichts in der Welt hätte er auf sein tägliches Bad verzichtet – es war modern, zu baden, und mit welcher Verachtung sah er auf Leute herab, die es nicht so hielten.

Von Irene aber konnte man sich vorstellen, daß sie wie eine Nymphe in irgendeinem Bach badete, nur um sich an der Frische und an ihrem eigenen schönen Körper zu erfreuen.

In diesem Konflikt, der das ganze Haus erfaßt hatte, war die Frau an die Wand gedrängt worden. Wie im Kampf zwischen Sachsen und Kelten, der in der Nation immer noch fortlebte, war das leichter zu beeindruckende und empfänglichere Temperament in eine konventionelle Form gezwängt worden.

So war dieses Haus Hunderten anderen Häusern mit den gleichen Ansprüchen ähnlich geworden: »Das reizende kleine Haus von Soames Forsyte, ganz persönlich, meine Liebe – wirklich elegant!«

Für Soames Forsyte kann man genausogut James Peabody, Thomas Atkins oder Emmanuel Spagnoletti setzen, ja den Namen jedes Engländers in London, der dem oberen Mittelstand angehört und Geschmack zeigen will; und mag auch die Ausstattung nicht dieselbe sein, so paßt dieser Satz doch auf sie alle.

Am Abend des achten August, eine Woche nach dem Ausflug nach Robin Hill, saßen im Eßzimmer dieses Hauses – »was ganz Besonderes, meine Liebe, und wirklich elegant« – Soames und Irene beim Abendessen. Ein warmes Abendessen am Sonntag war eines jener Zeichen der Eleganz, durch das sich dieses Haus – mit manchen anderen – von der großen Masse abhob. Schon früh hatte Soames im Lauf seiner Ehe die Regel aufgestellt: »Die Dienstboten müssen uns am Sonntag abends ein warmes Essen servieren, denn sonst haben sie nichts zu tun als Harmonika zu spielen.«

Dieser Brauch hatte keinen Widerspruch hervorgerufen, denn – und das war in den Augen von Soames ein bedauerliches Zeichen – die Dienstboten hingen an Irene, die allen Traditionen zum Trotz deren Recht anerkannte, auch an den Schwächen der menschlichen Natur teilzuhaben.

Das glückliche Paar saß einander nicht gegenüber, sondern im rechten Winkel zueinander an einem hübschen Tisch aus Rosenholz. Sie speisten ohne Tischtuch – ebenfalls ein besonderes Zeichen von Eleganz – und hatten bis jetzt noch kein Wort gesprochen.

Sonst sprach Soames während des Essens gern über seine Geschäfte und was er gekauft hatte, und solange er sprach, störte ihn Irenes Schweigen nicht. An diesem Abend wäre es ihm aber unmöglich gewesen zu sprechen. Der Entschluß zu bauen hatte ihn die ganze Woche belastet, und er hatte sich entschlossen, es Irene zu sagen.

Es störte ihn sehr, daß er wegen dieser Eröffnung so nervös war. Sie durfte einfach in ihm nicht derartige Gefühle erwecken – schließlich waren Mann und Frau doch eins. Sie hatte ihn nicht ein einziges Mal angeblickt, seit sie sich niedergesetzt hatten, und er fragte sich, was in aller Welt sie die ganze Zeit gedacht haben mochte. Es war hart, wenn ein Mann arbeitete, wie er es tat, wenn er für sie Geld verdiente – und das mit wundem Herzen –, daß sie nun dasaß und so aussah, als ob die Wände des Raumes sie erdrückten. Das reichte wirklich einen vom Tisch zu vertreiben!

Das rosig gedämpfte Licht der Lampe fiel auf ihren Hals und ihre Arme. Soames hatte es gern, wenn sie im Abendkleid dinierte – es gab ihm ein schwer definierbares Gefühl von Überlegenheit gegenüber den meisten seiner Bekannten, deren Frauen sich damit begnügten, in ihrem besten hochgeschlossenen Kleid oder etwa im Nachmittagskleid zu Abend zu essen, wenn sie zu Hause waren. In dem rosigen Licht bildeten ihr bernsteinfarbenes Haar und ihre helle Haut einen seltsamen Kontrast zu ihren dunkelbraunen Augen.

Konnte man etwas Hübscheres besitzen als diesen Eßtisch mit der tiefen Tönung des Holzes, den zartblättrigen Rosen, dem rubinfarbenen Glas und den seltenen Silbergegenständen? Konnte ein Mann etwas Hübscheres besitzen als die Frau, die an diesem Tisch saß? Dankbarkeit war keine Tugend der Forsytes – dafür ließ der Konkurrenzkampf und ihr nüchterner Verstand keinen Platz in ihrem Leben. Und Soames empfand ein Gefühl der schmerzhaften Erbitterung, daß er sie nicht besaß, wie es sein Recht war, sie zu besitzen, daß er nicht seine Hand nach ihr, wie nach einer Rose, ausstrecken und sie nehmen, die tiefsten Geheimnisse ihres Herzens wie den Duft der Blume in sich aufsaugen konnte.

Mit all seinem anderen Besitz, allen Dingen, die er gesammelt hatte, seinem Silber, seinen Bildern, seinen Häusern, seinem Geld verband ihn ein Gefühl der Vertrautheit – nur sie blieb ihm fremd.

In diesem seinem Haus sah er an jeder Wand das Menetekel, und sein nüchterner Verstand lehnte sich gegen die geheimnisvolle Warnung auf, daß sie nicht für ihn geschaffen sei. Er hatte diese Frau geheiratet, sie erobert und zu seinem Eigentum gemacht, und es erschien ihm ganz unvereinbar mit dem fundamentalsten aller Gesetze, dem Gesetz des Besitzes, daß er nicht mehr als ihren Körper besitzen konnte, wenn den überhaupt, was er schon zu bezweifeln begann. Hätte ihn jemand gefragt, ob er ihre Seele besitzen wolle, so wäre ihm diese Frage sentimental und lächerlich erschienen. Und doch wollte er eben das – aber die Flammenschrift sagte ihm, daß er sie nie besitzen würde.

Sie war immer still, passiv, sanft abweisend – als ob die Möglichkeit sie erschreckte, ihn durch ein Wort, eine Geste oder ein Zeichen glauben zu machen, daß sie ihn mochte. Und er fragte sich: Muß es immer so weitergehen?

Wie die meisten Romanleser seiner Generation – und Soames war ein großer Freund von Romanen – beeinflußte die Literatur seine Ansichten, und er war fest davon überzeugt, daß alles nur eine Frage der Zeit sei. Am Ende errang der Ehemann immer die Zuneigung seiner Frau. Und sogar in den Fällen, die tragisch endeten – eine Art von Büchern, die er nicht besonders mochte –, starb die Gattin immer mit Worten bitterer Reue auf den Lippen. Und war es gar der Ehemann selbst, der starb – ein unangenehmer Gedanke –, so warf sie sich von Gewissensqualen gepeinigt über seine Leiche.

Er ging mit Irene ziemlich oft ins Theater und wählte instinktiv moderne Gesellschaftsstücke, die von den modernen Eheproblemen der besseren Gesellschaft handelten, welche glücklicherweise den Eheproblemen des täglichen Lebens in keiner Weise ähnelten. Er fand, daß auch diese Stücke immer denselben Ausgang hatten, selbst wenn ein Liebhaber im Spiel war. Während der Aufführung sympathisierte Soames oft mit dem Liebhaber, aber bevor Irene und er noch im Wagen zu Hause angelangt waren, fand er bereits, daß auch dies keine Lösung brächte, und war froh, daß das Stück eben so und nicht anders geendet hatte. Es war damals gerade eine neue Art von Ehemann modern geworden, der starke, recht rauhe, aber äußerst normale Mann, der gerade am Ende des Stückes immer bemerkenswert erfolgreich war; für diese Art von Mensch konnte Soames nun wirklich keine Sympathie empfinden; hätte er nicht seine eigene Situation im Auge gehabt, so hätte er seine Abneigung gegen solche Männer recht deutlich ausgedrückt. Doch war er sich zu sehr bewußt, wie lebensnotwendig es gerade für ihn sei, ein erfolgreicher, ja ein starker Ehemann zu sein, als daß er jemals von einem solchen Widerwillen gesprochen hätte, der vielleicht – einem perversen Spiel der Natur zufolge – einem versteckten Zug zur Brutalität in ihm entsprang.

Aber Irenes Schweigen an diesem Abend war außergewöhnlich. Er hatte noch nie zuvor einen derartigen Ausdruck auf ihrem Gesicht gesehen. Und da Ungewöhnliches oft beunruhigt, so war Soames beunruhigt. Er aß eilig seine Nachspeise und trieb das Mädchen zur Eile an, als sie die Brotkrumen mit der silbernen Bürste wegfegte. Als sie das Zimmer verlassen hatte, füllte er sein Glas mit Wein und sagte: »War heute nachmittag jemand hier?«

»June.«

»Was wollte sie denn?« Es war ein Grundsatz der Forsytes, daß man nur dann zu jemandem ging, wenn man etwas wollte. »Sie kam wohl, um über ihren Verlobten zu sprechen?«

Irene antwortete nicht.

»Es scheint mir«, fuhr Soames fort, »daß sie viel mehr an ihm hängt als er an ihr. Sie läuft ihm doch immer nach.«

Unter Irenes Blick wurde ihm unbehaglich.

»Du hast kein Recht, solche Dinge zu sagen!« rief sie.

»Warum nicht? Das kann doch jeder sehen.«

»Das ist nicht wahr. Und selbst wenn es so wäre, so ist es abscheulich, es zu sagen.«

Soames verlor die Haltung.

»Du bist mir eine schöne Frau!« sagte er. Insgeheim wunderte er sich aber über ihre hitzige Antwort; das war sonst gar nicht ihre Art. »Du bist in June ganz vernarrt! Ich kann dir eines versichern: jetzt, wo sie den Freibeuter im Schlepptau hat, schert sie sich keinen Pfifferling um dich, und das wirst du schon noch sehen. Aber du wirst sie in Zukunft überhaupt nicht so oft treffen; wir ziehen aufs Land.«

Er war froh, daß er seine Neuigkeit unter dem Deckmantel eines Zornesausbruchs anbringen konnte. Er hatte einen Ausruf der Bestürzung erwartet und war durch die Ruhe, mit der seine Ankündigung aufgenommen wurde, verwirrt.

»Das scheint dich nicht zu interessieren«, mußte er also hinzufügen.

»Ich wußte es schon.«

Er blickte sie scharf an.

»Wer hat es dir gesagt?«

»June.«

»Und wie hat sie es erfahren?«

Irene antwortete nicht. Betreten sagte er:

»Eine gute Sache für Bosinney; er wird dadurch bekannt werden. Sie hat dir wahrscheinlich alles erzählt?«

»Ja.«

Nach einer weiteren Pause sagte Soames:

»Du willst wahrscheinlich nicht fort?«

Irene antwortete nicht.

»Ich weiß wirklich nicht, was du willst. Du bist hier anscheinend niemals zufrieden.«

»Haben meine Wünsche denn irgend etwas damit zu tun?«

Sie nahm die Vase mit den Rosen und verließ das Zimmer. Soames blieb sitzen. War es das, wofür er den Vertrag unterzeichnet hatte? Wollte er dafür etliche zehntausend Pfund ausgeben? Bosinneys Ausspruch fiel ihm wieder ein: »Frauen sind schrecklich!«

Aber bald wurde er wieder ruhiger. Es hätte auch schlimmer kommen können. Sie hätte aufbrausen können. Er hatte mehr als ihre jetzige Reaktion erwartet. Letzten Endes war es ein Glück, daß June für ihn das Eis gebrochen hatte. Anscheinend hatte sie es aus Bosinney herausbekommen; er hätte es sich denken können.

Er zündete sich eine Zigarette an. Wenigstens hatte ihm Irene keine Szene gemacht! Sie würde sich schon daran gewöhnen – das war ihr bester Zug; sie war kalt, aber sie schmollte nicht. Er blies den Zigarettenrauch auf einen Marienkäfer auf dem glänzenden Tisch und begann von seinem Haus zu träumen. Es hatte keinen Sinn, sich Sorgen zu machen; er würde bald zu ihr gehen und sich mit ihr versöhnen. Sie würde draußen im Dunkeln sitzen, unter dem japanischen Sonnendach, und stricken. Eine schöne, warme Nacht...

June war an diesem Nachmittag gekommen, mit leuchtenden Augen und den Worten: »Soames ist großartig! Es ist herrlich für Phil – gerade das Richtige für ihn!«

Da Irene noch immer verständnislos dreinsah, fuhr sie fort:

»Euer neues Haus am Robin Hill natürlich. Was? Du weißt nichts davon?«

Irene wußte nichts davon.

»Oh, dann hätte ich dir wahrscheinlich nichts davon sagen sollen!« Sie sah ihre Freundin ungeduldig an und rief: »Du siehst drein, als ob es dich nichts anginge. Siehst du denn nicht, daß es das ist, worum ich gebetet habe – gerade die Chance, auf die er die ganze Zeit gewartet hat. Jetzt wirst du sehen, was er leisten kann«, und darauf erzählte sie ihr die ganze Geschichte.

Seit ihrer eigenen Verlobung hatte sie sich nicht sonderlich um die Lage ihrer Freundin gekümmert; in den Stunden, die sie mit Irene verbrachte, sprach sie von ihren eigenen Angelegenheiten; und manchmal konnte sie trotz ihres echten Mitgefühls nicht verhindern, daß sich in ihr Lächeln eine Spur von Geringschätzung für die Frau mischte, die in ihrem Leben einen so verhängnisvollen – und so lächerlichen – Fehler gemacht hatte.

»Er übernimmt auch die ganze Inneneinrichtung – er hat völlig freie Hand. Es ist großartig –« June brach in Lachen aus, ihre kleine Gestalt zitterte vor freudiger Erregung; sie hob die Hand und schlug auf den Musselinvorhang. »Weißt du, ich habe sogar Onkel James gefragt –« Doch plötzlich wollte sie die Sache nicht erwähnen und brach ab; und da ihre Freundin so wenig Anteilnahme zeigte, ging sie bald. Vom Gehsteig sah sie zurück – Irene stand noch in der Tür. Als Antwort auf ihr Winken legte Irene ihre Hand an die Stirn, drehte sich langsam um und schloß die Tür...

Wenig später ging Soames in den Salon und beobachtete sie durch das Fenster.

Sie saß draußen im Schatten des japanischen Sonnendaches ganz ruhig; nur die Spitzen auf ihren weißen Schultern bewegten sich, wenn sich ihre Brust leise hob und senkte.

Aber diese schweigende Frau, die da bewegungslos im Dunkeln saß, schien eine Wärme, eine versteckte Leidenschaft des Gefühls zu umgeben, als ob ihr ganzes Sein erregt worden wäre und sich in ihrem tiefsten Inneren ein Wandel vollzöge.

Unbemerkt stahl er sich ins Eßzimmer zurück.

6

James geht auf Besuch

Soames' Entschluß zu bauen machte bald die Runde in der Familie und rief die Aufregung hervor, in welche die Forsytes üblicherweise gerieten, wenn eine Entscheidung in Vermögensfragen fällig war.

Das war nicht seine Schuld, denn er war entschlossen gewesen, es niemanden wissen zu lassen. June hatte es mit übervollem Herzen Mrs. Small erzählt und ihr erlaubt, es nur Tante Ann weiterzusagen – sie dachte, es würde die liebe alte Dame freuen, denn Tante Ann mußte schon viele Tage das Zimmer hüten.

Mrs. Small erzählte es Tante Ann sofort, die sich lächelnd in die Kissen zurücklegte und mit ihrer klaren, zitternden alten Stimme sagte:

»Das ist ja sehr schön für die liebe June; aber ich hoffe, daß sie vorsichtig sein werden – es ist recht gefährlich!«

Als sie wieder allein war, überschattete ein düsterer Blick ihr Gesicht, wie eine Wolke, die einen regnerischen Morgen ankündigt.

Während der vielen Tage, die sie so im Bett zubrachte, war sie unaufhörlich bemüht, neue Lebenskräfte zu sammeln – Willenskraft aufzutanken –, man konnte ihr die Anstrengung am Gesicht ablesen, in dem die Mundwinkel unaufhörlich zuckten.

Smither, die ihr von Jugend an gedient hatte und von der man nur als »Smither, ein gutes Mädchen – aber so langsam!« sprach, das Mädchen Smither vollzog jeden Morgen mit peinlichster Genauigkeit das alte Zeremoniell der Toilette, das damit schloß, daß sie die flachen grauen Locken – Zeichen persönlicher Würde – aus der weißen Hutschachtel nahm, sie ihrer Herrin vorsichtig in die Hände legte, und ihr dann den Rücken zukehrte.

Und jeden Tag mußten die Tanten Juley und Hester kommen und über Timothy berichten; was es von Nicholas Neues gab; ob es der lieben June gelungen sei, Jolyon dazu zu bewegen, die Verlobungszeit abzukürzen, jetzt wo Mr. Bosinney Soames ein Haus baute; ob die Frau des jungen Roger wirklich – in anderen Umständen sei; was für einen Erfolg Archies Operation gehabt habe; und was Swithin wegen des leeren Hauses in der Wigmore Street getan habe, dessen Mieter sein ganzes Geld verloren und ihm so übel mitgespielt hatte; und vor allem, wie es um Soames stand; bat Irene noch immer – um ein eigenes Zimmer? Und jeden Morgen sagte sie zu Smither: »Heute nachmittag, um ungefähr zwei Uhr, werde ich hinunterkommen. Du wirst mich stützen müssen – nach all diesen Tagen im Bett!«

Nachdem sie es Tante Ann erzählte hatte, hatte Mrs. Small im strengsten Vertrauen davon zu Mrs. Nicholas gesprochen, die es wieder von Winifred Dartie bestätigt haben wollte, da sie, als Schwester von Soames, doch alles darüber wissen mußte. Und durch sie war es natürlich James zu Ohren gekommen. Er hatte sich nicht wenig aufgeregt.

Niemand, sagte er, erzählte ihm was. Und, statt direkt zu Soames zu gehen, dessen Wortkargheit er fürchtete, nahm er seinen Schirm und ging hinüber zu Timothy.

Er fand Mrs. Septimus Small und Hester (der man es erzählt hatte – sie war ja ungefährlich, weil sie das Sprechen zu anstrengend fand) bereit, ja begierig, die Neuigkeit zu besprechen. Es sei so gut vom lieben Soames, dachten sie, Mr. Bosinney den Auftrag zu geben, aber auch recht riskant. Wie hatte ihn George genannt? Den »Freibeuter«! Wie komisch! Aber George war ja immer komisch! Nun, es würde ja alles in der Familie bleiben – sie mußten Mr. Bosinney nun wohl als Familienmitglied ansehen, obwohl es ihnen sonderbar erschien.

Hier unterbrach sie James:

»Niemand weiß etwas von ihm. Ich sehe nicht ein, wozu Soames einen jungen Mann wie ihn braucht. Es sollte mich nicht überraschen, wenn Irene die Hand im Spiel hätte. Ich spreche am besten gleich mit – ich werde –«

»Soames«, warf Tante Juley ein, »hat Mr. Bosinney gesagt, man soll es nicht erwähnen. Ich bin sicher, daß er es nicht gern hat, wenn darüber gesprochen wird, und es würde ihn ärgern, wenn es Timothy erführe, und ich –«

James hielt die Hand ans Ohr.

»Wie?« sagte er. »Ich werde wirklich schwerhörig. Ich habe das Gefühl, daß ich die Leute nicht mehr so gut verstehe. Emily hat eine wehe Zehe. Wir werden nicht vor Ende dieses Monats nach Wales fahren können. Es ist doch immer etwas los!« Und da er erfahren hatte, was er wollte, nahm er seinen Hut und ging.

Es war ein schöner Nachmittag, und er ging durch den Park zu den Soames, wo er zu Abend essen wollte, da Emilys Zehe sie ans Bett fesselte und Rachel und Cicely zu Besuch auf dem Land waren. Er nahm den abfallenden Weg von der Row auf der Höhe von Bayswater hinunter zum Knightsbridge Gate, über eine Weide mit kurzem, verdorrtem Gras, die mit schwarzen Schafen gesprenkelt war. Liebespaare saßen im Gras und seltsame, verwahrloste Gestalten lagen lang hingestreckt auf dem Bauch, wie Leichen auf dem Schlachtfeld, über das eben die Wogen des Kampfes hinweggerollt sind.

Er ging rasch, mit gesenktem Kopf, und sah weder rechts noch links. Dieser Park, das Zentrum des Schlachtfelds, auf dem er selbst sein ganzes Leben lang gekämpft hatte, erweckte in ihm keinen Gedanken, keine Überlegungen. Diese Leichen, die die Schlacht des Lebens zurückgelassen hatte, die Liebespaare, die sich eng aneinandergeschmiegt eine kurze Stunde des Glücks, des Ausspannens gönnten, die sie der Gleichförmigkeit ihres Daseins entriß – sie konnten seine Phantasie nicht beflügeln. Was solche Dinge anlangte, war seine Vorstellungskraft abgestorben. Seine Nase war, wie die Nase eines Schafes, auf die Weide gerichtet, auf welcher er graste.

Einer seiner Mieter war in der letzten Zeit öfters mit der Miete im Verzug gewesen, und es war für ihn eine schwierige Frage geworden, ob er ihn nicht besser gleich vor die Tür setzen sollte, wenngleich er damit das Risiko einging, vor Weihnachten keinen neuen Mieter zu finden. Swithin war es ja gerade ziemlich schlecht ergangen, aber es war ihm recht geschehen – er hatte zu lange gezögert.

Dies waren seine Überlegungen, während er seines Weges ging, seinen Schirm vorsichtig am Holz hielt, gerade unter der Krümmung des Griffes, damit die Spitze nicht den Boden berührte und sich die Seide in der Mitte nicht abnützte. Und wie er so, die mageren, hohen Schultern gebeugt, die langen Beine mit rascher, mechanischer Präzision vorwärtsbewegte, glich sein Weg durch den Park, wo die Sonne mit klarem Licht auf soviel Müßiggang schien – auf so viele menschliche Zeugen des erbarmungslosen Kampfes um das Eigentum, der draußen tobte – dem Flug eines Landvogels über das Meer.

Als er beim Albert Gate aus dem Park trat, berührte jemand seinen Arm.

Es war Soames, der auf dem Heimweg vom Büro von der schattigen Seite von Piccadilly herübergekommen und plötzlich neben ihm aufgetaucht war.

»Deine Mutter liegt zu Bett«, sagte James; »ich war gerade auf dem Weg zu euch, aber ich störe wohl.«

Nach außen hin war das Verhältnis zwischen James und seinem Sohn von einem typisch Forsyteschem Mangel an Herzlichkeit gekennzeichnet, und doch standen die beiden einander sehr nahe. Vielleicht betrachteten sie einander als Investition; jedenfalls aber waren sie beide um das Wohlergehen des anderen besorgt und freuten sich an seiner Gesellschaft. Sie hatten niemals auch nur zwei Worte über die persönlicheren Probleme des Lebens ausgetauscht, oder in der Gegenwart des anderen das Bestehen eines tieferen Gefühls verraten.

Es verband sie etwas, das durch Worte nicht ausgedrückt werden kann, etwas, das tief in Nationen und Familien verwurzelt ist – denn Blut, sagt man, ist dicker als Wasser –, und keiner von beiden war ein kalter Mensch. Ja für James war jetzt die Liebe zu seinen Kindern die Haupttriebkraft seines Lebens. Er sparte, um ihnen, die ein Teil seiner selbst waren, das ersparte Geld weitergeben zu können; denn was konnte einem Fünfundsiebzigjährigen noch Freude machen, wenn nicht das Sparen? Dieses Sparen für seine Kinder war sein Lebensinhalt geworden.

In ganz London – von dem er so viel sein eigen nannte und an dem er mit einer fast kreatürlichen Liebe hing, als dem Schauplatz seines Erfolgs – in ganz London gab es keinen normaleren Menschen als James, trotz seiner ständigen Klagen (wenn, wie man sagt, der Selbsterhaltungstrieb das wichtigste Symptom des Normalseins ist – wobei Timothy zweifellos zu weit ging). James besaß den wunderbaren, instinktiven, gesunden Menschenverstand des Mittelstandes. Mehr als Jolyon mit seinem herrischen Willen, seinen Anwandlungen von Zärtlichkeit und seinem Hang zum Philosophieren – mehr als Swithin, dieser Märtyrer seiner eigenen Verschrobenheit – und Nicholas, der unter seinen Fähigkeiten litt – und auch mehr als Roger, das Opfer seiner eigenen Unternehmungslust – war er bereit, sich zu arrangieren; von allen Brüdern war er der am wenigsten bemerkenswerte, was Persönlichkeit und geistige Fähigkeiten anlangte, und darum wahrscheinlich am ehesten dazu befähigt, alle Schwierigkeiten zu überstehen.

Die Familie lag James sehr am Herzen, mehr als einem der anderen. Seine Einstellung zum Leben war immer durch einen Sinn für das Einfache, Behagliche gekennzeichnet gewesen. Er liebte den häuslichen Herd, er liebte es, zu klatschen und zu nörgeln. Alle seine Entscheidungen schöpfte er aus dem kollektiven Denken seiner Familie – und damit aus dem kollektiven Bewußtsein Tausender Familien gleicher Art und Stellung – wie man Schaum von der Suppe abschöpft. Jahr für Jahr, Woche für Woche ging er zu Timothy und saß dort im Salon seines Bruders – die Beine übereinandergeschlagen, den glattrasierten Mund von seinem langen weißen Backenbart umrahmt – und beobachtete, wie der Familientopf brodelte und langsam der Schaum an die Oberfläche stieg; und wenn er wegging, fühlte er sich beschützt, erfrischt und in einer kaum definierbaren Weise gestärkt.

Unter der Härte seines Selbsterhaltungstriebes lag viel Weichheit in James' Wesen; ein Besuch bei Timothy war wie eine Stunde im Schoß der Mutter; und das tiefe Verlangen, das er nach dem Schutze der Familie hatte, wirkte sich wieder auf seine Gefühle gegenüber seinen eigenen Kindern aus; es war ihm ein Alptraum, sich vorzustellen, wie sie in allen Dingen – Geld, Gesundheit und Ruf – der Welt preisgegeben waren. Als sich der Sohn seines alten Freundes John Street als Freiwilliger für ein Sonderkommando meldete, schüttelte er bedenklich den Kopf und fragte sich, was John Street einfiele, so etwas zu erlauben; und als der junge Street fiel, nahm er sich das so zu Herzen, daß er alle seine Bekannten besuchte, nur um ihnen mitzuteilen, daß er gewußt habe, wie es kommen würde – diese jungen Leute verstand er einfach nicht!

Als sein Schwiegersohn Dartie nach einer Spekulation mit Ölaktien in finanzielle Schwierigkeiten geriet, wurde James aus lauter Sorge darüber krank; dem Wohlstand schien die Totenglocke zu läuten. Er brauchte drei Monate und eine Kur in Baden-Baden, um wieder gesund zu werden; es war etwas Schreckliches an der Idee, daß ohne sein, James', Geld, Darties Name womöglich in der Konkursliste aufgeschienen wäre.

Seine Konstitution war so ausgezeichnet, daß er schon bei Ohrenschmerzen glaubte sterben zu müssen, und daher betrachtete er die gelegentlichen Unpäßlichkeiten seiner Frau und seiner Kinder als persönliche Unbill, als besondere Schicksalsschläge, die ihm seine Gemütsruhe rauben sollten; für die Krankheiten Außenstehender hatte er jedoch nicht das geringste Verständnis und behauptete lediglich, an allem sei die Leber schuld, der der Betreffende zu wenig Beachtung geschenkt habe.

Sein üblicher Kommentar lautete: »Das war doch nicht anders zu erwarten! Wenn ich nicht vorsichtig bin, bekomme ich dasselbe!«

Als er an diesem Abend zu Soames ging, war er überzeugt, daß ihm das Leben übel mitspielte: da lag Emily mit ihrer wunden Zehe, und Rachel trieb sich auf dem Land herum; niemand bemitleidete ihn; und Ann war krank – sie würde den Sommer wohl nicht überleben; er war schon dreimal bei ihr zu Besuch gewesen, ohne daß sie ihn hatte empfangen können. Und diese Idee von Soames, ein Haus zu bauen! Auch darum würde er sich kümmern müssen. Und die Schwierigkeiten mit Irene, er wußte nicht, was daraus werden sollte – da konnte ja alles mögliche geschehen!

Er betrat das Haus Montpelier Square 62 mit der festen Absicht, sich elend zu fühlen.

Es war schon halb acht, und Irene saß, für das Abendessen gekleidet, im Salon. Sie trug ihr goldfarbenes Kleid – da sie es schon bei einem Abendessen, einer Soiree und einem Ball gezeigt hatte, mußte es nun zu Hause aufgetragen werden – und hatte den Busen mit einer Kaskade von Spitzen geschmückt, an denen James' Blick sofort hängenblieb.

»Wo kaufst du deine Sachen?« fragte er in gereiztem Ton. »Rachel und Cicely sehen nie auch nur halb so gut aus. Diese Spitzen da, die sind doch nicht echt!«

Irene trat dicht an ihn heran, um zu beweisen, daß er sich irrte.

Und ganz gegen seinen Willen fühlte James die Wirkung ihres Wesens, den schwachen, verführerischen Duft, der von ihr ausging. Kein Forsyte, der etwas auf sich hielt, streckte beim ersten Schlag die Waffen, und so sagte er nur, er wisse es nicht – er nehme an, daß sie recht viel für ihre Kleidung ausgebe.

Der Gong ertönte, Irene legte ihren weißen Arm in den seinen und führte ihn ins Eßzimmer. Sie setzte ihn an

Soames' üblichen Platz zu ihrer Linken. Dorthin fiel das Licht ganz sanft, und so würde ihn das allmähliche Verblassen des Tages nicht stören; und sie lenkte das Gespräch auf ihn und seine Probleme.

Bald überkam James ein Gefühl der Veränderung, wie das Reifen, dem eine Frucht in der Sonne unterliegt; ein Gefühl, liebkost und bewundert zu werden, und alles, ohne daß ein einziges Wort der Liebkosung oder Bewunderung ausgesprochen worden wäre. Er spürte, daß er Dinge aß, die ihm gut bekamen, ein Gefühl, das er zu Hause nie hatte; er konnte sich nicht erinnern, wann er je ein Glas Champagner so genossen hatte, und als er sich nach Marke und Preis erkundigte, war er erstaunt zu hören, daß es eine Sorte war, von der er selbst ein großes Lager hatte, die er aber nie trinken konnte; er beschloß sofort, seinem Weinhändler mitzuteilen, daß man ihn betrogen hätte.

Er sah vom Essen auf und bemerkte:

»Du hast eine Menge hübscher Dinge hier im Haus. Was hast du für diesen Zuckerstreuer gezahlt? Sollte mich nicht wundern, wenn er ein schönes Stück Geld gekostet hätte!«

Besonders freute er sich über ein Bild, das an der gegenüberliegenden Wand hing und das er selbst ihnen geschenkt hatte:

»Ich hatte keine Ahnung, daß es so gut ist!«

Sie erhoben sich und gingen in den Salon. James folgte Irene auf dem Fuß.

»Das war ein wunderbares Essen«, murmelte er und beugte sich über ihre Schulter; »nicht zu schwer, nicht zu französisch angehaucht. Zu Hause kann ich das nicht bekommen. Ich zahle meiner Köchin sechzig Pfund pro Jahr, aber sie kann mir kein derartiges Essen auf den Tisch bringen!«

Bis jetzt hatte er noch nicht über den Hausbau gesprochen, und er tat es auch nicht, als sich Soames entschuldigte, er hätte noch zu arbeiten, und zu dem Zimmer hinaufstieg, in dem er seine Bilder aufbewahrte. James blieb mit seiner Schwiegertochter allein. Noch fühlte er die Wärme des Weines und eines ausgezeichneten Likörs in sich, und auch für sie erwärmte er sich immer mehr. Sie war wirklich ein recht einnehmendes kleines Ding; sie hörte einem zu und schien zu verstehen, was man sagte; und während er sprach, studierte er immer wieder ihre Gestalt, von den bronzefarbenen Schuhen bis zu ihrem lockigen goldenen Haar. Sie lehnte sich in einen Empiresessel zurück, ihre Schultern ruhten an der Lehne – ihr Körper war geschmeidig, gerade und bedurfte keines Mieders; wenn sie sich bewegte, wiegte er sich, als werfe sie sich in die Arme eines Geliebten. Ihre Lippen lächelten, ihre Augen waren halb geschlossen.

War es ein plötzliches Erkennen der Gefahr, die gerade in dem Charme ihrer Haltung lag, war es sein Magen, der sich bemerkbar machte – James verfiel plötzlich in Schweigen. Er erinnerte sich nicht daran, je zuvor mit Irene ganz allein gewesen zu sein, und als er sie ansah, beschlich ihn ein ganz sonderbares Gefühl, als ob er mit etwas Seltsamem, Fremdartigem zusammengetroffen sei.

Woran dachte sie wohl, wie sie so zurückgelehnt dasaß?

Als er wieder sprach, war seine Stimme schärfer, so als ob er aus einem angenehmen Traum geweckt worden wäre.

»Was machst du den ganzen Tag?« sagte er. »Du kommst niemals zu uns hinüber in die Park Lane!«

Ihre Entschuldigungen schienen ihm sehr fadenscheinig, und er sah sie nicht an. Er wollte nicht glauben, daß sie die Familie wirklich mied – das würde zu viel bedeuten.

»Ich glaube, in Wirklichkeit hast du einfach keine Zeit«, sagte er. »Ich glaube, du bist ja immer mit June unterwegs. Ich nehme an, sie braucht dich wegen ihres jungen Mannes, als Anstandsdame, und so weiter. Man sagt, daß sie überhaupt nicht mehr zu Hause ist; dein Onkel Jolyon sieht das sicher nicht sehr gern, wenn er so viel allein gelassen wird. Man sagt, daß sie nur den jungen Bosinney im Kopf hat; ich nehme an, er kommt jeden Tag hierher. Was hältst du von ihm? Glaubst du, daß er weiß, was er will? Er macht mir nicht gerade einen überwältigenden Eindruck, und sie hat ihn wohl ganz gut am Gängelband.«

Die Farbe in Irenes Gesicht vertiefte sich; und James beobachtete sie mißtrauisch.

»Vielleicht verstehst du Mr. Bosinney nicht ganz«, sagte sie.

»Ihn nicht verstehen!« brach James los: »Warum nicht? Man sieht doch, daß er einer von diesen Künstlern ist. Man sagt, er sei gescheit – sie glauben ja alle, daß sie gescheit sind. Du kennst ihn ja besser als ich,« setzte er hinzu; und wieder fiel sein mißtrauischer Blick auf sie. »Er entwirft ein Haus für Soames,« sagte sie leise, als wollte sie seinen Worten die Spitze nehmen.

»Das bringt mich zu dem, was ich schon sagen wollte,« fuhr James fort. »Ich weiß nicht, wozu Soames einen jungen Mann wie ihn nimmt; warum geht er nicht zu einem erstklassigen Mann?«

»Vielleicht ist Mr. Bosinney erstklassig!«

James erhob sich und ging mit gesenktem Kopf durch den Raum.

»Das ist es«, sagte er. »Ihr jungen Leute, ihr haltet alle zusammen. Ihr glaubt alle, daß ihr es besser wißt!«

Er blieb vor ihr stehen, groß und schmächtig, erhob den Finger und richtete ihn gegen ihre Brust, als ob er Anklage gegen ihre Schönheit erheben wollte.

»Ich kann nur das eine sagen, daß nämlich diese Künstler, oder wie sie sich nennen, so unverläßlich sind wie es nur sein kann; und dir möchte ich raten, dich ja nicht zu viel mit ihm zu befassen!«

Irene lächelte; und um ihre Lippen lag etwas seltsam Herausforderndes. Sie schien jede Unterwürfigkeit abgelegt zu haben. Ihre Brust hob und senkte sich wie von heimlichem Zorn bewegt; sie nahm ihre Arme von den Lehnen des Sessels und legte die Fingerspitzen aneinander, und ihre dunklen Augen blickten unergründlich auf James.

Dieser studierte mißmutig den Fußboden.

»Meiner Meinung nach«, sagte er, »ist es ein Jammer, daß du kein Kind hast, um das du dich kümmern mußt!«

Ein nachdenklicher Ausdruck legte sich auf Irenes Züge, und sogar James spürte die Starre, die ihren Körper unter dem weichen Gewand aus Seide und Spitze erfaßte.

Er war von der Wirkung, die seine Worte erzielt hatten, erschreckt, und wie die meisten Männer mit wenig Mut versuchte er sich sofort durch Grobheit zu rechtfertigen.

»Anscheinend willst du auch nicht ausgehen. Warum kommst du nicht mit uns nach Hurlingham? Und gehst hie und da ins Theater? In deinem Alter solltest du dich für alles interessieren. Du bist doch eine junge Frau!«

Ihr Gesicht verdüsterte sich noch weiter; er wurde unruhig.

»Ich weiß ja nichts davon«, sagte er, »niemand erzählt mir etwas. Soames muß selbst wissen, was er tut. Wenn er das nicht weiß, darf er sich nicht auf mich verlassen – das ist alles –«

Er nagte an der Spitze seines Zeigefingers und warf verstohlen einen kalten, scharfen Blick auf seine Schwiegertochter.

Sein Blick traf ihre Augen, die auf die seinen gerichtet waren, so dunkel und so tief, daß er innehielt und ihm der Schweiß auf die Stirn trat. »Ich muß gehen«, sagte er nach einer kurzen Pause und erhob sich wenig später, anscheinend leicht überrascht, so als hätte er erwartet, daß sie ihn zurückhalten würde. Er gab Irene die Hand, ließ sich von ihr zur Tür begleiten und die Tür öffnen. Er wollte keinen Mietwagen, er würde zu Fuß gehen, Irene sollte ihn bei Soames verabschieden, und wenn sie sich einmal ein wenig unterhalten wollte, nun, er würde sie immer gern nach Richmond hinausfahren.

Er ging zu Fuß nach Hause, stieg die Treppe hinauf und weckte Emily aus dem ersten Schlaf, den sie in vierundzwanzig Stunden gefunden hatte; er erzählte ihr, daß seiner Meinung nach bei Soames die Dinge schlecht stünden; über dieses Thema verbreitete er sich eine halbe Stunde lang, bis er sich endlich umdrehte, sagte, daß er keine Sekunde schlafen würde, und sofort zu schnarchen begann.

Im Haus am Montpelier Square stand Soames, der aus dem Bilderzimmer gekommen war, für Irene unsichtbar auf der Treppe und beobachtete, wie sie die mit der letzten Post gekommenen Briefe sortierte. Sie ging zurück in den Salon, kam aber nach einer Minute wieder zurück und blieb stehen, als ob sie lauschte. Dann kam sie leise die Treppe herauf, mit einem Kätzchen in den Armen. Er sah, wie sie ihr Gesicht über das kleine Tier beugte, das an ihren Hals angeschmiegt schnurrte. Warum konnte sie ihn nicht so ansehen?

Plötzlich erblickte sie ihn, und ihr Gesichtsausdruck veränderte sich. »Irgendwelche Briefe für mich?« sagte er.

»Drei.«

Er trat zur Seite, und sie ging ohne ein weiteres Wort ins Schlafzimmer.

7

Die läßliche Sünde des alten Jolyon

Am selben Nachmittag verließ der alte Jolyon Lords Cricketplatz in der Absicht, nach Hause zu gehen. Er hatte Hamilton Terrace noch nicht erreicht, als er sich anders entschloß. Er nahm einen Mietwagen und gab dem Fahrer eine Adresse in der Wistaria Avenue an. Er hatte einen Entschluß gefaßt.

June war die ganze Woche kaum zu Hause gewesen; sie hatte ihm schon lange nicht mehr Gesellschaft geleistet, genaugenommen nicht seit ihrer Verlobung mit Bosinney. Er hatte sie auch niemals um ihre Gesellschaft gebeten. Es war nicht seine Art, andere um etwas zu bitten! Sie hatte jetzt nur einen Gedanken – Bosinney und seine Angelegenheiten –, und sie ließ ihn allein in diesem großen Haus zurück, mit einer Schar von Dienstboten und niemandem, mit dem er den ganzen langen Tag auch nur ein Wort sprechen konnte. Sein Klub war wegen Renovierung geschlossen; die Aufsichtsräte machte Ferien; es gab daher nichts, was ihn in die City zog. June hatte gemeint, er solle wegfahren; sie selbst wollte nicht, da Bosinney in London war.

Aber wo sollte er schon hinfahren? Ins Ausland konnte er nicht allein fahren; am Meer machte ihm seine Leber Beschwerden; er haßte Hotels. Roger fuhr in eine Wasserheilanstalt – in seinem Alter wollte er mit so etwas nicht anfangen, diese neumodischen Dinge waren doch alle Schwindel!

Mit solchen Gedanken bemäntelte er vor sich selbst die Einsamkeit seines Herzens; die Falten in seinem Gesicht wurden tiefer, seine Augen waren Tag für Tag von einer Melancholie erfüllt, die sich auf einem Gesicht, das üblicherweise heiter und gelassen war, seltsam ausnahm. Und so führte ihn sein Wagen an diesem Nachmittag durch St. John's Wood, im goldenen Licht, das in Flecken um die grünen Akaziensträucher vor den kleinen Häusern lag, im Sommersonnenschein, der über den kleinen Gärten ein Fest veranstaltete; er sah interessiert um sich; denn dies war ein Bezirk, den kein Forsyte je ohne offene Mißbilligung und heimlicher Neugier betrat.

Sein Wagen hielt vor einem kleinen Haus von der typischen Lederfarbe, die ein Zeichen dafür war, daß es schon lange keine Bekanntschaft mit frischer Farbe gemacht hatte.

Es gab ein Zauntor und einen ländlich gestalteten Eingang.

Er stieg in gelassener Haltung aus; er trug seinen massigen Kopf mit dem hängenden Schnurrbart und dem flügelgleich wehenden weißen Haar unter dem großen Zylinder sehr aufrecht; sein Blick war fest, ein wenig ärgerlich. Man hatte ihn dazu getrieben!

»Ist Mrs. Jolyon Forsyte zu Hause?«

»Ja, Sir! Wen darf ich bitte melden?«

Der alte Jolyon konnte nicht anders, er mußte dem kleinen Dienstmädchen zuzwinkern, als er seinen Namen sagte. Sie schien eine so komische kleine Kröte zu sein!

Und er folgte ihr durch den dunklen Flur in einen kleinen Salon mit chintzbezogenen Möbeln. Das Mädchen bot ihm einen Sessel an.

»Sie sind alle im Garten, Sir; wenn Sie sich bitte setzen, werde ich Sie melden.«

Der alte Jolyon setzte sich in einen der chintzbezogenen Fauteuils und sah sich um. Das Ganze erschien ihm, wie er es formulierte, dürftig. Über allem lag, er konnte es nicht genau ausdrücken, ein Gefühl der Schäbigkeit, oder eher der Notwendigkeit, sparsam zu sein. Soweit er sehen konnte, war kein einziges Möbelstück auch nur fünf Pfund wert. Die schon seit einiger Zeit nicht mehr gestrichenen Wände waren mit Aquarellen geschmückt; über die Dekke zog sich ein langer Riß.

Diese kleinen Häuser waren alle alt und minderwertig; er hoffte, daß die Miete unter hundert Pfund im Jahr lag; es verletzte ihn mehr, als er hätte sagen können, daran zu denken, daß ein Forsyte – sein eigener Sohn – in so einem Haus lebte.

Das kleine Dienstmädchen kam zurück. Wollte er bitte in den Garten kommen?

Der alte Jolyon trat durch das französische Fenster hinaus. Als er die Stufen hinunterstieg, bemerkte er, daß auch sie gestrichen werden sollten.

Der junge Jolyon, seine Frau, seine beiden Kinder und sein Hund Balthasar saßen unter einem Birnbaum.

Dieser Gang zu ihnen hin war die mutigste Tat im Leben des alten Jolyon; aber kein Muskel bewegte sich in seinem Gesicht, keine nervöse Bewegung verriet ihn. Er hielt seine tiefliegenden Augen fest auf den Feind gerichtet.

In diesen zwei Minuten demonstrierte er in vollkommener Weise all den gesunden Menschenverstand, die Festigkeit und Lebenskraft, die ihn und so viele andere seiner Klasse zum Herz der Nation machten. Dadurch, daß sie still und unbeirrt ihren Geschäften nachgingen und unter

Umständen darüber alles andere vergaßen, boten sie ein typisches Bild des Individualismus, der dem Briten auf Grund der natürlichen Isolierung seines Landes angeboren ist.

Der Hund Balthasar schnüffelte an seinen Hosenbeinen; dieser freundliche und zynische Bastard – aus einer Liaison zwischen einem russischen Pudel und einem Foxterrier hervorgegangen – hatte eine Nase für das Ungewöhnliche.

Nachdem diese seltsame Begrüßung vorbei war, setzte sich der alte Jolyon in einen Korbsessel, und seine beiden Enkel stellten sich neben ihn und sahen ihn schweigend an – sie hatten noch nie einen so alten Mann gesehen.

Sie waren einander nicht ähnlich, als ob sich dadurch der Unterschied ausdrückte, der durch die Umstände ihrer Geburt gegeben war. Jolly, das Kind der Sünde, mit rundem Gesicht, das flachsfarbene Haar aus der Stirn gebürstet und einem Grübchen am Kinn, hatte einen Ausdruck beständiger Freundlichkeit und die Augen eines Forsyte; die kleine Holly, das ehelich geborene Kind, war ein dunkelhäutiges, ernstes Wesen, mit den grauen, schwermütigen Augen ihrer Mutter.

Der Hund Balthasar war um drei kleine Blumenbeete geschritten, um seine Verachtung für die Dinge im allgemeinen auszudrücken, und hatte sich dann vor dem alten Jolyon niedergelassen. Während er mit dem Schwanz wedelte, der von Natur aus eng über seinen Rücken geringelt war, starrte er ihn nun mit weitgeöffneten Augen an.

Sogar im Garten verlor der alte Jolyon den Eindruck nicht, daß alles schäbig war; der Korbsessel knarrte unter seinem Gewicht; die Beete sahen unordentlich aus, und drüben, unter der schmutzigen Mauer, hatten die Katzen einen Pfad getreten.

Während Jolyon und seine Enkel einander neugierig und doch vertrauensvoll ansahen, in der besonderen Weise, die nur zwischen den ganz Jungen und den ganz Alten möglich ist, beobachtete der junge Jolyon seine Frau.

Die Farbe ihres dunklen, ovalen Gesichts mit den geraden Brauen und großen grauen Augen hatte sich vertieft. Ihr Haar, das in feinen, hohen Wellen aus der Stirne gebürstet war, wurde schon grau, wie sein eigenes, und gerade das ließ die plötzliche lebhafte Färbung ihrer Wangen schmerzlich rührend erscheinen.

Ihr Gesicht trug einen Ausdruck, wie er ihn noch nie zuvor gesehen hatte, wie sie ihn immer vor ihm verborgen hatte – voll von geheimem Groll, Sehnsucht und Angst. Ihre Augen unter den zuckenden Brauen hatten einen starren, schmerzlichen Blick, und sie schwieg.

Jolly allein hielt die Konversation aufrecht; er hatte viele Schätze und wollte unbedingt, daß sein unbekannter Freund mit dem riesengroßen Schnurrbart, mit den blaugeäderten Händen, der die Füße wie sein Vater übereinanderschlug (eine Gewohnheit, die er eben zu erlernen versuchte), das auch erfahren sollte; da er aber ein Forsyte war, wenn auch nicht einmal ganze achte Jahre alt, so erwähnte er nicht, was seinem Herzen im Moment am nächsten war – ein Soldatenlager, das er in einem Schaufenster gesehen hatte und das zu kaufen ihm sein Vater versprochen hatte. Wahrscheinlich schien ihm das zu wertvoll; und es hieße das Schicksal versuchen, es schon zu erwähnen.

Das Sonnenlicht fiel durch die Blätter auf die kleine Gruppe, in der drei Generationen friedlich unter dem Birnbaum zusammensaßen, der schon lange keine Früchte mehr getragen hatte.

Das faltige Gesicht das alten Jolyon bekam rote Flekken, wie die Gesichter alter Männer in der Sonne eben rot werden. Er nahm eine von Jollys Händen in die seine; der Knabe kletterte auf sein Knie; und die kleine Holly, durch diesen Anblick hypnotisiert, kroch auch zu ihnen; man hörte das rhythmische Kratzen des Hundes Balthasar.

Plötzlich stand die junge Mrs. Jolyon auf und lief ins Haus. Eine Minute später murmelte ihr Mann eine Entschuldigung und folgte ihr. Der alte Jolyon blieb mit seinen Enkeln allein.

Und nun begann die Natur mit ihrer wunderlichen Ironie in ihm eine seltsame Veränderung zu bewirken, indem sie bis in die Tiefe seines Herzens drang, den Gesetzen ihres ewigen Kreislaufs folgend. Und diese Zärtlichkeit gegenüber kleinen Kindern, diese Leidenschaft für die Anfänge des Lebens, die ihn einst dazu gebracht hatte, seinen Sohn aufzugeben und June zu folgen, erfaßte ihn wieder und trieb ihn dazu, June aufzugeben und diesen kleinen Dingern zu folgen. Wie eine Flamme brannte die Jugend noch immer in seiner Brust, und er wendete sich der Jugend zu, den kleinen Gestalten mit den festen Gliedern, die so sorglos waren und so sehr der Fürsorge bedurften, den kleinen runden Gesichtern, die grundlos so ernst oder so strahlend blicken konnten, den hohen Stimmen, dem Lachen und Kichern, den ungeduldig zupfenden Händen, dem Gefühl, wenn sie ihre kleinen Körper an seine Beine schmiegten – allem, was jung war, jung und abermals jung. Und seine Augen wurden weich, und weich seine Stimme, die mageren geäderten Hände und auch sein Herz.

Und für die kleinen Wesen wurde er sofort zu einem Ort des Vergnügens, einem Ort, an dem sie sicher waren und sprechen und lachen und spielen konnten; bis, wie der Sonnenschein, aus dem Korbsessel des alten Jolyon die vollständige Freude dreier Herzen strahlte.

Anders beim jungen Jolyon, der seiner Frau in ihr Zimmer gefolgt war. Er fand sie auf einem Stuhl vor dem Spiegel sitzen, das Gesicht in den Händen.

Ihre Schultern wurden vom Weinen geschüttelt. Diese Leidenschaft für das Leiden war ihm unverständlich. Hunderte Male hatte er diese Stimmung erlebt; wie er sie überlebt hatte, wußte er nicht, da er nie glauben konnte, daß sie nur Stimmungen waren und die letzte Stunde dieser Gemeinsamkeit noch nicht geschlagen hatte.

In der Nacht würde sie dann seinen Hals umklammern und sagen: »O Jo, wie du meinetwegen leidest!«, wie sie das schon Hunderte Male zuvor getan hatte.

Er streckte die Hand aus und ließ sein Rasierzeug ungesehen in seine Tasche gleiten.

»Ich kann nicht dableiben«, dachte er, »ich muß hinunter!« Ohne ein Wort zu sagen, verließ er das Zimmer und ging auf die Wiese zurück. Der alte Jolyon hatte die kleine Holly auf den Knien; sie hatte sich seiner Uhr bemächtigt; Jolly, sehr rot im Gesicht, versuchte vorzuführen, daß er auf dem Kopf stehen konnte. Der Hund Balthasar lag so nahe wie möglich beim Teetisch und ließ den Kuchen nicht aus den Augen. Der junge Jolyon fühlte ein boshaftes Verlangen, ihre Freude zu stören. Was für ein Recht hatte sein Vater, herzukommen und seine Frau derart aufzuregen? Es war ein Schock, nach all den Jahren! Er hätte es wissen müssen; er hätte ihnen seinen Besuch ankündigen sollen; aber wann wäre ein Forsyte schon je auf die Idee gekommen, daß sein Betragen irgend jemand aufregen könnte! In Gedanken tat er dem alten Jolyon unrecht.

Er fuhr die Kinder scharf an und befahl ihnen, zum Tee hineinzugehen. Äußerst erstaunt, da sie ihren Vater nie zuvor so zu ihnen sprechen gehört hatten, gingen sie Hand in Hand fort, und die kleine Holly sah über die Schulter zurück.

Der junge Jolyon goß den Tee ein.

»Meiner Frau geht es heute nicht sehr gut«, sagte er, aber er wußte nur zu wohl, daß sein Vater den Grund dieses plötzlichen Verschwindens durchschaut hatte; und fast haßte er den alten Mann dafür, daß er so ruhig dasitzen konnte.

»Du hast ja hier ein sehr nettes kleines Haus«, sagte der alte Jolyon mit einem scharfen Blick. »Du hast es wahrscheinlich gemietet!«

Der junge Jolyon nickte.

»Die Umgebung gefällt mir nicht«, sagte der alte Jolyon, »recht heruntergekommen!«

Der junge Jolyon antwortete: »Ja, wir sind heruntergekommen.«

Das Schweigen wurde jetzt nur mehr vom Kratzen des Hundes unterbrochen.

Der alte Jolyon sagte einfach: »Ich hätte wohl nicht herkommen sollen, Jo; aber ich bin so einsam.«

Bei diesen Worten stand der junge Jolyon auf und legte die Hand auf die Schulter des Vaters.

Im nächsten Haus spielte irgendwer *La Donna è mobile* immer wieder auf einem ungestimmten Klavier; der kleine Garten lag jetzt im Schatten, die Sonne erreichte nur mehr die Mauer am Ende des Gartens, auf der sich eine zusammengekauerte Katze sonnte, die gelben Augen schläfrig auf den Hund gerichtet. Man hörte das eintönige Summen des weit entfernten Verkehrs; das überwachsene Spalier um den Garten herum schloß alles außer den Himmel, das Haus und den Birnbaum, dessen oberste Zeige noch von der Sonne vergoldet wurden, aus.

Eine Zeitlang saßen sie und sprachen sehr wenig. Dann erhob sich der alte Jolyon, um zu gehen, und kein Wort wurde darüber gesprochen, ob er wiederkommen würde.

Er ging sehr traurig weg. Was für ein armseliger Ort! Und er dachte an das große, leere Haus in Stanhope Gate, das passende Wohnhaus für einen Forsyte, mit dem riesigen Billardzimmer und dem Salon, den wochenlang niemand betrat.

Diese Frau, deren Gesicht ihm recht gut gefallen hatte, war viel zu empfindlich; er wußte, daß sie Jo das Leben nicht leicht machte! Und diese reizenden Kinder! Ach, was für ein schrecklicher Wahnsinn!

Er ging in Richtung Edgware Road, zwischen Reihen von kleinen Häusern, die alle in ihm die Vorstellung von dunklen Geschichten wachriefen (zweifellos stimmte das nicht, aber die Vorurteile eines Forsyte sind heilig).

Die Gesellschaft, diese schnatternden Gänse und Affen, hatte es gewagt, über sein eigenes Fleisch und Blut zu Gericht zu sitzen! Ein Pack alter Weiber! Er stampfte mit seinem Schirm auf den Boden, als ob er ihn ins Herz dieser elenden Gesellschaft stoßen wollte, die es gewagt hatte, seinen Sohn und den Sohn seines Sohnes auszustoßen, in dem er wieder hätte aufleben können.

Er stieß seinen Schirm wütend auf den Boden; und doch hatte er selbst fünfzehn Jahre lang das Benehmen dieser

Gesellschaft nachgeahmt – und hatte sich erst heute davon befreit.

Er dachte an June, an ihre tote Mutter und an die ganze Geschichte – voll Bitterkeit wie eh und je. Eine unselige Sache!

Er brauchte lange, um Stanhope Gate zu erreichen, denn obgleich er äußerst müde war, ging er aus angeborenem Eigensinn zu Fuß.

Nachdem er sich unten die Hände gewaschen hatte, ging er ins Eßzimmer, den einzigen Raum, den er benutzte, wenn June nicht da war – er fühlte sich so weniger einsam –, und wartete auf das Abendessen. Die Abendzeitung war noch nicht gekommen, die *Times* hatte er schon gelesen, und so hatte er nichts zu tun.

Das Zimmer lag auf der dem Verkehr abgewendeten Seite des Hauses und war sehr ruhig. Er konnte Hunde nicht leiden, aber sogar ein Hund wäre ihm jetzt Gesellschaft gewesen. Sein Blick glitt die Wände entlang und blieb an einem Bild mit dem Titel »Holländische Fischerboote bei Sonnenuntergang« hängen; das *chef d'œuvre* seiner Sammlungen. Es bereitete ihm keine Freude. Er schloß die Augen. Er war einsam! Er wußte, daß er sich nicht beklagen sollte, aber er konnte nicht anders: er war ein armer Narr, war es immer gewesen – keine Zivilcourage. Der Butler kam herein, um den Tisch für das Abendessen zu decken, und als er seinen Herrn anscheinend schlafend sah, bewegte er sich äußerst vorsichtig. Dieser Mann trug neben seinem Vollbart auch Schnurrbart, was bei vielen Mitgliedern der Familie große Bedenken hervorgerufen hatte – besonders bei jenen, welche, wie Soames, auf einer Public School gewesen und daher an Ordnung in solchen Dingen gewöhnt waren. Konnte man ihn wirklich als Butler betrachten? Witzbolde sprachen von ihm als »Onkel Jolyons Nonkonformist«; George, der Familienspaßvogel, nannte ihn »Sankey«.

Er bewegte sich unnachahmlich gewandt und leise zwischen der großen polierten Anrichte und dem großen polierten Tisch hin und her.

Der alte Jolyon gab vor, zu schlafen, und beobachtete ihn. Der Bursche war ein Schleicher – er wollte nur rasch seine Arbeit beenden und dann zu seinen Wetten, seinen Weibern, oder zu weiß Gott was verschwinden! Ein Faulpelz! Und auch noch fett! Und scherte sich nicht im geringsten um seinen Herrn!

Aber dann kam, ganz gegen seinen Willen, ein Moment des Philosophierens, dieser Neigung, die den alten Jolyon so sehr von den anderen Forsytes unterschied:

Warum sollte sich der Mann eigentlich um ihn kümmern? Er wurde dafür nicht bezahlt, und warum sollte man es erwarten? In dieser Welt durfte man Anhänglichkeit nicht suchen, wenn man nicht dafür zahlte. Vielleicht war es im nächsten Leben anders – er wußte es nicht, konnte es nicht sagen. Und wieder schloß er die Augen.

Unentwegt ging der Butler geräuschlos seiner Arbeit nach; er nahm die Dinge aus den verschiedenen Fächern der Anrichte. Sein Rücken schien dem alten Jolyon immer zugewendet; so nahm er seiner Tätigkeit die Unschicklichkeit, sie in der Gegenwart seines Herrn durchzuführen; hie und da hauchte er heimlich auf das Silberzeug und polierte es mit einem Stück Rehleder. Er schien über die Menge des Weins in den Karaffen nachzudenken, die er sorgsam und ziemlich hoch trug, so daß sein Bart schützend über sie hing. Als er fertig war, stand er mehr als eine Minute und beobachtete seinen Herrn, und in seinen grünlichen Augen lag ein Ausdruck der Verachtung.

Schließlich war sein Herr ein alter Tropf, an dem nicht mehr viel dran war.

Leise wie ein Kater durchquerte er das Zimmer und läutete. Seine Anweisung hatte gelautet: »Abendessen um sieben Uhr.« Was scherte es ihn, daß sein Herr schlief; er würde ihn bald wach bekommen; schließlich war die Nacht zum Schlafen da! Er mußte an sich selbst denken, denn man erwartete ihn um halb neun in seinem Klub.

Als Antwort auf sein Läuten erschien ein livrierter Diener mit einer silbernen Suppenschüssel. Der Butler nahm sie ihm aus der Hand, als ob er eine Gesellschaft in den Raum führen wollte, sagte er mit feierlicher Stimme:

»Es ist angerichtet, Sir!«

Langsam stand der alte Jolyon aus seinem Stuhl auf und setzte sich an den Tisch, um zu essen.

8

Baupläne

Bekanntlich haben alle Forsytes ihre Schale, wie jenes äußerst nützliche kleine Tierchen, aus dem man türkisches Konfekt erzeugt. Mit anderen Worten, man sieht sie nie – und würde sie nicht erkennen, sähe man sie niemals anders – als von ihrer Schale aus äußeren Umständen, Besitz, Bekannten und Frauen umgeben, die sie fest umschließt auf ihrem Weg durch eine Welt, die aus Tausenden anderer Forsytes in ihren Schalen besteht. Ein Forsyte ohne Schale ist unvorstellbar – er wäre wie ein Roman ohne Handlung, und ein solcher stellt bekanntlich eher die Ausnahme als die Regel dar.

In den Augen der Forsytes hatte Bosinney keinen Lebenskreis, er war anscheinend einer jener seltenen und unglücklichen Menschen, die auf ihrem Lebensweg von Umständen, Besitz, Bekannten und Frauen umgeben sind, welche nicht ihnen gehören.

Seine Wohnung in Sloane Street, im obersten Stockwerk, die ein Namensschild »Philip Baynes Bosinney, Architekt« trug, war nicht die eines Forsyte. Neben seinem Büro hatte er kein eigenes Wohnzimmer, sondern nur eine große Nische, in der sich verbarg, was er zum Leben brauchte – eine Couch, ein Lehnstuhl, seine Pfeifen, ein Schränkchen mit Getränken, Romanen und Hausschuhen. Der Büroteil des Zimmers war mit den üblichen Möbeln eingerichtet: da war ein offener Schrank mit Fächern, ein runder Eichentisch, ein klappbarer

Waschtisch, einige harte Stühle, ein Stehpult von großen Dimensionen, das mit Zeichnungen und Entwürfen bedeckt war. June war zweimal bei ihm zum Tee gewesen, mit seiner Tante als Anstandsdame.

Man nahm an, daß er hinten noch ein Schlafzimmer hatte. Soweit die Familie feststellen konnte, stammte sein Einkommen aus zwei Konsulentenverträgen, die ihm je zwanzig Pfund im Jahr einbrachten, vereinzelten Aufträgen, die er von Zeit zu Zeit erhielt, sowie (und das ließ sich eher hören) einer Leibrente von jährlich hundertfünfzig Pfund aus dem Nachlaß seines Vaters.

Was man über seinen Vater erfahren hatte, klang weniger beruhigend. Er war dem Vernehmen nach Landarzt in Lincolnshire gewesen, ein Mann, der aus Cornwall stammte, von auffallender Erscheinung, von einem Hauch Byronscher Romantik umweht, eine bekannte Persönlichkeit in seiner Gegend. Bosinneys angeheirateter Onkel, Baynes, von Baynes und Bildeboy, ein Forsyte dem Instinkt, wenn schon nicht dem Namen nach, wußte von seinem Schwager nur wenig Gutes zu berichten.

»Ein sonderbarer Mensch!« pflegte er zu sagen, »von seinen drei ältesten Söhnen sagte er immer ›gute Burschen, aber so langweilig‹ dabei machen sich alle drei großartig im indischen Verwaltungsdienst! Philip war der einzige, den er mochte. Ich habe ihn die kuriosesten Dinge sagen hören; einmal sagte er zu mir: ›Mein Lieber, laß deine arme Frau niemals wissen, was du denkst!‹ Aber ich bin seinem Rat nicht gefolgt, ich nicht! Ein exzentrischer Mann! Zu Phil sagte er immer: ›Ob du wie ein Gentleman lebst oder nicht, mein Junge, ist gleich, bemühe dich nur, wie einer zu sterben!‹ Er ließ sich einbalsamieren in einem Frack, Satinkrawatte und einer diamantenen Krawattennadel. Ich kann Ihnen sagen, ein richtiges Original!«

Von Bosinney selbst sprach Baynes freundlich, mit einem gewissen Mitgefühl: »Er hat etwas von der Byronschen Art seines Vaters. Denken Sie doch nur daran, wie er seine Chance von sich stieß, als er aus meinem Büro austrat; sechs Monate war er nur mit einem Ranzen unterwegs, und wozu? Um die Architektur im Ausland zu studieren – im Ausland! Was konnte er schon erwarten? Und da steht er nun, ein kluger junger Mann, und verdient nicht einmal hundert Pfund im Jahr! Die Verlobung ist das beste, was ihm geschehen konnte – wird ihn zu einem regelmäßigen Leben zwingen; er ist einer von den Menschen, die den ganzen Tag im Bett liegen und die ganze Nacht aufbleiben, einfach weil sie nicht methodisch sind; aber schlecht ist er nicht – kein einziges Laster! Der alte Forsyte ist ein reicher Mann!«

Mr. Baynes bemühte sich besonders um June, die zu dieser Zeit oft in seinem Haus am Lowndes Square zu Besuch war.

»Dieses Haus von Mr. Soames – was für ein großartiger Geschäftsmann – ist gerade das richtige für Philip«, pflegte er zu ihr zu sagen. »Sie dürfen nur nicht erwarten, daß er jetzt sehr viel mit Ihnen zusammen sein kann, meine liebe junge Dame. Im Dienst der guten Sache! Der junge Mann muß seinen Weg machen. Als ich in seinem Alter war, habe ich Tag und Nacht gearbeitet. Meine liebe Frau sagte dann zu mir, ›Bobby, arbeite nicht so schwer, denke an deine Gesundheit‹, aber ich habe mich nie geschont!«

June hatte sich beklagt, daß ihr Verlobter nie Zeit hatte, nach Stanhope Gate zu kommen.

Als er das erste Mal wiederkam, waren sie noch keine Viertelstunde beisammen, als durch einen der Zufälle, die sie so blendend zu arrangieren wußte, Mrs. Septimus Small kam. Bosinney stand auf und versteckte sich, wie vorher verabredet, im kleinen Arbeitszimmer, um dort ihr Gehen abzuwarten.

»Meine Liebe«, sagte Tante Juley, »wie dünn er ist! Ich habe das schon oft bei Verlobten beobachtet, aber du mußt aufpassen, daß es nicht ärger wird. Da gibt es zum Beispiel Barlows Kalbfleischextrakt; das hat deinem Onkel Swithin sehr gutgetan.«

June stand vor dem Kamin, ihre kleine Gestalt hoch aufgerichtet, ihre Lippen zitterten vor Zorn, denn sie betrachtete den unzeitigen Besuch ihrer Tante als persönliche Beleidigung, und antwortete böse.

»Das ist nur, weil er arbeitet; wer etwas kann, das der Mühe wert ist, wird nie dick!«

Tante Juley schmollte; sie selbst war immer dünn gewesen, aber die einzige Freude, die ihr das bereitet hatte, war die Tatsache gewesen, daß sie sich danach sehnen konnte, dicker zu werden.

»Ich glaube«, sagte sie mit Trauerstimme, »daß du es nicht erlauben solltest, daß sie ihn den ›Freibeuter‹ nennen; die Leute könnten daran Anstoß nehmen, jetzt wo er für Soames ein Haus baut. Ich hoffe so sehr, daß er sich Mühe geben wird; es ist so wichtig für ihn; Soames hat einen so guten Geschmack!«

»Geschmack!« rief June, die sofort aufbrauste. »Ich gebe nichts für seinen Geschmack, oder für den Geschmack irgendeines anderen aus unserer Familie!«

Tante Juley war erstaunt. »Dein Onkel Swithin«, sagte sie, »hatte immer einen sehr guten Geschmack! Und Soames kleines Haus ist entzückend; du willst doch nicht sagen, daß du das nicht auch findest!«

»Pah!« sagte June, »das ist nur, weil Irene dort ist!«

Tante Juley versuchte, etwas Nettes zu sagen:

»Und wie wird der lieben Irene das Leben auf dem Land gefallen?« June blickte sie scharf an, als ob ihr Gewissen plötzlich wach geworden sei; dann wechselte ihr Ausdruck, und ihr Blick wurde noch fester, als habe sie ihr Gewissen zum Schweigen gebracht. Sie antwortete herrisch: »Natürlich wird es ihr gefallen; warum denn nicht?«

Mrs. Small wurde nervös.

»Ich weiß nicht», sagte sie, »ich dachte, daß sie vielleicht ungern ihre Freunde verließe. Dein Onkel James sagt, daß sie am Leben nicht genug Anteil nimmt. Wir glauben – das heißt, Timothy glaubt –, daß sie mehr ausgehen sollte. Sie wird dir gewiß sehr fehlen!«

June verschränkte die Hände hinter dem Nacken.

»Ich möchte doch«, rief sie, »daß Onkel Timothy nicht über Dinge spricht, die ihn nichts angehen!«

Tante Juley richtete sich zu ihrer vollen Höhe auf.

»Er spricht nie über etwas, was ihn nichts angeht«, sagte sie.

June taten ihre Worte sofort leid; sie lief zu ihrer Tante hin und küßte sie.

»Es tut mir so leid, Tantchen; aber sie sollen Irene in Ruhe lassen!« Tante Juley, der nichts Passendes zu diesem Thema mehr einfiel, schwieg; sie machte sich zum Fortgehen bereit, hakte das schwarze Seidencape über der Brust zusammen und nahm ihr grünes Täschchen. »Und wie geht es deinem lieben Großvater?« fragte sie in der Halle. »Er ist wahrscheinlich sehr einsam, da du ja die ganze Zeit mit Mr. Bosinney beschäftigt bist.« Sie beugte sich nieder, küßte ihre Nichte und ging mit kleinen, gezierten Schritten davon.

Tränen traten in Junes Augen; sie lief in das kleine Arbeitszimmer, in dem Bosinney beim Tisch saß und Vögel auf die Rückseite eines Briefumschlages zeichnete, sank an seiner Seite nieder und rief:

»Oh, Phil, es ist alles so scheußlich!« Ihr Herz war so warm wie die Farbe ihrer Augen.

Am nächsten Sonntagmorgen brachte man Soames während des Rasierens die Nachricht, daß Mr. Bosinney unten sei und ihn gern sprechen würde. Soames öffnete die Tür zum Zimmer seiner Frau und sagte: »Bosinney ist unten, geh bitte und unterhalte ihn, während ich mich fertigrasiere. Ich komme in ein paar Minuten. Es ist wahrscheinlich wegen der Pläne.«

Irene sah ihn an, ohne zu antworten, beendete ihre Toilette und ging hinunter.

Er wurde sich nicht darüber klar, wie sie über das Haus dachte. Sie hatte nichts dagegen gesagt und war Bosinney gegenüber sehr freundlich. Vom Fenster des Ankleidezimmers konnte er sehen, wie die beiden in dem kleinen Hof unten sprachen.

Er beeilte sich mit dem Rasieren und schnitt sich zweimal ins Kinn. Er hörte sie lachen und dachte: Wenigstens kommen die beiden gut miteinander aus!

Wie er es erwartet hatte, war Bosinney gekommen, ihn abzuholen und mit ihm die Pläne zu besichtigen.

Er nahm seinen Hut und ging mit.

Die Pläne waren auf dem Eichentisch im Zimmer des Architekten ausgebreitet; und bleich, unbeirrt und forschend beugte sich Soames lange Zeit darüber, ohne zu sprechen.

Schließlich sagte er unsicher:

»Das ist ein sonderbares Haus!«

Der Entwurf zeigte ein rechteckiges, zweigeschossiges Haus, das um einen überdachten Hof angeordnet war. Dieser Hof, der im Obergeschoß von einer Galerie umgeben war, wurde von einem Glasdach überspannt, das auf acht vom Erdgeschoß aufragenden Säulen ruhte. In den Augen eines Forsyte war dies allerdings ein sonderbares Haus. »Es ist viel Platz vergeudet«, fuhr Soames fort.

Bosinney begann, auf und ab zu gehen, und Soames gefiel sein Gesichtsausdruck gar nicht.

»Das Prinzip des Hauses«, sagte der Architekt, »ist es, daß man Platz zum Atmen hat – wie ein Gentleman!«

Soames spreizte Zeigefinger und Daumen, als ob er messen wollte, wieviel Bedeutung er damit erlangen würde, und sagte:

»Ah, ich verstehe.«

In Bosinneys Gesicht kam jener besondere Ausdruck, der seine ganze Begeisterung zeigte.

»Ich habe versucht, hier ein Haus zu planen, das etwas auf sich hält. Wenn es Ihnen nicht gefällt, dann sagen Sie es besser. Sicher ist es das letzte, was man berücksichtigen muß – wer braucht schon Selbstachtung bei einem Haus, wenn man noch eine zusätzliche Toilette hineinzwängen kann?« Er zeigte plötzlich mit dem Finger auf den linken Teil des mittleren Rechtecks. »Da haben Sie Platz genug. Das ist für Ihre Bilder und wird vom Hof mit Vorhängen abgetrennt; wenn Sie sie zurückziehen, haben Sie einen Raum von der Größe von 51 x 23 Fuß. Dieser von zwei Seiten zugängliche Ofen ist einerseits auf den Hof, andererseits ins Bilderzimmer gerichtet; die Endmauer ist als durchgehendes Fenster ausgebildet. Von dort kommt das Licht von Südosten, und vom Hof aus dem Norden. Die übrigen Bilder können Sie oben in der Galerie oder in den anderen Zimmern aufhängen. In der Architektur,« fuhr er fort – und obwohl er Soames ansah, schien er ihn doch nicht zu sehen, was Soames ein unangenehmes Gefühl bereitete – »wie im Leben können Sie ohne Regelmäßigkeit keine Selbstachtung haben. Viele Leute sagen, daß das altmodisch ist. Es erscheint auf jeden Fall sonderbar; es fällt uns niemals ein, die wichtigsten Prinzipien des Lebens in unseren Bauten auszudrücken; wir überladen die Gebäude mit Zierat, Plunder, Ecken, allem, was das Auge ablenkt. Das Auge aber sollte Ruhe finden; die Wirkung muß durch wenige, starke Linien erzielt werden. Alles, worauf es ankommt, ist Regelmäßigkeit – ohne sie gibt es keine Selbstachtung.«

Soames heftete sein Auge in unbewußter Ironie auf Bosinneys Krawatte, die weit davon entfernt war, gerade herabzuhängen; er war auch unrasiert und seine Kleidung nicht gerade ordentlich. Die Architektur schien seinen Sinn für Regelmäßigkeit erschöpft zu haben.

»Wird es nicht wie eine Kaserne aussehen?« fragte er.

Er erhielt nicht sofort eine Antwort.

»Ich verstehe schon«, sagte Bosinney. »Sie wollen eines von Littlemasters Häusern – eines von der hübschen und geräumigen Art, wo die Dienstboten in Bodenkammern wohnen und die Eingangstür versenkt ist, damit man von unten herauf ins Haus tritt. Gehen Sie nur ruhig zu Littlemaster, er ist ein prachtvoller Mensch, ich kenne ihn seit langem.«

Soames erschrak. Die Pläne hatten ihn wirklich beeindruckt, und daß er seine Zufriedenheit verborgen hatte, war ganz instinktiv geschehen. Es fiel ihm schwer, Komplimente zu machen. Er verachtete Menschen, die mit ihrem Lob nicht geizten.

Er fand sich jetzt in der peinlichen Situation, entweder ein Kompliment zu machen oder Gefahr zu laufen, etwas Gutes zu verlieren. Bosinney war genau der Typ, der womöglich die Pläne zerreißen und sich weigern würde, für ihn zu arbeiten; eine Art erwachsenes Kind!

Soames fühlte sich diesem großen Kind überlegen, war aber gleichzeitig seltsam fasziniert von dieser Einstellung, denn er selbst hatte in sich nie etwas Ähnliches verspürt.

»Ja«, stotterte er schließlich. »Es ist – es ist sicher sehr originell.« Er selbst hegte gegen das Wort »originell« Mißtrauen, ja sogar Abneigung, so daß er glaubte, sich mit dieser Bemerkung nichts zu vergeben. Bosinney schien erfreut. Genau so etwas würde einem Typ wie Bosinney gefallen! Sein Erfolg ermutigte Soames.

»Es ist wirklich geräumig«, sagte er.

»Platz, Luft, Licht«, hörte er Bosinney murmeln, »in einem Haus von Littlemaster kann man nicht wie ein Gentleman leben – er baut für Fabrikanten.«

Soames machte eine wegwerfende Bewegung; man hatte ihn mit einem Gentleman auf eine Stufe gestellt; nicht für viel Geld würde er sich als Fabrikant einstufen lassen.

Aber sein angeborenes Mißtrauen gegen allgemeine Prinzipien stieg wieder in ihm auf. Was zum Kuckuck hatte es für einen Sinn, von Regelmäßigkeit und Selbstachtung zu sprechen? Es sah ihm ganz so aus, als ob das Haus kalt sein würde.

»Irene kann Kälte nicht ertragen!« sagte er.

»Ah!« sagte Bosinney sarkastisch. »Ihre Frau! Sie mag die Kälte nicht? Ich werde mich darum kümmern; sie wird es nicht kalt haben. Sehen Sie her!« Er zeigte auf vier Zeichen, die in regelmäßigen Abständen an den Wänden des Hofes angebracht waren. »Ich habe Heißwasserrohre in Aluminiumverkleidung vorgesehen, man bekommt sie in sehr guter Ausführung.«

Soames betrachtete die verschiedenen Zeichen mißtrauisch.

»Das ist ja alles sehr schön«, sagte er, »aber was wird es kosten?«

Der Architekt zog ein Blatt Papier aus der Tasche.

»Das Haus sollte eigentlich ganz aus Stein gebaut werden, aber da ich annahm, daß Sie damit nicht einverstanden sein würden, schlage ich als Kompromiß nur eine Verkleidung aus Stein vor. Es sollte auch ein Kupferdach haben, aber ich habe grünen Schiefer genommen. So wie Sie es hier haben, wird es mit den Metallarbeiten achttausendfünfhundert Pfund kosten.«

»Achttausendfünfhundert!« sagte Soames. »Ich habe Ihnen doch als äußerste Grenze achttausend genannt!«

»Es kann um keinen Penny weniger gebaut werden«, antwortete Bosinney kühl. »Entweder Sie nehmen es so, oder wir lassen es.«

Das war wahrscheinlich die einzige Art, in der man Soames einen derartigen Vorschlag unterbreiten konnte. Er war verdutzt. Sein Gewissen riet ihm, das ganze Projekt fallenzulassen. Aber der Entwurf war gut, und er wußte es – er gab einem ein Gefühl von Vollendung und Würde; auch die Dienerzimmer waren ausgezeichnet. Es würde sein Ansehen steigern, in einem solchen Haus zu wohnen – so eigenwillig und doch so gut durchdacht.

Er fuhr fort, die Pläne zu studieren, während Bosinney in sein Schlafzimmer ging, um sich zu rasieren und umzukleiden.

Die beiden gingen schweigend zum Montpelier Square zurück, und Soames beobachtete ihn aus dem Augenwinkel.

Der Freibeuter war ein recht gutaussehender Mann – so dachte er –, wenn er entsprechend angezogen war.

Irene war über ihre Blumen gebeugt, als die beiden Männer hereinkamen.

Sie schlug vor, über den Park nach June zu schicken.

»Nein, nein«, sagte Soames, »wir haben noch Geschäftliches zu besprechen.«

Beim Mittagessen war er fast herzlich und nötigte Bosinney zum Essen. Er freute sich, den Architekten so guter Laune zu sehen, und ließ ihn den Nachmittag mit Irene verbringen, während er sich zu seinen Bildern zurückzog, wie es am Sonntag seine Gewohnheit war. Zum Tee kam er wieder in den Salon herunter und fand sie in angeregter Unterhaltung.

Als er unbeobachtet in der Tür stand, gratulierte er sich, daß alles seinen richtigen Lauf nahm. Es war ein Glück, daß Irene und Bosinney sich vertrugen; sie schien sich an die Idee eines neuen Hauses zu gewöhnen.

Nach reiflicher Überlegung inmitten seiner Bilder hatte er beschlossen, wenn nötig die restlichen fünfhundert Pfund herauszurücken; aber er hoffte, daß der Nachmittag Bosinneys Voranschläge etwas flexibler gemacht hatte. Es war so eindeutig eine Sache, die Bosinney, wenn er nur wollte, in Ordnung bringen konnte; es mußte doch Dutzende Wege geben, wie man den Bau des Hauses verbilligen konnte, ohne die Wirkung zu zerstören.

Er wartete daher auf eine Gelegenheit, bis Irene dem Architekten die erste Tasse Tee reichte. Ein Sonnenstrahl, der durch die Spitzen der Vorhänge fiel, lag warm auf ihrer Wange, schien auf das Gold ihres Haares und spiegelte sich in ihren weichen Augen. Es war wahrscheinlich derselbe Sonnenstrahl, der Bosinneys Gesichtsfarbe vertiefte und seinem Gesicht einen recht verwirrten Ausdruck gab.

Soames haßte den Sonnenschein, und er stand sofort auf, um die Vorhänge zuzuziehen. Dann nahm er seine eigene Tasse Tee von seiner Frau und sagte kälter, als er beabsichtigt hatte:

»Gibt es nicht doch eine Möglichkeit, es um achttausend Pfund zu machen? Es muß doch viele Kleinigkeiten geben, die Sie ändern können.«

Bosinney leerte seine Tasse auf einen Zug, stellte sie nieder und antwortete:

»Keine einzige.«

Soames sah, daß sein Vorschlag irgendeinen unverständlichen Punkt persönlicher Eitelkeit getroffen hatte.

»Also gut«, stimmte er in verdrießlicher Resignation zu, »dann muß ich Ihnen wohl den Willen lassen.«

Nach wenigen Minuten erhob sich Bosinney, um zu gehen, und auch Soames stand auf, um ihn hinauszubegleiten. Der Architekt schien außergewöhnlich guter Laune zu sein. Soames blickte ihm nach, wie er mit schwingenden Schritten fortging, und kehrte dann verstimmt in den Salon zurück, wo Irene gerade die Noten wegräumte. Von unbändiger Neugierde gepackt, fragte er sie:

»Nun, was hältst du vom Freibeuter?«

Er sah auf den Teppich, während er ihre Antwort erwartete, und er mußte einige Zeit warten.

»Ich weiß nicht«, sagte sie schließlich.

»Findest du, daß er gut aussieht?«

Irene lächelte. Und es schien Soames, daß sie sich über ihn lustig machte.

»Ja«, antwortete sie, »sehr.«

9

Tante Anns Tod

Ende September kam ein Morgen, an dem Tante Ann die Zeichen ihrer persönlichen Würde nicht mehr aus Smithers Händen entgegennehmen konnte. Nach einem Blick auf das alte Gesicht stellte der Arzt, den man rasch herbeigeholt hatte, fest, daß Miss Forsyte im Schlaf dahingegangen war.

Die Tanten Juley und Hester waren von dem Schock überwältigt. So ein Ende hatten sie sich niemals vorgestellt. Ja es ist sogar fraglich, ob sie sich überhaupt je der Tatsache bewußt geworden waren, daß ein Ende kommen mußte. Insgeheim fanden sie es unbegreiflich, daß Ann sie so verlassen konnte, ohne ein Wort, ja ohne Widerstand. Es war so gar nicht ihre Art.

Was sie aber vielleicht in Wahrheit so tief traf, war der Gedanke, daß eine Forsyte aufgehört hatte, sich ans Leben zu klammern. Wenn einer, warum dann nicht alle!

Es dauerte eine ganze Stunde, bis sie sich entschließen konnten, es Timothy zu sagen. Wenn man es ihm nur verheimlichen könnte! Wenn man es ihm nur allmählich beibringen könnte!

Lange standen sie vor seiner Tür und flüsterten miteinander. Und als es überstanden war, flüsterten sie wieder miteinander.

Er würde es im Lauf der Zeit immer mehr empfinden, fürchteten sie. Aber immerhin hatte er es besser aufgenommen, als man erwarten konnte. Natürlich würde er im Bett bleiben!

Leise weinend trennten sie sich.

Von dem Schlag niedergeworfen, blieb Tante Juley in ihrem Zimmer. Ihr Gesicht war vom Weinen gerötet und gedunsen, und die Erregung ließ die kleinen Fleischwülste auf Kinn und Wangen noch stärker hervortreten. Es war unmöglich, sich ein Leben ohne Ann vorzustellen, die – abgesehen von dem kurzen Interregnum ihrer Ehe, die ihr jetzt so unwirklich schien – dreiundsiebzig Jahre mit ihr zusammengelebt hatte.

In regelmäßigen Abständen ging sie zu ihrer Lade und nahm unter den Lavendelsäckchen ein frisches Taschentuch hervor. Ihr warmes Herz konnte den Gedanken nicht ertragen, daß Ann so kalt dalag.

Tante Hester, die Stille, Geduldige, in der sich die Energie der Forsytes speicherte, saß im Salon, wo man die Jalousien heruntergelassen hatte; auch sie hatte anfangs geweint, aber ohne sichtbare Auswirkungen. Ihr Leitgedanke, ihre Energie aufzusparen, verließ sie auch im Schmerz nicht. Schlank, die Hände im Schoß des schwarzen Seidenkleids gefaltet, bewegungslos saß sie da und starrte den leeren Kamin an. Die andern würden versuchen, sie zu veranlassen, etwas zu tun: Als ob das zu etwas nutz wäre! Etwas tun würde Ann nicht zurückbringen! Wozu wollte man sie quälen?

Um fünf Uhr kamen die drei Brüder, Jolyon, James und Swithin. Nicholas war in Yarmouth und Roger hatte einen bösen Anfall von Gicht. Mrs. Hayman war schon früher allein dagewesen und hatte, nachdem sie Ann gesehen hatte, eine Nachricht für Timothy hinterlassen – die man ihm nicht brachte –, daß man sie früher hätte verständigen sollen. Im Grunde genommen waren alle der Meinung, daß man es ihnen früher hätte sagen sollen, daß sie etwas versäumt hatten; und James sagte:

»Ich wußte ja, wie es kommen würde; ich habe euch gesagt, daß sie den Sommer nicht überleben wird.«

Tante Hester antwortete nicht; es war fast Oktober, aber was hatte es für einen Sinn zu streiten; manche Menschen waren nie zufrieden.

Sie ließ ihrer Schwester sagen, daß die Brüder gekommen seien. Mrs. Small kam sofort herunter. Sie hatte ihr Gesicht gewaschen, das noch immer angeschwollen war, und obwohl sie streng auf Swithins Hosen sah – sie waren hellblau, denn er war direkt aus dem Klub gekommen, wo ihn die Nachricht erreicht hatte –, war ihr Gesichtsausdruck doch fröhlicher als üblich; ihr Instinkt, das Falsche zu tun, war sogar jetzt zu stark, als daß sie ihn meistern konnte.

Alle fünf gingen hinaus, um die Tote zu sehen. Man hatte unter das strahlend weiße Bettuch eine Steppdecke gelegt; denn jetzt hatte Ann, mehr als je zuvor, Wärme nötig; man hatte die Kissen weggenommen, und so lagen ihr Rücken und Kopf flach und vermittelten den Eindruck der Unbeugsamkeit, den sie auch im Leben gegeben hatte; die Haube, die ihre Stirn umschloß, war bis zu den Ohren heruntergezogen, und zwischen Haube und Bettuch war ihr Gesicht – fast ebenso weiß – mit geschlossenen Augen ihren Brüdern und Schwestern zugewendet. In seinem außergewöhnlichen Frieden war das Gesicht schärfer profiliert denn je – fast nichts als Knochen unter der kaum zerfurchten, pergamentartigen Haut, die das kantige Kinn, die Kinnladen, Backenknochen, die Stirn unter den Höhlungen der Schläfen, die gemeißelte Nase überspannte – die Festung eines unbesiegbaren Geistes, der sich nur dem Tod gebeugt hatte. Die leeren Augen waren aufwärts gerichtet, als suchten sie nun den Geist zurückzuholen, die abgelegte Herrschaft wieder zu ergreifen.

Swithin warf nur einen Blick auf dieses Gesicht und verließ den Raum; bei dem Anblick, sagte er später, wäre ihm sehr sonderbar zumute gewesen. Er ging mit schweren Schritten hinunter, so daß das ganze Haus zitterte, ergriff seinen Hut und stieg in seinen Wagen, ohne dem Kutscher irgendwelche Anweisungen zu geben. Man fuhr ihn nach Hause, und er saß den ganzen Abend bewegungslos in seinem Stuhl.

Bei Tisch konnte er weiter nichts als ein Rebhuhn und eine Flasche Champagner zu sich nehmen.

Der alte Jolyon stand am Fuß des Bettes und hatte die Hände vor sich gefaltet. Er allein von den Anwesenden erinnerte sich an den Tod seiner Mutter, und obwohl er Ann ansah, war es seine Mutter, an die er dachte. Ann war eine alte Frau, aber der Tod war nun doch zu ihr gekommen – der Tod kam zu allen! Sein Gesicht bewegte sich nicht, sein Blick schien von weit her zu kommen.

Tante Hester stand neben ihm. Sie weinte nicht mehr, ihre Tränen waren erschöpft – ihre Natur verbot es ihr, weiterhin ihre Kräfte zu verausgaben; sie hatte die Hände verschlungen und blickte nicht auf Ann, sondern nach allen Seiten, und versuchte, obwohl sie sich gegen die Anstrengung wehrte, sich der Wirklichkeit bewußt zu werden.

Von allen Brüdern und Schwestern zeigte James die größte Bewegung. Tränen rollten die senkrechten Falten seines dünnen Gesichts hinunter; wo er jetzt hingehen und über seine Probleme sprechen sollte, wußte er nicht; Juley war zu nichts gut, und Hester noch schlimmer als nutzlos! Anns Tod traf ihn ärger, als er je gedacht hatte; er würde wochenlang brauchen, um darüber hinwegzukommen.

Bald schlich sich Tante Hester hinaus, und Tante Juley begann herumzugehen und »das Nötige« zu tun; dabei stieß sie zweimal gegen etwas. Der alte Jolyon, der dadurch aus seinen Gedanken an längst vergangene Zeiten aufgeschreckt wurde, sah sie streng an und ging fort. James blieb allein am Bett stehen; er sah verstohlen um sich, um gewiß zu sein, daß ihn niemand bemerkte, bückte sich, küßte die Stirn der Toten, und dann verließ auch er hastig den Raum. Im Flur traf er Smither und begann, sie über das Begräbnis auszufragen; als er sah, daß sie nicht Bescheid wußte, beklagte er sich bitter, daß alles schiefgehen würde, wenn sich niemand darum kümmerte. Sie solle zu Mr. Soames senden – er kenne sich in diesen Dingen aus; ihr Herr sei wahrscheinlich sehr verstört –, man würde sich um ihn kümmern müssen; und ihre Herrinnen, sie taugten in dieser Situation nichts, sie hatten ja keine Ahnung! Es sollte ihn nicht wundern, wenn sie noch krank würden. Sie sollte lieber gleich nach einem Arzt schicken; es wäre gut, vorzusorgen. Er glaubte, seine Schwester Ann habe nicht den besten Arzt gehabt; hätte sie Blank genommen, dann lebte sie heute noch. Wenn Smither etwas brauche, solle sie nur nach Park Lane schicken. Natürlich stehe ihnen sein Wagen für das Begräbnis zur Verfügung. Sie hatte wohl kein Glas Rotwein und ein paar Kekse für ihn – er hatte noch nicht zu Mittag gegessen!

Die Tage vor dem Begräbnis verliefen ruhig. Es war natürlich schon lange bekannt gewesen, daß Tante Ann ihr kleines Vermögen Timothy hinterlassen hatte. Es gab daher nicht den geringsten Grund zur Aufregung. Soames, der alleinige Testamentsvollstrecker, traf alle Vorbereitungen und sandte zeitgerecht an alle männlichen Mitglieder der Familie die folgende Einladung aus:

Sie werden gebeten, an der Beisetzung von Miss Ann Forsyte auf dem Highgate-Friedhof, am 1. Oktober um 12 Uhr, teilzunehmen. Abfahrt der Wagen von The Bower, Bayswater Road, um 10.45 Uhr. Es wird ersucht, von Blumenspenden Abstand zu nehmen. R. s. v. p.

Es war ein kalter Morgen, der Himmel war grau verhangen, als um halb elf der erste Wagen, der von James, vorfuhr. Darin saßen James und sein Schwiegersohn Dartie, ein untersetzter Mann mit breiter Brust, in einen engen Gehrock gezwängt, mit bleichem, dicklichem Gesicht, dessen einzige Zierde ein dunkler, schöngewellter

Schnurrbart war und der Anflug eines Backenbartes, der allen Rasierversuchen widerstand und als Zeichen einer besonderen Eigenart der Persönlichkeit gewertet werden mag, wie man sie oft bei Männern findet, die an der Börse spekulieren.

Soames als Testamentsvollstrecker empfing die Gäste, da Timothy noch das Bett hütete; er würde erst nach dem Begräbnis aufstehen; auch die Tanten Juley und Hester würden erst herunterkommen, wenn alles vorüber war und für diejenigen, die zurückkommen wollten, ein Essen serviert würde. Der nächste, der kam, war Roger. Er hinkte noch nach seinem letzten Gichtanfall und war von dreien seiner Söhne begleitet – dem jungen Roger, Eustace und Thomas. George, der vierte Sohn, kam unmittelbar darauf in einer Droschke, blieb im Flur stehen und fragte Soames, wie ihm das Amt des Leichenbestatters behage.

Sie konnten einander nicht leiden.

Dann kamen zwei Haymans – Giles und Jesse –, völlig schweigsam, erstklassig angezogen, mit frischen Bügelfalten in den Hosen ihrer Abendanzüge. Dann der alte Jolyon allein. Als nächster Nicholas, mit gesunder Gesichtsfarbe und sorgfältig verborgener Lebhaftigkeit in jeder Bewegung seines Kopfes und Körpers. Ihm folgte einer seiner Söhne, unterwürfig und schüchtern. Swithin Forsyte und Bosinney kamen gleichzeitig und bemühten sich jeder, dem andern den Vortritt zu lassen; als sich die Tür aber öffnete, versuchten sie, im selben Moment einzutreten; in der Halle entschuldigten sie sich wieder, und Swithin stieg sehr langsam die Stiegen hinauf, nachdem er seinen Kragen zurechtgerückt hatte, der bei diesem Wettstreit in Unordnung geraten war. Dann kamen noch der andere Hayman, zwei verheiratete Söhne von Nicholas, zusammen mit Tweetyman, Spender und Warry, den Gatten der verheirateten Forsyte- und Haymantöchter. Dann war die Gesellschaft vollzählig, insgesamt einundzwanzig Menschen; außer Timothy und dem jungen Jolyon fehlte kein einziges männliches Mitglied der Familie.

Als sie den in Scharlachrot und Grün gehaltenen Salon betraten, dessen Ausstattung einen so lebhaften Kontrast zu ihrem ungewohnten Aussehen bildete, versuchte jeder befangen einen Sitz zu finden, um die betonte Schwärze seiner Hose zu verbergen. Das tiefe Schwarz ihrer Hosen und Handschuhe schien ihnen fast unanständig, eine Art übertriebener Gefühlsäußerung; und viele warfen schokkierte Blicke, aus denen heimlicher Neid sprach, auf den »Freibeuter«, der keine Handschuhe hatte und graue Hosen trug. Es erhob sich ein leises Raunen; keiner sprach von der Dahingegangenen, sondern fragte nach dem Befinden des andern, als ob sie dadurch diesem Ereignis, zu dessen Feier sie gekommen waren, ein indirektes Opfer brachten.

Bald sagte James:

»Ich glaube, wir sollten aufbrechen.«

Sie gingen hinunter und bestiegen jeweils zu zweit, ganz in der festgelegten Reihenfolge, die Wagen.

Der Leichenwagen fuhr im Schritt an; die anderen Wagen kamen langsam hinterher. Im ersten fuhren der alte Jolyon und Nicholas; im zweiten die Zwillinge, Swithin und James; im dritten Roger und der junge Roger; Soames, der junge Nicholas, George und Bosinney folgten im vierten. In jedem der anderen Wagen – es waren insgesamt acht – saßen drei oder vier Familienmitglieder; hinter ihnen kam der Wagen des Arztes; und dann, in gebührendem Abstand, Mietwagen mit den Angestellten und Bedienten; am Ende ein leerer Wagen, der den Leichenzug auf die Zahl von dreizehn Wagen brachte.

Solange der Zug in der Bayswater Road, also in der Hauptstraße blieb, fuhr er im Schritt, kam er aber durch weniger bedeutende Straßen, fuhren die Wagen bald im Trab; so ging es bis ans Ziel, wobei in den besseren Straßen immer im Schritt gefahren wurde. Im ersten Wagen sprachen der alte Jolyon und Nicholas von ihren Testamenten. Im zweiten waren die Zwillinge nach einem einzigen Versuch, zu sprechen, in völliges Schweigen verfallen; beide waren ziemlich taub, und die Anstrengung, sich Gehör zu verschaffen, war zu groß. Nur einmal brach James das Schweigen:

»Ich werde mich irgendwo um ein Grab umsehen müssen. Was für Vorkehrungen hast du getroffen, Swithin?«

Und Swithin starrte ihn entsetzt an und sagte:

»Sprich nicht von solchen Dingen!«

Im vierten Wagen machte man unzusammenhängende Konversation; in den Pausen suchte man durch das Fenster zu erkunden, wie weit man schon war, und George bemerkte: »Es war wirklich an der Zeit, daß die arme alte Dame ›abtrat‹.« Er glaubte nicht daran, daß es gut wäre, wenn ein Mensch älter als siebzig würde. Der junge Nicholas antwortete sanft, daß diese Regel auf die Forsytes anscheinend nicht zutreffe. George sagte, daß er für seinen Teil mit sechzig Selbstmord begehen würde. Der junge Nicholas lächelte, strich sein langes Kinn und meinte, daß sein Vater diese Theorie nicht sehr schätzen würde; er hatte sehr viel Geld verdient, seit er sechzig Jahre geworden war. Aber siebzig wäre die äußerste Grenze; dann wäre es Zeit für sie, sagte George, abzutreten und ihr Geld ihren Kindern zu hinterlassen. Soames, der bisher geschwiegen hatte, beteiligte sich nun auch am Gespräch; er hatte die Bemerkung über den »Leichenbestatter« nicht vergessen und sagte, während er seine Lider fast unmerklich hob, das sei ja alles recht gut für Leute, die nie ein nennenswertes Vermögen verdient hatten. Er habe die Absicht, so lange wie möglich zu leben. Das war ein Hieb gegen George, der immer in Geldverlegenheiten war. Bosinney murmelte gedankenverloren »Hört, hört!«, George gähnte, und die Unterhaltung verstummte.

Als man ankam, wurde der Sarg in die Kapelle getragen; die Trauergäste folgten in Zweierreihen. Diese Leibwache von Männern, die der Toten alle durch Bande der Verwandtschaft verbunden waren, war ein eindrucksvoller und einzigartiger Anblick in dieser großen Stadt London, mit ihrer überwältigenden Vielfalt des Lebens, ihren zahllosen Berufen, Vergnügungen, Pflichten, ihrer schrecklichen Härte, ihrem furchtbaren Hang zum Individualismus.

Die Familie hatte sich versammelt, um über all dieses zu triumphieren, um ihre feste Einigkeit zur Schau zu stellen und in großartiger Weise das Gesetz des Besitzes zu beweisen, das die Grundlage ihres Aufstieges war; des Aufstieges einer Familie, die wie ein Baum gewachsen war und sich ausgebreitet hatte, durch dessen Stamm und Zweige der Lebenssaft geflossen war, und der zur rechten Zeit den vollen Wuchs erreicht hatte. Der Geist der alten Frau, die da in ihrem letzten Schlaf lag, hatte sie zu dieser Kundgebung aufgerufen. Es war ihr letzter Mahnruf an diese Einigkeit, die ihre Stärke gewesen war – und es war ihr letzter Triumph, daß sie gestorben war, solange der Baum unversehrt war.

Es war ihr erspart geblieben, das Wachsen der Zweige, die nach diesem Höhepunkt kamen, beobachten zu müssen. Sie konnte nicht in die Herzen der jüngeren Generationen sehen. Dasselbe Gesetz, das in ihr wirksam geworden war, das aus einem großgewachsenen, aufrechten, schlanken Mädchen eine starke und erwachsene Frau werden ließ, und aus dieser wieder eine hagere, schwache, fast hexengleiche alte Frau machte, deren Persönlichkeit noch deutlicher wurde, als alles, was das Leben abgeschliffen hatte, wieder von ihr abfiel – dasselbe Gesetz blieb wirksam und würde in der Familie, die sie wie ein Mutter beobachtet hatte, weiterwirken.

Sie hatte die Familie jung gesehen, sie hatte sie wachsen sehen, und dann stark und erwachsen, und bevor ihre alten Augen die Zeit und Kraft hatten, mehr zu sehen, war sie gestorben. Sie hätte es versucht, und vielleicht wäre es ihr sogar gelungen, diese Familie jung und stark zu erhalten, mit ihren alten Fingern, ihren zitternden Küssen – vielleicht ein wenig länger; doch ach, nicht einmal Tante Ann konnte gegen die Natur kämpfen.

»Hochmut kommt vor dem Fall!« Im Einklang mit dieser größten Ironie der Natur hatte sich die Familie Forsyte, bevor sie fiel, zu einem letzten stolzen Fest versammelt. Wie sie so in zwei Reihen zur Rechten und Linken des Sarges standen, waren ihre Gesichter meist ausdruckslos gesenkt, Wächter ihrer Gedanken; aber manchmal blickte der eine oder andere mit gerunzelter Stirn auf und schien an der Wand der Kapelle etwas zu sehen, was zu viel für ihn war, schien auf etwas zu lauschen, was ihn entsetzte. Und die leise gemurmelten Gebete, die Stimmen, die denselben Klang hatten, dieselbe schwer erfaßbare Familienfärbung, klangen unheimlich, wie von einem einzigen Menschen in eiliger Wiederholung hingestammelt.

Nachdem der Gottesdienst in der Kapelle vorüber war, bildete sich wieder der Zug der Trauergäste, die die Tote zum Grab begleiten würden. Das Grab stand offen, und darum herum warteten Männer in Schwarz. Von dieser hochgelegenen, geheiligten Stätte, wo Tausende Mitglieder des Mittelstandes ihren letzten Schlaf schliefen, wanderten die Augen der Forsytes hinunter über die Reihen der Gräber. Dort unten breitete sich London aus, und kein Sonnenschein erhellte die Stadt; sie betrauerte mit dieser ihr so teuren Familie den Verlust der Tochter, die zugleich Mutter und Beschützerin gewesen war. Und hunderttausend Türme und Häuser lagen verschwommen unter dem großen grauen Gespinst des Besitzes, wie andächtige Beter vor dem Grab der ältesten Forsyte.

Ein paar Worte, eine Handvoll Erde, dann senkte man den Sarg hinab, und Tante Ann hatte ihre letzte Ruhestätte gefunden.

Um das Grab standen als Zeugen dieses Heimgangs die fünf Brüder, die weißen Häupter gesenkt; sie wollten sich vergewissern, daß Ann gut aufgehoben war. Ihr kleines Vermögen mußte zurückbleiben, aber sonst würde alles getan werden, was getan werden konnte.

Dann traten sie einzeln zur Seite, setzten den Hut auf, drehten sich um und betrachteten die neue Inschrift auf dem Marmor des Familiengrabes:

Zum frommen Gedenken an
ANN FORSYTE
Tochter von
Jolyon und Ann Forsyte
gestorben am 27. September 1886
am Alter von 87 Jahren und 4 Tagen

Bald war vielleicht für einen anderen eine Inschrift nötig. Ein sonderbarer und unerträglicher Gedanke, denn sie hatten nie daran gedacht, daß auch ein Forsyte sterben könnte. Und sie alle hatten nur den einen Wunsch, von dieser schmerzlichen Angelegenheit, von dieser Zeremonie wegzukommen, die sie an Dinge erinnerte, an die zu denken sie nicht ertragen konnten – rasch wegzukommen, an ihre Geschäfte zu gehen und zu vergessen.

Noch dazu war es kalt; der Wind strich mit steter zermürbender Kraft über die Gräber und erfaßte sie mit seinem eisigen Hauch; sie begannen, sich in Gruppen aufzulösen und so rasch wie möglich die wartenden Wagen zu besteigen.

Swithin sagte, daß er zum Essen zu Timothy fahren würde, und fragte, ob er jemand in seinem Coupé mitnehmen solle. Allgemein galt es als zweifelhafte Auszeichnung, mit Swithin in seinem Coupé zu fahren, das auch nicht sehr groß war; niemand nahm sein Angebot an, und so fuhr er allein. James und Roger folgten unmittelbar darauf; auch sie wollten noch zum Essen kommen. Die anderen verloren sich nach und nach; der alte Jolyan nahm drei seiner Neffen mit, um seinen Wagen voll zu bekommen; ihn verlangte nach diesen jungen Gesichtern.

Soames, der einige Details in der Friedhofsverwaltung regeln mußte, ging mit Bosinney fort. Er hatte noch viel mit ihm zu besprechen, und nachdem seine Geschäfte erledigt waren, wanderten sie nach Hampstead, aßen dort zusammen im Spaniards Inn und verbrachten lange Zeit damit, konkrete Einzelheiten, die mit dem Bau des Hauses zusammenhingen, zu diskutieren. Dann gingen sie zur Straßenbahn und fuhren zusammen bis zum Marble Arch, wo Bosinney ausstieg und nach Stanhope Gate ging, um June zu besuchen.

Soames war blendender Laune, als er nach Hause kam, und vertraute Irene beim Essen an, daß er sich mit Bosinney ausgesprochen hatte, der anscheinend doch ein vernünftiger Mensch war; sie hatten auch einen wunderbaren Spaziergang gemacht, der seiner Leber gutgetan hatte – Bewegung hatte ihm schon lange gefehlt –, im großen und ganzen war es ein sehr zufriedenstellender Tag gewesen. Wäre es nicht wegen der arme Tante Ann, so hätte er sie gern ins Theater geführt; aber wie die Dinge langen, mußten sie versuchen, das Beste aus einem Abend zu Hause zu machen.

»Der Freibeuter hat mehr als einmal nach dir gefragt«, sagte er plötzlich. Und aus einem plötzlichen unerklärlichen Verlangen heraus, seine Besitzrechte geltend zu machen, erhob er sich vom Stuhl und küßte seine Frau auf die Schulter.

Zweiter Teil

1

Der Bau des Hauses

Der Winter war mild gewesen. Die Geschäfte gingen nicht besonders lebhaft; und wie Soames schon vor Baubeginn vermutet hatte, war es eine gute Zeit zum Bauen gewesen. Der Rohbau des Hauses am Robin Hill war daher Ende April vollendet.

Jetzt, wo er für sein Geld etwas sehen konnte, kam er manchmal ein-, zwei-, ja sogar dreimal in der Woche her und stelzte stundenlang auf der Baustelle herum, immer darauf bedacht, sich seine Kleider nicht zu beschmutzen; er ging leise durch die noch nicht fertiggemauerten Türbogen oder um die Säulen des Mittelhofes herum.

Minutenlang stand er manchmal davor, so als ob er die wahre Qualität ihres Materials erforschen wollte.

Er hatte mit Bosinney verabredet, daß er am 30. April die Rechnungen durchsehen würde, und fünf Minuten vor der festgesetzten Zeit betrat er das Zelt, das der Architekt für sich nahe der alten Eiche aufgerichtet hatte.

Die Rechnungen waren schon auf einem Klapptisch vorbereitet, und mit einem kurzen Nicken setzte sich Soames und studierte sie. Es dauerte einige Zeit, bis er den Kopf hob.

»Ich bin mir nicht ganz im klaren«, sagte er schließlich; »sie betragen ja fast siebenhundert Pfund mehr als veranschlagt!«

Nach einem Blick auf Bosinneys Gesicht fuhr er rasch fort:

»Wenn Sie dem Baumeister gegenüber nur fest bleiben, geht er sicher mit dem Preis herunter. Sie halsen einem alles auf, wenn man nicht dahinter ist. Rechnen Sie von allem zehn Prozent ab. Wenn es um etwa hundert Pfund mehr wird, bin ich einverstanden!«

Bosinney schüttelte den Kopf.

»Alles, was ich abziehen konnte, habe ich schon abgezogen!«

Soames schob den Tisch mit einer zornigen Bewegung zurück, so daß die Rechnungszettel auf den Boden flatterten.

»Da kann ich nur eines sagen«, stieß er hervor, »Sie haben die Sache ja ganz ordentlich verpatzt!«

»Ich habe Ihnen schon ein dutzendmal gesagt«, antwortete Bosinney scharf, »daß Extrakosten anfallen würden. Ich habe Sie immer wieder darauf aufmerksam gemacht!«

»Das weiß ich«, knurrte Soames, »und eine Zehnpfundnote hie und da hätte mir auch nichts ausgemacht. Aber wie soll ich wissen, daß Sie unter Extrakosten siebenhundert Pfund verstehen?«

Dieser nicht unbeträchtliche Unterschied war teilweise auf die charakterliche Eigenart der beiden Männer zurückzuführen. Auf der einen Seite stand der Architekt, der sich ganz seiner Idee – dem Bild dieses Hauses, welches er entworfen hatte und an das er glaubte – verschrieben hatte, und der gerade deshalb alles fürchtete, was ihn an der Ausführung hindern oder dazu zwingen könnte, zu Notlösungen zu greifen. Auf der anderen Seite Soames, der sich ebensosehr einer Sache verschrieben hatte – dem Streben nach dem Besten, was Geld kaufen konnte, und der gerade deshalb nicht glauben wollte, daß etwas, das dreizehn Shilling wert war, nicht auch um zwölf zu haben sei.

»Hätte ich Ihren Auftrag nur nie angenommen«, sagte Bosinney plötzlich. »Sie kommen her und machen mir das Leben sauer. Sie wollen für Ihr Geld das Doppelte von dem, was jeder andere verlangen würde, und jetzt, wo Sie ein Haus haben, das an Größe in der ganzen Grafschaft nicht seinesgleichen hat, wollen Sie nicht dafür zahlen. Wenn Sie aus dem Geschäft aussteigen wollen, bin ich sicher, daß ich den Mehrbetrag aufbringen kann, aber ich denke nicht im Traum daran, noch einen Handgriff für Sie zu tun!«

Soames gewann seine Haltung wieder. Er wußte, daß Bosinney kein Kapital hatte, und hielt das eben Gesagte für eine Phantasterei. Er sah auch, daß er auf unbestimmte Zeit von diesem Haus, an das er sein Herz gehängt hatte, ferngehalten werden würde, und das gerade in der kritischen Zeit, in der alles auf den persönlichen Einsatz des Architekten ankam. Und er mußte auch an Irene denken. Sie war in der letzten Zeit sehr sonderbar gewesen. Er war fest davon überzeugt, daß sie der Idee des Hauses nur zugestimmt hatte, weil sie Bosinney mochte. Es wäre falsch, mit ihr zu einem offenen Bruch zu kommen.

»Sie müssen nicht gleich wütend werden«, sagte er. »Wenn ich diese Kosten akzeptiere, müssen Sie sich nicht aufregen. Alles, was ich sagen wollte, war, nun ja – daß ich gern weiß, woran ich bin, wenn Sie mir sagen, etwas koste so und so viel.«

»Hören Sie«, sagte Bosinney, und Soames wunderte und ärgerte sich über seinen schlauen Blick. »Ich arbeite um einen Spottpreis für Sie. Für die Arbeit, die ich in Ihr Haus gesteckt habe, und für die Zeit, die ich damit verbracht habe, hätten Sie Littlemaster oder irgendeinem andern Narren viermal soviel Geld zahlen müssen. Was Sie wirklich wollen, ist ein erstklassiger Mann zu einem viertklassigen Preis, und genau das haben Sie auch!«

Soames sah, daß er es wirklich ernst meinte, und obwohl er zornig war, standen die Folgen eines Streits zu lebhaft vor seinen Augen. Er sah sein Haus unvollendet, seine Frau aufbegehren und sich als Zielscheibe des Spotts.

»Gehen wir die Rechnungen durch«, sagte er mürrisch, »und sehen wir nach, wofür das Geld verwendet wurde.«

»Gut«, stimmte ihm Bosinney zu. »Aber wenn es Ihnen nichts ausmacht, dann beeilen wir uns. Ich muß rechtzeitig zurück sein und June ins Theater führen.«

Soames sah ihn verstohlen an und fragte: »Sie holen sie wohl bei uns zu Hause ab?« Er kam ja immer zu ihnen!

In der Nacht zuvor hatte es geregnet – ein Frühlingsregen; die Erde roch nach Feuchtigkeit und wildem Gras. Der warme, sanfte Lufthauch bewegte die Blätter und goldenen Knospen der alten Eiche, und die Amseln sangen im Sonnenschein aus voller Kehle.

Es war einer von jenen Frühlingstagen, an denen den Menschen ein unaussprechliches Sehnen, eine schmerzliche Süße, ein Verlangen überkommt, das ihn bewegungslos stehenbleiben heißt, an dem er das Gras anblickt und die Arme ausstreckt, um etwas, von dem er nicht genau weiß, was es ist, zu umarmen. Die Erde strömte einen betäubenden Duft aus, der durch das eisige Gewand drang, mit dem der Winter sie umhüllt hatte. Es war eine lange, kosende Einladung an den Menschen, sich in ihre Arme zu legen, seinen Körper auf sie zu werfen und seine Lippen an ihre Brust zu drücken.

An eben einem solchen Tag hatte Soames Irenes Jawort erhalten, um das er sie so oft gebeten hatte. Er war auf einem umgestürzten Baumstamm gesessen und hatte ihr zum zwanzigsten Mal versprochen, daß sie, wenn es keine gute Ehe würde, so frei sein sollte, als ob er sie nie geheiratet hätte.

»Schwören Sie das?« hatte sie gefragt. Erst vor einigen Tagen hatte sie ihn an diesen Schwur erinnert. Er hatte geantwortet: »Unsinn! So etwas hätte ich nie geschworen!« Durch irgendeinen teuflischen Zufall erinnerte er sich jetzt wieder daran. Was für sonderbare Dinge schworen die Männer doch, wenn sie eine Frau begehrten! Er hätte es jederzeit geschworen, um sie zu erringen. Er würde es jetzt noch schwören, wenn er dadurch an sie herankommen könnte – aber sie ließ ja niemanden an sich heran, sie war kaltherzig!

Die frische Süße des Frühlingswindes ließ in ihm Erinnerungen aufsteigen – Erinnerungen an sein Werben.

Im Frühjahr des Jahres 1881 hatte er seinen alten Schulfreund und Klienten, George Liversedge aus Branksome, besucht, der seine Nadelwälder in der Nähe von Bournemouth benutzen wollte und die Gründung der dazu notwendigen Gesellschaft Soames übertragen hatte. Mrs. Liversedge, die wußte, was sich schickte, hatte für ihn eine Teegesellschaft mit Musik gegeben. Soames, der für Musik nichts übrig hatte, war die Gesellschaft unbeschreiblich langweilig erschienen, bis ihm erst spät im Lauf der Veranstaltung das Gesicht eines Mädchens in Trauer auffiel, das für sich allein dastand. Man konnte die Umrisse ihrer hochgewachsenen, noch etwas zarten Figur durch den dünnen Stoff ihres enganliegenden schwarzen Kleides erkennen; sie hatte ihre schwarzbehandschuhten Hände ineinandergelegt, ihre Lippen waren leicht geöffnet und ihre großen dunklen Augen wanderten von Gesicht zu Gesicht. Ihr Haar, das sie tief im Nacken verknotet trug, leuchtete über dem schwarzen Kragen wie glänzendes Metall. Und als Soames sie so ansah, durchdrang ihn ein Gefühl, das die meisten Männer irgendwann einmal gefühlt haben – eine besondere Befriedigung der Sinne, eine ganz eigene Gewißheit, die Romanschriftsteller und alte Damen Liebe auf den ersten Blick nennen. Während er sie verstohlen weiter beobachtete, ging er sofort zu seiner Gastgeberin hinüber und wartete dort hartnäckig darauf, daß die Musik aufhörte.

»Wer ist das Mädchen mit dem blonden Haar und den dunklen Augen?« fragte er.

»Das – oh, Irene Heron! Ihr Vater, Professor Heron, ist dieses Jahr gestorben. Sie lebt bei ihrer Stiefmutter. Sie ist ein nettes, hübsches Mädchen, aber sie hat kein Geld!«

»Stellen Sie mich bitte vor«, sagte Soames.

Er wußte nur wenig zu sagen und wurde durch sie nicht ermuntert. Aber er ging mit dem festen Entschluß fort, sie wiederzusehen. Er erreichte sein Ziel durch Zufall, als er sie mit ihrer Stiefmutter am Kai traf, wo diese gewöhnlich von zwölf bis ein Uhr mittags spazierenging. Soames war nur zu gern bereit, die Bekanntschaft dieser Dame zu machen, und es dauerte nicht lange, bis er bemerkte, daß er in ihr die Verbündete fand, die er suchte. Sein wacher Sinn für die kommerziellen Seiten des Familienlebens sagte ihm bald, daß Irene ihre Stiefmutter mehr als die fünfzig Pfund kostete, die sie im Jahr hatte; er sagte ihm auch auch, daß Mrs. Heron eine Frau in der Blüte ihrer Jahre, gern wieder heiraten würde. Die seltsame, eben erst aufblühende Schönheit ihrer Stieftochter stand ihrem ersehnten Ziel im Weg. Und Soames schmiedete mit der ihm eigenen Zähigkeit heimlich seine Pläne.

Er verließ Bournemouth, ohne sich erklärt zu haben, kam jedoch nach einem Monat wieder zurück und sprach diesmal nicht mit dem Mädchen, sondern mit der Stiefmutter. Er hätte sich entschlossen, sagte er; er würde jede beliebige Zeit warten. Und er mußte lange warten, während er zusah, wie Irene aufblühte, wie die Linien ihrer jungen Gestalt weicher wurden, das heißere Blut die Glut ihrer Augen vertiefte und in ihr Gesicht ein warmes Leuchten kam; bei jedem Besuch machte er ihr einen Antrag und nahm ihre Ablehnung zurück nach London mit, mit wundem Herzen, aber unerschütterlich und schweigsam wie das Grab. Er versuchte, die geheimen Beweggründe ihres Widerstandes zu erforschen; nur einmal gewann er einen kurzen Einblick. Es war bei einem jener Tanzabende, welche für die Einwohner der Badeorte die einzige Möglichkeit darstellen, ihren Leidenschaften freien Lauf zu lassen. Er saß mit Irene in einer Fensternische, und seine Sinne prickelten nach dem körperlichen Kontakt im letzten Walzer. Sie hatte ihn über ihren Fächer angesehen, und er hatte den Kopf verloren. Er hatte ihr Handgelenk ergriffen und seine Lippen auf ihren bloßen Arm gedrückt.

Sie war erschauert – bis heute hatte er dieses Erschauern nicht vergessen und nicht den Blick des leidenschaftlichen Widerwillens, den sie auf ihn gerichtet hatte.

Ein Jahr später hatte sie nachgegeben. Was sie dazu veranlaßt hatte, konnte er nie ergründen; auch von Mrs. Heron, einer Frau mit diplomatischem Talent, erfuhr er nichts. Nachdem sie verheiratet waren, fragte er sie: »Warum hast du meinen Antrag so oft abgewiesen?« Ihre Antwort war ein seltsames Schweigen. Vom ersten Tag an, als er sie gesehen hatte, war sie ihm ein Rätsel gewesen und es bis zum heutigen Tag geblieben...

Bosinney wartete bei der Tür auf ihn. Auf seinem grobknochigen, ansprechenden Gesicht lag ein sonderbarer, sehnsuchtsvoller und doch glücklicher Ausdruck, als ob auch er kommende Freuden am Frühlingshimmel sah, kommendes Glück in der Frühlingsluft spürte. Soames sah ihn an, wie er auf ihn wartete. Was war mit dem Burschen nur los, daß er so glücklich aussah? Worauf wartete er mit diesem Lächeln auf den Lippen und in den Augen? Soames konnte nicht erkennen, was es war, auf das Bosinney wartete, als er dastand und den blütenduftenden Wind in sich einsog. Und wieder einmal fühlte er sich verwirrt in der Gegenwart dieses Mannes, den er im Grunde verachtete. Er ging eilig voran zum Haus.

»Die einzig mögliche Farbe für diese Kacheln«, hörte er Bosinney sagen, »ist ein Rubinrot mit grauer Tönung, so daß ein Eindruck von Transparenz entsteht. Ich hätte dazu gern Irenes Meinung. Ich bestelle die purpurroten Ledervorhänge für die Tür zum Hof; und wenn Sie den Salon elfenbeinfarben halten, erzielen Sie einen irrealen Effekt. Die ganze Innenausstattung muß so gehalten werden, daß alles Charme hat.«

Soames warf ein: »Sie wollen damit sagen, daß meine Frau Charme hat?«

Bosinney wich der Frage aus.

»In der Mitte des Hofes sollten Sie ein Beet Iris pflanzen.«

Soames lächelte hochmütig.

»Ich werde einmal bei Beech vorbeigehen«, sagte er, »und sehen, was passend ist!«

Sie hatten einander sonst nur wenig zu sagen, aber auf dem Weg zum Bahnhof fragte Soames:

»Sie finden, daß Irene sehr künstlerisch veranlagt ist?«

»Ja.« Diese abrupte Antwort war eine so deutliche Abweisung, als ob er gesagt hätte: »Wenn Sie über sie reden wollen, suchen Sie sich dazu einen anderen!«

Die dumpfe, verbissene Wut, die Soames schon den ganzen Nachmittag in sich gespürt hatte, flammte um so heftiger auf.

Keiner von ihnen sprach, bis sie fast schon beim Bahnhof waren, und dann fragte Soames:

»Wann glauben Sie, werden Sie fertig sein?«

»Ende Juni, wenn Sie wirklich wollen, daß ich auch die Innenausstattung übernehme.«

Soames nickte. »Sie sehen aber schon«, sagte er, »daß mich das Haus wesentlich mehr kostet, als ich eigentlich ausgeben wollte. Ich kann Ihnen versichern, daß ich es aufgegeben hätte, wenn es nicht meine Gewohnheit wäre, nichts aufzugeben, was ich mir einmal vorgenommen habe!«

Bosinney antwortete nicht. Soames sah ihn von der Seite mit verbissenem Widerwillen an – trotz seiner wählerischen Allüren und der hochmütigen, stutzerhaften Einsilbigkeit war Soames mit seinen zusammengepreßten Lippen und dem eckigen Kinn einer Bulldogge nicht unähnlich...

Als June an diesem Abend um sieben Uhr im Hause Montpelier Square 62 ankam, sagte ihr Bilson, das Mädchen, daß Mr. Bosinney im Salon sei; die Herrin – sagte sie – wäre beim Ankleiden und würde gleich herunterkommen. Sie würde ihr melden, daß Miss June gekommen sei. June hielt sie sofort auf.

»Es ist gut, Bilson«, sagte sie. »Ich gehe einfach hinein. Mrs. Soames soll sich Zeit lassen.«

Sie legte ihren Mantel ab, und Bilson öffnete ihr nicht einmal die Tür zum Salon, sondern lief mit einem verständnisvollen Blick hinunter.

June blieb einen Augenblick stehen und betrachtete sich in dem kleinen, altmodischen Silberspiegel über der Eichentruhe – eine schlanke, gebieterische junge Gestalt, mit einem kleinen, entschlossenen Gesicht, in einem weißen Kleid mit flachem Ausschnitt, der den für die Krone rotgoldenen Haares fast zu schlanken Hals betonte.

Sie öffnete die Tür zum Salon leise, da sie Bosinney überraschen wollte. Das Zimmer war voll vom süßen, warmen Duft blühender Azaleen. Sie atmete diesen Duft tief ein und hörte Bosinneys Stimme, nicht im Zimmer, aber ganz in der Nähe sagen:

»Es gibt so viele Dinge, über die ich mit Ihnen sprechen wollte, und jetzt haben wir keine Zeit!«

Irenes Stimme antwortete: »Warum nicht beim Essen?«

»Wie kann man denn sprechen –«

Junes erster Gedanke war es, zurückzugehen, aber dann ging sie durch den Raum zu dem hohen Fenster, das auf den kleinen Hof schaute. Von dort kam der Duft der Azaleen, und dort standen mit dem Rücken zu June ihr Verlobter und Irene; sie hatten die Gesichter in den rosagoldenen Blüten vergraben.

Schweigend, aber ohne sich zu schämen, mit brennenden Wangen und zornigen Augen beobachtete sie das Mädchen.

»Kommen Sie am Sonntag allein – wir können dann das Haus zusammen besichtigen –«

June sah, wie Irene durch den Blütenvorhang zu ihm aufblickte. Es war kein koketter Blick, sondern – viel schlimmer für das Mädchen, das sie beobachtete – der Blick einer Frau, die Angst hatte, mit diesem Blick zu viel zu sagen.

»Ich habe versprochen, mit Onkel Swithin auszufahren –«

»Dem Dicken! Er soll Sie hinausbringen; es sind nur zehn Meilen – gerade das Richtige für seine Pferde.«

»Armer alter Onkel Swithin!«

Eine Welle von Azaleenduft traf June im Gesicht; ihr wurde übel und schwindlig.

»Kommen Sie, bitte, kommen Sie!«

»Aber warum?«

»Ich muß Sie dort sehen – ich dachte, Sie wollten mir helfen –«

Dem Mädchen schien es, daß die Antwort ganz weich, zitternd aus den Blüten kam: »Das will ich auch!«

June trat direkt an das offene Fenster.

»Wie dumpf es hier ist!« sagte sie. »Ich kann diesen Duft nicht ertragen!«

Ihr Blick, zornig und direkt, glitt über beide Gesichter.

»Habt ihr über das Haus gesprochen? Ich habe es

überhaupt noch nicht gesehen – fahren wir alle am Sonntag hinaus?«

Aus Irenes Gesicht war die Farbe gewichen.

»Sonntag fahre ich mit Onkel Swithin aus«, antwortete sie.

»Onkel Swithin! Was macht das schon? Du kannst ihn ja sitzenlassen!« – »Es ist nicht meine Gewohnheit, jemand sitzenzulassen!«

Man vernahm Schritte, und June sah Soames hinter sich stehen.

»Wenn ihr alle bereit seit«, sagte Irene, und blickte mit einem seltsamen Lächeln von einem zum andern, »das Essen ist's auch!«

2

Junes Fest

Schweigend setzten sie sich zu Tisch; Damen und Herren einander jeweils gegenüber.

Schweigend aß man die Suppe – eine ausgezeichnete Suppe, wenn auch ein wenig dick –, und dann wurde der Fisch hereingebracht. Schweigend wurde er serviert.

Bosinney machte einen Versuch, ein Gespräch in Gang zu bringen: »Heute ist der erste Frühlingstag.«

Leise wiederholte Irene: »Ja, der erste Frühlingstag.«

»Frühling«, sagte June. »Es rührt sich kein Lufthauch!« Niemand antwortete.

Der Fisch, eine gute, frische Seezunge, wurde abserviert, Bilson brachte den Champagner, eine Flasche, deren Hals mit einer weißen Serviette umwickelt war.

Soames sagte: »Er ist trocken.«

Die Koteletts, jedes mit einer rosa Papiermanschette, wurden herumgereicht. June lehnte ab, und wieder schwiegen alle.

Soames sagte: »Du solltest doch ein Kotelett nehmen; weiter gibt es nichts mehr.«

Aber June lehnte wieder ab, und so wurden sie abgetragen. Und dann fragte Irene: »Phil, haben Sie schon meine Amsel gehört?«

Bosinney antwortete: »Und ob – sie singt ihr Liebeslied. Als ich herkam, hörte ich sie draußen auf dem Platz.«

»Sie ist so reizend.«

»Salat, Sir?« Das Fleisch wurde abgetragen.

Nun sprach Soames: »Der Spargel ist nicht besonders. Bosinney, wollen Sie zum Nachtisch ein Glas Sherry? June, du trinkst ja nichts!«

June sagte: »Du weißt doch, daß ich nie trinke. Wein ist was Gräßliches!«

Eine Apfelcharlotte wurde auf einer Silberplatte aufgetragen. Und lächelnd sagte Irene: »Die Azaleen sind heuer wundervoll.«

Darauf murmelte Bosinney: »Wunderbar! Der Duft ist außerordentlich!«

June sagte: »Wie kannst du nur an diesem Duft etwas finden! Bilson, bitte den Zucker.«

Man reichte ihr den Zucker, und Soames bemerkte: »Diese Charlotte ist gut!«

Die Charlotte wurde abserviert. Ein langes Schweigen folgte. Irene winkte dem Mädchen und sagte: »Bilson, tragen sie die Azaleen hinaus, Miss June verträgt den Duft nicht.« – »Nein, laß sie da«, sagte June.

Auf kleinen Tellern wurden französische Oliven und russischer Kaviar hereingebracht. Und Soames bemerkte: »Warum bekommen wir keine spanischen Oliven?« Aber niemand antwortete.

Die Oliven wurden abgetragen. June hob ihr Glas und forderte: »Kann ich bitte etwas Wasser haben?« Man gab es ihr. Ein Silbertablett mit deutschen Pflaumen wurde aufgetragen. Es gab eine lange Pause. Alle vier aßen einträchtig und schweigsam.

Bosinney spielte mit den Kernen: »Dieses Jahr – nächstes Jahr – irgendwann –«

Irene endete leise: »Niemals. Es war ein so herrlicher Sonnenuntergang. Der Himmel ist noch immer blutrot – so schön!«

Er antwortete: »Unter dem Dunkel.«

Ihre Augen trafen sich, und June rief verächtlich: »Ein Londoner Sonnenuntergang!«

In einer Silberdose wurden ägyptische Zigaretten herumgereicht. Soames nahm eine und fragte: »Wann beginnt euer Stück?«

Keiner antwortete; dann kam türkischer Kaffee in emaillierten Tassen. Irene lächelte still und sagte: »Wenn nur –«

»Nur was?« sagte June.

»Wenn nur immer Frühling wäre!«

Alter Brandy wurde angeboten.

Soames sagte: »Bosinney, nehmen Sie doch ein Glas.«

Bosinney folgte der Aufforderungen; dann standen sie alle auf.

»Braucht ihr einen Wagen?« fragte Soames.

June antwortete: »Nein. Bilson, bitte meinen Mantel.« Man brachte ihr den Mantel.

Vom Fenster her murmelte Irene: »Was für eine herrliche Nacht! Die Sterne kommen heraus.«

Soames sagte noch: »Hoffentlich unterhaltet ihr euch gut.«

Von der Tür her sagte June: »Danke. Komm, Phil.«

Bosinney rief: »Ich komme schon.«

Soames lächelte höhnisch und sagte: »Ich wünsche Ihnen Glück.«

Von der Tür aus sah ihnen Irene nach, als sie fortgingen.

Bosinney rief: »Gute Nacht!«

»Gute Nacht!« antwortete sie leise...

June sagte ihrem Verlobten, daß sie auf dem Oberdeck des Omnibusses fahren wollte, sie brauche frische Luft; dort saß sie dann schweigend und ließ ihr Gesicht vom Wind umspielen.

Der Kutscher drehte sich ein- oder zweimal um und wollte eine Bemerkung machen, aber dann unterließ er das doch. Das war ja ein munteres Paar! Auch ihm war der Frühling ins Blut gestiegen; auch er fühlte die Notwendigkeit, sich Luft zu machen, und schnalzte mit der Zunge, schwang die Peitsche und trieb seine Pferde an; und sogar diese armen Kreaturen hatten den Frühling gerochen und trabten eine kurze halbe Stunde lang fröhlich, mit klappernden Hufen über das Pflaster.

Die ganze Stadt war auf den Beinen; die Zweige der Bäume in ihrem reichen Kleid junger Blätter reckten sich nach oben und erwarteten die Gaben, die der Frühling bringen mochte. Die eben angezündeten Lampen strahlten, und die Gesichter der Menge wirkten bleich im hellen Licht, während hoch droben große weiße Wolken rasch über den purpurnen Himmel trieben.

Männer im Frack hatten ihre Mäntel zurückgeschlagen und stiegen selbstbewußt die Stufen zu den Klubs empor; Arbeiter standen müßig herum; und Frauen – die Frauen, die um diese Abendstunde allein waren – schlenderten langsam, erwartungsvoll dahin und träumten von gutem Wein und gutem Essen, und, eine kurze verstohlene Minute lang, von Küssen, die aus echter Liebe gegeben werden.

Und alle diese zahllosen Gestalten, die unter den Laternen und dem bewegtem Himmel ihres Weges gingen, empfanden etwas von dem unruhigen Wonnegefühl, das der gärende Frühling erweckt. Und alle hatten sie, wie die Männer, die im offenen Mantel ihre Klubs betraten, etwas von ihrem Klassengeist, ihren Anschauungen und Gewohnheiten abgelegt, und unter dem aufgewühlten Himmel zeigte sich in der Art, in der sie ihren Hut aufgesetzt hatten, in ihrem beflügelten Schritt, in ihrem Gelächter oder Schweigen, daß sie alle verwandten Sinnes waren.
Bosinney und June betraten das Theater schweigend und gingen zu ihren Sitzen in einer der oberen Logen hinauf. Das Stück hatte gerade begonnen, und das halbverdunkelte Haus mit den vielen Menschen, die alle in eine Richtung starrten, glich einem Blumengarten, in dem die Blumen alle ihre Gesichter der Sonne zuwenden.

June war noch nie in einer der oberen Logen gewesen. Seit sie fünfzehn war, ging sie mit ihrem Großvater ins Theater, und sie saßen immer im Parkett, nicht auf gewöhnlichen, sondern auf den besten Sitzen im ganzen Haus, in der Mitte der dritten Reihe; der alte Jolyon kaufte diese Karten schon lange vor der Aufführung von Grogan und Boyne, auf seinem Heimweg aus der City; er steckte sie in seine Manteltasche zum Zigarrenetui und den Glacéhandschuhen und gab sie June, die sie bis zur Aufführung verwahrte. Und auf diesen Sitzen sahen sie dann – der alte Mann mit dem weißen Haar, gelassen, aufrecht, und die kleine, energische, erwartungsvolle Gestalt des Mädchens mit dem rotgoldenen Haar – die verschiedensten Stücke, und auf dem Heimweg sagte der alte Jolyon über den Hauptdarsteller: »Oh, er ist ja nichts! Du hättest den kleinen Bobson sehen müssen!«

Sie hatte sich auf diesen Abend so gefreut; sie waren heimlich da, ohne Begleitung, und niemand in Stanhope Gate wußte etwas davon – dort nahm man an, daß sie bei Soames war. Sie hatte für die List, die sie ihres Verlobten wegen ausgeheckt hatte, eine Belohnung erwartet, hatte erwartet, daß sie die dicke, eisige Wolke durchdringen könnte und die Beziehungen zwischen ihnen – die in der letzten Zeit so rätselhaft, so quälend gewesen waren – wieder so warm und einfach wie vor dem Winter würden. Sie war in der Absicht gekommen, etwas Bestimmtes zu sagen; und sie starrte mit gerunzelter Stirn auf die Bühne und sah nichts, hatte die Hände im Schoß zusammengepreßt. Argwohn und Eifersucht quälten sie.

Wenn Bosinney ihre Unruhe bemerkt hatte, so zeigte er es nicht.

Der Vorhang fiel. Der erste Akt war zu Ende.

»Es ist schrecklich heiß hier!« sagte das Mädchen. »Ich möchte hinausgehen.« Sie war sehr blaß, und sie erkannte – denn ihre angespannten Nerven ließen sie alles schärfer sehen –, daß er befangen war und ein schlechtes Gewissen hatte.

An der Rückseite des Theaters war ein offener Balkon;

dorthin ging sie und blieb wortlos stehen; sie wartete, daß er sprach.

Schließlich konnte sie es nicht mehr aushalten.

»Ich möchte dir etwas sagen, Phil«, begann sie.

»Ja?«

Der abwehrende Ton seiner Stimme trieb ihr die Farbe in die Wangen, und sie stieß hervor: »Du gibst mir keine Chance, nett zu dir zu sein; schon so lange nicht!«

Bosinney starrte auf die Straße und antwortete nicht.

June rief leidenschaftlich: »Du weißt, daß ich alles für dich tun will – daß ich dir alles sein will –«

Ein Murmeln stieg von der Straße auf, und der schrille Ton der Glocke kündigte das Ende der Pause an. June rührte sich nicht. Ein verzweifelter Kampf spielte sich in ihrem Inneren ab. Sollte sie alles auf eine Karte setzen? Sollte sie sich gegen diesen Einfluß, gegen diese Kraft, die ihn von ihr wegzog, durch einen Angriff zur Wehr setzen? Es lag in ihrem Wesen anzugreifen, und so sagte sie: »Phil, laß uns am Sonntag das Haus besichtigen!«

Mit einem Lächeln, das auf ihren Lippen zitterte und zerbrach, forschte sie in seinem Gesicht und versuchte mit aller Gewalt, nicht zu zeigen, daß sie ihn beobachtete; sie sah ihn unsicher werden und zögern, sah den Zweifel auf seiner Stirn und das Blut, das ihm ins Gesicht schoß. Er antwortete: »Nicht Sonntag, Liebling, an einem andern Tag.«

»Warum nicht Sonntag? Sonntag wäre ich nicht im Weg!«

Er gab sich einen Ruck und sagte: »Ich habe eine Verabredung.«

»Du willst –«

Seine Augen wurden zornig; er zuckte die Achseln und antwortete: »Eine Verabredung, die es mir unmöglich macht, dir das Haus zu zeigen!«

June biß sich auf die Lippen, bis sie bluteten, und ging ohne ein weiteres Wort zu ihrem Sitz zurück; sie konnte es aber nicht verhindern, daß ihr Tränen der Wut über die Wangen liefen. Glücklicherweise war das Haus für einen der Höhepunkte des Stücks verdunkelt worden, und niemand konnte ihren Schmerz sehen.

Und doch sollte in dieser Welt der Forsytes niemand glauben, daß er unbeobachtet bleibt.

In der dritten Reihe hinter ihnen saßen Euphemia, Nicholas' jüngste Tochter, und ihre verheiratete Schwester, Mrs. Tweetyman, und beobachteten die beiden.

Sie erzählten bei Timothy davon, daß sie June und ihren Verlobten im Theater gesehen hätten.

»Im Parkett?«

»Nein, das nicht –«

»Ah, natürlich im ersten Rang! Der scheint ja heutzutage bei den jungen Leuten sehr beliebt zu sein!«

Auch dort nicht. Sie saßen in – doch einerlei, diese Verlobung würde nicht lange bestehen. Sie hatten nie jemand so böse gesehen wie die kleine June! Mit Tränen der Wonne in den Augen erzählten sie, wie June den Hut eines fremden Mannes weggestoßen hatte, als sie mitten während des Aktes auf ihren Sitz zurückgekehrt war, und wie der Mann dreingesehen hatte. Euphemia war für ihr stilles Lachen bekannt, das leider in einem hohen Quieken endete; und als Mrs. Small mit abwehrend gehobenen Händen sagte: »Tatsächlich! Sie hat einen Hut weggestoßen?« quiekte sie so lange, bis sie mit Riechsalz gelabt werden mußte. Als sie fortging, sagte sie zu Mrs. Tweetyman: »Sie hat den Hut weggestoßen! Oh, ich lache mich noch tot!«

Für »die kleine June« aber war dieser Abend, der »ihr Fest« hätte werden sollen, der schrecklichste geworden, den sie je erlebt hatte. Weiß Gott, sie versuchte, ihren Stolz, ihren Argwohn, ihre Eifersucht zu unterdrücken; sie verabschiedete sich von Bosinney an der Haustür, ohne zusammenzubrechen. Das Gefühl, daß sie ihren Verlobten zurückerobern müßte, war stark genug, sie so lange aufrechtzuhalten, bis seine Schritte verklungen waren und sie sich endlich des ganzen Ausmaßes ihres Elends bewußt wurde.

Der lautlose Sankey ließ sie ein. Sie wäre gern ungesehen in ihr Zimmer geschlüpft, aber der alte Jolyon, der sie kommen gehört hatte, stand in der Tür des Eßzimmers.

»Komm herein und trink deine Milch!« sagte er. »Man hat sie dir warmgestellt. Du kommst sehr spät. Wo warst du denn?«

June stand am Kamin, einen Fuß auf dem Kamingitter, den Arm auf den Kaminsims gestützt, genau wie ihr Großvater, als er an jenem Abend aus der Oper gekommen war. Sie war zu nahe am Zusammenbrechen, um sich noch Gedanken darüber zu machen, was sie ihm sagte.

»Wir haben bei Soames gegessen.«

»Mmh! Bei dem reichen Mann! War seine Frau da – und Bosinney?« – »Ja.«

Der alte Jolyon betrachtete sie mit seinem durchdringenden Blick, vor dem es schwer war, etwas zu verbergen; doch June sah ihn nicht an, und als sie ihm schließlich ihr Gesicht zuwandte, ließ er sofort den Blick sinken. Er hatte genau gesehen, zuviel schon. Er bückte sich und nahm die Tasse Milch für sie vom Feuer; als er sich wegdrehte, brummte er: »Du solltest nicht so spät heimkommen; du bist dann ganz kaputt.« Er verbarg sich hinter der Zeitung und raschelte wütend mit deren Seiten; aber als June zu ihm hintrat, um ihm einen Gutenachtkuß zu geben, sagte er: »Gute Nacht, mein Liebes«, mit einer so unvermutet zitternden Stimme, daß June gerade noch aus dem Zimmer laufen konnte, bevor sie in einen Weinkrampf ausbrach, der weit in die Nacht hinein dauerte.

Als die Tür zugefallen war, ließ Jolyon seine Zeitung sinken und starrte lange besorgt vor sich hin.

»Dieser Schuft!« dachte er. »Ich habe es ja schon immer gewußt, daß es mit ihm nicht gutgehen wird!«

Beunruhigende Zweifel und Vermutungen, bedrohlicher noch, da er fühlte, daß er den Gang der Dinge nicht aufhalten oder lenken konnte, bestürmten ihn.

Wollte sie der Kerl sitzenlassen? Wie gern hätte er ihm gesagt: »Wie ist das also, mein Herr! Wollen Sie meine Enkelin sitzenlassen?« Aber wie konnte er denn das? Er wußte nichts oder zumindest nur wenig, und doch hatte er mit unbeirrbarem, scharfem Blick erkannt, daß etwas im Gange war. Er vermutete, daß sich Bosinney zu viel am Montpelier Square aufhielt.

»Dieser Bursche«, dachte er, »ist vielleicht kein Taugenichts; sein Gesicht ist nicht schlecht, aber irgend etwas stimmt doch nicht mit ihm. Ich weiß nicht, was ich von ihm halten soll, und ich werde es auch nie wissen! Man sagt, daß er wie ein Wahnsinniger arbeitet, aber er hat doch nichts davon. Er ist unpraktisch, unmethodisch. Wenn er hierherkommt, sitzt er wie ein trauriger Affe herum. Wenn ich ihn frage, welchen Wein er trinken will, dann antwortet er: Danke, irgendeinen. Wenn ich ihm eine Zigarre anbiete, raucht er sie, als ob es das billigste Kraut aus Deutschland wäre. Noch nie hat er June so angesehen, wie er sie ansehen müßte, und doch ist er auch nicht hinter ihrem Geld her. Wenn sie mir nur ein Zeichen gäbe, säße er morgen vor der Tür. Aber das tut sie ja nicht – auf keinen Fall! Sie hält zu ihm! Sie ist so starrköpfig – sie wird niemals lockerlassen!«

Er seufzte tief und blätterte weiter in seiner Zeitung; vielleicht würde er in ihren Spalten Trost finden.

Und oben in ihrem Zimmer saß June am offenen Fenster, durch das der Frühlingswind nach seinem verrückten Tanz durch den Park hereinwehte, um ihre heißen Wangen zu kühlen und ihr Herz zu verbrennen.

3

Ausfahrt mit Swithin

In einem bekannten Studentenlied heißt es:

»Am Rock so blau, da blitzten die Knöpfe fein,
und er trällert' und sang, als wär' er ein Vögelein.«

Swithin trällerte und sang nun nicht gerade wie ein Vögelein, aber er war versucht, vor sich hin zu summen, als er aus seinem Haus trat und sein Pferdegespann betrachtete, das vor der Tür stand.

Der Nachmittag war so lind wie ein Tag im Juni, und wie um dem Bild zu entsprechen, das in dem alten Lied anklingt, hatte Swithin einen blauen Rock angezogen und auf seinen Mantel verzichtet, nachdem er Adolf dreimal hinuntergeschickt hatte, um sich zu vergewissern, daß auch nicht der geringste Hauch eines Ostwinds zu spüren war. Seine stattliche Gestalt war fest in den Rock eingeknöpft, und wenn die Knöpfe auch nicht blitzten, so hätte sich niemand gewundert, wenn es so gewesen wäre. Majestätisch stand er auf dem Bürgersteig und zog sorgfältig ein Paar hundslederne Handschuhe an. Mit seiner Melone auf dem Kopf und seiner gewichtigen Figur sah er für einen Forsyte fast zu urtümlich aus. Sein dichtes weißes Haar, das Adolf mit einer Spur von Pomade versehen hatte, duftete nach Opopanax und Zigarren – der berühmten Sorte, für die Swithin hundertvierzig Shilling das Hundert zahlte, und von welcher der alte Jolyon unfreundlich gesagt hatte, er würde sie nicht geschenkt nehmen, man brauche für sie einen wahren Roßmagen...

»Adolf!«

»Sir?«

»Das neue Plaid!«

Der Bursche würde nie wissen, was Eleganz ist. Und er war sicher, daß Mrs. Soames dafür ein Auge hatte.

»Das Verdeck herunter – ich fahre mit einer Dame aus!«

Eine hübsche Frau würde doch mit ihrem Kleid Staat machen wollen. Er – er war eben dabei, eine Dame auszuführen! Wie in den guten alten Zeiten! Es war schon Jahre her, seit er mit einer Frau ausgefahren war. Das letzte Mal, wenn er sich recht erinnerte, war es Juley gewesen. Das arme alte Ding hatte die ganze Zeit vor Angst gezittert, und er war so ärgerlich geworden, daß er sagte, als er sie in der Bayswater Road absetzte: »Der

Teufel soll mich holen, wenn ich dich jemals wieder mitnehme!« Und er hatte es auch nicht mehr getan, er nicht!

Er trat zu den Pferden und prüfte ihr Gebiß. Nicht daß er etwas von der Zäumung verstand – er zahlte seinem Kutscher doch nicht umsonst sechzig Pfund im Jahr, das wäre einfach gegen seine Prinzipien gewesen. Sein Ruf als Pferdekenner beruhte hauptsächlich auf der Tatsache, daß ihm einmal beim Derby ein paar betrügerische Buchmacher mit seinem Wettgewinn durchgebrannt waren. Aber irgend jemand im Klub, der ihn mit seinen Grauschimmeln vorfahren gesehen hatte – Swithin bevorzugte Grauschimmel, denn das war stilvoller –, hatte ihn den »Vierspänner-Forsyte« genannt. Der Spitzname war ihm durch Nicholas Treffry zu Ohren gekommen, den ehemaligen Partner des alten Jolyon, der ein begeisterter Herrenfahrer und dafür bekannt gewesen war, daß er mehr Wagenunfälle verschuldet hatte als irgendein anderer Mann in England. Und Swithin hatte es von da ab für richtig gehalten, diesem Namen gerecht zu werden. Der Spitzname hatte ihm gefallen, nicht weil er jemals vierspännig gefahren wäre oder etwa die Absicht hatte, es je zu tun, sondern weil es so vornehm klang – der Vierspänner-Forsyte, nicht übel! Swithin war zu früh auf die Welt gekommen und hatte seinen Beruf verfehlt. Wäre er zwanzig Jahre später nach London gekommen, so hätte ihn nichts davon abhalten können, Börsenmakler zu werden, aber zu der Zeit, da er seine Wahl hatte treffen müssen, war dies noch nicht der Traumberuf des gehobenen Mittelstandes, und so war er buchstäblich gezwungen gewesen, Auktionator zu werden.

Als er endlich auf dem Bock saß und die Zügel in der Hand hatte, kniff er, vom hellen Sonnenschein geblendet, die Augen über den farblosen Wangen zusammen und warf einen langsamen Blick in die Runde. Adolf war schon hinten aufgestiegen, der Stallknecht mit der Kokarde auf der Mütze stand neben den Pferden, bereit, sie loszulassen. Alles wartete auf das Signal; auf Swithins Zeichen jagte die Equipage davon, und noch ehe man bis drei zählen konnte, fuhr sie mit Gerassel schwungvoll an Soames' Tür vor.

Irene kam sofort heraus und stieg ein – Swithin erzählte später bei Timothy davon – »so leicht wie... wie die Taglioni, ohne Umstände zu machen, ohne dieses oder jenes zu verlangen; und vor allem« (Swithin betonte dies besonders und starrte Mrs. Septimus Small in einer Weise an, die sie ganz aus der Fassung brachte) »keine albernen Ängstlichkeiten«. Tante Hester beschrieb er Irenes Hut. »Nicht eines von den großen Dingern, die nach allen Seiten herunterhängen und nichts als Staub fangen, wie sie die Damen heutzutage so lieben, sondern ein hübscher kleiner...«, er zeichnete mit der Hand einen Kreis in die Luft – »weißer Schleier... wirklich außerordentlich geschmackvoll.«

»Woraus war er gemacht?« fragte Tante Hester, die, wann immer von Toilettefragen die Rede war, in eine gelinde, aber anhaltende Aufregung versetzt wurde.

»Woraus gemacht?« erwiderte Swithin. »Wie kann ich das wissen?«

Er versank in ein tiefes Schweigen, daß Tante Hester fürchtete, er sei in Trance verfallen. Sie versuchte jedoch nicht, ihn selbst daraus zu erwecken – das war nicht ihre Art.

Aber plötzlich erwachte Swithin wieder zum Leben. »Woraus er gemacht war? Woraus sollte er schon gemacht sein?« schnaufte er langsam hervor.

Sie waren noch keine vier Meilen unterwegs, als Swithin den Eindruck gewann, daß es Irene Vergnügen machte, mit ihm auszufahren. Ihr Gesicht erschien so sanft hinter dem weißen Schleier, ihre dunklen Augen leuchteten im Frühlingslicht, und jedesmal, wenn er sprach, blickte sie zu ihm auf und lächelte.

Am Samstagmorgen hatte Soames sie an ihrem Schreibtisch angetroffen, wo sie eben ein Billett mit einer Absage an Swithin schrieb. Warum sie ihm absagen wollte, hatte er gefragt. Das könne sie mit ihren eigenen Verwandten tun, aber er wünsche nicht, daß sie seine Verwandten so behandle.

Sie hatte ihn fest angesehen, das Billett zerrissen und gesagt: »Wie du willst.«

Dann hatte sie begonnen, ein anderes zu schreiben. Er hatte wie zufällig einen Blick daraufgeworfen und gesehen, daß es an Bosinney gerichtet war.

»Was hast du denn an den zu schreiben?« fragte er.

Irene sah ihn wieder mit ihrem festen Blick an und sagte ruhig: »Er hat mich gebeten, etwas für ihn zu erledigen!«

»Mmh!« sagte Soames, »Besorgungen! Du wirst noch deine liebe Mühe damit haben, wenn du dir so was anfängst!« Das war alles gewesen.

Swithin machte große Augen, als sie Robin Hill erwähnte. Das war ein weiter Weg für seine Pferde, und er war es gewohnt, um halb acht Uhr zu speisen, noch bevor der große Andrang im Klub begann. Der neue Küchenchef, dieser Faulpelz, gab sich mehr Mühe, wenn man früh zum Dinner kam.

Allerdings hätte er gern das Haus angesehen. Ein Haus war etwas, was jeden Forsyte interessierte, vor allem einen, der Auktionator gewesen war. Und so sagte er schließlich, die Entfernung habe nichts zu bedeuten. Als er noch jünger gewesen sei, habe er jahrelang in Richmond gelebt, seinen eigenen Wagen und Pferde gehalten. Sie hatten ihn den »Vierspänner-Forsyte« genannt, und seine Pferde seien von einem Ende Londons bis zum andern bekannt gewesen. Der Herzog von Z... hätte sie unbedingt kaufen wollen und ihm den doppelten Preis geboten, aber er habe sie behalten. Wenn man was Gutes hat, so soll man es nicht leichtfertig loswerden, nicht wahr? Sein glattrasiertes, breites altes Gesicht strahlte vor Stolz, und er drehte und wendete seinen Kopf im steifen Stehkragen wie ein kollernder Truthahn.

Sie war wirklich eine reizende Frau. Er gab Tante Juley, die wegen seiner Ausdrucksweise die Hände über dem Kopf zusammenschlug, später eine eingehende Beschreibung des Kleides:

»Saß ihr wie eine zweite Haut – stramm wie eine Trommel.« So ließe er sich's gefallen, alles festes junges Fleisch, nicht so eine mickrige Vogelscheuche... Und er blickte beziehungsvoll auf Mrs. Septimus Small, die James nachgeraten war – lang und dünn.

»Sie hat Stil«, fuhr er fort, »wie für einen König geschaffen! Und sie macht nicht viel Aufhebens davon.«

»Jedenfalls scheint sie an dir eine Eroberung gemacht zu haben«, kam es gedehnt aus Tante Hesters Ecke.

Swithin hörte erstaunlich gut, wenn er angegriffen wurde.

»Was soll das heißen?« sagte er. »Ich habe eben einen Blick für schöne Frauen, und ich kann nur sagen, daß ich keinen jungen Mann kenne, der für sie paßt. Du vielleicht – hm – vielleicht kennst du einen?«

»Oh«, murmelte Tante Hester, »da mußt du Juley fragen.«

Noch lange bevor sie Robin Hill erreichten, hatte ihn die ungewohnte Luft jedoch schrecklich schläfrig gemacht. Er fuhr mit geschlossenen Augen, und nur die im Lauf eines langen Lebens erworbene strenge Haltung bewahrte seine große schwere Gestalt davor, nach der Seite umzusinken.

Bosinney, der sie erwartet hatte, kam ihnen entgegen, und zu dritt gingen sie ins Haus. Swithin ging voran und stützte sich auf einen dicken goldbeschlagenen Malakkastock, den ihm Adolf vorsorglich in die Hand gedrückt hatte, denn seine Knie waren vom langen Sitzen steif. Er hatte seinen Pelzmantel übergeworfen, um sich vor der Zugluft in dem unfertigen Haus zu schützen.

Die Treppe sei schön, sagte er, richtig herrschaftlich. Da müßte irgendwo eine Statue hinkommen. Zwischen den Säulen des Durchganges zum Innenhof blieb er stehen und deutete fragend mit dem Stock in den Raum vor ihm.

Was sollte das werden, dieses Vestibül oder wie immer man es heißen wolle? Als er das Oberlicht sah, kam ihm die Erleuchtung.

»Ah, das Billardzimmer!«

Als er aufgeklärt wurde, daß es ein verfliester Hof mit Pflanzen in der Mitte werden sollte, wandte er sich an Irene:

»Warum all den Platz auf Pflanzen verschwenden? Folge nur meinem Rat und stelle hier einen Billardtisch auf.«

Irene lächelte. Sie hatte ihren Schleier nach oben geschlagen, so daß er wie eine Nonnenhaube ihr Gesicht umrahmte, und das Lächeln in ihren dunklen Augen erschien Swithin reizvoller als je zuvor. Er nickte. Sie würde seinem Rat schon folgen, davon war er überzeugt.

Über den Salon und das Eßzimmer – die er später als »geräumig« beschrieb – hatte er wenig zu sagen, aber so weit seine Würde es ihm gestattete, geriet er über den Weinkeller in Entzücken, zu dem er über die Steinstufen hinunterging, wobei Bosinney mit einer Laterne leuchtete.

»Da ist ja Platz für sechs- oder siebenhundert Dutzend Flaschen«, sagte er, »wirklich ein hübscher kleiner Keller.«

Als Bosinney aber vorschlug, das Haus von dem kleinen Wäldchen zu ihren Füßen aus anzusehen, blieb Swithin stehen.

»Der Blick von hier ist sehr schön«, sagte er. »Haben Sie vielleicht einen Stuhl oder etwas Ähnliches?«

Man brachte ihm einen Stuhl aus Bosinneys Zelt. »Ihr beide geht nur ruhig hinunter«, sagte er freundlich. »Ich bleibe hier und sehe mir die Aussicht an.«

Er setzte sich neben der Eiche in die Sonne, behäbig, aufrecht, die eine Hand ausgestreckt auf den Knauf seines Stockes gestützt, die andere aufs Knie gelegt. Sein Mantel stand weit offen, sein flacher Hut beschattete sein bleiches quadratisches Gesicht, sein leerer Blick war auf die Landschaft gerichtet.

Er nickte ihnen zu, als sie durch die Felder hinuntergingen. Es machte ihm nichts aus, einen Augenblick sich selbst überlassen zu sein, Zeit zum Nachdenken zu haben. Die Luft war mild, auch in der Sonne war es nicht zu heiß, und der Blick war wirklich hübsch, be... merkens... Sein

Kopf fiel zu Seite, er riß ihn hoch und dachte: Seltsam, er... Ah, sie winkten ihm von unten aus zu! Er hob die Hand und bewegte sie ein paarmal hin und her. Sie waren wirklich unternehmungslustig... der Blick war bemerkens... wert – Sein Kopf fiel nach links, er riß ihn wieder hoch, der Kopf kippte nach rechts und blieb in dieser Stellung. Swithin war eingeschlafen.

Und im Schlafe, bewegungslos wie eine Schildwache auf dem Gipfel des Hügels, schien er diese bemerkenswerte Landschaft zu beherrschen, als hätte ein Künstler unter den Forsytes früherer Tage ein Götzenbild aus Stein gehauen und hier aufgestellt – ein urzeitliches Denkmal der Herrschaft des Geistes über die Materie.

Und all die zahllosen Generationen seiner ländlichen Vorfahren, die es gewohnt waren, sonntags mit in die Seiten gestemmten Armen behaglich ihren kleinen Besitz zu überblicken, mit ruhigen grauen Augen, die nichts von dem tief in ihnen wurzelnden Trieb der Gewalttätigkeit, dem Streben nach Besitz, der Raffgier, die in ihnen wohnte, nach außen dringen ließen – all diese zahllosen Generationen schienen mit ihm dort auf der Anhöhe zu sitzen.

Doch während er so schlummerte, machte sich sein eifersüchtiger Forsytescher Geist auf in weite Fernen, in Gott weiß was für Wildnisse der Phantasie, zu den zwei jungen Menschen, um zu sehen, was sie unten im Wäldchen trieben – im Wäldchen, umgeben vom Duft der Erde und der aufbrechenden Knospen, vom Sang der unzähligen Vögel, auf dem schwellenden Teppich von Glockenblumen und sprießendem Grün, im Sonnenlicht, das sich golden in den Baumwipfeln fing; um zu sehen, was sie taten, wie sie eng beisammen auf dem schmalen Pfad einhergingen, so eng zusammen, daß sich ihre Körper berührten; um Irenes Augen zu sehen, diese dunklen Augen, die das Glück des Frühlings in sich aufsogen. Sein Geist war bei ihnen, ein unsichtbarer Tugendwächter, blieb mit ihnen stehen, um den kleinen pelzigen Körper eines Maulwurfes zu betrachten, der noch keine Stunde tot war und dessen graubraunes Fell Regen und Tau noch verschont hatten; sah Irenes gesenkten Kopf und den sanften Blick des Mitleids in ihren Augen; sah den Kopf des jungen Mannes, der sie so fest und starr anblickte. Er folgte ihnen über die Lichtung, wo ein Holzfäller an der Arbeit gewesen war, die Glockenblumen zertreten waren und ein Baumstamm mit zersplittertem Strunk quer über dem Weg lag. Er kletterte mit ihnen darüber hinweg und wanderte bis an den Rand des Wäldchens, wo sich unentdecktes Land erstreckte, aus dessen Weite der Ruf des Kuckucks erklang.

Schweigend stand er dort mit ihnen, bedrückt von ihrem Schweigen. Seltsam, sehr seltsam.

Dann, wie schuldbewußt, zurück durch den Wald, zurück über die Lichtung, noch immer schweigend, inmitten des nie verstummenden Vogelsangs, umgeben vom wilden Duft von – wie hieß nur das Zeug, das man als Würze verwendet für...? – und über den Baumstamm, der den Weg versperrte.

Und ungesehen, verlegen, schwebte sein Geist über ihnen – der Geist eines Forsyte, gleichsam mit den Flügeln schlagend, um sich bemerkbar zu machen –, sah sie auf dem Baumstamm balancieren, sah die schlanke Gestalt schwanken, sah sie dem jungen Mann zulächeln, der sie mit so seltsamen leuchtenden Augen anblickte; sah sie ausgleiten – oh! –, fallen, an seine Brust sinken, sah ihn ihren weichen, warmen Körper fassen, sah ihren Kopf sich zurückneigen, sah seinen Kuß, ihr Widerstreben. Und hörte ihn rufen: »Sie müssen es wissen – ich liebe Sie!« – Sie müssen es wissen! – Ha! Wirklich eine schöne Geschichte – Liebe! Ha!

Swithin erwachte. Wo war sein Glücksgefühl geblieben? Er hatte einen bitteren Geschmack im Mund. Wo war er nur?

Verdammt! Er hatte geschlafen.

Er hatte irgendein wirres Zeug geträumt, von einer neuen Suppe mit dem Geschmack von Minze.

Diese jungen Leute, wo waren sie nur? Sein linkes Bein war eingeschlafen.

»Adolf!« Der Schuft war nicht da – er schlief wohl irgendwo...

Swithin stand auf, groß und schwer stand er da in seinem Pelz, blickte besorgt über die Felder, und da kamen sie auch schon.

Irene ging voran. Der junge Mann – wie hatten sie ihn genannt, den Freibeuter? – kam mit hängendem Kopf hinterdrein. Dem hatte sie wohl ordentlich den Kopf gewaschen! Geschah ihm recht! Sie so weit mit sich herumzuschleppen, wo man ein Haus doch am besten von dem Rasenplatz davor betrachtet!

Sie bemerkten ihn. Er streckte den Arm aus und winkte krampfhaft, wie um sie anzutreiben. Aber sie waren stehengeblieben. Warum standen sie denn dort herum und redeten und redeten? Jetzt gingen sie weiter. Zweifellos hatte sie ihm Vorwürfe gemacht. Kein Wunder. Ein solches Haus zu bauen – so einen großen, häßlichen Kasten, keines von den Häusern, wie er sie gewohnt war.

Er musterte sie aufmerksam mit seinen farblosen, unbeweglichen Augen. Der junge Mann bot wirklich einen seltsamen Anblick!

»Daraus wird nie etwas Ordentliches!« sagte er spitz und zeigte auf das Haus. »Zu neumodisch!«

Bosinney starrte ihn an, als hätte er ihn nicht gehört, und Swithin beschrieb ihn später Hester als einen wirklich sonderbaren Kerl – so eine komische Art, einen anzusehen – ein ungehobelter Bursche!

Was ihn zu diesem plötzlichen Urteil veranlaßt hatte, sagte er nicht. Vielleicht war es Bosinneys gewölbte Stirn und die hohen Backenknochen, das feste Kinn, vielleicht der hungrige Gesichtsausdruck, der Swithins Vorstellungen von der satten Zufriedenheit, die den perfekten Gentleman auszeichnet, nicht entsprach.

Seine Laune besserte sich, als jemand von Tee sprach. Er hatte zwar nichts für Tee übrig – sein Bruder Jolyon hatte mit Tee gehandelt und damit viel Geld verdient –, aber er war so durstig und hatte diesen bitteren Geschmack im Mund, daß ihm jede Art von Getränk willkommen war. Er hätte Irene gern etwas von dem Geschmack gesagt, den er im Mund hatte – sie war ja so verständnisvoll –, aber es wäre nicht sehr fein gewesen, davon zu sprechen. So führte er lediglich seine Zunge über Zähne und Gaumen und produzierte ein leises Schnalzen.

Im hinteren Winkel des Zeltes ließ Adolf seinen Katzenschnurrbart über den Teekessel hängen. Dann wandte er sich einer Champagnerflasche zu und entkorkte sie. Swithin lächelte, nickte Bosinney zu und sagte: »Sie sind so ein richtiger Graf von Monte Christo!« Der berühmte Roman – eines der wenigen Bücher, die er je gelesen hatte – hatte ihn außerordentlich beeindruckt.

Er nahm sein Glas vom Tisch und hielt es vor sich hin, um die Färbung zu prüfen; niemand sollte glauben, er würde irgendein Gebräu trinken, auch wenn er noch so durstig war. Dann führte er das Glas an die Lippen und nippte.

»Recht gut«, sagte er schließlich, indem er daran roch, »wenn er auch an meinen Heidsieck nicht herankommt!«

In eben diesem Augenblick kam ihm ein Gedanke, den er später bei Timothy in folgender Weise darlegte:

»Sollte mich nicht wundern, wenn der Kerl, der Architekt, in Mrs. Soames verliebt wäre!«

Und seine hellen runden Augen traten vor Erregung über diese Entdeckung noch stärker hervor als sonst.

»Dieser Mensch«, sagte er zu Mrs. Septimus, »folgt ihr mit den Augen wie ein Hund, der ungehobelte Kerl. Wundert mich gar nicht – sie ist ja eine entzückende Frau; aber sie ist sicher zu klug, um sich von ihm den Kopf verdrehen zu lassen.« In seinem Unterbewußtsein tauchte eine vage Erinnerung an Irenes Parfum auf und gemahnte ihn an den Duft einer Blume, deren halbgeschlossene Blütenblätter ein leidenschaftliches Herz umschlossen, doch wurde sich sein nüchterner Geist eines solchen dichterischen Bildes nicht bewußt. »Ich war mir meiner Sache erst sicher«, fuhr er fort, »als er ihr Taschentuch aufhob.«

Mrs. Smalls Augen glänzten vor Aufregung.

»Hat er es ihr zurückgegeben?« fragte sie.

»Zurückgegeben?« antwortete Swithin. »Als er glaubte, ich sähe nicht hin, hat er es richtig abgeknutscht.«

Mrs. Small blieb der Mund offen.

»Aber sie hat ihn nicht ermutigt«, fuhr Swithin fort. Dann schwieg er und starrte eine Weile in der Art und Weise vor sich hin, die Hester so beunruhigte – er hatte sich plötzlich daran erinnert, daß Irene, als sie schon im Wagen saßen, Bosinney noch einmal die Hand gegeben und sie lange nicht zurückgezogen hatte... Er hatte den Pferden die Peitsche gegeben, um Irene wieder ganz für sich zu haben, aber sie hatte sich umgewandt und zurückgeblickt und auf seine erste Frage gar nicht geantwortet. Und ihr Gesicht hatte er auch nicht sehen können, weil sie den Kopf gesenkt hielt.

Es gibt irgendwo ein Bild – Swithin hat es sicher nie gesehen –, das einen Mann zeigt, der auf einem Felsen sitzt, und neben ihm, noch halb vom stillen grünen Wasser bedeckt, liegt eine Nixe auf dem Rücken, eine Hand auf der nackten Brust. Ein leises Lächeln spielt auf ihrem Gesicht – ein Lächeln, das von hoffnungsloser Hingabe und geheimer Lust spricht. Irene mag so gelächelt haben, als sie an Swithins Seite zurückfuhr.

Als er sie dann für sich allein hatte, schüttete er ihr, vom Champagner angeregt, sein Herz aus. Er sprach von all der Unbill, die ihm widerfahren war, von seiner Abneigung gegen den neuen Küchenchef im Klub, seinen Sorgen wegen des Hauses in Wigmore Street, wo dieser Gauner von Mieter bankrott gegangen war, nur weil er seinem Schwager in einer finanziellen Notlage unter die Arme gegriffen hatte – als müsse man nicht zuerst das eigene Haus bestellen. Er klagte auch über seine Schwerhörigkeit und die Schmerzen, die er manchmal in der rechten Seite verspürte. Sie hörte ihn mit gesenkten Lidern an, und ihre Augen waren feucht. Er war der Meinung, daß sie an seinen Leiden tiefen Anteil nehme, und hatte großes Mitleid mit sich selbst. Und doch fühlte er sich in seinem Pelz mit der Verschnürung über der Brust, den Hut schief auf dem Kopf, die schöne Frau an seiner Seite, vornehm wie nie zuvor.

Dasselbe glaubte aber auch ein Gemüsehändler von sich selbst, der mit seinem Mädel einen Sonntagsausflug gemacht hatte. Er ließ seinen Esel neben Swithins Wagen dahingaloppieren, saß steif wie eine Wachsfigur in seinem ratternden Gefährt und hielt sein Kinn ebenso würdevoll auf sein rotes Halstuch gepreßt wie Swithin seines auf seine bauschige Krawatte. Und das Mädchen ließ die Enden ihrer mottenzerfressenen Boa im Winde flattern und gebärdete sich wie eine Modedame. Ihr Begleiter hielt einen Stock, an dem eine zerfetzte Schnur befestigt war, in der Hand und ahmte getreulich jede schwungvolle Bewegung von Swithins Peitsche nach. Er drehte den Kopf seiner Dame zu, mit einem schiefen Lächeln, das eine verzweifelte Ähnlichkeit mit Swithins urzeitlichem Starren hatte.

Vorerst war Swithin die Gegenwart des rohen Patrons nicht weiter aufgefallen, doch dann hatte er plötzlich das Gefühl, daß er zum besten gehalten wurde. Er ließ die Stute die Peitsche fühlen, durch einen unglücklichen Zufall blieben die beiden Wagen jedoch auf gleicher Höhe. Swithins fettes gelbes Gesicht lief rot an, er hob die Peitsche, um den Burschen zu schlagen, doch bewahrte ihn die Vorsehung davor, daß er seine Würde so sehr vergaß. Ein Wagen schoß plötzlich aus einer Ausfahrt und drängte Swithins Wagen und den Eselkarren aneinander. Die Räder knirschten, das leichtere Gefährt schwankte und stürzte um.

Swithin sah sich nicht um. Um nichts in der Welt hätte er angehalten und dem Flegel geholfen. Geschah ihm schon recht, wenn er sich den Hals gebrochen hatte!

Aber selbst wenn er hätte helfen wollen, wäre er nicht dazu imstande gewesen. Die Grauschimmel waren scheu geworden, der Wagen wurde von einer Seite auf die andere geschleudert, die Leute blickten erschrocken auf, als sie in rasender Fahrt vorüberpreschten. Swithins massige Arme waren lang ausgestreckt und zerrten an den Zügeln. Seine Wangen waren aufgebläht, er preßte die Lippen zusammen, und sein aufgedunsenes Gesicht war rot vor Zorn.

Irenes Hand lag auf dem Haltegriff, und bei jedem Ruck des Wagens hielt sie sich fest. Swithin hörte sie fragen:

»Wird es einen Unfall geben, Onkel Swithin?«

Er stieß keuchend hervor: »Es ist nichts. Nur ein bißchen Tempo.«

»Ich habe noch nie einen Unfall gehabt.«

»Nur sitzenbleiben.« Er sah sie an. Sie lächelte und war völlig ruhig.

»Bleib nur sitzen«, wiederholte er. »Hab keine Angst, ich bring' dich sicher nach Hause.«

Und während er sich mit aller Kraft bemühte, der Pferde Herr zu werden, hörte er sie zu seiner Überraschung mit einer ganz fremden Stimme sagen:

»Mir wäre es einerlei, wenn ich nicht nach Hause käme.«

Der Wagen erhielt gerade einen furchtbaren Stoß, und Swithin blieb die Antwort im Halse stecken. Dann ging es wieder bergauf, die Pferde kamen außer Atem, verfielen in Trab und blieben schließlich von allein stehen.

»Als ich die Pferde anhielt« – schilderte es Swithin später bei Timothy –, »war sie so ruhig wie ich selbst. Bei meiner Seele, sie tat wahrhaftig so, als wäre es ihr gleich, ob sie sich das Genick bräche oder nicht. Wie sagte sie nur? ›Mir wäre es einerlei, wenn ich nicht nach Hause käme.‹«

Er stützte sich auf seinen Stock und fügte zu Mrs. Smalls Entsetzen hinzu: »Kein Wunder, wo sie doch mit diesem Stockfisch von Soames verheiratet ist.«

Es fiel ihm nicht ein, sich die Frage zu stellen, was wohl Bosinney gemacht hatte, nachdem er allein zurückgeblieben war. War er herumgelaufen wie der herrenlose Hund, mit dem Swithin ihn verglichen hatte, hinunter zum Wäldchen, wo noch immer der Frühling tobte und von fern der

Kuckuck rief? Hatte er ihr Taschentuch an die Lippen gepreßt und ihr Parfum eingeatmet, das mit dem Duft von Minze und Thymian verschmolz? War er hinuntergelaufen mit diesem wilden, herrlichen Schmerz in der Brust, daß er hätte aufschreien mögen unter den Bäumen? Oder was der Bursche wohl sonst getan hatte. Swithin stellte sich keine dieser Fragen. Als er bei Timothy ankam, hatte er Bosinney längst vergessen.

4

James sieht selbst nach dem Rechten

Diejenigen, die die Forsytesche Börse nicht kennen, werden wahrscheinlich auch die Aufregung nicht verstehen, die Irenes Hausbesichtigung hervorrief.

Nachdem Swithin bei Timothy diese denkwürdige Fahrt bis ins kleinste Detail geschildert hatte, wurde die Geschichte – nur mit einem kleinen Anflug von Neugier, ein ganz klein wenig Bosheit und dem echten Wunsch, Gutes zu tun, an June weitergeleitet.

»Und wie kann man nur so etwas sagen, meine Liebe!« beendete Tante Juley ihre Schilderung. »Das vom Nicht-mehr-nach-Hause-Wollen. Was hat sie bloß damit gemeint?«

Für das Mädchen war es eine sonderbare Schilderung. Sie hörte zu, errötete schmerzlich und ging dann plötzlich, nachdem sie sich kaum verabschiedet hatte.

»Fast schroff war sie«, sagte Mrs. Small zu Tante Hester, als June fort war. Die Art, in der June die Nachricht aufgenommen hatte, wurde richtig gedeutet. Sie hatte sie aus der Fassung gebracht. Irgend etwas stimmte da nicht! Wirklich sonderbar, wo sie und Irene doch so gute Freundinnen gewesen waren!

Es stimmte alles nur zu gut mit den leisen Andeutungen

überein, die schon einige Zeit kursiert hatten. Die Erinnerung an Euphemias Erzählung von dem Theaterbesuch – Mr. Bosinney immer bei Soames? Aber doch, das mußte ja so sein – wegen des Hauses! Nichts wurde klar ausgesprochen. Nur bei einer wirklichen, starken Provokation war es notwendig, an der Forsyte-Börse etwas offen zu sagen. Ihre Maschinerie war zu genau eingestellt; eine Andeutung, der kleinste Ausdruck des Bedauerns oder Zweifels genügte, um die – so feinfühlige – Familienseele in Schwingungen zu versetzen. Niemand wollte, daß dem andern aus diesen Schwingungen Schaden erwachsen sollte – weit davon entfernt; diese Schwingungen wurden mit den besten Absichten ausgelöst, mit dem Gefühl, daß jedes Familienmitglied Anteil an dieser Familienseele hatte.

Diesem Klatsch lag viel guter Wille zugrunde; oft erfolgten darauf Beileidsbesuche, die ganz im Einklang mit den Gepflogenheiten der Gesellschaft standen und natürlich nur zum Besten der Leidenden waren, den anderen aber die Genugtuung bereiteten, das Gefühl auszukosten, daß es Menschen gab, die unter etwas litten, woran sie selbst nicht litten. Und tatsächlich war es auch nur der Wunsch, die Dinge in Schwung zu halten, dieser Wunsch, der auch unsere Presse beflügelt, welcher James zum Beispiel mit Mrs. Septimus in Verbindung treten ließ und Mrs. Septimus wieder mit den jüngeren Mitgliedern von Nicholas' Familie, und diese wieder mit weiß Gott wem, und so weiter. Die große Klasse, in die sie aufgestiegen waren und zu der sie jetzt gehörten, verlangte eine gewisse Offenheit, aber noch viel mehr eine gewisse Zurückhaltung. Diese Kombination war die Garantie für ihre Mitgliedschaft.

Viele der jüngeren Forsytes waren natürlich dagegen und sagten auch offen, daß sie sich jede Einmischung in ihre Angelegenheiten verbäten; aber die unsichtbare, fast magnetische Strömung des Familienklatsches war so mächtig, daß sie sich um alles in der Welt nicht helfen konnten und daher auch alles über alle wußten. Man spürte, daß jeder Widerstand hoffnungslos war.

Einer von ihnen (der junge Roger) hatte einen heldenhaften Versuch unternommen, die junge Generation von diesem Klatsch zu befreien, dadurch, daß er von Timothy als »alte Klatschbase« gesprochen hatte. Aber seine Worte waren auf ihn selbst zurückgefallen. Dieser Ausspruch, in der diskretesten Weise Tante Juley zu Ohren gebracht, wurde von ihr in empörtem Ton an Mrs. Roger weitergegeben, und so kamen sie natürlich wieder dem jungen Roger zu Ohren.

Und schließlich litten ja immer nur die darunter, die Böses taten; wie zum Beispiel George, als er so viel Geld beim Billardspiel verloren hatte; oder wie der junge Roger selbst, als er so nahe daran war, das Mädchen zu heiraten, mit dem er – so munkelte man – nach den Gesetzen der Natur schon verheiratet war; oder jetzt wieder Irene, von der man mehr dachte als es auszusprechen, daß sie in Gefahr sei.

All das war nicht nur angenehm, sondern auch sehr heilsam. Es ließ so viele Stunden in Timothys Haus in der Bayswater Road rasch dahinfliegen; so viele Stunden, die sonst für die drei, die dort lebten, öde und leer gewesen wären; und Timothys Haus war nur eines von Hunderten solcher Häuser in London; die Häuser von Menschen mit gesicherter Existenz, die sich schon aus dem Lebenskampf zurückgezogen hatten und nun ihre Daseinsberechtigung in den Streitigkeiten der anderen fanden.

Hätte es nicht den Familienklatsch mit all seinen erfreulichen Auswirkungen gegeben, so wäre es wahrscheinlich bei Timothy sehr einsam gewesen. Gerüchte und Geschichtchen, Berichte und Vermutungen – waren das nicht die Kinder des Hauses, so lieb und wert wie die plaudernden Kleinen, die der Bruder und seine Schwestern selbst nie gehabt hatten? Über sie zu sprechen gab ihnen fast das Gefühl, daß sie tatsächlich alle diese Kinder und Enkel besaßen, nach denen sich ihre gefühlvollen Herzen sehnten. Denn obwohl es sehr zweifelhaft ist, ob sich Timothys Herz nach etwas sehnte, so besteht nicht der geringste Zweifel darüber, daß ihn die Geburt jedes neuen Forsytekindes außer sich brachte.

Es war völlig sinnlos, wenn der junge Roger von der »alten Klatschbase« gesprochen hatte, wenn Euphemia die Hände hob, »Oh, diese drei!« rief und in ihr stilles Gelächter mit dem Quieken am Ende ausbrach. Sinnlos, und nicht einmal sehr nett.

Die Lage, die zu diesem Zeitpunkt in den Augen der Forsytes seltsam, wenn nicht sogar »unmöglich« erscheinen mochte, war angesichts gewisser Tatsachen gar nicht so seltsam.

Man hatte einige wichtige Dinge nicht in Betracht gezogen.

Man hatte erstens vergessen – in der Sicherheit, die aus vielen belanglosen Ehen entstanden war –, daß die Liebe keine Treibhauspflanze ist, sondern ein Gewächs der freien Natur, geboren in einer feuchten Nacht, in einer Stunde des Sonnenscheins, einem wilden Samen entsprungen und weitergetragen durch den Sturm. Eine wilde Pflanze also, die wir, wenn sie zufällig in unserem Garten blüht, eine Blume nennen; blüht sie außerhalb, dann nennen wir sie Unkraut; aber gleich, ob Blume oder Unkraut – ihr Duft und ihre Farben bleiben immer wild! Und weiter – da die Ereignisse ihres eigenen Lebens die Forsytes diese Wahrheit nicht erkennen ließen – sah man nicht ein, daß dort, wo diese wilde Pflanze wächst, Männer und Frauen nur wie Mücken sind, die vom Leuchten dieser flammengleichen Blüte angezogen werden.

Seit der Eskapade des jungen Jolyon war schon viel Zeit verstrichen – wieder lief man Gefahr, es als unumstößliches Gebot anzusehen, daß Menschen ihres Standes niemals den Garten verließen, um diese Blume zu pflücken; daß man die Liebe, wie die Masern, einmal im Leben zur gegebenen Zeit durchmachte und recht schmerzlos darüber hinwegkam – im Hafen der Ehe natürlich, so wie man Masern dank einer beruhigenden Mixtur von Butter und Honig recht gut übersteht.

Von allen, die diese sonderbaren Gerüchte um Bosinney und Irene hörten, war James am meisten betroffen. Er hatte schon lange vergessen, wie er, dünn und bleich, noch mit rotbraunem Bart, in den Tagen seines eigenen Werbens um Emily herumgeschlichen war. Schon lange hatte er das kleine Haus in Mayfair vergessen, in dem sie die ersten Jahre ihrer Ehe verbracht hatten, das heißt, er hatte die ersten Jahre seiner Ehe, aber nicht das kleine Haus vergessen, denn ein Forsyte vergißt niemals ein Haus – er hatte es später mit einem Reingewinn von vierhundert Pfund verkauft.

Er hatte diese Tage schon lange vergessen, und auch die Hoffnungen, Ängste und Zweifel, ob diese Verbindung auch klug sei (denn obwohl Emily sehr hübsch war, hatte sie nichts, und er verdiente damals bloß tausend Pfund im Jahr); vergessen hatte er auch diese seltsame, unwiderstehliche Kraft, die in ihm gearbeitet hatte, bis er überzeugt war, sterben zu müssen, könnte er nicht dieses blonde Mädchen mit dem hübsch gewellten Haar, mit den weißen Armen, die das knappe Mieder freiließ, mit der wunderbaren Figur, die so keusch von einem Käfig unglaublichen Ausmaßes geschützt war, heiraten.

James war durch dieses Feuer gegangen, aber er hatte auch den Strom der Jahre durchquert, der dieses Feuer löscht; und er hatte die traurigste Erfahrung von allen gemacht – er hatte vergessen, wie es ist, verliebt zu sein.

Vergessen! So lange schon vergessen, daß er sogar vergessen hatte, daß er es vergessen hatte.

Und jetzt war ihm dieses Gerücht zu Ohren gekommen, dieses Gerücht über die Frau seines Sohnes; nur vage, ein Schatten, der in der greifbaren, realen Welt unwirklich, unbegreiflich wie ein Geist herumhuscht, aber wie ein solcher unerklärlichen Schrecken verbreitet.

Er versuchte, sich diese Sache zu vergegenwärtigen, aber das hatte nicht mehr Sinn als der Versuch, die Tragödien, von denen er täglich in der Abendzeitung las, auf sich selbst zu beziehen. Er konnte es einfach nicht. Es durfte nicht wahr sein. Es war alles Unsinn.

Sie vertrug sich mit Soames vielleicht nicht so gut, wie das hätte der Fall sein können, aber sie war ein nettes kleines Ding – ein nettes kleines Ding!

Wie die Mehrzahl aller Männer genoß James einen netten kleinen Skandal, leckte sich die Lippen und sagte in selbstverständlichem Ton: »Ja, ja – sie und der junge Dyson; man sagt, daß sie zusammen in Monte Carlo leben!«

Aber die Bedeutung einer Affäre dieser Art mit all ihren Auswirkungen in Vergangenheit, Gegenwart und Zukunft war ihm niemals bewußt geworden. Was es bedeutete, aus welchen Qualen, welchem Entzücken sie entstanden war, welch unbeirrbar fortschreitendes Schicksal hinter den nackten, manchmal schmutzigen, aber fast immer pikanten Tatsachen stand, die sich seinem Blick darboten. Es war nicht seine Art, in Angelegenheiten dieser Art zu tadeln, zu loben, Schlüsse zu ziehen oder zu verallgemeinern; er hörte einfach recht begierig zu und wiederholte, was man ihm gesagt hatte; es tat ihm einfach gut, genauso, wie wenn er vor dem Essen Sherry und bittere Mandeln zu sich nahm. Jetzt aber, da ihn selbst eine solche Sache – oder vielmehr das Gerücht, eine Andeutung – persönlich berührte, fühlte er sich wie in einem Nebel, der seinen Mund mit einem dicken, schlechten Geschmack füllte und es ihm schwermachte, zu atmen.

Ein Skandal! Möglicherweise ein Skandal!

Sich dieses Wort immer wieder vorzusagen, war die einzige Möglichkeit, wie er seine Gedanken sammeln, es faßbar machen konnte. Er hatte die Gefühle vergessen, die notwendig waren, um die Entwicklung, den Ausgang, die Bedeutung einer solchen Sache zu verstehen; er konnte einfach nicht mehr begreifen, daß es Menschen gab, die um der Leidenschaft willen tatsächlich ein Risiko eingingen.

Es wäre ihm lächerlich erschienen, unter all seinen Bekannten, die Tag für Tag in die City fuhren, dort ihren Geschäften – welcher Natur auch immer – nachgingen und, wie sie ihm erzählten, in ihrer Freizeit Aktien und Häuser kauften, zu Abendessen gingen und an Gesellschaftsspielen teilnahmen, auch nur einen zu vermuten, der für etwas so Ungreifbares, Abstruses wie Leidenschaften ein Risiko einzugehen bereit wäre. Leidenschaft! Er hatte, so glaubte er zumindest, tatsächlich davon gehört, und solche Regeln wie »einem jungen Mann und einer jungen Frau zusammen darf man niemals trauen« waren in seinem Gehirn so festgelegt wie die Breitengrade auf einer Landkarte (denn alle Forsytes haben, wenn es sich um wirklich Grundlegendes handelt, ein recht gutes Gefühl für das Reale); aber was alles andere anlangte – nun, darauf konnte er nur das Stichwort »Skandal« anwenden.

Ach! Aber es war ja nicht wahr – es konnte nicht wahr sein. Er hatte keine Angst; sie war ein nettes kleines Ding. Aber so war es nun einmal, wenn sich ein Gedanke festgesetzt hatte. Und James war ein nervöser Mensch – einer von denen, die sich beständig Gedanken über alles machen, die auf Grund ihrer Vorahnungen und Unentschlossenheit tausend Qualen erleiden. Aus Angst, sich etwas entschlüpfen zu lassen, was er sonst erringen konnte, war er schon rein physisch unfähig, einen Entschluß zu fassen, wenn er nicht die absolute Gewißheit hatte, daß er andernfalls einen Verlust erleiden würde.

Im Leben aber war es oft der Fall, daß es nicht in seiner Macht lag, einen Entschluß zu fassen – und ein solcher Fall war jetzt eingetreten.

Was konnte er nur tun? Mit Soames darüber sprechen? Das würde die Dinge nur noch schlimmer machen. Und schließlich war er ja sicher, daß an all dem nichts dran war.

Das Haus allein war an allem schuld. Er war dieser Idee von Anfang an mißtrauisch gegenübergestanden. Warum sollte Soames aufs Land ziehen? Und wenn er schon sein Geld dafür ausgeben wollte, sich ein Haus zu bauen, warum hatte er dann keinen erstklassigen Mann genommen, statt diesen jungen Bosinney, von dem niemand etwas wußte? Er hatte ihnen ja vorausgesagt, wie es kommen würde. Und er hatte auch gehört, daß das Haus Soames viel mehr kostete, als er hatte ausgeben wollen.

Und das war es, mehr als alles andere, was James die

wirkliche Gefahr dieser Situation bewußt werden ließ. Es war immer das gleiche mit diesen Künstlernaturen; ein vernünftiger Mensch sollte sich nicht mit ihnen einlassen. Er hatte auch Irene gewarnt. Und nun konnte man ja sehen, was daraus entstanden war!

Plötzlich kam James die Idee, daß er hinfahren und selbst nach dem Rechten sehen sollte. Mitten in diesem Nebel der Unsicherheit, der sein Gehirn umhüllte, bereitete ihm der Gedanke, daß er hinfahren und das Haus besichtigen könnte, eine unerklärliche Genugtuung. Vielleicht war es einfach der Entschluß, etwas zu tun – eher die Tatsache, daß er ein Haus besichtigen würde –, was ihm Erleichterung verschaffte.

Er hatte das Gefühl, daß er, wenn er ein Gebäude aus Ziegeln und Mörtel, aus Holz und Stein, das von dem »Verdächtigen« selbst gebaut worden war, ansah, allen Gerüchten um Irene auf die Spur kommen würde.

Ohne daher irgendwem auch nur ein Wort zu sagen, fuhr er mit einem Wagen zum Bahnhof und von dort mit dem Zug nach Robin Hill; von dort – da es, wie in dieser Gegend üblich, keine Droschken gab – mußte er zu Fuß weitergehen.

Langsam stieg er den Hügel hinauf, die eckigen Knie und hohen Schultern anklagend gebeugt, die Augen starr auf die Füße gerichtet; und doch sah er in seinem Zylinder und Gehrock, dessen Glanz für eine perfekte Haushaltsführung zeugte, sehr gepflegt aus. Emily kümmerte sich um diese Dinge, das heißt, sie selbst natürlich nicht – Menschen gehobenen Standes kümmerten sich nicht um die Knöpfe anderer Leute, und Emily gehörte dem gehobenen Stande an –, aber sie sah darauf, daß der Butler sich darum kümmerte.

Dreimal mußte er nach dem Weg fragen; und jedesmal wiederholte er die ihm gegebenen Anweisungen, ließ sie sich dann nochmals von dem Befragten wiederholen und wiederholte sie selbst zum zweiten Male, denn er war von Natur aus gesprächig, und außerdem konnte man in einer neuen Umgebung nicht zu vorsichtig sein.

Er versicherte ihnen immer wieder, daß er nach einem neuen Haus suchte, und erst als man ihm das durch die Bäume schimmernde Dach zeigte, war er wirklich davon überzeugt, daß man ihn nicht in die völlig falsche Richtung geschickt hatte.

Ein schwerer Himmel schien über der Erde zu hängen, weißgrau wie eine gekalkte Zimmerdecke. Die Luft war weder frisch noch duftend. An einem solchen Tag arbeiten selbst britische Arbeiter nicht mehr als sie müssen und gehen ihren Geschäften ohne jenes Geplauder nach, das sonst die Härten der Arbeit erleichtert.

In den Räumen des noch nicht fertiggestellten Hauses arbeiteten langsam hemdsärmelige Männer, Geräusche drangen an sein Ohr – hie und da ein Klopfen, das kratzende Geräusch von Metall, das Sägen von Holz, das Rattern von Schubkarren, die über Planken geführt wurden; dann und wann winselte der mit einem Strick an einem Eichenbalken angebundene Hund des Poliers schwach – es klang wie das Singen einer Teekanne.

Die eben eingesetzten Fensterscheiben trugen alle noch einen weißen Fleck in der Mitte und starrten James wie die Augen eines blinden Hundes an.

Und dieser Chor der Baugeräusche ging grell und freudlos unter dem weißgrauen Himmel weiter. Die Lerchen aber, die in der frisch aufgeworfenen Erde nach Würmern suchten, waren verstummt.

James suchte sich seinen Weg zwischen Kieshaufen – die Zufahrt wurde gerade fertiggestellt –, bis er zum Portal kam. Hier blieb er stehen und hob den Blick. Von diesem Punkt konnte man nur wenig sehen, und das Wenige hatte er sofort erfaßt; aber er blieb viele Minuten lang in dieser Stellung, und keiner wußte, was er dachte.

Seine porzellanblauen Augen unter den weißen, wie kleine Hörner vorstehenden Brauen bewegten sich kein einziges Mal; die lange Oberlippe seines breiten Mundes zwischen den feinen weißen Barthaaren zuckte ein- oder zweimal; man konnte leicht aus seinem ängstlichen, hingebungsvollen Ausdruck erkennen, woher Soames den bornierten Ausdruck nahm, der manchmal auf seinem Gesicht stand. In diesem Augenblick könnte sich James gesagt haben: »Ich weiß nicht – das Leben ist doch hart.«

Und so überraschte ihn Bosinney.

James wandte seinen Blick von dem, was immer er in den Wolken gesucht hatte, Bosinneys Gesicht zu, der ihn spöttisch und leicht amüsiert musterte.

»Guten Tag, Mr. Forsyte! Sie kommen wohl, um selbst einmal nachzusehen?«

Wie wir wissen, war James genau deswegen gekommen, und daher wurde ihm entsprechend unbehaglich zumute. Er streckte Bosinney jedoch die Hand entgegen und erwiderte den Gruß, ohne den Architekten anzusehen.

Dieser führte ihn mit einem ironischen Lächeln weiter.

James spürte etwas Verdächtiges in dieser Höflichkeit. »Ich würde gern zuerst einmal außen herumgehen«, sagte er, »und mir ansehen, was Sie da zustande gebracht haben!«

Um die südöstliche und südwestliche Seite des Hauses verlief eine mit runden Steinen gepflasterte Terrasse, die leicht nach links abfiel und mit einem abgeschrägten Rand in ein Gartenstück überging, auf dem eben der Rasen angelegt werden sollte. James ging als erster die Terrasse entlang.

»Was hat das wohl gekostet?« fragte er, als er sah, daß sich die Terrasse um die Ecke des Hauses herumzog.

»Was glauben Sie?« fragte Bosinney.

»Wie soll ich das wissen?« fragte James leicht entgeistert; »wahrscheinlich zwei- oder dreihundert Pfund!«

»Richtig geschätzt!«

James sah ihn scharf an, aber der Architekt schien völlig ungerührt, und er glaubte, sich verhört zu haben.

Als er zur Gartentür kam, blieb er stehen und betrachtete die Aussicht.

»Dieser Baum sollte weg«, sagte er und zeigte auf die Eiche.

»Meinen Sie? Sie glauben, daß sie, wenn der Baum dasteht, nicht genug Aussicht für Ihr Geld bekommen?«

Wieder sah ihn James mißtrauisch an – dieser junge Mann hatte eine sehr eigene Art, sich auszudrücken. »Nun«, sagte er verwirrt und betonte seine Worte, »ich weiß nicht, wozu Sie diesen Baum brauchen.«

»Ich lasse ihn morgen fällen«, sagte Bosinney.

James war beunruhigt. »Aber nein«, sagte er, »erzählen Sie ja nicht, daß ich der Meinung war, der Baum sollte weg. Ich verstehe nichts davon!«

»Nein?«

James fuhr verwirrt fort: »Wie sollte ich denn davon etwas verstehen? Ich habe ja nichts damit zu tun. Dafür sind allein Sie verantwortlich!«

»Sie erlauben doch, daß ich Ihren Namen erwähne?«

James war immer mehr beunruhigt. »Ich weiß nicht, wozu Sie meinen Namen erwähnen wollen«, murmelte er. »Lassen Sie den Baum doch stehen. Es ist ja nicht Ihr Baum!«

Er zog ein seidenes Taschentuch hervor und wischte sich die Stirn. Sie betraten das Haus. Genau wie Swithin war auch James vom Innenhof beeindruckt.

»Dafür müssen Sie verteufelt viel Geld ausgegeben haben«, sagte er, nachdem er die Galerie und die Säulen eine Weile betrachtet hatte.

»Was hat es gekostet, diese Säulen aufzustellen?«

»Das kann ich Ihnen nicht aus dem Stegreif sagen«, antwortete Bosinney gedankenvoll. »Aber ich erinnere mich, daß es tatsächlich verteufelt viel war.«

»Das glaube ich gern«, sagte James. »Ich würde –« Er bemerkte plötzlich, wie ihn der Architekt ansah, und unterbrach sich. Von da an unterdrückte er seine Neugierde, wann immer er etwas bemerkte, von dem er gern gewußt hätte, was es gekostet hatte.

Bosinney schien entschlossen zu sein, ihm alles zu zeigen, und wäre James nicht ein so aufmerksamer Beobachter gewesen, so hätte er sicher das Haus noch ein zweites Mal gesehen. Der Architekt schien auch ganz gewillt, alle Fragen zu beantworten, und James spürte, daß er vorsichtig sein mußte. Er begann unter den Anstrengungen zu leiden, denn er war, wenn auch für einen Mann seiner Statur recht zäh, immerhin fünfundsiebzig Jahre alt.

Langsam verlor er den Mut; er schien seinem Ziel um nichts näher gekommen zu sein und hatte aus der Besichtigung des Hauses nichts von dem erfahren, was er sich zumindest vage erhofft hatte. Bloß seine Abneigung und sein Mißtrauen gegen diesen jungen Mann waren gewachsen, der ihn mit seiner Höflichkeit ermüdet hatte, und in dessen Auftreten er jetzt deutlichen Spott spürte.

Der Bursche war wesentlich intelligenter, als er gedacht, und sah viel besser aus, als er gehofft hatte. Er hatte eine sorglose Art, die James, dem ein Risiko das Unerträglichste im Leben war, nicht schätzte; auch ein ganz eigenartiges Lächeln, das immer dann da war, wenn man es am wenigsten erwartete; und ganz sonderbare Augen. Er erinnerte James, wie er später sagte, an eine hungrige Katze. Es war das die beste Beschreibung, die er Emily von Bosinneys Benehmen geben konnte, das eine Mischung von Ärger, Liebenswürdigkeit und Spott war.

Als er schließlich alles gesehen hatte, was zu sehen war, trat er wieder aus der Tür, durch die er in das Haus gegangen war; und jetzt, da er fühlte, daß er Zeit, Kraft und Geld für nichts verschwendete, nahm er all seinen Forsyteschen Mut zusammen, blickte Bosinney scharf an und sagte:

»Soweit ich weiß, sehen Sie meine Schwiegertochter ja recht oft; was hält sie von dem Haus? Aber sie hat es ja noch nicht gesehen?«

Das sagte er, obwohl er alles über Irenes Besuch wußte – nicht, daß dieser Besuch etwas zu bedeuten hatte, außer dieser außerordentlichen Bemerkung, ihr wäre es einerlei, wenn sie nicht nach Hause käme – und der Art, in der June diese Neuigkeit aufgenommen hatte!

Er hatte sich entschlossen, wie er sich sagte, durch diese Art der Fragestellung Bosinney eine Chance zu geben. Dieser brauchte sehr lang, bevor er antwortete, aber er blickte James die ganze Zeit mit einer beunruhigenden Festigkeit an.

»Sie hat das Haus gesehen, aber ich kann Ihnen nicht sagen, was sie davon hält.«

Obwohl James erregt und verwirrt war, verbot es ihm seine Natur, die Sache so auf sich beruhen zu lassen.

»Ah«, sagte er, »sie hat es gesehen. Soames hat sie wahrscheinlich einmal mitgenommen?«

Bosinney antwortete lächelnd: »Aber nein!«

»Was? Kam sie denn allein?«

»Ich bin mir nicht sicher, ob ich Ihnen das sagen soll.«

James, der wußte, daß sie mit Swithin gekommen war, erschien diese Antwort unverständlich.

»Was!« stotterte er. »Sie wissen doch –« Er hielt inne, als er sich der Gefahr bewußt wurde. »Auch gut«, sagte er, »wenn Sie es mir nicht sagen wollen, dann eben nicht. Mir sagt man ja nie etwas.«

Er war etwas erstaunt, als ihm Bosinney eine Frage stellte.

»Übrigens«, sagte er, »wissen Sie zufällig, ob noch mehr von Ihrer Familie herkommen? Ich würde gern dabei sein!«

»Noch mehr?« antwortete James verwirrt. »Wer sollte denn noch kommen? Ich weiß von keinem. Auf Wiedersehen.«

Er sah zu Boden, als er ihm flüchtig die Hand gab. Dann nahm er seinen Schirm knapp über dem Stoff und ging über die Terrasse fort.

Bevor er um die Ecke bog, sah er noch einmal zurück und bemerkte, wie ihm Bosinney langsam folgte – »wie eine große Katze die Wand entlangschlich«, wie er zu sich sagte. Er reagierte nicht, als der junge Mann den Hut zog.

Draußen auf der Zufahrt, als er außer Sicht war, wurde er noch langsamer. Ganz langsam, gebeugter als er gekommen war, mager, hungrig und entmutigt ging er zum Bahnhof zurück.

Der Freibeuter, der ihn so bedrückt fortgehen sah, bedauerte vielleicht sein Benehmen gegenüber dem alten Mann.

5

Soames und Bosinney korrespondieren

James sagte seinem Sohn nichts von der Besichtigung des Hauses, aber als er eines Morgens Gelegenheit hatte, zu Timothy zu gehen, um mit ihm über das Entwässerungssystem zu sprechen, zu dessen Bau die Sanitätsbehörden seinen Bruder zwingen wollten, erwähnte er, daß er dort gewesen sei. Es sei kein schlechtes Haus, sagte er. Er könne sich vorstellen, daß man daraus viel machen könne. Der Bursche sei – auf seine Art – recht geschickt, allerdings habe er keine Ahnung, wieviel es Soames kosten würde, bevor es endlich fertig sei.

Euphemia Forsyte, die zufällig im Raum anwesend war – sie war herübergekommen, um sich Pastor Scoles' letzten Roman, »Leidenschaft und Linderung«, der gerade Furore machte, zu borgen – stimmte ins Gespräch ein.

»Ich habe Irene gestern im Kaufhaus gesehen; sie und Mr. Bosinney unterhielten sich gerade angeregt in der Lebensmittelabteilung.«

In so knappen Worten erwähnte sie eine Szene, die in Wirklichkeit einen tiefen, nachhaltigen Eindruck auf sie gemacht hatte. Sie war auf dem Weg in die Seidenabteilung der Church and Commercial Stores gewesen – einer Institution, die auf Grund ihres bewundernswerten Systems, nur an besonders eingeführte Personen zu verkaufen, die noch dazu vor Lieferung bar zahlten, mehr als jedes andere Kaufhaus in London für Leute wie die Forsytes zu empfehlen war – um dort ein Stück purpurfarbener Seide für ihre Mutter zu erstehen, die draußen im Wagen wartete.

Auf dem Weg durch die Lebensmittelabteilung zog der schöne Rücken einer Frau ihren Blick in geradezu peinlicher Weise auf sich. So wohlproportioniert, so ausgeglichen, so gut gekleidet war die Erscheinung, daß Euphemias instinktiver Blick für das Wohlanständige sogleich in

Verwirrung gesetzt wurde. Solch eine Gestalt, das wußte sie – mehr aus Intuition denn aus Erfahrung –, fand sich nur selten im Verein mit Tugendhaftigkeit, und keinesfalls in ihrer eigenen Phantasie, denn ihr Rücken hatte schon manche Schneiderin bei der Anprobe vor Probleme gestellt. Glücklicherweise erhärtete sich ihr Verdacht sogleich. Ein junger Mann, der aus der Drogerieabteilung kam, nahm eben seinen Hut ab und sprach die Dame mit der schönen Figur an.

Erst dann sah sie, mit wem sie es zu tun hatte. Die Dame war ohne jeden Zweifel Mrs. Soames, der junge Mann Mr. Bosinney. Sie schützte rasch den Einkauf einer Schachtel tunesischer Datteln vor, denn sie empfand es als ausgesprochen unangenehm, in dieser geschäftigen Zeit am Morgen jemand zu treffen, mit so vielen Paketen beladen – und wurde solcherart ganz unabsichtlich zur interessierten Zeugin ihres kurzen Gesprächs.

Irene Forsyte, die im allgemeinen etwas bleich war, hatte lebhaft gerötete Wangen, und Mr. Bosinneys Betragen war seltsam, aber anziehend (Euphemia fand, er sei ein recht distinguiert aussehender Mann, und Georges Name für ihn, der »Freibeuter«, der etwas so Romantisches an sich hatte, gefiel ihr sehr gut). Er schien Irene von etwas überzeugen zu wollen, ja, sie sprachen so ernsthaft – oder besser gesagt, er sprach so ernsthaft, denn Irene sagte kaum etwas –, daß sie, ganz ohne darauf zu achten, eine Verkehrsstockung verursachten. Ein reizender alter General, der in die Zigarrenabteilung wollte, mußte sogar um sie herumgehen, und als er aufblickte und Irenes Gesicht sah, zog er noch den Hut, der alte Narr – typisch Mann!

Aber Euphemia war besonders von Irenes Blick betroffen gewesen. Irene blickte Bosinney, solange er mit ihr sprach, kein einziges Mal an, aber als er sich dann entfernte, sah sie ihm nach, und mit was für einem Blick!

Dieser Blick war für Euphemia Anlaß zu manchen besorgten Gedanken gewesen. Es wäre nicht einmal übertrieben, zu sagen, daß dieser Blick sie schmerzlich berührt hatte, mit seiner dunklen, sehnsüchtigen Weichheit, so als ob die Frau Bosinney aufhalten und etwas zurücknehmen wollte, was sie gesagt hatte.

Eigentlich hatte sie ja gar nicht Zeit gehabt, sich näher mit der Sache zu befassen, wegen der purpurfarbenen Seide, die sie zu besorgen hatte, aber sie war sehr »intriguée« gewesen. Sie hatte Mrs. Soames nur zugenickt, um ihr anzudeuten, daß sie sie gesehen hatte. Und, wie sie nachher im Gespräch mit ihrer Freundin Francie (Rogers Tochter) im Vertrauen sagte: »Sie sah ja drein, als ob sie sich ertappt fühlte!«

James, der absolut nicht geneigt war, auf den ersten Anlaß hin Neuigkeiten zu glauben, die seinen eigenen Argwohn zu bestätigen schienen, unterbrach sie sofort:

»Ach«, sagte er, »sie haben sicherlich Tapeten ausgesucht.«

Euphemia lächelte. »In der Lebensmittelabteilung?« fragte sie sanft. Indem sie das Buch »Leidenschaft und Linderung« vom Tisch nahm, fügte sie hinzu: »Und du leihst mir dies also, liebes Tantchen? Auf Wiedersehn!« – und ging fort.

James verabschiedete sich fast unmittelbar danach; er sei ohnehin schon spät dran.

Als er das Büro von Forsyte, Bustard and Forsyte erreichte, fand er dort Soames in seinem Drehstuhl, emsig damit beschäftigt, eine Klagebeantwortung auszuarbeiten. Soames grüßte seinen Vater mit einem kurzen »Guten Morgen«, nahm einen Umschlag aus der Tasche und sagte: »Dieser Brief wird dich vielleicht interessieren.«

James las folgendes:

309D, Sloane Street
15. Mai

Lieber Forsyte!
Da der Bau Ihres Hauses nunmehr vollendet ist, sind meine Dienste als Architekt ebenfalls zu Ende. Wenn ich mit der Inneneinrichtung fortfahren soll, die durchzufüh-

ren ich auf Ihren Wunsch übernommen habe, bitte ich Sie zu berücksichtigen, daß ich dabei freie Hand haben muß.

Wann immer Sie herkommen, machen Sie Vorschläge, die mit meinen Plänen nicht zu vereinen sind. Ich habe drei Briefe von Ihnen vorliegen, von denen jeder einen Artikel empfiehlt, den zu verwenden ich mir nicht träumen lassen würde. Gestern nachmittag nun war Ihr Vater hier und machte weitere wertvolle Vorschläge.

Ich möchte Sie daher bitten, sich darüber klarzuwerden, ob ich die Inneneinrichtung für Sie ausführen oder mich zurückziehen soll, was ich im großen und ganzen lieber täte.

Bitte verstehen Sie aber auch eines: falls ich die Inneneinrichtung ausführe, dann allein – ohne daß sich irgend jemand in meine Arbeit einmischt.

Wenn ich die Sache unternehme, dann will ich's gründlich tun, aber dazu brauche ich freie Hand.

Ihr ergebener
Philip Bosinney

Was die eigentliche und unmittelbare Veranlassung zu diesem Brief war, ist natürlich schwer zu sagen, aber es ist nicht unwahrscheinlich, daß Bosinney durch eine plötzliche Auflehnung gegen seine Stellung zu Soames dazu bewogen wurde – jene Stellung, die der Künstler seit jeher dem Besitzenden gegenüber einnimmt, und die nie besser und lapidarer beschrieben wurde als in den Worten, die, in ihrer Prägnanz eines Tacitus würdig, auf der Rückseite eines unserer alltäglichsten Haushaltsgeräte zu finden ist:

Erfinder: Thomas T. Hungerleider
Eigentumsrechte bei: B. M. Fettwanst

»Wie willst du ihm darauf antworten?« fragte James.

Soames wandte nicht einmal den Kopf. »Ich habe mich noch nicht entschieden«, sagte er und schrieb weiter an seiner Klagebeantwortung. Einer seiner Klienten, der eine Reihe von Gebäuden auf einem Grundstück errichtet hatte, das ihm nicht gehörte, hatte plötzlich die äußerst lästige Aufforderung erhalten, sie wieder zu entfernen.

Soames hatte jedoch nach sorgfältiger Prüfung der Tatsachen festgelegt, daß sein Klient gewisse Nutzungsrechte ersessen habe und daß er zwar nicht Eigentümer des Grundstücks sei, aber doch das Recht habe, weiter darüber zu verfügen. Sein Rat an seinen Klienten war auch in diesem Sinne gehalten. Und Soames war eben dabei, seinen Rat durch weitere Schritte vor Gericht zu untermauern.

Er genoß den Ruf, daß seine Ratschläge als Anwalt immer Hand und Fuß hatten, und die Leute sagten gern von ihm: »Gehen Sie doch zum jungen Forsyte, das ist ein schlauer Kerl!« Und er war auf diesen Ruf stolz.

Seine angeborene Schweigsamkeit kam ihm sehr zustatten. Nichts konnte geeigneter sein, den Menschen – und vor allem reichen Leuten (und Soames hatte keine anderen Klienten) – den Eindruck von Vertrauenswürdigkeit zu geben. Und Soames war auch wirklich vertrauenswürdig. Tradition, Gewohnheit, Erziehung, ererbte Fähigkeiten, angeborene Vorsicht, all diese Eigenschaften gaben ihm eine berufliche Integrität, die schon allein deshalb allen Versuchungen zu widerstehen imstande war, weil sie von seiner angeborenen Scheu vor jedem Risiko getragen war. Wie hätte er jemals fallen können, wenn er im Grunde seines Herzens alle Umstände verabscheute, die einen Sturz möglich gemacht hätten – kein Mensch kann vom Fußboden herunterfallen! Und die zahllosen Forsytes, die im Lauf ihrer zahllosen Transaktionen, bei denen es um Besitz jeglicher Art ging (von Frauen bis zu Wasserrechten), Gelegenheit hatten, die Dienste eines vertrauenswürdigen Mannes in Anspruch zu nehmen, stellten fest, daß es nicht nur beruhigend, sondern auch gewinnbringend war, sich Soames anzuvertrauen. Für ihn sprach neben seiner Gewohnheit, rastlos nach Präjudizien zu suchen, die der Sache seines Klienten nützen könnten, auch seine leichte Überheblichkeit – ein Mann würde sich wohl kaum so anmaßend geben, wenn er nicht tatsächlich seiner Sache sicher sein konnte. Eigentlich stand er längst der Kanzlei vor, denn obgleich James fast jeden Tag ins

Büro kam, um nach dem Rechten zu sehen, tat er neuerdings wenig mehr, als mit übereinandergeschlagenen Beinen in seinem Stuhl zu sitzen, bereits erledigte Angelegenheiten wieder durcheinanderzubringen und dann bald wegzugehen; der andere Partner, Bustard, war ein armer Tropf, der unendlich fleißig war, aber nie um seine Meinung gefragt wurde.

Soames arbeitete also weiter an seiner Klagebeantwortung. Es wäre jedoch falsch zu behaupten, daß ihm wohl zumute war. Er hatte das Gefühl einer drohenden Gefahr, das ihn schon seit einiger Zeit beunruhigte. Er versuchte es auf seine Gesundheit zu schieben – den Zustand seiner Leber –, aber er wußte, daß diese nichts damit zu tun hatte.

Er blickte auf seine Uhr. In einer Viertelstunde sollte er bei der Hauptversammlung der New Colliery Company, einer der Gesellschaften von Onkel Jolyon, anwesend sein. Er würde Onkel Jolyon dort treffen und könnte mit ihm über Bosinney sprechen. Er wußte noch nicht, was er sagen würde, aber irgend etwas würde er sagen, und keinesfalls würde er den Brief beantworten, bevor er nicht mit Onkel Jolyon darüber gesprochen hatte. Er stand auf, verwahrte den Entwurf der Klagebeantwortung sorgfältig, ging in einen kleinen dunklen Nebenraum, wo er sich die Hände mit einem Stück brauner Windsorseife wusch, und trocknete sie an einer Handtuchrolle ab. Er bürstete sein Haar, achtete peinlich darauf, daß sein Scheitel gerade war, drehte das Licht wieder ab und machte sich auf den Weg, nachdem er angekündigt hatte, daß er um halb drei wieder zurück sein würde.

Es waren nur ein paar Schritte bis zum Büro der New Colliery Company in Ironmonger Lane, wo die Hauptversammlung immer abgehalten wurde, im Gegensatz zu anderen, ehrgeizigeren Gesellschaften, die für solche Gelegenheiten das Cannon Street Hotel bevorzugten. Der alte Jolyon hatte sich von allem Anfang an gegen die Presse gestellt. Was gingen seine Geschäfte die Öffentlichkeit an, sagte er.

Soames kam auf die Minute pünktlich zur Versammlung und nahm am Tisch des Aufsichtsrates Platz, dessen Mitglieder, jedes hinter seinem Tintenfaß, den Aktionären gegenübersaßen. Den mittleren Platz in ihrer Reihe nahm der alte Jolyon ein, eine auffallende Erscheinung in seinem engen Gehrock und mit seinem weißen Schnurrbart. Er lehnte sich in seinen Sessel zurück. Seine Hände ruhten mit gekreuzten Fingern auf einem Exemplar des Jahresberichtes und Rechnungsabschlusses der Gesellschaft.

Zu seiner Rechten saß, immer ein wenig überlebensgroß, der Sekretär, Hemmings »mit dem breiten Hinterteil«, wie ihn alle nannten. Seine ausdrucksvollen Augen waren von einer allzu großen Traurigkeit erfüllt, sein eisengrauer Bart – wie alles andere an ihm auf Trauer eingestellt – verdeckte halb eine Krawatte, die dem Betrachter schwärzer als schwarz erscheinen mußte.

Der Anlaß war auch tatsächlich ein recht schmerzlicher, denn erst vor sechs Wochen war jenes Telegramm von Scorrier, dem Bergwerkssachverständigen, gekommen, der sich in privater Mission in den Bergwerken aufhielt, mit der Mitteilung, daß Werksdirektor Pippin Selbstmord verübt hatte, als er im Begriff war, nach einem befremdenden Stillschweigen von zwei Jahren dem Aufsichtsrat einen Brief zu schreiben.

Dieser Brief lag nun auf dem Tisch und sollte den Aktionären vorgelesen werden, die natürlich mit allen Tatsachen bekannt gemacht werden mußten.

Hemmings hatte oft zu Soames gesagt, wenn er mit ihm vor dem Kamin stand, die Schöße seines Gehrocks gelüftet:

»Was unsere Aktionäre über die Geschäftsführung nicht erfahren, lohnt sich nicht, erfahren zu werden, das können Sie mir glauben, Mr. Soames.«

Einmal hatte es eine peinliche Szene gegeben, erinnerte sich Soames, als der alte Jolyon dabeigestanden war. Er hatte scharf aufgeblickt und gesagt: »Sprechen Sie doch keinen Unsinn, Hemmings! Sie meinen doch, daß die

Aktionäre nichts erfahren, was sich lohnte, erfahren zu werden.« Der alte Jolyon haßte allen Humbug.

Hemmings hatte mit einem zornigen Blick und dem Lächeln eines gut abgerichteten Pudels mit gekünstelter Höflichkeit erwidert: »Ach, das ist wirklich gut, das ist ganz ausgezeichnet, Mr. Forsyte – Ihr Onkel macht doch immer Witze.«

Bei nächster Gelegenheit hatte er dann zu Soames gesagt: »Unser Vorsitzender wird langsam alt – es ist manchmal schwer, ihm Dinge auseinanderzusetzen, und er ist so eigensinnig. Aber was kann man schon erwarten, wenn einer so ein Kinn hat!«

Soames hatte nur genickt.

Jedermann wußte, daß Onkel Jolyons Eigenwilligkeit manchmal Schwierigkeiten heraufbeschwor. Heute sah er allerdings besorgt aus, obwohl sein Gesicht den üblichen »Hauptversammlungsausdruck« trug. Er – Soames – würde wirklich mit ihm über Bosinney reden.

Links vom alten Jolyon saß der kleine Mr. Booker, und auch er trug sein Hauptversammlungsgesicht, als suchte er nach einem besonders gutmütigen Aktionär. Neben ihm saß mit finsterem Gesicht der schwerhörige Direktor, und auf dessen anderer Seite der alte Mr. Bleedham, mit verbindlichem Lächeln und einem bewußt unschuldigen Gesichtsausdruck; er hatte, wie immer bei Hauptversammlungen, ein in braunes Packpapier eingeschlagenes Päckchen mitgebracht, das er vor den Blicken der Aktionäre hinter seinem Hut verbarg (einem jener altmodischen Zylinder mit flacher Krempe, die so gut zu großen Halsbinden, glattrasierten Lippen, rosigen Wangen und sorgfältig gepflegtem Backenbart passen).

Soames nahm regelmäßig an den Hauptversammlungen teil, es erschien ihm richtiger, für den Fall, daß »etwas vorkommen« sollte.

Er blickte in seiner verschlossenen, hochmütigen Art um sich, musterte die Wände des Raumes, an denen die Pläne der Bergwerke und des Schiffshafens angebracht waren, sowie eine große Photographie des Schachtes einer besonders unergiebigen Grube. Diese Photographie, ein Bild des Lieblings- und Schmerzenskindes des Aufsichtsrates, hatte ihren Platz an der Wand behalten und legte dort Zeugnis von der Ironie des Schicksals ab, der alle kaufmännischen Unternehmungen unterworfen sind.

Jetzt erhob sich der alte Jolyon, um den Jahresbericht und Rechnungsabschluß vorzutragen.

Er verbarg die in wohl jedem Mitglied eines Aufsichtsrates tief verwurzelte Feindseligkeit gegen seine Aktionäre unter einer jupitergleichen Gelassenheit und sah ihnen ruhig ins Gesicht. Soames tat das gleiche. Er kannte die meisten von ihnen vom Sehen. Da war der alte Scrubsole, der im Teergeschäft tätig war, ein Mann, der, wie Hemmings sagte, »kam, um sich unangenehm bemerkbar zu machen«, ein streitsüchtig aussehender Alter mit einem roten Gesicht, Hängebacken und einem ungeheuren flachen Hut, der jetzt auf seinen Knien lag. Pastor Boms, der immer die Dankadresse an den Vorsitzenden hielt, in der er jedesmal der Hoffnung Ausdruck gab, daß der Aufsichtsrat es nicht verabsäumen würde, auch für die geistige Erbauung der Belegschaft zu sorgen. Er hatte die liebenswerte Gewohnheit, sich nach Ende der Sitzung an ein Aufsichtsratsmitglied heranzumachen, um ihn zu fragen, ob seiner Meinung nach das kommende Jahr gut oder schlecht sein würde. Je nach der Antwort kaufte oder verkaufte er dann drei Aktien im Lauf der nächsten Tage.

Und dann war da Major O'Bally, ein Soldat vom echten Schrot und Korn, der es sich nicht verkneifen konnte, das Wort zu ergreifen, und sei es nur, um den Antrag auf Wiederwahl der Rechnungsprüfer zu unterstützen, und der manchmal dadurch ernste Bestürzung hervorrief, daß er unangemeldet Trinksprüche ausbrachte – oder auch Anträge stellte – und damit jenen Mitgliedern zuvorkam, denen man die ehrenvolle Aufgabe, die entsprechenden Anträge zu stellen, vorher übertragen hatte, indem man ihnen kleine Zettel mit dem entsprechenden Wortlaut ausgehändigt hatte.

Das war die ganze Gesellschaft, außer etwa vier oder

fünf biederen stillen Aktionären, für die Soames viel übrig hatte – Geschäftsleuten, die sich um ihre eigenen Angelegenheiten kümmerten und keine Schwierigkeiten machten, gute, solide Leute, die jeden Tag in die City kamen und die Abende bei ihren guten, soliden Frauen verbrachten.

Gute, solide Frauen! Darin lag etwas, was die namenlose Unruhe in Soames erneut weckte. Was sollte er seinem Onkel sagen? Wie sollte er den Brief beantworten?

»... Wenn einer der Herren Aktionäre eine Frage hat, werde ich mich freuen, sie zu beantworten.« Der alte Jolyon hatte den Jahresbericht und Rechnungsabschluß auf den Tisch zurückgleiten lassen und stand nun da und drehte seine goldgeränderte Brille zwischen Daumen und Zeigefinger.

Ein schwaches Lächeln huschte über Soames' Gesicht. Sie sollten sich mit ihren Fragen beeilen. Er kannte die (ausgezeichnete) Taktik seines Onkels, ohne Pause fortzufahren: »Ich beantrage damit die Annahme des Jahresberichtes und Rechnungsabschlusses!« Man durfte sie einfach nicht zu Atem kommen lassen – jedermann wußte ja, daß Aktionäre nur allzugern ihre Zeit mit sinnlosen Fragen vergeudeten!

Ein großer Mann mit weißem Bart und einem hageren, unzufriedenen Gesicht erhob sich:

»Ich glaube, Herr Vorsitzender, es ist wohl angebracht, eine Frage in bezug auf die Summe von fünftausend Pfund aufzuwerfen, die im Rechnungsabschluß als Zuwendung an ›die Witwe und Familie unseres verewigten Werksdirektors‹ aufscheint, der« – er blickte säuerlich um sich – »so unvernünftig – ich möchte mit allem Nachdruck wiederholen – so unvernünftig war, zu einem Zeitpunkt Hand an sich zu legen, da seine Dienste für diese Gesellschaft von äußerstem Wert waren. Sie haben angegeben, daß der Vertrag, den er so unglückseligerweise durch seinen Selbstmord beendete, auf fünf Jahre abgeschlossen war, und daß von diesen fünf Jahren erst eines abgelaufen war, und ich –«

Der alte Jolyon machte eine unwillige Handbewegung.

»Ich glaube, es steht mir wohl zu, Herr Vorsitzender – ich möchte fragen, ob dieser Betrag, der vom Aufsichtsrat ausbezahlt worden ist oder ausbezahlt werden soll, dem... Verblichenen als Entlohnung für jene Dienste zugewendet wird, die er der Gesellschaft geleistet hätte, wenn er nicht Selbstmord begangen hätte?«

»Die Zahlung erfolgt in Anerkennung seiner Dienste in der Vergangenheit, die für uns – und das wissen Sie ebenso gut wie wir alle – von ganz besonderem Wert waren.«

»Dann, Herr Vorsitzender, habe ich nur eines zu sagen, und zwar, daß die Summe als Entgelt für tatsächlich geleistete Dienste zu hoch ist.«

Der Aktionär nahm wieder Platz.

Der alte Jolyon wartete einen Augenblick und sagte dann:

»Ich beantrage hiermit die Annahme des Jahresberichtes und Rechnungsabschlusses durch die Hauptversammlung.«

Der Aktionär erhob sich erneut: »Darf ich fragen, ob sich der Aufsichtsrat der Tatsache bewußt ist, daß es sich nicht um sein Geld handelt, welches... Ich möchte sogar behaupten, daß die Mitglieder, wenn es ihr eigenes Geld wäre...«

Ein zweiter Aktionär, mit einem runden, verbissenen Gesicht, in dem Soames den Schwager des verstorbenen Werksdirektors erkannte, erhob sich und sagte voll Überzeugung:

»Meiner Meinung nach, Herr Vorsitzender, ist der Betrag sogar zu niedrig!«

Pastor Boms erhob sich. »Wenn ich mir gestatten darf, das Wort zu ergreifen«, sagte er, »so möchte ich darauf hinweisen, daß die Tatsache, daß der Verblichene Hand an sich selbst gelegt hat, von unserem hochverehrten Herrn Vorsitzenden gebührend beachtet werden sollte. Ich bezweifle in keiner Weise, daß er dieser Tatsache Beachtung geschenkt hat, denn er genießt unser Vertrauen – und ich spreche hier nicht nur in meinem eigenen

Namen, sondern wohl im Namen aller Anwesenden (hört, hört!) – unser Vertrauen in außerordentlich hohem Maße. Wir alle haben – so hoffe ich – den Wunsch, mildtätig zu sein, aber dennoch bin ich sicher« – und er blickte streng auf den Schwager des Verstorbenen – »daß er auf irgendeine Weise – in schriftlicher Form, oder aber durch Herabsetzung der genannten Summe – unserer ernsten Mißbilligung Ausdruck verleihen wird, daß ein so hoffnungsvolles und wertvolles Leben in so gottloser Weise dem Lebenskreis entrückt wurde, in welchem seine eigenen – und wohl auch unsere – Interessen so gebieterisch nach seinem fortgesetzten Wirken verlangten. Wir sollten – nein, wir dürfen – eine so schwere Pflichtvergessenheit den Menschen und unserem Schöpfer gegenüber nicht gutheißen.«

Der Pastor nahm seinen Sitz wieder ein.

Der Schwager des Verstorbenen erhob sich von neuem. »Ich bleibe bei dem, was ich schon gesagt habe. Der Betrag ist zu niedrig.«

Der erste Aktionär ergriff nochmals das Wort. »Ich bestreite die Rechtmäßigkeit der Zahlung. Meiner Meinung nach ist diese Zahlung nicht legal. Der Anwalt unserer Gesellschaft ist anwesend, und ich glaube, ich darf ihm wohl diese Frage stellen.«

Alle Augen richteten sich nun auf Soames. Es war tatsächlich »etwas vorgekommen«.

Soames stand auf, kalt, mit zusammengekniffenen Lippen. Seine Nerven waren gespannt. Endlich wandte sich seine Aufmerksamkeit von der Wolke ab, welche die ganze Zeit auf seinem Gemüt lastete.

»Der Punkt«, sagte er mit leiser, dünner Stimme, »ist alles andere als klar. Da keine Möglichkeit besteht, von seiten des Verstorbenen eine zur Rechtsgültigkeit des Vertrages erforderliche zukünftige Gegenleistung zu erwarten, ist es tatsächlich fraglich, ob eine solche Zuwendung rechtsgültig sein kann. Auf Wunsch der Anwesenden könnten wir die Meinung des Gerichts einholen.«

Der Schwager des Verstorbenen runzelte die Stirn und sagte in beziehungsvollem Ton: »Kein Mensch zweifelt daran, daß man die Meinung des Gerichts dazu einholen kann. Darf ich um den Namen des Herrn bitten, der uns diese überraschende Möglichkeit aufzeigt? Mr. Soames Forsyte? Tatsächlich?« Und er blickte vielsagend von Soames zum alten Jolyon.

Soames' bleiche Wangen röteten sich, aber er verlor keineswegs seine Überlegenheit. Der alte Jolyon fixierte den Sprecher.

»Wenn der Schwager des verstorbenen Werksdirektors nichts weiter vorzubringen hat, beantrage ich die Annahme des Jahresberichtes –« In diesem Augenblick erhob sich einer jener fünf stillen, biederen Aktionäre, die Soames' Sympathie erweckt hatten, und sagte:

»Ich bin entschieden gegen diesen Antrag. Man erwartet von uns, daß wir der Frau und den Kindern dieses Mannes, die, wie Sie uns sagen, von ihm abhängig waren, Mildtätigkeit erweisen. Nun, sie mögen von ihrem Ernährer abhängig gewesen sein – das geht mich nicht das geringste an. Ich bin aus Prinzip gegen die ganze Angelegenheit. Es ist höchste Zeit, mit dieser sentimentalen Humanitätsduselei Schluß zu machen, die das ganze Land in Gefahr bringt. Ich weigere mich zuzulassen, daß mein Geld diesen Leuten gegeben wird, die ich nicht kenne und die nichts getan haben, um es zu verdienen. Ich lehne den ganzen Antrag ab, denn das hat mit der geschäftlichen Seite nichts mehr zu tun. Und ich stelle den Antrag, daß der Jahresbericht und Rechnungsabschluß abgelehnt und die darin vorgesehene Zuwendung gestrichen wird.«

Der alte Jolyon war während der Ausführungen des biederen Aktionärs stehen geblieben. Was dieser Mann da gesagt hatte, fand in allen Herzen sein Echo, war es doch nichts als der Ausdruck einer Einstellung, die sich zu jener Zeit gerade die verständigeren Mitglieder der Gesellschaft zu eigen machten – der Verehrung des starken, unbeirrbaren Erfolgsmenschen und der Absage an die Mildtätigkeit.

Vor allem die Worte »das hat mit der geschäftlichen Seite nichts mehr zu tun« hatten sogar den Aufsichtsrat selbst beeindruckt, denn in seinem Herzen fühlte ein jeder von ihnen, daß es tatsächlich so war. Aber sie kannten auch das herrische Temperament und die Hartnäckigkeit ihres Vorsitzenden. Auch er mußte insgeheim zugeben, daß die Sache mit dem Geschäft nichts zu tun hatte, aber er war an seinen eigenen Antrag gebunden. Würde er sich davon abbringen lassen? Das war kaum wahrscheinlich.

Alle warteten gespannt, der alte Jolyon hob die Hand; seine goldgeränderte Brille, die er zwischen Zeigefinger und Daumen hielt, bewegte sich leicht, als wollte er damit drohen.

Er wandte sich an den stillen Aktionär, der zuletzt gesprochen hatte. »Ist es tatsächlich Ihr Wunsch – wo Sie doch die Leistungen unseres verstorbenen Werksdirektors anläßlich der Grubenexplosion sehr gut kennen –, ist es tatsächlich Ihr Wunsch, daß ich Ihren Abänderungsantrag zu Abstimmung bringe?«

»Ja.«

Der alte Jolyon wiederholte den Antrag.

»Ist jemand von Ihnen bereit, diesen Antrag zu unterstützen?« fragte er und blickte ruhig von einem zum anderen.

In diesem Augenblick spürte Soames, der seinen Onkel anblickte, wieviel Willenskraft in diesem alten Mann lag! Keiner rührte sich. Der alte Jolyon blickte dem stillen Aktionär fest ins Auge und setzte fort:

»Ich beantrage nun, daß der Jahresbericht und Rechnungsabschluß für das Jahr 1887 angenommen wird. Wer unterstützt diesen Antrag? Alle, die dafür sind, unterzeichnen in gewohnter Weise. Gegenstimmen – keine. Angenommen. Der nächste Punkt der Tagesordnung, meine Herren –«

Soames lächelte. Meisterhaft, wie Onkel Jolyon das gemacht hatte! Doch nun wandte sich seine Aufmerksamkeit wieder Bosinney zu. Seltsam, wie oft sich seine Gedanken mit diesem Mann beschäftigten, selbst während der Arbeitszeit.

Irenes Besuch beim Haus – dagegen war eigentlich

nichts einzuwenden, außer, daß sie es ihm hätte sagen können, aber schließlich sagte sie ihm ja nie etwas. Sie wurde von Tag zu Tag verschlossener und empfindlicher. Er hoffte zu Gott, daß das Haus endlich fertig würde und daß sie darin wohnten und aus London draußen wären. Das Stadtleben war nichts für sie, sie hatte nicht die Nerven dafür. Wiederum war sie mit dem unsinnigen Wunsch nach getrennten Schlafzimmern gekommen! Die Versammlung begann sich aufzulösen. Unter der Photographie des unproduktiven Bergwerks hatte Pastor Boms Mr. Hemmings festgenagelt. Der kleine Mr. Booker verzog sein Gesicht mit den borstigen Augenbrauen zu einem grimmigen Lächeln und wechselte noch rasch zum Abschied ein paar unfreundliche Worte mit dem alten Scrubsole. Die beiden haßten einander wie die Pest. Es hatte da einmal eine Geschichte um einen Kaufvertrag für Teer gegeben, den der kleine Mr. Booker über Scrubsoles Kopf hinweg seinem Neffen zugeschanzt hatte. Soames hatte das von Hemmings gehört, der Klatsch – besonders über die Mitglieder des Aufsichtsrates – liebte und nur den alten Jolyon davon ausnahm, weil er ihn fürchtete.

Soames wartete auf eine Gelegenheit, mit seinem Onkel zu sprechen. Der letzte Aktionär ging eben durch die Tür hinaus, als Soames auf seinen Onkel zutrat, der im Begriff war, seinen Hut aufzusetzen.

»Kann ich einen Augenblick mit dir sprechen, Onkel Jolyon?«

Es war schwer zu sagen, was sich Soames von diesem Gespräch erwartete.

Abgesehen von der fast mysteriösen Ehrfurcht, die die Forsytes im allgemeinen vor dem alten Jolyon hatten – wohl aufgrund seines Hangs zum Philosophieren oder, wie Hemmings es ausgedrückt hätte, wegen seiner Eigenwilligkeit –, bestand zwischen dem jungen und dem alten Mann immer schon eine gewisse unausgesprochene Abneigung, die in der trockenen Art und Weise, wie sie einander grüßten, zum Ausdruck kam, aber auch in der Beiläufigkeit, mit der sie voneinander sprachen; vielleicht lag der Grund für diese Abneigung darin, daß der alte Mann die Hartnäckigkeit (er nannte sie freilich »Obstinanz«) des jüngeren spürte und deshalb insgeheim zweifelte, ob er ihm seinen Willen aufzwingen konnte.

Beide Forsytes, so verschieden sie auch in vieler Hinsicht waren, besaßen, jeder auf seine Weise, in größerem Maße als die übrigen Mitglieder der Familie jene wesentlichen Eigenschaften – Konsequenz und Geschäftssinn –, die nur die größten und erfolgreichsten Mitglieder ihrer Klasse auszeichnen. Mit etwas Glück und Gelegenheit hätten beide große Karriere machen können; sie hätten beide große Finanzleute, berühmte Baumeister, erfolgreiche Politiker werden können, obgleich der alte Jolyon, wenn er unter dem Einfluß seiner Zigarre oder der Naturbetrachtung seine Stimmungen hatte, sehr wohl in der Lage gewesen wäre, seine eigene gehobene Position, wenn auch nicht zu verachten, so doch in Frage zu stellen, während Soames, der ja keine Zigarren rauchte, dazu nie imstande gewesen wäre.

Insgeheim empfand es der alte Jolyon auch als schmerzlich, daß der Sohn von James – ausgerechnet von James, der ihm immer als eher armselig erschienen war – den Weg des Erfolgs beschritt, während sein eigener Sohn...

Schließlich – auch er konnte sich nicht mehr dem Einfluß des Familienklatsches entziehen als jeder andere Forsyte – hatte er die düsteren, unbestimmten, aber dennoch beunruhigenden Gerüchte über Bosinney gehört, und dies hatte seinen Stolz zutiefst verletzt.

Es war typisch für ihn, daß sein Ärger sich nicht gegen Irene, sondern gegen Soames wandte. Der Gedanke, daß die Frau seines Neffen (warum konnte der Bursche nicht besser auf sie aufpassen – wie ungerecht, als wäre Soames tatsächlich in der Lage gewesen, noch mehr auf sie aufzupassen!) –, daß die Frau seines Neffen Junes Verlobtem ihre Aufmerksamkeit schenkte, war unsagbar erniedrigend. Und im Gegensatz zu James, der die Sache voll Nervosität von sich schob und nicht wahrhaben wollte, gestand er sich mit der Leidenschaftslosigkeit seines weiteren Horizonts ein, daß so etwas nicht unwahrscheinlich sei; immerhin war Irene ja außerordentlich attraktiv.

Als er mit Soames den Sitzungssaal verließ, hatte er eine Vorahnung, über welches Thema Soames mit ihm sprechen wollte. Sie traten hinaus in den Lärm und das Gedränge der Cheapside und gingen eine Weile schweigend nebeneinander her, Soames mit seinen kleinen, gezierten Schritten, der alte Jolyon hochaufgerichtet, seinen Schirm lässig als Spazierstock benützend.

Kurz darauf kamen sie in eine relativ ruhige Straße, denn der alte Jolyon mußte zu einer zweiten Aufsichtsratssitzung und ging deshalb in Richtung Moorgate Street.

Soames begann, ohne die Augen zu heben: »Ich habe diesen Brief von Bosinney erhalten. Lies ihn selbst, ich dachte mir, ich sollte es dich wissen lassen. Ich habe schon bedeutend mehr Geld ausgegeben, als ich vorhatte, und ich möchte, daß die Sache ganz klar geregelt wird.«

Widerwillig las der alte Jolyon den Brief: »Was er sagt, ist eigentlich klar genug«, meinte er.

»Er spricht davon, daß er ›freie Hand‹ will«, antwortete Soames.

Der alte Jolyon blickte ihn an. Der lang unterdrückte Ärger über diesen jungen Mann, dessen Angelegenheiten seine eigenen in Mitleidenschaft zu ziehen begannen, kam zum Durchbruch.

»Nun, wenn du kein Vertrauen zu ihm hast, warum hast du ihm dann den Auftrag gegeben?«

Soames blickte ihn von der Seite an. »Für diese Frage ist es jetzt zu spät«, antwortete er. »Es geht bloß mehr darum, daß er, wenn ich ihm freie Hand gebe, mich nicht mehr an sich heranläßt. Ich dachte, es würde vielleicht etwas helfen, wenn du mit ihm sprächest.«

»Nein«, sagte der alte Jolyon kurz, »ich will damit nichts zu tun haben.« Es war, als läge hinter den Worten sowohl des Onkels als auch des Neffen eine unausgesprochene Bedeutung, die viel wichtiger als der bloße Wortlaut war. Und der Blick, den sie tauschten, zeigte, daß sie sich dessen wohl bewußt waren.

»Nun«, sagte Soames, »ich dachte nur, es wäre wegen June besser, dich zu informieren, das ist alles. Du sollst nur wissen, daß ich keinerlei Unfug dulden werde.«

»Was geht das mich an?« erwiderte der alte Jolyon.

»Ach, ich weiß nicht«, entgegnete Soames, und der scharfe Blick des Alten machte es ihm unmöglich, mehr zu sagen. Dann fand er seine Fassung wieder und fügte mürrisch hinzu: »Aber behaupte dann nicht, ich hätte dir nichts gesagt!«

»Mir gesagt«, erwiderte der alte Jolyon; »ich weiß nicht, worauf du hinauswillst. Du kommst daher und ziehst mich in deine Angelegenheiten hinein. Ich möchte damit nichts zu tun haben, du mußt schon selber damit fertig werden.«

»Gut«, sagte Soames unbewegt, »das werde ich tun.«

»Dann also guten Morgen!« sagte der alte Jolyon, und sie trennten sich. Soames wandte sich in die Richtung, aus der er gekommen war, ging in ein bekanntes Restaurant und bestellte geräucherten Lachs und ein Glas Chablis. Meist aß er zu Mittag wenig und im allgemeinen nur im Stehen, da er glaubte, dies sei seiner Leber zuträglich, die in Wirklichkeit gesund war, die er aber für all seine Beschwerden verantwortlich machte.

Anschließend ging er langsam zurück ins Büro, den Kopf gesenkt, ohne die Tausende zu beachten, die sich auf den Bürgersteigen drängten, und die ihrerseits ihm keine Beachtung schenkten.

Mit der Abendpost sandte er folgende Antwort an Bosinney:

Forsyte, Bustard und Forsyte
Notare
2001 Branch Lane, Poultry, E. C.
17. Mai 1887

Lieber Bosinney,
ich habe Ihren Brief erhalten, dessen Inhalt mich nicht wenig überrascht hat. Ich stand unter dem Eindruck, daß Sie von allem Anfang an freie Hand hatten, denn ich kann mich nicht entsinnen, daß irgendwelche Vorschläge, die

ich jemals unglückseligerweise machte, Ihren Beifall fanden. Ich gebe Ihnen im Einklang mit Ihrem Wunsch hiermit ausdrücklich freie Hand, möchte es aber klar verstanden wissen, daß die Gesamtkosten des Hauses bei der Übergabe an mich nach Abschluß der Einrichtung und einschließlich Ihres Honorars (wie vereinbart) die Summe von zwölftausend Pfund (£ 12000.–) nicht überschreiten dürfen. Dies gibt Ihnen genügend Spielraum und ist, wie Sie wissen, bedeutend mehr, als ich ursprünglich aufzuwenden gedachte.

Ihr sehr ergebener
Soames Forsyte

Am folgenden Tag erhielt er einen Brief von Bosinney:

Philip Baynes Bosinney
Architekt
309D Sloane Street, S. W.
18. Mai

Lieber Forsyte,
wenn Sie glauben, daß ich mich in einer so heiklen Angelegenheit wie der Innenausstattung eines Hauses an eine genaue Summe binden kann, dann sind Sie, fürchte ich, im Irrtum. Ich sehe sehr wohl, daß Sie der ganzen Angelegenheit und meiner selbst müde sind, und darum ist es wohl besser, ich trete von unserem Vertrag zurück.

Hochachtungsvoll
Philip Baynes Bosinney

Soames dachte lange und angestrengt über seine Antwort auf diesen Brief nach und verfaßte spätabends im Eßzimmer, als Irene schon zu Bett gegangen war, folgendes Schreiben:

62 Montpelier Square S. W.
19. Mai 1887

Lieber Bosinney,
ich glaube, daß es sowohl Ihren wie auch meinen Interes-

sen äußerst abträglich wäre, wenn unsere Angelegenheit in diesem Stadium einen so unbefriedigenden Abschluß fände. Ich wollte nicht sagen, daß es irgendwelche Schwierigkeiten zwischen Ihnen und mir geben würde, wenn Sie die in meinem Brief genannte Summe um zehn oder zwanzig oder selbst fünfzig Pfund überschritten, und ich möchte Sie daher bitten, Ihre Antwort noch einmal zu überprüfen. Sie haben freie Hand im Rahmen der in unserem Briefwechsel festgelegten Bedingungen, und ich hoffe, Sie werden sich bereitfinden, die Inneneinrichtung fertigzustellen, wobei ich sehr gut verstehe, daß es schwer ist, sich hinsichtlich der Kosten genau festzulegen.

Ihr ergebener
Soames Forsyte

Bosinneys Antwort kam im Lauf des nächsten Tages:

20. Mai

Lieber Forsyte,
einverstanden.

Ph. Bosinney

6

Der alte Jolyon geht in den Zoo

Der alte Jolyon tat die zweite Versammlung – eine gewöhnliche Vorstandssitzung – kurz ab. Er war so diktatorisch, daß seine Mitdirektoren sich heimlich berieten, was sie gegen seine immer größer werdende Herrschsucht tun sollten, die sie – so sagten sie – auf keinen Fall viel länger dulden würden.

Er fuhr mit der Untergrundbahn zur Portland Road Station, von wo er einen Mietwagen zum Zoo nahm.

Er hatte dort eine Verabredung, eine jener Verabredungen, die in letzter Zeit immer häufiger geworden waren, und zu der ihn seine steigende Unruhe wegen June und der Veränderung, die in ihr vorging, trieb.

Sie schloß sich ab und wurde immer dünner; wenn er sie ansprach, erhielt er entweder keine Antwort, oder sie fuhr ihn an oder sah aus, als ob sie sofort in Tränen ausbrechen würde. Sie hatte sich so sehr verändert, und alles wegen dieses Bosinney. Und sie erzählte ihm überhaupt nichts!

Er hing dann lange Zeit seinen Gedanken nach, die ungelesene Zeitung im Schoß, die erloschene Zigarre zwischen den Lippen. Seit sie drei Jahre alt war, war sie ihm immer ein so guter Kamerad gewesen! Und er liebte sie so!

Einflüsse, die sich nicht um Familie, Stand und Sitten kümmerten, unterhöhlten seine Abwehr; kommende Ereignisse, die er nicht lenken konnte, warfen ihre Schatten voraus. Sie weckten seinen Zorn – den Zorn eines Menschen, der es gewohnt war, seinen Willen durchzusetzen – gegen etwas, was er nicht definieren konnte.

Verärgert über die Langsamkeit des Gefährts erreichte er den Eingang des Zoos; aber bald gewann sein Instinkt, an allem die gute Seite zu sehen, die Oberhand; er vergaß seinen Ärger und ging zum vereinbarten Treffpunkt.

Als sie den alten Jolyon sahen, kamen sein Sohn und seine beiden Enkel eilig von der Steinterrasse über der Bärengrube und führten ihn hinüber zum Löwenhaus.

An jeder Seite hielt ein Kind seine Hand, und Jolly, verrückt wie sein Vater, trug den Schirm seines Großvaters so, daß er mit dem Schirmgriff nach den Füßen anderer Besucher angelte.

Der junge Jolyon ging hinter ihnen.

Es war wie ein Theaterstück, seinen Vater mit den Kindern zu beobachten, aber wie ein Stück, das ein wehmütiges Lächeln hervorruft. Zu jeder Tageszeit kann man einen alten Mann mit zwei Kindern spazierengehen sehen; aber der Anblick des alten Jolyon zusammen mit Jolly und Holly bot dem jungen Jolyon einen ganz besonderen Einblick in die Tiefe des menschlichen Herzens. Die völlige Hingabe dieses aufrechten alten Menschen an die zwei kleinen Wesen an seiner Hand war allzu rührend, und da der junge Jolyon zu gewohnheitsmäßigen Reflexhandlungen neigte, fluchte er leise vor sich hin. Dieses Schauspiel berührte ihn in einer Weise, derer sich ein Forsyte schämen sollte, denn ihre Gefühle tragen die Forsytes nicht zur Schau.

So erreichten sie also das Löwenhaus.

Im Botanischen Garten hatte eine Veranstaltung stattgefunden, und eine große Zahl von Forsytes – das heißt, von gutgekleideten Menschen, die eigene Wagen hatten – waren weiter in den Zoo gegangen, damit sie für ihr Geld mehr bekamen, bevor sie zum Rutland Gate oder Bryanston Square zurückfuhren.

»Gehen wir doch in den Zoo«, hatten sie zueinander gesagt; »das wird sehr nett!« Der Eintritt betrug an diesem Tag einen Shilling, und daher würde man nicht all diese schrecklichen gewöhnlichen Leute vorfinden.

Vor der langen Reihe von Käfigen standen sie und beobachteten die braungelben, hungrigen Raubtiere, die hinter den Gitterstäben auf ihr einziges Vergnügen am Tag warteten. Je hungriger das Tier war, desto größer war die Faszination. Aber ob das nun so war, weil die Zuseher es um seinen Appetit beneideten oder, in einer menschlicheren Anwandlung, sich freuten, daß dieser Hunger so bald gestillt würde, das konnte der junge Jolyon nicht sagen. Bemerkungen schwirrten um ihn herum wie: »Sieht gefährlich aus, dieser Tiger!« »Oh, was für ein süßes Tier! Sieh doch das kleine Mäulchen an!« »Ja, recht hübsch. Geh nicht zu nah, Mutter!«

Und oft griffen sie dann tastend nach den Hosentaschen und drehten sich um, fast als ob sie fürchteten, daß der junge Jolyon oder ein anderer uninteressiert aussehender Besucher sie um den Inhalt erleichtern könnte.

Ein gutgenährter Mann mit weißer Jacke sagte langsam zwischen den Zähnen: »Das ist ja nur Gier. Sie können gar nicht hungrig sein. Sie machen doch gar keine Bewegung!« Bei diesen Worten schnappte der Tiger nach einem Stück blutiger Leber, und der dicke Mann lachte.

Seine Frau, im Pariser Modellkleid und mit einem goldenen Pincenez, sagte tadelnd: »Wie kannst du nur lachen, Harry? Was für ein schrecklicher Anblick!«

Der junge Jolyon runzelte die Stirn.

Obwohl er etwas Abstand gewonnen hatte, ließen die Umstände seines Lebens in ihm manchmal heftige Verachtung aufsteigen; und die Klasse, der er angehörte – die Klasse der Wagenbesitzer –, reizte seinen Sarkasmus besonders.

Einen Löwen oder Tiger einzusperren, war zweifelsohne eine schreckliche Barbarei. Aber kein kultivierter Mensch gab das zu.

Der Gedanke, daß es barbarisch sei, wilde Tiere einzusperren, war zum Beispiel seinem Vater sicher nie gekommen; er gehörte zur alten Schule, die es sowohl für human und als auch für erzieherisch ansah, Paviane und Panther einzusperren, und sicherlich auch die Meinung vertrat, daß es mit der Zeit gelingen würde, die Tiere dahin zu bringen, nicht vor Elend und Heimweh an den Gittern ihrer Käfige zu sterben und der Gesellschaft so die Last aufzubürden, neue Tiere zu kaufen!

In seinen Augen, wie in den Augen aller Forsytes, wog die Freude, diese schönen Tiere in Gefangenschaft zu sehen, alle Härte auf, die diese Kreaturen, die Gott so unbedacht in Freiheit aufwachsen ließ, ertragen mußten. Es war schließlich zum Wohl der Tiere, daß man sie den zahllosen Gefahren, die ihnen ihr Leben in Freiheit brachte, entriß und es ihnen ermöglichte, in der gesicherten Abgeschiedenheit eines eigenen Käfigs zu leben! Es war eigentlich unklar, wofür es wilde Tiere gab, wenn nicht dazu, daß man sie in Käfigen hält!

Da der junge Jolyon gewohnt war, die Dinge unparteiisch zu betrachten, überlegte er, daß es wohl falsch war, etwas als Barbarei zu bezeichnen, was eigentlich bloß ein Mangel an Phantasie war; denn keiner von denen, die diese Ansichten vertraten, hatte sich je in einer ähnlichen

Lage befunden wie die Tiere, die sie gefangen hielten; man konnte daher auch nicht erwarten, daß sie sich deren Gefühle vorstellen konnten. Erst als sie den Zoo verließen – Jolly und Holly in einem Zustand höchsten Entzükkens –, fand der alte Jolyon eine Gelegenheit, über das, was ihm so sehr am Herzen lag, zu sprechen. »Ich weiß nicht, was ich davon halten soll«, sagte er. »Wenn sie so weitermacht wie jetzt, weiß ich nicht, wie das noch werden soll. Ich wollte, daß sie zum Arzt geht, aber sie will nicht. Sie ist gar nicht so wie ich, sondern ganz deine Mutter. Dickköpfig wie ein Maultier! Wenn sie etwas nicht machen will, dann macht sie es auch nicht, und basta!«

Der junge Jolyon lächelte; sein Blick wanderte zum Kinn seines Vaters. »Wie gut ihr doch zusammenpaßt«, dachte er, aber er sagte nichts.

»Und dann«, fuhr der alte Jolyon fort, »ist da noch dieser Bosinney. Am liebsten würde ich ihn verprügeln, aber das kann ich doch nicht, obwohl – eigentlich weiß ich nicht, warum du das nicht tun solltest«, sagte er zögernd.

»Was hat er denn gemacht? Es ist doch viel besser, die Sache hat ein Ende, wenn sie nicht zusammenpassen!«

Der alte Jolyon sah seinen Sohn an. Jetzt, wo sie zu dem Punkt gekommen waren, an dem sie über die Beziehungen zwischen den Geschlechtern sprachen, war er mißtrauisch. Jo würde sicher eine unmoralische Ansicht vertreten.

»Ich weiß ja nicht, was du davon hältst«, sagte er; »wahrscheinlich sympathisierst du mit ihm – es sollte mich nicht wundern; aber meiner Meinung nach benimmt er sich recht schlecht, und wenn ich ihn treffe, dann wird er das auch von mir hören.« Er ließ das Thema fallen.

Es war ihm ganz unmöglich, mit seinem Sohn darüber zu sprechen, was Bosinneys Verrat wirklich bedeutete. Hatte sein Sohn nicht vor fünfzehn Jahren genau dasselbe (womöglich noch etwas Schlimmeres) getan? Die Folgen dieses Wahnsinns schienen nie ein Ende zu nehmen!

Auch der junge Jolyon war still; er hatte die Gedanken seines Vaters rasch durchschaut, denn seit er es hatte aufgeben müssen, alle Dinge klar und einfach zu sehen, hatte er an Einfühlungsvermögen und Scharfblick gewonnen.

Die Ansichten über sexuelle Probleme, die er vor fünfzehn Jahren vertreten hatte, waren allerdings zu verschieden von denen seines Vaters. Diese Kluft konnte man nicht überbrücken.

Er sagte kühl: »Er hat sich wahrscheinlich in eine andere Frau verliebt?«

Der alte Jolyon sah ihn zweifelnd an. »Ich weiß es nicht«, sagte er; »man behauptet es zumindest.«

»Dann ist es wahrscheinlich auch wahr«, stellte der junge Jolyon wider Erwarten fest. »Und man hat dir doch auch gesagt, wer die andere ist?«

»Ja«, sagte der alte Jolyon, »Soames' Frau.«

Der junge Jolyon pfiff nicht durch die Zähne. Sein eigenes Leben hatte es ihm unmöglich gemacht, bei solchen Anlässen zu pfeifen, aber er sah seinen Vater an, und um seine Lippen lag die Andeutung eines Lächelns.

Wenn es der alte Jolyon bemerkte, dann ignorierte er es.

»Sie und June waren doch die besten Freundinnen!« murmelte er.

»Arme kleine June!« sagte der junge Jolyon leise. An seine eigene Tochter dachte er noch immer wie an ein kleines, dreijähriges Mädchen. Der alte Jolyon blieb plötzlich stehen.

»Ich glaube kein Wort davon«, sagte er. »Es ist alles nur erfunden. Besorg' mir einen Wagen, Jo, ich bin todmüde!«

Sie standen an einer Straßenecke und versuchten, einen leeren Mietwagen zu finden, während Wagen um Wagen vorbeifuhr und Forsytes aller Arten aus dem Zoo nach Hause brachte. Geschirre, Livreen, die glänzenden Felle der Pferde leuchteten in der Maisonne, und die Räder all dieser Equipagen, Landauer, Kaleschen, Viktorias und Coupés schienen ein stolzes Lied zu singen:

Wagen, Pferde, Diener haben,
eine Stange Geld gekostet,
sind auch jeden Penny wert.
Seht wie Herr und seht wie Herrin
sich in unserm Glanze zeigen,
Wie sie aller Welt beweisen,
daß sie reich und sicher sind.

Und das ist, wie jedermann weiß, die passende Begleitung für einen spazierenfahrenden Forsyte.

Unter diesen Wagen befand sich einer, der schneller daherfuhr als die anderen und von einem Paar lebhafter Brauner gezogen wurde. Der Wagen schwankte auf den hohen Federn, und die vier Personen, die darinnen saßen, wurden wie in einer Wiege geschaukelt.

Der junge Jolyon wurde auf diesen Wagen aufmerksam; und plötzlich erkannte er auf dem hinteren Sitz seinen Onkel James – unverkennbar, obwohl sein Bart viel weißer geworden war; ihm gegenüber saßen Rachel Forsyte und ihre ältere, verheiratete Schwester, Winifred Dartie; beide in tadellosen Toiletten, mit aufgespannten Sonnenschirmen; sie hielten die Köpfe stolz erhoben, wie manche Vögel, die sie im Zoo gesehen hatten. Neben James lehnte sich Dartie in einem funkelnagelneuen hochgeschlossenen Gehrock in die Polster zurück; sorgfältig gestärkte Manschetten sahen weit aus den Ärmeln hervor.

Ein ganz besonderer, wenn auch nicht zu augenfälliger Glanz, ein wenig mehr vom besten Lack, hob diesen Wagen aus der Menge der anderen Gefährte heraus, als ob er durch einen glücklichen Zufall – wie auch das »echte Kunstwerk« sich vom »gewöhnlichen Bild« unterscheidet – als der typische Wagen, als Thron des Forsytetums schlechthin gebaut worden wäre.

Der alte Jolyon sah sie nicht vorbeifahren; er streichelte die arme Holly, die müde war, aber die Insassen des Wagens hatten die kleine Gruppe bemerkt; die Köpfe der Damen fuhren herum, ruckartig rissen sie die Schirme als

Schutz hoch; James streckte ungläubig sein Gesicht vor, wie das eines großen Vogels, und sein Mund öffnete sich langsam. Dann wurden die Schirme, die wie Schilde wirkten, kleiner und verschwanden in der Ferne.

Der junge Jolyon sah, daß man ihn erkannt hatte, sogar Winifred, die nicht älter als fünfzehn gewesen war, als er das Recht verwirkte, noch länger ein Forsyte zu sein.

Sie hatten sich nicht sehr verändert! Er erinnerte sich noch genau an ihr Auftreten, wie es früher gewesen war: Pferde, Diener, Wagen – alle ohne Zweifel neu –, aber doch in genau derselben Art wie vor fünfzehn Jahren; dasselbe elegante Schauspiel, dieselbe genau berechnete Arroganz – Reichtum gepaart mit Sicherheit! Der Rhythmus war gleich, gleich die Haltung der Sonnenschirme; gleich auch der Geist, der aus ihrer Haltung sprach.

Im Sonnenschein fuhr Wagen um Wagen vorbei, durch die stolzen Schilde der Sonnenschirme verteidigt.

»Onkel James ist gerade mit seinen Damen vorbeigefahren«, sagte der junge Jolyon.

Sein Vater sah finster drein. »Hat er uns gesehen? Ja? Mmh! Was tut denn er in dieser Gegend?«

In diesem Augenblick kam ein leerer Mietwagen vorbei, und der alte Jolyon hielt ihn an.

»Auf bald, mein Junge!« sagte er. »Denk nicht mehr an das, was ich vom jungen Bosinney gesagt habe – ich glaube kein Wort davon!«

Er küßte die Kinder, die ihn aufzuhalten versuchten, stieg ein und fuhr davon. Der junge Jolyon, der Holly auf den Arm genommen hatte, stand bewegungslos an der Ecke und sah dem Wagen nach.

7

Ein Nachmittag bei Timothy

Hätte der alte Jolyon, als er den Wagen bestieg, gesagt: »Ich will kein Wort davon glauben!« so hätte er seine wahren Gefühle eher zum Ausdruck gebracht.

Der Gedanke, daß ihn James und seine Damen in Gesellschaft seines Sohnes gesehen hatten, hatte in ihm nicht nur den Ärger aufsteigen lassen, den er immer verspürte, wenn etwas gegen seinen Willen ging, sondern auch die Feindseligkeit, die zwischen Brüdern nur natürlich ist, und deren Wurzeln – kleine Streitigkeiten im Kindesalter – im späteren Leben manchmal stärker und tiefer werden und heimlich eine Pflanze nähren, die schließlich die bittersten Früchte trägt.

Bis jetzt waren die unfreundlichen Gefühle zwischen diesen sechs Brüdern auf die heimlichen und nur natürlichen Zweifel beschränkt gewesen, daß die anderen vielleicht reicher als sie selbst waren; ein Gefühl, das jetzt, beim Herannahen des Todes – dieses Endes aller Mühen –, seinen Höhepunkt erreichte, und durch die große Verschwiegenheit ihres Finanzberaters noch gefördert wurde; dieser erkannte die Lage sehr wohl und gab Nicholas gegenüber vor, nichts über James' Einkommen zu wissen, James gegenüber, daß er nichts von Jolyons Vermögen wisse, und sagte Jolyon dasselbe über Roger, Roger über Swithin, während er diesem dann in aufreizender Weise sagte, daß Nicholas sehr reich sein müsse. Timothy allein war davon ausgenommen, da er ja sein Geld in Staatsanleihen angelegt hatte.

Jetzt aber war, zumindest zwischen zweien von ihnen, ein ganz anderes Gefühl von Verbitterung aufgestiegen. Von dem Augenblick an, als James so unverschämt war, sich in seine Angelegenheiten einzumischen – so drückte es der alte Jolyon aus –, war er nicht mehr geneigt, die Geschichten über Bosinney zu glauben. Seine Enkelin durch ein »Mitglied der Familie dieses Kerls« gekränkt!

Er glaubte jetzt, daß man Bosinney verleumdete. Es mußte einen anderen Grund für sein Ausbleiben geben.

Wahrscheinlich hatte ihn June angefahren, oder etwas Ähnliches; sie war ja so entsetzlich empfindlich!

Er würde auf jeden Fall Timothy ganz schön seine Meinung sagen, und dann würde man ja sehen, ob diese Andeutungen weitergingen! Und er würde auch keine Zeit verlieren, sondern sofort hinfahren und Sorge tragen, daß er nicht noch einmal zu demselben Zweck kommen müßte. Er sah James' Wagen schon vor »The Bower« stehen, als er hinkam. So waren sie ihm also zuvorgekommen – und klatschten wahrscheinlich bereits darüber, daß sie ihn gesehen hatten! Auch Swithins Grauschimmel stand vis-à-vis von James' Braunen, und es sah fast aus, als ob auch sie – wie die Kutscher oben auf dem Bock – ein Konklave über die Familie abhielten.

Der alte Jolyon legte seinen Hut auf den Sessel in der engen Halle, auf dem vor langer Zeit Bosinneys Hut für eine Katze gehalten worden war, strich mit seiner dünnen Hand grimmig über sein Gesicht mit dem großen, herabhängenden weißen Schnurrbart, als ob er jeden Ausdruck auslöschen wollte, und ging hinauf.

Der vordere Salon war voll von Leuten. Er wirkte zwar auch ohne Besucher, ja ohne irgendeinen Menschen schon voll genug, denn Timothy und seine Schwestern folgten den Bräuchen ihrer Generation und betrachteten einen Raum erst dann als schön, wenn er »anständig möbliert« war. In diesem Raum befanden sich daher elf Stühle, ein Sofa, drei Tische, zwei Kästchen, zahlreiche Nippfiguren – sogar ein Flügel ragte noch teilweise hinein. Und jetzt, wo Mrs. Small, Tante Hester, Swithin, James, Rachel, Winifred, Euphemia – die wieder zurückgekommen war, um »Leidenschaft und Linderung«, die sie beim Mittagessen gelesen hatte, zurückzubringen – und ihre Busenfreundin Frances, Rogers Tochter (die musikalische Forsyte, die Lieder komponierte) sich darin aufhielten, war nur mehr ein einziger Stuhl frei, mit Ausnahme der beiden, auf die sich nie jemand setzte –, und der einzige noch freie Stehplatz war von der Katze besetzt, über die der alte Jolyon natürlich sofort stolperte.

In diesen Tagen war es bei Gott nicht ungewöhnlich, daß Timothy so viele Besucher empfing. Die Familie hatte ohne Ausnahme großen Respekt vor Tante Ann gehabt, und jetzt, wo sie gestorben war, kamen sie viel öfters nach »The Bower«, und blieben auch länger.

Swithin war der erste gewesen, der gekommen war, und wie er so träge in einem roten Seidensessel mit vergoldeter Rückenlehne saß, machte er ganz den Eindruck, als würde er länger als alle andern bleiben. Ganz im Einklang mit seinem Namen, den ihm Bosinney gegeben hatte, nämlich »der Dicke«, sah seine große, mächtige Gestalt mit dem vollen weißen Haar und dem aufgedunsenen, unbeweglichen Gesicht in diesem so reichlich möblierten Raum noch urtümlicher aus als sonst.

Wie in der letzten Zeit immer hatte er sofort von Irene zu sprechen begonnen und keine Zeit verloren, den Tanten Juley und Hester seine Meinung über das Gerücht, von dem er gehört hatte, mitzuteilen. Nein – sagte er – vielleicht wollte sie ein wenig flirten – eine hübsche Frau mußte sich ja ein wenig ausleben; mehr glaubte er nicht. Nichts so Krasses; sie hatte viel zu viel Hausverstand und wußte ganz genau, was sie ihrer Stellung und der Familie schuldig war! Kein Sk – er wollte Skandal sagen, aber die Idee allein war so wahnwitzig, daß er sie mit einer Handbewegung zur Seite wischte.

Selbst wenn man in Betracht zog, daß Swithin die Situation vom Standpunkt des Junggesellen sah – war man denn dieser Familie, in der so viele so viel erreicht und eine gewisse Stellung errungen hatten, nicht Achtung schuldig? Selbst wenn er in dunklen, pessimistischen Augenblicken die Ausdrücke »Kleinbauern« und »unbedeutend« im Zusammenhang mit seinen Ahnen gehört hatte, glaubte er denn daran? Nein! Insgeheim glaubte und hoffte er inbrünstig, daß irgendwo in der Ahnenreihe etwas besonders Vornehmes zu finden war.

»Es muß doch so sein«, hatte er einmal zum jungen Jolyon gesagt, bevor dieser auf die schiefe Bahn gekommen war. »Sieh uns doch nur an, wir haben unseren Weg gemacht! Irgendwo muß gutes Blut in uns sein!«

Er hatte den jungen Jolyon gern gemocht; im College hatte der Junge einen guten Freundeskreis gehabt, hatte die Söhne von Sir Charles Fiste, diesem alten Schurken, gekannt – einer von ihnen war ja ein rechter Draufgänger geworden; und er hatte Stil gehabt – es war jammerschade, daß er mit diesem ausländischen Mädchen, noch dazu einer Gouvernante, davongelaufen war! Wenn er schon so etwas tun mußte, warum hatte er dann nicht eine Frau ausgewählt, auf die sie stolz sein konnten? Und was war er jetzt? Versicherungsmakler bei Lloyds; man sagte sogar, daß er Bilder malte – Bilder! Verdammt! Er hätte als Sir Jolyon Forsyte, Baronet, mit einem Sitz im Parlament und einem Landsitz enden können!

Swithin hatte auch, dem Impuls folgend, den früher oder später irgendein Mitglied jeder angesehenen Familie verspürt, sich an das Heraldikamt gewandt und dort die Versicherung erhalten, seine Familie stamme ohne Zweifel von den wohlbekannten Forsites mit »i« ab, deren Wappen »drei rote Schilde rechts im schwarzen Feld« sei. Man rechnete zweifellos damit, daß er sich dazu bewegen ließe, das Wappen anzunehmen.

Swithin hatte dies jedoch nicht getan, sondern sich nur vergewissert, daß das Wappentier der Helmzier ein Fasan in natürlichen Farben und das Motto »For Forsite« – »Für Voraussicht« – sei; er hatte das Wappentier auf seinen Wagen und die Knöpfe seines Kutschers gesetzt, und führte auch auf seinem Briefpapier Wappentier und Motto. Das Wappen selbst ließ er fort, teils weil er es für aufdringlich gehalten hätte, es auf seinem Wagen zu führen – noch dazu, wo er nicht dafür gezahlt hatte –, und er haßte nichts so sehr wie Aufdringlichkeit, und teils, weil er wie jeder praktisch eingestellte Mensch im Lande für

Dinge, die er nicht verstand, eine geheime Abneigung und Verachtung empfand – und »drei rote Schilde rechts im schwarzen Feld« sagten ihm nur wenig. Er vergaß jedoch nie, daß man ihm versichert hatte, er dürfe, wenn er dafür zahlte, auch das Wappen führen, und das bestärkte ihn in seiner Annahme, daß er ein Gentleman sei. Ganz unmerklich hatten auch die anderen Familienmitglieder den Fasan als Wappentier zu führen begonnen, und einige, die es noch genauer nahmen, verwendeten auch das Motto; der alte Jolyon aber weigerte sich, das zu tun, und sagte, das Ganze wäre Humbug – soweit er das beurteilen könnte, bedeute es gar nichts.

Die ältere Generation wußte vielleicht im Grunde genommen noch, welchem großen historischen Ereignis sie dieses Wappentier zu verdanken hatten; und wenn man sie drängte, dann erklärten sie eilig, um nicht zu lügen – lügen war ihnen verhaßt, da sie der Meinung waren, daß das nur Franzosen und Russen taten –, daß Swithin dieses Wappentier irgendwo aufgestöbert hatte. In der jüngeren Generation wurde die Sache mit entsprechender Diskretion behandelt. Sie wollten die Gefühle der Älteren nicht verletzen und selbst nicht lächerlich wirken; sie führten das Wappentier einfach …

»Nein«, sagte Swithin, »er hatte Gelegenheit gehabt, sich selbst zu überzeugen, und was er sagen wollte, daß sie sich gegenüber diesem jungen Freibeuter Bosinney oder wie immer er sonst hieß nicht anders benommen hatte als ihm gegenüber; ja er würde sogar sagen …« Aber hier beendete die Ankunft von Frances und Euphemia leider die Unterhaltung, da das ja nun doch kein Thema war, das man vor jungen Leuten besprechen konnte.

Und obwohl Swithin etwas verärgert war, daß er gerade in dem Moment, in dem er etwas Wichtiges sagen wollte, unterbrochen wurde, so gewann er seine Freundlichkeit doch bald wieder. Er mochte Frances recht gern – Francie, wie die Familie sie nannte. Sie war so geschickt, und man sagte auch, daß sie sich mit ihren Liedern ein ganz schönes Taschengeld verdiente; das nannte er wirklich tüchtig.

Er war ziemlich stolz auf seine liberale Einstellung zu den Frauen und sah gar keinen Grund, warum sie nicht Bilder malen, Lieder komponieren oder sogar Bücher schreiben sollten, besonders dann, wenn sie damit noch Geld verdienten; warum auch nicht – wenigstens kamen sie dabei nicht auf dumme Gedanken! Schließlich waren sie keine Männer! Die »kleine Francie«, wie sie überall mit wohlwollender Herablassung genannt wurde, war eine wichtige Persönlichkeit, wenn auch nur als lebendes Beispiel für die Einstellung der Forsytes den schönen Künsten gegenüber. Sie war in Wirklichkeit gar nicht klein, sondern ziemlich groß, und hatte für eine Forsyte sehr dunkle Haare, die ihr im Verein mit den grauen Augen ein »keltisches Aussehen« gaben. Sie schrieb Lieder mit Titeln wie »Gehauchte Seufzer« oder »Küß' mich Mutter, eh' ich sterbe«, mit Refrains, die wie Hymnen klangen:

Küß mich, Mutter, eh' ich sterbe
Küß mich, küß mich, Mutter – oh!
Küsse, küß, eh' ich verderbe,
Küß mich, eh' ich sterbe – oh!

Sie verfaßte ihre Texte selbst und schrieb auch andere Gedichte. In ihren fröhlicheren Momenten schrieb sie Walzer, von denen einer, der »Kensington Coil«, der viel Schwung hatte, in Kensington fast zu einer Institution geworden war.

Er war sehr originell. Dann gab es noch ihre »Lieder für kleine Leute«, die zugleich erzieherisch und witzig waren, vor allem »Großmütterchens Fischlein« und jenes Liedchen, das fast in prophetischer Manier den Geist des aufkommenden Imperialismus vorwegnahm – »Haut ihm nur ein blaues Auge«.

Jeder Verleger nahm diese Lieder gern an, und Zeitschriften wie »Das elegante Leben« oder »Ratgeber der Damen« brachen in Begeisterungsstürme darüber aus: »Wieder eines von Miss Francis Forsytes geistreichen Liedern, witzig und rührend zugleich. Wir selbst wurden zu Tränen und Lächeln gerührt. Miss Forsyte wird ihren Weg machen.«

Mit dem sicheren Instinkt ihres Schlages hatte es sich Francie zum Ziel gesetzt, die richtigen Leute kennenzulernen – Leute, die über sie schrieben, über sie sprachen, oder die in der Gesellschaft eine wichtige Rolle spielten –, wobei sie im Geist immer ihr Register durchging, auf wen sie ihren Charme ansetzen müsse, und auch nicht vergaß, höhere und höhere Honorare zu fordern, die ihrer Ansicht nach eine erfolgreiche Zukunft bedeuteten. Auf diese Weise erreichte sie, daß man sie überall respektierte.

Ein einziges Mal, zu einer Zeit, in der ihre Gefühle durch eine Herzensangelegenheit aufgewühlt waren – denn die Grundeinstellung Rogers, sich ausschließlich dem Erwerb von Hausbesitz zu widmen, hatte bei seiner einzigen Tochter einen Hang zur Leidenschaft ausgelöst –, wandte sie sich einer großen und ernsten Aufgabe zu und schrieb eine Violinsonate. Das war ihre einzige Komposition, die die Forsytes beunruhigte. Sie merkten sofort, daß sich das nicht verkaufen ließ.

Roger, dem es durchaus recht war, eine tüchtige Tochter zu haben, und der oft auf das nicht unbedeutende Taschengeld hinwies, das sie sich verdiente, war wegen dieser Sonate sehr aufgeregt.

»So ein Schund!« nannte er sie. Francie hatte sich von Euphemia den jungen Flageoletti geborgt, der die Sonate im Salon am Prince's Garden vortrug.

Roger hatte auch tatsächlich recht. Es war Schund, aber – wie ärgerlich! – die Art Schund, die sich nicht verkaufen ließ. Wie jeder Forsyte weiß, ist Schund, der sich gut verkauft, gar kein Schund – bei weitem nicht! Und doch, trotz des gesunden Hausverstandes, der den Wert eines Kunstwerks nach dem anderen einstufte, was es einbringen würde, konnten einige der Forsytes – zum Beispiel

Tante Hester, die immer musikalisch gewesen war – es nur bedauern, daß Francies Musik nicht »klassisch« war; und dasselbe traf auch auf ihre Gedichte zu. Aber leider gab es, wie Tante Hester meinte, heutzutage ja keine echte Dichtkunst mehr, alle Gedichte waren »kleine, belanglose Dinge«. Es gab niemanden mehr, der ein Werk wie das »Verlorene Paradies« oder »Childe Harold« schreiben konnte; diese beiden gaben das Gefühl, daß man wirklich etwas gelesen hatte. Immerhin war es schön, daß Francie etwas hatte, womit sie sich beschäftigen konnte; während andere Mädchen ihr Geld bei Einkäufen ausgaben, verdiente sie es! Und sowohl Tante Hester als auch Tante Juley hörten immer gern die neuesten Berichte, wie Francie es geschafft hatte, daß man ihr mehr zahlte.

Auch jetzt saßen sie und hörten ihr zu, zusammen mit Swithin, der zwar so tat, als interessiere es ihn nicht, denn diese Leute sprachen ja so rasch und so undeutlich, daß er nie verstand, was sie sagten!

»Und ich kann mir gar nicht vorstellen«, sagte Mrs. Septimus, »wie du das machst. Ich wäre nie so kühn!«

Francie lächelte etwas von oben herab. »Ich verhandle viel lieber mit einem Mann als mit einer Frau. Frauen wissen sofort, woran sie sind!«

»Meine Liebe«, rief Mrs. Small, »das stimmt doch nicht!«

Euphemia brach wieder in ihr stilles Lachen aus, beendete es mit dem Quieken und sagte, als ob man sie eben erdrosselte: »O Tantchen, eines Tages bringst du mich noch um.«

Swithin fand es nicht notwendig, zu lachen; er haßte es, wenn die andern lachten und er den Witz nicht verstanden hatte. Ja, er verachtete Euphemia überhaupt, von der er immer als »Nicks Tochter, wie heißt sie nur – die bleiche Person?« sprach. Er war nur um ein Haar darum herumgekommen, ihr Pate zu sein – ja, er wäre es sicher geworden, hätte er nicht so heftig gegen ihren ausländischen Namen protestiert. Er haßte es, Pate zu sein. Dann sagte Swithin mit viel Würde zu Francie: »Für diese Jahreszeit – äh – ist es sehr schön heute.« Euphemia aber, die recht gut wußte, daß er es abgelehnt hatte, ihr Pate zu sein, drehte sich zur Tante Hester und begann ihr zu erzählen, wie sie Irene – Mrs. Soames – in den Church and Commercial Stores gesehen hatte.

»Und war Soames bei ihr?« fragte Tante Hester, da Mrs. Small noch keine Gelegenheit gefunden hatte, ihr diesen Zwischenfall zu erzählen.

»Soames? Aber natürlich nicht!«

»Aber war sie denn ganz allein in London?«

»Aber nein; Mr. Bosinney war ja bei ihr. Sie war perfekt angezogen.« Als er Irenes Namen hörte, blickte Swithin Euphemia streng an, die, was immer sie sonst tat, in einem Kleid noch nie gut ausgesehen hatte, und sagte:

»Sie war wahrscheinlich wie eine Dame angezogen. Es ist immer ein Vergnügen, sie zu sehen.«

In diesem Augenblick wurden James und seine Töchter gemeldet. Dartie hatte das dringende Verlangen nach etwas Alkoholischem gespürt und eine Verabredung bei seinem Zahnarzt vorgeschützt; sie hatten ihn beim Marble Arch abgesetzt, er hatte einen Mietwagen bestiegen und saß jetzt schon im Erkerfenster seines Klubs in Piccadilly.

Seine Frau, so erzählte er seinen Freunden, hatte mit ihm einige Besuche machen wollen. Das war aber nichts für ihn – überhaupt nicht!

Er rief nach dem Kellner und schickte ihn in die Vorhalle, damit er ihm berichte, wer das Vier-Uhr-dreißig-Rennen gewonnen hatte. Er war hundemüde, sagte er, und darum kam er nicht herum; den ganzen Nachmittag hatte ihn seine Frau von einer Veranstaltung zur andern geschleppt. Aber schließlich hatte er genug gehabt. Ein Mann mußte auch einmal sein eigenes Leben leben.

In diesem Moment blickte er aus dem Fenster – er liebte diesen Platz, von dem aus er alle Vorbeigehenden beobachten konnte – und sah unglücklicher-, oder besser glücklicherweise, daß Soames mit seinen kleinen Schritten von der Seite des Green Parks über die Straße kam und offensichtlich beabsichtigte, in den Klub zu kommen – auch er war Mitglied im »Iseeum«.

Dartie sprang auf, ergriff sein Glas, murmelte etwas über das »Vier-Uhr-dreißig-Rennen« und zog sich rasch ins Spielzimmer zurück, in das Soames nie kam. Hier lebte er dann in völliger Abgeschiedenheit im Halbdunkel sein eigenes Leben bis halb acht Uhr, einem Zeitpunkt, von dem er wußte, daß Soames sicher schon den Klub verlassen hatte. Jedesmal, wenn der Drang, hinauszugehen und sich zu seinen Freunden im Erker zu setzen, zu groß wurde, wiederholte er sich, daß es absolut unmöglich wäre, jetzt, wo seine Finanzen so schlecht standen und der »alte Herr« (James) seit der Ölgeschichte, die ja nicht seine Schuld gewesen war, noch immer verärgert war, eine Auseinandersetzung mit Winifred zu riskieren.

Wenn ihn Soames im Klub sah, würde es ihr sicher zu Ohren kommen, daß er gar nicht beim Zahnarzt gewesen war. Noch nie hatte er eine Familie gekannt, in der alles so »die Runde machte«. Unruhig an seinem Zeigefinger knabbernd saß er zwischen den grünbezogenen Spieltischen, sein olivfarbenes Gesicht war mürrisch verzogen, die Beine in den karierten Hosen hatte er übereinandergeschlagen, während seine Lackschuhe in der Dunkelheit glänzten, und überlegte, wo zum Teufel er Geld hernehmen sollte, falls Erotic nicht den Lancashire Cup gewann.

Düster dachte er an die Forsytes. Was für eine Gesellschaft das doch war! Nichts konnte man von ihnen haben – oder zumindest nur unter äußersten Schwierigkeiten. Sie waren verdammt komisch in Geldangelegenheiten; keiner unter ihnen, der für seine Probleme Verständnis hatte, vielleicht mit Ausnahme von George. Dieser Soames zum Beispiel würde einen Anfall bekommen, wenn man sich von einem nur einen Zehner borgen wollte, oder wenn er keinen Anfall bekam, dann würde er einen mit seinem verflucht hochmütigen Lächeln ansehen, als wäre man eine verlorene Seele, bloß weil man Geld brauchte. Und Soames' Frau (unwillkürlich lief Dartie das Wasser im Mund zusammen) – er hatte versucht, sich mit ihr zu vertragen, wie das jeder bei einer so hübschen Schwägerin tun würde, aber er wollte verdammt sein, wenn diese – (er verwendete im Geist ein ordinäres Wort) – irgend etwas mit ihm zu tun haben wollte, sie sah ihn an, als ob er der letzte Dreck wäre – und dabei wollte er darauf wetten, daß sie recht weit gehen konnte. Er kannte die Frauen; sie hatten nicht umsonst so sanfte Augen und eine solche Figur, das würde der gute Soames recht bald herausfinden, wenn irgend etwas Wahres an den Geschichten war, die man über diesen Freibeuterknaben hörte.

Dartie erhob sich, ging im Zimmer auf und ab und blieb schließlich vor dem Spiegel über dem Kamin stehen; und da stand er lange und betrachtete sein Gesicht. Es machte den Eindruck – wie man ihn bei manchen Männern gewinnt –, als sei es mit Leinöl getränkt worden, mit dem gewichsten dunklen Schnurrbart und dem kleinen, eleganten Anflug eines Backenbarts; und beunruhigt spürte er, daß sich auf der Seite seiner etwas gekrümmten und dicklichen Nase ein Pickel bildete.

In der Zwischenzeit hatte der alte Jolyon den letzten freien Stuhl in Timothys ach so geräumigem Salon gefunden. Sein Kommen hatte offensichtlich die Unterhaltung unterbrochen, und alle waren peinlich berührt. Tante Juley mit ihrer bekannten Gutherzigkeit bemühte sich, diese Stimmung wieder zu verscheuchen.

»Ja, Jolyon«, sagte sie, »wir haben gerade davon gesprochen, daß du schon lange nicht mehr hier warst; aber das darf uns nicht wundern. Du hast wahrscheinlich viel zu tun? James hat gerade gesagt, daß jetzt so viel zu tun –«

»Tatsächlich?« fragte der alte Jolyon und sah James scharf an. »Es wäre nicht halb so viel zu tun, wenn sich jeder nur um seine eigenen Angelegenheiten kümmern würde.«

James, der nachdenklich in einem kleinen Sessel saß, aus dem seine Knie nach oben ragten, scharrte unruhig mit den Füßen und setzte einen Fuß auf die Katze, die dummerweise bei ihm vor dem alten Jolyon Schutz gesucht hatte.

»Ihr habt ja eine Katze da«, sagte er in gekränktem Ton und zog seinen Fuß ungeduldig zurück, als er den weichen Pelz des Tieres darunter spürte.

»Mehrere«, sagte der alte Jolyon und sah von einem Gesicht zum andern; »ich bin gerade auch auf eine gestiegen.« Alle schwiegen.

Dann fragte Mrs. Small, die die Finger ineinander verflocht und mit feierlicher Ruhe um sich sah: »Und wie geht es der lieben June?«

Etwas von Humor blitzte in den strengen Augen des alten Jolyon auf. Eine wirklich bemerkenswerte Person, diese Juley! Es gab niemanden, der so wie sie immer im ungeeigneten Moment das Falsche sagte!

»Schlecht!« antwortete er. »London bekommt ihr nicht – zu viele Leute, und viel zu viel Lärm und Geklatsche.« Er betonte diese Worte und sah James wieder direkt ins Gesicht.

Keiner sprach.

Sie alle hatten plötzlich das Gefühl, daß es zu gefährlich wäre, sich in irgendeiner Richtung zu äußern. Etwas wie ein Gefühl des Unabwendbaren, das den Zuschauer bei einer griechischen Tragödie befällt, hatte sich in den reichmöblierten Raum geschlichen, der voll von weißhaarigen Männern in ihren Gehröcken, von elegant gekleideten Damen war, die alle dasselbe Blut in sich hatten und auf eine nicht greifbare Art einander ähnlich waren.

Nicht, daß sie sich dessen bewußt waren; den Besuch solcher bitterer, schicksalsschwerer Geister fühlt man nur.

Dann erhob sich Swithin. Er würde nicht sitzen bleiben, mit diesem Gefühl – er ließ sich von keinem einschüchtern! Noch aufgeblasener als sonst stelzte er durch den Salon und schüttelte jedem die Hand.

»Bestellt Timothy von mir«, sagte er, »daß er sich zu sehr pflegt!« Dann drehte er sich zu Francie, die er für »schick« hielt, und fügte hinzu: »Du mußt einmal mit mir ausfahren.« Aber das rief in ihm wieder die Erinnerung an diese andere, schicksalsschwere Ausfahrt wach, über die schon soviel gesprochen worden war, und er blieb ein paar Sekunden ganz still stehen, mit glasigen Augen, fast als ob er wartete, daß ihm die Bedeutung dessen, was er selbst gesagt hatte, klar würde; plötzlich aber erinnerte er sich daran, daß es ihm ja völlig egal war, und drehte sich zum alten Jolyon: »Also auf Wiedersehen, Jolyon! Du solltest nicht ohne Mantel gehen, sonst bekommst du noch Ischias oder so was ähnliches!« Er stieß die Katze leicht mit der Spitze seines Lackschuhs an und ging, wuchtig wie immer, hinaus.

Als er fort war, sahen sich die andern heimlich an, um festzustellen, wie sie auf die Erwähnung des Wortes »Ausfahren« reagiert hatten – jenes Wortes, das schon berühmt geworden und von äußerster Wichtigkeit war, stellte es doch sozusagen die einzige offizielle Nachricht im Zusammenhang mit den vagen und düsteren Gerüchten, die in der Familie kursierten, dar.

Einem plötzlichen Einfall gehorchend sagte Euphemia mit einem kurzen Lachen: »Ich bin froh, daß Onkel Swithin mich nicht bittet, mit ihm auszufahren.«

Mrs. Small, die sie beruhigen und alle Peinlichkeit wegwischen wollte, die dieses Thema vielleicht mit sich brachte, antwortete: »Meine Liebe, er fährt gern mit gutangezogenen Frauen aus, die sein Ansehen heben. Ich werde niemals die Ausfahrt vergessen, auf die er mich mitnahm. Es war ein Erlebnis!« Ihr rundes, altes Gesicht sah einen Augenblick lang seltsam zufrieden aus; dann verzog es sich, und Tränen traten ihr in die Augen. Sie dachte an die schon lange vergangene Ausfahrt, die sie einmal mit Septimus Small gemacht hatte.

James, der in seinem kleinen Sessel wieder in unruhiges Nachdenken versunken war, raffte sich plötzlich auf: »Ein komischer Mensch, dieser Swithin«, sagte er ohne Überzeugung.

Das Schweigen und der strenge Blick des alten Jolyon ließ sie alle wie gelähmt verharren. Er selbst war auch durch die Wirkung seiner eigenen Worte aus der Fassung gebracht worden – eine Wirkung, die das Gerücht, das auszumerzen er gekommen war, nur um so drohender erscheinen ließ; aber er war noch immer zornig.

Er war noch nicht mit ihnen fertig – nein, nein – er würde ihnen noch ein paar Dinge sagen!

Seine Nichten wollte er nicht mit hineinziehen, er hatte mit ihnen keinen Streit – eine junge, hübsche Frau war immer seiner Milde sicher –, aber dieser James, und in geringerem Maße vielleicht auch die anderen, verdienten, was sie bekommen sollten. Und so fragte auch er nach Timothy.

Als ob sie spürte, daß ihrem jüngeren Bruder Gefahr drohte, bot ihm Tante Juley plötzlich Tee an. »Er steht im hinteren Salon und ist zwar schon kalt und schlecht, aber Smither kann dir neuen machen.«

Der alte Jolyon erhob sich. »Danke«, sagte er und sah James direkt an, »aber ich habe keine Zeit für Tee und – Skandale, und alles, was damit zusammenhängt! Es ist Zeit, daß ich nach Hause fahre. Auf Wiedersehen, Julia, auf Wiedersehen, Hester, auf Wiedersehen, Winifred.«

Ohne jeden weiteren zeremoniellen Abschied ging er hinaus.

Als er wieder im Wagen saß, verrauchte sein Ärger, denn so war es immer, wenn er zornig war – sobald er sich ausgesprochen hatte, war es vorüber. Plötzlich wurde er traurig. Er hatte ihnen vielleicht die Mäuler gestopft, aber um welch einen Preis. Um den Preis der Gewißheit, daß das Gerücht wahr war, das er nicht hatte glauben wollen. June verlassen, und das wegen der Frau von dieses Mannes Sohn! Er spürte, daß es wahr war, und zwang sich, so zu tun, als ob das nicht der Fall wäre; aber der Schmerz, der sich hinter diesem Entschluß verbarg, wandelte sich langsam in blinde Wut gegen James und seinen Sohn.

Die sechs Frauen und der Mann, die nach seinem Weggehen im Salon zurückgeblieben waren, begannen so erleichtert zu sprechen, wie das nach einem solchen Vorfall möglich war, denn obwohl sie alle davon überzeugt waren, daß sie selbst nie über Skandale sprachen, so waren sie gleichermaßen überzeugt, daß es die anderen sechs taten; und daher waren alle verärgert und verlegen. James allein war still und tief getroffen.

Plötzlich sagte Francie: »Habt ihr nicht auch den Eindruck, daß sich Onkel Jolyon im letzten Jahr schrecklich verändert hat? Was meinst du, Tante Hester?«

Tante Hester wich betroffen aus: »Ach, frage doch deine Tante Julia; ich weiß nichts davon.«

Alle andern scheuten sich nicht, Francie zuzustimmen, und James murmelte düster mit gesenktem Kopf: »Er ist nicht mehr die Hälfte von dem, was er war.«

»Ich habe es schon lange bemerkt«, fuhr Francie fort; »er ist entsetzlich gealtert.«

Tante Juley schüttelte den Kopf; ihr Gesicht war plötzlich der Inbegriff des Schmollens geworden.

»Armer alter Jolyon«, sagte sie, »jemand sollte sich um ihn kümmern.« Wieder schwiegen sie; und dann, als ob sie Angst hätten, allein zurückzubleiben, erhoben sich die fünf Besucher zur gleichen Zeit und gingen. Mrs. Small, Tante Hester und ihre Katze waren wieder allein, und das Zuschlagen einer Tür aus der Ferne verkündete das Kommen Timothys. An demselben Abend, als Tante Hester gerade in dem hinteren Schlafzimmer, das früher Juley bewohnt hatte, bevor sie in das Zimmer von Tante Ann übersiedelt war, eingeschlafen war, öffnete sich die Tür, und Mrs. Small erschien in einem rosa Nachthäubchen, eine Kerze in der Hand, und rief: »Hester, Hester!«

Tante Hester raschelte leise mit der Decke.

»Hester«, wiederholte Tante Juley, um ganz sicher zu sein, daß sie sie aufgeweckt hatte, »ich mache mir solche Sorgen um den armen alten Jolyon. Was«, Tante Juley machte eine Kunstpause, »glaubst du, sollen wir tun?«

Tante Hester raschelte wieder leise, und ihre Stimme klang beschwörend: »Tun? Wie soll ich das denn wissen?«

Befriedigt drehte sich Tante Juley um, und während sie die Tür besonders vorsichtig hinter sich schloß, damit die liebe Hester nicht gestört würde, glitt sie ihr aus der Hand und fiel mit einem Krach zu.

Wieder in ihrem eigenen Zimmer, blickte sie durch einen Spalt der dicht zugezogenen Vorhänge – damit sie ja niemand sehen konnte – auf den Mond über dem Park. Und so dachte sie, das runde Gesicht unter dem rosa Nachthäubchen schmollend verzogen, an den alten, einsamen Jolyon, und wie sie ihm helfen könnte; und wie er sie gern haben würde, wie sie niemand mehr gern gehabt hatte, seit – ihr armer Septimus dahingegangen war.

8

Ball bei Roger

Rogers Haus in Prince's Garden war hell erleuchtet. Die Kristallüster trugen eine große Zahl von Wachskerzen, und das Parkett des großen Salons spiegelte die Lichter wie Sterne wider. Man hatte alle Möbel aus dem Raum ins obere Stockwerk gebracht, und so wirkte alles sehr weiträumig; entlang den Wänden hatte man Sitze für die Tänzer aufgestellt.

In einer der Ecken, unter Palmen verborgen, stand ein Pianino, und auf dem Notenständer lag ein Exemplar des »Kensington Coil«.

Gegen eine Kapelle hatte Roger Einspruch erhoben; er wußte wirklich nicht, wozu sie eine Kapelle brauchten; dafür würde er nicht zahlen, und damit basta, Punktum! Francie (ihre Mutter, die durch das lange Zusammenleben mit Roger eine chronische Magenverstimmung bekommen hatte, ging bei solchen Anlässen zu Bett) hatte sich damit zufriedengeben müssen, den Klavierspieler durch einen Hornisten zu unterstützen; sie hatte die Palme so aufgestellt, daß jeder, der nicht genau hinsah, den Eindruck bekam, daß es sich um mehrere Musiker handelte. Sie würde ihnen befehlen, laut zu spielen – es steckte ja einiges in einem Horn, wenn sich der Mann nur bemühte.

Endlich war sie fertig, hatte sich durch das komplizierte Labyrinth von Improvisationen durchgekämpft, mit dem sich jeder herumschlagen mußte, der modernen Aufwand mit der wohlüberlegten Sparsamkeit eines Forsyte verbinden wollte. Dünn, aber strahlend in einem maisgelben Kleid mit viel Tüll um die Schultern, ging sie durch die Räume, und während sie alles prüfend überblickte, streifte sie ihre Handschuhe über.

Sie sprach mit dem für diesen Abend engagierten Butler (Roger hatte nur Dienstmädchen) wegen des Weines. War es ihm völlig klar, daß Mr. Forsyte wünschte, daß er ein Dutzend Flaschen Champagner von Whiteleys herauslegte? Sollten die allerdings zu Ende sein (was sie nicht annahm, da die meisten Damen wahrscheinlich Wasser trinken würden), dann gab es noch die Champagnerbowle, und mit der würde er sich behelfen müssen.

Sie haßte es, daß sie solche Dinge mit dem Butler besprechen mußte, das war eigentlich unter ihrer Würde; aber was konnte man denn mit Vater schon anfangen? Roger, der die ganze Zeit wegen dieses Abends Schwierigkeiten gemacht hatte, würde bald munter und vergnügt herunterkommen, so als ob er alles arrangiert hätte; er würde lächeln, wahrscheinlich auch die hübscheste Dame zum Souper führen, und um zwei Uhr, gerade wenn alles wirklich in Schwung gekommen war, heimlich zu den Musikern schleichen und ihnen befehlen, »God save the Queen« zu spielen und nach Hause zu gehen.

Francie hoffte inbrünstig, daß er bald müde werden und ins Bett gehen möge.

Einige gute Freundinnen, die wegen des Tanzabends bei ihr übernachteten, hatten mit ihr zusammen in einem kleinen, unbenutzten Raum im ersten Stock einen raschen Imbiß von Tee und kaltem Huhn eingenommen; die Männer hatten sie zum Essen in den Eustace-Klub geschickt, da man es für notwendig hielt, daß sie eine ordentliche Mahlzeit bekamen.

Pünktlich um neun kam Mrs. Small allein. Sie brachte langwierige Entschuldigungen wegen Timothys Nichterscheinen vor und erwähnte Tante Hester, die im letzten Moment gesagt hatte, daß man sie mit derartigen Dingen nicht belästigen sollte, überhaupt nicht. Francie empfing sie überschwenglich und setzte sie dann auf einen der Stühle an den Wänden des Tanzsaals; dort saß sie mit schmollendem Gesicht und einsam in einem lavendelfarbenen Satinkleid – sie trug zum erstenmal seit dem Tod Tante Anns wieder Farben.

Die guten Freundinnen kamen jetzt aus ihren Zimmern, jede wie durch ein Wunder in einem andersfarbigen Kleid, aber alle mit reichlich Tüll um Schultern und Busen – denn durch ein unglückseliges Schicksal waren sie alle ohne Ausnahme sehr mager. Sie wurden Mrs. Small vorgestellt, wo sie allerdings nur wenige Sekunden blieben; dann drängten sie sich plaudernd zusammen und zerknitterten ihre Programme, während sie immer wieder nach der Tür blickten und auf das Auftauchen des ersten Mannes warteten.

Dann kamen in einer Gruppe zusammen ein paar von den Nicholases, wie immer pünktlich – so war es in Ladbroke Grove die Mode; und hinter ihnen Eustace und seine Freunde, die alle düster blickten und nach Rauch rochen.

Als nächstes kamen hintereinander drei oder vier von Francies Verehrern; sie hatten ihr versprechen müssen, früh zu kommen. Sie waren alle glattrasiert und lebhaft – von der neuen Lebhaftigkeit, die erst seit kurzem bei den jungen Männern in Kensington modern geworden war; die Anwesenheit ihrer Rivalen störte sie nicht im geringsten; sie trugen weiße Westen, bauschige Krawatten und gemusterte Socken und hatten ein Taschentuch in die Manschetten gesteckt. Sie wirkten unbekümmert, von einer routinemäßigen Fröhlichkeit, als ob sie gekommen wären, große Taten zu vollbringen. Wenn sie tanzten, trugen ihre Gesichter nicht den üblichen feierlichen Ausdruck eines Engländers beim Tanz; sie sahen unbekümmert, charmant, verbindlich aus; sie tanzten rasch und wirbelten ihre Partnerinnen herum, ohne besonders auf den Rhythmus der Musik Rücksicht zu nehmen.

Für die anderen Tänzer hatten sie nur herablassende Verachtung; sie, die »leichte Brigade«, waren die Helden aller Bälle in Kensington – die einzigen, die das richtige Benehmen, das richtige Lächeln, den richtigen Schwung hatten.

Nach ihnen kam bald der Strom der anderen Gäste; die »schwereren Teile« – Mütter, Tanten, Anstandsdamen – setzten sich am Rande ab, dem Eingang gegenüber, das leichte, junge Volk ließ sich in den Strudel des Tanzes hineinziehen.

Es gab nicht allzu viele Tänzer, und in den Gesichtern der Mauerblümchen stand jener besondere, rührende Ausdruck, ein geduldiges, säuerliches Lächeln, das besagte: »Aber nein! Mißverstehen Sie mich nicht, ich weiß, daß Sie nicht zu mir kommen. Das kann ich doch nicht erwarten!« Francie bat ihre Verehrer oder irgendeinen grünen Jungen: »Mir zuliebe, lassen Sie sich doch bitte Miss Pink vorstellen; sie ist wirklich ein nettes Mädchen!« Dann führte sie ihn hin und sagte: »Miss Pink – Mr. Gathercole. Haben Sie noch einen Tanz frei?« Und Miss Pink errötete sanft, lächelte gezwungen und antwortete: »Oh! Ich glaube schon!« Sie verdeckte ihre leere Tanzkarte und schrieb mit Inbrunst den Namen Gathercole neben den Tanz, den er vorschlug. Wenn dann der junge Mann gemurmelt hatte, daß es heiß sei, und weitergegangen war, verfiel sie wieder in das hoffnungslose Warten, in ihr geduldiges, säuerliches Lächeln.

Mütter fächelten sich langsam die Gesichter und beobachteten ihre Töchter – in ihren Augen konnte man das ganze Geschick ihrer Tochter ablesen. Was machte es schon, wenn sie selbst Stunde um Stunde todmüde, unbequem, schweigend oder krampfhaft plaudernd dasaßen – wenn sich nur die Mädchen gut unterhielten! Aber mitansehen zu müssen, wie man sie vernachlässigte, an ihnen vorbeiging! Ah! Sie lächelten, aber ihre Augen sprühten Gift; wie sie sich danach sehnten, diesen jungen Gathercole am Bund seiner lächerlichen Hose zu packen und ihn zu ihrer Tochter zu schleppen, diesen Affen!

Die ganze Grausamkeit und Härte des Lebens, sein Pathos, die ungleichen Chancen, Arroganz, Selbstvergessenheit und geduldiges Sichfügen war auf dem Schlachtfeld dieses Tanzsaals in Kensington vertreten. Und hie und da sah man wirklich Verliebte – nicht von der besonderen Gattung wie Francies Verehrer –, die sich zitternd, errötend, still mit heimlichen Blicken suchten, im Gewirr des Tanzes die Berührung des andern ersehnten und dann miteinander tanzten, und sich dem Zuseher durch das Leuchten ihrer Augen verrieten.

James und seine Familie kamen keine Minute vor zehn – Emily, Rachel, Winifred (Dartie hatte man zu Hause gelassen, da er bei einem ähnlichen Abend bei Roger einmal zu viel Champagner getrunken hatte) und Cecily, die jüngste, die an diesem Abend zum ersten Mal an einer Gesellschaft teilnahm; hinter ihnen kamen Soames und Irene, die im Haus seines Vaters zu abend gegessen hatten.

Alle diese Damen trugen Kleider mit Schulterspangen und keinen Tüll – und zeigten so den andern sofort durch ihre tieferen Dekolletés, daß sie von der eleganteren Seite des Parks kamen.

Soames trat zurück, um nicht mit den Tanzenden in Berührung zu kommen, und lehnte sich gegen die Wand. Er verschanzte sich hinter einem ausdruckslosen Lächeln und blickte über die Tanzfläche. Walzer um Walzer klang auf und endete, Paar um Paar tanzte lächelnd, lachend, plaudernd an ihm vorbei; andere wieder mit zusammengepreßten Lippen und suchendem Blick; und wieder andere stumm, mit Augen nur für den Partner. Der Duft des Festes – von Blumen, Frauenhaar, Parfums – lag schwer in der Hitze dieser Sommernacht. Schweigend, mit einem leicht verächtlichen Lächeln um die Lippen, stand Soames da und schien nichts davon zu bemerken; aber hin und wieder fanden seine Augen, was er suchte, blieben auf einem Punkt in der Menge haften, und das Lächeln erstarb auf seinen Lippen.

Er tanzte mit niemandem. Es gab tatsächlich Männer, die mit ihren Frauen tanzten; sein Gefühl für »Anstand«

hatte es ihm nicht erlaubt, seit seiner Heirat mit Irene zu tanzen, und der Gott der Forsytes allein weiß, ob er froh darüber war oder nicht.

Sie tanzte an ihm mit anderen Männern vorbei, und ihr lila Kleid wirbelte um ihre Beine. Sie tanzte gut; er war es schon müde, andere Frauen mit einem giftigen Lächeln sagen zu hören: »Wie schön Ihre Frau doch tanzt, Mr. Forsyte – es ist ein richtiges Vergnügen, ihr zuzusehen!« Und er war es müde, ihnen mit einem raschen Seitenblick zu antworten: »Tatsächlich?«

Ein Pärchen in seiner Nähe spielte mit einem Fächer und verursachte einen unangenehmen Luftzug. Francie stand mit einem ihrer Verehrer in der Nähe. Auch sie sprachen von Liebe.

Er hörte Rogers Stimme hinter sich, der einem Diener Anordnungen wegen des Soupers gab. Alles war so zweitklassig! Er wünschte, er wäre nicht gekommen. Er hatte Irene gefragt, ob sie ihn brauchte, und sie hatte ihm mit ihrem aufreizenden Lächeln geantwortet: »Aber nein!« Warum war er eigentlich wirklich gekommen? Während der letzten Viertelstunde hatte er sie nicht einmal gesehen. Und da kam auch George mit seinem boshaften Grinsen auf ihn zu; es war zu spät, er konnte ihm nicht mehr ausweichen.

»Hast du den ›Freibeuter‹ gesehen?« fragte dieser akkreditierte Witzbold; »er ist auf dem Kriegspfad – frisch geschnittenes Haar und so weiter!«

Soames verneinte die Frage, durchquerte den Saal, der in der Tanzpause halb leer war, und sah auf die Straße hinunter.

Ein Wagen mit späten Gästen war vorgefahren, und um das Tor lungerten ein paar geduldige Neugierige, wie sie in den Straßen Londons bei hellerleuchteten Häusern und Musik immer auftauchen; und die bleichen Gesichter dieser dunklen, schäbigen Gestalten starrten mit einer derartig intensiven Wachsamkeit nach oben, daß sie Soames beunruhigten: Warum durften sie so herumlungern? Warum trieb sie der Polizist nicht weiter?

Aber der Polizist beachtete sie gar nicht; mit gespreizten Beinen stand er auf dem roten Teppich, den man ausgelegt hatte; und sein Gesicht unter dem Helm trug denselben beobachtenden Ausdruck wie die der anderen.

Im Licht der Straßenlampen konnte Soames über die Straße durch die Gitter hindurch die Zweige der Bäume sehen, die sich leise im Wind bewegten; darüber leuchteten die Fenster der oberen Stockwerke der Häuser auf der anderen Seite, wie Augen, die auf das tiefe Dunkel des Parks hinunterstarrten; und über allem warf der Himmel, dieser wunderbare Londoner Himmel, den Schein von zahllosen Lampen zurück; eine Kuppel, in der sich zwischen ihren Sternen Wünsche und Träume der Menschen widerspiegelten – ein riesiger Spiegel des Prunks und Elends, der sich mit leisem Spott Nacht für Nacht weit über Häuser und Gärten, Paläste und Elend, über Forsytes, Polizisten und geduldige Neugierige in den Straßen spannt.

Soames drehte sich um und starrte, in der Nische verborgen, in den hellerleuchteten Raum. Hier war es kühler. Er sah, wie die Neuankömmlinge, June und ihr Großvater, eintraten. Warum kamen sie so spät? Sie sahen abgekämpft aus. Sie standen in der Tür. Daß Onkel Jolyon doch tatsächlich um diese Tageszeit noch ausging? Warum war denn June nicht zu Irene gekommen, wie sie das üblicherweise tat? Plötzlich fiel ihm auf, daß er June schon lange Zeit nicht gesehen hatte. Während er ihr Gesicht noch mit blasierter Bosheit betrachtete, sah er sie so bleich werden, daß er glaubte, sie würde in Ohnmacht fallen, und dann heftig erröten. Er drehte sich um, um festzustellen, wen sie ansah, und bemerkte seine Frau am Arm Bosinneys, wie sie eben aus dem Wintergarten am Ende des Raumes kamen. Sie blickte zu ihm auf, als ob sie eine Frage beantwortete, die er ihr gestellt hatte, und er sah sie versunken an.

Soames sah wieder auf June. Ihre Hand lag auf dem Arm des alten Jolyon; sie schien ihn um etwas zu bitten. Er sah, wie sein Onkel erstaunt aufsah; dann drehten sie sich um und verschwanden durch die Tür aus seinem Gesichtskreis.

Die Musik begann wieder – ein Walzer –, und unbeweglich wie eine Statue, mit steinernem Gesicht, ohne zu lächeln, wartete Soames in der Fensternische. Bald darauf tanzten seine Frau und Bosinney, keinen Meter von dem dunklen Balkon entfernt, an ihm vorbei. Der Duft der Gardenien, die sie trug, drang zu ihm herüber, er sah, wie sie heftig atmete, sah die Weichheit ihres Blickes, ihre geöffneten Lippen und einen Ausdruck auf ihrem Gesicht, den er nicht kannte. Sie tanzten im langsamen, schwingenden Rhythmus des Walzers dahin, und ihm schien es, als klammerten sie sich aneinander; er sah, wie sie ihre dunklen, weichen Augen zu Bosinneys Blick erhob, und dann die Lider wieder sinken ließ.

Sehr bleich trat er auf den Balkon zurück, lehnte sich an die Brüstung und blickte auf den Platz hinunter; noch immer starrten die Gestalten von vorhin mit stumpfer Beharrlichkeit ins Licht, und auch der Polizist hatte die Augen erhoben und starrte – aber er sah nichts davon. Unter ihm fuhr ein Wagen vor, zwei Menschen stiegen ein und fuhren fort…

An diesem Abend hatten sich June und der alte Jolyon zur gewohnten Zeit zum Abendessen gesetzt. Das Mädchen trug ein ganz gewöhnliches, hochgeschlossenes Kleid, und auch der alte Jolyon hatte sich nicht umgezogen.

Beim Frühstück hatten sie vom Ball bei Onkel Roger gesprochen, sie wollte gehen; sie sagte, sie wäre so dumm gewesen und hätte vergessen, jemand zu bitten, sie hinzubegleiten. Jetzt sei es zu spät.

Der alte Jolyon hatte sie forschend angesehen. June ging doch gewöhnlich mit Irene zu den Bällen! Und während er sie ganz bewußt anblickte, fragte er: »Warum gehst du nicht mit Irene?«

Nein! June wollte Irene nicht darum bitten; sie wollte nur gehen, wenn – wenn es ihrem Großvater nur das eine Mal nichts ausmachte – nur eine ganz kurze Zeit!

Unter ihren Blicken, so bittend und so müde, hatte der alte Jolyon brummend zugestimmt. Er wußte gar nicht, sagte er, was sie eigentlich auf so einem Ball wollte, wo doch sicher gar nichts los sei; und sie war doch auch in keiner guten Verfassung! Was sie brauchte, war ein Aufenthalt am Meer, und nach der Hauptversammlung der Globular Gold Concessions würde er auch gern mit ihr fortfahren. Sie wollte nicht fortfahren? Ah! Sie würde sich noch ruinieren! Mit einem traurigen Blick auf June setzte er sein Frühstück fort.

June war früh fortgegangen und rastlos in der Hitze herumgewandert. So müde, so unlustig sie in letzter Zeit gewesen war, jetzt war ihre kleine Gestalt wie verändert. Sie kaufte sich ein paar Blumen. Sie wollte – sie mußte so gut wie noch nie aussehen. Er würde ja dort sein! Sei wußte nur zu gut, daß er eine Einladung hatte. Sie würde ihm zeigen, daß es ihr nichts ausmachte. Aber tief in ihrem Herzen entschloß sie sich, ihn an diesem Abend zurückzugewinnen. Frisch und vergnügt kam sie zurück und führte während des Essens ein lebhaftes Gespräch; der alte Jolyon ließ sich täuschen.

Am Nachmittag überwältigte sie ein Anfall verzweifelten Weinens. Sie erstickte ihr Schluchzen in ihren Kissen, aber als sie endlich aufhörte, sah sie im Spiegel ein verschwollenes Gesicht mit geröteten Augen und violetten Schatten um die Augen. Bis zum Abendessen blieb sie in ihrem verdunkelten Zimmer. Und während des ganzen schweigsamen Mahles ging ein innerer Kampf in ihr vor. Sie sah so zerbrechlich und erschöpft aus, daß der alte Jolyon Sankey befahl, den Wagen abzubestellen, er würde sie nicht ausgehen lassen. Sie sollte ins Bett! June leistete keinen Widerstand, ging auf ihr Zimmer und blieb im Dunkeln sitzen. Um zehn Uhr läutete sie dann nach ihrem Mädchen.

»Bring mir heißes Wasser, dann geh zu Mr. Forsyte und sag ihm, daß ich völlig ausgeruht bin. Sag ihm auch, daß ich allein zum Ball fahren kann, wenn er zu müde ist.«

Das Mädchen sah sie mißtrauisch an, und June drehte

sich herrisch zu ihr um: »Geh«, sagte sie, »bring mir sofort das heiße Wasser!«

Ihr Ballkleid lag noch auf dem Sofa, und mit einer fast wilden Entschlossenheit zog sie sich sorgfältig an, nahm die Blumen in die Hand und ging hinunter; sie trug ihr kleines Gesicht hocherhoben unter der Haarkrone. Als sie am Zimmer des alten Jolyon vorbeiging, konnte sie ihn drinnen hören.

Er war, verwirrt und verärgert, dabei, sich umzuziehen. Es war schon nach zehn, vor elf Uhr würden sie nicht hinkommen; das Mädchen war verrückt. Aber er wollte ihr nicht widersprechen – der Ausdruck ihres Gesichts beim Essen verfolgte ihn noch.

Er bürstete sein Haar mit der großen Bürste mit dem Ebenholzgriff, bis es im Licht wie Silber glänzte; dann trat auch er auf die düstere Stiege hinaus.

June erwartete ihn unten, und ohne ein Wort zu sprechen gingen sie zusammen zum Wagen.

Als sie nach einer endlos scheinenden Fahrt Rogers Salon betrat, verbarg sie unter einem entschlossenen Äußeren die ganze Nervosität und Bewegung, die in ihr tobte. Das Schamgefühl, das sie vielleicht darüber empfunden hätte, daß sie »ihm nachlief«, wurde durch die Angst verjagt, ihn doch nicht hier zu finden, ihn womöglich nicht zu treffen, und durch den wilden Entschluß, ihn irgendwie – sie wußte selbst nicht, wie – zurückzugewinnen.

Der Anblick des Ballsaals mit seinem glänzenden Parkett gab ihr ein Gefühl der Freude, des Triumphs, denn sie tanzte so gern, und wenn sie tanzte, war es, als ob sie schwebte. Sie war so leicht wie eine kleine Elfe. Er würde sie doch sicher auffordern, und wenn sie einmal miteinander tanzten, würde alles so sein wie früher. Sie sah erwartungsvoll umher. Der Anblick Bosinneys, der mit Irene aus dem Wintergarten kam und dessen Gesicht diesen seltsamen Ausdruck völliger Hingabe trug, traf sie zu plötzlich. Sie hatten ihr Elend nicht gesehen – keiner durfte es sehen –, nicht einmal ihr Großvater hatte etwas bemerkt.

Sie legte ihre Hand auf den Arm des Großvaters und

sagte sehr leise: »Ich muß nach Hause fahren, Großvater; mir ist sehr übel.«

Er führte sie rasch hinaus und murrte bei sich, daß er ja gewußt habe, wie es kommen würde.

Zu ihr sagte er nichts; erst als sie wieder im Wagen saßen, der durch einen glücklichen Zufall in der Nähe des Eingangs geblieben war, fragte er sie: »Was ist los mit dir, mein Liebes?«

Als er bemerkte, daß ihr schlanker Körper von Weinkrämpfen geschüttelt wurde, war er sehr beunruhigt. Sie mußte morgen Dr. Blank aufsuchen. Er würde darauf bestehen. So ging das nicht weiter... Aber, aber!

June beherrschte ihr Weinen, drückte fieberhaft seine Hand und lehnte sich in ihre Ecke zurück, das Gesicht in einen Schal gepreßt.

Er konnte nur ihre Augen sehen, die starr in die Dunkelheit blickten, aber er hörte nicht auf, ihre Hand mit seinen dünnen Fingern zu streicheln.

9

Ein Abend in Richmond

Nicht nur June und Soames, auch andere Augen hatten »die beiden« (wie Euphemia sie bereits zu nennen begann) aus dem Wintergarten kommen sehen – und Bosinneys Gesichtsausdruck bemerkt.

Es gibt Augenblicke, da die Natur die Leidenschaft offenbart, die sonst unter der sorglosen Ruhe ihrer alltäglichen Stimmungen verborgen liegt – der leuchtende Frühling, der durch purpurne Wolken bricht und die Mandelblüten zum Erglühen bringt; ein schneebedeckter Gipfel im Mondlicht und darüber ein einsamer Stern im dunklen Blau des Himmels; oder eine alte Eibe vor der flammenden Szenerie eines Sonnenuntergangs –

dunkle Hüterin eines Geheimnisses voll Wildheit und Leidenschaft.

Und es gibt Augenblicke, da etwa in einer Bildergalerie ein Gemälde, das für den beiläufigen Besucher nichts ist als ein im Katalog mit drei Sternchen versehener Tizian – »besonders sehenswert« –, die Schale irgendeines Forsyte durchdringt (und sei es auch nur deshalb, weil er besonders gut gefrühstückt hatte) und ihn fesselt, ja in eine Art Ekstase versetzt. Es gibt wirklich Dinge, spürt er, es gibt Dinge, die ... wie soll ich's nur sagen? Da steht vor seinen Augen plötzlich etwas Unbegreifliches, etwas, das nicht den Gesetzen seiner Vernunft unterworfen ist, und wenn er versucht, es zu beschreiben, ihm mit der Genauigkeit des Praktikers auf den Leib zu rücken, entzieht es sich ihm, läßt sich nicht fassen, so wie die wärmende Wirkung des Weins, den er getrunken hat, vergeht und ihm nichts bleibt als ein schwerer Kopf und eine flaue Leber. Er hat das Gefühl, über seine Verhältnisse gelebt zu haben, leichtsinnig gewesen zu sein – sein Wohlbefinden ist gestört. Er wollte gar nichts von dem sehen, was hinter den drei Sternchen des Katalogs lag. Gott verhüte, daß er etwas von den Kräften der Natur erführe! Gott verhüte, daß er sich auch nur einen Augenblick lang die Existenz solcher Dinge eingestehe! Wo käme er hin, wenn er so etwas zugäbe? Schließlich hatte er einen Shilling für den Eintritt gezahlt und einen weiteren für den Katalog.

Der Blick, den June gesehen hatte – und andere Forsytes auch –, war gewesen, wie wenn man hinter einem Vorhang eine Kerze trägt, und ihr Schein dringt plötzlich sekundenlang durch ein Loch nach außen – wie das Aufflammen eines unbestimmten, erratischen Lichtes, geheimnisvoll und lockend. Wer es gesehen hatte, wurde gewahr, daß gefährliche Kräfte am Werk waren, und bemerkte es zunächst mit boshaftem Vergnügen – »wie interessant« –, fühlte dann aber bald, daß man derartiges doch gar nicht bemerken dürfe.

Trotz alledem gab dies eine Erklärung für Junes spätes Erscheinen und ihr plötzliches Verschwinden, ohne daß sie ein einziges Mal getanzt, ja auch nur ihren Verlobten begrüßt hatte. Sie war wohl krank, sagte man, und Wunder sei es keines.

Dabei sah man einander allerdings ein wenig schuldbewußt an. Keiner wollte einen Skandal verbreiten, keiner boshaft sein. Wer wollte das schon? Und nach außenhin ließ man nichts verlauten – ein ungeschriebenes Gesetz verschloß ihnen den Mund.

Dann hieß es, June sei mit dem alten Jolyon an die See gefahren.

Er hatte sie nach Broadstairs gebracht, das eben in Mode gekommen war, nachdem Yarmouth – trotz Nicholas – etwas von seinem Ansehen eingebüßt hatte. Kein Forsyte fuhr je an die See ohne die Absicht, für sein Geld ein ordentliches Maß Luft zu bekommen, das ihm in spätestens einer Woche ein Gallenleiden einbringen würde. Denn die Galle war bei den Forsytes immer etwas anfällig, was wohl auf die verhängnisvolle, aristokratische Vorliebe des ersten Forsyte für Madeira zurückzuführen war.

June fuhr also an die See. Die Familie wartete die weitere Entwicklung ab – was sonst hätte man tun können?

Doch – wie weit waren »die beiden« gegangen? Wie weit würden sie gehen? Oder ging überhaupt irgend was vor? Daraus werden konnte schwerlich etwas, denn keiner der beiden hatte Geld. Im äußersten Fall also ein Flirt, der – wie es nur recht und billig ist – zur rechten Zeit wohl zu Ende gehen würde.

Soames' Schwester, Winifred Dartie, die mit der Luft von Mayfair – sie wohnte in Green Street – modernere Grundsätze hinsichtlich des ehelichen Verhaltens in sich aufgesogen hatte, als man üblicherweise in Ladbroke Grove (um nur ein Beispiel zu nennen) anerkannte, lachte über den Gedanken, daß da überhaupt etwas dran sein sollte. Die »kleine Irene« – Irene war größer als sie, und es war wohl ein echtes Zeichen des soliden Wertes, den ein Forsyte darstellt, daß man sie trotzdem immer als die »kleine Irene« bezeichnete – die kleine Irene langweilte sich. Warum sollte sie sich nicht amüsieren? Soames war ja wirklich etwas langweilig; und was Mr. Bosinney anlangte – nur so ein Hanswurst wie George konnte auf den Gedanken kommen, ihn den Freibeuter zu nennen – also sie fand Mr. Bosinney äußerst *chic*.

Dieser Ausspruch – daß Bosinney *chic* sei – verursachte beträchtliche Aufregung. Sehr überzeugend war er nicht. Zugegeben – er sah »irgendwie gut« aus – aber daß Winifred einen Mann mit seinen hohen Backenknochen, den seltsamen Augen und den weichen Filzhüten als *chic* empfinden konnte, war nichts als ein weiterer Beweis für ihre Sucht, immer etwas Neues und Extravagantes zu finden.

Es war jener berühmte Sommer, in dem die Extravaganz gerade Mode war, als auch die Erde anders, verschwenderischer war als sonst, als die Kastanien mit Blüten übersät, die Blumen voll süßen Duftes waren wie nie zuvor; als in jedem Garten die Rosen blühten; als der nächtliche Himmel kaum all die blitzenden Sterne fassen konnte; als die Sonne tagein, tagaus von früh bis spät ihre goldenen Strahlen zum Park niedersandte, und als die Menschen seltsame Dinge taten – etwa im Freien ihr Mittag- und Abendessen einnahmen. In ungeahnter Zahl strömten die Mietwagen und Equipagen über die Brücken des glitzernden Flusses und trugen die besseren Leute hinaus ins Grüne, nach Bushey, Richmond, Kew und Hampton Court. Fast jede Familie, die Anspruch darauf erhob, zur Klasse der Wagenbesitzer gerechnet zu werden, stattete in diesem Jahr den Roßkastanien in Bushey einen Besuch ab oder fuhr hinaus nach Richmond Park, wo die Edelkastanien in Blüte standen. In frischer – wenn auch staubiger – Fahrt ging's dahin, in einer Wolke, die man selbst verursacht hatte, und wie die Mode es wollte, betrachtete man pflichtschuldigst die trägen Hirsche, die ihre Geweihe aus dem Farndickicht reckten, das – üppiger denn je – den Verliebten einen Herbst versprach, in dem sie mehr als sonst Schutz vor neugierigen Blicken finden würden. Und ab und zu, wenn der berauschende Duft von

Kastanienblüten und Farnen ganz nah herüberwehte, sagte wohl einer zum andern: »Gott, was für ein eigentümlicher Geruch!«

Und die Lindenblüten waren so prächtig wie noch nie, fast honigfarben und bei Sonnenuntergang hüllten sie die Plätze von London in einen Duft wie von Nektar – einen Duft, der in den Herzen der Forsytes ein unnennbares Sehnen erweckte, so daß sie nach dem Abendessen noch die Kühle der Gärten aufsuchten, zu denen nur sie die Schlüssel hatten. Dann blieben sie wohl stehen zwischen den Schatten der Blumenbeete im Dämmerlicht, und wandten sich um und um, als suchten sie einen Liebhaber, der dort im Dunkel auf sie wartete, bis der letzte Schimmer sich in den dunklen Zweigen verloren hatte.

War es ein vages Mitgefühl, an dem der Lindenduft schuld war, oder der schwesterliche Wunsch, mit eigenen Augen zu sehen, was eigentlich vorging, war es ein Versuch, die Richtigkeit ihrer These, daß »nichts dahinter« sei, zu bestätigen; oder einfach das unwiderstehliche Verlangen, wie all die anderen nach Richmond zu fahren – jedenfalls schrieb die Mutter der kleinen Darties (Klein Publius, Imogen, Maud und Benedict) ihrer Schwägerin folgende Zeilen:

Liebste Irene!
Wie ich höre, fährt Soames morgen nach Henley und bleibt dort über Nacht, und da wäre es doch nett, wenn wir einen kleinen Ausflug nach Richmond machten. Vielleicht lädst Du Mr. Bosinney ein und ich den jungen Flippard.

Emily (sie riefen ihre Mutter beim Vornamen, das war so *chic*) ist so gut und leiht uns ihren Wagen. Ich hole dann dich und Deinen Begleiter um sieben Uhr ab.

Deine Dich liebende

Winifred Dartie

PS.: Montague sagt, das Essen im Crown and Sceptre sei, soviel er wisse, recht erträglich.

Montague war Darties zweiter Vorname, und er wurde meist so gerufen, denn sein erster war Moses – schließlich war er doch ein Mann von Welt!

Das Schicksal legte diesem wohlgemeinten Plan mehr Schwierigkeiten in den Weg, als er verdiente. Zunächst schrieb einmal der junge Flippard folgenden Brief:

Liebe Mrs. Dartie!
Tut mir schrecklich leid – bin verhindert.

Ihr
Augustus Flippard

Es war zu spät, hinaus in die Gassen und Straßen der Stadt zu senden, um diesem Übelstand abzuhelfen. Rasch entschlossen, wie von einer Mutter nicht anders zu erwarten, wandte sich Winifred an ihren Mann. Sie hatte ganz das entschiedene, dabei aber tolerante Temperament, das man so oft bei Frauen mit ausgeprägtem Profil, blondem Haar und grünen Augen findet. Sie kam selten oder nie in Verlegenheit, und wenn es einmal geschah, dann wußte sie sicher auch daraus Gewinn zu ziehen.

Dartie hatte gerade Oberwasser. Erotic hatte den Lancashire-Pokal nicht gewonnen, ja dieses berühmte Pferd, das einem der bedeutendsten Männer des Rennvereins gehörte – der insgeheim mehrere tausend Pfund gegen sein bestes Pferd im Stall gewettet hatte –, war nicht einmal gestartet. Die achtundvierzig Stunden, die der Zurückziehung der Nennung folgten, gehörten zu den dunkelsten in Darties Leben. Tag und Nacht erschien ihm James' Bild vor Augen. Finstere Gedanken über Soames mischten sich mit leiser Hoffnung. Und Freitag abend betrank er sich – so sehr nahm er sich die Sache zu Herzen. Am Samstagmorgen aber erwachte in ihm der echte Börseninstinkt zu neuem Leben. Mit etlichen hundert Pfund, die er geborgt hatte – Schulden, die er unter keinen Umständen würde begleichen können –, ging er in die Stadt und setzte, was er hatte, auf Concertina im Saltown Borough Handicap.

Zu Major Scrotton, mit dem er im Klub zu Mittag aß, sagte er dann: »Der kleine Judenbengel, Nathans, hat mir'n Tip gegeben. Is' mir auch egal – ich sitz' in der Tinte. Und geht's schief, verdammt noch mal, dann muß eben der alte Herr mit'm Geld rausrücken!« Seinen Mangel an Respekt für den alten James verdankte er einer Flasche Pol Roger, die er – auf eigene Rechnung! – konsumiert hatte.

Es ging nicht schief. Concertina siegte um eine Nasenlänge – knapper hätte es nicht ausgehen können. Tja, Glück muß man haben, meinte Dartie.

Und so hatte er gar nichts gegen den Ausflug nach Richmond. Würde ihm ganz guttun. Er hatte ein Auge auf Irene geworfen und wollte für's Leben gern ein bißchen näher an sie 'rankommen.

Um halb sechs Uhr kam der Diener von Park Lane herüber und meldete, Mrs. Forsyte bedaure sehr, aber eines der Pferde habe Husten.

Trotz dieses neuerlichen Schlages unverzagt, schickte Winifred den kleinen Publius (er war eben sieben geworden) mit der Gouvernante hinüber zum Montpelier Square.

Man würde also in Mietwagen fahren und einander beim Crown and Sceptre um Viertel vor acht treffen.

Als Dartie das erfuhr, war er sehr erfreut. Das war sicher angenehmer, als mit dem Rücken zu den Pferden sitzen zu müssen. Und er würde gern mit Irene hinausfahren – sie würden doch die anderen am Montpelier Square abholen, und dort könnten sie dann Plätze tauschen.

Er murrte, als er hörte, man würde einander erst beim Crown and Sceptre treffen, und er müsse schon mit seiner Frau im Wagen vorliebnehmen; und meinte, das sei verdammt langweilig!

Um sieben brachen sie auf, und Dartie bot dem Kutscher eine Wette um eine halbe Krone an, daß sie es nicht in dreiviertel Stunden schaffen würden.

Nur zweimal während der Fahrt wechselten seine Frau und er Bemerkungen.

Dartie sagte: »Unser lieber Soames wird ganz schön toben, wenn er erfährt, daß seine Frau mit Bosinney ausgefahren ist –«

Winifred erwiderte: »Sprich keinen Unsinn, Monty!«

»Unsinn?« wiederholte Dartie. »Du kennst die Frauen nicht, meine Liebe!«

Und später fragte er nur: »Wie seh' ich aus? Bißchen aufgekratzt, nicht? Der Schampus, auf den der alte George so schwört, hat's in sich!« Er hatte mit George Forsyte im Haversnake zu Mittag gegessen.

Bosinney und Irene waren schon da, als sie ankamen. Sie standen in einer der großen Glastüren, die den Blick auf den Fluß gestatteten.

In jenem Sommer waren alle Fenster Tag und Nacht offen, und Tag und Nacht strömte der Duft der Blumen und Blüten durch die Räume, der heiße Geruch des verdorrenden Grases, der kühle Hauch des Taus.

Dem kritischen Auge Darties erschien es, als wären die beiden andern nicht gerade blendender Laune – sie standen nebeneinander, ohne ein Wort zu sagen. Und Bosinney sah recht verhungert aus – Schwung hatte der Mann wohl nicht viel!

Er überließ die Konversation Winifred und widmete sich der Bestellung. Forsytes schwören auf gutes, wenn auch nicht gerade allzu raffiniertes Essen – einem Dartie jedoch ist das Beste, was ein Lokal wie das Crown and Sceptre zu bieten hat, gerade gut genug. Er lebt von der Hand in den Mund, und eben deshalb ist ihm nichts zu teuer. Auch seinen Getränken schenkt er viel liebevolle Aufmerksamkeit – gar manches, was hierzulande ausgeschenkt wird, ist einem Dartie zu minder –, er besteht auf dem Besten. Und da er nie aus eigener Tasche zahlt, gibt es für ihn keinen Grund, warum er sich einschränken sollte. Nur Narren schränken sich ein, nicht aber ein Dartie!

Von allem das Beste! Es gibt keinen vernünftigen Grundsatz, nach dem sich ein Mann sein Leben einrichten kann, dessen Schwiegervater ein nicht unbeträchtliches

Einkommen und eine Schwäche für seine Enkelkinder hat!

Mit scharfem Auge und wachem Verstand hatte Dartie an James diese Schwäche entdeckt – schon im ersten Jahr nach der Ankunft des kleinen Publius (ein Versehen!), und er hatte seine Erkenntnis zu nützen gewußt. Und jetzt stellten die vier kleinen Darties so etwas wie eine ständige Versicherung gegen die Unbill des Lebens dar.

Die Krone des Festmahls war zweifellos die rote Meeräsche, ein köstlicher Fisch, aus respektabler Entfernung in bewundernswert frischem Zustand hergeholt, zuerst gebraten, dann entgrätet und schließlich auf Eis serviert, mit Madeirasauce, nach einem Rezept, das ein streng gehütetes Geheimnis einiger weniger Auserwählter war.

Ansonsten verdient kaum etwas nähere Erwähnung, es sei denn, daß Dartie selbst die Rechnung beglich.

Er war während des ganzen Mahles die Liebenswürdigkeit selbst, und sein dreist bewundernder Blick ließ nur selten von Irenes Gesicht und Gestalt ab. Er mußte sich allerdings eingestehen, daß er auf wenig Gegenliebe stieß – sie blieb kühl, so kühl wie ihre Schultern unter dem cremefarbenen Spitzenschleier wirkten. Er hatte erwartet, sie bei einem kleinen Flirt mit Bosinney zu ertappen – doch nichts von alledem, ihr Benehmen war ohne Tadel. Was den Architekten anging – der war mürrisch wie ein Bär mit Kopfschmerzen; Winifred hatte ihre liebe Not, mit ihm Konversation zu machen. Er aß kaum, trank aber ziemlich viel, und sein Gesicht wurde immer weißer, die Augen blickten immer seltsamer.

Sehr komisch, das alles!

Denn Dartie selbst war in blendender Stimmung, er sprach wie ein Wasserfall und sparte nicht mit kleinen Anzüglichkeiten. Er erzählte ein paar Geschichten, die haarscharf an der Grenze des Erlaubten waren – eine Konzession an seine Gesellschaft, denn im allgemeinen hatten seine Geschichten die Tendenz, die Grenze recht munter zu überschreiten. Er hielt eine komisch sein wollende Tischrede und brachte einen Trinkspruch auf Irene aus – doch die anderen gingen nicht darauf ein, und Winifred sagte: »Spiel doch nicht den Clown, Monty!«

Auf ihren Vorschlag gingen sie nach dem Essen auf die Terrasse über dem Fluß.

»Ich möchte den Liebespärchen zusehen«, sagte sie, »die Leute aus dem Volk sind so komisch dabei!«

Und wirklich waren viele Pärchen da – sie gingen in der Abendkühle spazieren, und die Luft schwirrte von ihren Stimmen, die bald laut und grob, bald sanft klangen, als flüsterten sie ein Geheimnis.

Es dauerte nicht lange, und Winifreds praktischer Sinn – immerhin war sie die einzige Forsyte unter ihnen – hatte ihnen eine leere Bank verschafft. Sie setzten sich zu viert nebeneinander. Über ihren Köpfen breitete ein dichter Baum seine Zweige wie einen Baldachin aus, und über dem Fluß verdichtete sich langsam der Dunst.

Dartie saß an dem einen Ende der Bank, neben ihm Irene, dann Bosinney und schließlich Winifred. Es war kaum Platz für vier, und der »Mann von Welt« spürte Irenes Arm eng an den seinen gepreßt. Er wußte genau, daß sie ihn nicht zurückziehen konnte, ohne unhöflich zu erscheinen, und das amüsierte ihn sehr; von Zeit zu Zeit machte er eine kleine Bewegung, die sie näher an ihn heranbringen sollte. »Dieser Freibeuter da soll sie nicht ganz für sich allein haben,« sagte er sich, »und Platz ist ja wirklich nicht viel!«

Von weit unten auf dem stillen Fluß hörte man den Klang einer Mandoline, und ein paar Stimmen sangen den alten Kanon »Fährmann, hol' über...«

Und plötzlich war der Mond da – ganz jung und zart tauchte er hinter einem Baumwipfel auf, und als hätte er geatmet, wurde die Luft kühler. Doch auch die Kühle der Luft trug wieder und wieder den warmen Hauch der Lindenblüten herüber.

Über seine Zigarre schielte Dartie nach Bosinney, der mit verschränkten Armen dasaß und geradeaus vor sich hin starrte, mit einem Gesicht, als litte er Höllenqualen.

Dann warf er einen Blick auf das Gesicht zwischen

Bosinney und ihm selbst, das tief im Schatten des Zweiges über ihnen nur wie ein dunkler Fleck erschien, als wäre dem Dunkel Gestalt gegeben, Leben eingehaucht – so weich, geheimnisvoll, lockend.

Der Lärm auf der Terrasse war verstummt, als dächten alle, die sich auf ihr vergnügten, an ein Geheimnis, das zu kostbar war, es auszusprechen.

Und Dartie dachte: »Oh, diese Frauen!«

Das Leuchten überm Fluß verschwand, das Singen verstummte, der junge Mond verbarg sich hinter einem Baum, es war ganz dunkel. Er drückte sich an Irene.

Der Schauder, der durch ihren Körper ging, störte ihn nicht, auch nicht der ärgerlich-verächtliche Blick, der ihn traf. Er spürte, wie sie sich seinem Druck entziehen wollte, und lächelte.

Es muß wohl darauf hingewiesen werden, daß der »Mann von Welt« ein wenig mehr getrunken hatte, als gut für ihn war. Mit seinen dicken, etwas offenstehenden Lippen unter dem sorgfältig gedrehten Schnurrbart und dem frechen Blick, den er seitlich auf sie warf, hatte er das Aussehen eines boshaften Satyrs.

Auf dem Streifen Himmel, der sich über ihren Köpfen zwischen den Wipfeln der Bäume wie eine von Hecken umsäumte Straße erstreckte, brachen die Sterne hervor, und wie die Sterblichen unten schienen auch sie zu drängeln und zu flüstern. Dann wurde das Stimmengewirr auf der Terrasse wieder lauter. Dartie dachte: Ist schon ein schäbiger, verhungerter Kerl, dieser Bosinney! – und er drängte sich näher an Irene heran.

Er hatte nicht gerade den erwünschten Erfolg. Irene erhob sich, und die andern folgten ihrem Beispiel.

Der Mann von Welt war mehr denn je darauf aus, Irene auf den Zahn zu fühlen. Auf dem ganzen Weg über die Terrasse hielt er sich dicht bei ihr. Er war voll des süßen Weines. Vor ihnen lag die lange Heimfahrt und die warme, dunkle, angenehme Intimität des zweisitzigen Mietwagens – nach dem Willen des großen und wohlwollenden Mannes, der für die Konstruktion verantwortlich zeichnete, ein Refugium, abgeschieden von der Umwelt. Sollte dieser verhungerte Architekt mit Winifred fahren – viel Vergnügen! Und er vermied es sorgfältig zu sprechen, denn er wußte sehr wohl, daß seine Stimme nicht ganz sicher klang. Doch seine Lippen zeigten ein etwas starres Lächeln.

Sie schlenderten langsam zum anderen Ende des Platzes, wo die Wagen warteten. Sein Plan war, wie alle genialen Pläne, von äußerster Einfachheit – er würde einfach dicht bei ihr bleiben, bis sie einstieg und, sobald sie drinnen saß, gleich nachklettern.

Doch als Irene den Wagen erreichte, stieg sie nicht ein, sondern ging vor zum Kopf des Pferdes. Dartie war einen Augenblick lang nicht genügend Herr seiner Beine, um ihr zu folgen. Da stand sie nun und streichelte die Nüstern des Pferdes, und zu seinem Ärger war Bosinney als erster an ihrer Seite. Sie wandte sich zu ihm und sprach rasch und leise mit ihm – Dartie hörte nur die Worte »dieser Mann...«. Er blieb hartnäckig neben der Wagentür stehen und wartete darauf, daß sie zurückkam. Mit so einem simplen Trick ließ er sich nicht abhängen!

Hier im Schein der Laterne sah er, von nicht mehr als mittelgroßer Statur, im gutsitzenden weißen Abendjakkett, den leichten Mantel über den Arm geworfen, eine Nelke im Knopfloch, ein fröhliches, selbstbewußt-anmaßendes Lächeln auf dem gebräunten Gesicht, großartig aus – ganz das Bild eines Mannes von Welt.

Winifred saß schon in ihrem Wagen. Dartie überlegte, daß Bosinneys Fahrt mit Winifred, wenn er sich nicht sehr zusammenriß, nur wenig vergnüglich sein würde. Doch plötzlich erhielt er einen Stoß, der ihn beinahe auf die Straße warf. Bosinney zischte ihm ins Ohr: »Ich fahre mit Irene zurück, verstanden?« Er sah das weiße Gesicht von Leidenschaft verzerrt, und die Augen starrten ihn wie die eines Raubtiers an. »Eh?« stammelte er. »Wie? Kommt nicht in Frage! Sie fahren mit meiner Frau!« – »Weg da!« zischte Bosinney. »Oder ich werfe Sie auf die Straße.«

Dartie wich zurück – er sah deutlich genug, daß Bosinney es ernst meinte. Irene schlüpfte zwischen den beiden Männern durch, und ihr Kleid streifte über seine Beine. Bosinney stieg hinter ihr ein.

»Los!« hörte er Bosinney rufen. Der Kutscher trieb sein Pferd an, und es griff aus.

Einen Augenblick stand Dartie wie vor den Kopf gestoßen da, dann lief er zum anderen Wagen, in dem seine Frau saß, und kletterte hinein. »Fahren Sie los«, rief er dem Kutscher zu, »und verlieren Sie den Kerl da vorn nicht aus den Augen!«

Fluchend setzte er sich an der Seite seiner Frau zurecht. Schließlich beruhigte er sich mit größter Anstrengung etwas und schloß seinen Ausbruch, indem er hinzufügte: »Da hast du ja was Schönes angestellt – den Freibeuter mit ihr nach Hause fahren zu lassen! Weshalb konntest du ihn nicht festhalten? Er ist doch verrückt nach ihr – jeder Narr kann das sehen!«

Er erstickte Winifreds Antwort in neuen Anrufungen vom Himmel und Hölle, und erst als sie Barnes erreichten, beendete er seine Jeremiade, in deren Verlauf er sie, ihren Vater, ihren Bruder, Irene, Bosinney, den Namen Forsyte und seine eigenen Kinder beschimpft und den Tag verflucht hatte, an dem er geheiratet hatte.

Winifred, eine Frau von starkem Charakter, ließ ihn sich austoben, bis er schließlich in mürrisches Schweigen versank. Wütend blickte er dem Wagen nach, dessen Umrisse schemenhaft in der Dunkelheit vor ihnen zu sehen waren, unerreichbar wie eine vergebene Chance.

Zum Glück konnte er Bosinneys leidenschaftliche Bitten nicht hören – Bitten, die sein »weltmännisches« Benehmen ausgelöst hatte; er konnte nicht sehen, wie Irene zitterte, als hätte man ihr das Kleid vom Körper gerissen, noch sehen, wie ihre Augen dunkel und traurig blickten, gleich den Augen eines Kindes, das geschlagen wurde. Er konnte Bosinneys inständiges Bitten nicht hören, nicht, wie sie plötzlich leise zu weinen begann, sah nicht, wie der schäbige, verhungerte Kerl, scheu und zitternd, leise zögernd ihre Hand berührte.

Am Montpelier Square blieb Darties Wagen, dem Auftrag getreu, hinter dem ersten Wagen stehen. Die Darties sahen Bosinney herausspringen, und nach ihm Irene, die mit gesenktem Kopf die Treppe zur Eingangstür hinauflief. Sie mußte ihren Schlüssel in der Hand gehalten haben, denn sie verschwand sofort hinter der Tür, und man konnte nicht ausnehmen, ob sie sich nochmals umgedreht und mit Bosinney gesprochen hatte.

Dieser kam nun zu Fuß an ihnen vorbei, und beide konnten sein Gesicht im Licht der Straßenlaternen deutlich sehen. Heftige Bewegung kämpfte auf seinen Zügen.

»Gute Nacht, Mr. Bosinney!« rief Winifred.

Bosinney fuhr zusammen, zog mit einer heftigen Bewegung den Hut und eilte weiter. Augenscheinlich hatte er sie ganz vergessen gehabt. »Da!« sagte Dartie. »Hast du das Gesicht dieses Irren gesehen? Was hab' ich dir gesagt? Wirklich eine hübsche Sache, das!« Und er legte gleich wieder los.

Es war eindeutig, daß es zwischen den beiden im vorderen Wagen zu einer Krise gekommen war, und Winifred sah sich außerstande, ihre Theorie aufrechtzuerhalten.

Sie antwortete nur: »Ich werde nichts davon erzählen. Es hat keinen Sinn, von der Sache Aufhebens zu machen.«

Dartie stimmte ihr sogleich zu. Er betrachtete James als sein privates Jagdgebiet und war strikt dagegen, daß er durch die Sorgen anderer beunruhigt würde.

»Ganz richtig!« antwortete er. »Soll sich Soames nur um seine Angelegenheiten kümmern. Er ist Manns genug, selbst aufzupassen.«

Und damit betraten die Darties ihr Haus in Green Street, dessen Miete James für sie zahlte, und suchten ihre wohlverdiente Ruhe. Es war Mitternacht geworden, und kein Forsyte blieb um diese Zeit auf der Straße, um Bosinneys Wagen nachzuspionieren, wie er zurückkam, sich an das Gitter des Parks lehnte, so daß er nicht im Lichtkreis der Laterne stand, wie er dort im Schatten der Bäume verharrte und das Haus nicht aus den Augen ließ, in dem sie verborgen war – sie, die nur eine Minute lang zu sehen er gut und gern die ganze Welt gegeben hätte – sie, die ihm jetzt der Hauch der Lindenblüten, Licht und Schatten, ja der Schlag seines eigenen Herzens war.

10

Diagnose eines Forsyte

Es liegt in der Natur eines Forsyte, sich nicht bewußt zu sein, daß er einer ist; nur der junge Jolyon wußte es allzu gut. Auch ihm war es erst bewußt geworden, nachdem er den entscheidenden Schritt getan hatte, der ihn zum Ausgestoßenen machte; und seither hatte er dieses Wissen immer mit sich herumgetragen. Er spürte es in seinem ganzen Verhältnis zu seiner zweiten Frau, die ganz eindeutig keine Forsyte war.

Er war sich darüber im klaren, daß es ihm – hätte er nicht genau gewußt, was er wollte, nicht die Zähigkeit gehabt, weiterzumachen, daß Gefühl, es wäre Wahnsinn, etwas fahrenzulassen, für das man einen so hohen Preis bezahlt hatte: mit einem Wort den »Sinn für Besitz« – unmöglich gewesen wäre, sie während all der finanziellen Schwierigkeiten, der Geringschätzung, der Mißverständnisse der letzten fünfzehn Jahre bei sich zu behalten (vielleicht hätte er nie den Wunsch gehabt, sie zu halten); er hätte sie nie dazu gebracht, ihn nach dem Tod seiner ersten Frau zu heiraten; nie das Ganze durchgemacht, wäre nie trotz allem – arm, aber lächelnd – wieder in die Höhe gekommen.

Er war einer der Männer, die, im Käfig ihres eigenen Herzens gefangen, wie kleine chinesische Götterbilder dasitzen und sich ohne Ende selbst mit einem zweifelnden Lächeln betrachten. Nicht daß sich dieses vertraute und für ihn so typische Lächeln auf seine Taten auswirkte, die, wie sein Kinn und sein Temperament, eine ganz eigenartige Mischung von Weichheit und Entschlossenheit bildeten.

Er war sich auch dessen bewußt, daß er in seiner Arbeit ein Forsyte war – beim Malen seiner Aquarelle, auf die er so viel Energie aufwendete: stets mußte er dabei sich selbst kritisch betrachten, als könne er eine so wenig praktische Tätigkeit nicht ganz ernst nehmen, und stets hatte er ein seltsam beunruhigendes Gefühl, daß er sich mit etwas beschäftigte, was so wenig Geld abwarf.

Gerade dieses Bewußtsein, was es hieß, ein Forsyte zu sein, ließ ihn den folgenden Brief des alten Jolyon mit einer Mischung von Mitgefühl und Ekel lesen:

Sheldrake House,
Broadstairs,
1. Juli

Mein lieber Jo!
(In den letzten dreißig Jahren, in denen er sich daran erinnerte, hatte sich die Handschrift seines Vaters kaum verändert.)

Wir sind jetzt schon vierzehn Tage hier und haben im großen und ganzen schönes Wetter. Die Luft ist gut, aber meine Leber ist nicht in Ordnung, und ich werde froh sein, wenn ich wieder in London bin. Von June kann ich nicht viel sagen; ihre Gesundheit und ihr Gemütszustand sind nicht sonderlich gut, und ich weiß nicht, wie das noch werden soll. Sie sagt nichts, aber es ist klar, daß sie diese Verlobung fortwährend beschäftigt, die eine Verlobung und doch wieder keine ist – Gott weiß was. Ich bezweifle sehr, daß man sie in ihrem gegenwärtigen Zustand nach London zurücklassen sollte, aber sie ist ja so eigenwillig, daß sie es sich jeden Moment in den Kopf setzen könnte, zurückzufahren. Ich glaube, daß jemand mit Bosinney sprechen und feststellen sollte, was er nun eigentlich will. Ich habe Angst davor, denn ich würde ihm sicher auf die Finger klopfen, aber ich dachte, daß Du, der Du ihn doch vom Klub her kennst, ein Wort mit ihm sprechen und herausfinden könntest, was für Absichten er hat. June darfst Du natürlich in keiner Weise bloßstellen. Ich werde mich freuen, von Dir in den nächsten Tagen zu hören, ob Du Erfolg gehabt hast. Die Situation ist sehr schmerzlich für mich, und ich kann vor Sorgen kaum noch schlafen. Alles Liebe an Jolly und Holly.

Dein Dich liebender Vater,
Jolyon Forsyte

Der junge Jolyon dachte über diesen Brief so lange und ernsthaft nach, daß seine Frau bemerkte, wie geistesabwesend er war, und ihn fragte, was denn geschehen sei. Er antwortete: »Nichts.«

Es war sein Prinzip, niemals von June zu sprechen. Seine Frau könnte Angst bekommen, und er wußte nicht, was sie womöglich dachte; er beeilte sich daher, alle Spuren von Sorge aus seinem Gesicht zu verbannen – doch darin war er leider genausowenig erfolgreich wie sein Vater, dessen Durchschaubarkeit in allen häuslichen Belangen er geerbt hatte. Die junge Mrs. Jolyon ging mit zusammengepreßten Lippen ihren Geschäften nach und sah ihn oft verstohlen mit ihrem unergründlichen Blick an.

An diesem Nachmittag ging er mit dem Brief in der Tasche in seinen Klub, ohne einen Entschluß gefaßt zu haben.

Einen Mann nach seinen »Absichten auszuhorchen« war ihm besonders unangenehm; und auch seine besondere Lage war nicht dazu angetan, dieses Gefühl zu vermindern. Es war so typisch für seine Familie und all die Leute, mit denen sie verkehrten, daß sie das geltend machen wollten, was sie »ihre Rechte gegenüber den anderen« nannten, und daß sie andere nur allzugern an ihre Pflichten erinnerten; es war typisch, daß sie ihre Geschäftsprinzipien in ihr Privatleben übertrugen. Und wie der eine Satz in dem Brief – »June darfst Du natürlich in keiner Weise bloßstellen« – das alles verriet!

Und doch war der Brief, mit all dem Kummer, der aus ihm sprach, mit der Sorge um June, mit dem »ihm auf die Finger klopfen« ganz natürlich. Kein Wunder, daß sein

Vater wissen wollte, was Bosinney beabsichtigte, kein Wunder, daß er zornig war.

Man konnte seine Bitte schwer ablehnen. Aber warum sollte gerade er das tun? Das war sicher ganz unpassend; aber solange ein Forsyte sein Ziel erreichte, waren ihm alle Mittel recht, vorausgesetzt, daß der Schein gewahrt wurde.

Wie sollte er die Sache angehen, oder sollte er ablehnen? Beides schien ihm unmöglich. Also dann ans Werk, junger Jolyon!

Er kam um drei Uhr in den Klub, und der erste, den er sah, war Bosinney selbst, der in einer Ecke saß und aus dem Fenster starrte.

Der junge Jolyon setzte sich nicht sehr weit von ihm entfernt hin und begann nervös, seine Lage nochmals zu überdenken. Er sah Bosinney, der davon nichts merkte, heimlich an. Er kannte ihn nicht sehr gut und studierte ihn vielleicht zum ersten Mal aufmerksam; ein ungewöhnlich aussehender Mann, der in Auftreten und Erscheinung den anderen Klubmitgliedern so gar nicht ähnlich war – wie sehr sich Einstellung und Temperament des jungen Jolyon auch geändert hatten, seine äußere Erscheinung spiegelte immer noch die gepflegte Zurückhaltung der Forsyte wider. Er allein von allen Forsyte kannte Bosinneys Spitznamen nicht. Der Mann war ungewöhnlich – nicht exzentrisch, aber ungewöhnlich; auch sah er abgekämpft, hager aus, die Wangen unter den breiten, hohen Backenknochen waren eingefallen; und doch machte er keinen kranken Eindruck, denn er war kräftig gebaut, und sein gekräuseltes Haar schien von gesunder Lebenskraft zu zeugen.

Etwas in seinem Gesicht und seiner Haltung berührte den jungen Jolyon. Er wußte, was Leiden war, und dieser Mann sah so aus, als ob er litte.

Er stand auf und berührte seinen Arm.

Bosinney fuhr zusammen, schien aber nicht verlegen, als er sah, wen er vor sich hatte.

Der junge Jolyon setzte sich.

»Ich habe Sie lange nicht gesehen«, sagte er. »Wie kommen Sie mit dem Haus meines Cousins weiter?«

»Es wird in ungefähr einer Woche fertig sein.«

»Gratuliere!«

»Danke – ich weiß nicht, ob das ein Grund für Glückwünsche ist.«

»Nein?« fragte der junge Jolyon. »Ich hätte gedacht, daß Sie froh sind, eine so lange Arbeit endlich loszuwerden, aber wahrscheinlich geht es Ihnen genauso wie mir, wenn ich mich von einem Bild trenne – eine Art Kind?«

Er sah Bosinney freundlich an.

»Ja«, sagte dieser etwas herzlicher, »es geht von Ihnen weg, und das ist das Ende. Ich wußte nicht, daß Sie malen.«

»Nur Aquarelle. Und ich kann nicht sagen, daß ich an meine Arbeit glaube.«

»Sie glauben nicht daran? Wie können Sie dann arbeiten? Arbeit hat doch keinen Sinn, wenn man nicht daran glaubt!«

»Sehr richtig«, erwiderte der junge Jolyon. »Das ist genau das, was ich immer sage. Haben Sie übrigens schon einmal bemerkt, daß man immer, wen man ›sehr richtig‹ sagt, auch hinzufügt ›das ist genau das, was ich immer sage‹. Aber wenn Sie mich fragen, wie ich trotzdem zu arbeiten vermag, dann kann ich Ihnen nur sagen – weil ich ein Forsyte bin.«

»Ein Forsyte! Dafür habe ich Sie nie angesehen!«

»Ein Forsyte«, antwortete der junge Jolyon, »ist kein seltenes Tier. Es gibt Hunderte unter den Mitgliedern dieses Klubs. Hunderte da draußen auf der Straße; man trifft sie überall, wo man hingeht.«

»Und woran erkennt man sie?« fragte Bosinney.

»An ihrem Sinn für Besitz. Ein Forsyte sieht die Dinge von der praktischen Seite – man könnte sagen mit Hausverstand –, und das beruht letzten Endes auf dem Sinn für Besitz. Ein Forsyte, das werden Sie bemerken, stellt sich niemals bloß.«

»Im Ernst?«

Der junge Jolyon zwinkerte ihm zu.

»Doch. Ich sollte nicht darüber reden, weil ich selbst ein Forsyte bin. Aber ich bin so eine Art von reinrassigem Bastard; sie kann man nicht verwechseln. Sie sind so verschieden von mir wie ich von meinem Onkel James, der das perfekte Beispiel eines Forsyte ist. Sein Sinn für Besitz ist außerordentlich ausgeprägt, während Sie fast keinen haben. Ohne mich als Bindeglied könnte man Sie beide als zwei verschiedene Rassen ansehen. Ich bin ›missing link‹. Wir sind natürlich alle in einem gewissen Grad Sklaven des Besitzes, aber ich nenne einen Forsyte den, der eindeutig noch mehr Sklave des Besitzes ist als die andern. Er weiß, was gut ist, er weiß, was sicher ist, und sein Festhalten am Besitz – egal, ob es Frauen, Häuser, Geld oder Ruf sind – ist sein Firmenzeichen.«

»Ah,« murmelte Bosinney. »Den Ausspruch sollten Sie sich patentieren lassen.«

»Darüber würde ich gern eine Vorlesung halten«, sagte der junge Jolyon; »Eigenschaften und Denkungsart eines Forsyte.« Dieses kleine Tier, durch den Spott seiner Artgenossen getroffen, bleibt aber in seinen Handlungen durch das Gelächter fremder Wesen (wie Sie oder mich) unbeeindruckt. Von Geburt her zur Kurzsichtigkeit neigend, erkennt er nur Personen und Lebensformen seiner eigenen Art an, mit denen man – zwar im Wettstreit mit seinesgleichen – doch ein Leben in Ruhe verbringen kann.«

»Sie sprechen von ihnen«, sagte Bosinney, »als ob sie halb England ausmachten.«

»Das tun sie auch«, wiederholte der junge Jolyon, »halb England, und zwar die bessere Hälfte, die sichere Hälfte, die ›drei Prozent‹-Hälfte, die Hälfte, die zählt. Ihr Reichtum und ihre Sicherheit machen alles möglich; machen Ihre Kunst, Literatur, Wissenschaften, ja sogar die Religion möglich. Ohne Forsytes, die an keines dieser Dinge glauben, aber sie alle nutzbringend anwenden, wo wären wir da? Mein lieber Herr, die Forsytes sind die Mittelsmänner, die Kaufleute, die Stützen der Gesellschaft, die

Eckpfeiler der Konvention; alles, was bewundernswert ist!«

»Ich weiß nicht, ob ich Sie ganz genau verstehe«, sagte Bosinney, »aber ich glaube, daß es auch in meinem Beruf viele Forsytes, wie Sie sie nennen, gibt.«

»Sicher«, antwortete der junge Jolyon. »Die große Mehrzahl aller Architekten, Maler oder Schriftsteller haben keine Prinzipien, wie auch alle anderen Forsytes nicht. Kunst, Literatur, Religion überleben dank der wenigen Verrückten, die wirklich an solche Dinge glauben, und dank der vielen Forsytes, die sie kommerziell auswerten. Vorsichtig geschätzt also drei Viertel aller Mitglieder der Royal Academy, sieben Achtel unserer Schriftsteller, ein großer Prozentsatz der Presse. Von den Wissenschaften kann ich nichts sagen; aber in der Kirche sind sie sehr stark vertreten; im Parlament vielleicht zahlreicher als sonst irgendwo; von der Aristokratie gar nicht zu reden. Aber ich mache keine Späße. Es ist gefährlich, sich gegen die Mehrheit zu stellen – und was für eine Mehrheit!« Er sah Bosinney fest an: »Es ist gefährlich, sich von irgend etwas fortreißen zu lassen – einem Haus, einem Bild – einer Frau!«

Sie sahen einander an. Und, als hätte er getan, was kein Forsyte tat – als hätte er sich bloßgestellt, zog sich der junge Jolyon wieder in seine Schale zurück. Bosinney brach das Schweigen.

»Warum nehmen Sie Ihre eigene Familie als Typus?« fragte er.

»Meine Verwandten«, antwortete der junge Jolyon, »sind nicht sehr extrem und haben ihre privaten Eigenheiten, wie jede andere Familie, aber sie besitzen in einem ganz bemerkenswerten Maß die beiden Eigenschaften, die den echten Forsyte ausmachen – die Fähigkeit, sich niemals etwas mit Leib und Seele zu verschreiben, und den Sinn für Besitz.«

Bosinney lächelte. »Was ist zum Beispiel mit dem Dikken?«

»Sie meinen Swithin?« fragte der junge Jolyon. »Ah – in

Swithin liegt noch etwas Urtümliches. Das Leben des Mittelstandes, das Stadtleben haben ihn noch nicht aufgefressen. All die Jahrhunderte Landarbeit und primitiver Kraft schlummern noch in ihm, obwohl er so vornehm tut.«

Bosinney schien zu überlegen. »Ihren Cousin Soames haben Sie bis ins kleinste getroffen«, sagte er plötzlich. »Er wird sich niemals eine Kugel in den Kopf jagen.«

Der junge Jolyon sah ihn durchdringend an.

»Nein«, sagte er, »sicher nicht. Deshalb muß man mit ihm rechnen. Hüten Sie sich vor ihrem Zugriff! Man kann leicht über sie lachen, aber irren Sie sich nicht. Es ist gefährlich, einen Forsyte zu unterschätzen; es ist gefährlich, nicht mit ihm zu rechnen!«

»Und doch haben Sie genau das getan!«

Der junge Jolyon lächelte nicht mehr – der Hieb hatte gesessen.

»Sie vergessen«, sagte er mit einem sonderbaren Stolz, »ich kann auch zäh sein – ich bin selbst ein Forsyte. Wir alle sind den großen Mächten ausgesetzt. Wer den Schutz der Mauer verläßt – nun, Sie wissen, was ich sagen will. Ich« – er endete sehr leise, als ob er eine Drohung ausspräche, »empfehle nicht jedem, meinen Weg zu gehen. Es kommt darauf an.«

Bosinney stieg das Blut zu Kopf, aber nach wenigen Augenblicken gewann er seine übliche fahlbraune Farbe wieder. Er lachte kurz auf, und seine Lippen verzogen sich zu einem sonderbaren, wilden Lächeln; seine Augen blickten spöttisch auf den jungen Jolyon.

»Danke«, sagte er. »Es ist verteufelt nett von Ihnen. Aber Sie sind wirklich nicht der einzige, der zäh sein kann.« Er erhob sich.

Der junge Jolyon sah ihm nach, als er fortging, stützte seinen Kopf in die Hand und seufzte.

In dem schläfrigen, fast leeren Raum waren die einzigen Geräusche das Rascheln der Zeitungen und das Kratzen der Zündhölzer, wenn sie angestrichen wurden. Lange blieb er bewegungslos sitzen und durchlebte wieder jene Tage, in denen auch er stundenlang gesessen war und die

Uhr angestarrt hatte, gewartet hatte, daß die Minuten verstrichen – lange Stunden voll von Qualen der Unsicherheit, voll von süßem Schmerz; und die lange herrliche Qual dieser Zeit traf ihn wieder mit all ihrer alten Schärfe. Der Anblick Bosinneys, mit seinem hageren Gesicht und den Augen, die ruhelos immer wieder zur Uhr gewandert waren, erweckten in ihm ein Mitleid, das mit einem seltsamen, unwiderstehlichen Neid vermischt war.

Er kannte diese Anzeichen so gut. Wohin ging er – welchem Schicksal ging er entgegen? Was für eine Art von Frau war es, die ihn mit der magnetischen Kraft an sich zog, der weder Ehrgefühl noch Grundsätze und Interessen widerstehen konnten; der man nur durch Flucht entkam?

Flucht? Aber warum sollte Bosinney fliehen? Ein Mann floh, wenn er Gefahr lief, Haus und Herd zu zerstören, wenn Kinder da waren, wenn er glaubte, Ideale zu zerstören, etwas zu zerbrechen. Aber in diesem Fall war, so hatte er gehört, alles für ihn bereit.

Er selbst war nicht geflohen, und er würde es auch nicht tun, wenn alles nochmals begänne. Und doch war er weiter gegangen als Bosinney, hatte seine eigene unglückliche Ehe zerstört und nicht die eines anderen. Und der alte Spruch fiel ihm wieder ein: »Das Schicksal eines Menschen liegt in seinem eigenen Herzen.«

In seinem eigenen Herzen! Er, Jolyon, hatte sich dem Schicksal gestellt – Bosinney mußte sich erst bewähren!

Seine Gedanken wanderten zu der Frau, die er nicht kannte, deren Geschichte er aber flüchtig gehört hatte.

Eine unglückliche Ehe! Keine schlechte Behandlung – nur dieses unbestimmte Unbehagen, diese furchtbare Stimmung, die alles Schöne dieser Welt vernichtete; und das jeden Tag, jede Nacht, jede Woche, jedes Jahr, bis es erst der Tod beendete!

Der junge Jolyon, dessen bittere Gefühle die Zeit gelindert hatte, sah aber auch Soames' Standpunkt. Woher sollte sein Cousin, der mit allen Vorurteilen und Ansichten seiner Klasse vollgepfropft war, die Einsicht oder Eingebung hernehmen, die notwendig war, ein solches

Leben zu beenden? Es war eine Frage der Vorstellungskraft, der Fähigkeit, sich in die Zukunft zu versetzen, in eine Zukunft, wenn all der häßliche Klatsch, der Spott, das Getuschle, das einer solchen Trennung folgt, vorbei sein würden, vorbei auch der Schmerz, sie nicht mehr zu sehen, vergessen die strenge Mißbilligung der Ehrenmänner. Wenige Menschen, und vor allem wenige Menschen aus Soames' Klasse, hatten dafür genügend Phantasie. So viele Sterbliche auf dieser Welt, und so wenig Phantasie für sie alle! Und du lieber Himmel, was für ein Unterschied zwischen Theorie und Praxis; viele Männer, vielleicht sogar Soames, hatten in diesen Dingen ritterliche Ansichten, doch wenn sie selbst der Schuh drückte, fanden sie sicher etwas, was ihren Fall zur Ausnahme machte.

Er mißtraute auch seinem eigenen Urteil. Er selbst hatte es an sich erfahren, hatte die Bitterkeit einer unglücklichen Ehe bis zur Neige ausgekostet – wie konnte er also den weitblickenden, leidenschaftslosen Standpunkt derer annehmen, die nie auch nur den Lärm der Schlacht vernommen hatten? Seine Erfahrungen waren zu direkt – so wie den Aussagen, die ein Soldat, der lange im aktiven Dienst gestanden hat, über militärische Fragen machen kann, oft weniger Gewicht zukommt als jenen von Zivilisten, die nicht den Nachteil hatten, die Dinge aus zu großer Nähe zu sehen. Die meisten Menschen würden eine Ehe wie die von Soames und Irene als recht erfolgreich betrachten; er hatte Geld, sie war schön; es war ein Fall für einen Kompromiß. Es gab keinen Grund, warum sie nicht nebeneinander hertrotten sollten, selbst wenn sie einander haßten. Es würde nichts ausmachen, wenn jeder seinen Weg ging, solange der Schein gewahrt – die Unverletzlichkeit der Ehe, des gemeinsamen Heims respektiert würde. Die Hälfte aller Ehen der oberen Stände wurden nach diesen Prinzipien geführt: Beleidige nicht die Gefühle der Gesellschaft; beleidige nicht die Gefühle der Kirche. Das zu vermeiden, rechtfertigt es, alle privaten Gefühle zu opfern. Die Vorteile eines gesicherten Heims sind sichtbar, greifbar, sind Besitz; im Status quo liegt kein Risiko. Eine Ehe zu zerbrechen ist bestenfalls ein gefährliches Experiment, und noch dazu selbstsüchtig. Soviel zur Verteidigung des anderen Standpunkts; der junge Jolyon seufzte auf. »Der Kern der Sache,« dachte er, »ist der Besitz, aber es gibt viele Menschen, die es nicht gern auf diese Weise ausdrücken. Für sie ist es die »Unverletzlichkeit der Ehe«; die aber hängt wieder von der Unverletzlichkeit der Familie, und diese wieder von der Unverletzlichkeit des Besitzes ab. Und doch glauben alle diese Leute an den einen, der nie etwas besessen hat. Es ist seltsam!«

Und wieder seufzte der junge Jolyon.

»Bitte ich denn auf dem Heimweg irgendeinen armen Teufel, den ich zufällig treffe, zum Essen, das dann für mich zu wenig sein wird, oder auf jeden Fall für meine Frau, die ich für mein Glück und meine Gesundheit brauche? Vielleicht tut Soames recht daran, seine Rechte geltend zu machen und so das heilige Prinzip des Besitzes zu unterstützen, das uns allen zugute kommt, mit Ausnahme derer, die – dadurch leiden.«

Und so stand er auf, bahnte sich seinen Weg durch das Gewirr der Sessel, nahm seinen Hut und ging müde durch die heißen, nach Staub riechenden, überfüllten Straßen nach Hause.

Bevor er die Wistaria Avenue erreichte, nahm er den Brief des alten Jolyon aus der Tasche, zerriß ihn sorgfältig in kleine Stücke und verstreute sie im Straßenstaub.

Er sperrte die Haustür auf und rief den Namen seiner Frau. Aber sie war mit Jolly und Holly fortgegangen, und das Haus war leer; im Garten lag der Hund Balthasar allein und schnappte nach Fliegen.

Auch der junge Jolyon setzte sich dorthin, unter den Birnbaum, der nie Früchte trug.

11

Bewährungsfrist für Bosinney

Am Tag nach dem Abend in Richmond kehrte Soames mit dem Morgenzug aus Henley zurück. Er hatte kein Interesse für Wassersport, und seine Fahrt war daher eher eine Geschäfts- als eine Vergnügungsreise gewesen; ein wichtiger Klient hatte ihn eingeladen.

Er fuhr direkt in die City, da aber im Büro nicht viel zu tun war, ging er um drei Uhr weg und war froh, daß er ohne Aufhebens nach Hause kommen konnte. Irene erwartete ihn nicht. Nicht, daß er ihr nachspionieren wollte, aber es konnte doch nichts schaden, einmal unerwartet auf der Bildfläche zu erscheinen.

Nachdem er den Anzug gewechselt hatte, ging er in den Salon. Sie saß untätig in der Ecke des Sofas, auf ihrem Lieblingsplatz; sie hatte Ringe unter den Augen, als ob sie nicht geschlafen hätte.

Er fragte: »Wieso bist du zu Hause? Erwartest du jemand?«

»Ja – das heißt, nicht eigentlich.«

»Wen?«

»Mr. Bosinney sagte, daß er vielleicht kommen würde.«

»Bosinney. Der sollte doch arbeiten.«

Darauf antwortete sie nicht.

»Auch gut«, sagte Soames, »ich möchte, daß du mit mir einen Schaufensterbummel machst; nachher gehen wir dann in den Park.«

»Ich möchte nicht ausgehen; ich habe Kopfschmerzen.«

Soames antwortete: »Wann immer ich dich um etwas bitte, hast du Kopfschmerzen. Es wird dir guttun, ein wenig aus dem Haus zu kommen und unter den Bäumen zu sitzen.«

Sie antwortete nicht.

Soames schwieg eine Zeitlang; schließlich sagte er: »Könntest du mir bitte erklären, wie du die Pflichten einer Ehefrau siehst. Das konnte ich von dir noch nie erfahren!«

Er hatte nicht erwartet, daß sie ihm antworten würde, aber sie tat es doch.

»Ich habe versucht, das zu tun, was du wolltest; es ist nicht meine Schuld, wenn ich es nicht mit dem Herzen tun kann.«

»Wessen Schuld ist es denn?« Er sah sie mißtrauisch an.

»Bevor wir heirateten, versprachst du mir, mich gehen zu lassen, wenn unsere Ehe nicht glücklich wird. Ist sie glücklich?«

Soames runzelte die Stirn.

»Glücklich«, stotterte er – »sie wäre glücklich, wenn du dich so benähmest, wie es sich gehört.«

»Das habe ich versucht«, sagte Irene. »Läßt du mich gehen?«

Soames wandte sich ab. Zutiefst beunruhigt, versuchte er seine Gefühle in einem heftigen Ausbruch zu verbergen.

»Dich gehen lassen? Du weißt ja nicht, was du redest. Dich gehen lassen? Wie kann ich das denn? Wir sind doch schließlich verheiratet. Wovon sprichst du also? Hör um Himmels willen mit den Unsinn auf! Setz den Hut auf und komm mit mir in den Park.«

»So läßt du mich also nicht gehen?«

Er spürte, wie sie ihn mit einem ganz eigenartigen, bittenden Blick ansah.

»Dich gehen lassen!« sagte er. »Was um alles in der Welt würdest du denn mit dir anfangen? Du hast ja kein Geld!«

»Ich würde es schon irgendwie schaffen.«

Er ging einmal rasch im Zimmer auf und ab und stellte sich dann vor sie hin.

»Ein für allemal«, sagte er, »ich will so etwas nicht mehr hören! Geh und setz deinen Hut auf.«

Sie rührte sich nicht.

»Anscheinend«, sagte Soames, »willst du Bosinney nicht versäumen, wenn er kommt!«

Irene stand langsam auf und ging. Als sie wiederkam, hatte sie ihren Hut auf.

Sie gingen fort.

Als sie in den Park kamen, war es Spätnachmittag geworden. Die Stunde war vorbei, zu der Ausländer und andere bedauernswerte Leute ausfahren und naiverweise glauben, damit *fashionable* zu sein. Jetzt war die richtige Stunde gekommen – fast schon vorüber, als Soames und Irene unter der Achillesstatue Platz nahmen.

Es war einige Zeit her, seit er mit ihr zusammen im Park gewesen war. Eine der vergangenen Freuden der ersten zwei Jahre seines Ehelebens war es gewesen, ganz London wissen zu lassen, er sei der Besitzer dieses schönen Geschöpfes – das war sein größter Stolz gewesen, wenn er ihn auch nicht offen zur Schau trug. Wie viele Nachmittage war er damals neben ihr gesessen, äußerst elegant, mit hellgrauen Handschuhen und seinem schwachen, hochmütigen Lächeln, und hatte Bekannte gegrüßt und hie und da sogar den Hut gezogen!

Noch immer trug er hellgraue Handschuhe, und das sardonische Lächeln war nicht von seinen Lippen gewichen, aber was fühlte sein Herz heute?

Die Sitze leerten sich rasch, aber er blieb immer noch sitzen, als ob er Irene, die schweigend und bleich neben ihm saß, insgeheim bestrafen wollte.

Hie und da machte er eine Bemerkung, und sie nickte oder antwortete mit einem müden Lächeln »Ja.«

An der Umzäunung entlang ging ein Mann, so schnell, daß ihm die Leute nachstarrten, wenn er an ihnen vorbeikam.

»Sieh dir doch diesen Esel an!« sagte Soames. »Er muß verrückt sein, daß er in dieser Hitze so rasch geht!«

Er wendete sich zu Irene, die eine spontane Bewegung gemacht hatte. »Ah«, sagte er, »das ist ja unser Freund, der Freibeuter!«

Und höhnisch lächelnd blieb er unbeweglich sitzen; er war sich nur zu sehr bewußt, daß auch Irene unbeweglich dasaß und lächelte.

Wird sie ihn grüßen? dachte er.

Aber sie bewegte sich nicht.

Bosinney hatte das Ende der Umzäunung erreicht und kam nun zwischen den Stühlen zurück, er suchte den Platz wie ein Jagdhund ab. Als er sie sah, blieb er wie angewurzelt stehen und zog den Hut.

Soames lächelte weiter; auch er zog den Hut.

Bosinney kam zu ihnen her; er sah erschöpft aus, wie nach schwerer körperlicher Arbeit; Schweißtropfen standen ihm auf der Stirn, und Soames lächelte, als ob er sagen wollte: »Jetzt hast du wohl Angst gehabt, mein Freund!«

»Was tun Sie denn hier im Park?« fragte er. »Wir haben immer gedacht, daß Sie so unseriöse Dinge verachten!«

Bosinney schien ihn gar nicht zu hören; seine Antwort war an Irene gerichtet: »Ich war bei Ihnen zu Hause; ich hatte gehofft, Sie dort zu finden.«

Jemand klopfte Soames auf die Schulter und sprach mit ihm; und während er Belanglosigkeiten austauschte, hörte er ihre Antwort nicht und faßte einen Entschluß.

»Wir gehen gerade nach Hause«, sagte er zu Bosinney; »kommen Sie doch mit und essen Sie mit uns.«

Es lag etwas von Kühnheit, aber auch etwas seltsam Bemitleidenswertes in dieser Einladung: »Du kannst mich nicht täuschen«, schienen seine Stimme und sein Blick zu sagen, »aber – ich vertraue dir – ich fürchte mich nicht vor dir!«

Sie gingen zusammen zum Montpelier Square zurück, Irene zwischen den beiden Männern. In den belebten Straßen ging Soames voran. Er hörte ihrer Unterhaltung nicht zu; dieser sonderbare Entschluß, Vertrauen zu zeigen, schien ihn völlig durchdrungen zu haben. Wie ein Spieler sagte er sich: »Das ist eine Karte, die ich nicht wegzuwerfen wage. Ich muß sie richtig einsetzen. Ich habe nicht allzu viele Chancen.«

Er zog sich langsam um, hörte, wie sie ihr Zimmer verließ und hinunterging, und blieb noch volle fünf Minuten lang im Ankleidezimmer. Dann ging auch er und schloß die Tür absichtlich sehr laut, um ihnen zu zeigen, daß er käme. Er fand sie am Kamin; aber er konnte nicht sagen, ob sie miteinander gesprochen hatten oder nicht.

Den ganzen langen Abend spielte er seine Rolle in dieser Farce – er war freundlicher zu seinem Gast, als er je gewesen war; Und als Bosinney ging, sagte er: »Sie müssen bald wiederkommen; Irene spricht so gern mit Ihnen über das Haus!« und wieder hatte seine Stimme etwas Kühnes und doch zugleich Beklagenswertes; aber seine Hand war kalt wie Eis.

Seinem Entschluß getreu drehte er sich um, als sie sich verabschiedeten; wandte sich von seiner Frau ab, als sie Bosinney unter der tief herabhängenden Lampe »Gute Nacht« sagte – fort vom Anblick ihres goldenen Haares, das im Licht glänzte, fort von ihren traurigen Lippen, die jetzt lächelten; fort von den Augen Bosinneys, der sie ansah, wie ein Hund seinen Herrn ansieht.

Und er ging zu Bett, völlig sicher, daß Bosinney seine Frau liebte.

Die Sommernacht war heiß, so heiß und ruhig, daß durch die offenen Fenster nur noch heißere Luft hereinkam. Lange Stunden lag er wach und hörte ihrem Atmen zu.

Sie konnte schlafen, aber er mußte wach bleiben. Und als er so wachlag, stählte er sich, um die Rolle des ruhigen, vertrauensvollen Ehemanns zu spielen.

In den frühen Morgenstunden stand er leise auf, ging in das Ankleidezimmer und lehnte sich ans offene Fenster.

Er konnte kaum atmen.

Er erinnerte sich an eine Nacht vor vier Jahren – die vorletzte Nacht vor seiner Hochzeit, genauso heiß und drückend wie diese.

Er erinnerte sich daran, wie er in einem langen Rohrstuhl im Fenster seines Wohnzimmers in der Victoria Street gelegen war. Unten in einer Seitenstraße hatte ein Mann gegen eine Tür geschlagen, eine Frau hatte aufgeschrien; er erinnerte sich, als ob es heute gewesen wäre, an die Geräusche des Streits, an das Zuschlagen der Tür, an die völlige Stille, die darauf folgte. Und dann war im seltsamen, nutzlosen Licht der Straßenbeleuchtung der Wasserwagen aufgetaucht, der die Straßen von Gestank und Unrat reinigte; wieder hörte er das Gerumpel, das näher und näher kam, bis es endlich vorbei war und in der Ferne verklang. Er lehnte sich weit aus dem Fenster des Ankleidezimmers hinaus in den kleinen Hof und sah die erste Morgenröte. Die Konturen der dunklen Mauern und Dächer verschwammen einen Augenblick und wurden dann schärfer als vorher.

Er erinnerte sich daran, wie er in jener Nacht das Verblassen der Straßenbeleuchtung beobachtet hatte, wie er sich rasch angezogen hatte und auf die Straße hinuntergegangen war, vorbei an Häusern und Plätzen bis in die Straße, in der sie wohnte; dort war er stehengeblieben und hatte das kleine Haus, das so still und grau wie das Gesicht eines Toten war, angestarrt.

Und plötzlich schoß es ihm wie eine Fieberphantasie durch den Kopf: Was macht er jetzt – der Mann, der mich verfolgt, der letzten Abend hier war, der meine Frau liebt – vielleicht streicht er jetzt draußen herum und sucht nach ihr, wie er sie gestern nachmittag gesucht hat: vielleicht beobachtet er jetzt mein Haus, wer weiß!

Leise schlich er über den Flur an die Vorderseite des Hauses, zog vorsichtig einen Vorhang zur Seite und schob ein Fenster in die Höhe. Ein graues Licht hing über den Bäumen des Platzes, als ob die Nacht wie ein großer, weicher Falter sie mit ihren Flügeln berührt hatte. Noch waren die Laternen nicht gelöscht und schienen mit schwachem Schein – doch nichts rührte sich – kein lebendes Wesen war zu sehen.

Und doch erklang plötzlich, weit weg in der Totenstille, ein schmerzlicher Schrei, wie die Stimme einer Seele, der der Himmel verschlossen ist und die um ihr Glück fleht. Da war er wieder – und noch einmal. Soames fuhr zusammen und schloß das Fenster.

Dann aber dachte er: »Das sind ja nur die Pfauen, drüben über dem Wasser.«

12

June macht Besuche

Der alte Jolyon stand im engen Flur des Hotels in Broadstairs und atmete den Geruch von Wachstuch und Heringen ein, der alle anständigen Pensionen am Meer durchzieht. Auf einem Sessel – einem speckigen Ledersessel, dessen Roßhaarfüllung aus einem Loch in der oberen linken Ecke quoll – stand eine schwarze Aktenmappe. In diese gab er seine Papiere, die *Times* und eine Flasche Eau de Cologne. Er hatte an diesem Tag Sitzungen bei den Globular Gold Concessions und der New Colliery Company, und dazu fuhr er nach London, denn er versäumte nie eine Aufsichtsratssitzung; bei einer solchen Sitzung zu fehlen wäre ein weiteres Anzeichen dafür, daß er alt wurde, und das konnte sein wachsamer Forsytescher Geist nicht ertragen.

Während er seine schwarze Aktentasche packte, sahen seine Augen so aus, als würden sie jeden Moment zornig aufleuchten. So blitzt das Auge des Schuljungen, der von seinen Mitschülern gereizt wird; aber er hält sich zurück, da die anderen klar in der Überzahl sind. Und auch der alte Jolyon hielt sich zurück und bezwang mit seiner großen Selbstbeherrschung, die jetzt allerdings langsam nachgab, den Zorn, den der Ablauf der Dinge in ihm aufsteigen ließ.

Er hatte von seinem Sohn einen Brief erhalten, der den Tatsachen in keiner Weise Rechnung trug; der Junge versuchte sich offenbar durch eine Anhäufung von Gemeinplätzen der Beantwortung einer klaren Frage zu entziehen. »Ich habe Bosinney gesehen«, schrieb er. »Er ist kein Verbrecher. Je besser ich die Menschen kennenlerne, desto mehr gewinne ich die Überzeugung, daß sie weder gut noch schlecht sind – nur komisch oder bemitleidenswert. Aber wahrscheinlich teilst Du diese Meinung nicht!«

Das tat der alte Jolyon auch nicht; er hielt es für zynisch, so etwas zu sagen; noch hatte er nicht das Alter erreicht, in dem sogar ein Forsyte – bar aller Illusionen und Grundsätze, die er aus praktischen Überlegungen sorgsam wahrte, aber an die er niemals glaubte, bar jeder weltlichen Freude und bis ins tiefste durch die Tatsache getroffen, daß er auf nichts mehr hoffen kann – durch die Mauern seiner Zurückhaltung bricht und Dinge sagt, von denen er niemals gedacht hatte, daß er sie würde sagen können.

Vielleicht glaubte er nicht mehr als sein Sohn an »gut und böse«; aber, wie er es ausdrücken würde: Er wußte es nicht – konnte nichts darüber sagen; es könnte ja doch etwas daran sein; und warum sollte man sich durch ein unnötiges Zurschaustellen seines Unglaubens eines möglichen Vorteils begeben?

Er war es gewohnt gewesen, seine Ferien in den Bergen zu verbringen, und obwohl er (wie eben ein echter Forsyte) nie etwas allzu Abenteuerliches oder Verrücktes unternommen hatte, so hatte er sie doch heiß geliebt. Und wenn er nach den Anstrengungen des Aufstiegs den im Baedeker erwähnten »herrlichen Ausblick – anstrengend, aber sehr lohnend« genoß, dann hatte er zweifelsohne die Existenz eines großen ehrwürdigen Prinzips gefühlt, das über den chaotischen Bemühungen, den widerwärtigen Abstürzen, den ironischen, kleinen, düsteren Abgründen des Lebens stand.

Das war wahrscheinlich das Höchste an religiösem Gefühl, das ihm sein praktischer Geist gestattete.

Aber es war schon lange her, seit er in den Bergen gewesen war. Nach dem Tod seiner Frau hatte er zwei Jahre hintereinander June mitgenommen und dann bitter festgestellt, daß die Tage des Wanderns vorbei waren.

Das Selbstvertrauen, das er in früheren Zeiten aus den Bergen gewonnen hatte, war ihm schon lange fremd.

Er wußte, daß er alt war, und doch fühlte er sich jung; und das störte ihn. Es störte und beunruhigte ihn auch, daran zu denken, daß er, der immer so vorsichtig gewesen war, Vater und Großvater von Menschen sein sollte, die zum Unglück geboren schienen. Er konnte nichts gegen Jo sagen – wer überhaupt konnte etwas gegen ihn sagen, gegen einen so liebenswerten Menschen –, aber seine

Stellung war beklagenswert, und diese Sache mit June war fast ebenso schlimm. Es war wie ein Verhängnis, und ein Verhängnis war genau das, was ein Mensch von seinem Charakter nicht verstehen und nicht dulden konnte.

Als er seinem Sohn schrieb, hatte er keine wirkliche Hoffnung, damit etwas zu erreichen. Seit dem Ball bei Roger hatte er nur zu genau gesehen, wie die Dinge lagen – rascher als die meisten hatte er sich seinen Reim darauf gemacht –, und mit dem Beispiel seines eigenen Sohnes vor Augen wußte er besser als alle anderen Forsytes, daß die Flamme der Leidenschaft den Menschen die Flügel versengt, ob sie nun wollen oder nicht.

In den Tagen vor Junes Verlobung, als sie und Irene immer zusammen waren, hatte er genug von Irene gesehen, um zu wissen, was für eine Anziehungskraft sie ausübte. Sie flirtete nicht, war nicht einmal kokett – Worte, die seiner Generation lieb und teuer waren, die alles immer mit einem guten, umfassenden und unpassenden Wort definieren wollte –, aber sie war gefährlich. Er konnte nicht erklären, warum. Hätte man ihm von einer Eigenschaft erzählt, die manchen Frauen angeboren ist – einer verführerische Kraft, die außerhalb ihres eigenen Willens liegt –, dann hätte er bloß »Unsinn!« geantwortet. Sie war gefährlich, und das genügte. Er wollte nichts mehr mit dieser Affäre zu tun haben. Wenn sie schon da war, so war sie eben da; er wollte nichts mehr davon hören – er wollte nur Junes gesellschaftliche Stellung und ihren Seelenfrieden retten. Er hoffte noch immer, daß sie wieder seine Trösterin werden würde.

Und so hatte er also geschrieben und aus der Antwort wenig genug erfahren. Von allem, was der junge Jolyon in der Unterredung festgestellt hatte, blieb eigentlich nur der sonderbare Satz: »Soviel ich sehe, reißt ihn die Strömung fort.« Sie Strömung. Welche Strömung? Was sollte diese neumodische Art, sich auszudrücken?

Er seufzte und steckte die letzten Papiere in die Aktenmappe; er wußte nur allzugut, was gemeint war.

June kam aus dem Eßzimmer und half ihm in seinen

Sommermantel. Aus ihrem Kleid und ihrem entschlossenen Gesichtsausdruck sah er sofort, was kommen würde.

»Ich fahre mit dir«, sagte sie.

»Unsinn, Kleines; ich fahre direkt in die City. Ich will nicht, daß du herumläufst!«

»Ich muß die alte Mrs. Smeech besuchen.«

»Ach, du, mit deinen Sorgenkindern,« brummte der alte Jolyon. Er glaubte nicht an ihre Ausrede, aber er gab doch seinen Widerstand auf. Gegen ihre Starrköpfigkeit konnte man nicht an.

Am Victoriabahnhof setzte er sie in den Wagen, den man für ihn selbst bestellt hatte – typisch für ihn, denn kleinlicher Egoismus war ihm fremd.

»Mach dich nur nicht müde, mein Liebes«, sagte er und nahm einen Wagen in die City.

June fuhr zuerst in eine Seitenstraße in Paddington, wo Mrs. Smeech, ihr »Sorgenkind«, lebte – eine alte Zugehfrau –, und nachdem sie eine halbe Stunde damit verbracht hatte, ihre üblichen Klagen anzuhören und ihr recht gewaltsam ein wenig Trost zuzusprechen, fuhr sie weiter nach Stanhope Gate. Das große Haus war dunkel und verschlossen. Sie hatte sich entschlossen, um jeden Preis etwas in Erfahrung zu bringen. Es war besser, auf das Schlimmste gefaßt zu sein und ein für allemal zu wissen, woran sie war. Und das war ihr Plan: Sie wollte zuerst Philips Tante, Mrs. Baynes, aufsuchen, und wenn sie dort nichts erfuhr, zu Irene selbst gehen. Was sie sich von den Besuchen erwartete, wußte sie selbst nicht genau.

Um drei Uhr war sie am Lowndes Square. Mit dem sicheren Instinkt einer Frau, die Schwierigkeiten vor sich sieht, hatte sie ihr bestes Kleid angezogen und ging mit einem Blick in den Kampf, der so mutig wie der des alten Jolyon war... Ihr Zittern war der Ungeduld gewichen. Mrs. Baynes, Bosinneys Tante (ihr Name war Louisa), stand, als June gemeldet wurde, in der Küche und gab der Köchin Anweisungen, denn sie war eine ausgezeichnete Hausfrau, und, wie Baynes immer sagte, ein gutes

Essen war viel wert. Er arbeitete am besten nach dem Essen. Baynes war es, der die bemerkenswerte Reihe von hohen, tiefroten Häusern in Kensington gebaut hatte, die mit so vielen anderen sich erfolgreich um den Titel der »häßlichsten von London« bewerben.

Als sie Junes Namen hörte, ging sie rasch in ihr Schlafzimmer, nahm zwei breite Armbänder aus einem roten Lederetui, das sich in einer verschlossenen Lade befand, und legte sie an – denn sie besaß in ganz bemerkenswertem Grad jenes »Gefühl für Anstand«, das bekanntlich der Prüfstein des Forsytetums und die Grundlage jeder Moral ist.

Ihre mittelgroße und recht breite Figur, die zur Fülle neigte, wurde vom Spiegel ihres Kleiderschranks aus hellem Holz reflektiert; sie trug ein Kleid, das nach ihren Angaben genäht worden war und mit seiner undefinierbaren Farbe sehr an die Wände der Gänge in großen Hotels erinnerte. Sie hob die Hände zu ihrem Haar, das sie *à la Princesse de Galles* trug, strich es zurecht und glättete es, und ihre Augen blickten unwillkürlich so, als ob sie im Spiegel eine der unerfreulichen Tatsachen des Lebens erkannte und sich bemühte, das Beste daraus zu machen. In ihrer Jugend hatte sie einen frischen Teint gehabt, aber mit den Jahren waren ihre Wangen fleckig geworden, und wieder kam der harte, häßliche, durchdringende Ausdruck in ihren Blick, als sie kurz mit der Puderquaste ihre Stirn betupfte. Sie ließ die Puderquaste sinken, stand ganz still vor dem Spiegel und zwang ein Lächeln in ihr Gesicht mit der großen vorstehenden Nase, dem schwachen Kinn (das niemals bedeutend gewesen war und jetzt durch den dicker werdenden Hals immer kleiner erschien) und dem dünnlippigen Mund mit den heruntergezogenen Mundwinkeln. Rasch, um die Wirkung nicht abklingen zu lassen, raffte sie entschlossen den Rock und ging hinunter. Schon einige Zeitlang hatte sie auf diesen Besuch gehofft. Sie hatte Gerüchte gehört, daß die Dinge zwischen ihrem Neffen und seiner Verlobten nicht zum besten standen. Sie hatte die beiden in den letzten Wochen nicht gesehen.

Sie hatte Phil oft zum Abendessen eingeladen, aber seine unweigerliche Antwort war gewesen: »Zu viel zu tun!«

Ihr Instinkt spürte Gefahr, und in diesen Dingen war der Instinkt dieser guten Frau äußerst scharf. Sie hätte eine Forsyte sein können; betrachtete man sie vom Standpunkt des jungen Jolyon, so war sie ganz dazu geeignet und verdiente auch, als solche beschrieben zu werden.

Sie hatte ihre drei Töchter in einer Weise verheiratet, daß man allgemein sagte, sie hätten es viel besser als verdient getroffen, denn sie waren von einer Häßlichkeit, wie man sie normalerweise nur bei Damen aus Juristenkreisen findet. Ihr Name schien in den Komitees zahlloser kirchlicher Wohltätigkeitsorganisationen auf – bei Tanzveranstaltungen, Theateraufführungen oder Basaren –, und sie gab ihn nur dann dazu her, wenn sie schon im vorhinein sicher war, daß alles tadellos organisiert wurde.

Sie glaubte daran, wie sie oft sagte, daß alles auf einer kommerziellen Grundlage beruhen sollte; die eigentliche Aufgabe der Kirche, von Wohltätigkeitsveranstaltungen, ja eigentlich von allem, war, die Struktur der »Gesellschaft« zu stärken. Individuelles Handeln betrachtete sie daher als unmoralisch. Organisation war ihr Motto, denn durch Organisation allein konnte man sichergehen, daß man für sein Geld einen Gegenwert erhielt. Organisation – und wiederum Organisation! Und sie war zweifelsohne, wie es der alte Jolyon nannte, »eine Perfektionistin« – er ging jedoch noch weiter und nannte sie eine »Schaumschlägerin«.

Die Unternehmungen, zu denen sie ihren Namen hergab, waren so bewundernswert organisiert, daß die Erträgnisse zu dem Zeitpunkt, an dem sie ihrer Bestimmung übergeben wurden, wie Magermilch völlig des Rahms menschlicher Güte beraubt waren. Wie sie aber so oft richtig bemerkte, waren Gefühle abzulehnen. Sie war wirklich etwas akademisch...

Diese große, gute Frau, von der man in kirchlichen Kreisen so viel hielt, war eine der Oberpriesterinnen im Tempel des Forsytetums, auf dessen Altar die erhebenden

Worte gemeißelt sind: »Nichts für nichts, und wirklich sehr wenig für Sixpence«; an diesem Altar bewachte sie Tag und Nacht die heilige Flamme, die dem Gott des Besitzes gewidmet war. Wenn sie einen Raum betrat, spürte man, daß etwas Solides hereingekommen war – wahrscheinlich war das der Grund, warum man sie gern in allen Komitees als Ehrenmitglied sah. Die Leute hatten gern etwas Solides, wenn sie dafür Geld bezahlt hatten; und sie betrachteten sie, wenn sie bei Wohltätigkeitsveranstaltungen, im paillettenbestickten Kleid, von ihren Mitarbeiterinnen umgeben, mit imposanter Nase, breit und schwer auftrat, als so etwas wie einen General.

Das einzige, was gegen sie sprach, war, daß sie keinen Doppelnamen führte. Sie hatte großen Einfluß in der Gesellschaft des gehobenen Mittelstandes, in den Hunderten von Kreisen und Zirkeln, die sich alle auf dem gemeinsamen Schlachtfeld der Wohltätigkeit trafen und dort so angenehm mit der Gesellschaft – der wirklichen Gesellschaft – in Kontakt kamen. Sie hatte aber auch Einfluß in den weniger angesehenen Kreisen – in der größeren, bedeutsameren und mächtigeren Schicht, in welcher die kommerziell-christlichen Institutionen, Leitsätze und Prinzipien, für die Mrs. Baynes eintrat, tatsächlich so etwas wie das Herzblut darstellen, wie eine in der gesamten Geschäftswelt frei zirkulierende Währung – nicht nur die sterile Imitation, wie man sie in der zahlenmäßig kleineren Oberschicht der Gesellschaft fand. Ihre Bekannten hielten sie für seriös – eine seriöse Frau, die nie aus sich herausging, und, wenn nur irgend möglich, auch mit nichts herausrückte. Mit Bosinneys Vater, der sie oft zum Ziel seines unverzeihlichen Spottes gemacht hatte, war sie sehr schlecht gestanden. Jetzt, wo er tot war, sprach sie von ihm als ihrem »armen, lieben, respektlosen Bruder.« Sie begrüßte June mit der von ihr so großartig beherrschten, sorgfältig einstudierten Überschwenglichkeit, obgleich sie sich ein wenig vor ihr fürchtete – soweit eine Frau von ihrer Bedeutung in der Welt des Handels und der Kirche überhaupt Angst haben konnte –, denn für ein so kleines Geschöpf strahlte June große Würde aus; die Furchtlosigkeit in ihren Augen bewies es. Und Mrs. Baynes erkannte auch mit scharfem Blick, daß hinter der kompromißlosen Offenheit von Junes Auftreten viel von einer Forsyte verborgen war. Wäre das Mädchen nur offen und mutig gewesen, so hätte Mrs. Baynes sie für exzentrisch gehalten und verachtet; wäre sie nur eine Forsyte gewesen – wie zum Beispiel Francie –, so hätte sie sie allein schon wegen ihres Vermögens frequentiert; aber June, so klein sie war – Mrs. Baynes bewunderte gewöhnlich nur Quantität –, machte sie unsicher; und sie setzte sie in einen Stuhl, auf dem sie das Sonnenlicht blenden mußte.

Es gab noch einen zweiten Grund für ihre Haltung – Mrs. Baynes, die eine zu eifrige Kirchenbesucherin war, um sich mit weltlichen Dingen abzugeben, wäre die letzte gewesen, die das zugab –, sie hatte ihren Mann oft sagen hören, daß der alte Jolyon äußerst wohlhabend sei, und daher war sie auch seiner Enkelin aus dem vernünftigsten aller Gründe zugetan. Heute fühlte sie jene Erregung, die wir beim Lesen eines Romans verspüren, in dem es um den Helden und eine Erbschaft geht, und bei dem wir zittern, daß durch die verhängnisvolle Unachtsamkeit des Autors dem jungen Mann die Erbschaft etwa gar vorenthalten werden könnte.

Sie war sehr herzlich; nie zuvor hatte sie so klar erkannt, wie vornehm, war für eine gute Partie June war. Sie erkundigte sich nach dem Befinden des alten Jolyon. Ein wunderbarer Mann für sein Alter; so aufrecht, so jugendlich, und wie alt war er eigentlich? Einundachtzig! Das hätte sie nie gedacht! Sie waren am Meer? Das sei aber sehr angenehm für sie; sie hörte wahrscheinlich jeden Tag von Phil? Ihre hellgrauen Augen traten ein wenig hervor, als sie diese Frage stellte; aber das Mädchen begegnete ihrem Blick, ohne zu zucken.

»Nein!« sagte sie. »Er schreibt nie!«

Mrs. Baynes senkte unwillkürlich die Augen, erholte sich jedoch sofort.

»Natürlich nicht. Ganz der alte Phil – er war schon immer so!«

»Wirklich?« sagte June.

Bei dieser kurzen Antwort geriet Mrs. Baynes' forciertes Lächeln etwas ins Wanken; sie verbarg es durch eine rasche Bewegung, breitete ihren Rock von neuem aus und sagte: »Aber natürlich, meine Liebe – er ist doch so gedankenlos; man kümmert sich doch am besten gar nicht darum, was er tut!«

Plötzlich war June überzeugt, daß sie hier ihre Zeit nur verschwendete; selbst wenn sie eine ganz direkte Frage stellte, würde sie von dieser Frau nie etwas erfahren.

»Sehen Sie ihn?« fragte sie errötend.

Unter dem Puder auf Mrs. Baynes Stirn sammelten sich Schweißtropfen.

»Aber ja doch! Ich kann mich nicht genau erinnern, wann er das letzte Mal bei uns war – viel haben wir ihn in der letzten Zeit ja nicht gesehen. Er ist doch so mit dem Haus Ihres Cousins beschäftigt; man sagt, daß es in Kürze fertig sein wird. Wir müssen dann zur Feier ein kleines Essen veranstalten; Sie bleiben dann doch sicher über Nacht bei uns!«

»Danke«, sagte June. Und wieder dachte sie: »Ich verschwende nur meine Zeit. Diese Frau wird mir nichts sagen.«

Sie erhob sich, um zu gehen. Ein Wandel kam über Mrs. Baynes. Auch sie erhob sich. Ihre Lippen zitterten, sie spielte nervös mit den Händen. Irgend etwas war offensichtlich gar nicht in Ordnung, und sie wagte es nicht, dieses Mädchen, das hier schlank, aufrecht, mit entschlossenem Gesicht und trotzigen Augen vor ihr stand, darum zu fragen. Sie war es nicht gewöhnt, Angst davor zu haben, eine Frage zu stellen – jede Organisation beruhte ja auf Fragen!

Aber der Fall war so schwierig, daß ihr sonst so ungebrochener Mut erschüttert war; erst an diesem Vormittag hatte ihr Mann gesagt: »Der alte Mr. Forsyte muß gut über hunderttausend Pfund wert sein!«

Und da stand dieses Mädchen und streckte ihr die Hand hin – streckte die Hand hin!

Die Chance glitt ihr vielleicht durch die Hände – sie wußte es nicht –, die Chance, sie in ihrer Familie zu behalten, und trotzdem wagte sie nicht, zu sprechen.

Ihre Augen folgten June zur Tür. Diese schloß sich.

Mit einem Ausruf stürzte Mrs. Baynes zur Tür, daß ihre massige Gestalt wogte, und riß die Tür auf.

Zu spät! Sie hörte das Zuschlagen der Eingangstür und blieb stehen, mit einem zornigen und gedemütigten Ausdruck im Gesicht.

Mit raschen Schritten ging June den Platz entlang. Jetzt verachtete sie diese Frau, die sie in besseren Tagen für so gütig gehalten hatte. Würden sie alle so hinhalten, mußte sie immer in dieser quälenden Ungewißheit bleiben?

Sie würde zu Phil selbst gehen und ihn fragen, was eigentlich los sei. Sie hatte ein Recht darauf, Bescheid zu wissen. Sie eilte die Sloane Street hinunter, bis sie zu Bosinneys Haus kam. Sie ging durch die Flügeltür im Erdgeschloß und lief mit wild klopfendem Herzen die Treppen hinauf.

Im dritten Stock hielt sie an, um Atem zu holen, klammerte sich ans Geländer und horchte. Kein Laut kam von oben.

Mit einem sehr bleichen Gesicht ging sie den letzten Stock hinauf. Sie sah die Tür mit seinem Namen auf dem Schild. Und ihre Entschlußkraft, die sie so weit getrieben hatte, löste sich in Nichts auf.

Die volle Bedeutung ihres Benehmens wurde ihr klar. Sie fühlte, wie es sie heiß überlief; unter der dünnen Seide ihrer Handschuhe waren ihre Handflächen feucht.

Sie trat bis zur Treppe zurück, ging aber nicht hinunter. Sie lehnte sich gegen das Geländer und kämpfte gegen das Gefühl, erwürgt zu werden, starrte die Tür mit einer Art verzweifelten Mutes an. Nein! Sie würde nicht hinuntergehen. Was machte es, was die Leute von ihr dachten! Sie würden es ja nie erfahren! Keiner würde ihr helfen, wenn sie sich nicht selbst half. Sie würde die Sache vollenden.

Sie zwang sich daher, die stützende Wand loszulassen, und läutete an der Türglocke. Die Tür öffnete sich nicht, und all ihr Schamgefühl und ihre Angst verließen sie plötzlich; sie läutete wieder und wieder, als ob sie von dem verschlossenen Raum trotz seiner Leere irgendeine Antwort erwarten könne, zum Ausgleich für all die Scham und Angst, die sie dieser Besuch gekostet hatte. Die Tür öffnete sich nicht; sie hörte auf zu läuten, setzte sich auf die Treppe und vergrub das Gesicht in den Händen.

Dann schlich sie hinunter, hinaus in die frische Luft. Sie hatte das Gefühl, als ob sie eine schwere Krankheit gehabt hätte, und keinen anderen Wunsch, als so rasch wie möglich nach Hause zu kommen. Die Leute, die ihr begegneten, schienen zu wissen, wo sie gewesen war, was sie getan hatte; und plötzlich sah sie drüben auf der andern Straßenseite Bosinney selbst, der vom Montpelier Square kam und in seine Wohnung ging.

Sie machte eine Bewegung, um sich in das Verkehrsgewühl zu stürzen. Ihre Augen trafen sich, und er hob den Hut. Ein Omnibus fuhr vorbei und versperrte ihr die Sicht; und dann sah sie vom Rand des Gehsteigs, durch eine Lücke im Verkehr, wie er weiterging.

June stand bewegungslos und sah ihm nach.

13

Fertigstellung des Hauses

»Eine klare Schildkröten-, eine Ochsenschwanzsuppe; und zwei Gläser Port.«

Im Oberen Speisesaal bei French, wo ein Forsyte noch solides englisches Essen bekommen konnte, setzten sich James und sein Sohn zum Lunch. James kam zum Essen am liebsten hierher; die Atmosphäre war gutbürgerlich, das Essen gut gewürzt und nahrhaft, und obwohl er in gewisser Hinsicht durch die Notwendigkeit, mit der Mode zu gehen und die Gewohnheiten mitzumachen, die bei einem stetig wachsenden Einkommen erforderlich waren, verdorben war, so sehnte er sich doch in stillen Augenblikken in der City nach der kräftigen Hausmannskost seiner früheren Tage. Hier servierten noch grobe englische Kellner in Schürzen; am Boden lag Sägemehl, und die drei goldumrandeten Spiegel hingen gerade über der Blickhöhe. Und sie hatten erst vor kurzem die Logen entfernt, in denen man ein erstklassiges dickes Kotelett mit mehligen Kartoffeln essen konnte, ohne die Nachbarn zu sehen, wie ein Gentleman.

Er steckte den Zipfel seiner Serviette hinter den dritten Knopf seiner Weste, eine Gewohnheit, die er im Westend schon vor Jahren hatte aufgeben müssen. Er glaubte, daß er seine Suppe mit gutem Gewissen genießen konnte – er hatte den ganzen Vormittag damit verbracht, die Erbschaftsangelegenheiten eines alten Freundes zu regeln.

Nachdem er sich den Mund mit abgelegenem, hausgemachtem Brot vollgestopft hatte, begann er sofort: »Wie fährst du nach Robin Hill? Nimmst du Irene mit? Das wäre gut. Es wird doch vieles geben, um das sie sich kümmern sollte.«

Ohne aufzusehen sagte Soames: »Sie will nicht mit.«

»Will nicht? Was heißt das? Schließlich wird sie ja in dem Haus wohnen, oder nicht?«

Soames antwortete nicht.

»Ich weiß nicht, was mit den Frauen heutzutage los ist,« murmelte James. »Ich hatte nie Schwierigkeiten. Sie hat einfach zuviel Freizeit: Sie ist verwöhnt –«

Soames hob die Augen. »Ich möchte nichts gegen sie hören,« sagte er ganz unerwartet.

Das Schweigen wurde nur durch das Geräusch von James' Löffel unterbrochen, der langsam seine Suppe aß.

Der Kellner brachte zwei Gläser Port, aber Soames hielt ihn auf.

»So serviert man Port nicht«, sagte er; »nehmen Sie die Gläser wieder mit und bringen Sie die Flasche.«

James war über seiner Suppe in Grübelei versunken; jetzt raffte er sich auf und sah mit einem seiner raschen, forschenden Blicke um sich.

»Deine Mutter liegt zu Bett«, sagte er; »du kannst den Wagen haben. Irene wird die Fahrt sicher gefallen. Dieser junge Bosinney wird doch dort sein und euch herumführen?«

Soames nickte.

»Eigentlich würde ich gern selbst hinfahren und sehen, wie er das Haus nun ausgestattet hat«, fuhr James fort. »Ich komme dann zu euch hinüber und hole euch ab.«

»Ich nehme den Zug«, antwortete Soames. »Wenn du bei uns vorbeifährst, kannst du ja versuchen, ob Irene mitkommt; ich weiß es nicht.«

Er winkte dem Kellner und verlangte die Rechnung, die James bezahlte. Sie trennten sich bei St. Paul's, wo Soames zum Bahnhof ging und James einen Omnibus ins Westend bestieg.

Er hatte sich den Ecksitz neben dem Fahrer erobert, wo seine langen Beine die anderen Passagiere beim Einsteigen behinderten, und er sah alle, die an ihm vorübergingen, zornig an, so als ob es ihnen nicht erlaubt wäre, seine Luft zu verbrauchen.

Diesen Nachmittag wollte er die Gelegenheit nutzen und mit Irene sprechen. Das richtige Wort zur rechten Zeit könnte viel helfen; und jetzt, wo sie aufs Land ziehen würde, könnte auch sie einen neuen Anfang machen. Er sah doch, daß Soames diese Geschichte nicht mehr lange dulden würde.

Es fiel ihm gar nicht ein, sich zu überlegen, was er mit dem Wort »Geschichte« wirklich meinte; der Ausdruck war sehr weitgefaßt, vage und eines Forsyte würdig. Und James war nach dem Essen mutiger als gewöhnlich.

Als er nach Hause kam, bestellte er den Wagen und gab auch noch Auftrag, daß der Pferdeknecht mitkommen solle. Er wollte nett zu ihr sein und ihr jede Chance geben.

Als ihm das Mädchen auf Nr. 62 die Tür öffnete, konnte er Irene singen hören und sagte das auch sofort, um zu vermeiden, daß man ihn nicht einließ.

Ja, Mrs. Soames war zu Hause, aber das Mädchen wußte nicht, ob sie empfing.

Mit einer Schnelligkeit, die immer wieder alle, die seine lange Gestalt und seinen in sich versunkenen Ausdruck sahen, erstaunte, ging James in den Salon, ohne daß ihn das Mädchen anmelden konnte. Er fand Irene am Klavier sitzen; ihre Hände ruhten auf den Tasten, offensichtlich hatte sie sich bemüht, zu hören, was in der Halle gesprochen wurde. Sie grüßte ihn, ohne zu lächeln.

»Deine Schwiegermutter liegt zu Bett«, begann er und hoffte, auf diese Weise sofort ihr Mitleid zu gewinnen. »Ich habe den Wagen draußen. Sei ein gutes Kind, setz dir den Hut auf und fahr mit mir aus. Es wird dir guttun!«

Irene sah ihn an, als ob sie seine Einladung ablehnen wollte; aber anscheinend änderte sie ihren Entschluß, ging nach oben und kam mit dem Hut wieder herunter.

»Wohin fahren wir?« fragte sie.

»Wir fahren nur nach Robin Hill«, sagte James – er stieß die Worte rasch hervor; »die Pferde brauchen Bewegung, und ich möchte gern sehen, was sie dort alles gemacht haben.«

Irene blieb stehen, entschloß sich dann aber doch und ging hinaus zum Wagen; James folgte ihr auf dem Fuß, um ganz sicherzugehen.

Erst als sie schon mehr als die Hälfte des Weges zurückgelegt hatten, begann er: »Soames hat dich sehr gern – er erlaubt nicht, daß man irgend etwas gegen dich sagt; warum hast du so wenig Zuneigung für ihn?«

Irene errötete und sagte mit leiser Stimme: »Ich kann ihm das nicht geben, was ich nicht habe.«

James sah sie scharf an; jetzt, wo er sie in seinem eigenen Wagen, bei seinen eigenen Pferden und Dienern hatte, glaubte er, die Situation in der Hand zu haben. Jetzt konnte sie keine Ausflüchte machen; und sie würde in der Öffentlichkeit auch keine Szene machen.

»Ich weiß nicht, was du eigentlich willst«, sagte er, »er ist ein sehr guter Ehemann!«

Irenes Antwort war so leise, daß sie im Verkehrslärm fast unterging. Er hörte nur die Worte: »Du bist nicht mit ihm verheiratet.«

»Was hat das denn damit zu tun? Er hat dir alles gegeben, was du willst. Er ist immer bereit, mit dir überall hinzugehen, und jetzt hat er dir sogar dieses Haus auf dem Land gebaut. Schließlich hast du ja selbst nichts.«

»Nein.«

Wieder sah James sie an; er konnte den Ausdruck ihres Gesichts nicht verstehen. Sie sah fast so aus, als ob sie weinen wollte, und doch – »Und wir«, murmelte er hastig, »wir haben alles versucht, nett zu dir zu sein.«

Irenes Lippen zitterten; zu seinem Entsetzen sah James, daß ihr eine Träne über die Wange rann. Es würgte ihn in der Kehle.

»Wir haben dich doch alle gern«, sagte er, »wenn du nur« – er wollte sagen: dich benehmen würdest, aber er änderte es um auf »ihm mehr Ehefrau sein würdest.«

Irene antwortete nicht, und auch James verstummte. Etwas an ihrem Schweigen beunruhigte ihn; es war kein aufsässiges Schweigen, sondern eher das Einverständnis mit allem, was er sagte. Und doch gewann er den Eindruck, daß nicht er das letzte Wort gehabt hatte. Er verstand das nicht.

Es war ihm jedoch ganz unmöglich, lange zu schweigen.

»Der junge Bosinney«, sagte er, »wird jetzt doch June heiraten?

Irenes Ausdruck veränderte sich. »Ich weiß es nicht«, sagte sie; »da mußt du schon sie fragen.«

»Schreibt sie dir?« – »Nein.«

»Wie denn das?« fragte James. »Ich dachte, ihr wäret so gute Freundinnen?«

Irene drehte sich zu ihm. »Ich kann nur wieder sagen, daß du sie fragen mußt!«

»Also«, stotterte James, von ihrem Blick erschreckt,

»es ist doch sonderbar, daß ich auf eine klare Frage keine klare Antwort bekommen kann, aber was soll ich machen.«

Er dachte über die Zurechtweisung, die er von ihr erhalten hatte nach und setzte schließlich fort:

»Ich habe dich jetzt gewarnt. Du denkst nicht an die Zukunft. Soames sagt nicht viel, aber ich weiß, daß er nicht mehr sehr lange zuschauen wird. Du hast dir dann alles selber zuzuschreiben, und kein Mensch wird mit dir noch Mitleid haben.«

Irene verbeugte sich lächelnd. »Ich danke dir sehr.«

James hatte keine Ahnung, was er darauf antworten sollte.

Der helle, heiße Vormittag war einem grauen, drückenden Nachmittag gewichen; eine schwere Wolkenbank, deren gelber Rand das kommende Gewitter ankündigte, war im Süden aufgestiegen und wurde langsam größer. Die Zweige der Bäume hingen schlaff über der Straße, ohne daß sich das Laub auch nur irgendwie bewegte. Ein schwacher Geruch stieg von den erhitzten Pferden auf und blieb in der dicken Luft hängen; der Kutscher und der Pferdeknecht saßen starr und ohne Bewegung. Sie unterhielten sich leise auf dem Sitz, ohne auch nur einmal den Kopf zu wenden.

Zu James' größter Erleichterung erreichten sie endlich das Haus; das Schweigen, die Unzugänglichkeit der Frau an seiner Seite, die er immer für so sanft und mild gehalten hatte, beunruhigten ihn.

Der Wagen setzte sie vor der Eingangstür ab, und sie betraten das Haus. Die Halle war kühl und so still, daß man glauben konnte, es wäre eine Gruft; ein Schauder rann James über den Rücken. Rasch hob er die schweren Ledervorhänge zwischen den Säulen zum Innenhof.

Er konnte einen Ausruf der Bewunderung nicht unterdrücken.

Die Innenausgestaltung war wirklich von vorzüglichem Geschmack. Die mattglänzenden rubinroten Kacheln, die sich von den Wänden bis zum Rand eines rundes Beetes mit Iris erstreckten, welches wieder ein in den Boden eingelassenes wassergefülltes Becken aus weißem Marmor umgab, waren sichtlich von bester Qualität. Er bewunderte auch die purpurfarbenen Ledervorhänge, die sich über eine ganze Länge erstreckten und den Hintergrund zu einem weißgekachelten Ofen bildeten, sehr. Die mittleren Scheiben des Dachfensters waren zurückgeschoben, und die warme Luft von draußen drang mitten in das Haus ein.

Die Hände hinter dem Rücken verschränkt, den Kopf auf die hohen, engen Schultern zurückgebeugt, stand er und betrachtete das Maßwerk der Säulen und das Muster des Frieses, das unter der Galerie an der elfenbeinfarbenen Wand entlanglief. Man hatte wirklich keine Kosten gescheut. Es war ganz das Haus eines Gentleman. Er ging zu den Vorhängen, und als er herausgefunden hatte, wie man sie bediente, zog er sie auseinander und stand vor der Bildergalerie, die ein großes Fenster, das über die gesamte Länge des Raumes lief, abschloß. Sie hatte einen Boden aus schwarzer Eiche und ebenfalls elfenbeinfarbene Wände. Er ging weiter, öffnete die Türen und sah in alle Räume. Alles war in tadelloser Ordnung, bereit zum Einzug.

Schließlich drehte er sich um, um mit Irene zu sprechen, und sah, daß sie bei ihrem Mann und Bosinney an der Gartentür stand.

Obwohl James nicht gerade für seine Einfühlungsgabe bekannt war, spürte er sofort, daß etwas nicht in Ordnung war. Er ging zu ihnen hin, leicht beunruhigt, da er die Ursache der Verstimmung nicht kannte, und versuchte, helfend einzugreifen.

»Wie geht es Ihnen, Mr. Bosinney?« sagte er und streckte ihm die Hand entgegen. »Sie haben hier ja ganz schön Geld ausgegeben!« Soames drehte sich um und ging weg. James sah von Bosinneys finsterem Gesicht zu Irene und sprach in seiner Aufregung das laut aus, was er sonst nur dachte: »Ich weiß ja nicht, was los ist. Mir erzählt man ja nie etwas!« Und als er seinem Sohn nachging, hörte er Bosinneys kurzes Auflachen und »Gott sei Dank! Sie sehen so –« Leider hörte er den Rest nicht mehr.

Was war geschehen? Er blickte zurück. Irene stand sehr nahe bei dem Architekten und ihr Gesicht glich nicht dem, das er von ihr kannte. Er hastete zu seinem Sohn.

Dieser ging in der Bildergalerie auf und ab.

»Was ist los?« sagte James. »Was bedeutet das alles?« Soames sah ihn an; nach außen hin schien seine hochmütige Ruhe nicht gestört zu sein; aber James wußte nur zu gut, daß er schrecklich wütend war.

»Unser Freund«, sagte er, »hat seine Befugnisse wieder überschritten, das ist alles. Diesmal allerdings tut es mir leid für ihn.«

Er drehte sich um und ging zur Tür zurück. James folgte ihm eilig und schob sich vor ihn. Er sah Irene ihre Finger von den Lippen nehmen, hörte, wie sie etwas in ihrem gewöhnlichen Tonfall sagte, und begann zu sprechen, bevor er sie noch erreicht hatte:

»Es kommt ein Gewitter. Wir fahren besser nach Hause. Wir können Sie nicht mitnehmen, Mr. Bosinney, oder doch? Nein, also nicht. Dann auf Wiedersehen.« Er streckte ihm die Hand hin.

Bosinney schüttelte sie nicht, sondern sagte, während er sich mit einem kurzen Lachen umdrehte:

»Auf Wiedersehen, Mr. Forsyte. Hoffentlich erwischt Sie das Gewitter nicht!« Damit ging er fort.

»Also«, begann James, »ich weiß nicht –«

Beim Anblick von Irenes Gesicht hielt er inne. Er nahm seine Schwiegertochter am Ellbogen und führte sie zum Wagen. Er war sicher, daß sie irgendeine Verabredung getroffen hatten...

Nichts in dieser Welt erregt einen Forsyte mehr als die Tatsache, daß etwas, für das er eine gewisse Summe veranschlagt hat, mehr kostet. Und das ist auch richtig so, denn auf der Genauigkeit seiner Voranschläge beruht seine ganze Lebensphilosophie. Kann er sich nicht mehr auf den festen Wert seines Besitzes verlassen, so ist sein Kompaß gestört; er treibt steuerlos in unbekannten Gewässern.

Nachdem er Bosinney in der schon erwähnten Weise geschrieben, hatte Soames überhaupt nicht mehr an den

Kostenpunkt des Hauses gedacht. Er war der Ansicht, daß er die endgültigen Kosten so klar limitiert hatte, daß ihm die Möglichkeit, die Summe könnte überschritten werden, überhaupt nicht in den Sinn kam. Als er von Bosinney hörte, daß die oberste Grenze von zwölftausend Pfund um ungefähr vierhundert Pfund überschritten werden würde, war er weiß vor Wut geworden. Sein erster Voranschlag für das fertige Haus hatte sich auf zehntausend Pfund belaufen, und er hatte sich oft schwere Vorwürfe gemacht, daß er sich zu diesen wiederholten Ausschweifungen hatte hinreißen lassen. Mit dieser letzten Ausgabe hatte sich Bosinney aber völlig ins Unrecht gesetzt. Wie sich ein Mensch so entsetzlich dumm benehmen konnte, war Soames unverständlich; aber Bosinney hatte es getan, und die ganze Erbitterung und verborgene Eifersucht, die so lange in Soames geschwelt hatte, konzentrierte sich jetzt auf diese letzte Extravaganz, die das Faß zum Überlaufen gebracht hatte. Er ließ die Maske des vertrauensvollen, freundlichen Gatten fallen. Um seinen Besitz zu bewahren – seine Frau –, hatte er sie angenommen, um einen Besitz anderer Art zu erhalten, ließ er sie fallen.

Als er wieder sprechen konnte, hatte er zu Bosinney gesagt: »Und ich nehme also an, daß Sie zu allem noch mit sich zufrieden sind. Aber ich kann Ihnen jetzt schon sagen, daß Sie damit an den Falschen gekommen sind!« Was er mit diesen Worten sagen wollte, wußte er in diesem Augenblick nicht genau, aber nach dem Abendessen las er die Korrespondenz zwischen sich und Bosinney nochmals durch, um sicherzugehen. Es gab überhaupt keinen Zweifel – der Kerl war haftbar für die vierhundert, oder zumindest dreihundertfünfzig Pfund, und die würde er ihm auch ersetzen müssen.

Er sah seine Frau an, als er zu diesem Schluß kam. Sie saß auf ihrem üblichen Platz auf dem Sofa und änderte einen Spitzenkragen. Sie hatte den ganzen Abend nicht mit ihm gesprochen.

Er ging zum Kamin, sah sein Gesicht im Spiegel an und

sagte: »Dein Freund, der Freibeuter, hat sich zum Narren gemacht; dafür wird er zahlen müssen.«

Sie sah ihn verächtlich an und antwortete: »Ich weiß nicht, wovon du redest!«

»Das wirst du bald. Ein bloßes Nichts, für dich eine Kleinigkeit – vierhundert Pfund.«

»Willst du damit sagen, daß du ihn das für dieses eklige Haus zahlen lassen willst?«

»Natürlich.«

»Und du weißt, daß er nichts besitzt?«

»Ja.«

»Dann bist du noch schäbiger, als ich dachte.«

Soames drehte sich vom Spiegel fort und nahm ganz unbewußt eine Porzellanschale vom Kaminsims; er legte seine Hände darum, als ob er beten wolle. Er sah, wie Irene heftig atmete, wie ihre Augen vor Zorn dunkel wurden; er ignorierte ihre Bemerkung von vorhin und fragte:

»Hast du eine Affäre mit Bosinney?«

»Nein, das habe ich nicht!«

Ihre Augen trafen die seinen, und er wandte den Blick ab. Er wußte nicht, ob er ihr glauben konnte oder nicht, aber er wußte, daß es ein Fehler gewesen war, sie zu fragen; er hatte nie gewußt und würde nie wissen, was sie dachte. Der Anblick ihres undurchdringlichen Gesichts, der Gedanke an die Hunderte von Abenden, an denen er sie so sitzen gesehen hatte, sanft und passiv, aber so unergründlich, unbekannt, ließ in ihm eine maßlose Wut aufsteigen.

»Ich glaube, du bist aus Stein!« sagte er und drückte seine Finger so fest zusammen, daß er die zarte Schale zerbrach. Die Scherben fielen in den Kamin. Und Irene lächelte.

»Du scheinst zu vergessen«, sagte sie, »daß die Schale nicht aus Stein ist!«

Soames packte sie am Arm. »Eine Tracht Prügel«, sagte er, »ist das einzige, was dich noch zur Vernunft bringen kann!« Aber er drehte sich um und verließ das Zimmer.

14

Soames sitzt auf der Treppe

Soames begab sich an diesem Abend mit dem Gefühl nach oben, daß er zu weit gegangen war. Er war bereit, sich für seine Worte zu entschuldigen.

Er drehte das Gaslicht ab, das auf dem Gang vor ihrem Zimmer noch brannte. Die Hand auf den Türknopf gelegt, blieb er stehen und suchte Worte der Entschuldigung, denn er hatte nicht die Absicht, sie sehen zu lassen, daß er aufgeregt war.

Doch die Tür ging nicht auf, weder als er daran zog, noch als er den Griff fest drückte. Sie hatte sie wahrscheinlich aus irgendeinem Grund versperrt und darauf vergessen.

Er betrat das Ankleidezimmer, wo das Gas auch noch mit kleiner Flamme brannte, und ging rasch zur anderen Tür. Auch diese war versperrt. Und dann bemerkte er, daß das Feldbett, das er manchmal benutzte, gemacht war und sein Pyjama darauf lag. Er strich mit der Hand über die Stirn; als er sie wegzog, war sie feucht. Langsam wurde ihm klar, daß er ausgesperrt war.

Er ging zur Tür zurück, rüttelte leise am Griff und rief: »Sperr die Tür auf, hörst du! Sperr auf!«

Er hörte ein schwaches Rascheln, erhielt aber keine Antwort.

»Hörst du? Laß mich sofort hinein – ich bestehe darauf, daß du mich hineinläßt!«

Er hörte ihren Atem nahe bei der Tür, wie den Atem eines Tieres, dem Gefahr droht.

Es war etwas Schreckliches in diesem erbarmungslosen Schweigen, in der Unmöglichkeit, an sie heranzukommen. Er ging zur anderen Tür zurück, stemmte sich mit ganzer Kraft dagegen und versuchte, sie aufzubrechen. Die Tür war neu – er hatte sie selbst für ihren Einzug nach den Flitterwochen erneuern lassen. Voll Wut hob er den

Fuß, um die Füllung einzutreten; der Gedanke an die Dienstboten hielt ihn zurück, und plötzlich erkannte er, daß er geschlagen war.

Er warf sich im Ankleidezimmer auf einen Stuhl und nahm ein Buch zur Hand.

Aber statt der gedruckten Worte sah er seine Frau – mit dem blonden Haar, das über den nackten Schultern lag, und den großen dunklen Augen – wie ein von den Hunden gestelltes Tier. Die ganze Bedeutung ihres Aufbegehrens wurde ihm klar; für sie war es eine endgültige Entscheidung.

Er konnte nicht stillsitzen und ging wieder zur Tür. Er konnte sie noch hören und rief: »Irene, Irene!«

Er wollte nicht, daß seine Stimme flehend klang. Und nun hörten auch die schwachen Geräusche auf – eine drohende Antwort. Mit geballten Fäusten stand er da und überlegte. Plötzlich schlich er auf Zehenspitzen hinaus und rannte mit letzter Anstrengung gegen die andere Tür, um sie aufzubrechen. Sie krachte, gab aber nicht nach. Er setzte sich auf die Stiege und vergrub das Gesicht in den Händen.

Lange saß er so im Dunkeln; der Mond warf durch das Dachfenster einen blassen Lichtstreifen, der sich langsam auf ihn zu verlängerte. Er versuchte, die Dinge leidenschaftslos zu betrachten.

Da sie ihm ihre Tür verschlossen hatte, hatte sie auch keinen weiteren Anspruch darauf, als seine Frau zu gelten, und er würde sich mit anderen Frauen trösten!

Aber solche Freuden erwog er nur kurz – er hatte keinen Appetit auf diese Dinge. Es hatte ihn nie besonders gereizt, er war es auch nicht mehr gewohnt. Und er spürte, daß er sich auch nicht mehr daran gewöhnen würde. Sein Hunger konnte nur von seiner eigenen Frau gestillt werden, die unnachgiebig und verängstigt hinter diesen verschlossenen Türen war. Keine andere Frau konnte ihm helfen.

Und wie er da im Dunkeln saß, überfiel ihn diese Überzeugung mit schrecklicher Eindringlichkeit.

Sein Gleichmut verließ ihn, und ein wütender Zorn trat an dessen Platz. Ihr Benehmen war unmoralisch, unentschuldbar, jeder Strafe, die in seiner Macht stand, wert. Er begehrte keine außer ihr, und sie wies ihn ab!

Sie mußte ihn also wirklich hassen! Bis heute hatte er es nicht geglaubt. Er glaubte es auch jetzt noch nicht. Er hatte den Eindruck, daß er seine Urteilskraft für immer verloren hatte. Wenn sie, die er immer für sanft und nachgiebig gehalten hatte, eine solche Entscheidung treffen konnte, was würde dann noch alles geschehen? Dann fragte er sich wieder, ob sie eine Affäre mit Bosinney hätte. Er glaubte es nicht, er konnte es sich nicht leisten, das als Grund ihres Benehmens zu vermuten – diesen Gedanken durfte man gar nicht in Betracht ziehen.

Es wäre unerträglich, überhaupt die Notwendigkeit zu überlegen, seine Eheprobleme vor die Öffentlichkeit zu bringen. Hatte er nicht ganz überzeugende Beweise, so mußte er sich weigern, daran zu glauben, denn er wollte sich ja nicht selbst bestrafen. Und doch, tief im Herzen – glaubte er daran.

Der Mondschein warf ein graues Licht auf seine Gestalt, die da im Stiegenhaus an der Mauer kauerte.

Bosinney war in sie verliebt! Er haßte diesen Menschen und würde ihn nicht mehr schonen. Er konnte und würde sich weigern, auch nur einen Penny mehr als die zwölftausendundfünfzig Pfund zu zahlen – die äußerste Grenze, die sie brieflich vereinbart hatten; oder noch besser, er würde zahlen, und ihn dann auf Schadenersatz verklagen. Er würde zu Jobling und Boulter gehen und ihnen die Sache übergeben. Er würde diesen mittellosen Kerl ruinieren! Und plötzlich – obwohl doch zwischen diesen Gedanken kaum ein Zusammenhang war –, plötzlich überlegte er, daß Irene auch kein Geld hatte. Beide hatten sie nichts. Das bereitete ihm eine sonderbare Genugtuung.

Die Stille wurde von einem leisen Knarren jenseits der Wand unterbrochen. Endlich ging sie schlafen. Viel

Vergnügen und angenehme Träume! Selbst wenn sie jetzt die Tür aufrisse, würde er nicht mehr hineingehen!

Aber seine Lippen verzerrten sich zu einem bitteren Lächeln und zuckten; er schlug die Hände vor die Augen...

Spät am nächsten Nachmittag stand Soames am Eßzimmerfenster und starrte düster auf den Platz hinaus.

Die Sonnenstrahlen fielen noch auf die Platanen, und die breiten Blätter leuchteten und schwangen im sanften Wind zu den Takten der Drehorgel an der Ecke. Sie spielten einen Walzer, ein altes Stück, das aus der Mode gekommen war, und dessen Melodie ihm schicksalsschwer erschien; weiter und weiter, als ob nichts als die Blätter zu dieser Melodie tanzten.

Die Frau sah nicht gerade fröhlich drein, denn sie war müde; und niemand warf ihr aus den hohen Häusern Münzen zu. Sie fuhr die Drehorgel drei Häuser weiter und begann dort von neuem.

Es war der Walzer, den sie bei Roger gespielt hatten, als Irene mit Bosinney tanzte; und wieder glaubte Soames, den Duft der Gardenien, die sie getragen hatte, zu spüren; die bösartige Musik brachte ihn wieder, wie er ihn damals gespürt hatte, als sie mit weichem Blick und glänzendem Haar an ihm vorüberkam und Bosinney weiter und weiter durch den endlosen Tanzsaal mit sich zog.

Die Frau an der Drehorgel drehte den Griff langsam; den ganzen Tag hatte sie ihre Melodien geleiert – auch in der Sloane Street, vielleicht sogar für Bosinney selbst.

Soames wandte sich um, nahm eine Zigarette aus dem geschnitzten Kästchen und ging zum Fenster zurück. Die Melodie hatte ihn hypnotisiert; plötzlich sah er Irene, wie sie mit zusammengeklapptem Sonnenschirm die Straße herunterhastete, dem Haus zu, in einer weichen, rosenfarbenen Bluse mit losen Ärmeln, die er noch nicht kannte. Sie blieb vor der Drehorgel stehen, nahm ihre Börse heraus und gab der Frau Geld. Soames trat zurück und blieb so stehen, daß er in die Halle sehen konnte.

Sie sperrte mit ihrem eigenen Schlüssel auf, stellte den Sonnenschirm fort und betrachtete sich im Spiegel. Ihre Wangen waren gerötet, als ob die Sonne sie verbrannt hätte, ihre Lippen zu einem Lächeln geöffnet. Sie streckte die Arme aus, als ob sie ihr Spiegelbild umarmen wollte, und stieß ein Lachen aus, das einem Aufschluchzen glich.

»Sehr – hübsch!« sagte er.

Als ob man sie angeschossen hätte, fuhr sie herum, und hätte er ihr nicht den Weg vertreten, so wäre sie die Stiegen hinaufgelaufen.

»Warum so eilig?« fragte er, und sein Blick heftete sich auf eine Locke, die sich gelöst hatte und über ihr Ohr gefallen war.

Er erkannte sie kaum wieder. Sie schien zu brennen, so leuchtend und tief war die Farbe ihrer Wangen, ihrer Augen, ihrer Lippen, ja sogar der Bluse, die sie trug.

Sie hob die Hand und strich die Locke zurück. Sie atmete heftig und schnell, als ob sie gelaufen wäre, und bei jedem Atemzug schien von ihrem Körper, von ihrem Haar ein Duft auszugehen, der wie der Duft einer aufblühenden Blume war.

»Diese Bluse gefällt mir nicht«, sagte er langsam, »so eine weiche, formlose Sache.«

Er hob den Finger gegen ihre Brust, aber sie schlug seine Hand zur Seite.

»Rühr mich nicht an!« schrie sie.

Er ergriff ihr Handgelenk; sie riß sich los.

»Und wo bist du denn gewesen?« fragte er.

»Im Himmel – fort aus diesem Haus!« Mit diesen Worten lief sie nach oben.

Draußen – als Dank – direkt vor der Tür, spielte die Drehorgel wieder den Walzer.

Soames stand bewegungslos. Was hielt ihn davon ab, ihr zu folgen? War es, daß er in seinem Inneren Bosinney sah, der von seinem Fenster hoch oben in der Sloane Street noch einmal einen Blick auf Irenes schon verschwundene Gestalt zu werfen versuchte, der von dem Augenblick träumte, an dem sie sich in seine Arme geworfen hatte – dort, wo ihr Duft und der Klang ihres Lachens, das wie ein Aufschluchzen war, noch in der Luft schwebte?

Dritter Teil

1

Mrs. MacAnders Wahrnehmungen

Zweifellos würden viele Leute, unter ihnen auch der Herausgeber des *Ultra-Vivisectionist*, der damals seine erste Blütezeit erlebte, sagen, daß Soames sich nicht ganz wie ein richtiger Mann verhalten hatte, als er nicht einfach die Schlösser von den Türen zum Zimmer seiner Frau entfernte, ihr eine ordentliche Tracht Prügel verabreichte und damit zum ehelichen Glück zurückfand.

Heutzutage ist ja die Brutalität nicht mehr in so bedauernswerter Weise durch humanitäre Gefühle verwässert, wie es in der Vergangenheit der Fall war, dennoch mögen die sentimentaleren Leser sich erleichtert fühlen, wenn sie erfahren, daß Soames keines von all diesen Dingen tat. Denn bei den Forsytes ist die aktive Brutalität nicht sehr beliebt, sie sind zu vorsichtig und im großen und ganzen zu weichherzig. Noch dazu steckte in Soames so etwas wie ein gewisser Stolz, nicht genügend, um ihn zu einer wirklich großzügigen Handlung zu veranlassen, aber groß genug, um zu verhindern, daß er etwas wirklich Abscheuliches tat, es sei denn in einem Zustand äußerster Erregung. Vor allem weigerte sich dieser echte Forsyte, sich vor sich selbst lächerlich zu machen. Er konnte sich nicht vorstellen, was er eigentlich hätte tun sollen, es sei denn, seine Frau zu schlagen, und angesichts dieser Alternative akzeptierte er die Situation ohne ein weiteres Wort.

Während des ganzen Sommers und Herbstes ging er weiterhin ins Büro, betrachtete seine Bilder und lud seine Freunde zum Essen ein. Er fuhr im Sommer nicht weg. Irene weigerte sich, aus London wegzugehen. Das Haus am Robin Hill blieb leer, obwohl es fertiggestellt war.

Soames hatte gegen den Freibeuter eine Klage eingebracht, in der er von ihm die Summe von dreihundertfünfzig Pfund forderte.

Die Anwälte Freak und Able hatten Bosinneys Verteidigung übernommen. In der Klagebeantwortung bestritten sie die von Soames behaupteten Tatsachen keineswegs, sondern stützten sich auf einen Punkt in der Korrespondenz, auf Grund dessen sie, wenn man alles juristische Beiwerk wegläßt, folgendermaßen argumentierten: Von einer »freien Hand im Rahmen der in unserem Briefwechsel festgelegten Bedingungen« zu sprechen, sei blanker Unsinn.

Durch einen glücklichen, aber angesichts des engen Kreises der Jünger der Rechtsgelehrsamkeit absolut nicht unwahrscheinlichen Zufall erfuhr Soames ziemlich viel über die Strategie der Verteidigung, da der fleißige Bustard – jener Partner von Soames, der die lästige Kleinarbeit erledigte – rein zufällig bei einem Dinner bei Walmisley neben dem jungen Rechtsanwalt Chankery zu Tisch saß.

Das Bedürfnis aller Juristen, nachdem sich die Damen zurückgezogen hatten, der üblichen Fachsimpelei zu frönen, veranlaßte Chankery, einen jungen und vielversprechenden Anwalt, seinem Nachbarn ohne Namensnennung einen besonders kniffligen Fall vorzutragen. Er wußte übrigens nicht, wer sein Nachbar war, denn Bustard, der sich ja immer im Hintergrund hielt, war in juristischen Kreisen praktisch unbekannt.

Er habe, sagte Chankery, in Kürze einen Fall zu bearbeiten, in dem es um einen sehr heiklen Punkt gehe. Und dann erklärte er unter Wahrung des Berufsgeheimnisses, um welches Problem es sich in Soames' Fall handelte. Alle, mit denen er gesprochen habe, so sagte er, hielten das für eine recht interessante Frage. Leider handle es sich um eine an sich unbedeutende Sache – der Streitwert sei gering –, aber für seinen Klienten war die Sache, soviel er wußte, verdammt ernst – Walmisleys Champagner war zwar nicht gerade gut, floß aber dafür in Strömen. Vermutlich würde der Richter kurzen Prozeß machen. Er selbst würde sich alle Mühe geben, immerhin sei der strittige Punkt ja recht interessant. Was hielt eigentlich sein Nachbar davon?

Bustard, ein Muster an Diskretion, ließ nichts verlauten. Er berichtete jedoch Soames mit etwas Bosheit von der Begebenheit, denn schließlich war auch dieser so verschlossene Mann gewisser menschlicher Gefühle fähig, und auch er meinte, es handle sich bei dem bewußten Punkt wirklich um eine heikle Frage.

Wie geplant, hatte unser Forsyte seinen Fall in die Hände von Jobling und Boulter gelegt. Sobald er dies getan hatte, begann er jedoch zu bereuen, daß er sich nicht hatte entschließen können, die Sache selbst in die Hand zu nehmen. Als er eine Abschrift von Bosinneys Klagebeantwortung in Händen hatte, ging er in die Kanzlei von Jobling und Boulter.

Boulter, der die Sache übernommen hatte (Jobling war schon einige Jahre tot), sagte ihm, daß seiner Meinung nach die ganze Frage etwas heikel sei, und daß er sich gern darüber mit einem Fachmann beraten würde.

Soames beauftragte ihn, mit einem guten Mann Verbindung aufzunehmen, und sie wandten sich an Kronanwalt Waterbuck, gaben ihm die notwendige Anzahlung auf das Honorar und warteten sechs Wochen auf sein Gutachten, das dann wie folgt lautete:

»Meines Erachtens geht es bei der Beurteilung dieses Briefwechsels in großem Maße um die Absicht der Parteien, und die Entscheidung wird daher von den Aussagen bei der Verhandlung abhängen. Ich bin der Meinung, daß man sich bemühen müsse, von dem beklagten Architekten das Eingeständnis zu erreichen, daß er verstanden habe, er sei keinesfalls berechtigt gewesen, mehr als zwölftausendundfünfzig Pfund auszugeben. Hinsichtlich des Ausdruckes ›freie Hand im Rahmen der in unserem Briefwechsel festgelegten Bedingungen‹, auf den Sie mein besonderes Augenmerk gelenkt haben, möchte ich bemerken, daß es sich tatsächlich um einen heiklen Punkt handelt. Ich bin jedoch der Auffassung, daß auf den gesamten Fall die richterliche Entscheidung in Boileau contra The Blasted Cement Co. Ltd. Anwendung finden kann.«

Sie gingen auch tatsächlich im Einklang mit diesem Gutachten vor und versuchten zunächst, Bosinney das Eingeständnis zu entlocken, er habe verstanden, daß ihm eine absolute Obergrenze gesetzt war, doch zu ihrem Ärger beantworteten Freak und Able diesen Schritt in so meisterhafter Weise, daß man aus ihrer Erwiderung keinerlei Eingeständnis herauslesen konnte.

Soames las Waterbucks Gutachten am 1. Oktober, als er im Eßzimmer auf das Abendessen wartete. Was er da las, machte ihn nervös, nicht so sehr wegen des Präzedenzfalles von Boileau contra The Blasted Cement Co. Ltd., sondern weil auch ihm in letzter Zeit der strittige Punkt ein wenig heikel erschienen war. Er hatte gerade jenen angenehmen Beigeschmack von Subtilität, der geeignet war, das Interesse der besten Juristen zu wecken. Und so mancher wäre beunruhigt gewesen, hätte er erkennen müssen, daß auch eine Kapazität wie Waterbuck seiner Meinung war.

Da saß er nun und überdachte die Lage und starrte in den leeren Kamin, denn obgleich es Herbst geworden war, blieb das Wetter noch immer so schön und warm, als sei es mitten im August. Er ließ sich nur ungern in seinen Unternehmungen stören. Zu sehnlichst wünschte er, einen Fuß auf Bosinneys Nacken zu setzen.

Obgleich er den Architekten seit jenem Nachmittag in Robin Hill nicht mehr gesehen hatte, konnte er sich nicht von dem Eindruck befreien, er sei immer wieder da, nicht von der Erinnerung an sein abgezehrtes Gesicht mit den hohen Backenknochen und den brennenden Augen. Ja man könnte sogar ohne Übertreibung sagen, daß er nie ganz über jenes Gefühl hinweggekommen war, das er damals in der Nacht gehabt hatte, als er im Morgengrauen die Pfaue hatte schreien hören, das Gefühl, daß Bosinney im Hause spukte... Die Umrisse wildfremder Männer, die am Abend an ihm vorbeigingen, erschienen ihm wie jener Mann, den George so passend als Freibeuter bezeichnet hatte.

Irene traf sich noch immer mit ihm, davon war er überzeugt. Wo und wie, wußte er nicht, fragte auch nicht danach, weil er sich insgeheim davor fürchtete, zuviel zu wissen. Alles schien sich unter der Oberfläche – unterirdisch – abzuspielen.

Manchmal, wenn er seine Frau fragte, wo sie gewesen war – und er beharrte auf seinem Recht, diese Frage zu stellen, wie es jeder Forsyte wohl tun mußte –, dann blickte sie sehr eigentümlich drein. Ihre Selbstbeherrschung war bewundernswert, aber es gab Augenblicke, da hinter der Maske, die ihr Gesicht trug, das so unerforschlich war wie nie zuvor, ein Ausdruck zum Vorschein kam, den er bis dahin nicht an ihr gesehen hatte.

Sie hatte auch die Gewohnheit angenommen, auswärts zu Mittag zu essen, und wenn er Bilson fragte, ob ihre Herrin daheim gegessen hätte, antwortete sie oft »Nein«.

Es störte ihn sehr, daß sie so allein herumzog, und er sagte es ihr auch. Sie aber kümmerte sich nicht darum. Die Ruhe, mit der sie sich über seine ausdrücklichen Wünsche hinwegsetzte, verärgerte und erstaunte ihn, amüsierte ihn aber zugleich in gewisser Weise. Es war, als ob sie den Triumph auskosten wollte, sich über ihn hinwegzusetzen.

Nachdem er Waterbucks Gutachten gelesen hatte, erhob er sich und ging hinauf in ihr Zimmer, denn sie versperrte die Tür erst vor dem Schlafengehen. Sie hatte wenigstens den Anstand, so sagte er sich, vor den Bediensteten das Gesicht zu wahren. Sie war damit beschäftigt, ihr Haar zu bürsten, und wandte sich seltsam heftig um.

»Was willst du?« fragte sie. »Bitte verlasse mein Zimmer.«

Er antwortete: »Ich möchte wissen, wie lange es so zwischen uns weitergehen soll. Ich habe das lange genug geduldet.«

»Willst du bitte mein Zimmer verlassen!«

»Willst du mich wieder wie deinen Ehemann behandeln?«
»Nein.«
»Nun, dann werde ich dafür sorgen, daß du es mußt.«
»Versuch's!«
Er starrte sie an, erstaunt über ihre Ruhe, mit der sie ihm antwortete. Ihre Lippen waren zu einer dünnen Linie zusammengepreßt. Ihr Haar lag in leichten Locken auf ihren nackten Schultern und bildete einen seltsamen goldenen Kontrast zu ihren dunklen Augen – jenen Augen, in denen sich die verschiedensten Gefühle widerspiegelten: Furcht, Haß, Verachtung und – wie seltsam – so etwas wie Triumph.
»Und nun, willst du bitte mein Zimmer verlassen!«
Er wandte sich um und ging mürrisch hinaus.
Er wußte nur zu gut, daß er nicht die geringste Absicht hatte, irgendwelche Schritte zu unternehmen, und er wußte auch, daß sie sich darüber im klaren war, daß sie wußte, er habe davor Angst.
Er hatte die Gewohnheit, ihr zu erzählen, was er tagsüber getan hatte, da dieser oder jener Klient vorgesprochen habe, wie es um den Prozeß Fryer contra Forsyte stehe, der schon endlos lange anhängig war, seit sein Großonkel Barnabas mit geradezu übernatürlich anmutender Sorgfalt sein Testament so abgefaßt hatte, daß die Bedingungen, an die er die einzelnen Vermächtnisse geknüpft hatte, zu einem schier unlösbaren Knoten geworden waren und keiner der im Testament Bedachten in den Genuß seines Erbes gelangen konnte – ein Fall, der vermutlich noch einer langen Reihe von Anwälten bis zum Jüngsten Gericht als Einkommensquelle dienen würde.
Und daß er bei Jobson gewesen sei, wo man gerade einen Boucher verkauft habe, den er vor kurzem fast bei Talleyrand and Sons in der Pall Mall erworben hätte.
Er bewunderte Boucher, Watteau und ihre Schule. Es war seine Gewohnheit, ihr all diese Dinge zu erzählen, und selbst jetzt sprach er oft beim Abendessen ausführlich von solchen Angelegenheiten, als könnte er hinter dem

Wortschwall ihr und sich selbst den Schmerz verbergen, den er in seinem Innersten fühlte.

Oft, wenn sie allein waren, versuchte er, sie zu küssen, wenn sie ihm gute Nacht wünschte. Er mochte vage daran glauben, daß sie es ihm vielleicht eines Abends gestatten würde, vielleicht war es auch nur die Vorstellung, daß ein Ehemann seiner Frau einen Gutenachtkuß geben solle. Und selbst wenn sie ihn haßte, wollte er sich keinesfalls dadurch ins Unrecht setzen, daß er dieses alte Zeremoniell vernachlässigte.

Und warum haßte sie ihn? Selbst jetzt konnte er es nicht ganz glauben. Es war seltsam, gehaßt zu werden. Haß war ein so extremes Gefühl; und doch haßte er den Freibeuter, Bosinney, diesen lauernden Vagabunden, den Wanderer in der Nacht. Denn in seinen Gedanken sah Soames ihn immer auf der Lauer liegen, herumschleichen und auf seine Gelegenheit warten. Ja, aber jetzt schien es ihm schlechtzugehen. Der junge Burkitt – auch ein Architekt – hatte ihn aus einem drittklassigen Restaurant herauskommen sehen, und er habe ziemlich schäbig ausgesehen.

Stundenlang lag er wach und überdachte die Situation. Sie schien ausweglos zu sein – es sei denn, Irene käme plötzlich zur Besinnung – der Gedanke, sich von seiner Frau zu trennen, kam ihm ernstlich nicht einmal in den Sinn...

Und die Forsytes – welche Rolle spielten sie in diesem Teil von Soames »unterirdischer« Tragödie?

Um der Wahrheit die Ehre zu geben, so gut wie keine, denn sie waren an der See.

Sie saßen in ihren Hotels, Kurhäusern oder Pensionen, nahmen täglich ihre Bäder und legten einen Vorrat an Ozon an, der für den Winter ausreichen sollte.

So saß ein jeder von ihnen in dem Weinberg seiner Wahl, emsig bemüht, die Früchte des Sommers zu ernten und zu horten und seine Lungen mit gerade der Seeluft vollzupumpen, die er für die gesündeste hielt.

Ende September sah man sie dann langsam, jede Familie für sich, wieder nach London zurückkehren.

Täglich kamen sie auf den verschiedensten Bahnhöfen an, sonnenverbrannt, in blendender Gesundheit, über und über mit Gepäck beladen. Am nächsten Morgen gingen sie dann wieder ihren üblichen Geschäften nach.

Am folgenden Sonntag war Timothys Salon von Mittag bis Abend überfüllt.

Neben anderen Klatschgeschichten, die zu zahlreich und interessant waren, um hier wiedergegeben zu werden, erwähnte Mrs. Septimus Small auch, daß Soames und Irene in London geblieben waren.

Es blieb einer Persönlichkeit, die der Familie verhältnismäßig fernstand, vorbehalten, in diesem Zusammenhang eine neue interessante Einzelheit zu berichten.

Eines Nachmittags gegen Ende September hatte Mrs. MacAnder, Winifred Darties Busenfreundin, mit dem jungen Augustus Flippard eine Radfahrt durch den Richmond Park unternommen – und Irene und Bosinney getroffen, die eben im Begriff waren, aus dem Farndikkicht gegen Sheen Gate hin zu wandern.

Vielleicht war die arme kleine Dame durstig gewesen – denn sie war ja weit gefahren, noch dazu auf einer harten, staubigen Straße, und, wie man in ganz London weiß, es gehört eine eiserne Konstitution dazu, radzufahren und dabei mit dem jungen Flippard Konversation zu machen; vielleicht war es auch so, daß die Kühle des Farnenhains, aus dem »die beiden« eben kamen, ihren Neid erregte – das schattige Wäldchen mit dem dichten Farngestrüpp oben auf dem Hügel, von Eichenzweigen überdacht, wo die Tauben ihr endloses Liebeslied gurrten und der Herbst den Liebenden zwischen den Farnen ins Ohr summte und flüsterte, wo leise die Rehe vorüberhuschten. Das Farndickicht voll Wonnen des Augenblicks, voll goldener Minuten, in denen Himmel und Erde verschmolzen, wo Hirsche durchs Gehölz brachen und seltsame Baumstrunkfaune im Dämmerlicht des Sommerabends den Silberleib einer Birkennymphe umschmeichelten.

Mrs. MacAnder kannte alle Forsytes, und da sie bei Junes Verlobung dabeigewesen war, erkannte sie unschwer, mit wem sie es zu tun hatte. Ihre eigene Ehe war gescheitert, doch hatte die Ärmste die Klugheit und Geschicklichkeit besessen, ihren Mann als den schuldigen Teil erscheinen zu lassen, und die notwendige Scheidung hinter sich gebracht, ohne selbst der Kritik ihrer Umwelt anheimzufallen.

Sie war daher Expertin für solche Angelegenheiten. Sie lebte in einem jener großen Häuser, wo sich in kleinen Appartements ungezählte Forsytes finden, deren Hauptvergnügen in ihrer Freizeit darin besteht, jeweils die Angelegenheiten der anderen eingehend zu besprechen.

Die arme kleine Frau – vielleicht war sie wirklich durstig gewesen, zweifellos aber gelangweilt, denn Flippard war für seine geistvolle Konversation bekannt. Daß sie nun »die beiden« ausgerechnet an einem so unwahrscheinlichen Orte treffen sollte, weckte ihre Lebensgeister ganz entschieden.

Für die MacAnder, wie für ganz London, steht die Zeit still.

Diese zarte Person besaß eine ausgeprägte Persönlichkeit und verdient unsere besondere Beachtung, denn ihr scharfes Auge und ihre nicht minder scharfe Zunge sollten zu einem Werkzeug der unerforschlichen Vorsehung werden.

Sie war immer im richtigen Augenblick zur Stelle und hatte die äußerst beunruhigende Fähigkeit, in allen Lebenslagen mit allen Schwierigkeiten fertig zu werden. Mehr vielleicht als alle anderen alleinstehenden Frauen, die London unsicher machten, hatte sie dazu beigetragen, den Geist der Ritterlichkeit zu töten, der noch immer den Fortschritt unserer Gesellschaft zu hemmen droht. Sie war allseits bekannt und geschätzt, und alle Welt sprach freundlich von ihr als der »kleinen MacAnder«.

Sie kleidete sich immer elegant und so, daß ihre Figur zur Geltung kam. Sie war Mitglied eines Frauenklubs, gehörte aber keinesfalls zu den neurotischen, armseligen Mitgliedern solcher Organisationen, die immer nur an ihre Rechte denken. Sie wahrte ihre Rechte, ohne darauf einen Gedanken zu verschwenden – sie standen ihr einfach zu, und sie wußte sehr wohl, wie sie sie nutzen sollte, ohne Gefahr zu laufen, innerhalb des großen Kreises, in dem sie sich bewegte, anderes als Bewunderung zu erregen – jenes Kreises von Menschen, dem sie, wenn schon nicht durch ihr Betragen, so doch kraft ihrer Geburt, ihrer Erziehung, und kraft jenes einzig echten, wahren Gradmessers, des »Sinns für Besitz«, angehörte.

Sie war die Tochter eines Rechtsanwalts in Bedfordshire und einer Pastorstochter, und nie – auch nicht aufgrund der schmerzlichen Erfahrungen ihrer Ehe mit einem stillen, sanften Maler, der eine leicht versponnene Liebe zur Natur an den Tag gelegt hatte und ihr schließlich mit einer Schauspielerin durchgebrannt war – hatte sie den Kontakt mit den Erwartungen, Ansichten und dem Selbstgefühl der guten Gesellschaft verloren. Und sobald sie ihre Freiheit wiedergewonnen, hatte sie ohne die geringste Mühe Eingang gefunden in das Leben und Treiben der Forsytes.

Immer guter Laune, immer voll von Neuigkeiten, war sie jederzeit überall willkommen. Keiner wunderte sich – und keiner rümpfte die Nase, wenn er ihr allein oder in Begleitung einer Dame und zweier Herren am Rhein oder in Zermatt begegnete; alle waren sich einig, daß sie stets Herr der Lage sein würde; und die Herzen der Forsytes erwärmten sich für ihren wunderbaren Instinkt, der es ihr gestattete, alles zu genießen, ohne sich in irgendeiner Weise zu exponieren. Man war allgemein der Ansicht, daß es Frauen wie die MacAnder waren, die zu den schönsten Hoffnungen hinsichtlich des Idealtyps der modernen Frau der Zukunft Anlaß gaben. Sie hatte keine Kinder gehabt.

Wenn sie etwas ganz besonders verabscheute, so waren es die weichen Frauen, die Frauen mit »Charme«, wie es die Männer nannten – und Mrs. Soames hatte ihr immer schon ganz besonders mißfallen.

Zweifellos empfand sie insgeheim, daß Tüchtigkeit und Smartness ausgespielt hätten, sobald man Charme zum Kriterium erhob. Und mit einem Haß, der um so tiefer war, als dieser sogenannte Charme gelegentlich all ihre

Berechnungen über den Haufen zu werfen schien, haßte sie das sanft Verführerische, das auch sie an Irene nicht ganz übersehen konnte.

Sie sagte freilich, daß sie nicht wisse, was an dieser Frau so Besonderes wäre – sie habe keinen Schwung – sie würde nie auf eigenen Füßen stehen können – es sei sonnenklar, daß sie auf den erstbesten hereinfallen würde – und es sei ihr ein Rätsel, was die Männer eigentlich so an ihr bewunderten.

Sie war nicht eigentlich bösartig, hatte jedoch im Lauf ihrer Bemühungen, nach den betrüblichen Erfahrungen ihrer Ehe ihre Stellung zu halten, die Notwendigkeiten erkannt, stets voll Neuigkeiten zu stecken, und so kam ihr nicht einmal der Gedanke, daß sie etwa über »die beiden« im Park hätte schweigen können.

An jenem Abend aß sie also bei Timothy, wo sie von Zeit zu Zeit hinging, um – wie sie es nannte – »ein bißchen Leben in die Bude zu bringen«. Mit ihr waren immer dieselben Leute eingeladen: Winifred Dartie und ihr Mann; Francie – wegen ihrer Zugehörigkeit zur Welt der Künstler, denn man wußte, daß Mrs. MacAnder gelegentlich Artikel über Modefragen im »Reich der eleganten Dame« veröffentlichte; und damit sie mit jemandem flirten konnte, zwei der jungen Haymans, soweit sie verfügbar waren, die – obgleich sie nie den Mund auftaten – in dem Ruf standen, recht flotte Jünglinge und mit den letzten Entwicklungen in der eleganten Welt wohlvertraut zu sein.

Um sieben Uhr fünfundzwanzig löschte sie das elektrische Licht in ihrem kleinen Vorzimmer, hüllte sich in ihr Cape mit Chinchillakragen, trat auf den Gang und vergewisserte sich, ob sie ihren Schlüssel eingesteckt hatte, ehe sie die Tür verschloß. Diese kleinen Appartements waren äußerst praktisch. Sicherlich fehlte es ihnen an Licht und Luft, doch dafür konnte man sie ohne Umstände jederzeit abschließen und wegfahren, ohne sich um Bedienstete kümmern zu müssen – und sie fühlte sich hier nicht mehr so festgenagelt, wie es der Fall gewesen, solange der liebe arme Fred mit seinem verträumten Gehabe da war. Sie hegte keinen Groll gegen den lieben armen Fred – er war so ein Narr –, doch auch jetzt noch dachte sie mit einem bitteren und leicht spöttischen Lächeln an die Schauspielerin, die ihn ihr weggenommen hatte.

Sie ließ die Tür ins Schloß fallen, überquerte den Gang mit seiner düsteren dunkelgelben Tapete und der endlosen Reihe von braunen, numerierten Wohnungstüren. Der Fahrstuhl war eben auf dem Weg herunter; bis zu den Ohren in den Umhang gehüllt, ihr kastanienbraunes Haar sorgfältig geordnet, wartete sie bewegungslos, bis er in ihrem Stockwerk stehenblieb. Die Eisentür öffnete sich klirrend, und sie stieg ein. Es standen schon drei Personen drinnen, ein Mann im Abendanzug mit einem breiten, glatten Babygesicht, und zwei alte Damen in Schwarz, die Hände in Halbhandschuhen.

Mrs. MacAnder lächelte ihnen zu; sie kannte alle; und die drei, die vorher bewundernswert geschwiegen hatten, begannen zugleich zu sprechen. Das war das Geheimnis von Mrs. MacAnders Erfolg: sie verstand es, immer sogleich ein Gespräch in Gang zu bringen.

Das Gespräch riß während der ganzen Fahrt durch fünf Geschosse nicht ab. Der Liftboy stand mit dem Rücken zu ihnen und steckte sein Gesicht, das einen gewissen Zynismus zeigte, zwischen die Gitterstäbe des Fahrkorbs.

Im Erdgeschoß trennten sie sich. Der Herr im Abendanzug ging ein wenig wehmütig ins Billardzimmer, die beiden alten Damen zum Essen, und sie sagten zueinander: »Eine reizende kleine Frau!« und »Aber so gesprächig!« Und Mrs. MacAnder bestieg ihren Mietwagen. Jedesmal, wenn die MacAnder bei Timothy speiste (obwohl Timothy selbst sich nie dazu bewegen ließ, herunterzukommen), wickelte sich das Gespräch in jenem freieren, weltmännischen Ton ab, wie man ihn in Forsyteschen Kreisen gern in Gesellschaft pflegt – und eben dieser Umstand machte ihnen die kleine Frau besonders lieb und wert.

Mrs. Small und Tante Hester empfanden es als eine

erfreuliche Abwechslung. »Wenn sich Timothy nur entschließen könnte, sie kennenzulernen!« sagten sie – es würde ihm sicher guttun. Sie konnte einem die neuesten Neuigkeiten über den Sohn von Sir Charles Fiste erzählen, der in Monte Carlo lebte; sie wußte, wer die eigentliche Heldin in Tynemouth Eddys neuem Schlüsselroman war, der eben so viel Getuschel verursachte; und ob sich die Mode der Hosenröcke in Paris durchgesetzt habe. Und sie war so verständig und wußte immer Rat bei so schwierigen Fragen – ob der Älteste des jungen Nicholas wohl zur Marine gehen sollte, wie es seine Mutter wünschte, oder doch lieber Buchhalter werden sollte, wie es sein Vater für sicherer hielt. Sie hatte sehr viel gegen die Marine einzuwenden: Wenn man nicht ganz besonders fähig war oder ganz besonders gute Beziehungen hatte, hatte man keinerlei Chancen auf Beförderung, und selbst wenn man es bis zum Admiral brachte – was hatte ein Admiral schon zu erwarten: einen Hungerlohn! Als Buchhalter hatte man viel mehr Möglichkeiten – allerdings müsse man eine gute Firma finden, damit man von allem Anfang an kein Risiko einging.

Manchmal gab sie ihnen Börsentips; nicht daß Mrs. Small oder Tante Hester sie jemals befolgt hätten – sie hatten ja auch kein Geld zum Investieren –, aber sie fühlten sich so angenehm im Kontakt mit dem wirklichen Leben. Es war ein echtes Erlebnis für sie. Sie sagten, sie würden Timothy fragen, taten es aber nie, da sie schon im vorhinein wußten, daß es ihn aufregen würde. Noch Wochen später sahen sie heimlich in der Zeitung, die sie wegen ihrer modernen Tendenz hielten, nach, ob Bright's Rubies oder The Woollen Mackintosh Company gestiegen oder gefallen waren; und warteten auf einen Besuch von James oder Roger oder sogar Swithin und fragten mit zitternder Stimme, wie die Aktien von Bolivia Lime and Speltrate standen – sie hätten in der Zeitung nichts darüber gefunden.

Und Roger antwortete dann wohl: »Wozu wollt ihr das wissen? So ein Unsinn! Ihr werdet euch noch die Finger verbrennen, wenn ihr euer Geld in Kalkaktien anlegt und Dinge tut, von denen ihr nichts versteht! Wer hat euch das eingeredet?« – und nachdem er festgestellt, was sie erfahren hatten, ging er weg, stellte Erkundigungen in der City an und investierte dann vielleicht ein wenig von seinem eigenen Geld in der Gesellschaft.

Ungefähr in der Mitte des Essens, gerade als der Hammelrücken von Smither aufgetragen worden war, sagte Mrs. MacAnder mit einem fröhlichen Blick in die Runde: »Oh – was glauben Sie, wen ich heute im Richmond Park getroffen habe? Sie werden es nie erraten! Mrs. Soames und Mr. Bosinney. Sie müssen draußen beim Haus gewesen sein.«

Winifred Dartie bekam einen Hustenanfall, und niemand sagte ein Wort. Es war dies jener Beweis, auf den sie alle im Unterbewußtsein gewartet hatten.

Um Mrs. MacAnder Gerechtigkeit angedeihen zu lassen, muß man sagen, daß sie gerade mit einer Gesellschaft von drei Personen in der Schweiz und an den italienischen Seen gewesen war und daher von dem Bruch zwischen Soames und seinem Architekten noch nichts gehört hatte. Sie wußte also nicht, welch tiefen Eindruck ihre Worte machen würden.

Hochaufgerichtet, mit etwas gerötetem Gesicht blickte sie mit ihren kleinen pfiffigen Augen von einem zum anderen und versuchte, die Wirkung ihrer Worte abzuschätzen. Die jungen Haymans, die ihr zur Rechten und Linken saßen, hatten ihre mageren Gesichter über ihre Teller gebeugt, schweigsam und hungrig, und aßen ihren Hammel.

Die beiden, Giles und Jesse, waren einander so ähnlich und so unzertrennlich, daß man sie nur die »Dromios« nannte. Sie sprachen kaum einmal und schienen immer vollständig im Nichtstun aufzugehen. Es hieß, daß sie sich auf eine wichtige Prüfung vorbereiteten. Sie gingen im Park neben ihrem Haus stundenlang barhäuptig mit einem Buch in der Hand auf und ab, von einem Foxterrier begleitet, sprachen kein Wort und rauchten die ganze

Zeit. Jeden Morgen sah man sie etwa fünfzig Meter voneinander entfernt auf zwei schlanken Pferden, die ebenso lange Beine hatten wie sie selbst, den Campden Hill hinuntertraben, und jeden Morgen kamen sie etwa eine Stunde später, noch immer in einem Abstand von fünfzig Metern voneinander, im Galopp wieder heraufgeritten. Und gleichgültig, wo sie gegessen hatten, sah man sie jeden Abend etwa um halb elf auf der Alhambrapromenade, lässig gegen die Balustrade gelehnt.

Man sah sie nie anders als zusammen. So verbrachten sie ihr Leben, offensichtlich glücklich und zufrieden.

Ein vages Gefühl der Ritterlichkeit ließ sie beide sich in diesem peinlichen Augenblick zugleich an Mrs. MacAnder wenden und in genau demselben Tonfall sagen: »Haben Sie eigentlich schon die...?«

Ihre Überraschung darüber, daß ihre Nachbarn etwas zu ihr sagten, war so groß, daß sie ihre Gabel zur Seite legte, und Smither, die eben hinter ihr vorbeiging, nahm daraufhin sofort ihren Teller weg. Mrs. MacAnder aber war geistesgegenwärtig genug, sofort zu sagen: »Ich muß wirklich noch ein Stückchen von diesem wunderbaren Hammel essen.« Später setzte sie sich im Salon neben Mrs. Small, entschlossen, der Sache auf den Grund zu gehen. Und sie begann:

»Wirklich eine charmante Frau, diese Mrs. Soames; so ein sympathisches Wesen. Soames ist wirklich ein beneidenswerter Mann!«

In ihrem eifrigen Bemühen, etwas zu erfahren, hatte sie nicht genügend in Betracht gezogen, daß sich die Forsytes in ihrem Inneren dagegen sträuben, Außenstehende an ihren Sorgen teilnehmen zu lassen. Mrs. Septimus Small richtete sich raschelnd und knisternd zu ihrer vollen Höhe auf und sagte, vor Würde zitternd:

»Meine Liebe, das ist ein Thema, über das wir nicht sprechen!«

2

Nacht im Park

Obwohl Mrs. Small mit untrüglichem Instinkt genau das gesagt hatte, was ihre Besucherin noch neugieriger machte, kann man sich schwer vorstellen, was sie sonst wahrheitsgetreu hätte sagen können.

Es war ein Thema, über das die Forsytes nicht sprachen – nicht einmal untereinander –, es war »unterirdisch«, um das Wort zu verwenden, das Soames zur Charakterisierung der Lage erfunden hatte.

Und doch wußten innerhalb einer Woche nach Mrs. MacAnders Begegnung im Richmond Park alle – außer Timothy, dem man es vorsichtigerweise vorenthielt – von James auf seinem täglichen Gang von der City nach Park Lane bis zum »wilden« George bei seiner täglichen Jagd nach Abenteuern auf dem Weg vom Erkerfenster des Haversnake zum Billardzimmer des Red Pottle, daß »diese beiden« bis zum Äußersten gegangen waren.

George (er war es, der viele der passenden Ausdrücke erfunden hatte, die noch heute in der eleganten Welt Geltung haben) drückte es genauer aus als alle anderen, als er seinem Bruder Eustace sagte, daß »der Freibeuter ganz schön loslegte«; er nahm an, daß Soames »genug hatte«.

Man war der Ansicht, daß er ganz gewiß genug hatte, aber was sollte man tun? Vielleicht sollte er etwas unternehmen; aber etwas zu unternehmen wäre auch wieder bedauerlich.

Ohne einen offenen Skandal, den sie ja doch nicht gut empfehlen konnten, war es schwer zu sagen, was er unternehmen sollte. In dieser Sackgasse gab es nur eines: nichts zu Soames zu sagen und nichts zueinander; es also zu übergehen.

Vielleicht könnte man Irene beeinflussen, wenn man ihr betont kalt begegnete; aber man traf sie ja jetzt selten, und es wäre doch etwas schwierig, sie eigens zu besuchen, um ihr dann die kalte Schulter zu zeigen. Manchmal erzählte James seiner Frau in der Abgeschiedenheit ihres Schlafzimmers von den Leiden, die ihm das Unglück seines Sohnes verursachte.

»Ich weiß nicht, was ich sagen soll«, meinte er dann; »ich mache mir so schreckliche Sorgen. Es wird einen Skandal geben, und das wird ihm schaden. Zu ihm möchte ich nichts sagen. Vielleicht ist doch nichts dahinter. Was meinst du? Man sagt, daß sie künstlerische Neigungen hat. Was? Oh, du bist doch eine ›echte Juley‹! Also ich weiß nicht, ich erwarte das Schlimmste. Das kommt davon, wenn man keine Kinder hat. Ich wußte ja von Anfang an, wie es kommen würde. Sie haben mir nie erzählt, daß sie keine Kinder wollen – niemand erzählt mir etwas!« Auf den Knien an der Seite des Bettes, mit weitgeöffneten, starren Augen atmete er schwer auf die Bettdecke. In seinem Nachthemd, mit dem vorgestreckten Hals und runden Rücken sah er einem großen weißen Vogel ähnlich.

»Vater unser« wiederholte er, und in seinem Kopf kreisten die Gedanken unaufhörlich um die Möglichkeit eines Skandals.

Wie der alte Jolyon machte auch er im Grunde seines Herzens die Einmischung der Familie für diese Tragödie verantwortlich. Was für ein Recht hatten »diese Leute« – er begann, von seinen Verwandten in Stanhope Gate, einschließlich des jungen Jolyon und dessen Tochter, als von »diesen Leuten« zu denken –, einen Menschen wie diesen Bosinney in die Familie einzuführen? (Er hatte Georges Spitznamen, »der Freibeuter«, gehört, aber er konnte sich darunter nichts vorstellen – der junge Mann war doch Architekt.)

Langsam gewann er den Eindruck, daß sein Bruder Jolyon, zu dem er immer aufgeblickt und auf dessen Ansichten er sich verlassen hatte, nicht ganz das war, was er erwartet hatte.

Er hatte nicht den starken, ausgeprägten Charakter

seines älteren Bruders und war daher eher traurig als zornig. Sein einziger Trost war, zu Winifred zu fahren und die kleinen Darties im Wagen in den Kensington Garden mitzunehmen; dort sah man ihn oft beim Runden Teich mit ängstlichen Augen das Segelboot des kleinen Publius beobachten, das er selbst mit einem Penny beladen hatte, und von dem er immer fürchtete, daß es nicht mehr zurückkommen würde; während der kleine Publius – der nach James' Aussage zum Glück seinem Vater überhaupt nicht ähnlich war – um seine Beine lief und versuchte, mit ihm um einen weiteren Penny zu wetten, daß das Boot tatsächlich nicht mehr kommen würde – er hatte längst herausgefunden, daß es immer zurückkam. Und James ging auf die Wette ein; er zahlte immer – manchmal sogar drei oder vier Pennies an einem Nachmittag, denn der kleine Publius schien dieses Spiels nie müde zu werden – und jedesmal, wenn er zahlte, sagte er: »Da, das ist für deine Sparbüchse. Schau, du wirst ja schon ein reicher Mann!« Der Gedanke an den wachsenden Reichtum seines Enkels bereitete ihm eine ehrliche Freude. Aber der kleine Publius kannte einen Süßwarenladen und wußte mit seinem Geld was Besseres anzufangen als zu sparen.

Dann gingen sie durch den Park nach Hause, und James wachte, groß, hager, mit hohen Schultern und gedankenvollem, besorgtem Ausdruck, über die stämmigen Gestalten der beiden Kinder Imogen und Publius, die ihn gar nicht beachteten.

Aber diese Gärten waren nicht allein für James gedacht. Forsytes und Vagabunden, Kinder und Verliebte, ruhten und wanderten hier Tag für Tag, Nacht für Nacht, und alle suchten ein wenig Ruhe von der Arbeit, von dem Gestank und Gewimmel der Straßen.

Langsam wurden die Blätter braun, aber noch waren sie in der warmen Sonne, in den fast sommerlichen Nächten nicht abgefallen.

Es war Samstag, der 5. Oktober. Der Himmel, der den ganzen Tag strahlend blau gewesen war, verwandelte sich in ein tiefes Weinrot. Es schien kein Mond, und das klare

Dunkel schlang sich wie ein Samtgewand um die Bäume, die, schon halb entlaubt, federgleich unbeweglich in die stille, warme Nacht ragten. Ganz London war in den Park geströmt, um den Sommer bis zur Neige auszukosten.

Von allen Toren her strömten die Pärchen die Wege entlang und über das verdorrte Gras, bis sich eines nach dem anderen still aus dem Licht in den Schutz der schütteren Bäume stahl, wo sie gegen einen Stamm gelehnt oder im Schutz der Sträucher die Welt vergaßen und im Schoß des warmen Dunkels nur füreinander da waren.

Für jene, die später die Wege entlangkamen, waren sie nur Teil des leidenschaftlichen Dunkels, aus dem ein seltsames Gemurmel, wie das verwirrte Schlagen der Herzen, erklang. Wenn dieses Murmeln aber die Paare im Licht erreichte, stockten ihre Stimmen und verstummten schließlich; ihre Arme fanden sich, ihre Augen schweiften ins Dunkel, suchend, forschend. Plötzlich, wie von unsichtbaren Händen gezogen, stiegen auch sie über die Begrenzung und verschwanden, still wie Schatten, aus dem Licht.

Die Stille, eingebettet in den fernen, gnadenlosen Lärm der Stadt, war erfüllt von tausend Leidenschaften und Hoffnungen, von der Liebe der kleinen, unbedeutenden Menschen auf der Suche nach dem Glück; denn trotz der Mißbilligung des Stadtrates – jener ehrwürdigen Versammlung von Forsytes, welche die Liebe neben dem Abwasserproblem als die größte Gefahr für die Gemeinschaft ansahen – ging in jener Nacht in diesem und in hundert anderen Parks ein Prozeß vor sich, ohne welchen die tausend Fabriken, Kirchen und Geschäfte, deren Hüter sie waren, die Steuern, die sie einhoben, die Kanäle, die sie bauten, leer und sinnlos gewesen wären, wie Arterien ohne Blut, wie Menschen ohne Herz.

Selbstvergessen, Leidenschaft und Liebe verbargen sich vor den Vertretern ihres erbarmungslosen Feindes, des »Sinns für Besitz« unter den Bäumen und feierten hier ein heimliches Fest, und Soames, der von Bayswater nach Hause ging – er hatte allein bei Timothy gegessen –, die

Gedanken bei dem kommenden Prozeß, fühlte, wie ihm das Blut aus dem Herzen wich, als er leises Gelächter und das Geräusch von Küssen hörte. Er überlegte, ob er am nächsten Vormittag an die *Times* schreiben und den Herausgeber auf die Zustände in den Parks aufmerksam machen sollte.

Das tat er schließlich doch nicht, denn er hatte eine Scheu davor, seinen Namen gedruckt zu sehen.

Und doch übten die geflüsterten Laute, die die Stille durchdrangen, die halberkennbaren Gestalten in der Dunkelheit auf sein ausgehungertes Gemüt einen krankhaften Reiz aus. Er verließ den Weg, der am Wasser entlangführte, und stahl sich unter die Bäume, in den Schatten der kleinen Baumgruppen, wo die Kastanien ihre großen Blätter tief herunter hängen ließen und das Dunkel noch dichter war; und dort ging er von Sessel zu Sessel, die unter den Bäumen standen, und starrte heimlich auf die sich umschlungen haltenden Pärchen, die bei seiner Annäherung auffuhren.

Dann blieb er ganz still auf dem kleinen Hügel über der Serpentine stehen, wo ein bewegungsloses Paar im vollen Licht saß, schwarz vor dem silbernen Wasser; die Frau barg ihr Gesicht am Hals des Mannes – sie waren eine einzige Gestalt, wie ein steinernes Bild der Leidenschaft, schweigend und ohne Scham.

Von diesem Anblick betroffen zog sich Soames noch tiefer in den Schatten der Bäume zurück.

Wer weiß, was er suchte und dachte? Brot, seinen Hunger zu stillen, Licht in der Dunkelheit? Wer weiß, was er zu finden erwartete – abstraktes Wissen um das menschliche Herz – das Ende seiner eigenen, unter der Oberfläche schwelenden Tragödie – denn wer wußte, ob nicht eines dieser dunklen, unbekannten, namenlosen Paare er und sie waren?

Aber es konnte nicht das sein, was er suchte – die Frau des Soames Forsyte, die wie ein dahergelaufenes Ding im Park saß! Das war unvorstellbar. Und weiter ging er mit unhörbaren Schritten von Baum zu Baum.

Einmal fluchte man ihm nach; einmal erstarrte er, als ein geflüstertes: »Wenn es nur immer so sein könnte!« zu ihm drang; er wartete geduldig und verbissen, bis die beiden weitergingen. Aber es war nur eine armselige kleine Verkäuferin in einer schlampigen Bluse, die am Arm ihres Geliebten hing.

Und hundert andere Verliebte flüsterten denselben Wunsch in der Stille der Bäume, hundert andere Verliebte hielten einander umschlungen.

Und plötzlich schüttelte sich Soames vor Ekel, ging zum Weg zurück und hörte auf mit der Suche nach etwas, von dem er nicht wußte, was es eigentlich war.

3

Begegnung im Botanischen Garten

Der junge Jolyon, der nicht gerade in den Verhältnissen eines Forsyte lebte, hatte manchmal Schwierigkeiten, Geld für jene Ausflüge in die Natur aufzubringen, ohne welche kein Aquarellmaler auch nur einen Pinselstrich tun kann.

Ja er mußte sich sogar darauf beschränken, seinen Malkasten in den Botanischen Garten zu tragen und seinen Schemel im Schatten eines Affenbrotbaumes oder im Schutz eines Gummibaumes aufzustellen; dort verbrachte er dann lange Zeit mit seinen Skizzen.

Ein Kunstkritiker, der erst vor kurzem seine Arbeiten durchgesehen hatte, hatte die folgende Meinung geäußert:

»In einer gewissen Weise sind Ihre Bilder recht gut; Stimmung und Farben sind in Ordnung, und in manchen drückt sich ein echtes Gefühl für die Natur aus; aber sie sind so uneinheitlich, die Leute werden sich nie dafür interessieren. Hätten Sie ein bestimmtes Thema gewählt, zum Beispiel ›London bei Nacht‹ oder ›Der Kristallpalast im Frühling‹, und eine ganze Serie gemalt, dann hätte das Publikum sofort gewußt, was es vor sich hatte. Ich kann das nicht zu viel betonen. Alle Künstler, die sich einen großen Namen gemacht haben, wie Crum Stone oder Bleeder, haben das dadurch erreicht, daß sie das Unerwartete vermieden haben; sie haben sich spezialisiert und ihre Arbeiten alle in derselben Art gemalt; so weiß das Publikum gleich, was es vor sich hat. Und das ist nur natürlich, denn welcher Sammler will schon, daß man seine Bilder beschnuppern muß, damit man weiß, von wem sie sind; er will, daß der Betrachter sofort sagen kann, ›ein toller Forsyte‹! Und für Sie ist es um so wichtiger, ein Thema zu wählen, das man sofort erkennt, denn Ihr Stil ist nicht besonders originell.«

Der junge Jolyon stand neben dem kleinen Flügel, auf dem eine Schale mit vertrockneten Rosenblättern, dem einzigen Produkt seines Gartens, auf einem Deckchen aus verblichenem Damast stand, und lächelte schwach.

Er drehte sich zu seiner Frau um, die den Sprecher mit einem zornigen Ausdruck in ihrem mageren Gesicht ansah, und sagte:

»Da hast du es, meine Liebe.«

»Das stimmt nicht«, antwortete sie in ihrer abgehackten Sprechweise, wie es ihre Art war, und in ihrer Stimme klang noch immer ein ausländischer Akzent an; »dein Stil ist originell.«

Der Kritiker sah sie an, lächelte nachgiebig und sagte nichts mehr. Wie alle anderen kannte er ihre Liebesgeschichte.

Aber seine Worte waren beim jungen Jolyon auf fruchtbaren Boden gefallen. Sie standen zwar im Widerspruch zu seiner künstlerischen Überzeugung, zu aller Kunsttheorie, die er für gut und richtig hielt, aber ein merkwürdiger, tief in seinem Inneren verborgener Drang trieb ihn gegen seinen Willen dazu, diese Worte in klingende Münze umzuwandeln.

Er stellte daher eines Morgens fest, daß ihm die Idee

gekommen war, eine Serie von Aquarellen mit dem Thema »London« zu malen. Woher diese Idee stammte, wußte er nicht; und erst im folgenden Jahr, als er die Serie vollendet und zu einem äußerst günstigen Preis verkauft hatte, erinnerte er sich in einem seiner objektiven Augenblicke wieder des Kunstkritikers, und sah in seinem Erfolg einen weiteren Beweis dafür, daß er ein echter Forsyte war.

Er entschloß sich, im Botanischen Garten zu beginnen, wo er schon so viele Studien gemacht hatte, und wählte für seine Zwecke den kleinen künstlichen Teich, der jetzt von einem herbstlichen Teppich gelber und roter Blätter bedeckt war. Obwohl die Gärtner die Blätter gern fortgeräumt hätten, konnten sie sie doch nicht mit ihren Besen erreichen. Den übrigen Park fegten sie sauber genug, entfernten jeden Morgen die gefallenen Blätter und sammelten sie zu kleinen Haufen; aus diesen stieg bald der süße, beißende Rauch empor, der zum Herbst gehörte wie der Ruf des Kuckucks zum Frühling und der Duft der Lindenblüten zum Sommer. Der Ordnungssinn der Gärtner konnte die Muster aus Grün, Gold und Rostrot auf dem Rasen nicht ertragen. Fleckenlos, ordentlich, methodisch gepflegt mußten die Kieswege sein, durften nichts wissen von der Wirklichkeit des Lebens, noch von der Schönheit des langsamen Verfalls, der Kronen zu Boden sinken läßt, daß die Erde in ihrem Glanz erstrahlt, aus deren Schoß im ewigen Kreislauf der Natur dereinst der wilde Frühling steigt.

Und so war jedes fallende Blatt von dem Augenblick an gezeichnet, in dem es zum letzten Abschied rauschte und sich langsam wirbelnd vom Zweig löste.

Auf dem kleinen Teich aber trieben die Blätter friedlich dahin, und ihre Farben strahlten im Sonnenlicht und priesen den Himmel.

So sah sie der junge Jolyon.

Als er eines Morgens Mitte Oktober zu seinem Platz kam, stellte er ungehalten fest, daß etwa zwanzig Schritte von ihm entfernt eine Bank besetzt war – er haßte es, wenn ihm jemand bei der Arbeit zusah.

Auf der Bank saß eine Dame in einer Samtjacke, den Blick gesenkt. Zwischen ihnen stand ein blühender Lorbeerbaum, hinter den sich der junge Jolyon zurückzog und seine Staffelei aufstellte.

Er traf seine Vorbereitungen sehr langsam; wie es bei jedem wahren Künstler sein sollte, war ihm alles lieb, das die Anstrengungen der Arbeit auch nur einen Augenblick hinausschob, und so betrachtete er heimlich die unbekannte Dame.

Wie schon sein Vater hatte auch er ein gutes Auge für Gesichter. Und dieses Gesicht war bezaubernd!

Das runde Kinn wurde von einer elfenbeinfarbenen Halskrause umschlossen, das Gesicht mit den großen, dunklen Augen und weichen Lippen war zart. Ein schwarzer Hut verbarg ihr Haar; ihr Körper stützte sich leicht gegen die Lehne der Bank, die Beine hatte sie übereinandergeschlagen; die Spitze eines Lackschuhs lugte unter dem Rock hervor. In der ganzen Erscheinung dieser Dame lag etwas so unaussprechlich Elegantes, und doch fühlte sich der junge Jolyon hauptsächlich von ihrem Ausdruck gefesselt, der ihn an seine Frau erinnerte. Es war, als ob sie mit Kräften in Berührung gekommen sei, die zu stark für sie waren. Das beunruhigte ihn, zog ihn an und erweckte ein Gefühl der Ritterlichkeit in ihm. Wer war sie? Und was tat sie hier allein?

Zwei junge Männer von dem Typ, wie man sie im Regents Park findet, schüchtern und doch zugleich draufgängerisch, kamen auf dem Weg zum Tennisplatz vorbei; mißbilligend bemerkte er ihre heimlichen, bewundernden Blicke. Ein herumschlendernder Gärtner blieb stehen und beschäftigte sich völlig unnötigerweise mit einem Büschel Pampasgras; auch er suchte einen Vorwand, um sie anzustarren. Ein alter Herr, nach seinem Hut zu schließen ein Biologieprofessor, ging dreimal vorüber und sah sie verstohlen an, mit einem sonderbaren Zug um die Lippen. Alle diese Männer erregten im jungen Jolyon einen unbestimmten Ärger. Sie sah keinen von ihnen an, und doch war er sicher, daß jeder Vorbeikommende sie so anstarren würde.

Ihr Gesicht war nicht das einer Verführerin, das den Männern mit jedem Blick alle Freuden verheißt; es hatte nichts von der »teuflischen« Schönheit, die von den ersten Forsytes im Land so geschätzt wird; sie war auch nicht eine jener – nicht minder bewundernswerten – Schönheiten, deren Süße einen unwillkürlich an Konfekt erinnert; ihr Gesicht war weder durchgeistigt leidenschaftlich noch leidenschaftlich durchgeistigt zu nennen – Eigenschaften, die man gern mit der Innenarchitektur oder auch mit der modernen Dichtkunst in Verbindung bringt; noch bot es dem Dramatiker Inspiration, eine jener interessanten neurasthenischen Frauengestalten zu schaffen, die im letzten Akt Selbstmord begehen.

In Form und Farbe, in seiner weichen, überzeugenden Passivität, der sinnlichen Reinheit erinnerte ihn das Gesicht dieser Frau an Tizians »Himmlische Liebe«, von der eine Reproduktion über der Anrichte in seinem Eßzimmer hing. Ihre Anziehungskraft schien in dieser sanften Passivität zu liegen, darin, daß sie den Eindruck machte, als sei es ihre Bestimmung, unter Druck nachzugeben.

Worauf oder auf wen wartete sie hier in der Stille, in der hie und da von den Ästen ein Blatt herunterflatterte und die Drosseln zu ihren Füßen durch das Gras hüpften, das vom Rauhreif des Herbstes glänzte? Da belebte sich ihr Gesicht, und als sich der junge Jolyon – fast mit der Eifersucht eines Liebhabers –, umdrehte, sah er Bosinney mit langen Schritten über die Wiese kommen.

Neugierig beobachtete er dieses Treffen, den Blick in ihren Augen, den langen Händedruck. Sie setzten sich dicht nebeneinander, vertraut trotz aller äußeren Zurückhaltung. Er hörte ihre rasche, leise Unterhaltung; doch was sie sprachen, konnte er nicht verstehen.

Auch er war so ein Galeerensträfling gewesen! Er kannte die langen Stunden des Wartens und die kurzen Minuten eines halbverstreckten Treffens; die Qualen der Ungewißheit, die verbotene Liebe verfolgen. Es bedurfte jedoch nur eines Blickes auf die beiden Gesichter, um zu wissen, daß dies nicht eine der kurzen Affären war, mit denen sich Frauen und Männer von Welt amüsieren; keine plötzlich erwachende Gier, die, nach sechs Wochen gestillt, wieder entschwindet. Das war wirkliche Liebe! Das war dasselbe, was ihm geschehen war! Alles mögliche konnte daraus noch entstehen!

Bosinney bat sie um etwas, aber sie sah ruhig, sanft und doch so unbeweglich in ihrer Passivität über das Gras.

War er der Mann, sie wegzuführen, dieses sanfte, passive Wesen, das niemals selbst auch nur einen Schritt aus sich heraus tun würde? Das sich ihm ganz ergeben hatte, für ihn sterben, aber womöglich nie mit ihm davonlaufen würde!

Es schien dem jungen Jolyon, als ob sie sagte: »Aber Liebling, das wird dich ruinieren!« Denn auch er hatte bis zum Letzten die nagende Furcht im Herzen jeder Frau verspürt, daß sie ein Hemmschuh für den Mann ist, den sie liebt.

Und er beobachtete sie nicht weiter; aber ihr leises, rasches Sprechen drang an sein Ohr, wie der stammelnde Gesang eines Vogels, der Mühe hat, sich noch einmal seines Frühlingslieds zu entsinnen: Glück-Tragödie! Was nur – was?

Langsam erstarb ihr Gespräch; ein langes Schweigen folgte.

»Und was ist mit Soames?« dachte der junge Jolyon. »Die Leute glauben, daß sie die Sünde bedrückte, weil sie ihren Gatten betrügt! Wie wenig wissen sie doch von Frauen! Sie sättigt sich nach langem Hungern – sie rächt sich! Aber der Himmel möge ihr helfen, denn er – wird sich auch rächen!«

Er hörte das Rascheln von Seide, und am Lorbeerbaum vorbei sah er sie Hand in Hand davongehen...

Ende Juli war der alte Jolyon mit seiner Enkelin in die Berge gefahren; in diesem Urlaub (dem letzten, den sie dort verbrachten) erholte sich June fast völlig. In den Hotels, die voll von britischen Forsytes waren – der alte Jolyon konnte »diese Deutschen«, wie er alle Ausländer nannte, nicht aushalten –, behandelte man sie als die einzige Enkelin des würdigen und offensichtlich reichen Mr. Forsyte sehr respektvoll. June schloß sich nicht sofort jedem an – das war nicht ihre Art –, aber sie knüpfte einige Freundschaften an, vor allem, während sie im Rhônetal waren, mit einer schwindsüchtigen Französin, die im Sterben lag.

Sie war sofort entschlossen, ihre Freundin nicht sterben zu lassen, und vergaß bei diesem Feldzug gegen den Tod viel von ihren eigenen Problemen.

Der alte Jolyon beobachtete diese neue Busenfreundschaft mit viel Erleichterung, aber auch mit Mißbilligung; denn dieser neuerliche Beweis, daß June ihr Leben unter ihren »Sorgenkindern« verbringen würde, bedrückte ihn. Würde sie denn niemals eine vernünftige Freundschaft schließen oder sich für etwas interessieren, was ihr von Nutzen sein könnte.

»Sie zieht mit diesen Ausländern herum«, nannte er es. Aber doch brachte er oft Trauben oder Rosen nach Hause und schenkte sie der »Mam'zelle« mit einem freundlichen Augenzwinkern.

Gegen Ende September tat Mademoiselle Vigot, trotz Junes heftiger Gegenwehr, ihren letzten Atemzug in dem kleinen Hotel in St. Luc, wohin man sie gebracht hatte; June nahm sich ihre Niederlage so zu Herzen, daß der alte Jolyon mit ihr nach Paris fuhr. Dort, angesichts der Venus von Milo und der Madeleine, legte sie ihre Niedergeschlagenheit ab, und als sie Mitte Oktober wieder nach London zurückkamen, glaubte ihr Großvater, sie sei geheilt.

Aber kaum hatten sie sich in Stanhope Gate eingelebt, als der alte Jolyon mit Entsetzen sah, daß sie wieder in ihre alte, geistesabwesende und nachdenkliche Stimmung verfiel. Wieder saß sie lange Zeit, das Kinn auf die Hand gestützt und starrte vor sich in, wie eine Norne, streng und ernst, während um sie herum der große Salon mit seinen Brokattapeten und die Möbel von Baple und Pullbred im neueingeleiteten elektrischen Licht erstrahlten. In dem großen, vergoldeten Spiegel spiegelten sich die Meißner Porzellanfigurinen, junge Männer in engen Kniehosen zu

Füßen von vollbusigen Damen, die ihre Lämmchen im Schoß hielten. Der alte Jolyon hatte sie noch als Junggeselle gekauft und hielt sie jetzt, in einer Zeit des allgemeinen Geschmacksverfalls, besonders hoch. Er war sehr aufgeschlossen und war, mehr als alle Forsytes, mit der Zeit gegangen, aber er konnte niemals vergessen, daß er diese Figurinen um einen hohen Preis bei Jobson gekauft hatte. Oft sagte er mit einer Art von desillusionierter Verachtung zu June:

»Du magst sie ja nicht! Das sind keine so wertlosen Dinge, wie du und deine Freunde sie mögen; sie haben mich siebzig Pfund gekostet!« Er war nicht der Mann, der sich seinen Geschmack verderben ließ, wenn er aus ganz triftigem Grund wußte, daß er gut war.

Eines der ersten Dinge, die June tat, als sie nach Hause kam, war, zu Timothy zu gehen. Sie redete sich ein, daß es ihre Pflicht sei, ihn und die Tanten zu besuchen und sie mit einer Erzählung von ihren Reiseabenteuern aufzumuntern; aber in Wahrheit ging sie nur hin, weil sie nicht wußte, wo sie sonst durch eine zufällige Bemerkung, durch eine versteckte Frage Neuigkeiten über Bosinney hören konnte.

Man empfing sie sehr herzlich. Und wie ging es denn ihrem lieben Großvater? Er hatte sie schon seit Mai nicht mehr besucht. Ihrem Onkel Timothy ging es sehr schlecht, er hatte so viel Ärger mit dem Schornsteinfeger gehabt; dieser dumme Kerl hatte den Ruß in den Kamin fallen lassen! Es hatte ihren Onkel so entsetzlich aufgeregt.

June saß lange Zeit bei ihnen; sie fürchtete sich davor und hoffte doch leidenschaftlich, daß sie von Bosinney sprechen würden.

Aber von einem unerklärlichen Feingefühl gelähmt ließ Mrs. Small nicht ein einziges Wort fallen, und sie fragte June auch nicht nach ihm.

Verzweifelt fragte das Mädchen schließlich, ob Soames und Irene in London seien – sie hatte noch keine Zeit gehabt, jemanden anderen zu besuchen.

Tante Hester antwortete ihr, sie seien in London, sie

seien überhaupt nicht fort gewesen. Es gab irgendeine kleinere Schwierigkeit mit dem Haus. Aber June habe doch sicher davon gehört! Sie sollte lieber ihre Tante Juley fragen!

June wendete sich zu Mrs. Small, die sehr aufrecht in ihrem Sessel saß und die Hände ineinander verkrampft hatte; ihr Gesicht war ein einziges großes Schmollen. Als Antwort auf den fragenden Blick des Mädchens hatte sie nur ein sonderbares Schweigen, und als sie endlich sprach, fragte sie June nur, ob sie in diesen Berghotels, wo es in der Nacht doch sicher sehr kalt war, Bettsöckchen getragen hatte.

June verneinte das, sie haßte diese heißen Dinger, und erhob sich, um zu gehen.

Mrs. Smalls beziehungsreiches Schweigen erschien ihr bedrohender als alles, was man hätte sagen können.

Es war noch keine halbe Stunde vergangen, als sie von Mrs. Baynes am Lowndes Square die Wahrheit erfahren hatte, nämlich, daß Soames wegen der Einrichtung des Hauses einen Prozeß gegen Bosinney angestrengt hatte.

Diese Neuigkeit hatte, statt sie zu beunruhigen, eine seltsam beruhigende Wirkung auf June, als ob sie in diesem kommenden Kampf neue Hoffnung für sich sah. Sie erfuhr, daß der Prozeß in ungefähr einem Monat vor sich gehen würde, und Bosinney so gut wie gar keine Aussicht auf Erfolg hatte.

»Und was er dann tun wird, weiß ich nicht«, sagte Mrs. Baynes; »es ist ganz schrecklich für ihn – er hat ja kein Geld – finanziell geht es ihm sehr schlecht. Und wir können ihm auf keinen Fall helfen. Man hat mir gesagt, daß die Geldverleiher nur gegen Sicherheiten verborgen, und er hat keine – überhaupt keine.«

Sie war in der letzten Zeit noch fülliger geworden; und sie war mitten in den Vorbereitungen für die vielen Wohltätigkeitsveranstaltungen des Herbstes – ihr Schreibtisch war mit den Menükarten für diverse Essen im wahrsten Sinn des Wortes übersät. Sie sah June aus ihren runden, papageiengrauen Augen bedeutungsvoll an.

Die plötzliche Röte, die dem jungen Mädchen ins Gesicht flutete – sie mußte vor sich eine große Hoffnung aufsteigen sehen –, ihr plötzliches glückliches Lächeln verfolgte Lady Baynes in späteren Jahren noch oft (Baynes war in den Adelsstand erhoben worden, nachdem er das Kunstmuseum gebaut hatte, das so vielen Beamten zu einer Beschäftigung verhalf und den arbeitenden Schichten, für die es gedacht war, so wenig Freude machte).

Die Erinnerung an diese Veränderung, die so lebendig und rührend war wie eine Blume, deren Kelch sich zum ersten Mal öffnet, wie der erste Sonnenstrahl nach einem langen Winter, und die Erinnerung an all das, was nachher gekommen war, kam Lady Baynes oft in unverständlicher Weise in den ungünstigsten Momenten, wenn sie sich mit den wichtigsten Dingen beschäftigte, in den Sinn.

Es war derselbe Nachmittag, an dem der junge Jolyon Zeuge der Begegnung im Botanischen Garten gewesen war, und am selben Tag suchte der alte Jolyon seine Rechtsanwälte Forsyte, Bustard und Forsyte in der Poultry auf. Soames war nicht im Büro, er war gerade in die Archive des Somerset House gegangen, Bustard war in dem unzugänglichen Raum, in den man ihn wohlweislich gesetzt hatte, damit er soviel wie möglich arbeiten würde, bis zum Hals in Akten vergraben; James aber saß fingernägelkauend im Büro und blätterte kummervoll in den Schriftsätzen von Forsyte vs. Bosinney.

Dieser nüchterne Rechtsanwalt hatte nicht mehr als eine Art gewissermaßen genüßliche Furcht vor dem »heiklen Punkt«, genug, um in ihm ein angenehmes Gefühl von Geschäftigkeit aufkommen zu lassen; denn sein praktischer Standpunkt sagte ihm, daß er, wenn er der Richter wäre, sich nicht sonderlich um diesen Punkt kümmern würde. Er hatte aber Angst, daß dieser Bosinney bankrott gehen würde, und Soames doch noch das Geld würde aufbringen müssen, und dazu noch zusätzliche Kosten haben würde. Und hinter dieser greifbaren

Furcht schwebte immer dieses unfaßbare andere im Hintergrund, verworren, vage, skandalös, wie ein böser Traum; dieser Prozeß war nur ein äußeres, sichtbares Anzeichen davon.

Er hob den Kopf, als der alte Jolyon hereinkam, und murmelte: »Wie geht es dir, Jolyon? Ich habe dich ja schon monatelang nicht gesehen. Man hat mir erzählt, daß du in der Schweiz warst. Der junge Bosinney ist in einem schönen Schlamassel gelandet. Ich habe ja gewußt, wie es kommen würde!« Er hielt ihm die Papiere entgegen und beobachtete seinen älteren Bruder mit ängstlicher Düsterkeit.

Der alte Jolyon las sie schweigend durch, und während er das tat, sah James zu Boden und kaute die ganze Zeit seine Fingernägel.

Endlich warf der alte Jolyon die Akten auf den Tisch, mitten unter die vielen eidesstattlichen Erklärungen, die sich im Zusammenhang mit der Causa Buncombe angesammelt hatten, einem der vielen Ableger des großen und einträglichen Prozesses »Fryer contra Forsyte«.

»Ich weiß nicht, was Soames davon hat«, sagte er, »wegen ein paar hundert Pfund sich so aufzuregen. Ich habe immer gedacht, er wäre ein reicher Mann.«

James' Oberlippe zuckte zornig; er konnte es nicht ertragen, wenn man seinen Sohn in diesem Punkt angriff.

»Es ist nicht das Geld –«, begann er, als er aber den direkten, durchdringenden, prüfenden Blick seines Bruders sah, hielt er inne.

Sie schwiegen.

»Ich bin wegen meines Testaments gekommen«, sagte schließlich der alte Jolyon und zupfte an seinem Schnurrbart.

James' Neugierde war sofort geweckt. Es gab auf dieser Welt vielleicht nichts Aufregenderes für ihn als ein Testament; es war die höchste, endgültige Transaktion des Besitzes, das letzte Inventar der Besitztümer, das letzte Wort darüber, was ein Mensch wert war. Er klingelte.

»Bringen Sie Mr. Jolyons Testament«, sagte er zu einem

eifrigen, dunkelhaarigen Angestellten. – »Du willst etwas ändern?« Und blitzartig kam ihm der Gedanke: Bin ich genauso reich wie er?

Der alte Jolyon steckte das Testament in seine Brusttasche, und James scharrte bedauernd mit den Füßen.

»Du hast ja in letzter Zeit einige ganz nette Sachen gekauft?« stellte er fest.

»Ich weiß nicht, woher du deine Informationen beziehst«, antwortete der alte Jolyon scharf. »Wann wird der Prozeß stattfinden, nächsten Monat? Ich weiß wirklich nicht, was ihr euch vorstellt. Ihr müßt zwar eure Angelegenheiten selbst regeln, aber wenn ich dir einen Rat geben darf, dann schließt einen Vergleich! Auf Wiedersehen!« Mit einem kühlen Händedruck verließ er ihn.

Vor James' graublauen Augen tauchte immer wieder das geheime Schreckbild auf, und er begann, seine Nägel zu beißen.

Der alte Jolyon nahm sein Testament in die Büros der New Colliery Company mit und setzte sich dort in das leere Direktionszimmer, um es in Ruhe durchzulesen. Er antwortete Hemmings »mit dem breiten Hinterteil«, der, als er ihn dort sitzen sah, mit dem Bericht des neuen Aufsehers zu ihm kam, so schroff, daß sich der Sekretär voll gekränkter Würde zurückzog, den Kopisten rufen ließ und ihn so abkanzelte, daß der Arme nicht wußte, wie ihm geschah.

Es ging doch nicht an, und das wollte er (Hemmings) ihm einmal nachdrücklich sagen, daß so ein Grünschnabel wie er einfach in dieses Büro kam und sich wie der liebe Gott selbst aufführte. Er (Hemmings) sei schon mehr Jahre Leiter dieses Büros, als so ein Bürschchen überhaupt zählen konnte, und wenn er denke, daß er herumsitzen und nichts tun könne, wenn er seine Arbeit beendet hatte, dann wisse er nicht, mit wem er es zu tun habe, und so weiter.

Auf der anderen Seite der grüngepolsterten Tür saß der alte Jolyon an dem langen, lederbezogenen Mahagonitisch, hatte die dicke Schildpattbrille hoch auf die Nase geschoben und studierte die einzelnen Absätze des Testaments, indem er mit seinem goldenen Bleistift Zeile für Zeile verfolgte.

Es war ein ganz einfaches Testament, denn es fehlten all die lästigen kleinen Legate und Schenkungen an wohltätige Organisationen, die das Vermögen zersplittern und den majestätischen Eindruck des Nachrufes beeinträchtigen, den die Morgenzeitungen allen Forsytes widmen, die bei ihrem Tode hunderttausend Pfund hinterlassen.

Ein ganz einfaches Testament. Nur ein Legat von zwanzigtausend Pfund für seinen Sohn, und »hinsichtlich meines übrigen Vermögens an beweglichem und unbeweglichem Gut, das seiner Natur nach teils beweglich, teils unbeweglich sein mag, sind die jährlichen Reinerträge, Zinsen, Jahresgewinne, Dividenden und alle anderen Erträgnisse an meine obgenannte Enkelin June Forsyte oder an eine von ihr bezeichnete Person oder an von ihr bezeichnete Personen bei ihren Lebzeiten zu ihrer alleinigen Verfügung und Nutznießung auszubezahlen und... bei oder nach ihrem Ableben sind die besagten Grundstücke, Baulichkeiten, Bar- und anderen Vermögenswerte, Aktien, Investitionen und Wertpapiere oder andere derartige oder sonstige Werte darstellende Besitztümer jener Person oder jenen Personen – seien es nun eine oder mehrere – zu denselben Zwecken der Verfügung oder Nutznießung zu übertragen, zu zedieren, abzutreten oder zu übergeben, welche besagte June Forsyte ungeachtet ihrer allfälligen Verehelichung durch ihren ordnungsgemäß unterzeichneten und hinterlegten Letzten Willen oder ihre letztwillige Verfügung anordnet, bestimmt, festsetzt oder verfügt; und in Ermangelung etc.... unter der Voraussetzung...« und so ging es weiter auf sieben engbeschriebenen Bogen – wirklich ein kurzes und einfach formuliertes Testament. James hatte dieses Testament in seiner Glanzzeit abgefaßt und für fast jede Möglichkeit vorgesorgt.

Der alte Jolyon verbrachte lange Zeit damit, das Testament zu lesen; schließlich nahm er ein Blatt Papier und machte sich einige Aufzeichnungen; dann steckte er das

Testament wieder ein, ließ sich einen Mietwagen holen und fuhr in das Büro von Paramor und Herring in Lincoln's Inn Fields. Jack Herring war tot, aber sein Neffe war noch in der Firma, und mit ihm beriet sich der alte Jolyon ungefähr eine halbe Stunde.

Er hatte den Wagen warten lassen, und als er herauskam, gab er dem Kutscher als Ziel Wistaria Avenue Nummer 3 an.

Er fühlte in sich eine seltsame, behagliche Genugtuung, als hätte er über James und den »reichen Mann« einen Sieg davongetragen. Sie sollten ihre Nasen nicht mehr in seine Angelegenheiten stecken; er hatte sie eben als seine Nachlaßverwalter abgesetzt; er würde alle seine Angelegenheiten aus ihren Händen nehmen und dem jungen Herring übertragen – und auch die Angelegenheiten seiner Gesellschaften. Wenn dieser junge Soames wirklich so reich war, würde ihm der Verlust von tausend Pfund im Jahr nichts ausmachen; und der alte Jolyon lächelte grimmig unter seinem großen weißen Schnurrbart. Er war sicher, daß sie diesen Akt ausgleichender Gerechtigkeit in reichlichstem Maß verdienten.

Langsam und sicher, wie die von außen nicht erkennbaren Vorgänge des Zerfalls in einem zum Untergang verurteilten alten Baum, hatte das Gift aus den Wunden, die sein Glück, sein Wille, sein Stolz empfangen hatten, das heile Gebäude seiner Lebensphilosophie zersetzt. Der Strom des Lebens hatte seine Wurzeln auf einer Seite unterwaschen, und wie die Familie, deren Oberhaupt er war, hatte er das Gleichgewicht verloren.

Auf der Fahrt nach Norden, zum Haus seines Sohnes, erschien ihm die Neuaufteilung seines Besitzes, die er gerade veranlaßt hatte, fast wie eine Strafaktion, die gegen die Familie und die Gesellschaft, als deren Vertreter James und sein Sohn ihm erschienen, gerichtet war. Er hatte dem jungen Jolyon das Seine wiedergegeben, und das befriedigte seinen heimlichen Rachedurst – er nahm Rache für die Leiden seines Sohnes, für die Einmischung der Gesellschaft, für die unsagbare Feindseligkeit und

Mißbilligung, die die Welt seinem einzigen Sohn fünfzehn Jahre lang hatte angedeihen lassen. Es stellte für ihn die einzige Möglichkeit dar, wieder einmal seinen Willen durchzusetzen; die einzige Möglichkeit, James, Soames, die Familie und all die namenlosen Forsytes – diesen mächtigen Strom, der sich gegen einen einzigen Damm, seine Halsstarrigkeit, wälzte – dazu zu zwingen, ein für alle Male anzuerkennen, daß er der Herr war. Es war ein herrlicher Gedanke, daß er endlich seinen Sohn weitaus reicher machen würde, als es dieser Sohn von James, »der reiche Mann«, war. Es war auch schön, Jo etwas zu schenken, denn er liebte seinen Sohn.

Weder der junge Jolyon noch seine Frau waren zu Hause (der junge Jolyon war noch nicht vom Botanischen Garten zurück), aber das kleine Dienstmädchen sagte ihm, daß sie ihren Herrn jeden Augenblick erwartete.

»Zum Tee kommt er immer nach Hause, Sir, damit er mit den Kindern spielen kann.«

Der alte Jolyon sagte, daß er warten würde; geduldig saß er in dem ausgeblichenen, schäbigen Salon, in dem an den alten Sesseln und Sofas jetzt, wo die Sommerbezüge schon abgenommen waren, alle Mängel deutlich sichtbar waren. Er hätte so gern die Kinder zu sich gerufen; er sehnte sich danach, sie bei sich zu haben, ihre kleinen Körper zu spüren, Jollys »Hallo, Opa!« zu hören und ihn auf sich zustürzen zu sehen; Hollys kleine, weiche Hand auf seiner Wange zu spüren. Aber das ging nicht. Die Angelegenheit, derentwegen er gekommen, war zu ernst, und bevor sie nicht vorüber war, würde er nicht spielen. Er vertrieb sich die Zeit damit, zu überlegen, wie er durch einen Federstrich diesem Haus den Glanz geben konnte, der ihm so offenkundig fehlte, wie er diese Räume, oder besser andere in einem größeren Haus, mit den Triumphen von Baples und Pullbreds Kunst füllen konnte; wie er den kleinen Jolly nach Harrow und Oxford schicken konnte (zu Eton und Cambridge hatte er kein Vertrauen mehr, sein eigener Sohn war dort gewesen); wie er der kleinen Holly den besten Musikunterricht angedeihen lassen konnte – das Kind hatte bemerkenswertes Talent.

Während sich diese Zukunftspläne vor seinen Augen entfalteten und sein Herz vor Rührung höher schlagen ließ, stand er auf und ging zum Fenster, von wo er in den kleinen, von einer Mauer umgebenen Garten hinausblickte, in dem der Birnbaum, vorzeitig kahl, seine dürren Äste in die aufkommenden Nebel des Herbstnachmittags reckte. Der Hund Balthasar hatte den Schwanz eng auf dem scheckigen Pelz zusammengerollt, streunte am Ende des Gartens umher und beschnüffelte die Pflanzen; hie und da hob er das Bein – es sah aus, als wollte er sich an der Mauer stützen.

Der alte Jolyon dachte nach.

Was für Freuden waren außer dem Schenken noch geblieben? Es war schön, zu schenken, wenn man jemanden fand, der dankbar für das Gegebene war – einen Menschen vom eigenen Fleisch und Blut! Diese Genugtuung empfand man nicht, wenn man denen gab, die einem nicht angehörten, die keinen Anspruch an einen hatten! So ein Schenken war Verrat an seiner ureigenen Überzeugung, an dem, was er getan hatte, an seinem Unternehmungsgeist, seinen Mühen, seinem Maßhalten, der großen, stolzen Tatsache, daß er, wie Zehntausende Forsytes vor ihm, wie Zehntausende seiner Zeitgenossen und Zehntausende Forsytes kommender Generation immer alles selbst erworben und auch in der Hand behalten hatte.

Und während er das rußbedeckte Laub der Lorbeerbäume, das schmutzige Gras und den herumschnüffelnden Hund betrachtete, mischte sich die ganze Bitterkeit darüber, daß er fünfzehn Jahre lang um seine rechtmäßigen Freuden betrogen worden war, mit dem Genuß des kommenden Augenblicks.

Endlich kam der junge Jolyon, zufrieden mit seiner Arbeit und erfrischt durch den langen Aufenthalt im Freien. Als er hörte, daß sein Vater im Salon sei, fragte er rasch, ob auch seine Frau zu Hause sei, und als er hörte, daß das nicht der Fall war, stieß er einen Seufzer der Erleichterung aus. Dann verstaute er sein Malzeug sorgfältig in dem kleinen Abstellraum, in dem auch die Mäntel aufbewahrt wurden, und betrat den Salon.

Mit der für ihn charakteristischen Entschlossenheit kam der alte Jolyon sofort zum Thema. »Ich habe andere Verfügungen getroffen, Jo«, sagte er. »Du mußt dich in Zukunft nicht mehr so einschränken – du bekommst ab sofort tausend Pfund im Jahr. June bekommt bei meinem Tod fünfzigtausend, und du den Rest. Der Hund verwüstet den Garten. Wenn ich du wäre, würde ich mir keinen Hund halten.«

Der Hund Balthasar saß mitten im Rasen und untersuchte seinen Schwanz.

Der junge Jolyon sah den Hund an, aber er sah ihn wie durch einen Schleier, denn seine Augen waren feucht.

»Es muß sich um ungefähr hunderttausend handeln, mein Junge«, sagte der alte Jolyon; »ich habe gedacht, daß du es besser gleich erfährst. In meinem Alter habe ich nicht viel Aussichten, noch lange zu leben. Ich werde nicht mehr davon sprechen. Wie geht es deiner Frau? Und – sag ihr alles Liebe von mir.«

Der junge Jolyon legte seinem Vater die Hand auf die Schulter, und da keiner von ihnen sprach, war die Unterhaltung beendet.

Als er seinen Vater zu einem Mietwagen begleitet hatte, ging der junge Jolyon in den Salon zurück, blieb dort stehen, wo auch der alte Jolyon gestanden war, und sah in den kleinen Garten hinaus. Er versuchte sich klarzuwerden, was das alles für ihn bedeutete, und Forsyte, der er war, dachte er an die Aussichten, die sich ihm eröffneten, Aussichten, die nur Besitz mit sich brachte. Die mageren Jahre, die er durchgemacht, hatten seine natürlichen Instinkte nicht ausgelaugt. Praktisch wie er war, dachte er an Reisen, an die Kleider seiner Frau, die Erziehung der Kinder, an ein Pony für Jolly, an tausend andere Dinge; aber plötzlich, mitten in den Überlegungen, fielen ihm Bosinney und seine Geliebte, der abgerissene Gesang der Drossel ein. Glück – Tragödie? Was nur – was?

Die Vergangenheit – diese schmerzliche, leidvolle, leidenschaftliche, wunderbare Vergangenheit, die kein Geld der Welt kaufen konnte, die nichts in all ihrer brennenden Seligkeit wiederbringen konnte – war wieder vor ihm aufgestiegen.

Als seine Frau zurückkam, ging er auf sie zu und nahm sie in die Arme; lange Zeit stand er so mit geschlossenen Augen und schwieg, drückte sie an sich, während sie ihn mit einem verwunderten, anbetenden, zweifelnden Ausdruck ansah.

4

Reise ins Inferno

Am Morgen nach jener Nacht, in der Soames endlich wie ein Mann gehandelt und seine Rechte durchgesetzt hatte, frühstückte er allein.

Er frühstückte bei Gaslicht, da der Nebel des späten Novembertages die ganze Stadt wie mit einer riesigen Decke umhüllte, bis selbst die Bäume draußen am Platz kaum mehr vom Eßzimmerfenster zu sehen waren. Er aß ruhig, aber manchmal durchfuhr ihn plötzlich das Gefühl, nicht schlucken zu können. War es richtig gewesen, letzte Nacht diesem unerträglichen Hunger nachzugeben und den Widerstand zu brechen, den er schon zu lange von dieser Frau erdulden mußte, die doch seine rechtmäßige, ihm feierlich angetraute Gefährtin war?

Ganz seltsam verfolgte ihn die Erinnerung an ihr Gesicht, von dem er, um sie zu beruhigen, die Hände hatte wegziehen wollen – das schreckliche, erstickte Weinen, wie er es noch nie gehört hatte, wie es noch immer in seinen Ohren klang; und noch immer verfolgte ihn dieses sonderbare, unerträgliche Gefühl von Reue und Scham, das er verspürt hatte, bevor er hinausgeschlichen war.

Und irgendwie war er jetzt, wo er so gehandelt hatte, über sich erstaunt. Vor zwei Tagen war er bei Winifred Mrs. MacAnders Tischnachbar gewesen. Sie hatte ihn mit ihren scharfen grünlichen Augen angesehen und gesagt: »Und Ihre Frau ist also sehr mit Mr. Bosinney befreundet?«

Er hatte ihr nicht die Freude gemacht, sie zu fragen, was sie damit sagen wollte, aber er hatte lange über ihre Worte nachgedacht.

Sie hatten in ihm eine wilde Eifersucht entfesselt, die sich, pervers wie dieses Gefühl ist, in ein noch heftigeres Verlangen umgewandelt hatte. Wäre er nicht durch Mrs. MacAnders Worte gereizt worden, so hätte er vielleicht nie getan, was er nun getan hatte. Schuld daran waren diese aufreizenden Worte und der Zufall, daß er einmal die Tür seiner Frau unversperrt gefunden hatte und sich so zu ihr stehlen konnte, während sie schlief.

Der Schlaf hatte ihn seine Zweifel vergessen lassen, aber mit dem Morgen kamen sie wieder. Ein Gedanke tröstete ihn: Keiner würde je davon erfahren – über diese Sache würde sie nie mit jemandem sprechen.

Und wirklich, als sich die Maschinerie des täglichen Berufslebens wieder in Bewegung setzte, die man nur durch klares und praktisches Denken in Gang halten kann, und Soames seine Briefe las, schien die Bedeutung dieser alptraumähnlichen Zweifel, die er im Grund seines Herzens hegte, nachzulassen. Dieser Zwischenfall war wirklich nicht so wichtig; in Romanen machten die Frauen deshalb zwar großes Theater, dachte er aber an die kühlen Überlegungen aufrecht denkender Menschen, gebildeter Männer, an alle, die seiner Erinnerung nach bei Ehescheidungen als vorbildlich geschildert wurden, dann hatte er sein Bestes getan, die Heiligkeit der Ehe zu erhalten und sie daran zu hindern, ihre Pflicht zu vernachlässigen, ja sie sogar davon abzuhalten – falls sie Bosinney noch immer traf... Nein, er bedauerte es nicht. Jetzt, wo er den ersten Schritt zu einer Versöhnung getan hatte, würde alles andere verhältnismäßig – verhältnismäßig –

Er stand auf und ging zum Fenster. Er war zutiefst

verwirrt. Der Klang des erstickten Weinens tönte wieder in seinen Ohren. Er konnte ihn nicht loswerden. Er zog seinen Pelzmantel an und ging in den Nebel hinaus; da er in die City mußte, stieg er bei der Station Sloane Square in die Untergrundbahn.

In der Ecke seines Erste-Klasse-Abteils, das voll von Geschäftsleuten war, die in die City fuhren, verfolgte ihn noch immer der Klang des erstickten Weinens, und so öffnete er die *Times* mit lautem Geraschel und übertönte damit jedes andere Geräusch; er verschanzte sich hinter der Zeitung und begann systematisch die Nachrichten durchzusehen. Er las, daß das Kriminalgericht sich in nächster Zeit mit einer ungewöhnlich großen Anzahl von Gewaltverbrechen würde befassen müssen. Drei Morde, fünf Fälle des Totschlags, sieben Brandstiftungen und elf – eine erstaunlich hohe Zahl – Vergewaltigungen, neben vielen anderen weniger aufsehenerregenden Delikten würden zur Verhandlung kommen; und während er die Zeitung immer sorgfältiger vors Gesicht hielt, ging er von einem Bericht zum anderen über.

Und doch mischte sich in das Gelesene immer wieder die Erinnerung an Irenes tränenüberströmtes Gesicht und an die Laute, die aus ihrem gebrochenen Herzen gedrungen waren.

Er hatte an diesem Tag viel zu tun und suchte neben der täglichen Arbeit, die im Büro anfiel, auch seine Börsenmakler, Messrs. Grin und Grinning auf, die er anwies, seine Anteile an der New Colliery Co. Ltd. zu verkaufen, deren Geschäfte seiner Vermutung nach – er wußte es nicht bestimmt – stagnierten (das Unternehmen verfiel in der Folge und wurde schließlich um einen Pappenstiel an ein amerikanisches Syndikat verkauft); dann folgte eine lange Besprechung im Büro von Waterbuck, an der Boulter, Fiske, Waterbucks jüngere Partner, und Waterbuck selbst teilnahmen.

Man erwartete, daß der Fall Forsyte vs. Bosinney am nächsten Tag vor Richter Bentham verhandelt werden würde.

Richter Bentham, ein Mann mit mehr gesundem Menschenverstand als juristischer Bildung, war ihrer Meinung nach so ziemlich der beste Richter, den sie für ihren Fall bekommen konnten. Er war ein »energischer« Richter, der sich nichts vormachen ließ.

Kronanwalt Waterbuck ignorierte Boulter und Fiske in fast beleidigender Weise, war aber zu Soames äußerst aufmerksam und liebenswürdig – witterte er in ihm einen reichen Mann, wobei dahingestellt sei, ob er sich dabei lediglich auf seinen Instinkt oder auf das viel verläßlichere Zeugnis von Gerüchten verließ.

Er vertrat mit bemerkenswerter Festigkeit die Meinung, die er schon schriftlich zum Ausdruck gebracht hatte, daß der Ausgang des Prozesses hauptsächlich von den Aussagen der Zeugen abhängen werde, und riet Soames in knappen Worten, bei seiner Aussage nicht zu sehr ins Detail zu gehen. »Etwas brüsk, Mr. Forsyte«, sagte er, »ein wenig brüsk sollten Sie auftreten.« Und nachdem er das gesagt hatte, lachte er herzhaft, schloß dann den Mund, schob die Perücke zurück und kratzte sich auf dem Kopf – ganz wie der Landedelmann, für den er sich gern ausgab. Er galt als der wahrscheinlich beste Anwalt in Fällen von gebrochenen Eheversprechen.

Soames benützte die Untergrundbahn auch wieder, um nach Hause zu fahren.

Bei der Station Sloane Square war der Nebel noch schlimmer als zuvor. Männer tasteten sich durch die stillen, dicken Schwaden; die wenigen Frauen, die unterwegs waren, preßten ihre Täschchen an die Brust und Taschentücher vor den Mund; die verschwommenen Schatten von Wagen, überragt von einer unheimlichen Form – dem Kutscher –, tauchten hie und da im unwirklichen Schein der Lampen auf, deren Licht vom Nebel verschluckt wurde, bevor es noch den Boden erreichte, und die Menschen, die aus diesen Wagen stiegen, verschwanden unter der Erde wie Kaninchen in ihrem Bau. Keine der schattenhaften Gestalten, die da jede in ihren Nebelschleier gehüllt dahinhasteten, nahm Notiz von den anderen. Wie

Kaninchen in ihren Bau verkrochen sie sich in dem großen unterirdischen Bauwerk, das Londons Boden durchzieht, und viele von ihnen waren Männer in teuren Pelzen, die heute die Untergrundbahn den Gefahren einer Wagenfahrt im dichten Nebel vorzogen.

Doch eine Gestalt, nicht weit von Soames entfernt, wartete am Eingang der Station.

Irgendein Verliebter, von dem jeder Forsyte dachte: »Armer Teufel! Sieht aus, als ob ihm nicht wohl in seiner Haut wäre!« Ihre gütigen Herzen schlugen eine Sekunde schneller für den armen, ängstlich wartenden Liebhaber im Nebel; dann eilten sie weiter, ganz im Bewußtsein, daß sie weder Zeit noch Geld für andere Leiden als die eigenen hatten.

Nur ein Polizist, der auf seinem Kontrollgang langsam vorbeikam, interessierte sich für die wartende Gestalt, deren von der Kälte gerötetes Gesicht von der Krempe des weiten Hutes halb verborgen war; hie und da strich sie sich mit der Hand über die dünnen, hageren Züge, wie um die Angst wegzuwischen oder sich im Entschluß zu bestärken, weiter zu warten. Der wartende Liebhaber (wenn es überhaupt einer war) schien an die forschenden Blicke des Polizisten gewöhnt oder zu sehr von seiner Angst besessen zu sein, denn er rührte sich kein einziges Mal. Ein geduldiger Mensch, an langes Warten, Angst, Nebel und Kälte gewöhnt, wenn nur sie schließlich kam. Verrückter Liebhaber! Die Nebel dauern in den Frühling; und es gibt auch Schnee und Regen, und nirgends Trost; nagende Angst, wenn du sie zu dir kommen läßt, nagende Angst, wenn du sie bittest, zu Hause zu bleiben!

»Geschieht ihm recht; hätte er sich's anders gerichtet!«

So dachte jeder achtbare Forsyte. Und doch, hätte dieser normale Bürger am Herzen des wartenden Liebhabers da draußen in Nebel und Kälte gelauscht, dann hätte er nochmals gesagt: »Ja, ein armer Teufel! Dem ist wirklich nicht wohl in seiner Haut!«

Soames bestieg einen Mietwagen, schloß das Fenster und wurde langsam durch die Sloane Street und Brompton

Road nach Hause gefahren. Um fünf Uhr betrat er sein Haus.

Seine Frau war nicht da. Sie war vor einer Viertelstunde fortgegangen. Fort – zu dieser Stunde, in diesem schrecklichen Nebel! Was bedeutete das?

Er saß am Feuer des Eßzimmers und ließ die Tür offen; er war zutiefst beunruhigt und versuchte, die Abendzeitung zu lesen. Ein Buch half hier nicht – allein in den Zeitungen fand er Beruhigung in einem Zustand wie dem seinen. Die üblichen Neuigkeiten, die in der Zeitung zu lesen waren, trösteten ihn ein wenig. »Selbstmord einer Schauspielerin« – »Schwere Erkrankung eines Politikers« (der war doch alle Augenblicke krank!) – »Armeeoffizier läßt sich scheiden« – »Brand im Kohlenbergwerk« – er las sie alle. Sie halfen ihm ein wenig – verschrieben von dem größten aller Ärzte, unserem primitiven Geschmack.

Es war fast sieben, als er sie heimkommen hörte.

In der Unruhe und Angst, die ihm ihr sonderbarer Ausflug in den Nebel verursachte, hatte der Zwischenfall von gestern längst seine Bedeutung verloren. Aber jetzt, wo Irene zu Hause war, überfiel ihn wieder die Erinnerung an ihr gebrochenes Schluchzen, und bei dem Gedanken, ihr gegenüberzutreten, wurde er nervös.

Sie war schon auf der Treppe; ihr grauer Pelzmantel klebte an ihren Knien, der hohe Kragen verdeckte ihr Gesicht fast völlig, und sie trug einen dicken Schleier.

Sie drehte sich nicht um und sprach auch nicht mit ihm. Kein Geist, kein Fremder hätte schweigender an ihm vorübergehen können.

Bilson kam, um den Tisch zu decken, und sagte ihm, daß Mrs. Forsyte nicht zum Essen kommen würde; sie aß nur eine Suppe in ihrem Zimmer.

Ausnahmsweise zog sich Soames nicht um; es war vielleicht das erste Mal in seinem Leben, daß er sich mit schmutzigen Manschetten zum Essen setzte, aber er bemerkte es nicht einmal und saß lange nachdenklich bei seinem Wein. Er ließ Bilson oben im Bilderzimmer Feuer machen, und ging bald auch selbst hinauf.

Er drehte das Gaslicht an, seufzte tief auf, als ob er unter diesen Schätzen, die mit der Rückseite nach außen an den Wänden gestapelt waren, endlich seinen Seelenfrieden gefunden hätte. Er ging direkt zu seinem größten Schatz, einem authentischen Turner, trug das Bild zur Staffelei und kehrte es zum Licht. Der Wert des Turners war stark gestiegen, aber er hatte sich nicht entschließen können, sich von dem Bild zu trennen. Lange Zeit blieb er stehen, sein bleiches, glattrasiertes Gesicht über dem steifen Kragen leicht vorgeschoben, und betrachtete das Bild, als ob er seinen Wert berechnete; ein wehmütiger Ausdruck stahl sich in seine Augen; vielleicht fand er, daß er keine entsprechend hohe Summe herausbekäme. Er nahm es wieder von der Staffelei, um es an die Wand zurückzustellen; aber als er das Zimmer durchquerte, blieb er stehen, denn er hatte den Eindruck, daß jemand weinte.

Es war nichts – nur, was ihn schon am Morgen gestört hatte. Bald darauf stellte er den hohen Schirm vor das hell brennende Feuer und ging leise hinunter.

»Frisch sein für den nächsten Tag!« dachte er. Doch es dauerte lange, bevor er einschlief...

Wir aber müssen uns jetzt George Forsyte zuwenden, um mehr über die Ereignisse dieses nebelverhangenen Nachmittags zu erfahren.

Der witzigste und flotteste der Forsytes hatte den Tag damit verbracht, im väterlichen Haus in Prince's Garden einen Roman zu lesen. Seit einer nicht allzuweit zurückliegenden Krise in seinen Finanzen hatte ihn Roger auf Bewährung gehalten und ihn gezwungen, »zu Hause« zu leben.

Ungefähr um fünf ging er fort und stieg in South Kensington in die Untergrundbahn (denn an diesem Tag fuhren alle mit der Untergrundbahn). Er wollte im Red Pottle – einem einzigartigen Gasthaus, weder Klub noch Hotel, noch vornehmes Restaurant – essen und dann den Abend mit Billardspiel verbringen.

Er stieg in Charing Cross aus und nicht wie sonst bei der

Station St. James Park, da er diesmal auf besser beleuchteten Straßen zur Jermyn Street gehen wollte.

Auf dem Bahnsteig wurde er – denn bei all seinem zurückhaltenden und eleganten Auftreten hatte George scharfe Augen und hielt immer Ausschau nach etwas, woran er seinen sardonischen Humor ausprobieren konnte – auf einen Mann aufmerksam, der aus einem Erste-Klasse-Abteil sprang und eher zum Ausgang taumelte als daß er ging.

»Sieh mal an, mein Guter!« sagte George zu sich. »Aber nein, das ist ja der ›Freibeuter‹!« Und schon folgte er ihm. Nichts bereitete ihm mehr Spaß als ein Betrunkener.

Bosinney, der einen weichen Hut trug, blieb vor ihm stehen, fuhr herum und stürzte zu dem Wagen zurück, aus dem er gerade ausgestiegen war. Er kam zu spät. Ein Schaffner hielt ihn am Mantel zurück; der Zug fuhr schon aus der Station.

Georges geübter Blick erkannte das Gesicht der Dame im grauen Pelzmantel am Fenster des Wagens. Es war Soames' Frau – und George fand das äußerst interessant!

Jetzt folgte er Bosinney auf dem Fuß – die Stiegen hinauf, an dem Fahrkartenschaffner vorbei auf die Straße. Aber während er so dahinging, änderten sich seine Gefühle; er war nicht mehr nur neugierig und amüsiert, sondern bemitleidete den armen Kerl, dem er hier folgte. Der »Freibeuter« war nicht betrunken, sondern schien unter der Last einer heftigen Gefühlsbewegung zu handeln; er sprach mit sich selbst, und alles, was George verstehen konnte, waren die Worte »O Gott!« Und er schien auch nicht zu wissen, was er tat oder wohin er ging; er starrte vor sich hin, zögerte, bewegte sich wie ein Verrückter; und George, der anfänglich nichts als ein Spaßvogel auf der Suche nach Unterhaltung gewesen war, gewann den Eindruck, daß er dem armen Teufel helfen mußte.

Er sah aus, als ob es ihn wirklich »erwischt hätte«! Und George fragte sich, was um aller Welt willen Irene im

Zug zu ihm gesagt hatte! Sie hatte selbst schlimm genug ausgesehen! George wurde ganz betrübt, als er daran dachte, daß sie mit ihrem Kummer allein weiterfahren mußte.

Er ging hinter Bosinney her – eine hohe, kräftige, schweigende Gestalt, die sich vorsichtig und rasch bewegte –, hinein in den Nebel. Hier war etwas, das weit über einen Spaß hinausging! Er handelte völlig überlegt, obwohl er eine gewisse Aufregung verspürte, denn zu seinem Mitgefühl hatten sich jetzt die Instinkte des Jägers gesellt.

Bosinney ging direkt auf die Straße hinaus – in die unendliche, dumpfe Dunkelheit, wo man nicht fünf Schritte weit sehen konnte; wo von überall Stimmen und Pfiffe den Orientierungssinn verwirrten; wo plötzlich Schatten auftauchten und auf einen zurollten; und wo sich hie und da ein Licht wie eine verschwommene Insel in einem unendlichen, dunklen Meer zeigte.

Und Bosinney ging rasch in diesen dunklen Abgrund der Nacht, und rasch folgte ihm George. Wenn sich der Bursche ausgerechnet unter einen Bus legen wollte, dann würde er das verhindern! Hin und zurück über die Straße eilte diese gejagte Kreatur, nicht sich durch die Dunkelheit tastend wie andere Männer, sonders vorwärtsgetrieben, als ob der treue George über ihm die Knute schwang; und diese Jagd hinter dem Gehetzten her begann auf George eine seltsame Faszination auszuüben. Aber in diesem Augenblick entwickelte sich das Ganze in einer Weise, die es George für immer in der Erinnerung haften ließ. Als sie plötzlich im Nebel innehielten, hörte er Worte, die Licht in diese verworrenen Vorgänge brachten. Was Mrs. Soames im Zug zu Bosinney gesagt hatte, war nun nicht länger unklar. George verstand aus seinem Gemurmel, daß Soames seine Rechte auf seine ihm entfremdete und widerstrebende Gattin durch den größten, äußersten Akt der Besitzergreifung geltend gemacht hatte.

Er begann sich diese Situation vorzustellen; sie beeindruckte ihn; er fühlte etwas von der Qual, der sexuellen

Verwirrung, dem Entsetzen in Bosinneys Herzen. Und er dachte: »Es ist ja wirklich etwas stark! Ich wundere mich nicht darüber, daß der arme Knabe halb verrückt ist!«

Er hatte seine Beute auf einer Bank unter einem der Löwen am Trafalgar Square gestellt, einer unheimlichen Sphinx, die, wie sie selbst, in der Dunkelheit der Nacht lebendig war. Hier saß Bosinney starr und schweigend, und George, in dessen Geduld ein sonderbarer Anflug von Brüderlichkeit lag, stellte sich hinter ihn. Es mangelte ihm durchaus nicht an einem gewissen Zartgefühl – einem Gefühl der Etikette –, das ihm nicht erlaubte, sich in diese Tragödie einzumengen, und er wartete, still wie der Löwe über ihm, den Pelzkragen bis über die Ohren hochgeschlagen, der seine vollen roten Wangen vor der Kälte schützte und nur seine Augen mit ihrem sardonisch mitfühlenden Blick freiließ. Immer wieder gingen Männer auf ihrem Weg vom Geschäft in ihre Klubs an ihnen vorbei – Männer, die wie Kokons in Nebel eingesponnen waren, wie Gespenster auftauchten, und wie Gespenster auch wieder verschwanden. Aber selbst in sein Mitleid mischte sich Georges grausamer Humor, und plötzlich spürte er das Verlangen, diese Gespenster am Ärmel zu ziehen und ihnen zu sagen:

»Da, ihr Narren! Ihr seht so ein Schauspiel nicht oft! Da sitzt ein armer Teufel, dem seine Freundin gerade ein hübsches Geschichtchen über ihren Mann erzählt hat; kommt näher, kommt näher! Es hat ihn recht tüchtig erwischt!«

Und er stellte sich vor, wie sie mit offenen Mäulern den gequälten Liebhaber anstarrten, und grinste, wenn er an so ein ehrenwertes, jungverheiratetes Gespenst dachte, das in seinem eigenen Zustand sich vielleicht ein wenig vorstellen konnte, was in Bosinney vorging; er malte sich aus, wie er den Mund mehr und mehr aufriß und den Nebel immer tiefer in sich hineinschluckte. Denn George – wie alle wilden, flotten jungen Männer des Mittelstandes – verachtete den Mittelstand aus vollem Herzen, vor allem seine verheirateten Mitglieder.

Die Sache begann nun aber langweilig zu werden. Er hatte nicht damit gerechnet, warten zu müssen.

»Schließlich«, dachte er, »wird der arme Kerl doch darüber hinwegkommen; es ist ja nicht das erste Mal, daß so etwas in unserer kleinen Stadt geschehen ist!« In diesem Augenblick begann sein Opfer aber wieder wilde Worte voll Haß und Wut zu murmeln. Einem plötzlichen Impuls folgend, klopfte ihm George auf die Schulter.

Bosinney fuhr herum.

»Wer sind Sie? Was wollen Sie?«

Im Schein der Straßenlaternen, im Licht der alltäglichen Welt, in der er ausgemachter Connaisseur war, hätte George das Ganze recht gut ausgehalten; aber in diesem Nebel, wo alles düster und unwirklich war, wo nichts mehr den tatsächlichen Wert hatte, den die Forsytes mit der Erde verbinden, war er das Opfer sonderbarer Bedenken, und als er versuchte, dem Verrückten vor sich in die Augen zu sehen, dachte er:

»Wenn ich einen Polizisten finde, übergebe ich ihm den Mann; den darf man ja nicht frei herumlaufen lassen.«

Ohne auf Antwort zu warten, war Bosinney weiter in den Nebel gerannt, und George folgte ihm, vielleicht in einem etwas größeren Abstand als vorher, und doch mehr denn je entschlossen, seine Spur nicht zu verlieren.

»Lange kann er das nicht durchhalten«, dachte er. »Es ist ja fast schon ein Wunder, daß er bis jetzt nicht überfahren wurde.« Er dachte nicht mehr an Polizisten, das heilige Feuer des Jägers brannte wieder in ihm. Rascher als vorher steuerte Bosinney in den noch dichteren Nebel; aber jetzt erkannte sein Verfolger mehr Methode in diesem Wahnsinn – er nahm seinen Weg eindeutig nach Westen.

»Er hat es wirklich auf Soames abgesehen!« dachte George. Die Idee war anziehend. Es wäre ein sportliches Ende dieser Jagd. Er hatte seinen Cousin nie gemocht.

Ein vorbeifahrender Wagen streifte ihn an der Schulter und ließ ihn beiseite springen. Er hatte nicht die Absicht, sich wegen des Freibeuters oder sonst jemandes umzubringen. Und doch blieb er mit ererbter Zähigkeit auf der Fährte in diesem Dunst, der alles verwischte, außer dem Schatten des Gejagten und dem schwachen Licht der nächsten Laterne. Und plötzlich merkte George, der in diesen Gegenden zu Hause war, daß sie Piccadilly erreicht hatten. Hier konnte er seinen Weg mit verbundenen Augen finden; und frei von der Angst, sich nicht zurechtzufinden, wandte er sich wieder Bosinneys Problemen zu.

Die lange Straße seiner Erfahrungen als Lebemann, sich einen Weg durch den Schmutz zweifelhafter Liebschaften bahnend, stieg in ihm eine Erinnerung aus seiner Jugend auf. Eine Erinnerung, noch immer schmerzhaft, die den Duft von Heu, den Glanz des Mondes, den Zauber des Sommers in den Gestank und die Dunkelheit dieses Londoner Nebels trug – die Erinnerung an eine Nacht, als er im dunkelsten Schatten einer Wiese von den Lippen einer Frau gehört hatte, daß er sie nicht allein besaß. Und eine Sekunde lang ging George nicht mehr im dunklen Piccadilly, sondern lag wieder, die Hölle im Herzen, sein Gesicht im süßen, taufrischen Heu verborgen, im langen Schatten der Pappeln, die den Mond verdeckten.

Er hätte gern seinen Arm um den Freibeuter gelegt und gesagt: »Komm mit, alter Junge. Die Zeit heilt alles. Gehen wir und trinken wir einen!« Aber eine Stimme schrie ihn an, und er sprang zurück. Ein Wagen rollte aus der Dunkelheit und verschwand wieder darin. Und plötzlich bemerkte George, daß er Bosinney verloren hatte. Er lief hin und her, sein Herz krampfte sich in würgender Angst zusammen, der dunklen Angst, die auf den Flügeln des Nebels kommt. Schweiß stand auf seiner Stirn. Er blieb ganz still stehen und lauschte mit jeder Faser.

»Und dann«, wie er Dartie anvertraute, mit dem er später am Abend im Red Pottle eine Partie Billard spielte, »verlor ich ihn.«

Dartie strich sich behaglich seinen dunklen Schnurrbart. Er hatte gerade einen sehr geschickten Stoß getan. »Und wer war sie?« fragte er. Langsam hob George seinen Blick zu dem dicklichen, gelblichen Gesicht des

»Weltmannes«; auf seinen Lippen und um die Augen mit den schweren Lidern spielte die Andeutung eines grimmigen Lächelns.

»O nein, mein Guter«, dachte er. »Dir erzähle ich das nicht.« Denn obwohl er viel mit Dartie zusammen war, hielt er ihn doch ein wenig für einen Schuft.

»Ach, irgend so eine kleine Dirne«, sagte er und staubte die Kuppe seines Queue ein.

»Eine Dirne!« rief Dartie – er gebrauchte eine ausdrucksvollere Bezeichnung. »Ich bin sicher, daß es Soa –«

»Bist du das?« sagte George kurz. »Dann, verdammt noch einmal, hast du dich geirrt!«

Den nächsten Stoß verfehlte er. Er vermied es, das Thema noch einmal zu berühren, bis er gegen elf, als er, wie er es in seiner blumenreichen Sprache ausdrückte, »sich genug von dem Zeug hinter die Binde gegossen hatte«, einen Vorhang zur Seite schob und auf die Straße hinausblickte. Die düstere Dunkelheit des Nebels wurde nur schwach von den Lichtern des Red Pottle erhellt, und kein Mensch, nichts war zu sehen. »Ich muß immer wieder an den armen Freibeuter denken«, sagte er. »Vielleicht läuft er auch jetzt noch da draußen im Nebel herum. Wenn er nicht schon tot ist«, fuhr er mit sonderbarer Niedergeschlagenheit fort.

»Tot«, sagte Dartie, in dem die Erinnerung an seine Niederlage in Richmond wieder auflebte. »Mit dem ist alles in Ordnung. Ich wette zehn zu eins, daß er betrunken war!«

George drehte sich zu ihm um und sah wirklich eindrucksvoll aus, als er mit einem wilden Gesichtsausdruck zu ihm sagte:

»Halt den Mund! Habe ich dir nicht gesagt, daß es ihn wirklich erwischt hat?«

5

Die Verhandlung

Am Morgen seines Prozesses, der als zweiter des Tages anberaumt war, war Soames wieder gezwungen, von zu Hause wegzugehen, ohne Irene gesehen zu haben. Das war ihm eigentlich ganz recht, denn er hatte sich noch nicht entschieden, welche Haltung er ihr gegenüber einnehmen sollte.

Er war gebeten worden, spätestens um halb elf im Gericht anwesend zu sein, für den Fall, daß die erste Klage (es ging dabei um ein gebrochenes Eheversprechen) zusammenbrechen sollte, was allerdings nicht geschah, da beide Seiten einen Löwenmut an den Tag legten, der es dem Klagevertreter, Kronanwalt Waterbuck, ermöglichte, seinen ausgezeichneten Ruf als Fachmann für solche Fälle zu festigen. Der Beklagte wurde von Ram vertreten, der zweiten Kapazität auf diesem Gebiet. Es war ein Ringen der Titanen.

Das Gericht fällte das Urteil knapp vor der Mittagspause. Die Geschworenen verließen den Saal, und auch Soames ging hinaus, um zu essen. Er fand James an dem kleinen Buffet. Er stand auf der verlassenen Galerie wie ein Pelikan, über ein Sandwich und ein Glas Sherry gebeugt. Von Zeit zu Zeit eilte ein Anwalt in Talar und Perücke durch die weite Leere der Mittelhalle, über der Vater und Sohn einträchtig und gedankenvoll standen. Hier war es eine alte Dame, dort ein Mann im schäbigen Mantel, der erschreckt aufblickte, und in einer Fensternische ließen zwei Männer allen Respekt ihrer Generation vor der geheiligten Institution des Gerichts vermissen und argumentierten laut. Ihre Stimmen stiegen zusammen mit einem dumpfen Geruch, wie von einem verfallenen Brunnen, auf und vermischten sich mit dem Geruch der Galerien zu einem Duft wie nach köstlichem Käse, einem Duft, der untrennbar mit allen Stätten der britischen Justiz verbunden zu sein scheint.

Nach kurzer Zeit brach James das Schweigen.

»Wann kommt dein Fall dran? Vermutlich gleich. Bin neugierig, was sich Bosinney hat einfallen lassen. Irgend etwas wird er ja vorbringen müssen. Wird die Sache gegen ihn entschieden, so ist er bankrott.« Er nahm einen großen Bissen von seinem Sandwich und einen Schluck Sherry. »Deine Mutter«, sagte er, »möchte, daß du mit Irene heute abend zum Essen kommst.«

Ein frostiges Lächeln spielte um Soames' Lippen, als er den Blick seines Vaters erwiderte. Jeder, der den unpersönlichen, beiläufigen Blick gesehen hätte, den die beiden wechselten, wäre wohl entschuldigt, wenn er das gute Einvernehmen, welches in Wahrheit zwischen ihnen bestand, nicht richtig erkannt hätte. James trank seinen Sherry aus. »Zahlen!« rief er.

In den Gerichtssaal zurückgekehrt, nahm Soames sogleich seinen Platz auf der vordersten Bank neben seinem Anwalt ein. Verstohlen, wie um niemand bloßzustellen, blickte er sich um und suchte seinen Vater. James saß aufrecht, die Hände über seinem Schirmgriff gefaltet, auf dem äußersten Sitz der Bank direkt hinter dem Anwalt, so daß er augenblicklich den Saal verlassen konnte, sobald der Fall abgeschlossen war. Er fand Bosinneys Benehmen in jeder Beziehung empörend, wollte ihm aber nicht über den Weg laufen, weil ihm eine Begegnung peinlich gewesen wäre. Neben dem Scheidungsgericht war dieser Gerichtshof vielleicht der beliebteste Schauplatz der Rechtsprechung, und in der Mehrzahl der Fälle, die hier verhandelt wurden, ging es um Ehrenbeleidigungen, gebrochene Eheversprechen und andere Angelegenheiten mit kommerziellem Einschlag. Auf den hinteren Bänken saß gar manche Person, die mit der Justiz in keinerlei beruflicher Beziehung stand, und auf der Galerie waren sogar ein oder zwei Damenhüte zu sehen.

Die zwei Sitzreihen unmittelbar vor James füllten sich langsam mit Anwälten in Perücken, die Platz nahmen, um sich Notizen zu machen oder zu plaudern, oder auch müßig in ihren Zähnen zu stochern. Sein Interesse wandte sich aber bald von diesen weniger bedeutenden Dienern Justitias dem Klagevertreter Waterbuck zu, dessen Auftritt vom Rascheln seines seidenen Talars untermalt war. Sein rotes Gesicht, von kurzen braunen Koteletten umrahmt, gab ihm das Aussehen eines Mannes, der wußte, was er wollte, und James mußte zugeben, daß der berühmte Anwalt ganz so aussah, als wäre er imstande, einem Zeugen recht ordentlich auf den Zahn zu fühlen.

Trotz all seiner Erfahrung hatte James zufällig nie mit Waterbuck zu tun gehabt, und wie viele Forsytes, die nicht in die höchsten Höhen der Rechtsgelehrsamkeit vorgedrungen waren, hatte er große Bewunderung für einen Mann, der es verstand, ein Kreuzverhör zu führen. Die langen, traurigen Falten seines Gesichts entspannten sich etwas, nachdem er Waterbuck gesehen hatte, vor allem, als ihm bewußt wurde, daß nur Soames von einem Kronanwalt vertreten war.

Waterbuck hatte sich eben umgewandt, um mit seinem jüngeren Kollegen zu sprechen, als Richter Bentham selbst erschien, ein dünner kleiner Mann, der ein wenig an eine Henne erinnerte, mit etwas vornübergebeugtem Oberkörper und einem hageren, glattrasierten Gesicht unter der schneeweißen Perücke. Waterbuck erhob sich mit den anderen Mitgliedern des Gerichtshofes und blieb stehen, bis der Richter Platz genommen hatte. James selbst hatte sich nur halb erhoben, denn er hatte es sich auf seinem Sitz schon bequem gemacht und hielt im übrigen nicht viel von Bentham, den er von Einladungen bei Bumley Tomm her flüchtig kannte, wo er schon zweimal in seiner Nähe zu Tisch gesessen war. Trotz seines Erfolges war Bumley Tomm ein eher unbedeutender Mensch. James selbst hatte ihm seinen ersten Fall verschafft. Außerdem war James erregt, denn er hatte eben festgestellt, daß Bosinney nicht anwesend war.

Was soll das wieder heißen? dachte er immerzu.

Sobald die Sitzung eröffnet war, schob Waterbuck seine

Papiere zurück, zog seinen Talar zurecht, blickte wie ein Kricketspieler, der zum Schlag ausholt, um sich, erhob sich und ergriff das Wort.

Die dem Falle zugrunde liegenden Tatsachen seien nicht bestritten worden, und Seine Lordschaft würde daher nur die Korrespondenz über die Inneneinrichtung des Hauses zu begutachten haben, die sein Mandant mit dem Beklagten, einem Architekten, geführt habe. Er wolle jedoch von vornherein festhalten, daß dieser Briefwechsel vollkommen eindeutig sei. Nachdem er in groben Zügen die Baugeschichte des Hauses von Robin Hill geschildert hatte, das er als Herrensitz bezeichnete, und die Frage der Baukosten erläutert hatte, setzte er fort:

»Mein Mandant, Mr. Soames Forsyte, ist ein Gentleman, ein wohlhabender Mann von Stand, der der letzte wäre, irgendeinen gerechten Anspruch zu bestreiten. Er ist jedoch von seinem Architekten im Zusammenhang mit dem Hausbau, für welchen er, wie Euer Lordschaft bereits gehört haben, bereits mehr als zwölftausend Pfund ausgegeben hatte – eine bedeutend höhere Summe, als er ursprünglich auszugeben geplant –, in einer Weise behandelt worden, daß er sich aus Prinzip – und ich kann dies nicht genug betonen – aus Prinzip, und im Interesse anderer, gezwungen sah, diese Klage einzubringen. Das Argument, das der Architekt zu seiner Verteidigung vorgebracht hat, ist meines Erachtens nicht einen Moment ernster Erwägung wert.« Daraufhin verlas er die Korrespondenz.

Sein Mandant, »ein Mann von Ansehen«, sei bereit, sich vernehmen zu lassen und unter Eid auszusagen, daß er niemals auch nur daran gedacht habe, die Überschreitung der Obergrenze von zwölftausendfünfzig Pfund, die er eindeutig festgelegt hatte, zu billigen. Und um die Zeit des Gerichtes nicht über Gebühr in Anspruch zu nehmen, wolle er sofort Mr. Forsyte als Zeugen aufrufen.

Soames betrat den Zeugenstand. Seine ganze Erscheinung erweckte den Eindruck von Sicherheit und Gelassenheit. Sein Gesicht hatte gerade den richtigen Ausdruck von Überlegenheit. Es war bleich, glattrasiert, mit einer kleinen senkrechten Falte zwischen den Augenbrauen und zusammengepreßten Lippen. Seine Kleidung war von unauffälliger Eleganz. Lässig trug er einen Handschuh in der Hand. Er beantwortete alle Fragen mit leiser, doch deutlicher Stimme. Während des ganzen Verhörs gab er den Eindruck, als sei es nicht seine Art, auch nur ein Wort zu viel zu sprechen.

Hatte er nicht den Ausdruck »freie Hand« gebraucht?

Nein.

Wie sei dies zu verstehen?

Der Wortlaut sei gewesen: »freie Hand im Rahmen der in unserem Briefwechsel festgelegten Bedingungen«.

Ob er vor dem Gericht behaupten wolle, daß das Englisch sei?

Ja.

Was bedeutete es denn seiner Meinung nach?

Was es besagt.

Wollte er etwa leugnen, daß in diesen Worten ein innerer Widerspruch liege?

Ja.

Er sei doch nicht etwa Ire?

Nein.

Habe er eine gute Schule besucht?

Ja.

Und trotzdem bleibe er bei dieser Meinung?

Ja.

Im Laufe dieses und des weiteren Verhörs ging es immer wieder um den einen »heiklen Punkt«. James saß mit der Hand hinterm Ohr da und hielt den Blick fest auf seinen Sohn gerichtet.

Er war stolz auf ihn. Er mußte zugeben, daß er selbst unter ähnlichen Umständen vermutlich der Versuchung erlegen wäre, ausführlichere Antworten zu geben, doch sein Instinkt sagte ihm, daß diese Einsilbigkeit gerade das Rechte sei. Trotzdem atmete er erleichtert auf, als Soames sich langsam umwandte und mit unbewegtem Gesicht den Zeugenstand verließ.

Als die Reihe an Bosinneys Anwalt kam, verdoppelte James seine Aufmerksamkeit und schaute suchend umher, um zu sehen, ob Bosinney nicht doch irgendwo versteckt sitze.

Der junge Chankery begann nervös. Er war durch Bosinneys Abwesenheit in eine unangenehme Lage geraten, und er versuchte, so gut er konnte, gerade die Abwesenheit seines Mandanten auszuspielen.

Er müsse fürchten, sagte er, daß seinem Mandanten etwas zugestoßen sei. Er habe absolut damit gerechnet, daß er anwesend sein und aussagen würde. Man habe heute morgen sowohl in Mr. Bosinneys Büro als auch in seine Wohnung geschickt (er wußte sehr gut, daß Bosinneys Büro und Wohnung ein und dasselbe waren, hielt es aber für unklug, dies hier zu sagen), doch wisse niemand, wo er sei, und dies sei ihm verdächtig, da er doch wußte, wie begierig sein Mandant gewesen sei, selbst seine Aussagen zu machen. Er sei jedoch nicht ermächtigt worden, eine Vertagung zu beantragen, und halte es in Ermangelung einer solchen Ermächtigung für seine Pflicht, fortzufahren. Das Argument, auf welches er sich (vielleicht etwas zu zuversichtlich) stützte, und das sein Mandant, wäre er nicht bedauerlicherweise durch einen Zwischenfall verhindert gewesen, der Verhandlung beizuwohnen, durch seine eigene Aussage untermauert hätte, war, daß der Ausdruck »freie Hand« in keiner Weise begrenzt, eingeengt oder durch irgendeinen Zusatz seiner ursprünglichen Bedeutung beraubt werden könne. Er würde sogar so weit gehen, zu sagen, die Korrespondenz zeigte, daß gleichgültig, was er während der Einvernahme gesagt habe, Mr. Soames Forsyte tatsächlich niemals die Absicht gehabt habe, sich bei irgendeiner Arbeit, die von seinem Architekten durchgeführt werden sollte oder tatsächlich durchgeführt wurde, seinen Verpflichtungen als Bauherr zu entziehen. Der Beklagte habe auch niemals an diese Möglichkeit gedacht, sonst hätte er, wie aus seinen Briefen klar hervorgehe, niemals die Arbeit zu Ende geführt, eine äußerst heikle Arbeit, die er mit großer Umsicht und

Sorgfalt ausgeführt habe, um den wählerischen Geschmack eines Kenners, eines wohlhabenden, ja reichen Mannes zu befriedigen. Er halte dies für einen äußerst wichtigen Punkt, und eben deshalb gebrauche er vielleicht etwas harte Worte, wenn er sage, daß die Klage gegen seinen Mandanten ungerechtfertigt, unverdient, ja im Grunde genommen unerhört sei. Wenn Seine Lordschaft Gelegenheit gehabt hätte, sich das wunderbare Haus anzusehen, wie er selbst es sich zur Pflicht gemacht habe, und sich davon zu überzeugen, mit welch gutem Geschmack sein Mandant die Inneneinrichtung gestaltet habe – ein wahrer Künstler in seinem höchst ehrenwerten Fach –, so würde Seine Lordschaft zweifellos keinen Augenblick dulden, was er – um kein stärkeres Wort zu gebrauchen – nur einen gewagten Versuch des Klägers nennen wolle, sich einer legitimen Verantwortung zu entziehen.

Er bezog sich dann auf den Wortlaut von Soames' Briefen und kam kurz auf den Präzedenzfall Boileau contra The Blasted Cement Company zu sprechen. »Es ist vielleicht nicht völlig klar«, sagte er, »wie diese Entscheidung auszulegen ist, ich möchte jedoch behaupten, daß sie ebenso gut zugunsten meines Mandanten ausgelegt werden kann wie zugunsten des Klägers.« Hierauf erörterte er eingehend den bewußten »heiklen Punkt«. Bei aller Hochachtung für Mr. Forsyte wolle er doch anheimstellen, daß der von ihm gewählte Ausdruck einen inneren Widerspruch enthalte. Da sein Mandant kein wohlhabender Mann sei, wäre die Angelegenheit für ihn von großer Wichtigkeit. Er sei ein äußerst begabter Architekt, dessen berufliches Ansehen hier zweifellos auf dem Spiel stehe. Er schloß mit einem – vielleicht etwas zu persönlichen – Appell an den Richter als einen Liebhaber der schönen Künste, sich doch als Beschützer der Kunst gegen die gelegentlich – er sagte »gelegentlich« – allzu harte Behandlung seitens des Kapitals zu erweisen. »In welche Lage«, sagte er, »kämen die künstlerischen Berufe, wenn reiche Leute wie dieser Mr. Forsyte sich weigern – sich weigern dürfen –, Verpflichtungen nachzukommen, die sie mit der Erteilung eines Auftrages übernommen haben.« Er würde nun seinen Mandanten aufrufen, für den Fall, daß er wider Erwarten in letzter Minute doch in der Lage gewesen wäre, zu erscheinen.

Der Name Philip Baynes Bosinney wurde von den Gerichtsdienern dreimal aufgerufen, und der Ruf hallte seltsam melancholisch durch den Saal und die Gänge.

Das Aufrufen dieses Namens, das ohne Antwort blieb, hatte auf James eine seltsame Wirkung. Es war wie das Rufen nach einem verlorengegangenen Hund auf der Straße, und bei dem Gedanken an den Verschwundenen beschlich ihn ein unheimliches Gefühl, eine Unsicherheit, die sein Wohlbefinden störte, und obgleich er keinen Grund dafür angeben konnte, fühlte er sich beunruhigt.

Er blickte auf die Uhr. Viertel vor drei. In einer Viertelstunde würde alles vorbei sein. Wo konnte der junge Mann nur sein?

Erst als der Richter das Urteil verkündete, konnte er den Druck, der auf ihm lastete, abschütteln.

Hinter der hölzernen Balustrade, die ihn von den gewöhnlichen Sterblichen trennte, lehnte sich Bentham vor. Das elektrische Licht, das eben aufgedreht worden war, fiel von oben her auf sein Gesicht und verlieh ihm unter der weißen Krone der Perücke einen milden orangegelben Schimmer. Benthams Talar schien zusehends an Umfang zuzunehmen, und in dem verhältnismäßig dunklen Saal gewann seine Erscheinung etwas Majestätisches, Geheiligtes. Der Richter räusperte sich, nahm einen Schluck Wasser, drückte die Spitze seines Federkiels auf das Pult, daß sie abbrach, faltete die knochigen Hände vor sich und begann.

Plötzlich erschien er James viel größer, als er es jemals von Bentham für möglich gehalten hätte. Es sprach aus ihm die Majestät des Gesetzes, und ein Mensch mit einer weniger nüchternen Einstellung zum Leben, als James üblicherweise an den Tag legte, wäre wohl entschuldigt gewesen, hätte er diesen Glanz nicht durchschaut und dahinter den ziemlich gewöhnlichen Forsyte entdeckt, der im täglichen Leben unter dem Namen Sir Walter Bentham auftrat.

Bentham verkündete das Urteil mit folgenden Worten:

»Die diesem Falle zugrunde liegenden Tatsachen sind unbestritten. Am 15. Mai schrieb der Beklagte dem Kläger und bat ihn, von der Aufgabe der Inneneinrichtung des Hauses des Klägers zurücktreten zu dürfen, wenn er ihm nicht ›freie Hand‹ gewähre. Der Kläger antwortete am 17. Mai wie folgt: ›Ich gebe Ihnen im Einklang mit Ihrem Wunsch hiermit ausdrücklich freie Hand, möchte es aber klar verstanden wissen, daß die Gesamtkosten des Hauses bei der Übergabe an mich nach Abschluß der Einrichtung und einschließlich Ihres Honorars (wie vereinbart) die Summe von zwölftausend Pfund nicht überschreiten dürfen.‹ Auf diesen Brief antwortete der Beklagte am 18. Mai: ›Wenn Sie glauben, daß ich mich in einer so heiklen Angelegenheit wie der Innenausstattung eines Hauses an eine genaue Summe binden kann, dann sind Sie, fürchte ich, im Irrtum.‹ Am 19. Mai schrieb der Kläger wie folgt: ›Ich wollte nicht sagen, daß es irgendwelche Schwierigkeiten zwischen Ihnen und mir geben würde, wenn Sie die in meinem Brief genannte Summe um zehn oder zwanzig oder selbst fünfzig Pfund überschreiten. Sie haben freie Hand im Rahmen der in unserem Briefwechsel festgelegten Bedingungen, und ich hoffe, Sie werden sich bereit finden, die Inneneinrichtung fertigzustellen!‹ Am 20. Mai antwortete der Beklagte kurz: ›Einverstanden‹.«

In Ausführung des Auftrages für die Inneneinrichtung erwuchsen dem Beklagten Verbindlichkeiten und Ausgaben, die die Gesamtkosten des Hauses auf die Summe von zwölftausendvierhundert Pfund erhöhten. Die gesamten Kosten wurden vom Kläger übernommen. Ziel der gegenständlichen Klage ist es nun, die Summe von dreihundertundfünfzig Pfund vom Beklagten einzuklagen, um welche letzterer den Betrag von zwölftausendundfünfzig Pfund überschritten hat, die nach den Ausführungen des Klägers in der hier vorgelegten Korrespondenz als Obergrenze, bis zu welcher der Beklagte zu gehen ermächtigt war, festgesetzt worden war.

Es obliegt nun diesem Gericht, zu entscheiden, ob der Beklagte schuldig ist, dem Kläger die genannte Summe zu erstatten. Nach Befinden dieses Gerichtes ist er dazu verpflichtet.

Was der Kläger tatsächlich gesagt hatte, ist folgendes: ›Ich gebe Ihnen freie Hand, die Inneneinrichtung meines Hauses zu vollenden, vorausgesetzt, daß Sie die Obergrenze von zwölftausend Pfund nicht überschreiten. Überschreiten Sie diese Gesamtsumme um fünfzig Pfund, so werde ich Sie dafür nicht zur Verantwortung ziehen. Überschreiten Sie diese Grenze jedoch um mehr als fünfzig Pfund, so handeln Sie darüber hinaus nicht mehr in meinem Auftrage, und ich werde jede mir in diesem Zusammenhang erwachsende Verbindlichkeit zurückweisen.‹ Es ist mir nicht vollständig klar, ob der Kläger unter allen Umständen Recht bekommen hätte, wenn er tatsächlich die von seinem Beauftragten in seinem Namen eingegangenen Verpflichtungen zurückgewiesen hätte. Dies hat er aber nicht getan, sondern er hat die Verbindlichkeiten übernommen und macht nun sein Regreßrecht gegenüber dem Beklagten auf Grund der Bedingungen des mit dem letzteren abgeschlossenen Vertrages geltend.

Nach Auffassung dieses Gerichtes ist der Kläger berechtigt, die geforderte Summe von dem Beklagten erstattet zu bekommen.

Der Rechtsvertreter des Beklagten hat versucht, zu zeigen, daß durch den Briefwechsel keine Obergrenze für die Ausgaben durch den Beklagten festgelegt wurde, bzw. daß die Festlegung einer derartigen Obergrenze nicht in der Absicht des Klägers gelegen habe. Wenn dies der Fall wäre, so könnte dieses Gericht nicht verstehen, warum der Kläger in dem vorliegenden Briefwechsel die Summe von zwölftausend Pfund einerseits und die Summe von fünfzig Pfund andererseits angeführt hätte. Der Beklagte unterstellt, diese Zahlen hätten nichts zu bedeuten. Es erscheint uns jedoch vollkommen eindeutig, daß der Beklagte in seinem Brief vom 20. Mai einem ganz klar gefaßten Vorschlag zustimmte, dessen Bedingungen nunmehr für ihn bindend sind. Aus diesen Gründen ergeht hiermit das Urteil zugunsten des Klägers, und der Beklagte ist schuldig, den geforderten Betrag samt Gerichtskosten zu erstatten.«

James seufzte, bückte sich und hob seinen Schirm auf, der bei den Worten »Der Beklagte unterstellt, diese Zahlen hätten nichts zu bedeuten« mit lautem Gepolter umgefallen war.

Er streckte seine langen Beine und verließ schnell das Gericht; ohne auf seinen Sohn zu warten, nahm er hastig einen Mietwagen (es war ein heller, grauer Nachmittag) und fuhr direkt zu Timothy, wo er Swithin antraf. Ihm, Mrs. Septimus Small und Tante Hester erzählte er den ganzen Vorgang, wobei er zwei Stück Kuchen aß, allerdings nicht nur in den Sprechpausen.

»Soames hat sich sehr gut gehalten«, schloß er. »Er weiß sehr wohl, was er will. Jolyon wird sich nicht freuen. Für den jungen Bosinney ist das eine schlimme Sache. Es sollte mich nicht wundern, wenn er bankrott geht.« Und nach einer langen Pause, während er unruhig ins Feuer starrte, fügte er hinzu: »Er war nicht bei der Verhandlung. Warum nur?«

Man hörte Schritte. Im hinteren Wohnzimmer erschien die Gestalt eines untersetzten Mannes, dessen rötliches Gesicht von robuster Gesundheit zeugte. Der Zeigefinger seiner erhobenen Hand hob sich vom Schwarz seines Gehrocks ab. Er sprach mit mürrischer Stimme. »Ha, James«, sagte er, »ich kann – ich habe keine Zeit.« Er drehte sich um und ging hinaus.

Es war Timothy.

James erhob sich von seinem Stuhl. »Seht ihr!« sagte er. »Seht ihr! Ich wußte, daß etwas nicht ganz in Or...« Er schwieg und starrte vor sich hin, als sähe er ein Gespenst.

6

Soames macht ein Geständnis

Nachdem Soames das Gericht verlassen hatte, begab er sich nicht sofort nach Hause. Er hatte keine Lust, in die City zu gehen, und da er die Notwendigkeit verspürte, seinen Triumph durch das Mitgefühl anderer bestätigt zu wissen, machte auch er sich, aber langsam und zu Fuß, auf den Weg zu Timothy in die Bayswater Road.

Sein Vater war gerade gegangen; Mrs. Small und Tante Hester, die die ganze Geschichte schon gehört hatten, begrüßten ihn freudig. Er war nach der langen Verhandlung doch sicher hungrig. Smither sollte ihm noch ein paar Muffins machen, sein lieber Vater hatte alle gegessen. Er sollte die Füße auf das Sofa legen; und auch ein Glas Pflaumenbrandy trinken. Das stärkte.

Swithin war noch da; er war länger als üblich geblieben, da er fand, daß ihm ein bißchen Klatsch guttat. Als er diese Vorschläge hörte, schnaubte er verächtlich. Schauderhaft, was das heutzutage für junge Männer waren! Seine Leber war nicht in Ordnung, und er konnte den Gedanken nicht ertragen, daß jemand anderer Pflaumenbrandy trank.

Er brach fast sofort auf, wobei er im Hinausgehen zu Soames sagte: »Und wie geht es deiner Frau? Sag ihr von mir, daß sie zu mir kommen soll, wenn sie sich langweilt – sie soll mit mir dinieren, und ich werde ihr einen Champagner anbieten, den sie nicht alle Tage bekommt!« Während er auf Soames herabstarrte, ballte er seine dicke, aufgedunsene gelbe Hand, als ob er alle diese kleinen Fische darin zerquetschen wollte, blähte sich auf und watschelte langsam hinaus.

Mrs. Small und Tante Hester blieben entsetzt zurück. Swithin war so eigenartig!

Sie selbst hätten Soames nur zu gern gefragt, wie Irene die Neuigkeiten aufnehmen würde, aber sie wußten, daß sie das nicht durften; vielleicht würde er aus eignem etwas sagen, Antworten auf diese brennenden Fragen geben, auf diese Fragen, über die sie schweigen mußten und die sie daher fast unerträglich quälten; sogar Timothy wußte jetzt schon davon, und die Auswirkungen auf seinen Gesundheitszustand waren ziemlich besorgniserregend. Und was würde June tun? Auch das war eine sehr aufregende, wenngleich gefährliche Überlegung.

Sie hatten den Besuch des alten Jolyon keine Minute vergessen, der seither nicht mehr gekommen war; sie hatten das Gefühl nie vergessen, das alle Anwesenden gehabt hatten, daß die Familie nicht mehr das war, was sie einmal gewesen – daß sie zerfiel.

Aber Soames kam ihnen nicht entgegen, er saß mit übereinandergeschlagenen Beinen da und sprach über die Maler der Barbizon-Schule, die er gerade entdeckt hatte. Das waren die kommenden Männer, sagte er: es sollte ihn gar nicht wundern, wenn man mit ihnen Geld verdienen könnte; er hatte zwei Bilder von Corot in Aussicht, bezaubernde Stücke; wenn er sie zu einem vernünftigen Preis kaufen könnte, dann würde er das auch tun – eines Tages würden sie sehr viel wert sein. Obwohl sie auch daran sehr interessiert waren, konnten sich weder Mrs. Small noch Tante Hester damit abfinden, auf diese Weise abgewiesen zu werden.

Das war interessant – sehr interessant –, und Soames war ja so geschickt, daß sie sicher waren, er würde auf jeden Fall etwas aus diesen Bildern machen; aber was für Pläne hatte er denn, jetzt wo er den Prozeß gewonnen hatte; würde er sofort von London wegziehen und auf dem Land leben, oder was sonst?

Soames antwortete, daß er es noch nicht wisse, er nehme aber an, daß sie bald übersiedeln würden. Er erhob sich und küßte seine Tanten.

Kaum hatte Tante Juley begriffen, daß er weggehen wollte, so veränderte sich ihr ganzer Ausdruck, als ob sie eine Anwandlung verzweifelten Mutes hätte; es schien, als wollte jeder der kleinen Fleischwülste ihres Gesichts aus der unsichtbaren, engen Maske ausbrechen.

Sie erhob sich zu ihrer vollen Höhe und sagte: »Mein Lieber, ich trage das schon lange mit mir herum, und wenn es dir niemand sonst sagt, so habe ich mich entschlossen, daß –«

Tante Hester unterbrach sie: »Bedenke, Julia, du tust das –« sie holte tief Luft – »auf deine eigene Verantwortung!«

Mrs. Small fuhr fort, als ob sie sie nicht gehört hätte: »Ich glaube, lieber Soames, daß du wissen solltest, daß Mrs. MacAnder Irene zusammen mit Mr. Bosinney im Richmond Park gesehen hat.«

Tante Hester, die sich ebenfalls erhoben hatte, sank in ihren Sessel zurück und wandte ihr Gesicht ab. Juley war doch zu – sie sollte so etwas nicht tun, wenn sie, Hester, im Zimmer war; und atemlos vor Erregung wartete sie auf Soames' Antwort.

Er war in seiner unverkennbaren Art rot geworden, und wieder sah man den roten Fleck zwischen den Brauen; er hob eine Hand, schien gleichsam einen Finger auszuwählen und knabberte am Nagel; dann stieß er langsam zwischen zusammengepreßten Lippen hervor: »Mrs. MacAnder ist eine Klatschbase!«

Ohne auf Antwort zu warten, verließ er das Zimmer.

Auf dem Weg zu Timothy hatte er sich entschlossen, wie er sich zu Hause verhalten würde. Er würde zu Irene gehen und sagen:

»Ich habe also meinen Prozeß gewonnen, und damit basta! Ich will mit Bosinney nicht zu hart verfahren; ich werde sehen, daß wir uns irgendwie einigen können; er soll keine Not leiden. Und jetzt beginnen wir neu! Wir werden dieses Haus vermieten und aus diesem Nebel fortziehen. Wir werden sofort nach Robin Hill ziehen. Ich – ich wollte niemals so grob zu dir sein! Reichen wir uns die Hand – und –«

Vielleicht würde sie ihm sogar erlauben, sie zu küssen, und alles vergessen!

Als er von Timothy fortging, waren seine Absichten nicht mehr so einfach zu definieren. Die seit Monaten glosende Eifersucht und das Mißtrauen flackerten wieder in ihm auf. Er mußte diese Dinge ein für alle Male zu einem Ende bringen; sie sollte seinen Namen nicht in den Schmutz ziehen! Wenn sie ihn nicht lieben konnte oder wollte, wie es ihre Pflicht und sein Recht war – dann durfte sie ihn doch nicht mit einem anderen betrügen! Er würde es ihr ins Gesicht sagen; ihr drohen, sich scheiden zu lassen! Aber – aber – was geschah, wenn sie sich scheiden ließ? Er war beunruhigt; der Gedanke war ihm noch nicht gekommen.

Was, wenn sie es wirklich tat? Was, wenn sie ihm ein Geständnis machte? Wie stand er dann da? Er würde die Scheidung einreichen müssen!

Eine Scheidung! So aus der Nähe betrachtet, lähmte ihn dieses Wort, das allen Prinzipien seines bisherigen Lebens entgegengesetzt war. Der Mangel an Kompromißmöglichkeiten erschütterte ihn; er fühlte sich wie der Kapitän eines Schiffes, der an die Reling trat und mit eigenen Händen seine wertvollste Fracht über Bord warf. Dieses Wegwerfen seines Besitzes mit eigenen Händen schien Soames unheimlich. Es würde ihm beruflich schaden. Er würde das Haus am Robin Hill verkaufen müssen, für das er so viel Geld ausgegeben, auf das er solche Hoffnungen gesetzt hatte – und um welchen Preis! Und sie! Sie würde ihm nicht mehr gehören, nicht einmal mehr dem Namen nach! Sie würde aus seinem Leben verschwinden, und er – er würde sie nie wiedersehen!

Aber vielleicht gab es gar nichts zu gestehen, es war ja sogar sehr wahrscheinlich, daß nichts an alldem war. War es klug, die Dinge so weit zu treiben? War es klug, sich in eine Lage zu bringen, in der man das Gesagte womöglich zurücknehmen müßte? Der Ausgang des Prozesses bedeutete für Bosinney den Ruin; ein ruinierter Mann war verzweifelt, aber – was konnte er schon tun? Was könnten die beiden – wenn es wirklich ein »die beiden« gab – ohne Geld anfangen? Es wäre besser, abzuwarten, wie sich die Dinge entwickelten. Wenn notwendig, dann konnte er sie ja beobachten lassen. Die Qualen seiner Eifersucht kamen wieder, bohrend wie Zahnschmerzen; und fast hätte er aufgeschrien. Aber er mußte sich entscheiden, mußte eine gewisse Richtlinie festlegen, bevor er nach Hause kam.

Als der Mietwagen vor seiner Tür hielt, hatte er noch keinen Entschluß gefaßt.

Bleich, mit feuchten Händen, betrat er das Haus; er fürchtete sich davor, ihr entgegenzutreten, und brannte doch darauf, es zu tun, nicht wissend, was er sagen oder tun sollte.

Bilson, ihr Mädchen, war im Flur und antwortete, als er sie fragte: »Wo ist die gnädige Frau?«, daß Mrs. Forsyte zu Mittag mit einem Koffer und einer Reisetasche fortgegangen war.

Er riß ihr den Ärmel seines Pelzmantels aus der Hand und schrie sie an: »Was? Was hast du da gesagt?« Plötzlich fiel ihm ein, daß er seine Gefühle nicht zeigen durfte, und fuhr ruhiger fort: »Welche Nachricht hat sie hinterlassen?«

Mit heimlichem Entsetzen bemerkte er den verstörten Ausdruck des Mädchens.

»Mrs. Forsyte hat keine Nachricht hinterlassen, Sir.«

»Keine Nachricht; gut, danke, das genügt. Ich esse auswärts.«

Das Mädchen ging hinunter, und er blieb noch im Pelzmantel stehen und sah geistesabwesend die Karten durch, die in der Porzellanschale lagen, die auf der geschnitzten Eichentruhe in der Halle stand.

Mr. und Mrs. Bareham Culcher
Mrs. Septimus Small
Mrs. Baynes
Mr. Solomon Thornworthy
Lady Bellis
Miss Hermione Bellis
Miss Winifred Bellis
Miss Ella Bellis

Wer, zum Teufel, waren alle diese Leute? Er schien alles Bekannte vergessen zu haben. Die Worte »keine Nachricht – ein Koffer und eine Reisetasche« spielten Versteck in seinem Gehirn. Es war unglaublich, daß sie keine Nachricht hinterlassen hatte, und er lief, noch im Pelzmantel, immer eine Stufe überspringend, die Treppen hinauf – wie ein Jungverheirateter in das Zimmer seiner Frau läuft, wenn er nach Hause kommt.

Alles war ordentlich, frisch, duftend; alles in perfekter Ordnung. Auf dem großen Bett mit der fliederfarbenen Steppdecke lag die Tasche für ihr Nachtzeug, die sie selbst gemacht und bestickt hatte; die Pantoffeln am Bettende; das Laken am Kopfende war zurückgeschlagen, als ob sie jeden Augenblick kommen würde.

Auf dem Tisch waren die silbergefaßten Bürsten und Fläschchen aus ihrem Toilettekoffer, sein eigenes Geschenk. Es mußte also irgendein Irrtum vorliegen. Welche Tasche hatte sie genommen? Er ging zur Glocke und wollte nach Bilson klingeln, aber er erinnerte sich rechtzeitig daran, daß er so tun müsse, als wüßte er, wohin Irene gefahren war, als ob alles ganz natürlich wäre, und daß er die Wahrheit selbst herausfinden müßte.

Er versperrte die Türen und versuchte zu denken, aber er spürte, wie seine Gedanken im Kreis gingen; und plötzlich hatte er Tränen in den Augen.

Rasch zog er seinen Mantel aus und betrachtete sich im Spiegel.

Er war zu bleich, und ein grauer Schimmer lag über seinem Gesicht; er goß sich Wasser ein und begann in fiebriger Eile, sich zu waschen. Ihre silbergefaßten Bürsten rochen schwach nach ihrem parfümierten Haarwasser; und dieser Geruch brachte ihm wieder die brennenden Schmerzen der Eifersucht zurück.

Mühsam zog er seinen Pelzmantel an und rannte hinunter auf die Straße.

Er hatte aber doch nicht jede Selbstbeherrschung verloren, und als er die Sloane Street hinunterging, erfand er eine Geschichte, für den Fall, daß er sie nicht bei Bosinney finden würde. Aber wenn sie doch dort war? Seine Entschlußkraft versagte wieder; er erreichte das Haus, ohne zu wissen, was er tun sollte, wenn er sie dort fand.

Die Bürozeit war schon vorüber und die Tür verschlossen; die Frau, die ihm öffnete, wußte nicht, ob Mr. Bosinney zu Hause war oder nicht; sie hatte ihn heute noch nicht gesehen, schon zwei oder drei Tage lang nicht; sie machte bei ihm nicht mehr sauber, er hatte jetzt niemanden, er –

Soames unterbrach sie – er würde hinaufgehen und selbst nachsehen. Weiß, mit einem verbissenen Gesichtsausdruck stieg er hinauf.

Das oberste Stockwerk war nicht beleuchtet, die Tür versperrt, niemand antwortete auf sein Läuten, er konnte keinen Laut hören. Er mußte wieder hinunter und zitterte unter seinem Pelz – so kalt war ihm ums Herz. Er nahm einen Mietwagen und befahl dem Kutscher, in die Park Lane zu fahren.

Auf dem Weg versuchte er sich zu erinnern, wann er ihr zum letztenmal einen Scheck ausgestellt hatte; sie konnte nicht mehr als drei oder vier Pfund haben, aber sie hatte ja ihre Juwelen; und selbstquälerisch überlegte er, wieviel Geld sie dafür bekommen könnte; genug, um ins Ausland zu gehen; genug, daß die beiden Monate davon leben konnten! Er versuchte zu rechnen; der Wagen hielt, und er stieg aus, ohne die Rechnung vollendet zu haben.

Der Butler fragte, ob Mrs. Soames im Wagen sei. Sein Herr hatte ihm gesagt, daß beide zum Essen erwartet würden.

Soames antwortete: »Nein, Mrs. Forsyte ist erkältet.«

Der Butler bedauerte das.

Soames hatte den Eindruck, daß er ihn forschend ansah, und als ihm einfiel, daß er nicht in Abendkleidung war, sagte er: »Ist noch jemand zum Essen eingeladen, Warmson?«

»Niemand außer Mr. und Mrs. Dartie, Sir!«

Wieder schien es Soames, als ob ihn der Butler neugierig ansah. Er verlor die Fassung.

»Worauf starren Sie?« fragte er. »Ist irgend etwas an mir nicht in Ordnung?«

Der Butler wurde rot, hängte den Pelzmantel auf, murmelte etwas, das wie »Aber nein, Sir, nichts« klang, und zog sich leise zurück.

Soames ging, ohne etwas zu sagen, am Salon vorbei direkt hinaus ins Schlafzimmer seiner Eltern.

James stand im Profil zu ihm da; sein Aufzug – Hemdsärmeln und Abendweste – ließ die scharfen Linien seiner großen, hageren Gestalt deutlich hervortreten, sein Kopf war gesenkt, ein Ende der weißen Halsbinde lugte unter dem weißen Backenbart hervor, und mit konzentriert gespanntem Ausdruck und vorgeschobenen Lippen schloß er die obersten Haken des Mieders seiner Frau. Soames blieb stehen; er rang nach Luft, entweder weil er die Treppen zu rasch genommen hatte oder aus einem andern Grund – er – er selbst hatte niemals – nie hatte man ihn gebeten –

Er hörte seinen Vater mit einer Stimme, die so klang, als hätte er eine Nadel zwischen den Lippen, fragen: »Wer ist da? Wer ist da? Was wollen Sie?« Und seine Mutter: »Félice, komm her und hake das zu; dein Herr wird ja niemals fertig.«

Er griff sich mit der Hand an die Kehle und sagte heiser:

»Ich bin's – Soames!«

Emily begrüßte ihn mit einem »Nun, mein lieber Junge?«, James ließ die Haken des Mieders aus und fragte: »Wie, Soames? Was führt dich hierher? Geht es dir nicht gut?« – und Soames bemerkte dankbar die freudige Überraschung seiner Eltern.

Mechanisch antwortete er: »Mir geht es gut.« Er sah sie an, und es schien ihm unmöglich, die Wahrheit zu sagen.

James, der immer rasch besorgt wurde, begann: »Du siehst nicht gut aus – wahrscheinlich hast du dich erkältet – die Leber, sicher. Deine Mutter wird dir –«

Emily unterbrach ihn ruhig: »Hast du Irene mitgebracht?«

Soames schüttelte den Kopf.

»Nein«, stotterte er, »sie – sie hat mich verlassen!«

Emily ließ den Spiegel, vor dem sie stand, Spiegel sein. Ihre hohe, vollschlanke Gestalt verlor jede Majestät und wurde sehr menschlich, als sie auf Soames zulief.

»Mein lieber Junge! Mein lieber Junge!«

Sie drückte ihre Lippen auf seine Stirn und streichelte seine Hand.

Auch James hatte sich seinem Sohn voll zugewandt; sein Gesicht sah älter aus.

»Verlassen!« sagte er. »Was soll das heißen – verlassen? Du hast mir nie gesagt, daß sie dich verlassen wird.«

Böse antwortete Soames: »Wie hätte ich denn? Was sollen wir tun?« James begann im Zimmer auf und nieder zu gehen; ohne Rock sah er sonderbar, wie ein Storch, aus. »Was soll man tun!« murmelte er. »Wie soll ich wissen, was man tun soll? Was hat es für einen Sinn, mich zu fragen? Niemand erzählt mir was, und dann kommen sie und wollen von mir wissen, was sie tun sollen; und ich möchte gern wissen, wie ich ihnen dann einen Rat geben soll! Da hast du deine Mutter, da steht sie; sie sagt nichts. Ich würde sagen, du mußt ihr folgen.«

Soames lächelte; sein eigenartiges, hochmütiges Lächeln hatte noch niemals zuvor mitleiderregend gewirkt.

»Ich weiß nicht, wo sie hin ist«, sagte er.

»Du weißt nicht, wo sie hin ist!« sagte James. »Was soll das heißen – du weißt es nicht? Was glaubst du denn, wohin sie ist? Natürlich zu dem jungen Bosinney, dort ist sie hin. Ich habe ja gewußt, wie es kommen wird.«

In dem langen Schweigen, das folgte, spürte Soames, wie seine Mutter ihm die Hand drückte. Und in allem, was vorging, hatte er das Gefühl, daß seine Fähigkeit, zu denken oder etwas zu tun, gelähmt war.

Das dunkelrote Gesicht seines Vaters zuckte, als ob er weinen wollte, und Worte brachen aus seinem Mund, die ein Krampf aus seiner Seele gerissen zu haben schien.

»Es wird einen Skandal gegen. Das habe ich ja schon immer gesagt.« Und als niemand darauf antwortete: »Steht nicht so da, du und deine Mutter!«

Und Emilys Stimme, ruhig, ein wenig verächtlich: »Beruhige dich, James! Soames wird alles tun, was möglich ist!«

Und James, der auf den Boden starrte, fast gebrochen: »Ich kann dir nicht helfen; ich werde alt. Tu nichts Voreiliges, mein Junge.«

Und wieder hörte er die Stimme seiner Mutter: »Soames wird alles tun, um sie zurückzugewinnen. Wir werden nicht darüber sprechen. Es wird sicher alles noch in Ordnung kommen.«

Und James: »Ich sehe keinen Weg. Und wenn sie nicht mit dem jungen Bosinney davongelaufen ist, dann rate ich dir, höre nicht auf sie, sondern folge ihr und hole sie zurück.«

Nochmals spürte Soames, daß seine Mutter ihm die Hand streichelte, als Zeichen ihrer Zustimmung, und als ob er einen heiligen Eid wiederholte, murmelte er zwischen den Zähnen: »Das werde ich!«

Zusammen gingen alle drei in den Salon. Dort warteten die drei Damen und Dartie; mit Irene wäre die Familie vollzählig gewesen.

James sank in seinen Lehnstuhl, und außer einem kühlen Gruß an Dartie, den er verachtete, aber auch als einen Mann fürchtete, der immer in Geldverlegenheiten war, sagte er nichts, bis zum Essen gerufen wurde. Auch Soames schwieg; Emily allein, eine Frau von großer Selbstbeherrschung, unterhielt sich mit Winifred über belanglose Dinge. Nie war sie in ihrem Benehmen und ihrer Unterhaltung gefaßter gewesen als an diesem Abend.

Da man sich entschieden hatte, nicht von Irenes Flucht zu sprechen, gab kein anderes Mitglied der Familie seine Ansichten über das, was man tun sollte, zum besten; aber es bestand kein Zweifel, bedenkt man die allgemeine Haltung gegenüber den später bekanntwerdenden Ereignissen, daß James' Rat: »Hör nicht auf sie, folge ihr und hole sie zurück!« mit wenigen Ausnahmen für gut gehalten worden wäre, nicht nur in Park Lane, sondern auch von Nicholas, Roger, Timothy und allen Angehörigen.

Genauso wie ihn die große Mehrzahl der Forsytes in ganz London gutgeheißen hätte, die ihre Meinung nur deshalb nicht abgeben konnten, weil sie die Geschichte nicht kannten.

Trotz Emilys Bemühungen wurde das Essen von Warmson und dem Diener unter allgemeinem Stillschweigen serviert. Dartie war mürrisch und trank, soviel er konnte; die Mädchen sprachen auch sonst kaum miteinander. Einmal fragte James, wo June wäre, und was sie eigentlich jetzt mit sich anfinge. Niemand wußte es. Er sank in seine düsteren Betrachtungen zurück. Erst als Winifred erzählte, wie der kleine Publius einem Bettler einen falschen Penny gegeben hatte, erheiterte er sich etwas.

»Ah!« sagte er, »ein kluger Bursche. Was er noch alles erreichen wird, wenn er so weitermacht! Ein intelligenter kleiner Mann!« Aber das dauerte nur einen Augenblick.

Feierlich folgte Gang auf Gang im starken Schein des elektrischen Lichtes, das zwar den Tisch erhellte, aber kaum das größte Schmuckstück des Raumes, eine sogenannte »Meeresszene von Turner«, die an der Wand hing, erreichte – ein Bild, das fast ausschließlich aus Takelage und Ertrinkenden bestand. Es wurde zuerst Champagner und dann eine Flasche von James' uraltem Port serviert, aber wie von der eisigen Hand eines Skeletts.

Um zehn Uhr ging Soames; zweimal hatte er auf Fragen geantwortet, daß sich Irene nicht wohl fühlte; nun spürte er, daß er sich nicht mehr in der Gewalt hatte. Seine Mutter küßte ihn weich und zärtlich, und er drückte ihre Hand, während ein wenig Wärme in seine Wangen stieg. Er ging fort durch den kalten Wind, der trostlos um die Straßenecken pfiff, unter einem klaren, stahlblauen, sternenübersäten Himmel; er bemerkte weder den kalten Gruß der Sterne noch das Knistern der verdorrten Blätter, noch die Dirnen, die in ihren schäbigen Pelzen die Straßen entlangeilten, nicht die vor Kälte verzerrten Gesichter der Vagabunden an den Straßenecken. Der Winter war gekommen! Aber Soames hastete, alles außer acht lassend, nach Hause; seine Hände zitterten, als er die Briefe, die mit der späten Post gekommen waren, aus dem vergoldeten Drahtkorb nahm, in den sie durch den Türschlitz geworfen wurden.

Kein Brief von Irene.

Er ging in das Eßzimmer; dort brannte ein helles Feuer, sein Sessel stand davor, die Pantoffeln waren bereit, Getränke und die geschnitzte Zigarettendose standen auf dem Tisch; aber nachdem er alles ein paar Minuten angestarrt hatte, drehte er das Licht ab und ging hinauf. In seinem Ankleidezimmer war ein Feuer, aber ihr Zimmer war dunkel und kalt.

Und in dieses Zimmer ging Soames.

Er zündete alle Kerzen an und ging lange zwischen Tür und Bett auf und ab. Er konnte sich nicht an den Gedanken gewöhnen, daß sie ihn wirklich verlassen hatte, und als ob er noch immer nach einer Nachricht, einem Grund, einer Erklärung der Geheimnisse seines Ehelebens suchte, begann er, alle Winkel und Laden zu durchstöbern.

Da hingen ihre Kleider; er hatte es immer gern gehabt, ja er hatte darauf bestanden, daß sie gut angezogen sei – sie hatte nur wenige mitgenommen; bestenfalls zwei oder drei, und als er Lade um Lade voll vom feinsten Leinen und Seidenwäsche herauszog, sah er, daß sie unberührt waren.

Vielleicht war es nur eine Narretei, und sie war ein paar Tage zur Abwechslung ans Meer gefahren. Wenn das nur so wäre und sie wirklich zurückkäme, würde er sich niemals mehr so benehmen wie in der vorletzten, der entscheidenden Nacht, er würde niemals mehr dieses Risiko eingehen – obwohl es ihre Pflicht, ihre Pflicht als seine Frau war; obwohl sie ihm gehörte – niemals mehr würde er dieses Risiko eingehen; sie war offensichtlich nicht ganz normal!

Er bückte sich über die Lade, in der sie ihre Juwelen verwahrte; sie war nicht versperrt und ging auf, als er daran zog; an dem Schmuckkoffer steckte der Schlüssel.

Das überraschte ihn, bis ihm einfiel, daß er sicher leer war. Er öffnete ihn.

Der Schmuckkoffer war alles andere als leer. In den kleinen Abteilungen lagen auf dem grünen Samt all die Dinge, die er ihr gegeben hatte, sogar ihre Uhr, und in dem Fach, das die Uhr enthielt, steckte ein Billett, das in Irenes Handschrift an »Soames Forsyte« adressiert war.

»Ich glaube nicht, daß ich etwas mitgenommen habe, was ich von Dir oder Deiner Familie bekommen habe.« Und das war alles.

Er sah die Spangen und Armbänder aus Diamanten und Perlen, die kleine, flache goldene Uhr mit dem großen Diamanten, der von Saphiren begrenzt war, die Ketten und Ringe, jedes in seinem Abteil, und Tränen traten ihm in die Augen und tropften auf den Schmuck.

Nichts, was sie sonst getan haben könnte, verdeutlichte ihm so die innere Bedeutung ihrer Handlung. In diesem Augenblick verstand er fast alles, was zu verstehen war – verstand, daß sie ihn haßte, ihn jahrelang gehaßt hatte, daß sie wie Menschen waren, die in verschiedenen Welten lebten, daß es keine Hoffnung für ihn gab, nie gegeben hatte; sogar, daß sie gelitten hatte – daß man Mitleid mit ihr haben mußte.

In diesem Augenblick, in dem das Gefühl die Oberhand gewann, verriet er den Forsyte in sich – vergaß sich, seine Interessen, seinen Besitz –, war fast zu allem fähig; wurde in die reine Welt der Selbstlosigkeit, des Unpraktischen erhoben.

Solche Augenblicke gehen rasch vorbei.

Und als ob er sich durch diese Tränen von seiner Schwäche befreit hätte, stand er auf, verschloß den Schmuckkoffer und trug ihn langsam, fast zitternd, mit sich in das andere Zimmer.

7

Junes Sieg

June hatte auf ihre Chance gewartet; sie hatte morgens und abends die langweiligeren Spalten der Zeitungen mit einem Eifer durchgesehen, der den alten Jolyon zuerst verblüffte; und als ihre Chance gekommen war, ergriff sie sie mit der Schnelligkeit und entschlossenen Ausdauer, die für sie charakteristisch war.

In ihrem ganzen Leben wird sie sich immer an jenen Tag erinnern, an dem sie endlich in der Liste der Prozesse in der *Times*, unter der Überschrift Saal XIII, Richter Bentham, den Prozeß Forsyte gegen Bosinney angekündigt sah.

Wie ein Spieler, der sein letztes Geld einsetzt, hatte sie sich entschlossen, alles zu wagen; es war nicht ihre Art, mit einer Niederlage zu rechnen. Wie sie wußte, daß Bosinney unterliegen würde, wenn nicht mit dem Instinkt einer verliebten Frau, kann man nicht sagen – aber sie baute ihre Pläne auf dieser Voraussetzung, die sie als Realität ansah, auf.

Um halb zwölf saß sie als Zuseherin auf der Galerie von Saal XIII, und dort blieb sie, bis der Prozeß Forsyte gegen Bosinney vorüber war. Bosinneys Abwesenheit beunruhigte sie nicht; sie hatte instinktiv gewußt, daß er sich nicht verteidigen würde. Als das Urteil verkündet war, hastete sie hinunter und nahm einen Mietwagen zu seiner Wohnung.

Ohne Aufmerksamkeit zu erregen, ging sie durch die offene Haustür und vorbei an den Büros in den unteren drei Stockwerken; erst als sie oben ankam, begannen ihre Schwierigkeiten.

Auf ihr Läuten erhielt sie keine Antwort; sie mußte sich jetzt entschließen, ob sie hinuntergehen und den Portier bitten sollte, sie einzulassen, damit sie auf Mr. Bosinneys Rückkehr warten konnte, oder ob sie geduldig vor der Tür warten sollte, in der Hoffnung, daß niemand heraufkommen würde. Sie entschied sich für das letztere.

Sie hatte schon eine Viertelstunde frierend gewartet, bis ihr einfiel, daß Bosinney früher immer den Schlüssel zu seiner Wohnung unter der Türmatte gelassen hatte. Sie sah nach und fand den Schlüssel. Einige Minuten lang konnte sie sich nicht entschließen, davon Gebrauch zu machen; schließlich aber sperrte sie auf und ging hinein, wobei sie die Tür offenließ, damit jeder, der käme, sofort sehen könnte, daß sie geschäftlich da sei.

Das war nicht dieselbe June, die vor fünf Monaten zitternd heraufgekommen war; die Monate des Wartens und der Zurückhaltung hatten sie weniger empfindlich gemacht; sie hatte sich so lange mit diesem Besuch beschäftigt, hatte ihn so in allen Einzelheiten durchdacht, daß seine Schrecken schon vorher verraucht waren. Diesmal durfte sie nicht versagen, denn wenn sie versagte, so konnte ihr niemand mehr helfen.

Wie eine Raubtiermutter, die über ihre Jungen wacht, stand Junes kleine Gestalt niemals still, sondern wanderte rasch von Wand zu Wand, vom Fenster zur Tür, ergriff manchmal ein oder den anderen Gegenstand. Überall lag Staub, das Zimmer war sicher schon wochenlang nicht aufgeräumt worden, und June, die rasch alles in sich aufnahm, was sie in ihren Hoffnungen bestärken konnte, sah darin ein Zeichen, daß er aus Gründen der Sparsamkeit seine Putzfrau hatte aufgeben müssen.

Sie blickte ins Schlafzimmer; das Bett sah so unordentlich aus, als ob es ein Mann gemacht hätte. Sie horchte einige Augenblicke angestrengt, dann stürzte sie in das Zimmer und untersuchte die Schränke. Ein paar Hemden und Krägen, schmutzige Schuhe – sie fand nicht einmal Anzüge.

Sie stahl sich ins Wohnzimmer zurück, und erst jetzt bemerkte sie, daß auch alle die kleinen Dinge fehlten, die er gern gehabt hatte. Die Uhr, die seiner Mutter gehört hatte, der Feldstecher, der über dem Sofa gehangen war; zwei wirklich wertvolle alte Stiche von Harrow, wo sein

Vater zur Schule gegangen war, und schließlich auch die japanische Porzellanschale, die sie ihm geschenkt hatte. Alles war fort; und trotz der Wut, die in ihrer treuen Seele darüber aufstieg, daß ihn die Welt so schäbig behandelte, war ihr Verschwinden ein günstiges Vorzeichen für den Erfolg ihres Planes.

Während sie auf die Stelle blickte, wo die Porzellanschale gestanden, hatte sie plötzlich den bestimmten Eindruck, daß sie beobachtet wurde; sie drehte sich um und sah Irene in der offenen Tür.

Eine Minute lang standen die beiden und sahen sich schweigend an; dann ging June auf Irene zu und streckte ihr die Hand entgegen. Irene nahm sie nicht.

June zog ihre Hand zurück und legte sie auf den Rücken. Ihre Augen wurden kalt vor Zorn; sie wartete, daß Irene sprechen würde; und während sie so wartete, nahm sie, wütend vor Eifersucht, Mißtrauen und Neugier, jedes Detail von Irenes Gesichtsausdruck und Aussehen in sich auf.

Irene trug einen langen, grauen Pelzmantel; die Reisekappe ließ ein wenig von ihrem goldblonden Haar über der Stirn frei. Die weichen, vollen Linien des Mantels ließen ihr Gesicht so klein wie das eines Kindes erscheinen.

Ganz im Gegensatz zu June waren ihre Wangen farblos, elfenbeinweiß und wie vor Kälte verzerrt; unter ihren Augen lagen dunkle Schatten. In einer Hand hielt sie einen Strauß Veilchen.

Ohne zu lächeln sah sie June an; und als diese großen, dunklen Augen auf sie gerichtet waren, fühlte June, trotz ihrer Erregung, etwas von dem alten Zauber.

Schließlich sprach sie doch zuerst.

»Wozu bist du gekommen?« Aber das Gefühl, daß auch an sie dieselbe Frage gestellt wurde, ließ sie noch hinzufügen: »Dieser scheußliche Prozeß. Ich wollte ihm sagen – er hat ihn verloren.«

Irene sagte nichts, ihre Augen ließen keinen Augenblick von Junes Gesicht ab, und das Mädchen rief: »Steh nicht da, als ob du aus Stein wärst!«

Irene lachte: »Bei Gott, ich wollte, ich wär's!«

Aber June wandte sich ab. »Nein«, rief sie, »sag mir nichts! Ich will nichts hören! Ich will nicht hören, weshalb du gekommen bist. Ich will nichts hören!« Wie von Furien gehetzt begann sie, rasch auf und ab zu gehen. Plötzlich brach es aus ihr hervor:

»Ich war zuerst hier. Wir können nicht beide bleiben!«

In Irenes Gesicht flackerte ein Lächeln auf und erstarb ebenso rasch wieder. Sie bewegte sich nicht. Und in diesem Augenblick erkannte June, daß unter der Weichheit und Ruhe dieser Frau etwas Verzweifeltes, Entschlossenes lag; etwas, das sich nicht forttreiben ließ, etwas Gefährliches. Sie riß ihren Hut herunter, preßte beide Hände an die Stirn und schob ihr flammendes Haar zurück. »Du hast hier keine Rechte!« rief sie herausfordernd.

Irene antwortete: »Ich habe nirgendwo mehr Rechte –«

»Was soll das heißen?«

»Ich habe Soames verlassen. Das wolltest du doch immer!«

June hielt sich die Ohren zu.

»Nein! Ich will nichts hören – ich will nichts wissen. Gegen dich kommt man nicht an. Warum stehst du so da? Warum gehst du nicht?«

Irenes Lippen bewegten sich; es war, als ob sie sagte: »Wohin soll ich denn gehen?«

June drehte sich zum Fenster. Sie konnte die Uhr unten in der Straße sehen. Es war fast vier. Er konnte jeden Moment kommen! Sie blickte über die Schulter zurück, und ihr Gesicht war vor Wut verzerrt.

Aber Irene hatte sich nicht bewegt; ihre behandschuhten Hände drehten und zupften unablässig den Strauß Veilchen.

Tränen der Wut und Enttäuschung rollten über Junes Gesicht.

»Wie konntest du nur kommen?« sagte sie. »Du bist mir eine falsche Freundin gewesen!«

Wieder lachte Irene. June sah, daß sie die falsche Karte gespielt hatte, und brach zusammen.

»Warum bist du nur gekommen?« schluchzte sie. »Du hast mein Leben zerstört, und jetzt willst du seines auch noch zerstören!«

Irenes Mund zitterte, ihre Augen sahen June so traurig an, daß das Mädchen mitten im Schluchzen »Nein, nein!« rief.

Aber Irene senkte den Kopf tief auf die Brust. Sie drehte sich um und ging rasch hinaus – ihre Lippen verbarg sie hinter dem Veilchenstrauß. June rannte zur Tür. Sie hörte, wie sich die Schritte immer weiter entfernten. Sie rief: »Komm zurück, Irene, komm zurück!«

Die Schritte verklangen.

Verwirrt und unschlüssig stand das Mädchen am Stiegenabsatz. Warum war Irene gegangen und hatte ihr das Feld überlassen? Was bedeutete das? Hatte sie ihn wirklich ihr überlassen? Oder hatte sie –? Nagende Ungewißheit erfaßte sie. Bosinney kam nicht...

Um ungefähr sechs Uhr kam der alte Jolyon an diesem Nachmittag aus der Wistaria Avenue, wo er jetzt fast jeden Tag einige Stunden verbrachte, zurück und fragte, ob seine Enkelin zu Hause wäre. Als er hörte, daß sie eben gekommen war, ließ er sie bitten, herunterzukommen, er habe mit ihr zu sprechen.

Er hatte sich entschlossen, ihr zu sagen, daß er sich mit ihrem Vater ausgesöhnt hatte. Vergangenes sollte in Zukunft vergessen sein. Er wollte nicht länger allein oder fast allein in diesem großen Haus wohnen; er würde es aufgeben und auf dem Land ein Haus für seinen Sohn kaufen, wo sie alle zusammen leben konnten. Wenn June das nicht behagte, dann würde er ihr eine Rente aussetzen, und sie könnte sich allein eine Wohnung nehmen. Es würde ihr kaum etwas ausmachen, denn es war schon lange her, daß sie ihm etwas Zuneigung gezeigt hatte.

Aber als June herunterkam, war ihr Gesicht abgehärmt und mitleiderregend, ihre Augen hatten einen gespannten, tragischen Ausdruck. Sie schmiegte sich wie früher an die Lehne seines Sessels, und was er ihr sagte, war ein armseliger Abklatsch der klaren, gebieterischen Rede, die auch seine verletzten Gefühle zum Ausdruck hätte bringen sollen, und die er mit so viel Sorgfalt vorbereitet hatte. Sein Herz war schwer wie das eines Vogels, dessen Junge auffliegen und sich die Flügel verletzen. Seine Worte kamen stockend, als ob er sich dafür entschuldigen wollte, daß er schließlich doch vom Pfad der Tugend abgewichen sei und allen Prinzipien zum Trotz seinen natürlichen Instinkten freien Lauf gelassen hatte.

Er fürchtete auch, daß er durch diese Ankündigung seiner Absichten seiner Enkelin ein schlechtes Beispiel geben würde; und als er endlich zum Wichtigsten kam – dem Vorschlag, sie könne ja für sich allein leben, wenn ihr die ganze Sache nicht passe –, drückte er dies so zartfühlend aus, wie es ihm nur möglich war.

»Und, mein Liebes, wenn du aus irgendeinem Grund dich nicht mit ihnen vertragen solltest«, sagte er, »dann werde ich alles regeln. Du kannst haben, was du willst. Du könntest dir in London eine kleine Wohnung suchen und dort wohnen, und ich würde dich besuchen kommen. Aber die Kinder«, fuhr er fort, »sind liebe kleine Dinger!« Und dann, mitten in der ernsten, recht durchsichtigen Erklärung seiner Gefühlsänderung blitzten seine Augen plötzlich auf. »Das wird etwas für Timothys schwache Nerven! Dieser Grünschnabel wird ja einiges dazu zu sagen haben, oder ich lass' mich hängen!«

June hatte noch nichts gesagt. Wie sie so auf der Armlehne saß, war ihr Gesicht über ihm, und er konnte ihren Ausdruck nicht sehen; aber plötzlich spürte er ihre warme Wange an der seinen und wußte, daß es zumindest nicht beunruhigend war, wie sie seine Neuigkeiten aufgenommen hatte. Er faßte Mut –

»Dein Vater wird dir gefallen«, sagte er. »Ein liebenswerter Mensch. Niemals sehr energisch, aber man kommt leicht mit ihm aus. Er hat künstlerische Neigungen, und so weiter.«

Und der alte Jolyon dachte an das Dutzend Aquarelle, die er sorgfältig verschlossen in seinem Schlafzimmer bewahrte; jetzt, wo sein Sohn ein reicher Mann sein würde, glaubte er nicht mehr, daß sie so wertlos waren wie bisher.

»Was deine – Stiefmutter anlangt«, sagte er und zögerte etwas, dieses Wort zu verwenden, »sie ist eine kultivierte Frau – ein bißchen larmoyant – vielleicht –, aber sie hat Jo sehr gern. Und die Kinder«, er wiederholte sich, ja dieser Satz lief wie ein Leitmotiv durch die ganze feierliche Rechtfertigung, »sind süße kleine Dinger!«

June konnte nicht wissen, daß diese Worte nur das Wiederaufleben der zärtlichen Liebe zu kleinen Kindern, der Vorliebe für das Junge und Schwache darstellten, der Liebe, die ihn einst seinen Sohn für ihr winziges Ich verlassen hieß, und ihn ihr jetzt, als sich der Kreislauf schloß, wieder wegnahm.

Langsam aber beunruhigte ihn ihr Schweigen, und er fragte ungeduldig: »Nun, was sagst du dazu?«

June glitt zu seinem Knie nieder, und nun begann sie zu sprechen. Sie glaubte, daß alles wunderbar gehen würde; sie sah gar keine Schwierigkeiten, und es war ihr ganz egal, was die Leute dachten.

Der alte Jolyon wand sich etwas. Mmh! Dann würden sich die Leute also etwas denken! Er hatte geglaubt, daß das nach all den Jahren vielleicht doch vorbei wäre! Da konnte man auch nichts machen! Aber trotzdem gefiel ihm die Art nicht, wie seine Enkelin das sagte – sie sollte sich schon darum kümmern, was die Leute sagten!

Und doch sagte er nichts. Seine Gefühle waren zu verworren, zu verschwommen, als daß er sie hätte in Worte fassen können.

Nein – fuhr June fort –, ihr sei es egal, was ging das die anderen an? Da war nur eines... Und als sie ihre Wange an sein Knie preßte, wußte der alte Jolyon sofort, daß das keine Kleinigkeit war. Da er doch ein Haus auf dem Land kaufen wollte, würde er nicht– um ihr Freude zu machen – dieses großartige Haus von Soames am Robin Hill kaufen? Es war fertig, es war wunderbar, und niemand würde jetzt dort hinziehen. Und sie würden dort alle glücklich sein!

Der alte Jolyon wurde sofort hellhörig. Wollte denn der »reiche Mann« nicht in seinem neuen Haus wohnen? Er sprach von Soames nur mehr unter diesem Namen.

Nein – sagte June –, das würde er nicht, das wußte sie ganz genau. Woher wußte sie das?

Das konnte sie ihm nicht sagen, aber sie wußte es. Sie wußte es fast ganz sicher! Es war höchst unwahrscheinlich; die Dinge hatten sich verändert! Irenes Worte klangen noch in ihren Ohren: »Ich habe Soames verlassen! Wohin sollte ich gehen?«

Aber darüber schwieg sie.

Wenn ihr Großvater nur das Haus kaufen und diese gräßliche Forderung bereinigen würde, die niemals an Phil hätte gestellt werden dürfen! Es wäre das allerbeste für alle, und alles – alles könnte noch gut werden!

Und June drückte ihre Lippen auf seine Stirn und küßte ihn.

Aber der alte Jolyon befreite sich aus ihren Liebkosungen; sein Gesicht hatte den kritischen Ausdruck angenommen, den es immer trug, wenn er Geschäftliches überlegte. Er fragte, was sie damit sagen wollte? Da steckte doch etwas dahinter – hatte sie Bosinney gesprochen?

June antwortete: »Nein; aber ich war in seiner Wohnung.«

»In seiner Wohnung? Mit wem?«

June sah ihn gerade an. »Ich war allein dort. Er hat den Prozeß verloren. Es ist mir egal, ob es richtig oder falsch war. Ich will ihm helfen, und ich werde es!«

Wieder fragte der alte Jolyon: »Hast du ihn gesehen?« Seine Augen schienen direkt durch die Augen des Mädchens in ihre Seele zu dringen. Und wieder antwortete June: »Nein, er war nicht dort. Ich habe gewartet, aber er ist nicht gekommen.«

Der alte Jolyon machte eine erleichterte Bewegung. Sie hatte sich erhoben und sah auf ihn herab; so schmal, so klein und jung, aber so bestimmt und entschlossen. Obwohl er verstört und verärgert war, konnte er diesen entschlossenen Blick durch seinen finsteren Gesichtsausdruck nicht vertreiben. Das Gefühl, daß er geschlagen war, daß ihm die Zügel aus der Hand geglitten waren, daß er alt und müde war, überwältigte ihn.

»Ah«, sagte er endlich, »eines Tages wirst du dich in die Nesseln setzen, das sehe ich schon. Du willst immer deinen eigenen Willen durchsetzen.«

Und als Nachsatz fügte er in einer seiner seltsamen philosophischen Anwandlungen hinzu: »So bist du geboren und so wirst du bleiben, bis zu deinem Ende!«

Und er, der in allen seinen Verhandlungen mit anderen Geschäftsleuten, mit Aufsichtsräten, mit Forsytes aller Arten, und auch mit allen, die keine Forsytes waren, immer seinen Willen durchgesetzt hatte, sah diese unbezähmbare Enkelin traurig an – denn in ihr spürte er eine Eigenschaft, die er vor allen anderen unbewußt bewunderte.

»Weißt du, was angeblich vor sich geht?« fragte er langsam.

June wurde feuerrot.

»Ja – nein. Ich weiß es – und ich weiß es nicht –, und es ist mir auch egal!« Sie stampfte mit dem Fuß auf.

»Ich glaube«, sagte der alte Jolyon und ließ den Blick sinken, »du würdest ihn auch noch als Toten wollen!«

Lange schwiegen sie, bevor er wieder sprach.

»Aber was den Kauf dieses Hauses betrifft – du weißt nicht, was du da sagst!«

June antwortete, daß sie das sehr wohl wisse. Sie wisse, daß er es bekommen könnte, wenn er wollte. Er müßte nur zahlen, was es gekostet hatte.

»Was es gekostet hat! Du weißt ja nichts darüber. Ich werde nicht zu Soames gehen – mit diesem jungen Mann will ich nichts mehr zu tun haben.«

»Das mußt du ja auch nicht; du kannst doch zu Onkel James gehen. Wenn du das Haus schon nicht kaufst, begleichst du dann die Forderung? Ich weiß, daß es ihm finanziell sehr schlecht geht – ich habe es gesehen. Du kannst es von meinem Geld abziehen!«

Der alte Jolyon zwinkerte sie an.

»Von deinem Geld abziehen! Das ist ja hübsch! Und kannst du mir bitte sagen, was du ohne Geld tust?«

Aber insgeheim hatte die Idee, James und seinem Sohn das Haus abzujagen, schon von ihm Besitz ergriffen. Er hatte auf der Forsytebörse viele Urteile, viel zweifelhaftes Lob über dieses Haus gehört. Es war zu »künstlerisch«, aber doch schön. Dem »reichen Mann« das zu nehmen, woran er sein Herz gehängt hatte, würde den endgültigen Triumph über James bedeuten, den praktischen Beweis erbringen, daß er aus Jo einen reichen Mann machen und ihn wieder in die Stellung einsetzen würde, die ihm gebührte, und ihm diesen Platz auch sichern würde. Eine gerechte Rache an all jenen, die sich angemaßt hatten, seinen Sohn als armen, mittellosen Ausgestoßenen zu behandeln.

Er würde darüber nachdenken! Vielleicht kam es gar nicht in Frage; einen Phantasiepreis würde er nicht bezahlen, aber wenn es durchführbar war, nun, dann vielleicht doch!

Und ganz tief im Inneren wußte er, daß er ihr kaum widerstehen konnte.

Aber er legte sich noch nicht fest. Er würde es sich überlegen, sagte er zu June.

8

Bosinneys Ende

Der alte Jolyon war kein Mann rascher Entschlüsse; wahrscheinlich hätte er sich den Ankauf des Hauses am Robin Hill noch gründlich überlegt, hätte ihm nicht Junes Gesicht gesagt, daß er keinen Frieden haben würde, bevor er nicht gehandelt hatte.

Beim Frühstück am nächsten Morgen fragte sie ihn, für wieviel Uhr sie den Wagen bestellen sollte.

»Den Wagen?« fragte er und versuchte, unschuldig dreinzusehen.

»Wozu? Ich fahre doch nicht aus!«

Sie antwortete: »Wenn du nicht zeitig aufbrichst, erreichst du Onkel James nicht mehr, bevor er ins Büro fährt.« – »James! Was ist mit deinem Onkel James?«

»Das Haus«, antwortete sie mit einer Betonung, daß er es aufgab, den Unwissenden zu spielen.

»Ich habe mich noch nicht entschlossen«, sagte er.

»Du mußt! Du mußt! Oh, Großvater, denk doch an mich!«

Der alte Jolyon brummte sie an: »An dich denken – ich denke immer an dich, aber du denkst nicht an dich selbst; du denkst nicht daran, worauf du dich da einläßt. Also gut, bestelle den Wagen für zehn Uhr!« Um Viertel nach zehn steckte er seinen Schirm in den Schirmständer des Hauses in der Park Lane – Mantel und Hut wollte er anbehalten; er sagte Warmson, daß er seinen Herrn sprechen wollte, ging unangemeldet in die Bibliothek und setzte sich.

James sprach noch im Eßzimmer mit Soames, der vor dem Frühstück wieder herübergekommen war. Als er hörte, wer der Besucher war, murmelte er aufgeregt: »Was will er denn?«

Dann stand er auf.

»Und du«, sagte er zu Soames, »überhaste nichts. Als erstes mußt du herausfinden, wo sie sich befindet – ich würde deshalb zu Stainer gehen; er hat die besten Leute, und wenn die sie nicht finden können, dann kann es niemand.« Plötzlich ergriff ihn ein seltsames Gefühl des Mitleids, und er murmelte in sich hinein: »Armes kleines Ding! Ich kann mir nicht vorstellen, was sie eigentlich will!« Und im Hinausgehen schneuzte er sich.

Der alte Jolyon stand nicht auf, als er seinen Bruder sah, aber er streckte ihm die Hand entgegen und schüttelte ihm in typisch Forsytescher Manier die Hand.

James setzte sich ebenfalls zum Tisch und stützte den Kopf in die Hand. »Wie geht es dir? Wir sehen dich in der letzten Zeit ja kaum!«

Der alte Jolyon beachtete diese Bemerkung gar nicht.

»Wie geht es Emily?« fragte er; und ohne auf Antwort zu warten, fuhr er fort: »Ich möchte mit dir wegen dieser Geschichte mit dem jungen Bosinney sprechen. Man sagt, daß das Haus jetzt ungenützt ist.«

»Davon weiß ich nichts«, sagte James, »ich weiß nur, daß er den Prozeß verloren hat und wahrscheinlich bankrott gehen wird.«

Der alte Jolyon erfaßte die Möglichkeit, die sich ihm hier bot, sofort.

»Das sollte mich auch nicht wundern!« stimmte er James zu; »und wenn er bankrott geht, dann verliert der ›reiche Mann‹ – das heißt Soames – auch dabei. Woran ich also gedacht habe, ist das: Wenn er nicht dort wohnen wird –«

Er sah in James' Gesicht Überraschung und Mißtrauen aufsteigen und fuhr rasch fort: »Ich will von nichts wissen, ich vermute, daß Irene nein gesagt hat – das interessiert mich nicht. Aber ich denke daran, für mich ein Haus auf dem Land zu kaufen, nicht zu weit von London entfernt, und wenn es mir zusagt, könnte ich es mir eventuell – zu einem vernünftigen Preis – überlegen.«

James hörte dieser Rede mit einer seltsamen Mischung von Zweifel, Mißtrauen und Erleichterung zu, in die sich die Angst mischte, daß noch etwas anderes dahintersteckte, in der aber auch die Reste seines früheren Vertrauens in das scharfe Urteil und die Aufrichtigkeit seines Bruders hineinspielten. Es beunruhigte ihn, nicht zu wissen, was der alte Jolyon vielleicht gehört und wie er es gehört hatte; andererseits erwachte aber auch eine schwache Hoffnung, daß der alte Jolyon kaum dem jungen Burschen helfen würde, wenn dessen Verbindung mit June ganz zu Ende wäre. Im großen und ganzen aber war er verwirrt; und da er das nicht zeigen und sich auch nicht festlegen wollte, sagte er: »Man hat mir erzählt, daß du dein Testament zugunsten deines Sohnes änderst?«

Man hatte es ihm nicht erzählt; er hatte nur darauf geschlossen, da er seinen Bruder mit seinem Sohn und seinen Enkeln gesehen, und der alte Jolyon sein Testament von Forsyte, Bustard und Forsyte geholt hatte. Der Hieb saß.

»Wer hat dir das gesagt?« fragte der alte Jolyon.

»Nun, das weiß ich wirklich nicht mehr«, sagte James. »Ich habe ein so schlechtes Namensgedächtnis – ich weiß nur, daß es mir irgendwer gesagt hat. Soames hat für dieses Haus viel Geld ausgegeben; er wird es kaum verkaufen, wenn er nicht einen sehr guten Preis erhält.«

»Wenn er glaubt«, sagte der alte Jolyon, »daß ich ihm einen Phantasiepreis zahle, dann irrt er sich. Ich kann es mir nicht leisten, das Geld so hinauszuwerfen, wie er es anscheinend kann. Soll er es doch versteigern lassen und sehen, was er dafür bekommt! Es ist ja nicht gerade ein Haus für jeden Geschmack, wie man hört!«

James, der insgeheim diese Meinung teilte, antwortete: »Es ist das Haus eines Gentleman; Soames ist gerade da, wenn du mit ihm sprechen willst.«

»Nein«, sagte der alte Jolyon, »so weit bin ich noch nicht, und ich werde auch kaum weitergehen, wenn man mir so entgegentritt!«

James war etwas eingeschüchtert; sobald eine geschäftliche Sache so weit gediehen war, daß man in konkreten Zahlen sprach, war er in seinem Element, denn dann hatte er mit Tatsachen, nicht aber mit Menschen zu tun. Vorverhandlungen wie diese jedoch machten ihn nervös; und er wußte nie ganz genau, wie weit er gehen konnte.

»Ja«, sagte er, »ich weiß ja nichts davon. Soames erzählt mir nichts; ich glaube aber, er wird einverstanden sein – es kommt auf den Preis an.«

»Oh«, sagte der alte Jolyon, »er soll nur nicht glauben, daß er mir einen Gefallen tut!« Beleidigt setzte er seinen Hut auf.

Die Tür ging auf, und Soames kam herein.

»Draußen steht ein Polizist«, sagte er mit seinem halben Lächeln. »Er fragt nach Onkel Jolyon.«

Der alte Jolyon sah ihn ärgerlich an, und James sagte: »Ein Polizist? Ich weiß nichts von einem Polizisten. Aber du wahrscheinlich schon«, fuhr er mit seinem mißtrauischen Blick auf den alten Jolyon fort. »Sprich doch besser mit ihm!«

In der Halle stand ein Polizeiinspektor und betrachtete mit blaßblauen Augen gleichgültig die schönen altenglischen Möbel, die James bei der berühmten Mavrojano-Auktion am Portman Square erworben hatte.

»Mein Bruder ist dort drinnen«, sagte James.

Der Inspektor hob seine Finger respektvoll an den Rand des Helmes und ging in das Arbeitszimmer.

James blickte ihm nach, und ein sonderbares Gefühl erfaßte ihn.

»Ich denke«, sagte er zu Soames, »daß wir warten sollten, bis wir erfahren, warum er gekommen ist. Dein Onkel ist wegen des Hauses dagewesen!«

Er ging mit Soames ins Eßzimmer zurück, aber er fand keine Ruhe. – »Was will er bloß?« murmelte er wieder.

»Wer?« fragte Soames. »Der Inspektor? Soviel ich weiß, haben sie ihn von Stanhope Gate hergeschickt. Wahrscheinlich hat Onkel Jolyons ›Nonkonformist‹ etwas gestohlen.«

Aber trotz seiner äußeren Ruhe war auch ihm unbehaglich zumute. Nach zehn Minuten kam der alte Jolyon herein.

Er ging bis zum Tisch und blieb dort schweigend stehen; er zog nur an seinem langen weißen Schnurrbart. James starrte ihn mit geöffnetem Mund an; noch nie hatte er seinen Bruder so wie jetzt gesehen.

Der alte Jolyon hob die Hand und sagte langsam:

»Der junge Bosinney wurde im Nebel überfahren und getötet.«

Er richtete sich hoch auf und sah mit seinen tiefliegenden Augen auf seinen Bruder und seinen Neffen hinunter. »Man – spricht – von – Selbstmord«, sagte er.

James blieb der Mund offen. »Selbstmord! Warum sollte er Selbstmord begehen?«

Der alte Jolyon antwortete streng: »Das weiß nur Gott, wenn nicht du und dein Sohn!«

Aber James antwortete nicht.

Das Leben bringt allen sehr alten Menschen bittere Erfahrungen, sogar allen Forsytes. Wer sie nur zufällig sieht, im Schutz ihrer vertrauten Umwelt, ihres Reichtums, ihrer Bequemlichkeit, würde niemals vermuten, daß auch auf ihren Weg schwarze Schatten gefallen sind. Jeder alte Mensch – sogar Sir Walter Bentham selbst – hat zumindest einmal mit der Idee des Selbstmords gespielt; der Gedanke wartete im Vorhof seiner Seele, an der Schwelle, bereit, in sie einzudringen, wurde aber durch einen Zufall, eine vage Angst, eine schmerzliche Hoffnung wieder aus dem tiefsten Inneren verdrängt. Einem Forsyte fällt die endgültige Aufgabe seines Besitzes sehr schwer. Oh, wie schwer! Nur selten – vielleicht niemals – bringen sie das zustande; und doch waren sie diesem Ende manchmal so nahe.

Sogar James! Aber plötzlich brach er aus dem Wust seiner Gedanken aus: »Ja, ich habe darüber gestern in der Zeitung gelesen: Im Nebel überfahren! Man wußte nicht, wer er war!« In seiner Verwirrung wandte er sich von einem zum anderen; aber instinktiv verwarf er bereits die Idee des Selbstmordes. Einen derartigen Gedanken, der seinen Interessen, den Interessen seines Sohnes, ja aller Forsytes so zuwider war, wagte er gar nicht durchzudenken. Er kämpfte dagegen an; es lag in seiner Natur, unbewußt alles abzulehnen, was er nicht mit Sicherheit annehmen konnte, und so besiegte er schrittweise seine Angst. Es war ein Unfall! Es mußte ein Unfall sein!

Der alte Jolyon unterbrach seine Gedanken.

»Er war auf der Stelle tot. Die Leiche lag den ganzen gestrigen Tag im Krankenhaus. Er hatte nichts bei sich, wodurch sie ihn identifizieren konnten. Ich fahre jetzt hin; es wäre gut, wenn ihr – du und dein Sohn – auch mitkämt.«

Keiner widersprach diesem Befehl, und er ging ihnen voraus aus dem Zimmer.

Es war ein ruhiger, klarer, heller Tag, und als der alte Jolyon von Stanhope Gate in die Park Lane gefahren war, hatte er das Verdeck des Wagens herunterschlagen lassen.

Als er sich in die üppige Polsterung lehnte und seine Zigarre fertigrauchte, hatte er mit Vergnügen die kühle, frische Luft in sich aufgesogen, hatte das Gewirr von Menschen und Wagen betrachtet; die fremdartige, fast pariserische Munterkeit, die am ersten Tag nach ein paar verregneten oder nebligen Tagen die Straßen Londons erfüllt. Und er war so froh gewesen; so hatte er sich schon monatelang nicht gefühlt. Er brauchte sich nicht länger vor der Unterredung mit June zu fürchten; vor ihm lag die Aussicht auf die Gesellschaft seines Sohnes und vor allem die seiner Enkelkinder (er hatte sich für diesen Morgen mit seinem Sohn im Hotch Potch verabredet, um die Sache nochmals zu besprechen); und dazu sah er der vor ihm liegenden Unterredung, dem kommenden Sieg über James und den »reichen Mann« in der Sache des Hauses mit einem Gefühl angenehmer Erregung entgegen.

Jetzt ließ er den Wagen schließen; er konnte nicht mehr auf fröhliche Menschen schauen; und es schickte sich auch nicht, daß man einen Forsyte zusammen mit einem Polizisten im Wagen sah.

Im Wagen begann der Inspektor wieder über den Fall zu sprechen:

»Der Nebel war an der Stelle nicht ganz so dicht. Der Kutscher sagt, daß der Herr gewußt haben muß, was er tat, anscheinend ist er ihm direkt hineingelaufen. Es ging ihm offensichtlich ziemlich schlecht, wir haben in seiner Wohnung verschiedene Pfandscheine gefunden, sein Konto ist überzogen, und in der heutigen Zeitung schreiben sie über den Prozeß.« Seine kalten blauen Augen glitten über die Gesichter der drei Forsytes, die mit ihm im Wagen saßen.

Der alte Jolyon sah aus seiner Ecke, wie sich das Gesicht seines Bruders veränderte und sich der nachdenkliche, sorgenvolle Ausdruck vertiefte. Bei den Worten des Inspektors waren alle Zweifel und Ängste, die James gehabt hatte, wieder aufgelebt. Finanzielle Notlage – Pfandscheine – überzogenes Konto! Sein ganzes Leben lang waren ihm diese Worte ein in düsteren Fernen drohender Alptraum gewesen, der hier den Verdacht des Selbstmordes, den man auf keinen Fall in Betracht ziehen durfte, unheimlich lebendig werden ließ. Er versuchte, einen Blick seines Sohnes zu erhaschen; aber Soames saß mit schmalen Augen, schweigend, unbeweglich da und reagierte nicht. Der alte Jolyon, der die Eintracht zwischen Vater und Sohn mit scharfem Auge erkannte, sehnte sich heftig danach, seinen eigenen Sohn an seiner Seite zu haben, fast als ob diese Fahrt zu der Leiche einer Schlacht gleichkam, die er sonst allein ausfechten mußte. In seinem Kopf drehten sich die Gedanken unaufhörlich um die Frage, wie er Junes Name aus dieser Sache heraushalten könnte. James hatte seinen Sohn, der ihn unterstützte! Warum sollte er nicht nach Jo schicken?

Er nahm seine Brieftasche heraus und schrieb die folgende Nachricht auf eine Visitenkarte:

»Komm bitte sofort. Ich habe dir den Wagen geschickt.«

Als er ausstieg, gab er dem Kutscher die Karte und befahl ihm, so rasch wie möglich zum Hotch Potch zu fahren; wenn Mr. Jolyon Forsyte schon dort sei, sollte er ihm die Karte geben und ihn sofort herbringen. Wenn nicht, sollte er auf ihn warten.

Langsam stieg er hinter den anderen die Stufen hinauf, lehnte sich auf seinen Schirm und blieb einen Augenblick stehen, um Luft zu holen. Der Inspektor sagte: »Da ist die Leichenkammer. Aber lassen Sie sich Zeit.«

In dem leeren, weißgekalkten Raum, in dem nur ein schmaler Sonnenstrahl den blankgescheuerten Boden streifte, lag eine von einem Laken bedeckte Gestalt. Der Inspektor schlug das Laken zurück. Blind starrte sie das Gesicht des Toten an, und um dieses herausfordernde, blinde Gesicht standen die drei Forsytes und sahen darauf nieder; und es drängten sich ihnen geheime Gefühle auf – Angst, Mitgefühl mit der menschlichen Natur –, kamen und versanken wie die ewig flutenden Wogen des Lebens, von denen diese weißgekalkten Wände Bosinney nun für immer trennten. Und jeder von ihnen hing anderen Gedanken nach, jeder nach seiner Veranlagung, nach dem seltsamen inneren Drang, ein wenig anders – unabänderlich anders – zu sein als alle anderen Menschen. Dicht beisammen, doch jeder weit vom anderen entfernt, standen sie da, allein mit dem Tod, schweigend, gesenkten Hauptes. Weit von den anderen, und doch wieder unerforschlich nahe standen sie nebeneinander, allein mit dem Tod, schweigend, mit gesenkten Augen.

Leise fragte der Inspektor:

»Identifizieren Sie diesen Mann?«

Der alte Jolyon hob den Kopf und nickte. Er sah seinen Bruder ihm gegenüber stehen, sah die hohe, magere Gestalt mit dem roten Gesicht und den gequälten grauen Augen über den Toten geneigt; und sah Soames, der weiß und schweigend neben seinem Vater stand. Und alles, was er diesen beiden vorgeworfen hatte, war in der unendlichen Gegenwart des Todes wie Rauch verflogen. Woher kommt er, wohin geht er – der Tod? Plötzliche Umkehrung all dessen, was vorher war; blinder Aufbruch auf einem Weg, der – wohin? – führt; dunkles Verlöschen des Feuers. Brutale Zerstörung, der alle Menschen anheimfallen. Das Haupt erhoben zu tragen, mit klarem Blick den letzten Weg zu gehen – darauf kam es an, mochten sie noch so klein, so unbedeutend, Insekten gleich sein. – Und über das Gesicht des alten Jolyon huschte ein Leuchten, denn Soames hatte dem Inspektor etwas zugeflüstert und sich lautlos weggeschlichen.

Dann hob James plötzlich die Augen. Fast bittend schien der verstörte, mißtrauische Blick zu sagen: »Ich weiß, daß ich dir nicht gewachsen bin.« Er suchte nach einem Taschentuch und wischte sich die Stirn; dann beugte er sich traurig und müde über den Toten, drehte sich um und eilte hinaus.

Still wie der Tod stand der alte Jolyon und starrte die Leiche an. Wer weiß, woran er dachte? An sich, als sein Haar noch braun wie das des jungen Mannes vor ihm gewesen war? An sich, als er den Lebenskampf gerade begonnen hatte, den langen, langen Kampf, den er so liebte; den Kampf, der für diesen jungen Mann schon vorbei war, bevor er noch richtig begonnen hatte? An seine Enkelin und ihre zerbrochenen Hoffnungen? An diese andere Frau? Daran, wie sonderbar, wie jammervoll das alles war? An die bittere, unerforschliche Ironie dieses Endes? Gerechtigkeit! Es gab keine Gerechtigkeit für die Menschen, denn sie blieben immer im Dunkeln.

Oder vielleicht hatte er eine philosophische Anwandlung und überlegte: Besser, aus allem heraus zu sein! Besser, es hinter sich zu haben, wie dieser arme Mensch da...

Jemand berührte seinen Arm.

Eine Träne stieg ihm in die Augen und blieb an den Wimpern hängen. »Ich kann hier nichts mehr tun«, sagte er. »Ich gehe lieber. Komm zu mir, sobald du kannst, Jo«, und mit gesenktem Kopf ging er fort.

Nun war es am jungen Jolyon, zu dem Toten hinzutreten, um dessen gefällten Körper er alle Forsytes auf dem Boden liegen sah, nach Atem ringend, zerstört. Der Schlag war zu rasch gefallen.

Die Mächte, die jeder Tragödie zugrunde liegen – Mächte, die man nicht wegleugnen kann, die sich allen Widerständen zum Trotz bis zum bitteren Ende fortbewegen, hatten sich nun mit einem Donnerschlag vereinigt, das Opfer ausgespien, und alle, die mit ihm verbunden gewesen waren, zu Boden geworfen.

So zumindest sah sie der junge Jolyon um Bosinneys Leiche liegen. Er bat den Inspektor, ihm zu erzählen, was geschehen war, und dieser, wie ein Mensch, der eine solche Gelegenheit nicht jeden Tag findet, erzählte ihm nochmals genau, was er wußte.

»An dem Fall ist mehr dran, Sir«, sagte er, »als es den Anschein hat. Ich glaube nicht an Selbstmord, aber auch nicht an einen gewöhnlichen Unfall. Ich glaube viel eher, daß er unter einer großen Anspannung stand und gar nicht bemerkte, was um ihn vorging. Vielleicht können Sie mir über diese Dinge Auskunft geben.«

Er nahm ein kleines Paket aus seiner Tasche und legte es auf den Tisch. Er knüpfte es sorgfältig auf und nahm ein Damentaschentuch heraus, das mit einer Nadel aus Altgold zusammengesteckt war; der Stein war aus der Fassung gefallen. Ein Duft von vertrockneten Veilchen stieg davon auf.

»Das wurde in seiner Brusttasche gefunden«, sagte der Inspektor; »der Name war weggeschnitten.«

Nur mit Überwindung antwortete der junge Jolyon: »Da kann ich Ihnen leider nicht helfen!« Aber vor seinen Augen stieg die lebhafte Erinnerung an das Gesicht auf, das bei Bosinneys Kommen so zitternd und freudig aufgeleuchtet hatte. An sie dachte er mehr als an seine eigene Tochter, mehr als an alle anderen – an sie, mit ihren dunklen, weichen Augen, mit dem zarten, passiven Gesicht, sie, die auf den toten Mann wartete, vielleicht sogar gerade in diesem Augenblick still und geduldig wartend draußen in der Sonne saß.

Traurig ging er vom Hospital zum Haus seines Vaters und dachte daran, daß dieser Tod die Familie auseinanderreißen würde. Dieser Stoß war wirklich durch ihre harte Schale bis tief ins Herz gedrungen! Nach außenhin würden sie vielleicht wie früher blühen und gedeihen, vor den Augen der Stadt die Fassade wahren, aber der Stamm war tot, verbrannt von demselben Blitz, der Bosinney niedergestreckt hatte. Nun war die Zeit der jungen Triebe gekommen, die seinen Platz einnehmen würden, jeder einzelne ein neuer Hüter des Sinns für Besitz. Ein guter Wald von Forsytes, dachte der junge Jolyon, das beste Holz im Land!

Was die Ursache dieses Todesfalls anlangte – nun, die Familie würde auf jeden Fall den kompromittierenden Verdacht des Selbstmordes mit aller Kraft zurückweisen! Man würde es als Unfall darstellen, als Schicksalsschlag. Tief im Herzen würden sie es vielleicht sogar als Eingreifen der Vorsehung betrachten, als Vergeltung – hatte denn Bosinney nicht ihre beiden wertvollsten Besitztümer, Geld und Heim, in Gefahr gebracht? Und man würde vom

»unglückseligen Unfall des jungen Bosinney« sprechen, aber vielleicht würden sie gar nichts sagen – Schweigen wäre noch besser!

Er selbst hielt die Schilderung des Buslenkers über den Hergang des Unfalls für ziemlich nichtssagend. Niemand, der so wahnsinnig verliebt war, beging wegen finanzieller Sorgen Selbstmord; auch war Bosinney nicht der Mann gewesen, den Geldmangel sehr bedrückte. Und so verwarf auch er die Selbstmordtheorie, das Gesicht des Toten stand zu klar vor seinen Augen. Dahingegangen im Zenit des Lebens! Und glauben zu müssen, daß ein Unfall Bosinneys Leben in der Blüte seiner Leidenschaft zerstört hatte, erschien dem jungen Jolyon noch schrecklicher. Und dann stellte er sich Soames' Heim vor, wie es jetzt war, wie es fortan sein würde. Ein Blitz hatte mit seinem unheimlichen Strahl das grinsende Skelett erhellt, von dem das umhüllende Fleisch abgefallen war...

Im Eßzimmer in Stanhope Gate saß der alte Jolyon allein, als sein Sohn hereinkam. In seinem großen Lehnstuhl sah er sehr blaß aus. Wie seine Augen an den Wänden mit den Stilleben und dem Meisterwerk »Holländische Fischerboote im Sonnenuntergang« entlangglitten, schien es, als überblickte er sein ganzes Leben mit allen Hoffnungen, Gewinnen, Errungenschaften.

»Ah, Jo!« sagte er. »Du bist es? Ich habe es der armen kleinen June schon gesagt. Aber das ist nicht alles. Gehst du zu Soames hinüber? Sie ist zwar meiner Meinung nach selbst schuld daran, aber irgendwie kann ich es nicht ertragen, daran zu denken, daß sie dort eingesperrt sitzt – und ganz allein.« Er streckte seine dünne, geäderte Hand in die Höhe und ballte sie zur Faust.

9

Irenes Rückkehr

Nachdem Soames James und den alten Jolyon in der Leichenkammer zurückgelassen hatte, irrte er ziellos durch die Straßen.

Dieses tragische Ereignis, der Tod Bosinneys, änderte natürlich alles. Er wurde nicht länger von dem Gefühl bedrückt, daß es verhängnisvoll wäre, auch nur eine Minute zu verlieren; er würde auch nicht das Risiko eingehen und irgendwem von der Flucht seiner Frau erzählen, bevor die gerichtliche Untersuchung vorbei war.

An diesem Morgen war er zeitig aufgestanden, noch bevor der Briefträger kam, hatte die Briefe selbst aus dem Korb genommen, und obwohl kein Brief von Irene dabeigewesen war, hatte er die Gelegenheit benützt und Bilson gesagt, daß die gnädige Frau ans Meer gefahren sei; wahrscheinlich würde er selbst von Samstag bis Montag hinfahren. Das hatte ihm etwas Luft gelassen, die Zeit, nichts unversucht zu lassen, sie zu finden.

Aber jetzt, wo er durch Bosinneys Tod der Möglichkeit beraubt war, etwas zu unternehmen – diesen seltsamen Tod, der, sooft er daran dachte, in ihm das Gefühl erweckte, daß man ihm ein glühendes Eisen ins Herz stieß, daß sie eine große Last von seiner Seele hob –, jetzt wußte er nicht, wie er den Tag verbringen sollte; er wanderte ziellos durch die Straßen, sah forschend in jedes Gesicht und wurde von hundert Ängsten verzehrt. Und als er so dahinging, dachte er an den, der seine Wanderung, sein Umherstreifen beendet hatte und niemals mehr sein Haus heimsuchen würde. Schon am Nachmittag hatte er die Schlagzeilen der Zeitungen gelesen, auf denen von der Identifizierung des Toten berichtet wurde, und er kaufte die Zeitungen, um zu sehen, was sie schrieben. Wenn er könnte, würde er ihnen die Mäuler stopfen, und er ging in die City und beriet sich lange mit Boulter.

Auf dem Heimweg, als er um halb fünf an den Stufen von Jobson's vorbeikam, traf er George Forsyte, der ihm eine Abendzeitung entgegenhielt und fragte:

»Da! Hast du das über den armen Freibeuter gesehen?«

Steinern antwortete Soames: »Ja.«

George starrte ihn an. Er hatte Soames nie gemocht; jetzt gab er ihm die Schuld an Bosinneys Tod. Er hatte ihn in den Tod getrieben durch jene Tat, mit der er seine Besitzrechte geltend gemacht hatte und die den Freibeuter an dem entscheidenden Nachmittag zu seinem Amoklauf getrieben hatte.

»Der arme Kerl«, dachte er, »war so verrückt vor Eifersucht und Rachsucht, daß er den Bus in diesem teuflischen Nebel gar nicht gehört hat.« Soames war schuld daran! Und das konnte man in Georges Augen lesen.

»Sie sprechen hier von Selbstmord«, sagte er schließlich. »Das hält sich nicht lang!«

Soames schüttelte den Kopf. »Ein Unfall«, murmelte er.

George zerknitterte die Zeitung in seiner Hand und stopfte sie in die Tasche. Er konnte es sich nicht verkneifen, Soames beim Abschied eins auszuwischen.

»Mmh! Alles in Ordnung zu Hause? Schon ein kleiner Soames unterwegs?«

Das Gesicht so weiß wie die Stufen von Jobson's, die Oberlippe wie zu einem Fauchen zurückgezogen, stieß ihn Soames beiseite und war verschwunden.

Als er sein Haus erreichte und die Tür zu der kleinen, beleuchteten Halle aufgesperrt hatte, war das erste, worauf sein Blick fiel, der goldgefaßte Schirm seiner Frau, der auf der Truhe lag. Er riß den Pelzmantel herunter und eilte in den Salon.

Die Vorhänge waren schon zugezogen, ein helles Feuer aus Zedernholz brannte im Kamin, und in seinem Schein sah er Irene, die in ihrer gewohnten Ecke auf dem Sofa saß. Leise schloß er die Tür und ging auf sie zu. Sie bewegte sich nicht, schien ihn nicht zu sehen.

»Du bist also zurückgekommen?« sagte er. »Warum sitzt du hier im Dunkeln?«

Dann erst sah er ihr Gesicht, so weiß und bewegungslos, daß es schien, als ob kein Blut mehr in ihren Adern flösse; und ihre Augen waren riesengroß wie die großen, braunen, entsetzten Augen einer Eule.

Wie sie so in ihrem grauen Pelz zusammengekauert gegen die Sofakissen lehnte, hatte sie eine seltsame Ähnlichkeit mit einer gefangenen Eule, die ihre weichen Federn gegen die Stäbe des Käfigs drückt. Die biegsame Geschmeidigkeit ihres Körpers war verschwunden, als ob sie durch grausame Mißhandlungen gebrochen worden wäre; als ob es keinen Grund gäbe, noch länger schön, geschmeidig, aufrecht zu sein. »Du bist also zurückgekommen«, wiederholte er.

Sie sah nicht auf, sie sprach nicht mit ihm, und der Schein des Feuers flackerte über ihre bewegungslose Gestalt.

Plötzlich versuchte sie aufzustehen, aber er hielt sie zurück; und dann erst verstand er.

Sie war wie ein zu Tode verwundetes Tier zurückgekommen, sie wußte nicht, wo sie sich hinwenden sollte, wußte nicht, was sie tat. Der Anblick ihrer zusammengekauerten Gestalt in dem grauen Pelz war genug.

Er war jetzt sicher, daß Bosinney ihr Geliebter gewesen war; wußte, daß sie die Nachricht von seinem Tod gesehen hatte – vielleicht, wie er selbst, eine Zeitung an einer zugigen Straßenecke gekauft und sie gelesen hatte.

Sie war also aus eigenem zurückgekommen, in den Käfig, aus dem sie sich fortgesehnt hatte – und als ihm die ganze entsetzliche Bedeutung dessen klar wurde, sehnte er sich danach, ihr zuzurufen: »Fort mit deinem verhaßten Körper, den ich so liebe, fort aus meinem Haus! Fort mit diesem bejammernswerten weißen Gesicht, das so grausam und so sanft ist – bevor ich es zertrete! Fort mit dir; ich will dich nie mehr sehen!«

Und nach diesen unausgesprochenen Worten schien sie sich plötzlich zu erheben und wie eine Frau in einem

Alptraum, aus dem zu erwachen sie sich bemühte, fortzugehen in die Dunkelheit und Kälte, ohne einen Gedanken an ihn zu verschwenden, ohne sich überhaupt seiner Gegenwart bewußt geworden zu sein.

Da rief er laut, dem widersprechend, was er nicht ausgesprochen hatte: »Nein, bleib hier!« Er wandte sich von ihr ab und setzte sich in den gewohnten Sessel auf der anderen Seite des Kamins.

So saßen sie schweigend.

Und Soames dachte: »Warum geschieht das alles? Warum muß ich so leiden? Was habe ich getan? Es ist nicht meine Schuld!«

Wieder sah er sie an, die wie ein angeschossener, sterbender Vogel dasaß, dessen Brust sich krampfhaft hebt und senkt, wenn er nach Luft ringt, dessen arme Augen dich, der du ihn erschossen hast, ansehen, langsam, sanft, leer, der Abschied nimmt von allem Schönen – der Sonne, der Luft, dem Gefährten.

So saßen sie schweigend, jeder auf seiner Seite, beim Feuer.

Und der Rauch der brennenden Zedernscheite, den er so liebte, schien Soames die Kehle zuzuschnüren, bis er es nicht länger ertragen konnte. Er ging in die Halle, riß die Tür weit auf und trank die kalte Luft, die hereinströmte, in vollen Zügen; dann ging er ohne Hut und Mantel auf den Platz hinaus.

Entlang der Umzäunung des kleinen Parks schlich eine halbverhungerte Katze auf ihn zu, und Soames dachte: »Leiden! Wann wird mein Leiden zu Ende sein?«

An der Eingangstür eines Hauses auf der anderen Seite des Platzes streifte sich ein Mann, den er flüchtig kannte – er hieß Rutter – die Schuhe ab, in selbstbewußter Haltung, als wollte er sagen: »Hier bin ich der Herr.«

Von weit her klangen über dem Verkehrslärm die Glokken der Kirche, in der er und Irene geheiratet hatten – man probte für die Weihnachtszeit. Er sehnte sich nach einem scharfen Schluck, der ihn abstumpfen oder zur Wut reizen sollte. Wenn er nur aus sich herausgehen könnte, aus diesem Netz entkommen, das er zum ersten Mal in seinem Leben um sich gezogen fühlte. Wenn er sich nur dem Gedanken hingeben könnte: »Laß dich scheiden – wirf sie hinaus! Sie hat dich vergessen. Vergiß du sie auch!«

Wenn er sich nur zu dem Gedanken durchringen könnte: »Laß sie gehen – sie hat genug gelitten!«

Wenn er sich nur dem Wunsch hingeben könnte: »Mach sie zu deiner Sklavin – sie ist in deiner Macht!«

Wenn er wenigstens der plötzlichen Eingebung folgen könnte: »Was macht es eigentlich aus?« Sich eine Minute vergessen, vergessen, daß es wichtig war, was er tat, vergessen, daß, gleich was immer er tat, er etwas opfern mußte.

Wenn er nur spontan handeln könnte!

Er konnte nichts vergessen; konnte keinem Gedanken, keiner Eingebung, keinem Wunsch folgen; es war alles zu ernst, betraf ihn zu sehr, umschloß ihn wie ein unzerbrechlicher Käfig.

Auf der anderen Seite des Platzes riefen Zeitungsjungen ihre Schlagzeilen aus, und ihr abstoßendes Geschrei mischte sich in den Klang der Kirchenglocken.

Soames hielt sich die Ohren zu. Der Gedanke kam ihm plötzlich, daß genausogut er an Stelle von Bosinney tot sein könnte und daß sie, anstatt wie ein erschossener Vogel mit sterbenden Augen dazukauern –

Etwas Weiches berührte seine Beine, die Katze rieb sich an ihnen. Ein Aufschluchzen, das seinen ganzen Körper erschütterte, brach aus seiner Brust. Dann war alles in der Dunkelheit wieder still, und die Häuser schienen ihn anzustarren, jedes mit seinem Herr und seiner Herrin, mit geheimem Glück oder geheimem Leid.

Plötzlich sah er, daß seine eigene Eingangstür offenstand, und schwarz gegen das in der Halle scheinende Licht stand ein Mann mit dem Rücken zu ihm. Eine Tür schloß sich in seinem Herzen, und leise stahl er sich dicht hinter ihn.

Er konnte seinen eigenen Pelzmantel sehen, den er über

die geschnitzte Eichentruhe geworfen hatte; die Perserteppiche, die Silberschalen, die Reihen von Porzellantellern, die an den Wänden hingen – und den unbekannten Mann, der dort stand.

Scharf fragte er: »Was wünschen Sie, mein Herr?«

Der Besucher drehte sich um. Es war der junge Jolyon.

»Die Tür war offen«, sagte er. »Kann ich Ihre Frau einen Augenblick sprechen, ich habe eine Nachricht für sie.«

Soames starrte ihn seltsam von der Seite an.

»Meine Frau empfängt niemanden«, murmelte er verbissen.

Der junge Jolyon blickte plötzlich hinter ihn in die Halle, und Soames drehte sich um. Irene stand in der Tür des Salons, mit wilden, erwartungsvollen Augen und ausgestreckten Händen. Beim Anblick der beiden Männer verlosch das Leuchten in ihrem Gesicht; ihre Hände sanken nieder; sie stand wie eine Statue.

Soames wirbelte herum, sah den Blick seines Besuchers, und als er dessen Ausdruck sah, entfuhr ihm ein Laut, der einem Fauchen ähnlich war. Dann zog er die Lippen zur Travestie eines Lächelns zurück.

»Das ist mein Haus«, sagte er. »Ich kümmere mich selbst um meine Angelegenheiten. Ich habe Ihnen schon einmal gesagt und sage es Ihnen wieder; wir sind nicht zu Hause.«

Und er schlug dem jungen Jolyon die Tür vor dem Gesicht zu.

Nachsommer

»Doch ach! zu kurz nur ist des Sommers Frist!«

Shakespeare

André Chevrillon
zugeeignet

1

Am letzten Tag des Monats Mai, zu Anfang der neunziger Jahre, saß der alte Jolyon Forsyte um ungefähr sechs Uhr abends unter der Eiche vor der Terrasse seines Hauses am Robin Hill. Er wollte warten, bis die Mücken ihn aus der Pracht dieses Nachmittags vertrieben. Seine dünne braune Hand, an der die Adern blau heraustraten, hielt eine fast zu Ende gerauchte Zigarre in den schmalen Fingern mit den langen Nägeln – spitzgefeilt und poliert waren sie ein Relikt aus früheren Tagen, aus der Viktorianischen Epoche, in der es als vornehm galt, nichts auch nur mit der Fingerspitze zu berühren. Seine hochgewölbte Stirn, der große weiße Schnurrbart, die mageren Wangen und das lange, magere Kinn wurden durch einen alten braunen Panamahut vor der sinkenden Sonne geschützt. Die Beine waren übereinandergeschlagen; seine ganze Erscheinung strömte den Eindruck von Gelassenheit und Eleganz aus, wie es einem alten Herrn zukam, der jeden Morgen sein seidenes Taschentuch mit Eau de Cologne parfümierte. Zu seinen Füßen lag ein wolliger braunweißer Hund, der versuchte, sich als Spitz auszugeben – Balthasar; die ursprüngliche Abneigung zwischen den beiden hatte sich mit den Jahren in Freundschaft verwandelt. Neben seinem Sessel hing eine Schaukel, auf welcher eine von Hollys Puppen saß – sie hieß »die dumme Alice«; ihr Körper war vornübergefallen und ihre traurige Nase in ihrem schwarzen Unterrock vergraben. Da sie immer in Ungnade war, machte es auch nicht viel aus, wie sie dasaß. Von der Eiche zog sich der Rasen in sanfter Neigung bis zu einer Farnpflanzung und ging dahinter in Felder über, die sich zum Teich und dem kleinen Wäldchen erstreckten – der Blick – »schön, bemerkenswert« – den Swithin Forsyte von demselben Baum aus vor fünf Jahren bewundert hatte, als er mit Irene ausgefahren war, um das Haus zu besichtigen. Der alte Jolyon hatte von dem Unternehmen seines Bruders gehört – von dieser Ausfahrt, die auf der Forsyte-Börse Berühmtheit erlangt hatte. Swithin! Er war doch tatsächlich letzten November gestorben, und er war erst neunundsiebzig Jahre alt; er hatte die Zweifel wiedererwachen lassen, ob die Forsytes ewig lebten, die Zweifel, die das erstemal bei Tante Anns Tod aufgetaucht waren. Tot – und nun waren nur mehr Jolyon und James, Roger und Nicholas, Timothy, Julia, Hester und Susan übrig! Und der alte Jolyon überlegte: »Fünfundachtzig! Ich merke es nicht – nur wenn ich diese Schmerzen bekomme.«

Er hing weiter seinen Erinnerungen nach. Er hatte sein Alter nicht mehr gespürt, seit er das Haus seines Neffen Soames – das diesem soviel Unglück gebracht – gekauft und vor drei Jahren bezogen hatte. Es war, als ob er jeden Frühling jünger würde, seit er mit seinem Sohn und seinen Enkeln auf dem Land lebte – mit June und den Kleinen aus der zweiten Ehe, Jolly und Holly; weit weg von dem Trubel Londons und dem Geklatsche der Forsyte-Börse, weit weg von seinen Aufsichtsratssitzungen, mit dem angenehmen Gefühl, nur das zu tun, was er wollte, und doch ausreichend damit beschäftigt, dem Haus eine persönliche Note zu geben, es wohnlich zu machen und sich um die kleinen Wünsche und Launen von Jolly und Holly zu kümmern. Die Verbitterung, die Wunderlichkeit, die sich in ihm während der langen, tragischen Geschehnisse um June, Soames, seine Frau Irene und den armen jungen Bosinney aufgestaut hatten, waren verschwunden. Sogar June war wieder von ihrer Melancholie geheilt – wie die Spanienreise, auf der sie sich jetzt mit ihrem Vater und ihrer Stiefmutter befand, zeigte. Sonderbarerweise war seit ihrer Abreise ein herrlicher Friede in seinem Herzen; herrlich – und doch seltsam leer, da sein Sohn nicht bei ihm war. Jo war ihm jetzt immer Trost und Freude – ein liebenswerter Mensch; die Frauen – sogar die besten – fielen einem irgendwie doch auf die Nerven, natürlich nur dann, wenn man sie nicht bewunderte. Von weither ertönte der Ruf eines Kuckucks; eine Taube gurrte von der ersten Ulme am Feld, und wie doch die Gänseblümchen und Butterblumen nach der Mahd rasch aufgeblüht waren! Und der Wind blies von Südwesten – köstlich, würzig! Er schob seinen Hut zurück und ließ seine Wangen und sein Kinn von der Sonne bescheinen. Irgendwie sehnte er sich heute nach Gesellschaft – wollte ein hübsches Gesicht bei sich sehen. Die Menschen behandelten die Alten, als ob sie keine Bedürfnisse mehr hätten. Und mit dem so gar nicht Forsyteschen Hang zum Philosophieren, der ihm auch jetzt noch geblieben war, dachte er: »Man hat doch nie genug! Es würde mich nicht erstaunen, wenn selbst der, der schon mit einem Fuß im Grab steht, noch etwas will!« Hier draußen – weit weg von allem Geschäftlichen – waren ihm seine Enkel, die Blumen, Bäume, Vögel seines kleinen Reiches, ganz zu schweigen von Sonne, Mond und Sternen, täglich ein neues »Sesam, öffne dich«. Und es hatte sich geöffnet – wie weit, war ihm vielleicht gar nicht bewußt. Er war immer für das, was man jetzt »Natur« zu nennen begann, empfänglich gewesen, mit einem tiefen, fast religiösen Ernst, obwohl er nie davon abgekommen war, einen Sonnenuntergang eben einen Sonnenuntergang und eine Aussicht eine Aussicht zu nennen, wie tief sie ihn auch bewegten. Jetzt aber bereitete ihm die Natur richtige Schmerzen, so sehr bewunderte er sie. An jedem dieser ruhigen, klaren, länger werdenden Tage ging er, mit Holly an der Hand und dem Hund Balthasar vor sich – der immer eifrig nach was suchte, das er nie fand –, langsam herum und beobachtete, wie sich die Rosenblüten öffneten, die ersten grünen Früchte des Spalierobsts sichtbar wurden, die Eichenblätter, die jungen Bäume im Wäldchen in hellerem Grün erstrahlten, wie sich die Blätter der Wasserlilien öffneten und glitzerten, die jungen Ähren des Weizenfeldes wie Silber glänzten; und er lauschte den Staren und Lerchen, sah, wie die Alderney-Kühe wiederkäuten und langsam mit den Schwänzen schlugen; und jeder dieser schönen Tage tat ihm fast weh, so sehr liebte er das alles – vielleicht spürte er tief in sich, daß er nicht mehr viel Zeit hatte, das alles zu genießen. Der Gedanke, daß ihm eines Tages – vielleicht in zehn, vielleicht in fünf Jahren – alles genommen werden würde, bevor er noch seine Fähigkeit erschöpft hatte, diese Dinge zu genießen, erschien ihm wie eine immer gegenwärtige Ungerechtigkeit. Wenn auf dieses Leben wirklich etwas folgte, dann würde es nicht das sein, was er wollte – nicht Robin Hill, nicht die Blumen und Vögel und hübschen Frauen, von denen ja sogar jetzt zu wenig um ihn waren. Mit den Jahren war seine Abneigung gegen alle Art von Humbug noch gewachsen; seine orthodoxe Einstellung, die er in den sechziger Jahren genauso zur Schau getragen hatte wie seinen Backenbart, den er sich aus reinem Überschwang hatte wachsen lassen, war gefallen und hatte ihm nur drei Dinge gelassen, die er verehrte: Schönheit, aufrechtes Verhalten und den Sinn für Besitz. Und das größte von diesen war nun für ihn die Schönheit. Er hatte sich immer für viele Dinge interessiert und konnte auch jetzt noch die *Times* lesen; aber er legte sie nun in dem Moment beiseite, in dem er eine Amsel singen hörte. Aufrechtes Verhalten, Besitz – beides wurde mit der Zeit ermüdend; Amseln und Sonnenuntergänge langweilten ihn nie, im Gegenteil, er hatte immer das unbestimmte Gefühl, daß er nie genug davon bekommen könnte. Als er so in den stillen Glanz des Abends und auf die kleinen goldenen und weißen Blüten auf dem Rasen blickte, kam ihm der Gedanke: Dieses Wetter war wie die Musik des »Orpheus«, den er erst neulich in Covent Garden gehört hatte. Eine schöne Oper, nicht wie Meyerbeer, nicht einmal ganz wie Mozart, aber auf ihre Weise vielleicht sogar noch schöner; es lag irgend etwas von Klassik, vom Goldenen Zeitalter darin, keusch und reif, und die Ravogli war »fast so gut wie die Sänger in der guten alten Zeit« – das höchste Lob, das er zu vergeben hatte. Die Sehnsucht des Orpheus nach der Schönheit, die ihm entglitt, nach seiner Liebe, die zum Hades hinabstieg, wie die Liebe auch im Leben verschwand – die Sehnsucht, die in dieser goldenen Musik sang und wühlte, er fand sie an diesem

Abend in der Schönheit der Welt wieder. Und mit der Spitze seines korkbesohlten Schuhs stieß er unwillkürlich den Hund Balthasar in die Rippen, der darauf erwachte und sich wiederum auf die Suche nach seinen Flöhen machte; denn obwohl er offiziell keine hatte, konnte ihn nichts davon überzeugen, daß dem nicht so war. Als er mit seinen Untersuchungen fertig war, rieb er die Stelle, an der er sich gekratzt hatte, an der Wade seines Herrn und ließ sich dann zufrieden niederfallen, wobei er das Kinn auf den Rist des störenden Schuhs legte. Der alte Jolyon erinnerte sich plötzlich an etwas – an ein Gesicht, das er vor drei Wochen in der Oper gesehen hatte – Irene, die Frau seines liebwerten Neffen Soames, des »reichen Mannes!« Obwohl er sie seit dem Empfang in seinem alten Haus am Stanhope Gate nicht mehr gesehen hatte, an dem man die unselige Verlobung seiner Enkelin June mit dem jungen Bosinney gefeiert hatte, erinnerte er sich sofort an sie, denn er hatte sie immer bewundert – eine hübsche Frau! Er hatte gehört, daß sie nach dem Tod Bosinneys, dessen Geliebte sie in so verwerflicher Weise gewesen war, sofort ihren Mann verlassen hatte. Gott weiß, was sie seither getan hatte. Der Anblick ihres Gesichts in der Reihe vor ihm – er hatte sie im Profil gesehen – war tatsächlich der einzige Hinweis in den letzten drei Jahren gewesen, daß sie noch am Leben war. Niemand sprach je von ihr. Und doch hatte ihm Jo einmal etwas erzählt – etwas, was ihn völlig durcheinandergebracht hatte. Der Junge hatte es von George Forsyte gehört, so glaubte er sich zu erinnern, der Bosinney an dem Tag, an dem dieser überfahren wurde, im Nebel getroffen hatte – etwas, was die Verstörtheit des jungen Mannes erklärte – etwas, was Soames seiner Frau angetan hatte – eine abscheuliche Sache. Jo hatte sie einen Augenblick lang an jenem Nachmittag gesehen, nachdem sie schon vom Tod Bosinneys erfahren hatten, und seine Beschreibung hatte der alte Jolyon nie vergessen – »wild und verloren« hatte er sie genannt. Am nächsten Tag war June hinübergegangen – hatte ihre Gefühle unterdrückt und war hingegangen, und das Dienstmädchen hatte geweint und ihr erzählt, wie die Herrin in der Nacht davongeschlichen und verschwunden sei. Alles war so tragisch gewesen! Eines war sicher – Soames hatte sie nie wieder gefunden! Er lebte jetzt in Brighton und fuhr jeden Tag hin und zurück – ein passendes Schicksal für den »reichen Mann«! Denn wenn der alte Jolyon jemand einmal nicht leiden konnte – und seinen Neffen konnte er nicht leiden –, dann kam er darüber nie hinweg. Er erinnerte sich noch genau an das Gefühl der Erleichterung, das er verspürt hatte, als er von Irenes Verschwinden hörte – es war gräßlich gewesen, sie sich als Gefangene in dem Haus vorzustellen, in das sie zurückgeirrt sein mußte, als Jo sie sah, zurückgeirrt wie ein verwundetes Tier, nachdem sie die Nachricht »tragischer Tod eines Architekten« in der Zeitung gesehen hatte. Als er sie unlängst gesehen hatte, hatte ihr Gesicht einen starken Eindruck auf ihn gemacht – schöner, als er es in Erinnerung hatte, aber wie eine Maske, unter der sich ihr Leben abspielte. Noch eine junge Frau – achtundzwanzig vielleicht. Nun ja! Wahrscheinlich hatte sie jetzt schon einen anderen Geliebten. Aber bei diesem umstürzlerischen Gedanken – denn verheiratete Frauen sollten niemals lieben: sogar das eine Mal war schon zuviel gewesen – hob er leicht den Fuß und damit auch den Kopf Balthasars. Das kluge Tier stand auf und sah ihm ins Gesicht. »Spazierengehen?« schien er zu fragen; und der alte Jolyon antwortete: »Also komm, alter Knabe!«

Langsam, wie sie es gewohnt waren, gingen sie durch die blumenübersäte Wiese in die Farnpflanzung. Dieser Teil, in dem noch sehr wenig wuchs, war etwas tiefer als der Rasen angelegt, so daß der Eindruck der Unregelmäßigkeit entstand, der in der Gartenarchitektur so wichtig ist. Balthasar liebte die Steine und die frische Erde, und manchmal fand er dort sogar einen Maulwurf. Der alte Jolyon durchquerte die Anlage immer mit Absicht, denn obwohl jetzt noch nicht viel zu sehen war, wollte er sie zu etwas Schönem machen, und er überlegte: »Ich muß einmal Varr herholen, damit er sie ansieht; er ist besser als

Beech.« Denn Pflanzen verlangten genauso wie Häuser und Krankheiten nach dem Urteil des besten Fachmanns. Auf den Farnen waren viele Schnecken zu finden, und wenn ihn seine Enkel begleiteten, dann zeigte er auf eine und erzählte ihnen die Geschichte von dem kleinen Jungen, der gesagt hatte: »Mammi, kann eine Pflaume laufen?« – »Nein, mein Junge.« – »Verflixt, dann habe ich sicher eine Schnecke verschluckt!« Und wenn die Kinder dann zusammenzuckten, sich an seiner Hand festhielten und daran dachten, wie die Schnecke durch die Kehle des kleinen Jungen hinunterrutschte, dann zwinkerten seine Augen vergnügt. Als er aus der Farnpflanzung heraustrat, öffnete er die kleine Tür, die auf das erste Feld, eine weite, parkähnliche Anlage, hinausführte, von der man den Gemüsegarten mit einer Ziegelmauer abgetrennt hatte. Diesen vermied der alte Jolyon, da er nicht zu seiner Stimmung paßte, und ging den Hügel zum Teich hinunter. Balthasar, der an die Wasserratten dachte, sprang vor ihm herum, allerdings im Tempo eines alten Hundes, der jeden Tag denselben Spaziergang macht. Als sie am Rand des Teiches ankamen, blieb der alte Jolyon stehen und betrachtete eine Wasserlilie, die seit dem Vortag aufgeblüht war; die würde er morgen Holly zeigen, wenn sie sich von der Magenverstimmung erholt hatte, die davon herrührte, daß sie zu Mittag eine Tomate gegessen hatte – sie war sehr empfindlich. Jetzt, wo Jolly schon in der Schule war – im ersten Jahr –, war Holly fast den ganzen Tag bei ihm, und er vermißte sie im Augenblick sehr. Und er fühlte auch wieder den ziehenden Schmerz in der linken Brusthälfte, der ihn jetzt so oft überfiel. Er sah zurück, den Hügel hinauf. Der arme junge Bosinney hatte das Haus wirklich ausgezeichnet angelegt; wäre er am Leben geblieben, dann hätte er sicher Karriere gemacht! Und wo war er jetzt? Vielleicht geisterte er noch immer an dieser Stätte seiner letzten Arbeit umher, an der Stätte seiner tragischen Liebe. Oder war Philip Bosinneys Seele in Nichts aufgelöst? Wer konnte das schon wissen? Dieser Hund machte sich die Pfoten schmutzig! Und er ging weiter zum Wäldchen. Dort waren wunderbare Traubenhyazinthen gewachsen, und er wußte ein paar Plätze, wo sie noch immer, wie ein Stückchen Himmel, der auf die Erde gefallen war, im Schatten zwischen den Bäumen, blühten. Er ging am Kuhstall und am Hühnerstall vorbei und dann hinein in das Gewirr der jungen Bäume, einen schmalen Pfad entlang zu einem Platz, wo die Traubenhyazinthen wuchsen. Balthasar, der wieder vor ihm herlief, knurrte plötzlich leise. Der alte Jolyon stieß ihn mit dem Fuß an, aber der Hund blieb bewegungslos gerade an einer Stelle stehen, an der er nicht an ihm vorbeikonnte, und stellte langsam die Rückenhaare auf. Waren es nun das Knurren und die aufgestellten Haare des Hundes und das Gefühl, das den Menschen im Wald befällt – auch der alte Jolyon spürte, daß es ihm klamm über den Rücken lief. Und dann machte der Pfad eine Krümmung, ein moosüberwachsener Baumstamm lag quer darüber, und darauf saß eine Frau. Er konnte ihr Gesicht nicht sehen und dachte nur: »Sie dürfte eigentlich nicht hier sein – ich muß ein Verbotsschild aufstellen!«, bevor sie sich umdrehte. Du lieber Himmel! Das Gesicht, das er in der Oper gesehen hatte, gerade die Frau, an die er eben gedacht hatte! In diesem Augenblick der Verwirrung sah er alles verschwommen, als ob sie eine Erscheinung wäre – sonderbar – vielleicht die sinkende Sonne auf ihrem graublauen Kleid! Dann stand sie auf und lächelte, den Kopf ein wenig zur Seite geneigt. Der alte Jolyon dachte: »Wie hübsch sie doch ist!« Sie schwieg, und auch er sprach nichts; und fast mit Bewunderung verstand er, warum. Sie war zweifellos wegen ihrer Erinnerungen hier und hatte nicht die Absicht, ihn mit lächerlichen Erklärungen abzulenken.

»Paß auf, daß dir der Hund nicht hinaufspringt«, sagte er. »Er hat nasse Pfoten. Da komm her!«

Aber der Hund Balthasar ging unbeirrt auf die Besucherin zu, die ihm die Hand entgegenstreckte und ihn am Kopf kraulte. Der alte Jolyon sagte rasch:

»Ich habe dich unlängst in der Oper gesehen; du hast mich nicht bemerkt.«

»Aber doch!«

Er spürte, daß sie ihm ganz diskret schmeicheln wollte, daß ein »Wie könnte ich dich übersehen haben?« in ihren Worten lag.

»Sie sind alle in Spanien«, bemerkte er unvermittelt. »Ich bin ganz allein; ich bin damals eigens in die Oper gefahren. Die Ravogli ist gut. Hast du schon den Stall gesehen?«

In dieser Situation, in der soviel Geheimnisvolles und auch echtes Gefühl mitschwang, bewegte er sich instinktiv auf dieses Stück realen Besitzes zu, und sie ging neben ihm her. Sie bewegte sich so graziös wie eine Französin; und auch die Farbe ihres Kleides war eine Art von französischem Grau. Er bemerkte etliche silberne Strähnen in ihrem goldenen Haar, das sich so sonderbar von den dunklen Augen und dem bleichen, weichen Gesicht abhob. Ein plötzlicher Seitenblick aus den samtbraunen Augen verwirrte ihn. Dieser Blick schien von weit her, aus der Tiefe zu kommen, fast aus einer anderen Welt, oder zumindest von einem Menschen, den nicht viel mit dieser Welt verbindet. Und er fragte mechanisch:

»Wo lebst du jetzt?«

»Ich habe eine kleine Wohnung in Chelsea.«

Er wollte nicht hören, was sie tat, wollte nichts hören; und doch entschlüpfte ihm die unmögliche Frage:

»Allein?«

Sie nickte. Es war eine Erleichterung, das zu wissen. Und es fiel ihm plötzlich ein, daß sie nur durch einen Narrenstreich des Schicksals nicht Herrin dieses Wäldchens war und ihm, dem Besucher, die Stallungen zeigte.

»Lauter Alderney-Kühe«, murmelte er, »sie geben die beste Milch. Diese da ist besonders hübsch. He, Myrtle!«

Die rotbraune Kuh, deren Augen so weich und braun wie die Irenes waren, stand bewegungslos, da sie schon lange nicht gemolken worden war. Sie sah sie mit ihrem glänzenden, gutmütig-spöttischen Blick aus dem Augenwinkel an, und von ihrem grauen Maul hing ein dünner Faden Speichel ins Stroh hinab. Ein Duft von Heu, Vanille und Ammoniak lag im Halbdunkel des kühlen Stalles; und der alte Jolyon sagte: »Du mußt mit ins Haus kommen und mit mir zu Abend essen. Ich lasse dich dann mit dem Wagen nach Hause bringen.«

Er sah, daß sie einen inneren Kampf durchfocht; bei ihren Erinnerungen war das nur natürlich. Aber er wollte ihre Gesellschaft; ein hübsches Gesicht, eine anmutige Figur, Schönheit! Er war den ganzen Nachmittag allein gewesen. Vielleicht konnte man das alles in seinen Augen lesen, denn sie sagte: »Danke, Onkel Jolyon. Ich komme gern mit.«

Er rieb sich die Hände und sagte:

»Großartig! Also dann gehen wir!« Sie stiegen durch das Feld zum Haus hinauf, und wieder lief der Hund Balthasar vor ihnen. Die Sonne war schon nahe am Horizont, und in ihrem Licht konnte er nicht nur die silbernen Fäden im Haar, sondern auch feine Falten in ihrem Gesicht erkennen, die gerade so tief waren, daß sie ihre Schönheit medaillengleich prägten – sie sah aus wie ein Mensch, der sein Leben nicht mit anderen teilt. »Ich werde sie über die Terrasse ins Haus führen«, dachte er. »Ich kann sie nicht wie einen gewöhnlichen Besucher behandeln.«

»Was machst du den ganzen Tag?« fragte er.

»Ich gebe Musikunterricht; und dann habe ich noch ein anderes Aufgabengebiet.«

»Arbeit!« sagte der alte Jolyon, der die Puppe von der Schaukel hob und ihren schwarzen Unterrock glattstrich. »Es geht doch nichts darüber. Ich arbeite jetzt nichts mehr. Bin nicht mehr der Jüngste. Was ist das für ein Aufgabengebiet?«

»Ich versuche Frauen beizustehen, die ins Elend geraten sind.«

Der alte Jolyon verstand sie nicht ganz. »Ins Elend?« wiederholte er; und dann wurde es ihm mit einem Schlag klar, daß sie genau das gemeint hatte, was er selbst mit diesen Worten ausgedrückt hätte. Sie stand den gefallenen Frauen Londons bei! Was für eine seltsame, erschreckende Aufgabe! Und da die Neugier über seine natürliche Zurückhaltung siegte, fragte er:

»Warum? Was tust du für sie?«

»Nicht viel. Ich habe kein überflüssiges Geld. Ich kann ihnen nur mein Mitgefühl und manchmal etwas Essen anbieten.«

Unwillkürlich suchte die Hand des alten Jolyon nach seiner Geldtasche. Er sagte hastig: »Wo findest du sie?«

»Ich gehe ins Krankenhaus.«

»Ins Krankenhaus! Puh!«

»Mir tut am meisten weh, daß sie fast alle einmal in irgendeiner Weise schön waren.«

Der alte Jolyon richtete die Puppe zurecht. »Schön!« rief er, »ah – wie traurig«, und schritt auf das Haus zu. Er ging ihr voran, durch eines der französischen Fenster, unter den noch nicht aufgezogenen Jalousien in den Raum, in dem er die *Times* und seine Gartenbauzeitschriften studierte, deren große Abbildungen von Mangoldwurzeln und ähnlichen Dingen Holly genügend Raum für ihre Malkünste boten.

»Wir essen in einer halben Stunde. Du wirst dir die Hände waschen wollen. Vielleicht in Junes Zimmer.«

Er sah, wie sie begierig umherblickte; was sich alles verändert hatte, seit sie zum letzten Mal dieses Haus mit ihrem Gatten, oder ihrem Geliebten, oder vielleicht sogar mit beiden besucht hatte – er wußte es nicht, konnte es nicht sagen. Das war ihm alles unbekannt, und er wollte es auch so belassen. Aber welche Veränderungen! Und in der Halle sagte er:

»Mein Sohn Jo malt, mußt du wissen. Er hat sehr viel Geschmack. Nicht ganz meine Sache, aber ich habe ihn tun lassen, was er für richtig hielt.«

Sie stand ganz still, und ihre Augen wanderten durch die Halle und das Musikzimmer, wie es sich jetzt dem Betrachter darbot – beide Räume gingen ohne Trennung unter dem großen Deckenfenster ineinander über. Sie erweckte im alten Jolyon ein ganz sonderbares Gefühl. Versuchte sie, jemanden aus dem Schatten des Raumes, der ganz in Perlgrau und Silber gehalten war, heraufzubeschwören? Er selbst hätte Gold vorgezogen; das war lebendiger und solider. Aber Jo war viel mehr dem französischen Einfluß zugetan, und so war der Effekt letzten Endes so schattenhaft wie der Rauch der Zigaretten, die der Junge immer rauchte, und wurde nur hie und da durch Flecken von Blau oder Leuchtendrot unterbrochen. Sein Traum war es nicht! Im Geist hatte er in diesem Raum all die goldgerahmten Meisterwerke, die Stilleben aufgehängt, die er in den Tagen gekauft hatte, in denen Quantität noch was galt. Und wo waren sie jetzt? Um ein Spottgeld verkauft! Denn das gewisse Etwas in ihm, welches ihn als einzigen der Forsytes mit der Zeit gehen ließ, hatte ihn davor gewarnt, sie um jeden Preis zu behalten. In seinem Arbeitszimmer hingen aber immer noch die »Holländischen Fischerboote im Sonnenuntergang«.

Langsam stieg er mit ihr die Treppen hinauf, denn er spürte wieder den Schmerz in der Seite.

»Das sind die Badezimmer«, sagte er, »und was sonst dazugehört. Ich habe sie kacheln lassen. Die Kinderzimmer sind dort hinten. Das ist das Zimmer von Jo und seiner Frau. Die Räume gehen alle ineinander. Aber du erinnerst dich wohl daran.«

Irene nickte. Sie gingen die Galerie entlang und kamen in ein großes Zimmer mit einem schmalen Bett und etlichen Fenstern.

»Das ist mein Zimmer«, sagte er. Die Wände waren mit Photographien der Kinder und Aquarellen bedeckt, und er fuhr etwas zweifelnd fort: »Die sind von Jo. Der Ausblick ist großartig. Bei klarem Wetter kann man von hier die Tribüne von Epsom sehen.«

Die Sonne war jetzt hinter dem Haus untergegangen, und über der »Aussicht« hing ein durchsichtiger Dunstschleier, ein Abglanz des langen, schönen Tages. Man sah nur wenige Häuser, aber die Felder und Bäume leuchteten schwach vor den fast nicht erkennbaren Hügeln.

»Das Land verändert sich«, sagte er unvermittelt, »aber es wird noch da sein, wenn wir schon lange dahingegangen sind. Siehst du die Drosseln – die Vögel singen hier wunderbar am Morgen. Ich bin froh, daß ich mich entschlossen habe, London aufzugeben.«

Ihr Gesicht berührte fast die Fensterscheibe, und ihr trauriger Ausdruck machte ihn betroffen. »Wenn ich sie doch glücklich machen könnte!« dachte er. »Ein hübsches Gesicht, aber so traurig!« Und er nahm die Kanne mit dem heißen Wasser und trat auf die Galerie hinaus.

»Das ist Junes Zimmer«, sagte er, während er die nächste Tür öffnete und die Kanne niederstellte; »du findest alles Nötige hier.« Er schloß die Tür hinter ihr und ging in sein eigenes Zimmer zurück. Während er sein Haar mit den großen Ebenholzbürsten glättete und sich die Stirn mit Eau de Cologne betupfte, hing er seinen Gedanken nach. Sie war auf eine so seltsame Weise gekommen – wie eine Erscheinung, geheimnisvoll, sogar romantisch, als wäre sein Wunsch nach Gesellschaft, Schönheit, von etwas erfüllt worden – nun, das eben solche Wünsche erfüllte. Und er richtete seine noch immer aufrechte Gestalt vor dem Spiegel noch höher auf, fuhr mit der Bürste über den weißen Schnurrbart, tupfte ein wenig Eau de Cologne auf seine Brauen und klingelte. »Ich habe vergessen, in der Küche zu sagen, daß eine Dame zum Abendessen da ist. Die Köchin soll etwas ganz Besonderes machen, und Beacon soll um halb elf den Landauer anspannen und die Dame nach London zurückbringen. Schläft Miss Holly?«

Das Mädchen glaubte das nicht. Und der alte Jolyon ging die Galerie entlang, schlich sich dann auf Zehenspitzen zum Kinderzimmer und öffnete die Tür, die er immer gut geölt hielt, so daß er am Abend ungehört aus und ein gehen konnte.

Aber Holly schlief, wie eine kleine Madonna – eine von jenen, von der die alten Meister, nachdem sie ihr Werk beendet hatten, nicht sagen konnten, ob es Madonna oder Venus war. Ihre langen dunklen Wimpern lagen auf den Wangen; ihr Gesicht war ganz friedlich. Offensichtlich fühlte sie sich wieder wohl. Und der alte Jolyon blieb im

Dämmerlicht des Zimmers stehen und bewunderte sie! Es war so bezaubernd, ernst, liebevoll – dieses kleine Gesicht. Er besaß mehr als genug von der gesegneten Fähigkeit, in den Jungen weiterzuleben. Für ihn waren sie sein zukünftiges Leben – vielleicht alles an zukünftigem Leben, was sein im Grunde genommen heidnischer Verstand ihm zubilligte. Da lag sie und hatte noch alles vor sich, und sein Blut – zumindest ein wenig davon – floß in ihren kleinen Adern. Da lag sie, seine kleine Gefährtin, die er so glücklich machen wollte, als er nur konnte, so daß sie nichts als Liebe spürte. Sein Herz wurde weit vor Glück, und er ging hinaus, wobei er sorgfältig darauf bedacht war, daß seine Lackschuhe nicht knarrten. Im Gang überfiel ihn ein verrückter Gedanke: Es war kaum auszudenken, daß Kinder zu solchen Frauen wurden, von denen ihm Irene erzählt hatte, denen sie half. Zu Frauen, die alle einmal Kinder wie dieses hier gewesen waren! »Ich muß ihr einen Scheck geben«, überlegte er, »ich kann es nicht ertragen, daran zu denken!« Er hatte es nie ertragen, an diese armen Ausgestoßenen zu denken; es hatte den Kern wahrer Anständigkeit, der unter vielen Schichten des seit Generationen vererbten Sinns für Besitz lag, zu tief getroffen – zu sehr sein tiefstes Gefühl verletzt – die Liebe zur Schönheit, die ihm sogar heute noch Herzklopfen verursachte, wenn er daran dachte, daß er den Abend in Gesellschaft einer schönen Frau verbringen würde. Durch die Schwingtüren ging er in die Wirtschaftsräume. Dort lag im Weinkeller ein Rheinwein, von dem die Flasche mindestens zwei Pfund kostete, ein Steinberg Cabinet, besser als irgendein Johannisberger, den er je getrunken hatte; ein Wein mit vollendetem Bouquet, süß wie Pfirsiche – ein wahrer Nektar! Er nahm eine Flasche und hielt sie vorsichtig wie ein Neugeborenes gegen das Licht, um sie zu prüfen. In ihrem Staubmantel bereitete ihm diese schlankhalsige Flasche mit der satten Farbe wahre Freude. Drei Jahre hatte der Wein nach der Übersiedlung aus der Stadt wieder ruhig gelagert – er mußte jetzt hervorragend sein! Er hatte ihn vor fünfunddreißig Jahren gekauft

– Gott sei Dank hatte er seine feine Zunge bewahrt und sich das Recht verdient, diesen Wein zu genießen. Sie würde ihn schätzen; keine Spur von Säure mehr! Er wischte den Staub ab, entkorkte die Flasche mit eigener Hand, beugte sich darüber und sog den Duft ein, und ging dann ins Musikzimmer zurück. Irene stand beim Klavier; sie hatte den Hut und das Spitzentuch, das sie getragen hatte, abgenommen, so daß ihr blasser Nacken und ihr goldblondes Haar sichtbar waren. Vor dem Klavier aus Rosenholz bot sie in ihrem grauen Kleid ein schönes Bild.

Er bot ihr den Arm, und sie gingen feierlich ins Eßzimmer. In diesem Raum, in dem vierundzwanzig Personen bequem essen konnten, stand jetzt nur ein kleiner runder Tisch. In seiner augenblicklichen Einsamkeit hatte der große Eßtisch den alten Jolyon bedrückt; er hatte ihn bis zur Rückkehr seines Sohnes entfernen lassen. Hier speiste er gewöhnlich allein, als Gesellschaft hatte er nur zwei wirklich gute Kopien von Raffael-Madonnen. In diesen Sommertagen war das die einzige unangenehme Stunde. Er war nie ein starker Esser gewesen, nicht wie der dicke Swithin, oder Sylvanus Heythorp, oder Anthony Thornworthy, seine Busenfreunde aus vergangenen Tagen; und allein, nur unter Aufsicht von zwei Madonnen zu essen, war eine traurige Beschäftigung, die er so rasch wie möglich erledigte, um sich dann dem angenehmeren Genuß von Kaffee und Zigarren hinzugeben. Aber an diesem Abend war es ganz anders! Er zwinkerte ihr über den kleinen Tisch hinweg zu, er sprach von Italien und der Schweiz, erzählte ihr von den Reisen, die er dort unternommen hatte, und auch von anderen Erlebnissen, die er seinem Sohn und seiner Enkelin nicht mehr erzählen konnte, da sie sie schon kannten. Dieses unverbrauchte Publikum war ihm lieb; er war nie einer jener alten Männer gewesen, die immer wieder in denselben Erinnerungen graben. Unempfängliche Zuhörer langweilten ihn rasch, so vermied er es instinktiv, andere zu langweilen; und mit seiner angeborenen Neigung zur Schönheit hütete er sich besonders davor, einer Frau zu mißfallen. Er hätte sie gern zum Sprechen gebracht, aber obwohl sie zustimmend murmelte, lächelte und seinen Erzählungen mit Vergnügen zu lauschen schien, war er sich immer der geheimnisvollen Distanziertheit bewußt, die einen Großteil ihrer Faszination ausmachte. Er konnte Frauen nicht leiden, die einem zu offen entgegenkamen und unentwegt redeten; oder verbissene Frauen, die ihre Meinung ein für allemal bekanntgaben und immer alles besser wußten. Es gab nur eine Eigenschaft, die ihn an einer Frau reizte – Charme; und je unauffälliger er war, desto besser gefiel er ihm. Und diese Frau hatte Charme, schattenhaft wie das Licht des Nachmittags auf den Bergen und Tälern Italiens, die er so geliebt hatte. Das Gefühl, daß sie anders war, abgeschlossen, schien sie ihm näherzubringen und zu einer wünschenswerten Gesellschafterin zu machen. Wenn ein Mann sehr alt ist und mit den Jungen nicht mehr mithalten kann, dann fühlt er sich gern sicher vor jüngeren Rivalen, denn trotz allem will er der Erste im Herz der Schönen sein. Und so trank er seinen Wein, hing an ihren Lippen und fühlte sich fast wieder jung. Aber auch der Hund Balthasar lag da und hing an ihren Lippen und verabscheute es zutiefst, wenn sie das Gespräch unterbrachen und die grünlichen Gläser mit der goldenen Flüssigkeit zum Mund führten, die er so haßte.

Das letzte Tageslicht erlosch, als sie ins Musikzimmer zurückgingen. Die Zigarre im Mund, sagte der alte Jolyon:

»Spiel mir doch etwas von Chopin.«

An den Zigarren, die sie rauchen, und den Komponisten, die sie lieben, sollt ihr die Seele der Männer erkennen. Der alte Jolyon konnte eine starke Zigarre oder Wagner nicht ertragen. Er liebte Beethoven und Mozart, Händel und Gluck, und Schumann, und aus irgendeinem unerforschlichen Grund auch die Opern Meyerbeers; in seinen späten Jahren hatte er sich für die Musik Chopins begeistert, genauso wie er sich auch Botticelli zugewendet hatte. Als er diesem Geschmack nachgab, war er sich wohl bewußt, daß er vom Ideal des Goldenen Zeitalters abwich. Ihre Poesie war nicht die eines Milton, eines Byron oder Tennyson; nicht die Raffaels und Tizians; nicht die Mozarts und Beethovens. Sie lag wie hinter einem Schleier verborgen; sie traf einen nicht voll ins Gesicht, sondern bohrte sich in die Brust und drehte sich und wand sich und zerschmolz das Herz. Und obwohl er nie genau wußte, ob das gut war, war es ihm völlig egal, solange er die Bilder des einen sehen und die Musik des anderen hören konnte.

Irene setzte sich ans Klavier unter die elektrische Lampe mit dem perlgrau überzogenen Schirm und der alte Jolyon in einen Lehnstuhl, von dem aus er sie beobachten konnte; er schlug die Beine übereinander und zog langsam an seiner Zigarre. Einige Augenblicke lang ließ sie die Finger auf den Tasten liegen und dachte anscheinend nach, was sie ihm vorspielen sollte. Dann begann sie, und der alte Jolyon fühlte eine traurig-schöne Freude in sich aufsteigen, die wie nichts sonst auf der Welt war. Langsam versank er in einer Art von Trance, die nur dadurch unterbrochen wurde, daß er in langen Pausen seine Hand zum Mund führte, die Zigarre herausnahm und sie dann wieder an die Lippen führte. Sie war bei ihm, und in sich spürte er den Wein und den Geruch des Tabaks; aber er sah auch eine Welt voll Sonne, die langsam in den Schein des Mondlichts getaucht wurde, Teiche, in denen Störche wateten, über ihnen blau schimmernde Bäume, in denen weinrote Blüten glühten, Lavendelfelder, in denen weiße Kühe weideten, und eine schattenhafte Frau mit dunklen Augen und weißem Nakken, die ihre Arme ausstreckte; und durch die Luft, die wie Musik war, fiel eine Sternschnuppe und blieb am Horn einer Kuh hängen. Er öffnete die Augen. Ein schönes Stück; sie spielte gut – wie mit Engelshänden! Er schloß die Augen wieder. Er war zugleich wunderbar traurig und glücklich, als stünde er im Duft einer blühenden Linde. Nicht noch einmal sein Leben beginnen, sondern nur dastehen und sich im Glanz des Lächelns einer Frau sonnen und den Duft genießen! Er riß die Hand hoch; der Hund Balthasar hatte den Kopf gehoben und sie abgeleckt. »Schön!« sagte er. »Spiel weiter – noch mehr Chopin!«

Sie begann wieder zu spielen. Er fühlte deutlich die Ähnlichkeit zwischen »ihr« und Chopin. Ihr schwebender Gang kam in ihrem Musizieren wieder, das Nocturno, das sie ausgewählt hatte, glich der weichen Dunkelheit ihrer Augen und dem Licht auf ihrem Haar, das wie das Licht eines goldenen Mondes war. Verführerisch war sie, ja; aber in ihr und ihrem Spiel war nichts von einer Dalilah. Von seiner Zigarre stieg eine lange Spirale blauen Rauchs auf und zerfloß im Raum. »So gehen auch wir dahin!« dachte er. »Keine Schönheit mehr! Nichts?«

Wieder hielt Irene inne.

»Möchtest du etwas von Gluck? Er komponierte gern in einem sonnigen Garten mit einer Flasche Rheinwein neben sich.«

»Ah – ja. Etwas aus Orpheus.« Jetzt waren um ihn Felder mit goldenen und silbernen Blüten, weiße Gestalten, die sich im Sonnenlicht bewegten, bunte Vögel, die umherflogen. Überall war Sommer. Immer neue Wellen des Glücks und der Traurigkeit durchströmten sein Inneres. Etwas Asche fiel von der Zigarre, und als er sein seidenes Taschentuch herausnahm, um sie wegzuwischen, atmete er den Geruch von Tabak und Eau de Cologne ein. »Ach«, dachte er, »Nachsommer – das ist alles!« Und er sagte: »Du hast mir noch nicht ›Ach ich habe dich verloren‹ gespielt.«

Sie antwortete nicht; sie rührte sich nicht. Er spürte etwas in ihr – eine seltsame Bewegung. Plötzlich sah er, wie sie aufstand und sich abwandte, und wie ein Stich durchschoß ihn Schuldgefühl. Was für ein Tölpel er doch war! Wie Orpheus suchte auch sie nach dem verlorenen Liebsten in diesen erinnerungsschweren Räumen! Bis ins Tiefste verstört, stand er auf. Sie war zu dem großen Fenster am anderen Ende des Raumes gegangen. Leise folgte er ihr. Sie hatte die Hände über der Brust gefaltet; er konnte nur ihre weißen Wangen sehen. Von seinem Gefühl überwältigt, sagte er: »Aber, aber, mein Liebes.« Die Worte waren ihm ganz unwillkürlich entschlüpft – so sprach er mit Holly, wenn sie Schmerzen hatte, aber ihre

Wirkung war plötzlich und beunruhigend. Sie vergrub ihr Gesicht in den Händen und weinte.

Der alte Jolyon stand da und blickte sie aus tiefen Augen, die durch das Alter wissend geworden waren, an. Die leidenschaftliche Scham, die sie ihre Fassungslosigkeit fühlen ließ und die so gar nicht zu der Beherrschtheit und Ruhe ihres sonstigen Auftretens paßte, schien anzudeuten, daß sie noch nie vorher in Gegenwart eines anderen zusammengebrochen war.

»Aber, aber – aber, aber!« murmelte er immer wieder; fast ehrfurchtsvoll streckte er seine Hand aus und berührte sie. Sie drehte sich um und lehnte sich an ihn, das Gesicht noch immer in den Armen verborgen. Der alte Jolyon stand ganz still und ließ seine dünne Hand auf ihrer Schulter ruhen. Sie sollte sich ausweinen – es würde ihr guttun. Und der Hund Balthasar setzte sich verwirrt nieder und starrte sie an.

Das Fenster war noch immer offen, die Vorhänge nicht zugezogen, und die letzten Spuren des Tageslichts mischten sich mit dem Schein der Lampen im Raum; ein Geruch von frisch gemähtem Heu lag in der Luft. Aus der Erfahrung eines langen Lebens schwieg der alte Jolyon. Auch der Schmerz weint sich einmal aus; nur die Zeit heilt den Schmerz – die Zeit, die Zeuge ist, wie sich Gefühle ändern, wie der Schmerz verklingt; die Zeit, die alles zur Ruhe bringt. Die Worte fielen ihm ein: »Wie der Hirsch schreit nach frischem Wasser« –, aber er wußte nichts mit ihnen anzufangen. Dann spürte er den Duft von Veilchen und bemerkte, daß sie sich die Augen trocknete. Er streckte sein Kinn vor, berührte ihre Stirn mit seinem Schnurrbart und fühlte ihren ganzen Körper zittern – wie einen Baum, der die Regentropfen von sich abschüttelt. Sie legte seine Hand an ihre Lippen, als ob sie sagen wollte: »Es ist vorbei! Vergib mir.«

Dieser Kuß erfüllte ihn mit einem Gefühl des Trostes; er führte sie dorthin zurück, wo sie sich so erregt hatte. Der Hund Balthasar folgte ihnen und legte ihnen den Knochen eines der Koteletts, die sie gegessen hatten, zu Füßen.

Er wollte um jeden Preis ihren Gefühlsausbruch vergessen machen und konnte an nichts Besseres als an Porzellan denken; er ging mit ihr langsam von Vitrine zu Vitrine und nahm einzelne Exemplare von Meißner Porzellan, Stücke aus Lowestoft und Chelsea heraus und drehte sie in den dünnen, geäderten Händen, deren fleckige Haut so alt aussah.

»Das habe ich bei Jobson gekauft«, sagte er dann; »es hat dreißig Pfund gekostet. Es ist sehr alt. Der Hund läßt seine Knochen überall herumliegen. Diesen alten Schiffsnapf habe ich bei der Auktion gekauft, als der Marquis, dieser Taugenichts, bankrott gegangen war. Aber daran erinnerst du dich wohl nicht. Ein gutes Stück aus Chelsea. Und was, glaubst du, ist das?« Und er war beruhigt, da er sicher war, daß sie mit ihrem guten Geschmack sich wirklich für diese Dinge interessierte; denn schließlich ist nichts beruhigender als das Problem, das ein Porzellangegenstand von ungeklärter Herkunft abwirft.

Als er dann das Knirschen der Wagenräder hörte, sagte er:

»Du mußt wiederkommen; du mußt einmal zum Mittagessen kommen, damit ich dir diese Dinge bei Tageslicht zeigen kann und meinen kleinen Liebling – sie ist ein so liebes Kind. Der Hund scheint dich auch zu mögen.«

Denn Balthasar rieb sich an ihrem Bein, da er spürte, daß sie gehen wollte. Der alte Jolyon ging mit ihr hinaus und sagte:

»Du wirst in eineinviertel Stunden zu Hause sein. Nimm das für deine Protegés.« Und er drückte ihr einen Scheck über fünfzig Pfund in die Hand. Er sah, wie ihre Augen aufleuchteten, und hörte sie »Oh, Onkel Jolyon«, murmeln, und es durchfuhr ihn freudig. Das bedeutete, daß er dem einen oder anderen dieser armen Geschöpfe ein wenig geholfen hatte und daß sie wiederkommen würde. Er reichte ihr noch einmal durch das Wagenfenster die Hand. Der Wagen rollte davon. Er blieb stehen, sah den Mond und die Schatten der Bäume und dachte: »Eine wunderbare Nacht! Sie –!«

2

Zwei Regentage, dann setzte der Sommer mild und sonnig ein. Der alte Jolyon ging mit Holly spazieren und unterhielt sich mit ihr. Anfangs hatte er den Eindruck, daß er gewachsen und voll von neuer Kraft wäre; dann wurde er ruhelos. Fast jeden Nachmittag ging er in das kleine Gehölz bis zu dem Baumstamm. »Sie ist also nicht da«, dachte er, »natürlich nicht!« Und dann hatte er das Gefühl, als sei er zusammengeschrumpft, und er zog die Beine nach, wenn er zurück zum Haus ging, und hielt die Hand ans Herz gepreßt. Hie und da überlegte er sogar: »War sie denn wirklich da – oder habe ich es nur geträumt?« – und er starrte ins Leere, während der Hund Balthasar ihn anstarrte. Natürlich würde sie nicht wiederkommen! Er öffnete die Briefe aus Spanien mit wenig Neugier. Sie würden nicht vor Juli zurückkommen; und sonderbarerweise hatte er das Gefühl, daß es ihm nichts ausmachte. Jeden Tag beim Abendessen kniff er die Augen zusammen und blickte den Platz an, auf dem sie gesessen war. Sie war nicht da, und er öffnete die Augen wieder weit.

Am siebenten Nachmittag dachte er: »Ich muß in die Stadt fahren und ein Paar Schuhe kaufen.« Er ließ Beacon anspannen und fuhr los. Als sie von Putney zum Hyde Park kamen, überlegte er: »Ich könnte doch auch nach Chelsea fahren und sie besuchen.« Und er rief: »Fahr mich dorthin, wo du unlängst am Abend die Dame abgesetzt hast.« Der Kutscher drehte ihm sein breites, rotes Gesicht zu, und seine feuchten Lippen fragten: »Die Dame in Grau, Sir?«

»Ja, die Dame in Grau.« Was gab es denn schon für andere Damen! Ein dummer Mensch!

Der Wagen hielt vor einem kleinen dreistöckigen Mietshaus, das etwas vom Fluß entfernt lag. Mit geübtem Auge sah der alte Jolyon, daß die Wohnungen billig sein mußten. »Ungefähr sechzig Pfund im Jahr«, überlegte er; er trat ein und las die Namensschilder. Den Namen »Forsyte« fand er nicht, aber unter »Erster Stock, Wohnung C« stand der Name »Mrs. Irene Heron«. Ah! Sie hatte also wieder ihren Mädchennamen angenommen! Aus irgendeinem Grund freute ihn das. Langsam ging er die Treppen hinauf und spürte sein Herz ein wenig. Bevor er läutete, blieb er einen Moment stehen, um das Ziehen und Flattern in seiner Brust loszuwerden. Sie würde natürlich nicht zu Hause sein! Und dann hieß es – Schuhe kaufen! Ein trauriger Gedanke. Wozu brauchte er in seinem Alter neue Schuhe? Er konnte schon die, die er hatte, nicht alle auftragen.

»Ist die gnädige Frau zu Hause?«

»Ja, Sir!«

»Mr. Jolyon Forsyte.«

»Ja, Sir, kommen Sie bitte hier herein.«

Der alte Jolyon folgte dem sehr jungen Dienstmädchen – wahrscheinlich war es nicht älter als sechzehn – in einen winzigen Salon, in dem außer einem Pianino recht wenige, aber geschmackvolle Einrichtungsgegenstände standen. Ein schwacher, schwer definierbarer Duft schwebte im Raum. Er blieb, mit dem Zylinder in der Hand, in der Mitte des Zimmers stehen und dachte: »Wahrscheinlich hat sie fast kein Geld!« Über dem Kamin hing ein Spiegel, in dem er sich betrachtete. Er sah furchtbar alt aus! Dann hörte er ein Rascheln und drehte sich um. Sie stand so nahe hinter ihm, daß sein Schnurrbart fast ihre Stirn berührte; in ihrem Haar schimmerten ein paar silberne Strähnen. »Ich bin auf dem Weg in die Stadt«, sagte er. »Und da dachte ich, daß ich vorbeischauen könnte, ob du damals am Abend gut nach Hause gekommen bist.«

Als er sie lächeln sah, fühlte er sich plötzlich erleichtert. Vielleicht freute sie sich wirklich, ihn zu sehen.

»Möchtest du gern mit mir in den Park fahren?«

Aber nachdem sie das Zimmer verlassen hatte, um ihren Hut aufzusetzen, runzelte er die Stirn. Der Park! James und Emily! Nicholas' Frau oder irgendein anderes Mitglied seiner liebenswerten Familie würden wahrscheinlich dort herumstolzieren. Und dann würden sie sich den Mund darüber zerreißen, daß sie ihn mit ihr zusammen gesehen hatten. Lieber nicht! Er hatte nicht die Absicht, die Schatten der Vergangenheit an der Forsyte-Börse wieder wachzurufen. Er entfernte ein weißes Haar vom Aufschlag seines hochgeknöpften Gehrockes und fuhr sich mit der Hand über die Wangen, den Schnurrbart und das kantige Kinn. Was für Höhlen er doch unter den Backenknochen spürte! Er hatte in letzter Zeit nicht sehr viel gegessen – vielleicht wäre es doch gut, wenn ihm das Bürschchen von Arzt, der Holly betreute, irgendein Stärkungsmittel verschrieb. Aber in der Zwischenzeit war Irene zurückgekommen, und als sie im Wagen saßen, sagte er:

»Sollen wir nicht lieber in den Kensington Garden fahren und uns dort hinsetzen?« Und mit einem Augenzwinkern fuhr er fort: »Dort stolziert niemand herum!«, als ob sie seine Gedanken hätte lesen können. Sie stiegen aus, betraten jene »Gefilde der Auserwählten« und schlenderten zum Wasser hin.

»Ich habe gesehen, daß du wieder deinen Mädchennamen angenommen hast«, sagte er; »ich finde das gut.«

Sie ließ ihre Hand unter seinen Arm gleiten. »Hat mir June vergeben, Onkel Jolyon?«

Sanft antwortete er: »Ja – ja, natürlich, warum denn nicht?«

»Und du?«

»Ich? Ich habe dir sofort verziehen, als ich sah, wie die Dinge wirklich lagen.« Vielleicht stimmte das sogar; es war immer in seiner Natur gelegen, der Schönheit zu verzeihen.

Sie atmete auf. »Ich habe es nie bedauert – ich konnte nicht. Hast du je sehr geliebt, Onkel Jolyon?«

Bei dieser sonderbaren Frage starrte der alte Jolyon vor sich hin. Hatte er je so geliebt? Er erinnerte sich nicht daran, daß das der Fall gewesen war. Aber das wollte er dieser jungen Frau, deren Hand seinen Arm berührte und deren Leben gleichsam durch die Erinnerung an eine tragische Liebe aufrechterhalten wurde, nicht sagen. Und er dachte: »Hätte ich dich getroffen, als ich noch jung war, dann – dann hätte ich mich vielleicht zum Narren gemacht.« Und plötzlich wünschte er sich nichts sehnlicher, als sich mit Gemeinplätzen aus der Affäre zu ziehen.

»Liebe ist was Seltsames«, sagte er. »Manchmal sogar was Unheilvolles. Es waren doch die Griechen, die die Liebe zu einer Göttin gemacht haben; sie hatten wahrscheinlich recht, aber sie lebten ja in einem Goldenen Zeitalter.«

»Phil bewunderte sie.« –

Phil! Das Wort schockierte ihn, denn plötzlich verstand er dank seiner Fähigkeit, die Dinge zu durchschauen, warum sie sich so mit ihm abgab. Sie wollte über ihren Geliebten sprechen! Gut! Wenn ihr das Freude machte! Und er sagte: »Ah – er hatte etwas von einem Bildhauer in sich.«

»Ja. Er liebte die Ausgeglichenheit und Symmetrie; er liebte die Art, in der sich die Griechen mit Leib und Seele der Kunst verschrieben.« Ausgeglichenheit! Der Bursche hatte nichts Ausgeglichenes gehabt, soweit er sich erinnerte; und was die Symmetrie anlangte – er war zwar gut gebaut gewesen; aber diese sonderbaren Augen und hohen Backenknochen – Symmetrie?

»Du gehörst auch dem Goldenen Zeitalter an, Onkel Jolyon.«

Der alte Jolyon sah sie an. Machte sie sich über ihn lustig? Nein, ihre Augen waren so weich wie Samt. Schmeichelte sie ihm? Aber wenn ja, warum? Von einem alten Kerl wie ihm konnte sie doch nichts mehr erwarten.

»Das war Phils Meinung. Er sagte immer: ›Aber ich kann ihm doch nicht sagen, daß ich ihn bewundere.‹«

Ah – da war es wieder! Ihr toter Geliebter; der Wunsch, von ihm zu sprechen. Er drückte ihre Hand, halb ärgerlich, halb dankbar für diese Erinnerungen, die sie beide verbanden.

»Er war ein talentierter junger Mann«, murmelte er.

»Es ist heiß; ich spüre die Hitze jetzt sehr. Setzen wir uns nieder.«

Sie setzten sich auf zwei Stühle unter einer Kastanie, deren breite Blätter sie vor der friedlichen Pracht dieses Nachmittags schützten. Was für ein Vergnügen, dazusitzen und sie anzusehen und zu spüren, daß sie gern mit ihm zusammen war. Er wollte ihre Sympathie für ihn verstärken, und daher fuhr er fort: »Wahrscheinlich hast du ihn von einer Seite kennengelernt, von der ich ihn nicht kannte. Dir hat er sein Bestes gegeben. Seine Ansichten über Kunst waren ein wenig neu – für mich«, er hatte gerade noch das Wort »neumodisch« unterdrückt.

»Ja; aber er sagte auch immer, daß du einen echten Sinn für Schönheit hättest.«

Der alte Jolyon dachte: Wenn das wahr ist! Aber er antwortete ihr mit einem Augenzwinkern: »Das stimmte, sonst würde ich nicht hier bei dir sitzen.« Sie war faszinierend, wenn sie so mit den Augen lächelte.

»Er glaubte, daß du ein Herz hast, das niemals alt wird. Phil verstand die Menschen.«

Er ließ sich nicht durch diese Schmeichelei einfangen, die sie aus der Vergangenheit schöpfte, aus der Sehnsucht, über ihren toten Geliebten zu sprechen – nicht im geringsten; und doch war es gut, das zu hören, denn sie erfreute sein Auge und ein Herz, welches – wie wahr! – niemals alt geworden war. War es, weil er – nicht wie sie und ihr toter Gelieber – nie bis zur Verzweiflung geliebt hatte, immer seine Ausgeglichenheit, sein Gefühl für Symmetrie bewahrt hatte? Dann auch gut! Es hatte ihm die Fähigkeit gelassen, noch mit fünfundachtzig die Schönheit zu bewundern. Und er dachte: Wäre ich doch ein Maler oder Bildhauer! Aber ich bin alt. Alles zu seiner Zeit...

Ein engumschlungenes Pärchen ging über die Wiese an ihnen vorbei, nicht ganz im Schatten des Baumes. Die Sonne fiel grausam auf ihre bleichen, verwaschenen, ungepflegten Gesichter. »Wie sind wir Menschen doch häßlich!« sagte der alte Jolyon plötzlich. »Ich staune immer wieder, wie – die Liebe darüber triumphiert!«

»Die Liebe triumphiert über alles!«

»Die jungen Menschen glauben das«, murmelte er.

»Die Liebe kennt kein Alter, keine Grenzen, keinen Tod.«

Mit diesem Leuchten in ihrem bleichen Gesicht, mit der wogenden Brust und den großen, dunklen, weichen Augen sah sie wie eine zum Leben erwachte Venus aus! Aber auf diesen verrückten Gedanken folgte sofort die Reaktion, und zwinkernd sagte er: »Nun, wäre das der Fall, dann wären wir nicht auf der Welt; denn zum Teufel, sie muß viel hinnehmen.«

Dann nahm er den Zylinder ab und polierte ihn mit dem Ärmel. Unter dem großen, plumpen Ding war ihm sehr heiß geworden; er fühlte jetzt oft, wie ihm das Blut heftig in den Kopf stieg – sein Kreislauf war auch nicht mehr der alte.

Sie saß noch immer da und starrte vor sich hin, und plötzlich murmelte sie: »Es ist sonderbar genug, daß ich noch am Leben bin.«

Jos Worte »wild und verloren« fielen ihm wieder ein.

»Ah!« sagte er. »Mein Sohn hat dich – an jenem Tag – einen Moment gesehen.«

»Das war dein Sohn? Ich hörte Stimmen in der Halle; einen Augenblick dachte ich, es wäre Phil.«

Der alte Jolyon sah, daß ihre Lippen zitterten. Sie verdeckte sie mit der Hand, ließ diese dann wieder sinken und fuhr ruhig fort: »In jener Nacht ging ich zur Themse; eine Frau hat mich am Kleid zurückgerissen. Sie hat mir von sich erzählt. Wenn man erfährt, was andere leiden, dann schämt man sich.«

»Eine von denen?«

Sie nickte, und Entsetzen erfaßte den alten Jolyon, das Entsetzen des Menschen, der nie den Kampf mit der Verzweiflung kennengelernt hat. Fast gegen seinen Willen murmelte er: »Bitte erzähl' es mir.«

»Es war mir egal, ob ich am Leben blieb oder nicht. Aber wenn man in einem solchen Zustand ist, will einen auch das Schicksal nicht mehr töten. Sie hat sich drei Tage um mich gekümmert – sie ist nicht von meiner Seite gewichen. Ich hatte kein Geld. Und deshalb tue ich jetzt für diese Frauen, was ich kann.«

Der alte Jolyon aber dachte: »Kein Geld!« Welches Schicksal konnte schlimmer sein als das? Alles hing doch nur vom Geld ab.

»Wärst du doch zu mir gekommen!« sagte er. »Warum bist du nicht gekommen?« Irene antwortete nicht.

»Weil mein Name Forsyte war? Oder bist du wegen June weggeblieben? Und wovon lebst du jetzt?« Unwillkürlich glitten seine Augen über sie. Vielleicht war sie sogar jetzt –! Und doch war sie nicht mager – nicht eigentlich!

»Ach, mit meinen fünfzig Pfund im Jahr komme ich gerade aus.« Diese Antwort beruhigte ihn nicht; er ließ sich nicht so leicht abspeisen. Und dieser Soames! Aber sein Gerechtigkeitssinn machte es ihm unmöglich, ihn zu verurteilen. Nein, sie wäre sicher lieber gestorben, als daß sie von ihm auch nur einen Penny angenommen hätte. Weich, wie sie aussah – irgendwo mußte sehr viel Stärke in ihr verborgen sein – Stärke und Treue. Aber warum hatte sich dieser Bosinney auch überfahren lassen müssen und sie so auf dem trockenen zurückgelassen!

»Wenn du irgend etwas brauchst«, sagte er, »mußt du zu mir kommen, oder ich werde richtig böse.« Er setzte seinen Hut auf und erhob sich. »Trinken wir irgendwo Tee. Ich habe diesem faulen Burschen gesagt, daß er die Pferde eine Stunde lang einstellen und mich dann von deiner Wohnung abholen soll. Wir nehmen einen Mietwagen zu dir; ich kann jetzt nicht mehr so lange gehen wie früher.«

Er genoß den Bummel durch den Park zur Kensingtoner Seite hinüber – den Klang ihrer Stimme, ihren Blick, die zarte Schönheit ihrer bezaubernden Gestalt. Er genoß es, mit ihr bei Ruffel in der High Street Tee zu trinken, und er verließ den Laden mit einer großen Pralinenschachtel, die er übermütig am kleinen Finger schwang. Und auch die Rückfahrt nach Chelsea im Mietwagen, in dem er seine Zigarre rauchte, bereitete ihm Vergnügen. Sie hatte ihm versprochen, am nächsten Donnerstag wieder hinauszukommen und ihm vorzuspielen, und schon jetzt dachte er daran, wie er ihr Nelken und frühe Rosen pflücken würde, die sie dann zurück in die Stadt mitnehmen könnte. Es war schön, ihr eine Freude zu machen – wenn es ihr von einem alten Kerl wie ihm überhaupt Freude machte! Der Wagen stand schon vor der Tür, als sie hinkamen. Das sah dem Kerl ähnlich, der sonst, wenn man ihn brauchte, immer zu spät kam! Der alte Jolyon ging noch einen Augenblick mit ihr ins Haus, um sich zu verabschieden. Der kleine, dunkle Vorraum ihrer Wohnung roch unangenehm nach einem billigen Parfum, und auf einer Bank an der Wand – dem einzigen Möbelstück – sah er jemand sitzen. Er hörte, wie Irene leise sagte: »Einen Augenblick.« Als sich die Tür zum kleinen Salon geschlossen hatte, fragte er ernst: »Eine deiner Protegés?«

»Ja. Dank deiner Hilfe kann ich jetzt etwas für sie tun.«

Er stand unbeweglich da, blickte vor sich hin und strich sich das Kinn, dessen kräftige Linien so viele zu seiner Zeit erschreckt hatten. Der Gedanke, daß sie mit diesen Ausgestoßenen so nahen Kontakt hatte, machte ihn traurig und erschreckte ihn auch. Was konnte sie denn für sie tun? Nichts. Nur sich selbst schmutzig machen, vielleicht sogar in Schwierigkeiten geraten. Und er sagte: »Paß auf auf dich, meine Liebe! Die Welt legt alles so schlecht wie nur möglich aus.«

»Das weiß ich.«

Ihr ruhiges Lächeln brachte ihn in Verlegenheit. »Also dann – auf Sonntag«, murmelte er. »Auf Wiedersehen.«

Sie hielt ihm die Wange zum Kuß hin.

»Auf Wiedersehen«, sagte er nochmals; »paß auf dich auf.« Und er ging hinaus, ohne die Gestalt auf der Bank anzusehen. Er fuhr über Hammersmith nach Hause, wo er bei einem ihm bekannten Geschäft hielt und für sie zwei Dutzend Flaschen vom besten Burgunder bestellte. Sie brauchte sicher manchmal eine Stärkung! Erst im Richmond Park erinnerte er sich daran, daß er nach London gefahren war, um sich Schuhe zu kaufen, und war überrascht, daß er so eine dumme Idee gehabt hatte.

3

Nie hatte der alte Jolyon so wenig in die Vergangenheit geblickt wie in den siebzig Stunden, die vergingen, bis der Sonntag kam. Statt dessen fesselten ihn Gedanken an die Zukunft, die den ganzen Zauber des Ungewissen in sich trugen. Er war jetzt nicht mehr ruhelos, wanderte nicht mehr zu jenem Baumstamm, denn er wußte, daß sie zum Mittagessen kommen würde. Es liegt so etwas herrlich Endgültiges in einer Einladung zum Essen; eine Welt von Zweifeln versinkt, denn man versäumt ein Essen nur aus Gründen, die sich der eigenen Kontrolle entziehen. Er spielte viel mit Holly und übte Cricket mit ihr – warf ihr über den Rasen die Bälle zu, damit sie das Schlagen trainieren konnte und in den Ferien, wenn sie mit Jolly spielte, gute Figur machen würde. Denn sie war keine Forsyte – im Gegensatz zu Jolly –, und Forsytes schlagen immer zu, bis sie abdanken und fünfundachtzig sind. Der allgegenwärtige Hund Balthasar legte sich, sooft er konnte, auf den Ball, und der Küchenjunge agierte als Feldspieler, bis sein Gesicht glühte wie der aufgehende Mond im August. Und da der Sonntag näherrückte, erschien ihm jeder Tag länger und sonniger als der vergangene. Freitag abends nahm er eine Pille für seine Leber, er spürte Schmerzen in der Brust, und obwohl es nicht die Seite war, auf der die Leber lag, hatte er doch kein besseres Heilmittel. Hätte ihm irgendwer gesagt, daß ihm das Leben wieder aufregend erschien und daß ihm Aufregung nicht guttat, so hätte ihn wahrscheinlich einer jener festen, herausfordernden Blicke der tiefliegenden grauen Augen getroffen, die zu sagen schienen: »Ich weiß genau, was ich tue.« Das hatte er immer gewußt und würde es immer wissen.

Als Holly mit ihrer Gouvernante am Sonntagmorgen in die Kirche gegangen war, wanderte er zu den Erdbeerbeeten. Begleitet von dem Hund Balthasar unersuchte er die Pflanzen genau und fand schließlich mindestens zwei Dutzend wirklich reife Früchte. Das Bücken tat ihm nicht gut, er wurde schwindlig, und sein Gesicht lief rot an. Nachdem er die Erdbeeren in eine kleine Schüssel getan und auf den Eßtisch gestellt hatte, wusch er sich die Hände und tupfte sich die Stirn mit Eau de Cologne ab. Vor dem Spiegel hatte er plötzlich den Eindruck, daß er dünner geworden war. Was für ein »Zwirnsfaden« war er doch in seiner Jugend gewesen! Es war angenehm, schlank zu sein – fette Menschen konnte er nicht leiden; aber seine Wangen waren vielleicht doch etwas zu mager. Sie wollte den Zug um halb ein Uhr nehmen und zu Fuß heraufkommen – von der Straße bei Gages Farm abzweigen und durch das Wäldchen gehen. Nachdem er sich vergewissert hatte, daß in Junes Zimmer warmes Wasser bereitstand, ging er ihr entgegen, langsam, denn sein Herz schlug sehr heftig. In der Luft lag ein süßer Duft, die Lerchen sangen, in der Ferne konnte man die Tribüne von Epsom sehen. Ein herrlicher Tag! Es war sicher genauso ein Tag gewesen, an dem vor sechs Jahren Soames mit dem jungen Bosinney hergekommen war und sich den Baugrund angesehen hatte, bevor sie zu bauen begannen. Bosinney hatte den Platz für das Haus ausgesucht – wie ihm June oft erzählt hatte. In den letzten Tagen hatte er viel an ihn gedacht, als ob sein Geist wirklich an der Stätte seiner letzten Arbeit umherstreifte, um vielleicht – sie zu sehen. Bosinney – der einzige Mann, der ihr Herz besessen hatte, dem sie sich mit Entzücken geschenkt hatte. In seinem Alter konnte man sich solche Dinge natürlich nicht vorstellen, aber doch rührte sich in seinem Inneren ein sonderbarer, undefinierbarer Schmerz – fast wie der Anflug unpersönlicher Eifersucht; und eine großmütigere Regung – Mitleid für diese Liebe, die so früh dahingegangen war. Alles in ein paar armseligen Monaten vorbei! Ach ja! Er sah auf die Uhr, bevor er das Wäldchen betrat – erst Viertel nach zwölf, noch fünfundzwanzig Minuten Warten! Und dann, als er um die nächste Ecke kam, sah er sie genau an der Stelle, an der er sie zum erstenmal gesehen hatte, auf dem Baumstamm, und es wurde ihm klar, daß sie schon mit einem früheren Zug gekommen war, um hier wenigstens ein paar Stunden allein zu sein. Zwei Stunden ihrer Gesellschaft – für ihn verloren! Was für eine Erinnerung war es, die ihr diesen Baumstamm so teuer machte? Sein Gesicht ließ seine Gedanken genau durchblicken, denn sie sagte sofort: »Verzeih mir, Onkel Jolyon; hier wurde mir zum erstenmal alles klar!«

»Aber ja; komm her, wann immer du willst. Du siehst mir zu sehr nach Stadtluft aus; du gibst zu viele Stunden.«

Daß sie Stunden geben mußte, störte ihn. Stunden für ein paar Gören, die mit ihren dicken Fingern Skalen droschen!

»Wem gibst du Unterricht?« fragte er.

»Gott sei Dank sind es meist jüdische Familien.«

Der alte Jolyon starrte sie an; Juden erschienen allen Forsytes seltsam und verdächtig.

»Sie lieben die Musik und sind sehr nett.«

»Das möchte ich ihnen auch geraten haben!« Er hängte sich in sie ein – beim Bergaufgehen fühlte er immer Schmerzen in der Brust – und sagte:

»Hast du schon je solche Butterblumen gesehen? In einer Nacht sind sie so aufgeblüht!«

Ihre Augen schienen wie Bienen auf der Honigsuche über das Feld zu fliegen. »Ich wollte, daß du sie noch siehst – ich habe ihnen noch nicht erlaubt, die Kühe auf das Feld zu lassen.« Dann erinnerte er sich wieder daran, daß sie ja gekommen war, um über Bosinney zu sprechen, und zeigte auf das Uhrtürmchen auf dem Stalldach:

»Er hätte mir wahrscheinlich nicht gestattet, das dort anzubringen – soweit ich mich erinnere, hatte er kein Zeitgefühl.«

Sie aber drückte seinen Arm an sich und begann über Blumen zu sprechen, und er wußte, daß sie es tat, um ihm nicht das Gefühl zu geben, daß sie nur wegen ihres toten Geliebten gekommen sei.

»Die schönste Blume, die ich dir zeigen kann«, sagte er mit einem Gefühl des Triumphs, »ist mein kleiner Liebling. Sie wird gleich aus der Kirche kommen. Sie hat etwas, was mich ein wenig an dich erinnert«, und es schien ihm gar nicht sonderbar, daß er es auf diese Weise ausgedrückt hatte, anstatt zu sagen: »Du hast etwas, was mich ein wenig an sie erinnert.« Ah – und da war sie auch schon.

Holly stürzte unter der alten Eiche hervor auf sie zu, gefolgt von ihrer ältlichen französischen Gouvernante, die seit der Belagerung von Straßburg vor zweiundzwanzig Jahren magenleidend war. Wenige Meter vor ihnen blieb sie stehen und streichelte den Hund Balthasar – als ob das ihre einzige Absicht gewesen wäre. Der alte Jolyon, der genau wußte, worum es ging, sagte:

»Hier ist nun die Dame in Grau, die ich dir versprochen habe, mein Liebling!«

Holly stand auf und blickte empor. Er beobachtete die beiden mit einem Augenzwinkern, sah, wie Irene lächelte, und Holly, nachdem sie sie anfänglich ernst gemustert hatte, in ein scheues Lächeln ausbrach, das sich zusehends vertiefte. Das Kind hatte einen Sinn für Schönheit – sie wußte, was gut war! Als sie sich küßten, bereitete ihm das Genugtuung.

»Mrs. Heron – Mam'zelle Beauce. Nun, Mam'zelle – eine schöne Predigt?«

Jetzt, wo er nicht mehr viel Zeit vor sich hatte, nahm der Teil des Gottesdienstes, der sich mit dieser Welt beschäftigte, das ganze Interesse, das ihm für die Kirche noch verblieben war, in Anspruch. Mam'zelle Beauce streckte Irene eine spinnenähnliche Hand in einem schwarzen Glacéhandschuh entgegen – sie war nur in den besten Familien gewesen –, und die ziemlich traurig blickenden Augen ihres gelblichen Gesichtes schienen zu fragen: »Haben Sie wohl gute Manieren?« Immer, wenn Holly oder Jolly etwas anstellten, was ihr mißfiel – ein nicht ungewöhnliches Ereignis –, pflegte sie zu ihnen zu sagen: »Die kleinen Tayleurs taten das nie – sie hatten so gute Manieren.« Jolly haßte die kleinen Tayleurs; Holly fragte sich ernstlich, wieso sie soviel schlimmer sein sollte als jene. »Ein dünnes, komisches altes Ding!« dachte der alte Jolyon über Mam'zelle Beauce.

Das Essen verlief sehr angenehm; die Champignons, die er selbst aus den Kästen gepflückt hatte, die von ihm ausgewählten Erdbeeren und eine zweite Flasche Steinberg Cabinet erfüllten ihn mit einer fast körperlich spürbaren Durchgeistigung und der Überzeugung, daß er am nächsten Tag einen Ausschlag haben würde. Nach dem Essen tranken sie unter der Eiche türkischen Kaffee. Er war nicht sehr betrübt darüber, daß sich Mademoiselle Beauce zurückzog, um den sonntäglichen Pflichtbrief an ihre Schwester zu schreiben, die einst ihr Leben dadurch in Gefahr gebracht hatte, daß sie eine Nadel verschluckte – ein Ereignis, das den Kindern täglich zur Warnung erzählt wurde, woran sich die Ermahnung schloß, langsam zu essen und, was sie gegessen hatten, auch zu verdauen. Am Fuß der Bank balgten sich Holly und Balthasar auf einer alten Decke, und im Schatten des Baumes saß der alte Jolyon mit übereinandergeschlagenen Beinen, sog genußvoll an seiner Zigarre und betrachtete Irene, die auf der Schaukel saß. Eine zarte graue Gestalt, auf die hie und da ein Flecken Sonnenlicht fiel, wenn sie leise schaukelte, mit leicht geöffneten Lippen und dunklen, weichen Augen unter schweren Lidern. Sie sah zufrieden aus; es tat ihr sicher gut, ihn zu besuchen! Die Selbstsüchtigkeit des Alters hatte ihn noch nicht richtig erfaßt, denn noch freute ihn, wenn sich andere freuten, und er erkannte noch, daß seine Wünsche zwar viel, doch nicht alles bedeuteten. »Es ist sehr still hier«, sagte er; »wenn du es langweilig findest, brauchst du nicht herzukommen. Aber ich freue mich, wenn ich dich sehe. Außer dir sehe ich nur einen einzigen Menschen, der mir Freude macht, und das ist mein kleiner Liebling.«

Aus ihrem Lächeln sah er, daß es ihr noch immer Freude machte, daß man sie schätzte, und das beruhigte ihn. »Und ich meine es ehrlich«, sagte er. »Ich habe einer Frau nie gesagt, daß ich sie bewundere, wenn es mir nicht ernst war. Ja, ich weiß gar nicht, wann ich das einer Frau je gesagt habe, außer früher einmal meiner Frau; und Ehefrauen sind ja so eigentümlich.« Er war einen Augenblick still, fuhr dann aber fort: »Sie erwartete von mir, daß ich ihr es öfter sagte, als ich es fühlte, und das war das Problem!« Ihr Gesicht sah seltsam bedrückt aus, und da er fürchtete, etwas gesagt zu haben, was sie schmerzte, fuhr er rasch fort:

»Wenn mein kleiner Liebling heiratet, dann hoffe ich, daß sie einen Mann findet, der weiß, was eine Frau fühlt. Ich werde es ja nicht mehr erleben, aber es geht in so vielen Ehen so verrückt zu; und ich will nicht, daß sie das durchmacht.« Er erkannte, daß er alles noch schlimmer gemacht hatte, und sagte unvermittelt: »Der Hund kratzt sich auch immer.«

Wieder schwiegen sie. An was dachte sie wohl, dieses schöne Geschöpf, deren Leben zerstört war, die mit der Liebe abgeschlossen hatte und doch für die Liebe geschaffen war? Vielleicht würde sie eines Tages, wenn er schon tot war, einen anderen Kameraden finden – vielleicht einen gesetzteren als der junge Mann gewesen war, der bei dem Unfall den Tod gefunden hatte. Ah – aber ihr Mann?

»Belästigt dich Soames niemals?« fragte er.

Sie schüttelte den Kopf. Ihr Gesicht war plötzlich wieder verschlossen. Trotz all ihrer Weichheit war etwas Unversöhnliches in ihrem Wesen zu spüren. Und einen Augenblick lang wurde er sich des unerbittlichen Hasses bewußt, den geschlechtliche Abneigung hervorrufen kann und der etwas zu Urtümliches und Primitives war, als daß sein frühviktorianisches Gehirn, dessen Denken von Generationen vor ihm geprägt war, es je vorher hätte erkennen können.

»Das ist wenigstens ein Trost«, sagte er. »Man sieht heute bis zur Tribüne hinüber. Wollen wir ein wenig spazierengehen?«

Er führte sie durch den Blumen- und den Obstgarten, an dessen hohen Außenwänden Spaliere von Pfirsich- und Nektarinenbäumen im prallen Sonnenlicht standen, durch die Ställe, den Weingarten, den kleinen Verschlag, wo die Pilze wuchsen, zu den Spargelbeeten, in den Rosengarten, zum Sommerhäuschen, sogar in den Küchengarten, wo sie die kleinen grünen Erbsen bewundern mußte, die Holly so gern mit ihrem Finger aus den Schoten holte, um sie direkt aus ihrer kleinen braunen Hand zu essen. Er zeigte ihr viele schöne Dinge, während Holly und der Hund Balthasar herumtollten und nur von Zeit zu Zeit zu ihnen kamen und um Aufmerksamkeit bettelten. Es war einer der glücklichsten Nachmittage, die er je verbracht hatte, aber er wurde müde davon, und er war schließlich froh, als er sich im Musikzimmer niedersetzen konnte und sie ihm Tee servierte. Hollys beste Freundin war herübergekommen, ein blondes Kind mit knabenhaft kurzem Haar, und die zwei tollten in der Ferne herum, spielten unter und auf den Stiegen und oben in der Galerie. Der alte Jolyon bat sie, ihm Chopin vorzuspielen. Sie spielte Etüden, Mazurkas und Walzer, bis die beiden Kinder leise hereinschlichen und sich zum Klavier stellten, um zuzuhören, den blonden und den dunklen Kopf gesenkt. Der alte Jolyon sah sie an.

»Tanzt uns etwas vor, ihr beiden!«

Ein wenig schüchtern begannen sie, falsch zuerst, doch dann hüpften sie und drehten sich mit großem Ernst, ein wenig ungeschickt, zu den Klängen des Walzers wieder und wieder um seinen Sessel. Er sah ihnen zu und betrachtete die Frau am Klavier, die lächelnd ihr Gesicht den kleinen Tänzerinnen zuwandte, und er dachte: Das ist das Reizendste, was ich seit Jahren gesehen habe.

Eine Stimme sagte: *»Hollie! Mais enfin – qu'est-ce que tu fais là – danser, le dimanche! Viens, donc!«*

Aber die Kinder drängten sich zum alten Jolyon, weil sie wußten, daß er sie verteidigen würde, und blickten in sein Gesicht, das ganz schuldbewußt dreinsah.

»Je besser der Tag, desto besser die Tat, Mam'zelle. Ich

bin an allem schuld. Und nun lauft schon, Kinder, und trinkt euren Tee.«

Und sobald sie mit dem Hund Balthasar, der keine Mahlzeit ausließ, verschwunden waren, blickte er Irene zwinkernd an und sagte:

»Ja, so ist's nun einmal. Sind sie nicht süß? Hast du unter deinen Schülern auch so kleine Dinger?«

»Ja, drei – und zwei davon sind ganz reizend.«

»Hübsch?« – »Sehr.«

Der alte Jolyon seufzte. Alles, was jung – sehr jung – war, übte eine unwiderstehliche Anziehungskraft auf ihn aus. »Mein kleiner Liebling«, sagte er, »hat Musik sehr gern. Vielleicht wird sie einmal eine Künstlerin. Wärest du einmal so freundlich, sie dir anzuhören und mir zu sagen, was du von ihrem Spiel hältst?« – »Aber gern.«

»Aber du möchtest ihr wohl nicht« – er unterdrückte die Worte »Stunden geben«. Er haßte den Gedanken, daß sie Stunden geben mußte, aber umgekehrt würde das bedeuten, daß er sie regelmäßig sehen könnte. Sie stand vom Klavier auf und kam zu seinem Sessel herüber. »Ich würde sie sehr gern unterrichten. Aber was ist mit June? Wann kommen sie zurück?«

Der alte Jolyon runzelte die Stirn. »Erst Mitte nächsten Monats. Und was spielt das für eine Rolle?«

»Du hast gesagt, daß June mir vergeben hat; aber vergessen hat sie sicher nicht, Onkel Jolyon.«

Vergessen! Sie mußte vergessen, wenn er es von ihr wollte.

Aber als ob sie seinen Gedanken erraten hätte, schüttelte sie den Kopf. »Du weißt, sie kann es nicht. Man vergißt so etwas nicht.«

Immer diese abscheuliche Vergangenheit! Und schließlich sagte er, als ob er die Sache ein für allemal abtun wollte, in fast ärgerlichem Ton: »Nun, wir werden ja sehen!«

Er plauderte noch mehr als eine Stunde mit ihr, über die Kinder und über hundert Kleinigkeiten, bis der Wagen kam, um sie nach Hause zu fahren. Als sie fort war, ging er zu seinem Sessel zurück und blieb dort sitzen, strich von Zeit zu Zeit mit der Hand über Gesicht und Bart und träumte von den Geschehnissen dieses Tages.

Am selben Abend ging er nach dem Essen in sein Arbeitszimmer und nahm ein Blatt Papier zur Hand. Er blieb einige Zeit sitzen, ohne zu schreiben. Dann erhob er sich und trat zu dem Meisterwerk »Holländische Fischerboote im Sonnenuntergang«. Er dachte nicht an das Bild, er dachte über sein Leben nach. Er wollte ihr etwas in seinem Testament vermachen. Nichts anderes hätte so sehr die tiefsten Tiefen seiner Gedanken und Erinnerungen aufrühren können. Er wollte ihr einen Teil seines Reichtums hinterlassen, die Früchte seines Ehrgeizes, seiner Taten und Fähigkeiten, seiner Arbeit, einen Teil all dessen, was ihn zum reichen Mann gemacht hatte. Aber auch einen Teil von all dem, was er im Leben versäumt hatte – weil er es zu ernst und konsequent gelebt hatte. Ah! Was hatte er versäumt? Die »Holländischen Fischerboote« gaben keine Antwort. Er ging hinüber zu der Glastür, die ins Freie führte, schob den Vorhang beiseite und öffnete sie. Der Wind hatte sich erhoben, und ein trockenes Eichenblatt aus dem Vorjahr, das irgendwie dem Besen des Gärtners entgangen war, tanzte mit leisem Rascheln im Dämmerlicht über die Terrasse. Sonst war es sehr still. Er konnte den Heliotrop riechen, der eben erst gegossen worden war. Eine Fledermaus flatterte vorbei, ein Vogel zwitscherte verschlafen. Und direkt über der Eiche stand der erste Stern. Faust, in der Oper, hatte seine Seele dem Teufel verschreiben, um wieder jung zu werden. Ein morbider Gedanke. So ein Pakt war unmöglich, das war die eigentliche Tragödie. Man konnte nicht wieder jung werden, nicht für die Liebe oder das Leben oder sonst etwas. Es blieb einem nichts übrig, als die Schönheit aus der Ferne zu genießen, solange man konnte. Und ihr etwas zu hinterlassen. Doch wieviel? Und als ob er das nicht berechnen könnte, solange er die weite, nächtliche

Landschaft im milden Licht betrachtete, ging er zurück zum Kamin. Dort standen seine Lieblingsfiguren aus Bronze: Eine Kleopatra mit der Natter am Busen, ein Sokrates, eine Windhündin, die mit ihrem Jungen spielte, ein Rossebändiger. »Sie bleiben«, dachte er und fühlte einen Stich im Herzen. Sie hatten noch tausend Jahre vor sich!

»Wieviel?« Nun, auf jeden Fall genug, um sie davor zu bewahren, daß sie vor der Zeit alterte, um die Runzeln von ihrem Gesicht fernzuhalten, solange es ging, um ihr blondes Haar vor dem Grauwerden zu schützen. Er selbst hatte vielleicht noch fünf Jahre zu leben. Bis dahin würde sie über dreißig sein. »Wieviel?« Sie war nicht sein Fleisch und Blut. Die Grundsätze, nach denen er sein Leben seit mehr als vierzig Jahren eingerichtet hatte, die sein Leben beherrscht hatten, seit er geheiratet und dieses geheimnisvolle Etwas, eine Familie, gegründet hatte, ließen ihm nun die Warnung durch den Kopf schießen: Sie war nicht von seinem Fleisch und Blut. Sie hatte kein Anrecht auf irgend etwas. Also war dieser Gedanke ein Luxus. Die Extravaganz eines alten Mannes, einer Laune entsprungen, eine von jenen Dummheiten, wie sie alte Männer gern begehen. Seine wahre Zukunft lag in jenen, die sein Blut in den Adern hatten, in denen er nach seinem Tod fortleben würde. Er wandte sich von den Bronzefiguren ab und betrachtete den alten grünen Ledersessel, in dem er so oft gesessen war, so viele hundert Zigarren geraucht hatte. Und plötzlich war ihm, als säße sie dort in ihrem grauen Kleid, duftend, weich, anmutig, mit ihren dunklen Augen, die ihn anblickten. Warum? Er bedeutete ihr eigentlich nichts. Nur einer bedeutete ihr etwas – ihr verlorener Geliebter. Aber da war sie und gab ihm Freude und Glück, ob es nun in ihrer Absicht lag oder nicht, mit ihrer Schönheit und Anmut. Ein alter Mann hatte kein Recht, sich ihr aufzudrängen, hatte kein Recht, sie zu bitten, heraus aufs Land zu kommen, um ihm vorzuspielen und sich bewundern zu lassen – für nichts und wieder nichts! In dieser Welt mußte man für alles zahlen, auch für die Freude. »Wieviel?« Schließlich besaß er ja genug. Sein Sohn und seine drei Enkel würden die kleine Summe nicht vermissen. Er hatte sein Geld selbst verdient, fast jeden Penny davon. Er konnte sein Geld hinterlassen, wem er wollte. Er hatte das Recht, sich eine kleine Freude zu gönnen. Er ging zurück zum Schreibtisch. »Sollen sie denken, was sie wollen«, sagte er sich, »ich tu's.« Und er setzte sich nieder.

»Wieviel?« Zehntausend, zwanzigtausend – wieviel? Wenn er mit seinem Geld nur ein Jahr, einen Monat seiner Jugend hätte erkaufen können! Dieser Gedanke erschreckte ihn, und er schrieb rasch:

»Lieber Herring! Verfassen Sie für mich ein Kodizill mit folgendem Inhalt: ›Ich hinterlasse meiner Nichte Irene Forsyte, geborene Irene Heron, die jetzt unter letzterem Namen lebt, fünfzehntausend Pfund netto nach Abzug der Erbschaftssteuer.‹ Ihr ergebener Jolyon Forsyte.« Nachdem er den Umschlag verschlossen und frankiert hatte, ging er zurück zum Fenster und atmete tief. Es war dunkel, doch am Himmel standen viele Sterne.

4

Er erwachte um halb drei, zu einer Stunde also, wo er wußte, daß die düsteren Gedanken noch schwärzer, noch schrecklicher erscheinen. Die Erfahrung hatte ihn aber auch gelehrt, daß er am Morgen, wenn er zur üblichen Stunde um acht Uhr erwachte, genau wissen würde, daß diese Schrecken der Nacht unsinnig waren. Bei diesem Erwachen setzte sich in ihm der Gedanke fest und gewann immer mehr an Bedeutung, daß, wenn er krank würde – und das war in seinem Alter nicht unwahrscheinlich –, er sie nicht sehen könnte. Und von da war es nur ein kleiner

Schritt zu der Erkenntnis, daß er von ihr auch abgeschnitten sein würde, wenn sein Sohn und June aus Spanien zurückkamen. Wie könnte er seinen Wunsch nach der Gesellschaft einer Frau rechtfertigen, die – der frühe Morgen läßt einen sehr ehrlich sein – June den Geliebten gestohlen hatte. Dieser Geliebte war tot; aber June war ein halststarriges kleines Ding; warmherzig, aber zäh, und – das wußte er – ein Mensch, der nicht vergessen konnte! Mitte nächsten Monats würde sie zurückkommen. Er hatte kaum fünf Wochen vor sich, das zu genießen, was dem Rest seines Lebens neuen Inhalt gegeben hatte. Die Dunkelheit zeigte ihm mit fast absurder Klarheit das eigentliche Wesen seines Gefühls für Irene. Bewunderung der Schönheit – Sehnsucht, das zu sehen, was sein Auge erfreute. Absurd – in seinem Alter! Und doch – was für einen anderen Grund gab es dafür, von June zu fordern, diese schmerzliche Erinnerung zu dulden, und seinen Sohn und dessen Frau davon abzuhalten, ihn für wunderlich zu halten? Es würde ihm nichts anderes übrigbleiben, als heimlich nach London zu fahren, und das war so ermüdend; und auch nur die kleinste Unpäßlichkeit würde ihm sogar das unmöglich machen. Mit offenen Augen und zusammengebissenen Zähnen lag er da und wehrte sich gegen diese Zukunftsbilder, schalt sich einen alten Narren, während sein Herz heftig schlug und dann wieder stillzustehen schien. Er sah noch die Dämmerung durch die Ritzen der Jalousien schimmern, hörte, wie die Vögel zwitscherten und sangen, wie die Hähne krähten, bevor er wieder einschlief. Als er erwachte, war er unausgeschlafen, aber wieder ruhig. Fünf Wochen, bevor er sich darüber Gedanken machen mußte, in seinem Alter eine Ewigkeit! Aber die Panik der frühen Morgenstunden hatte ihre Spuren hinterlassen, hatte seine Entschlußkraft gestärkt – er hatte ja immer seinen Willen durchgesetzt. Er würde sie so oft treffen, wie es ihm beliebte. Und warum sollte er nicht in die Stadt fahren und das Kodizill direkt durch seinen Rechtsanwalt anfügen lassen, anstatt ihm zu schreiben; vielleicht wollte sie gern in die Oper gehen! Und er würde mit dem Zug fahren, denn so konnte der dicke Kerl Beacon nicht hinter seinem Rücken über ihn grinsen. Diener waren solche Dummköpfe; und wahrscheinlich hatten sie schon damals alles über die Geschichte von Irene und dem jungen Bosinney gewußt – Dienstboten wissen immer alles, und was sie nicht wissen, vermuten sie. Er schrieb ihr noch am selben Morgen:

Meine liebe Irene, – Ich habe morgen in der Stadt zu tun. Wenn Du gern mit mir in die Oper gehen möchtest, dann könnten wir vielleicht vorher zusammen in einem ruhigen Restaurant essen...

Aber wo? Seit Jahrzehnten hatte er in London nur in seinem Klub oder in Privathäusern gegessen. Ach ja! Dieses ganz moderne Hotel in der Nähe von Covent Garden...

Schicke mir morgen früh eine Nachricht ins Piedmont Hotel, ob ich Dich dort um sieben Uhr erwarten darf.

Dein
Jolyon Forsyte

Sie würde wohl begreifen, daß er ihr nur eine kleine Freude machen wollte; denn der Gedanke, daß sie erraten könnte, wie sehr er sie sehen wollte, war ihm instinktiv unangenehm; es war unpassend, daß ein Mann in seinem Alter sich solchen Anstrengungen unterziehen sollte, um etwas Schönes zu sehen – vor allem eine schöne Frau.

Die Fahrt am nächsten Tag, obwohl sie nur kurz war, ermüdete ihn genauso wie der Besuch bei seinem Anwalt. Noch dazu war es heiß, und nachdem er sich fürs Essen umgezogen hatte, legte er sich auf das Sofa in seinem Schlafzimmer, um sich ein wenig auszuruhen. Er mußte für einen Augenblick das Bewußtsein verloren haben, denn als er wieder zu sich kam, fühlte er sich ganz sonderbar und hatte Schwierigkeiten, aufzustehen und zu klingeln. Oh – es war schon nach sieben Uhr, und er war noch nicht fertig, und sie würde auf ihn warten. Aber plötzlich hatte er wieder einen Schwindelanfall und mußte sich aufs Sofa legen. Er hörte die Stimme des Zimmermädchens:

»Sie haben geläutet, mein Herr?«

»Ja, kommen Sie her.« Er konnte sie nicht deutlich sehen, denn vor seinen Augen war eine Wolke. »Ich fühle mich nicht wohl, ich möchte Riechsalz.«

»Ja, mein Herr.« Ihre Stimme klang ängstlich.

Der alte Jolyon riß sich zusammen.

»Gehen Sie noch nicht. Bringen Sie meiner Nichte eine Nachricht – eine Dame, die in der Halle wartet – eine Dame in Grau. Sagen Sie ihr, daß sich Mr. Forsyte nicht wohl fühlt – die Hitze. Es täte ihm leid; wenn er nicht bald kommt, soll sie nicht mit dem Essen warten.«

Als das Mädchen gegangen war, dachte er matt: »Warum habe ich eine Dame in Grau gesagt – sie trägt vielleicht etwas ganz anderes. Riechsalz!« Er war nicht wieder in Ohnmacht gefallen, und doch wußte er nicht, wieso Irene plötzlich neben ihm stand, ihm Riechsalz unter die Nase hielt und ein Kissen unter den Kopf schob. Er hörte sie ängstlich fragen: »Was ist denn, lieber Onkel Jolyon?« Er spürte undeutlich ihre weichen Lippen auf seiner Hand; dann atmete er tief ein, fühlte sich plötzlich durch das Riechsalz gestärkt und nieste.

»Ach«, sagte er, »es ist nichts! Wie bist du heraufgekommen? Geh hinunter und iß – die Karten sind auf dem Toilettetisch. Ich bin gleich wieder in Ordnung.«

Er spürte ihre kühle Hand auf seiner Stirn, roch den Duft von Veilchen und schwankte zwischen dem Wunsch, sich gehenzulassen, und der Entschlossenheit, gesund zu sein.

»Ach, du bist ja wirklich in Grau!« sagte er. »Hilf mir auf.«

Sobald er auf den Beinen stand, gab er sich einen Ruck.

»Was ist mir nur eingefallen, ohnmächtig zu werden!«

Und langsam ging er zum Spiegel hinüber. Wie eine Leiche sah er aus! Hinter sich hörte er sie leise murmeln:

»Du darfst nicht hinuntergehen, Onkel; du mußt dich ausruhen.«

»Unsinn! Ein Glas Champagner, und ich bin wieder in Ordnung. Ich will nicht, daß du die Oper versäumst.«

Aber der Weg durch den Flur war mühsam. Was für Teppiche sie in diesen modernen Bauten doch hatten – so dick, daß man bei jedem Schritt stolperte! Im Lift bemerkte er, wie besorgt sie dreinsah, und sagte mit einem schwachen Augenzwinkern:

»Ich bin ja ein schöner Gastgeber.«

Als der Fahrstuhl hielt, mußte er sich fest am Sitz anhalten, um nicht das Gleichgewicht zu verlieren; aber nach der Suppe und einem Glas Champagner fühlte er sich viel besser und begann, sich über den kleinen Schwächeanfall zu freuen, dessentwegen sie sich ihm mit soviel Sorge widmete.

»Dich hätte ich gern zur Tochter gehabt«, sagte er plötzlich. Und als er das Lächeln in ihren Augen sah, fuhr er fort:

»In deinem Alter darfst du nicht nur in der Vergangenheit leben; dafür hast du noch Zeit genug, wenn du so alt bist wie ich. Das ist ein hübsches Kleid – der Schnitt gefällt mir.«

»Ich habe es selbst gemacht.«

Ah! Eine Frau, die sich ein schönes Kleid schneidern konnte, hatte das Interesse am Leben noch nicht verloren.

»Man muß ernten, solange die Sonne scheint«, sagte er. »Trink das aus. Ich möchte, daß du ein bißchen Farbe bekommst. Wir dürfen das Leben nicht vergeuden; das führt zu nichts. Heute singt eine neue Margarete; hoffentlich ist sie nicht dick. Und erst der Mephisto – ich kann mir nichts Schrecklicheres vorstellen als einen dicken Sänger als Teufel.«

Aber schließlich gingen sie doch nicht in die Oper, denn

als er nach dem Essen aufstand, wurde er wieder schwindlig, und sie bestand darauf, daß er sich ruhig verhalte und früh zu Bett gehe. Als er sich von ihr am Hoteleingang verabschiedet und den Kutscher für die Fahrt nach Chelsea bezahlt hatte, setzte er sich noch einen Augenblick nieder und genoß die Erinnerung an ihre Worte: »Du bist so reizend zu mir, Onkel Jolyon.« Was sollte das! Wer würde zu ihr nicht reizend sein! Er wäre gern noch einen Tag in London geblieben und mit ihr in den Zoo gegangen, aber zwei Tage hintereinander mit ihm zu verbringen, würde sie wohl zu Tod langweilen. Nein, er mußte bis zum nächsten Sonntag warten; sie hatte versprochen, ihn dann zu besuchen. Sie würden dann auch über die Musikstunden für Holly sprechen, selbst wenn es nur für einen Monat wäre. Das wäre immerhin schon etwas. Die kleine Mam'zelle Beauce würde zwar ungehalten sein, aber damit mußte sie sich eben abfinden. Er drückte seinen alten Claque an die Brust und ging zum Lift.

Am nächsten Morgen nahm er einen Wagen zum Waterloo-Bahnhof, wobei er den heftigen Wunsch unterdrückte, sich nach Chelsea fahren zu lassen. Sein Gefühl für Maß und Ziel war doch stärker. Er fühlte sich auch noch immer etwas schwach und wollte es nicht riskieren, fern von zu Hause einen Anfall wie den gestrigen zu haben. Außerdem erwartete ihn Holly – und nicht nur ihn, sondern das, was er ihr mitbringen würde. Sicher liebte ihn die Kleine nicht nur wegen seiner Geschenke, sondern auch um seiner selbst willen. Und dann fragte er sich einen Augenblick mit dem bitteren Zynismus des Alters, ob sich Irene vielleicht nur deshalb mit ihm abgab, weil sie etwas von ihm erwartete. Nein, sie gehörte nicht zu dieser Sorte Mensch. Und wenn sie eine Schwäche hatte, so war es gerade die, daß sie zu wenig praktischen Sinn hatte – sie hatte keinen Sinn für Besitz, das arme Ding! Außerdem hatte er kein Sterbenswort über das Kodizill gesprochen und würde es auch nicht tun – alles zu seiner Zeit!

In dem Wagen, der ihn am Bahnhof erwartete, saß

Holly und hatte Mühe, den Hund Balthasar zurückzuhalten, und die Begeisterung der beiden machte seine Heimfahrt zu einem wahren Triumphzug. Den Rest dieses herrlichen Tages und auch den nächsten Tag war er zufrieden und ruhig, ruhte sich im Schatten aus, während die Sonne Rasen und Blumen lange Zeit mit ihrem goldenen Schein überzog. Aber Donnerstag abend begann er während seines einsamen Abendessens die Stunden zu zählen; nocvh fünfundsechzig, bis er hinuntergehen und sie in dem kleinen Wäldchen treffen, an ihrer Seite durch die Felder zum Haus hinaufwandern würde. Er hatte ursprünglich den Arzt wegen des Ohnmachtsanfalls konsultieren wollen, aber dieser Bursche würde ja sicher darauf bestehen, daß er sich völlig ruhig verhielte, allen Aufregungen aus dem Weg ging und so weiter; er wollte sich jedoch jetzt nicht fesseln lassen, wollte nichts von seiner Krankheit hören – wenn er überhaupt eine hatte. Er konnte es sich in in seinem Alter nicht leisten, jetzt, wo sein Leben neuen Inhalt gewonnen hatte. Und er vermied es auch sorgfältig, diesen Zwischenfall in dem Brief an seinen Sohn zu erwähnen. Sie würden sofort zurückkommen! Er zog es vor, nicht darüber nachzudenken, ob er aus Rücksicht auf ihr oder sein eigenes Vergnügen schwieg.

Am selben Abend hatte er gerade in seinem Arbeitszimmer seine Zigarre zu Ende geraucht und war eingedöst, als er das Rascheln eines Gewandes hörte und den Duft von Veilchen roch. Als er die Augen öffnete, sah er sie, wie sie in einem grauen Kleid vor dem Kamin stand und die Arme ausgebreitet hatte. Das Sonderbare daran war, daß diese Arme zwar nichts hielten, aber sich doch um jemand zu schlingen schienen. Ihr Gesicht war zurückgeneigt, ihre Lippen geöffnet und ihre Augen geschlossen. Sie verschwand sofort, und er sah nur den Kaminsims und die Bronzefiguren. Aber diese Bronzefiguren und der Sims waren nicht dagewesen, als sie dastand, nur der Kamin und die Wand. Erschreckt und verwirrt stand er auf. »Ich muß etwas einnehmen«, dachte er, »irgend etwas ist mit mir los.« Sein Herz schlug zu rasch; er rang nach Luft, ging zum

Fenster und öffnete es, um frische Luft zu bekommen. In der Ferne bellte ein Hund, wahrscheinlich einer der Hunde auf Gages Farm hinter dem Wäldchen. Eine schöne, stille Nacht, aber so dunkel. »Ich bin eingeschlafen«, überlegte er, »das ist es! Und doch könnte ich schwören, daß ich die Augen offen hatte ...« Ein Laut, der wie ein Seufzer klang, kam als Antwort.

»Was ist das?« fragte er scharf. »Wer ist da?«

Er legte die Hand an die Seite, um sein noch immer heftig klopfendes Herz zu beruhigen, und trat auf die Terrasse hinaus. Etwas Weiches schoß durch die Dunkelheit davon. »Scht!« Es war die große graue Katze. »Der junge Bosinney war wie eine große Katze!« dachte er. »Das war er, da drinnen im Zimmer, den sie – den sie – er hält sie noch immer fest!« Er ging bis zum Rand der Terrasse und sah in die Dunkelheit hinaus; er konnte gerade die Gänseblümchen erkennen, die wie Puder auf dem ungemähten Rasen lagen. Heute noch hier und morgen tot! Und jetzt kam der Mond, der alles sah, Junge und Alte, Lebendige und Tote, und dem alles einerlei war! Er war auch bald an der Reihe! Für einen einzigen Tag der Jugend würde er alles geben, was ihm geblieben war. Er ging zum Haus zurück. Von seinem Platz konnte er die Fenster der Kinderzimmer sehen. Sein kleiner Liebling schlief dort oben. »Hoffentlich weckt sie der Hund nicht auf!« dachte er. »Was ist es, das uns lieben läßt, das uns sterben läßt? Ich muß zu Bett gehen.«

Über das Pflaster der Terrasse, das langsam im Mondschein grau wurde, ging er ins Haus zurück.

5

Wie sollte ein alter Mann anders seine Tage verbringen als mit Träumen von seiner Vergangenheit, die eine gute gewesen war? Darin liegt keine erregende Hitze mehr, sondern nur noch der Schein der bleichen Wintersonne. Die sanft ans Ufer schlagenden Wellen der Vergangenheit können ihm nichts anhaben. Der Gegenwart sollte er mißtrauen; Gedanken an die Zukunft meiden. Aus dichtem Schatten hervor sollte er das Licht der Sonne nur mehr von fern an sich herankommen lassen. Und wenn die Sommersonne brennt, dann sollte er nicht in ihren Schein treten und ihn mit dem milden Licht des Nachsommers verwechseln! So sollte er leise, langsam, unmerklich nach und nach dahingehen, bis ihn die ungeduldige Natur am Hals ergreift und er an einem frühen Morgen seinen letzten Atemzug tut, noch ehe die Welt erwacht. Dann setzen sie auf seinen Grabstein: »Er starb hochbetagt!« Und wahrhaftig! Wenn er seine Grundsätze zu allen Zeiten hochhält, dann kann ein Forsyte auch noch lange nach seinem Tod weiterleben.

Der alte Jolyon wußte das alles, und doch war etwas in ihm, was über das Forsytetum hinausging. Denn es steht geschrieben, daß ein Forsyte die Schönheit nicht über die Vernunft erheben darf, und nicht seine Launen über seine Gesundheit siegen lassen soll. In diesem Tagen aber pochte etwas in ihm, das mit jedem Schlag die immer schwächer werdende Hülle mehr erschütterte. Sein scharfer Verstand sah das ganz genau, aber er wußte auch, daß er nichts tun konnte, um diesem Pochen Einhalt zu gebieten, und hätte er es gekonnt, so hätte er es doch nicht getan. Und doch, hätte man ihm gesagt, daß er an seinem Kapital zehrte, so hätte er jeden, der dies behauptete, mit einem verächtlichen Blick abgetan. Nein, nein, ein Mann lebte nicht von seinem Kapital; das tat man einfach nicht! Die Schlagworte der Vergangenheit sind immer realer als die Wirklichkeit der Gegenwart. Und er, dem es immer verdammungswürdig erschienen war, an seinem Kapital zu zehren, hätte es nicht ertragen können, auf seinen eigenen Fall eine so grobe Redewendung angewendet zu wissen. Freude ist gesund; Schönheit erquickt das Auge; sich mit den Jungen noch einmal jung zu fühlen – was zum Kuckuck tat er denn sonst?

Wie er es sein ganzes Leben gehalten hatte, teilte er auch jetzt seine Zeit methodisch ein. Am Dienstag fuhr er mit dem Zug nach London; Irene kam und speiste mit ihm, und dann gingen sie zusammen in die Oper. Am Donnerstag ließ er sich in die Stadt fahren, hieß den dicken Kerl Pferde und Wagen einstellen und traf sie in Kensington Gardens; er ging erst wieder zu seinem Wagen, nachdem sie ihn verlassen hatte, und war zum Abendessen wieder zu Hause. Er erwähnte ganz nebenbei, daß er an diesen beiden Tagen in London Geschäfte zu erledigen hätte. Am Mittwoch und Samstag kam sie hinaus und gab Holly Musikunterricht. Je mehr er sich an ihrer Gegenwart erfreute, desto peinlicher war er darauf bedacht, nur als ein ganz gewöhnlicher, freundlicher Onkel zu erscheinen. Auch in seinen Gefühlen ging er nicht darüber hinaus – denn schließlich war er ein alter Mann. Und doch, wenn sie zu spät kam, sorgte er sich fast zu Tod. Und wenn sie überhaupt nicht kam, wie dies zweimal der Fall war, dann wurden seine Augen so traurig wie die eines alten Hundes, und er konnte nicht schlafen.

So verging ein Monat – einen Monat war Sommer in der Natur und in seinem Herzen; aber es war ein heißer Sommer, der müde machte. Wer hätte noch vor wenigen Wochen gedacht, daß er der Rückkehr seines Sohnes und seiner Enkelin fast mit Schrecken entgegensah! In diesen herrlichen Sommerwochen genoß er die köstliche Freiheit, die Unabhängigkeit, deren sich ein Mann erfreut, bevor er eine Familie gründet, und diese neue Freundschaft mit einem Menschen, der nichts von ihm verlangte und immer etwas distanziert und dadurch faszinierend geheimnisvoll blieb. Es war, als ob er wieder Wein tränke, nachdem er sich so lange Zeit mit Wasser begnügt, daß er fast schon vergessen hatte, wie der Wein das Blut erregt, die Sinne umnebelt. Die Blumen waren leuchtender, Gerüche, Musik, der Sonnenschein hatten neuen Wert und waren nicht nur Erinnerungen an vergangene Freuden. Es gab wieder etwas, für das es sich zu leben lohnte und das ihn in ständiger Erwartung hielt. Er lebte in dieser Erwartung und nicht mehr in der Rückschau auf Vergangenes; und der Unterschied ist für einen Mann seines Alters beträchtlich. Die Freuden der Tafel, die für einen von Natur aus genügsamen Menschen nie von besonderer Bedeutung gewesen waren, hatten nun jeden Wert verloren. Er aß wenig und bemerkte nicht, was er aß; und so wurde er jeden Tag dünner und gebrechlicher. Er wurde wieder zum »Zwirnsfaden«; und seine hagere Gestalt gewann durch die hohe Stirn und die eingefallenen Schläfen mehr Würde denn je. Er wußte nur zu gut, daß er einen Arzt aufsuchen sollte, aber seine Freiheit war ihm zu teuer. Er konnte es sich nicht leisten, die vielen Anfälle von Atemnot und die Schmerzen in der Seite auf Kosten seiner Freiheit zu ernst zu nehmen. Wieder so dahinzuvegetieren, inmitten der landwirtschaftlichen Zeitschriften mit den lebensgroßen Abbildungen von Mangoldwurzeln, wie er es getan hatte, bevor sein Leben neuen Inhalt gewonnen hatte – nein! Er rauchte auch mehr, als er durfte. Zwei Zigarren am Tag waren die Regel gewesen. Jetzt rauchte er drei, manchmal sogar vier – wie es Menschen tun, wenn sie vom Schöpfergeist erfaßt sind. Aber sehr oft dachte er: »Ich muß das Rauchen und den Kaffee aufgeben; ich darf nicht andauernd in die Stadt fahren.« Aber er tat es nicht; es war niemand da, der es ihm mit einer gewissen Autorität hätte verbieten können, und das war für ihn ein unbezahlbarer Vorteil. Vielleicht wunderten sich die Dienstboten über ihn, aber sie hatten natürlich nichts zu sagen. Mam'zelle Beauce war zu sehr mit ihren eigenen Beschwerden beschäftigt und zu wohlerzogen, um sich in persönliche Dinge einzumischen. Und Holly hatte noch keinen Blick für die Veränderung in seinem Aussehen, sondern sah in ihm nur ihr Spielzeug und ihren Gott. Es blieb also Irene überlassen, ihn zu bitten, mehr zu essen, sich in der heißen Tageszeit auszuruhen, stärkende Mittel zu nehmen und so weiter. Aber sie sagte ihm nicht, daß sie die Ursache seines Verfalls war – denn man sieht selbst nie das Unheil, das man anrichtet. Ein Mann von fünfundachtzig Jahren hat keine Leidenschaften, aber die Schönheit, die Leidenschaften hervorruft, wirkt in der alten Weise weiter, bis der Tod die Augen schließt, die ihren Anblick suchen.

Am ersten Tag der zweiten Juliwoche erhielt er einen Brief seines Sohnes aus Paris, in dem er ihm ankündigte, daß sie alle am Freitag zurückkommen würden. Das war ja immer so gewiß wie der Tod gewesen; aber mit der rührenden Unbekümmertheit der alten Menschen, die glauben, bis zum Ende durchhalten zu können, hatte er sich das nie wirklich eingestanden. Jetzt mußte er der Tatsache ins Auge sehen, und es mußte etwas geschehen. Er hatte aufgehört, sich das Leben ohne diesen neuen Inhalt vorzustellen, aber auch das, was man sich nicht vorstellen kann, existiert manchmal doch, wie die Forsytes immer wieder zu ihrem eigenen Schaden erkennen müssen. Er saß in seinem alten Ledersessel, faltete den Brief auf und zu und kaute am Ende einer unangezündeten Zigarre. Nach dem morgigen Tag würde er seine Dienstagausflüge nach London aufgeben müssen. Vielleicht konnte er einmal in der Woche unter dem Vorwand, seinen Anwalt aufsuchen zu müssen, noch in die Stadt fahren. Aber sogar das würde von seiner Gesundheit abhängen, denn von nun an würden sie viel Aufhebens um ihn machen. Die Stunden! Der Musikunterricht mußte weitergehen! Sie würden ihre Skrupel überwinden müssen, und June mußte ihre Gefühle unterdrücken. Sie hatte es ja schon einmal getan, am Tag, nachdem sie die Nachricht von Bosinneys Tod erhalten hatte; was sie damals getan hatte, mußte auch heute möglich sein. Seit man ihr diese Wunde zugefügt hatte, waren vier Jahre vergangen – es wäre unchristlich, die Erinnerung an erlittenes Unrecht noch immer aufrechtzuerhalten. June hatte einen starken Willen, aber seiner war stärker, denn er stand am Ende seines Lebens. Irene war weichherzig, sie würde das sicher für ihn tun und eher ihre natürliche Zurückhaltung unterdrücken, als ihm Schmerz zufügen. Der Unterricht mußte weitergehen; denn wenn er das durchsetzte, war er sicher. Als er endlich seine Zigarre anzündete, überlegte er, wie er ihnen das alles beibringen würde und diese sonderbare Freundschaft erklären könnte; wie er die nackte Wahrheit verschleiern und verbergen könnte – daß er es nicht ertragen könnte, wenn man ihm den Anblick der Schönheit verwehrte. Ach ja, Holly! Holly hatte sie gern, Holly liebte den Unterricht. Sie würde ihn retten – sein kleiner Liebling! Und bei diesem glücklichen Einfall wurde er wieder ruhig und heiter und fragte sich, warum er so entsetzlich besorgt gewesen sei. Er durfte sich nicht so aufregen, das schwächte ihn so seltsam, als ob er nur mehr halb in seinem eigenen Körper wäre.

An diesem Abend hatte er nach dem Essen wieder einen seiner Schwindelanfälle, aber er verlor nicht das Bewußtsein. Er wollte nicht klingeln, da er wußte, was das für eine Aufregung hervorrufen würde und daß es seine Fahrt in die Stadt am nächsten Tag noch auffälliger erscheinen lassen würde. Wenn man alt wurde, verschwor sich die ganze Welt, um die Freiheit einzuschränken, und wofür? – nur um ihn ein wenig länger am Leben zu erhalten. Um diesen Preis wollte er das nicht. Nur der Hund Balthasar war Zeuge, wie er sich so allein von seinem Schwächeanfall erholte, und beobachtete beunruhigt, wie sein Herr zur Anrichte ging und einen Schluck Kognak trank, anstatt ihm einen Keks zu geben. Als sich der alte Jolyon endlich imstande fühlte, die Stiegen zu bewältigen, ging er zu Bett. Und obwohl er sich am nächsten Morgen noch immer schwach fühlte, hielt ihn der Gedanke an den Abend aufrecht und stärkte ihn. Es war immer ein solches Vergnügen, sie zu einem guten Essen einzuladen – er fürchtete, daß sie viel zu wenig aß, wenn sie allein war; und genauso schön war es, sie in der Oper zu beobachten, wie ihre Augen heller wurden und glänzten und ein unbewußtes Lächeln um ihre Lippen spielte. Sie hatte nicht viele Freuden in ihrem Leben, und es war das letzte Mal, daß er ihr ein Vergnügen bereiten konnte. Als er aber seine Sachen packte, ertappte er sich bei dem Gedanken, daß er gern die Anstrengung vermeiden würde, sich zum Dinner umzuziehen, und auch die Aufregung vermeiden wollte, die die Mitteilung von Junes Rückkehr hervorrufen würde. An jenem Abend spielte man »Carmen«, und erst in der letzten Pause sagte er ihr es – er hatte instinktiv bis zum letzten Moment gezögert. Sie nahm es sehr ruhig, ganz eigenartig auf; ja er konnte nicht erkennen, wie sie sich dazu stellte, bevor die eigenwillige Musik erklang und er schweigen mußte. Die Maske war wieder über ihr Gesicht gefallen, die Maske, hinter der soviel vorging, das er nicht erkennen konnte. Sie wollte sicher Zeit haben, sich alles zu überlegen! Er wollte sie nicht drängen, denn sie würde ja am nächsten Nachmittag zum Unterricht hinauskommen, und dann, wenn sie sich mit der Idee vertraut gemacht hatte, würde er mit ihr reden. Im Wagen sprach er nur von der Darstellerin der Carmen; er hatte früher schon bessere gesehen, aber diese war auch nicht so schlecht gewesen. Als er ihr die Hand zum Abschied gab, beugte sie sich rasch vor und küßte ihn auf die Stirn.

»Leb wohl, Onkel Jolyon, du warst so gut zu mir.«

»Also dann auf morgen«, sagte er. »Gute Nacht. Schlaf gut.« Sie wiederholte leise »Schlaf gut!«, und als der Wagen schon anfuhr, sah er durchs Fenster, wie sie ihm ihr Gesicht zuwandte und den Arm zu einem zögernden Winken hob.

Langsam ging er auf sein Zimmer. Er bekam nie dasselbe und konnte sich auch nicht an diese neumodischen Schlafzimmer mit den neuen Möbeln und graugrünen Teppichen, die mit rosa Rosen überät waren, gewöhnen. Er war hellwach, und diese verflixte Habanera ging ihm unaufhörlich im Kopf herum. Er hatte nie gut genug Französisch gekonnt, um den Text genau zu verstehen, aber er wußte ungefähr den Inhalt – wenn sie überhaupt einen hatte, eine Zigeunersache, wild und verrückt. Nun ja, es gab auch wirklich im Leben etwas, was alles sorgfältig Geplante über den Haufen warf – etwas, was Männer und Frauen nach seiner Pfeife tanzen ließ. Und er starrte mit seinen tiefeingesunkenen Augen in die Dunkelheit, in der das Unerklärliche regierte. Da dachte man nun immer, daß man das Leben in der Hand hatte, und dann entglitt es dir plötzlich, nahm dich am Kragen und trieb dich hierhin und dahin und drückte dir zu guter Letzt noch den Hals zu! Es sollte ihn nicht wundern, wenn dieses unerklärliche Etwas selbst die Sterne zueinandertrieb und sie dann wieder auseinanderschleuderte; alles war ein Spielball seiner Willkür. Fünf Millionen Menschen in diesem großen Irrenhaus von Stadt, und alle waren dieser Lebenskraft hilflos ausgeliefert, sprangen wie kleine Erbsen auf einem Brett umher, auf das man mit der Faust hieb. Nun gut! Er würde wohl nicht mehr lange herumspringen – ein guter, langer Schlaf würde ihm guttun!

Wie heiß es doch hier oben war – wie laut! Seine Stirn glühte; sie hatte sie genau an der Stelle geküßt, wo sich seine Sorgen sammelten, gerade dort – als ob sie die genaue Stelle gekannt hätte und alles für ihn hatte wegküssen wollen. Aber statt dessen hatte der Druck ihrer Lippen eine schmerzliche Unruhe hinterlassen. Noch nie hatte sie mit so einem Tonfall gesprochen, noch nie hatte sie so eine zögernde Geste gemacht oder ihm so nachgesehen, wenn er fortgefahren war. Er stand auf und zog die Vorhänge auseinander; sein Zimmer ging auf den Fluß. Die Luft im Zimmer wurde kaum frischer, aber der Anblick dieses weiten Flusses, der ruhig, ewig an ihm vorbeizog, beruhigte ihn. »Das Wichtigste«, dachte er, »ist es, daß ich nicht ein lästiger Zittergreis werde. Ich werde an meinen kleinen Liebling denken und einschlafen.« Aber es dauerte lang, bis die Hitze und der Lärm der Londoner Nacht einem kurzen, stillen Morgen wichen. Und der alte Jolyon nickte nun auf kurze Zeit ein.

Als er am nächsten Tag nach Hause kam, ging er in den Blumengarten und pflückte mit Hollys Hilfe, die eine gute Hand für Blumen hatte, einen großen Strauß Nelken. Sie waren, so sagte er ihr, für die »Dame in Grau« – ein Name, den sie untereinander noch immer verwendeten; er stellte sie in eine Vase in seinem Arbeitszimmer, wo er mit Irene sofort, wenn sie kam, über June und den weiteren Unterricht sprechen wollte. Der Duft und die Farbe der Blumen würden helfen. Nach dem Mittagessen legte er sich nieder, denn er fühlte sich sehr müde, und der Wagen würde sie erst um vier vom Bahnhof bringen. Aber als es Zeit war, wurde er unruhig und ging in Hollys Schulzimmer, das auf die Auffahrt hinaussah. Die Jalousien waren heruntergezogen, und Holly beschäftigte sich zusammen mit Mademoiselle Beauce, geschützt vor der fast unerträglichen Hitze dieses Julitages, mit ihren Seidenraupen. Der alte Jolyon hatte eine natürliche Abneigung gegen diese methodischen Tiere, deren Köpfe und Farbe ihn an Elefanten erinnerte, die so viele Löcher in schöne grüne Blätter knabberten und seiner Meinung nach schrecklich rochen. Er setzte sich auf einen chintzbezogenen Fenstersitz, von dem aus er die Auffahrt sehen konnte und soviel frische Luft wie möglich bekam, und der Hund Balthasar, der Chintz an heißen Tagen sehr schätzte, sprang zu ihm hinauf. Über das Pianino war eine violette, fast zu Grau verblichene Decke gebreitet, und auf dieser stand eine Schale mit den ersten Lavendelblüten, deren Duft den Raum erfüllte. Trotz der Kühle des Raumes, oder vielleicht gerade deswegen, empfanden seine erschlaffenden Sinne das Pulsieren des Lebens besonders stark. Jeder Sonnenstrahl, der durch die Ritzen drang, war von fast störender Helligkeit; der Hund roch zu intensiv; der Lavendelduft war überwältigend; die Seidenraupen, die ihre graugrünen Rücken krümmten, waren von abstoßender Lebendigkeit; und Hollys dunkler Kopf, der sich über diese Tiere beugte, glänzte wie schwere Seide. Wenn man alt und schwach wurde, war das Leben wunderbar, grausam, überwältigend; es schien einen mit seiner Vielfalt der Formen und unbezähmbaren Vitalität zu verspotten. Bis vor wenigen Wochen hatte er nie das Gefühl gehabt, daß ein Teil seiner selbst vom Strom des

Lebens fortgerissen wurde, während die andere Hälfte hilflos am Ufer stand und zusah. Nur wenn er mit Irene zusammen war, verlor er dieses Gefühl, aus zwei Wesen zu bestehen.

Holly drehte sich um, zeigte mit ihrer kleinen braunen Faust auf das Klavier – mit dem Finger zu zeigen, war »nicht wohlerzogen« – und sagte listig:

»Sieh dir doch die ›Dame in Grau‹ an, Opa; ist sie heute nicht hübsch?« Das Herz des alten Jolyon setzte für einen Augenblick aus, und das Zimmer verschwamm vor seinen Augen; dann wurde er wieder klar, und er sagte augenzwinkernd: »Wer hat sie denn so angezogen?«

»Mam'zelle.«

»Hollee! Sei nicht dumm!«

Diese affektierte kleine Französin! Sie hatte es noch immer nicht überwunden, daß man ihr den Musikunterricht entzogen hatte. Das war nicht sehr günstig für seine Sache. Sein kleiner Liebling war die einzige Freundin, die sie hatten. Immerhin, da waren die Klavierstunden. Und davon würde er nicht abgehen – um keinen Preis. Er streichelte das dicke Fell des Hundes und hörte, wie Holly sagte:

»Wenn Mutter nach Hause kommt, wird sich nichts ändern? Sie mag doch keine fremden Leute.«

Die Worte des Kindes beschworen im alten Jolyon das Bild einer Welt voll eiskalter Ablehnung herauf und zeigten ihm alles, wodurch seine neugefundene Freiheit bedroht wurde. Ach! Er würde sich damit zufriedengeben müssen, ein alter Mann zu sein, der auf Gnade und Ungnade der Sorge und Liebe der anderen ausgeliefert war; oder er würde um diese neue, ihm so teure Freundschaft kämpfen müssen; und kämpfen machte ihn so entsetzlich müde. Aber sein dünnes, abgezehrtes Gesicht wurde entschlossen und hart, bis es nur mehr aus Kinn zu bestehen schien. Dies hier war sein Haus und seine Angelegenheit; er würde keinen Schritt weichen! Er sah auf die Uhr, die alt und dünn wie er selbst war; er besaß sie seit fünfzehn Jahren. Schon nach vier Uhr! Im Hinausgehen küßte er Holly aufs Haar und ging in die Halle. Er wollte sie sprechen, bevor sie hinaufging, um mit dem Unterricht zu beginnen. Als er das Knarren der Räder hörte, trat er sofort vors Haus und sah mit einem Blick, daß der Wagen leer war.

»Der Zug ist gekommen, Sir, aber die Dame nicht.«

Der alte Jolyon sah scharf zu ihm auf, seine Augen schienen die Neugier des fetten Kerls abzuwehren und ihm zu verbieten, die bittere Enttäuschung, die er verspürte, zu bemerken. »Es ist gut«, sagte er und trat ins Haus zurück. Er ging in sein Arbeitszimmer und setzte sich, aber er zitterte wie ein dürres Blatt. Was bedeutete das? Vielleicht hatte sie den Zug versäumt, aber er wußte nur zu gut, daß das nicht der Fall war. »Leb wohl, lieber Onkel Jolyon.« Warum »Leb wohl« und nicht »Gute Nacht«? Und ihre winkende Hand, die sie so langsam hatte sinken lassen, und ihr Kuß! Was bedeutete das? Er wurde von heftiger Aufregung und Zorn erfüllt. Er stand auf und begann auf dem Orientteppich auf und ab zu gehen, immer zwischen Fenster und Wand. Sie wollte ihn aufgeben! Er war sich dessen sicher – und er war hilflos. Ein alter Mann, der Schönheit sehen wollte! Es war lächerlich! Das Alter schloß ihm den Mund, lähmte seine Widerstandskraft. Er hat kein Recht auf das, was warm und lebendig war, kein Recht auf irgend etwas außer Erinnerungen und Leid. Er konnte sie nicht bitten; auch ein alter Mensch hatte noch seinen Stolz. Hilflos! Eine Stunde lang achtete er nicht auf seine Erschöpfung und ging unaufhörlich hin und her, vorbei an der Vase mit den Nelken, deren Duft nun blanker Hohn war. Von allen Dingen, die man nur schwer ertragen kann, ist es am schlimmsten, seinen Willen beugen zu müssen, zumal für einen Menschen, der sich immer durchzusetzen gewußt hatte. Die Natur hatte ihn in ihrem Netz gefangen, und wie ein unseliger Fisch drehte und wendete er sich und schwamm gegen die Maschen des Netzes und fand kein Loch, keine schwache Stelle. Um fünf Uhr brachte man ihm den Tee und einen Brief. Einen Augenblick lang durchströmte ihn Hoffnung. Er schnitt das Kuvert mit einem Buttermesser auf und las:

Liebster Onkel Jolyon! Ich kann es nicht ertragen, Dir etwas zu schreiben, das Dich enttäuschen muß, aber gestern abend war ich zu feig, es Dir zu sagen. Ich glaube nicht, daß ich noch weiter kommen und Holly Unterricht geben kann, jetzt, wo June zurückkommt. Manche Dinge gehen zu tief, als daß man sie vergessen kann. Es war mir eine große Freude, Dich und Holly zu sehen. Vielleicht treffen wir uns noch manchmal, wenn Du in die Stadt kommst, obwohl ich sicher bin, daß es für Dich nicht gut ist; ich habe wohl gesehen, daß Du Dich zu sehr anstrengst. Ich glaube, daß Du in diesem heißen Wetter Dich ausruhen solltest, und jetzt, wo Dein Sohn und June zurückkommen, wirst Du sehr glücklich sein. Ich danke Dir viele tausend Mal für alles Liebe.

Deine Dich liebende
Irene

Das war es also! Es war also nicht gut für ihn, ein wenig Freude und das, was er wirklich wollte, zu haben: zu versuchen, das unvermeidliche Ende aller Dinge hinauszuschieben, das Nahen des Todes, der mit leisen, schlurfenden Schritten auf ihn zukam. Nicht gut für ihn! Nicht einmal sie erkannte, daß sie sein neuer Lebensinhalt war, der Inbegriff der Schönheit, die er entgleiten fühlte!

Sein Tee wurde kalt, die Zigarre blieb ungeraucht; und er ging auf und ab, hin- und hergerissen zwischen seinem Stolz und der Begierde, das Leben festzuhalten. Es war unerträglich, langsam zu verdorren, ohne etwas sagen zu können, weiterzuleben, wenn sein Wille in den Händen anderer war, die darauf aus waren, ihn mit ihrer Liebe und Sorgfalt zu Boden zu drücken. Unerträglich! Er würde es ausprobieren, welchen Erfolg er haben würde, wenn er ihr die Wahrheit sagte – die Wahrheit, daß er sie sehen wollte, anstatt nur irgendwie dahinzuvegetieren. Er setzte sich zu seinem alten Schreibtisch und ergriff eine Feder – aber er konnte nicht schreiben. Es war widerwärtig, so bitten zu müssen, darum betteln zu müssen, daß sie ihn durch ihre Schönheit erwärmen sollte. Es wäre das Eingeständnis, daß er ein alter Krüppel war. Er konnte es einfach nicht. Und so schrieb er statt dessen:

Ich hatte gehofft, daß die Erinnerung an alte Wunden dem nicht im Wege stehen würde, was für mich und meine Enkelin Freude und Gewinn bedeutet. Aber alte Menschen müssen lernen, ihre Wünsche hintanzustellen; sie müssen es tun, wie sie ja früher oder später den Wunsch zu leben hintanstellen müssen; und vielleicht je früher desto besser.

Alles Liebe an Dich
Jolyon Forsyte

»Bitter«, dachte er. »Aber ich kann nicht anders. Ich bin müde.« Er verschloß den Brief und warf ihn in den Kasten für die Abendpost, und als er ihn fallen hörte, dachte er: »Da geht nun alles hin, auf das ich gehofft habe!«

An diesem Abend ging er nach dem Essen, das er kaum anrührte, und nachdem er auch seine Zigarre nur halb geraucht hatte, da er sich schlecht dabei fühlte, sehr langsam ins Kinderzimmer hinauf. Er setzte sich auf den Fenstersitz. Eine Nachtlampe brannte, und er konnte Hollys Gesicht kaum erkennen; sie hatte eine Hand unter die Wange geschoben. Ein Junikäfer raschelte im Seidenpapier, mit dem der leere Kamin gefüllt war, und eines der Pferde im Stall stampfte unruhig. Schlafen wie dieses Kind! Er schob zwei Latten der Fensterläden auseinander und sah hinaus. Der Mond stieg blutrot auf. So rot hatte er ihn noch nie gesehen. Im letzten Schein des sommerlichen Lichtes fielen auch die Wände und Felder da draußen in Schlaf. Und die Schönheit strich wie ein Geist umher. »Ich habe lange gelebt«, dachte er, »und fast von allem das Beste gehabt. Ich bin ein undankbarer

Mensch; ich habe in meinem Leben soviel Schönes gesehen. Der arme junge Bosinney hat einmal gesagt, daß ich Sinn für das Schöne habe. Heute nacht kann man den Mann im Mond sehen!« Ein Nachtfalter flog vorbei, und andere folgten. »Dame in Grau!« Er schloß die Augen. Das Gefühl beschlich ihn, daß er sie nie wieder öffnen würde; er ließ es stärker werden, ließ sich sinken; und dann riß er mit einem Zittern die Augen auf. Irgend etwas war nicht in Ordnung mit ihm, ganz sicher nicht; er würde doch einen Arzt aufsuchen müssen. Es machte jetzt nicht viel aus! Ins Wäldchen war jetzt sicher schon das Mondlicht gedrungen; und die Schatten dort waren die einzigen lebendigen Dinge. Keine Vögel, Tiere, Blumen, Insekten; nur die Schatten, die sich bewegten; »Dame in Grau!« Sie würden über den Baumstamm klettern; würden miteinander flüstern. Sie und Bosinney? Ein seltsamer Gedanke! Und die Frösche und alle kleinen Wesen würden auch miteinander flüstern! Wie die Uhr hier herinnen tickte! Es war unheimlich – draußen das Licht des roten Mondes; und auch hier herinnen der Schein der kleinen Nachtlampe... die Uhr tickte laut,... der Schlafrock der Kinderfrau hing vom Paravent wie die Gestalt einer Frau. »Dame in Grau!«

Und plötzlich überkam ihn ein ganz sonderbarer Gedanke: Gab es sie überhaupt? War sie denn je zu ihm gekommen? Oder war sie nur die Inkarnation von all der Schönheit, die er so sehr liebte und so bald verlassen mußte? Dieser grauviolette Geist mit den dunklen Augen und der bernsteinfarbenen Haarkrone, der in der Dämmerung und im Mondlicht zur Zeit der Traubenhyazinthen erscheint? Was war sie, wer war sie, gab es sie? Er stand auf und hielt sich einen Augenblick am Fensterbrett fest, um die Wirklichkeit wieder in den Griff zu bekommen; dann ging er auf Zehenspitzen zur Tür. Er blieb am Fuß des Bettes stehen; und Holly schien zu spüren, daß er seine Augen auf sie gerichtet hatte, bewegte sich, seufzte und rollte sich abwehrend noch mehr zusammen. Weiter ging er auf Zehenspitzen auf den dunklen Flur hinaus; er betrat sein Zimmer, zog sich sofort aus und stand im Nachthemd vor dem Spiegel. Was für eine Vogelscheuche – mit eingefallenen Schläfen und dünnen Beinen! Aber er ertrug den Anblick seines Spiegelbildes, und es trat ein fast stolzer Ausdruck in sein Gesicht. Alles hatte sich verschworen, ihn zu Boden zu werfen, selbst sein Spiegelbild, aber noch war er nicht auf dem Boden – noch nicht! Er legte sich nieder und lag lange wach, ohne Schlaf zu finden, versuchte zu resignieren und war sich die ganze Zeit nur zu wohl bewußt, daß diese Sorgen und Enttäuschungen sehr schlecht für ihn waren.

Am Morgen erwachte er so unausgeruht und schwach, daß er nach dem Arzt schickte. Nachdem dieser ihn untersucht hatte, machte er ein bedenkliches Gesicht und befahl ihm, im Bett zu bleiben und das Rauchen aufzugeben. Das war nicht schwer für ihn; er hatte ja keinen Grund mehr aufzustehen, und wenn er sich krank fühlte, dann schmeckte ihm auch der Tabak nicht. Den Vormittag verbrachte er im verdunkelten Zimmer damit, immer wieder müde in der *Times* zu blättern; er las nicht viel; der Hund Balthasar lag neben seinem Bett. Mit dem Mittagessen brachte man ihm das folgende Telegramm: »Deinen Brief erhalten, komme heute nachmittag um halb fünf. Irene.«

Sie kam! Doch! Dann gab es sie also – und er war nicht verlassen. Sie kam! Hitze rann durch seine Glieder; seine Wangen und seine Stirn fühlten sich heiß an. Er trank die Suppe aus, schob das Servierbrett zur Seite und blieb ganz still liegen, bis man abgeräumt und ihn allein gelassen hatte; aber immer wieder ging ein Aufleuchten über sein Gesicht. Sie kam! Sein Herz schlug schnell und schien dann wieder stillzustehen. Um drei Uhr stand er auf und begann sich methodisch und geräuschlos anzuziehen. Holly und Mam'zelle waren im Schulzimmer, die Dienstboten hatten sich wahrscheinlich nach dem Essen niedergelegt. Er öffnete vorsichtig die Tür und ging hinunter. In der Halle lag der Hund Balthasar ganz einsam; er folgte dem alten Jolyon durch das Arbeitszimmer hinaus in den brennenden Nachmittag. Er wollte eigentlich hinuntergehen und sie in dem Wäldchen treffen, aber er spürte sofort, daß er das in dieser Hitze nicht schaffen würde. Statt dessen setzte er sich unter die Eiche neben die Schaukel, und der Hund, der die Hitze ebenso wie er spürte, legte sich neben ihn. Lächelnd blieb er sitzen. Er schwelgte in den köstlichen Minuten. Wie die Insekten summten, die Tauben gurrten! Es war die Apotheose eines Sommertages. Wunderbar! Und er war glücklich! Glücklich wie ein spielendes Kind. Sie kam! Sie hatte ihn nicht aufgegeben! Er hatte alles im Leben, was er sich wünschte – nur vielleicht etwas zu wenig Luft und zuviel Druck auf der Brust! Er würde sie sehen, wenn sie aus der Farnpflanzung heraustrat, wenn sie mit ihrem schwingenden Gang auf ihn zukam, eine grauviolette Gestalt, die über die Gänseblümchen, den Löwenzahn und den Mohn auf der Wiese ging – den roten Mohn mit seinen weichen Blütenblättern. Er würde nicht aufstehen, und sie würde zu ihm kommen und sagen: »Lieber Onkel Jolyon, es tut mir so leid!« und sich auf die Schaukel setzen, und er würde sie ansehen können und ihr erzählen, daß es ihm nicht sehr gut gegangen war, aber daß jetzt alles wieder in Ordnung war; und der Hund würde ihre Hand ablecken. Der Hund wußte, daß sein Herr sie gern hatte; er war ein braver Hund.

Unter dem Baum war es ganz schattig; die Sonne erreichte ihn nicht, aber sie erhellte alles andere mit ihrem Schein, so daß er die Tribüne von Epsom ganz in der Ferne sehen konnte, und die Kühe, die im Klee weideten und mit ihren Schwänzen um sich schlugen, um die Fliegen zu verjagen. Er roch den Duft der Lindenblüten und des Lavendels. Ah – deshalb führten sich die Bienen so verrückt auf. Sie waren aufgeregt – geschäftig, so wie sein Herz geschäftig und aufgeregt war. Aber auch schläfrig und gesättigt vom Honig und vom Glück, wie sein Herz müde und gesättigt war – Sommer – Sommer – schienen sie zu summen; große und kleine Bienen, und auch die Fliegen!

Die Uhr am Stalldach schlug vier; in einer halben Stunde würde sie dasein. Er würde nur ein wenig dösen, denn in den letzten Tagen hatte er ja so wenig geschlafen; und dann würde er frisch sein für sie, frisch für die Jugend und die Schönheit, die über den sonnenbeschienenen Rasen auf ihn zukam – die Dame in Grau! Er lehnte sich in den Sessel zurück und schloß die Augen. Ein leiser Lufthauch wehte eine Distelflocke auf seinen Schnurrbart, der noch weißer als sie war. Er bemerkte es nicht; aber sie hatte sich in den Barthaaren verfangen, und sein Atem bewegte sie auf und nieder. Ein Sonnenstrahl drang durch die Blätter und beschien seinen Schuh. Eine Hummel ließ sich auf dem Panamahut nieder und kletterte darauf herum. Und wie eine Welle stieg der köstliche Schlaf in seinen Kopf, der nach vorn sank und auf der Brust ruhte. Sommer – Sommer! So klang das Summen.

Die Uhr schlug die Viertelstunde. Der Hund Balthasar streckte sich und sah zu seinem Herrn auf. Die Distelflocke bewegte sich nicht mehr. Der Hund legte sein Kinn auf den sonnenbeschienenen Fuß. Er bewegte sich nicht. Der Hund zog sein Kinn rasch zurück, stand auf, sprang dem alten Jolyon auf den Schoß und winselte; dann sprang er wieder hinunter, setzte sich nieder und starrte empor. Und plötzlich stieß er ein langgezogenes Geheul aus.

Aber die Distelflocke war so ruhig wie der Tod und wie das Gesicht seines alten Herrn.

Sommer – Sommer – Sommer! Lautlose Schritte im Gras!

Inhalt

Erster Teil

Zweiter Teil

Dritter Teil